i

为了人与书的相遇

人性的因素

毛姆短篇小说全集 II

[英] 毛姆 著

陈以侃 译

目 录

1 序

3 愤怒之器

53 身不由己

88 海难残骸

121 异邦谷田

175 创作冲动

225 贞洁

273 带伤疤的男人

279 歇业

290 乞丐

300 梦

306 不可多得

327 上校夫人

352 芒德内哥勋爵

382	人情世故
392	教堂司事
402	客居异乡
408	大班
417	领事
423	患难之交
430	凑满一打
467	人性的因素
516	简
551	林中脚印
591	机会之门

序
Preface

关于这些故事我有一点要提。读者可能注意到，我的很多小说都是用第一人称单数来写的。这种写作方式极其古老，"仲裁者"佩特洛尼乌斯[1]在《萨蒂利孔》里就用过，而《一千零一夜》中也有不少故事是这样讲述的。这样写自然是为了让读者信以为真，因为听一个人说这是发生在他自己身上的事，总比听到他说有谁如何如何要更可信一些。此外还有一个好处，就是讲故事的人只需从自己的视角讲他确定的事，而不知道或者不可能知道的事情，就让读者去想象。过去有些使用第一人称的小说家在这方面很不小心，大段的对话是叙述者不可能听到的，描绘的一些事件照道理他们也不可能目睹。本来用第一人称单数写作最大的优势就在于方便你营造真实感，如此一来就浪费了。不过，那个讲故事的人和故事中的其他人一样，也只是一个角色，他可能是主

---

1 Gaius Petronius Arbiter（?—66），古罗马作家。后文中的《萨蒂利孔》（*Satyricon*）被认为是欧洲第一部喜剧小说，通过主人公的一系列不幸遭遇，描绘罗马帝国早期的繁华与堕落。

角，可能是个看客或倾诉的对象，但他终究是个角色。作家用的这种技法是小说的技法，如果故事里的那个"我"比他——也就是作家本人——更善解人意，更清醒，更精明，更勇敢，更狡黠，更风趣，更睿智，那么读者诸君也请多见谅，大家要记得，作家并不是在给自己画一幅逼真的肖像，而是创造了一个角色，只为了讲他笔下的那个故事。

愤怒之器

The Vessel of Wrath[1]

　　这世上比《航行指南》更耐读的书怕是没有几本了。这套丛书是水文地理局受海军部委员会的委托编写出版的，样子就做得很好看，布面精装（用的布都极为轻薄），有不同的颜色，最贵的也花不了多少钱。只要掏四先令，你就能拿到一本《扬子江航行手册》，"从吴淞河到最上游船只无法通行之处，扬子江一路胜景（包括汉江、嘉陵江、岷江等支流），和各处航行指引，尽在书中"；花三先令，能买到《东方群岛航行手册》第三卷，"囊括西里伯斯岛东北部、摩鹿加群岛、济罗罗岛[2]航线，班达海和阿拉弗拉海[3]，以及新几内亚的西南、西、北海岸线"。如果你

1　首次发表于1931年，收录于1933年出版的短篇小说集《阿金》(*Ah King*)。"愤怒之器"，出自《圣经》，指上帝造人如陶工制器（vessel，可指器皿也可指宗教意义上的人），其中一些只为显现上帝的愤怒，造来就是要被惩罚、毁灭的。
2　西里伯斯岛（Celebes）、摩鹿加群岛（Molucca）和济罗罗岛（Gilolo），分别为印度尼西亚中部苏拉威西岛、东北部马鲁古群岛和东北部哈马黑拉岛的旧称。
3　班达海（Banda）是南太平洋西部海域，为摩鹿加南部诸岛环绕。阿拉弗拉海（Arafura）位于澳大利亚和印度尼西亚之间。

生性最厌恶作息习惯被打乱，或者有份大事业困住了你的脚步，那买这套书就要三思了。它们固然实用，却能把你的心神送去一场场妙不可言的旅行；那些一板一眼的文字，有条不紊的编排，精简扼要的材料呈现，和每一行都读得出的那种严苛、务实，却掩盖不了其中的诗意，如同扑鼻的芬芳，从每一页的印刷油墨中散发出来——这种感觉，就像你靠近东方某个如梦似幻的海岛，微风拂来，那种馥郁仿佛携着一种切切实实的慵懒，一下钻进你的五脏六腑。它们会告诉你泊船和上岸的地点，在每一处可以买到什么样的补给，在哪里可以找到饮用水；它们会介绍每个地方的灯塔、航标、潮汐、风力风向和天气，此外还会简略谈到当地的居民和贸易。那些叙述是如此不着修饰，几乎没有一个冗词，难免叫人琢磨，它是如何给了读者那么多额外的东西。而那额外的东西又是什么？这么说吧，是神秘和美，是浪漫，是未知的魅惑。一本书在你随手翻阅时能给出这样的段落，一定不是凡品："补给：岛上是大量海鸟汇集之地，也有圈养的少量野禽；潟湖中可找到海龟，和不同数量、种类的海鱼，如鲻、鲨鱼、狗鲨等；围网捕鱼无用，但有一种鱼可用钓竿捕到。一个小屋之中存有少量罐装食物和烈酒，用于救济船舶失事人员。登岸不远处可从井中获取干净的饮用水。"人的想象若要穿越时空，依靠这样的素材难道还不够吗？

　　写出上述引文的编纂者，在同一本书中描绘阿拉斯群岛[1]也

---

[1] Alas Islands，毛姆虚构的一个群岛；字面上有"哀叹、惋惜"之意味。

同样克制。它们由一组或一列岛屿构成,"大部分区域海拔较低,被森林覆盖,东西向七十五英里,南北向四十英里"。书中写道,关于这些岛屿的信息非常匮乏;它们构成的小群体之间确有航道穿过,个别船只也曾成功通行,但这些路线都未曾仔细勘查,很多危险尚未测定;建议船只避开。阿拉斯群岛人口估计在八千左右,其中有两百个中国人和四百个回教徒,其余的都是未开化的土著。最主要的岛屿叫做巴鲁,由礁脉环绕,长官[1]即寓于此岛。他的房子白墙红顶,建在小山上,最为醒目。荷兰皇家蒸汽班轮公司的船只每两个月去往望加锡[2],以及每四周朝相反方向去往荷属新几内亚的马老奇[3]时,都会在巴鲁停靠,船上人员最难以错过的标识也就是那幢房子。

世界历史运转到某一时刻,长官成了一位埃夫特·格莱特先生;他统治阿拉斯岛的住民既有铁腕,但也时时不忘其中的荒诞之处。比如二十七岁便被放到这样重要的职位上,他自己都觉得好笑极了,到了三十岁还是觉得有趣。他的这些岛屿和巴达维亚[4]无法电报往来,而靠邮件通讯耽搁太久,即使他寻求意见,收到回复的时候也毫无用处了。于是他就心安理得地按照自己的判断行事,求老天保佑不要招惹上级的责难。他个头很矮,最多

---

1 此处原文为荷兰语:Contrôleur,本义为检查者,一般指荷兰在殖民地处理本地事务的低阶官员。
2 Macassar,或译孟加锡;印度尼西亚苏拉威西岛西南岸港市乌戎潘当的旧称。
3 Merauke,印度尼西亚东部港口。
4 Batavia,印度尼西亚首都雅加达的旧称。

不过五英尺四英寸[1],而且奇胖无比。本身就气色极佳,又为了凉快把头发剃光了,一张没有胡子的脸又红又圆。他的眉毛是金黄色的,但太淡了,几乎看不见,一双小蓝眼睛十分灵动。他知道自己缺乏威严的气度,但为了履行职责,就靠穿极为考究的衣服弥补。只要去办公室,或是主持法庭审案,或只是走出家门,他身上都会是一套洁白无瑕的衣服。那件配有闪亮铜扣的短外套[2],剪裁得非常贴身,让所有人都见证他年纪轻轻,但肚子却圆得惊人。一张和气的脸上常因为汗珠而闪闪发亮,手上永远摇着一把棕榈叶做成的扇子。

但在家里格莱特先生更爱除了纱笼什么都不穿,于是他那滚圆的一身白肉倒更像是个十六岁的好玩的小胖墩。他一般都起得很早,所以早饭都是六点钟就备好了,内容从来不变,一片木瓜、三个凉好的煮鸡蛋、削成薄片的荷兰球形干酪、一杯清咖啡。吃完早餐,他抽一根硕大的荷兰雪茄,找那几张还没完全翻烂的报纸翻看。然后更衣去办公室。

一天早上他正忙于此事,总管到卧室里来,说琼斯老爷问能否见他一面。格莱特的裤子穿好了,正站在镜子前欣赏自己光滑的胸脯。他直着腰,挺着胸,收了肚子,得意极了,在胸膛上响亮地拍了三四记巴掌。这是男人该有的胸膛。男佣传了信,他还微笑着跟镜子里的自己使了个别有意味的眼神。这个访客能有

---

[1] 大约一米六二。
[2] 原文 Stengah-shifter,此英文名称似只见于毛姆的作品;按当时荷兰殖民者在东南亚的着装习惯,这种服饰应相似于中山装,但有多排纽扣。

什么事?埃夫特·格莱特英语、荷兰语、马来语说得一样流利,但心里的事情都是用荷兰语想的。他喜欢这样,对他来说,荷兰语似乎是门粗鄙可喜的语言。

"让老爷等一下,我马上就出来。"他赤膊套了件紧身短上衣,扣好扣子,趾高气扬进了客厅。欧文·琼斯教士站了起来。

"早上好,琼斯先生,"长官说道,"你来是为了在我开始工作之前跟我喝口小酒吗?"

琼斯先生没有笑。

"我来找你是为了一件很让人忧心之事,格莱特先生。"他回答。

对于来访者的严肃神情和他刚刚的话,长官并不感到紧张苦恼。那双蓝色的小眼睛放射着亲切的神采。

"我亲爱的好朋友,先坐下,来根雪茄吧。"

格莱特先生很清楚欧文·琼斯教士不碰烟酒,但每次见面他都要问,可能是性格里爱搞怪,觉得这样好笑极了。琼斯先生摇了摇头。

琼斯先生管着阿拉斯群岛上这些浸礼会传教士,他们的总部放在巴鲁,面积最大,人也最多,不过群岛里其他几个地方也有他们的礼拜堂。他又高又瘦,气质忧郁,一张枯黄的脸,大概四十岁。棕色的头发鬓角已经白了,发际线也一直在退。这个教士有知识分子的派头,但又好像没有什么思想。格莱特先生既讨厌他,又尊敬他。讨厌他是讨厌那种狭隘和古板;长官自己是个开开心心的异教徒,喜欢俗世的享受,只要条件许可,简直来者

愤怒之器

不拒，而对于这些享受全持批判态度的人，他自然是合不来的。他觉得这里的风俗正适合这里的百姓，传教士们不遗余力要摧毁一种千百年来运转顺畅的生活方式，他一点也不赞同。但他也尊重琼斯先生，因为这人诚实、热心、善良。教士是澳大利亚人，但祖上是从威尔士过去的。在群岛中，这是唯一的正经医生，一旦生了病，知道除了去找中国郎中还有别的办法，总是心里安定一些。而且长官比谁都清楚，琼斯先生的医术对岛上所有人是何等宝贵，而他又是如何慷慨地救助病患。一旦流感传播开来，这个传教士工作起来可谓以一当十，除了真刮起了台风，否则没有什么恶劣天气能阻止他赶往另一个岛屿治病。

教士和妹妹住的是一幢白色的小房子，离村子大概有半英里，长官到的时候，他上船迎接，盛情邀请格莱特先住到自己家，等长官邸收拾好了再搬进去。长官接受了邀请，很快就亲身体验了这对兄妹生活之简朴。他忍受不了。一日三餐除了饭菜疏淡不说，还只能喝茶；他点起雪茄的时候，琼斯先生有礼貌但也不容转圜地请他不要抽烟，因为他和他的妹妹都强烈反对这一爱好。没过二十四小时，格莱特先生就搬进了自己的房子。他逃离时怀着满心的仓皇，就像逃离一个瘟疫肆虐的城池。长官喜欢讲笑话、听笑话，也喜欢笑，跟一个永远一本正经回应你瞎扯的人住在一起，或是住在一个你最好笑的趣闻也换不来半分笑容的家里，真是血肉之躯不能承受的。欧文·琼斯教士是个了不起的人，但你无法跟他相处；而他的妹妹比他更糟。他们兄妹都不知幽默为何物，但哥哥本性忧郁，显然认定世间万事都不可救药，只不过要竭力完成自己的职责，而琼斯小姐是打定了主意要做一个喜气洋洋的人。她会不屈不挠地找出所有事情的光明面，就像一个复仇的天使，凶残地搜寻人类同胞的优良品质。琼斯小姐在教会学校教书，哥哥行医的时候她也帮忙，比如手术前她会给病人麻醉。在传教活动之外，琼斯先生自发建起了一个微型的医院，琼斯小姐就是这家医院的主管、护士、伤口敷裹员。长官个头虽小却性格顽强，从欧文教士与人性弱点的艰难斗争以及琼斯小姐不遗余力的乐观心态中，他总能找到有趣之处。找乐子不容易，任何时候都要尽力而为。荷兰的船每两个月来三次，会在港中休整几个钟头，这就够他和船长、轮机长好好热闹一番了。还有十分难得会从"周四岛"和"达尔文港"出来采珍珠的船，这些斜桁四角帆帆船一到，格莱特先生就有两三天欢乐无比的日子。这些采珍珠的工人，一般来说，都有些粗鲁，但个个精力充沛，有很多奇闻趣事可讲，而且船上还有大量的酒；长官会把他们请到自己家里，好吃好喝，当晚如果还有人能回得去船上，就不算尽兴。不过巴鲁岛上除了传教士，只有一个白人，叫做"红头特德"；这当然是个为文明社会所不齿的家伙。谈起这个人，谁都没有一句好话。白种人的名声都让他败坏了。但不管怎么样，长官有时候觉得，要是没有"红头特德"，这岛上的生活还真有些过不下去。

奇怪的是，琼斯先生这时本该在把浸礼宗的种种奥秘教授给那些没有信仰的年轻人，却一大早为了这个混蛋来拜访格莱特先生了。

"琼斯先生，您请坐，"长官说道，"我有什么能帮你的呢？"

"是这样，我来见你是为了那个他们叫做'红头特德'的人，你现在准备怎么办？"

"怎么了，他出了什么事？"

"你没有听说吗？我还以为警长已经告诉你了。"

"如若没有紧急状况，我是不鼓励下属到我的私人住处来的，"他端着长官的架子说道，"我跟你不一样，琼斯先生，我工作只是为了换来闲暇，我不希望自己的闲暇被打搅。"

但琼斯先生向来不爱闲聊，对空泛的议论也兴趣不大。

"昨晚'红头特德'在一家中国人的店里闹了起来，场面极为不堪，他把整家店都毁了，一个中国人差点为此送命。"

"又喝醉了吧，我猜？"长官平静地说。

"这是自然，他还有清醒的时候吗？他们喊来了警察，他又攻击警长，最后要靠六个人才把他关进了牢房。"

"他块头是不小。"长官说。

"我以为你会把他送到望加锡去。"

面对教士义愤填膺的神情，埃夫特·格莱特眼睛里开心地闪了一闪。他并不笨，已经看出琼斯先生在打什么主意，能逗逗他让格莱特喜不自胜。

"幸运的是，我有足够的权限可以自己处理这件事。"他回答道。

"你有权力遣送任何人，格莱特先生。我很确定你只要把他彻底送走，就可以省下一大堆的麻烦。"

"权力我自己是有，但我想你是最不愿看到我滥用权力的人吧。"

"格莱特先生，有这人在岛上，是我们所有人的耻辱。从早醉到晚，而且他和众多当地女子之间的关系，早已臭名远扬了。"

"这一点倒很有意思，琼斯先生。我常听说饮酒过量虽然会挑逗性欲，但对性行为本身却是种妨碍。可你刚刚所说的'红头特德'的情况似乎和这条理论并不相符啊。"

教士脸红的时候依然面色暗沉。

"这些生理学上的事情此刻我无意详谈，"他语气生硬地说道，"这个人的所作所为对白人的威信有着难以估量的伤害，当地人看到他之后，会严重妨碍我们在各个领域劝导当地百姓过一种更高尚的生活。他是个彻头彻尾的败类啊。"

"请原谅我这样问，可你有没有试图改造他？"

"他最初漂泊至此时，我尽了全力去接触他，但他毫不接受我的好意。他开始惹麻烦的时候，我直截了当地找他谈了，结果他辱骂我。"

"没有人比我更赞赏你和其他传教士在这些岛屿上的卓越奉献，但你是否确定，在你们开展工作的时候，足够照顾到他人的感受了呢？"

长官对自己这套说法颇为得意。既恭谨无比，又藏了他认为值得提出的批评。教士郑重地看着他，一双忧伤的棕色眼睛里全是真诚。

"当耶稣以绳作鞭把货币兑换商赶出神殿时,他有没有照顾别人的感受呢?格莱特先生,他没有。所谓圆融是懈怠之人用来逃避责任的托辞。"

琼斯先生这句话让长官突然想来瓶啤酒。教士一本正经地凑过来说道:

"格莱特先生,对这个人的胡作非为,你其实也和我一样清楚,就不用再提醒了。本就没有替他求情的理由,现在他又真的越过了界,这是你最好的机会。我请求你使用你的权力,一劳永逸地把他赶出去。"

长官的眼睛比任何时候更明亮了;他正乐在其中。他琢磨出一个道理:和人打交道的时候,如果你没觉得非去褒贬他们不可,那他们往往会带给你加倍的乐趣。

"可是,琼斯先生,不知我有没有会错你的意思。难道你要我在听到对他的控诉和他自己的辩护之前,就向你保证要遭送他吗?"

"我不认为他有任何办法替自己辩护。"

长官站了起来,而且他确实有办法给自己五英尺四英寸的身上添一分气度。

"我在这里是遵照荷兰政府的法令维持公平正义的,请允许我对你居然会试图干扰我的司法工作表示震惊。"

教士略显慌张,因为他从来没想到这么个比自己小十岁的愣头小子,居然有胆子用这种态度跟他说话。他刚想开口解释、道歉,但长官举起一只胖乎乎的小手,说道:

"我现在要去办公室了,琼斯先生。我先告辞。"

教士吃了一惊,欠了欠身就走出了房间,再也没有说话,他不会想到自己转过身去之后长官做了什么。格莱特先生脸上展开一个巨大的笑容,拇指顶住鼻子,摇动另外四指,朝欧文·琼斯的背影做了个鬼脸。

几分钟之后,他就到了办公室。下属中的领班有一半的荷兰血统,把他所知的前一晚争斗的情形讲了一遍,跟琼斯先生的版本并无出入。当天他们就会开庭。

"您要第一个审'红头特德'吗,先生?"下属问道。

"我不觉得有这个必要。上次开庭还有两三个案子没有了结,轮到'红头特德'我再审他。"

"我在想,既然他是白人,或许您会私下里见他一下,先生。"

"朋友,在崇高的法律面前,白人和有色人种是没有区别的。"格莱特先生略显浮夸地说。

法庭是个方形的大房间,木头长凳上密密麻麻坐着很多不同种族的当地人,包括波利尼西亚人、布吉人[1]、中国人、马来人;当警长把门打开,宣布长官进入法庭的时候,所有人都站了起来。长官是和自己那位下属一起进来的,他的座位置于一个略高于地面的平台上,桌子是上过清漆的北美油松制成的;背后是威廉明娜女王[2]肖像的巨幅雕版印刷品。他很快料理了五六个

---

1 Bugis,印度尼西亚苏拉维西岛的当地民族。
2 Wilhelmina(1880—1962),荷兰女王(1890—1948)。

案子,"红头特德"就被带进来了。他站在犯人栏里,戴着手铐,左右手边各站着一名警卫。长官看着他虽然表情严肃,但眼睛的笑意已经藏不住了。

"红头特德"大概酒还没醒,站着的时候有些摇晃,眼神里空洞无物。他岁数不大,可能只有三十左右,比中等个子略高些,但颇为肥胖,一张臃肿的红脸,一头惊人的红色鬓发。这场争斗他也没能全身而退,一个眼眶黑了,嘴唇也被打破,已经肿了起来。他穿的是卡其布的短裤,但又脏又破,汗衫后背已经基本被人扯了下来。胸口也破了个大洞,厚重的胸毛都是红色的,同时也看得见他白得惊人的皮肤。长官看了案情记录,传了证人,看到了脑袋被"红头特德"用酒瓶砸破的那个中国人,听到了警长在逮捕过程中是如何被他一拳击倒,还听到了"红头特德"是如何发酒疯,把够得到的东西全部砸毁;听完之后,长官转过去对被告人用英文说道:

"好了,红头,你对自己的所作所为有什么要说的吗?"

"我当时醉得什么都不知道了,现在一点也想不起来。要是他们说我差点要了那人的命,我想我可能是干过。要是给我点时间的话,那些损失我会赔的。"

"赔你肯定是要赔的,'红头',"长官说道,"但我给你的不是时间,而是刑期。"

他没有说话,看了一会儿"红头特德",只觉得这真是一个见了会倒胃口的人。他完全就已经垮掉了,一塌糊涂,看着他你会打寒颤。在那一刻,要不是琼斯先生之前那么讨厌,长官是一定会下令把他遣送走的。

"自从上了岛你就开始惹麻烦,太不像话了,懒散成性,一次次醉倒在街上不省人事,一次次引起是非。你已经无药可救。上一回你被带到这里,我就说如果你再被逮捕我会从严量刑。这一回你已经触碰了底线,是自讨苦吃。我现在判处你服六个月的苦役。"

"我?"

"没错。"

"对天发誓,我出来的时候你就等死吧。"

他开始破口大骂,嘴里全是下流、渎神的话。格莱特先生听得满心鄙夷。荷兰语里骂人的话比英文丰富得多,"红头特德"的每种骂法他其实都能更胜一筹。

"肃静,"他命令道,"快被你烦死了。"

长官把自己的判决用马来语重复了一遍,犯人就挣扎着被带走了。

格莱特先生坐下吃中饭的时候心情大佳,有时候真是不可思议,只要稍微花些小心思,生活居然能这样妙趣横生。在阿姆斯特丹,甚至在巴达维亚和泗水[1],都有不少人把他的这个小岛看成是流放之地。这些人完全不知道这里有多舒服,也想象不到局面看似再无趣,他也能从中获得很多快乐。他们问他是否怀念那些俱乐部、跑马赛、电影院、"赌场"每周一次的舞会,以及社

---

[1] Surabaya,或译为苏腊巴亚,现为印尼第二大城市,位于爪哇岛东北角。

愤怒之器

交圈里的那些荷兰女子。一点都不怀念。他倒喜欢生活更自在一些。此刻他坐着的这个房间,家具规模都不小,有种让人赞赏的实在。他喜欢读那些轻浮的法国小说,能一本接一本读下去却不用担心自己是在浪费时间,这种感觉最为酣畅。对他来说,最奢侈的享受就是浪费时间。一旦他年轻的心思转向了男女之情,他的主管就会找到一个深色皮肤、眼睛明亮的穿纱笼的小姑娘,把她送到长官府里来。他很小心,从不让此类关系长久,认为变换花样能让心灵年轻。他喜欢自由,不愿被责任拖累。天气炎热他也觉得无所谓,至少一天五六次能用冷水冲澡,在这样的天气里才成为一种甚至有美学意味的愉悦。他会弹钢琴,会给在荷兰的朋友写信。他不觉得和有文化的人聊天是如何的不可或缺。他觉得能开怀笑一笑自然是好,但又觉得自己从笨蛋身上得到的笑料并不比从哲学教授那里来的少。他一向觉得自己是个很有智慧的人。

跟所有在远东的正经荷兰人一样,午餐上来总归是一小杯荷兰制杜松子酒。这种酒入口有种辛辣的霉味,对它的欣赏的确要慢慢培养,但格莱特先生喜好它胜过任何一种鸡尾酒。每次喝的时候,他都觉得像是在把民族传统发扬光大。然后他要吃印尼抓饭[1]了,这是每天都不能漏的。先是自己在汤盆里盛满满一大盆米饭,三个侍餐的男仆第一个送上咖喱,第二个端来荷包蛋,

---

[1] Rijsttafel,字面意思为"米饭桌子",据说是在荷兰殖民时期发展出来的印尼饭食,大致是在米饭上配以大量当地菜肴,多时可达数十种。

第三个捧着辣椒酱供他取用。然后这三个男仆又分别拿来了培根、香蕉和腌鱼，汤盆里转眼就堆起一座高高的金字塔。他把菜和饭全搅和在一起，吃了起来。他吃得慢条斯理，津津有味，还喝了一罐啤酒。

他吃饭的时候什么都不想，注意力只放在眼前这堆食物上，用一种愉悦的专注将它们一点点填入腹中。他从来没有吃腻过；饭盆底朝天之后，他心里的慰藉是想到明天又可以吃印尼抓饭了。就像我们吃不腻面包一样，格莱特先生吃不腻印尼抓饭。啤酒喝完，他会点起雪茄。男佣会端上来一杯咖啡。他往椅背上一靠，就可以悠闲地回味之前的事情了。

他想想也觉得好玩，判了"红头特德"六个月的苦役，还算是轻的；到时他要跟其他囚犯一起去修路，想到这场面长官露出了笑容。把他遭送走就太不聪明了，毕竟这岛上除了他之外自己就再没有第二个人能难得说几句心里话了，另外，那样会让教士非常得意，这对他的修身养性是有害的。"红头特德"当然是个无赖，是个恶棍，但长官对他总心存一丝仁厚。他们面对面喝过不少瓶啤酒了，每次采珍珠的人从达尔文港过来，彻夜狂欢的时候，他们也曾一起喝得昏天黑地。长官喜欢"红头特德"那种把无价生命弃若敝屣的草率。

有一天他自说自话就上了一条从马老奇到望加锡的船。船长都想不通他是怎么到那个地方的，只见他和当地人坐了统舱。到了阿拉斯群岛，他觉得顺眼，就下船了。格莱特先生猜测，这里能吸引他，或许是因为看到了荷兰国旗，就不用受英国法律的

愤怒之器　　17

管辖了。他的证件都没有问题,当然只能让他留下。他自己号称在给澳大利亚一家公司收购珍珠贝,可大家很快看出来他的工作态度似乎并不认真。喝酒占据了太多他的时间,以至于其他的事业都顾不上了。每个月他会从英国收到一笔钱,是按照一周两英镑给的,非常规律。照长官的判断,寄这些钱的人唯一的诉求大概就是要"红头特德"别回去找他们,不管怎样,这笔收入也的确不够他自由地选择目的地。"红头特德"是个沉默寡言的人。从护照上,长官知道他是个英国人,名字叫做爱德华·威尔逊,后来去了澳大利亚。至于他为什么离开英国,在澳大利亚又做了些什么,一无所知。长官也吃不准"红头特德"属于哪个阶层。看到他身上肮脏的汗衫、褴褛的裤子、头上那顶破旧的遮阳帽,再看到他跟采珍珠的人厮混的模样,听到他像文盲一样说着粗鄙、下流的话,你会觉得他一定是个弃船而逃的水手,或者是个干粗活的苦力;可你要是见了他的字,就会惊讶地发现他一定受过一些教育;最后,你如果能和他单独相处,让他喝了几杯又还没醉的时候,就会听他聊起一些水手和苦工可能连听都没听过的事情。长官这方面颇为敏感,他意识到"红头特德"跟自己说话时,并不觉得有什么地位高下,而是当成平等的人在交谈。他收到的大部分汇款,早已被他用来抵押借债了,每个月收到信的时候,借他钱的那些中国人一定就守在他旁边。但不管还剩下多少,他都立马用来买醉。这就是他惹麻烦的时候,因为"红头特德"只要喝醉就爱动手,做出来的事情往往会把他送到警局。之前长官都是把他关到酒醒就算了,到时再训斥他一顿。钱用光了，他就半讨半骗，别人给什么酒就喝什么，朗姆、白兰地、亚力酒[1]，对他来说都一样。有两三回，格莱特替他在中国人的庄园里找了份工作，总之都在群岛中的某个地方，但他干不下去，没过几个礼拜就又回到了巴鲁的海滩上。穷成这样居然能活得下去简直是个奇迹。当然这人也的确有办法。这些岛屿上各种各样的方言土语，他都会一点，很懂得怎么逗当地人笑。这些岛民看不起他，但佩服他身体强壮，也喜欢跟他玩在一起。结果就是他从来都有饭吃，有席子能睡觉。可奇怪的是——欧文·琼斯教士对这一点最为愤慨——他对于女人似乎有予取予求的能力。长官也不明白她们喜欢"红头特德"哪一点。他对女人很随便，甚至有些粗鲁。她们给的东西照单全收，而且根本不觉得感激。他把异性全当成取乐的工具，之后再无情地扔掉。有时候他也会因此惹出事端来，有次格莱特先生就审判了一个愤怒的父亲，他半夜在"红头特德"的背上捅了一刀；一个中国女子吞了不少鸦片想自杀，只因为被他抛弃了。有一回琼斯先生来找格莱特先生，情绪极为激动，因为这个海滩流浪汉勾引了一个皈依宗教的岛民。长官也对此表示遗憾和谴责，但除了建议琼斯先生对这些年轻人更为留心之外，他什么也做不了。但有时候长官就略感不快了。比如他自己很喜欢一个姑娘，一连好几周都和她见面，到头来却发现这段时间她也把爱意同样献给了"红头特德"。念及此，想到这家伙要做六个月的苦工，他又笑了起来。还未升天转世之前，

---

[1] Arak，或 arrack，亚洲特有的烈酒，原料为椰子汁、糖蜜、米或枣子。

能在尽忠职守的过程中顺便报复一下那个在你背后耍卑鄙伎俩的人,倒也难得。

几天之后,格莱特先生出门散步,一是为了活动筋骨,二是检查他吩咐下去的某个工程是否在及时推进。这时候他遇到一个狱卒领着一队囚犯经过,里面就有"红头特德"。他下半身围了条囚犯统一的纱笼,上半身是一件短上衣,马来语叫"巴汝"[1],头上还是他自己那顶破烂的帽子。这帮人正在修路,"红头特德"手里握着把重镐。那条路很窄,长官发现自己经过他的时候两人相距不会超过一尺。格莱特想起了对方的威胁。他知道"红头特德"冲动起来不计后果,而且从他在被告席上使用的语言也听得出来,他并没有意识到长官判他六个月的苦役是多么诙谐的一个玩笑。要是"红头特德"突然将那把镐朝他劈来,只有神仙显灵才救得了他了。虽然狱卒会立刻将"红头特德"击毙,但与此同时长官的脖子上也只剩下一个碎脑壳。囚犯都是两两搭配劳作,相互之间不超过几尺,他在其中穿过,心下有种说不清的感觉。他已经打定主意,脚步既不加快,也不拖延;走到"红头特德"边上的时候,他正抡着镐朝地面凿,抬头看到长官,两人目光相接时他还眨了一下眼睛。长官一下就要笑出来,还是忍住了,恢复了长官派头朝前走去。可"红头特德"眨的那一下眼睛,里面都是轻松的讥讽,妙不可言,让他觉得开心极了。如果他不是荷兰政府的一个低阶行政人员,如果他是巴格达的哈里发,他就当

---

[1] Baju,一种无领长袖衫。马来西亚男子传统服装是上身穿巴汝,下身围纱笼。

场释放"红头特德",派奴隶帮他沐浴并洒上香水,给他穿一件金色的袍子,请他享用山珍海味。

"红头特德"在监狱里堪称楷模,一两个月之后,外围一个岛屿上有些工作要派一队人去干,长官正好把"红头特德"也列入其中。那边没有监狱,所以狱警带着那十个人过去,吃住都在百姓家里,一天劳作之后就可以自由活动了。这份差使可以一直干到"红头特德"的刑期结束。他们出发前长官去见了他。

"这么着吧,'红头',"他说,"给你十个荷兰盾,到那儿之后可以买些烟草什么的。"

"能不能再多给点?我反正每个月有八英镑一直寄来的。"

"我觉得十个荷兰盾够了。那些信我替你保管着,你回来之后也算有笔小积蓄,想去哪里都够了。"

"我在这儿挺自在的。""红头特德"说。

"行,你回来的时候,好好洗个澡,然后上我那儿来。我们一起喝瓶啤酒。"

"这安排不错,看来我要准备好热闹一番了。"

世事无常。"红头特德"要去的那个岛叫做马普提提,和这里其他的岛屿一样,主要由岩石和森林覆盖,礁脉环绕。对着礁脉缺口的那段海滩上,在椰树林中间有个小村子;还有另一个村子,在岛中央一片低盐湖边上,村民有一些已经信奉了基督教。这个岛和巴鲁的交流全靠一条会在不同岛屿间不定期停靠的汽艇,既载乘客,也运送农产品。不过这些岛民都是在海上谋生的,如果有什么急事,与巴鲁之间那五十英里的航程,他们驾着一艘马来帆船便自己去了。就在"红头特德"刑期还剩半个月的时候,低盐湖边那个村子信基督的村长突然病倒了。土方子都没有效用,村长痛苦不堪。信使已经派往巴鲁向教士救助,但偏巧琼斯先生也正好害了疟疾,躺在床里无法动弹。他和自己的妹妹商量道:

"听上去像是急性阑尾炎。"

"欧文,你不能去。"她说。

"我不能眼看着那个人就这么死了。"

琼斯先生高烧一百零四度[1],头痛欲裂,一整晚都神志不清。此时他的眼睛里放射出奇异的光芒,妹妹觉得他能勉强说话完全是凭意志力在硬撑。

"你现在的状况也做不了手术。"

"确实做不了。那让哈桑去。"

哈桑是他们的配药师。

"哈桑靠不住的,他从来都不敢一个人做手术。他们也不会让他做。我去吧。哈桑可以留在这里照顾你。"

"割阑尾你还不会啊。"

"有什么不会的?我看你做过,而且我自己已经完成很多个小手术了。"

琼斯先生觉得自己听不明白妹妹在说些什么。"汽艇到了吗?"

"没有,汽艇去另外一个岛了,但我可以坐来的那艘马来帆船过去。"

---

[1] 相当于摄氏四十度。

"你？我没说你，你不能去。"

"我会去的，欧文。"

"去哪里？"他问。

她知道哥哥的思想已经模糊了，满怀温情地摸了摸他干燥的额头，然后给他打了一针。琼斯教士含糊地说了句什么，她发现哥哥已经弄不清自己身在何处。当然她很担心哥哥，但也知道这个病并不危险，把他留给传教团里帮她一起照顾哥哥的仆人和当地的那个配药师，不会有什么问题。她悄悄出了屋子。她把梳洗用品、睡衣和一套换洗衣服塞进包里。装手术工具、绷带、抗菌敷料的一个小箱子，时刻都是预备好的。她把东西都交给从马普提提来的两个当地人，又把自己的去向告诉了配药师，并让他等教士恢复神智之后再将事情一一说明。最主要的，是让他不要担心妹妹。琼斯小姐把遮阳帽往头上一戴，朝海边进发了。路程大约是半英里，她的脚步很快。码头边上有一条马来帆船在等着，开船的有六个人，她在船尾坐下，大家立刻就飞快划起桨来。在礁脉的范围之内，算是风平浪静，可一旦经过了沙洲，就遇到了大浪。不过琼斯小姐不是第一次这样出海了，心里还是相信这条船是经得起风浪的。时近正午，燥热的空中阳光火辣辣地照下来。唯一让她不安的问题是天黑前恐怕到不了，要是必须立刻动手术，那就只能用防风灯照明了。

琼斯小姐快四十了，如果只是看她，绝对想不到她会如同方才显现的那般坚定果敢。她有种疲乏的优雅，像是每阵微风吹来都站不稳一般，几乎可说是矫情，这就让你接触她之后立刻感受到的刚强性格显得有些可怕了。她胸部很平，高个子，极其的瘦，一张长脸上面色灰黄，而且经常会发热疹。平直的棕色头发从额前全部往后梳。她的眼睛偏小，是灰色的，因为双眼靠得有些近，让她面相有些泼辣。鼻子又长又窄，总有些红红的。她的消化很不好，但身体的这点不适并不能动摇她寻找事物光明面的义无反顾。她也毫不怀疑世界是邪恶的，人类堕落到难以启齿，所以她更要找出他们中善良的一面，那种朴素的自豪就像魔术师刚从礼帽中掏出了只兔子一般。她反应敏捷，善于应变，很干练。上了马普提提岛，她知道要救村长的性命，一刻也不能耽搁。虽然条件艰难到无以复加，她还是教会了一个当地人如何给村长麻醉，并完成了手术，又费尽心力地照顾了三天病人。一切都很顺利，琼斯小姐意识到即使是哥哥在这里，也不过如此吧。她又等了几天，准备拆线之后就可以回去了。她暗暗称许自己，这一点时间也没有白费。需要医治的岛民她都一一照看过了，让基督教的小团体更坚定了信念，并劝诫了那些信仰松动的人。她还在一些灵魂中播下了种子，只祈祷上天成全，能让它们生根发芽。

在群岛间来往的汽艇要下午晚些时候才到，但今晚是满月，他们应该可以午夜之前赶回巴鲁。村民把她的东西都搬到了码头，送行的还来了不少人，再次不住地道谢。汽艇上装了不少干椰子仁，但这种刺鼻的味道琼斯小姐也习惯了，并不以为意。她尽量找了个舒服的地方坐下，一边和感激不尽的岛民聊天，一边等着汽艇发动。她是唯一的乘客。突然从遮蔽村庄的一片树林里钻出一队当地人，其中还有一个白人。围了条监狱统一的纱笼，穿了巴汝。从那头长长的红发中，她一下认出是"红头特德"。有一个警察和他走在一起，他们握了握手，然后他又和一起走来的几个村民握了握手。他们带了几大包水果和一个坛子，都放进了汽艇；琼斯小姐猜那坛子里大概装着当地的烈酒。让她吃惊的是"红头特德"居然也跟他们同船而行。他的刑期满了，指令刚到，说他可以坐这一班汽艇回巴鲁。他朝琼斯小姐扫了一眼，但没有点头——确实琼斯小姐也把头转开了——上了船。机械师发动了引擎，一眨眼，他们已经突突突地开在了潟湖中的一条水道上。"红头特德"爬到一袋干椰子仁上，点了一根烟。

琼斯小姐对他视而不见。当然，对这个人她很是了解。想到他又要回到巴鲁，她的心都沉了。"红头特德"到时不过又是喝酒，制造丑闻，危害女性，又成为所有正派人的眼中钉肉中刺。她知道为了把他遣送走，自己的哥哥都做了哪些努力，本来就是长官的职责所在，他却视而不见，琼斯小姐有些看不惯他。过了沙洲，到了海面上，"红头特德"拔了酒坛的盖子，把嘴凑上去，饮了一大口当地的亚力酒。然后他把坛子递给了船上的两个机械工，一个是中年人，还有一个是小伙子。

"我不希望你们在航行的过程中喝酒。"琼斯小姐对那个年长一些的船工严厉地说道。

他朝琼斯小姐笑了笑，喝了一口。

"一点点亚力酒有什么关系。"他回答道。他把酒坛递给了同伴，那个年轻人也喝了一口。

"要是你再喝一口,我就向长官投诉你们。"琼斯小姐说。

年长的船工说了几句她听不懂的话,但估计极为粗鲁,然后把酒坛还给了"红头特德"。他们又航行了大概一个多小时。海面如镜,落日耀眼;当它落到一个岛屿后方时,几分钟之间,那个岛屿成了一座迷幻的空中之城。琼斯小姐转头看它,心里对世界的美充满感激。

"只有人才是恶的。[1]"她把这句话引给自己听。

他们是往东开的,她知道远处有一个小岛就在他们的航线上。那是个无人居住的小岛,岛上全是乱石和茂密的原始森林。船工点起了灯。夜色降得很快,天空中厚厚的全是星光。月亮还没有升起。突然听到微微的一声响,汽艇奇怪地震动起来,引擎也格格地发出噪音。年长的机械师喊同伴来掌舵,自己钻到了盖子下面。他们似乎越开越慢,然后引擎就停了下来。琼斯小姐问那个年轻人怎么回事,他不知道。"红头特德"从干椰子仁袋子上下来,也钻进了盖子下面。他出来的时候琼斯小姐很想问他船是怎么了,但顾及尊严,只能忍住。她静静坐着,想着心事。这时又一个大浪卷过来,船也随着漂了一小段。机械工出来,发动了引擎,虽然噪声响得吓人,船还是往前开动了,只是整个船身都在震动。船开得很慢,显然哪里出了问题,但琼斯小姐与其说紧张,其实更是焦躁;本来这艘汽艇的航速是六节,但按照现在

---

[1] 出自雷吉纳尔德·希伯(Reginald Heber,1783—1826)主教的赞美诗。他的这一句诗"每一处景色都美,只有人才是恶的",形容的是当时的锡兰。

这种缓缓挪动的速度,要凌晨才能到巴鲁了。那个机械工还在盖子下忙活,朝掌舵的人喊了一句什么。他们说的是布吉语,琼斯小姐基本听不懂。但过了一会儿,她发现他们已经换了航线,正朝那个无人小岛的背风面开去,他们早就应该开过了。

"我们这是去哪儿?"她突然担心起来,问那个掌舵的人。

他指了指那个小岛,她走到引擎盖边上,大声喊那个机械工出来。

"怎么不往航线上开?为什么,出了什么问题?"

"这样到不了巴鲁。"他说。

"但你必须到巴鲁。必须听我的。我命令你去巴鲁。"

对方耸了耸肩,转过身,又钻到了盖子下面。这时"红头特德"跟她说话了。

"其中一叶螺旋桨坏了,他估计最远只能开到那个小岛。我们只好在那里过夜了,明天退潮他会装一个新的螺旋桨。"

"我不可能跟三个男人在一个荒岛上过夜。"她喊道。

"很多女人巴不得呢。"

"我不允许你们改变航线,不管什么情况,必须今天晚上回到巴鲁。"

"别激动,大姐。船必须得靠岸才能换螺旋桨,而且我们去那小岛过一夜挺好的。"

"你怎么敢这么跟我说话!你太放肆了。"

"你放心好了,我们这儿有不少吃的,上岸之后,我们就来顿夜宵。你再舔一口亚力酒,保证浑身都跟烧起来一样。"

愤怒之器

"你不要太猖狂。要是你们不去巴鲁的话,我让你们全都坐牢。"

"我们现在不去巴鲁。没办法去。现在我们会去那个小岛,如果你非不肯去,跳船游回巴鲁好了。"

"哦,你会付出代价的。"

"闭嘴吧,你这死婆娘。""红头特德"说道。

琼斯小姐愤怒地深吸一口气,但还是控制住了自己。即使在这里,在万顷汪洋之中,她也不会不顾身份到跟这种十恶不赦的混蛋做口舌之争。伴随着引擎可怕的噪声,汽艇继续在海上挪动。周围一片漆黑,她已经看不见他们要去的小岛。琼斯小姐怒不可遏,锁着眉头,紧闭双唇;很少有人敢这么违抗她。然后月亮升起来了,她看见"红头特德"庞大的身躯就摊开在那些干椰子仁的袋子上。他烟头一闪一闪的,说不出的邪恶。现在,小岛的轮廓朦朦胧胧在夜幕前显现出来;终于到了,船夫把船开上了岸。突然琼斯小姐倒抽一口凉气,她明白了怎么回事,愤怒变成了恐惧。她的心跳得厉害,四肢都在颤抖,顿时全身无力,就要晕倒。她已经看清楚了。螺旋桨坏了到底是圈套还是意外?这点她吃不准,但不管这情形是如何造成的,"红头特德"一定不会错过这个机会。她会被他强奸的。她知道这个人是什么德性,满脑子只想着女人。对教堂的那个女孩,说到底他不就是这么干的吗?那个纯良的一个姑娘,还做得一手好针线。他们本该依法办理他的,他本该承受很多很多年的牢狱之灾,只是非常不幸,那个单纯的孩子又好几次回到他身边,只是在他移情别恋的时候,才抱怨他欺负了自己。他们还去找了长官，但他不愿采取任何措施，说话依然像平日那么粗俗，说就算那女孩说的全都属实，看起来这段关系也有让她留恋的地方嘛。"红头特德"是个流氓，而且她是个白人女子，他怎么可能会放过自己？完全不可能。她知道男人是怎么一回事。但她要振作起来，一定要头脑清醒，一定不要害怕。她已经下了决心绝不作践自己，要是被"红头特德"杀了——那有什么，她就是死也不会屈服。她死了就能安息于耶稣的怀抱之中。这时一道强光让她睁不开眼睛，她看见了天堂的模样，似乎是一座气势恢宏的电影院和富丽堂皇的火车站融合在了一起。机械师和"红头特德"都跳了下去，在齐腰深的海水里围着坏了的螺旋桨研究。她趁此机会找到了手术箱，将里面四把手术刀取了出来，藏在自己的衣服上。只要"红头特德"敢碰她，她立刻就把手术刀扎进他心里。

"我跟你说啊，小姐，你还是出来吧，""红头特德"说，"你上岸比在船里安全。"

她也这么觉得。不管怎样，到了岸上她至少可以自由行动。她一言不发就翻过了干椰子仁的袋子。他伸手要扶。

"我不需要你的帮助。"她冷冰冰地拒绝道。

"我管你去死。"他回答。

下船的时候要把腿全部遮起来有些麻烦，但她费了不少巧思，总算达成了这个目标。

"我们运气还真不错，带着吃的东西。待会儿生个火，你最好吃些点心，喝口亚力酒。"

"我什么都不需要，只希望你们不要打搅我。"

"你饿肚子对我一点妨碍也没有。"

她没有回答，昂着头沿海岸一路走。最大的那把手术刀她一直攥在手里。凭借月光，脚下还是看得清的，她只想找个藏身的地方。森林茂密，一直延伸到海岸边缘，但她有些怕黑（说到底，依旧是个女子），不敢深入其中。她不知道里面潜藏着什么猛兽或毒蛇。另外，她本能地觉得最好还是要把那三个男人放在视线之内，这样要是他们过来的话，至少有所准备。又走几步她看到一个小洞。她回头一望，那些人像是在忙着自己的事情，看不到她。于是她钻了进去。中间隔着块大石，这样她就能观察他们，而他们却看不到她。这些人来来回回从船上搬了些东西下来，又生了火，在火光照耀下越发可怖；然后他们围着火在吃东西，那坛亚力酒在三个人中间传来传去。他们都会喝醉的。到时她要怎么办呢？对付"红头特德"一个人，虽然他那么强壮，让她觉得害怕，但或许还能对付，可三个人她就完全无计可施了。她心里忽然有个疯狂的念头，就是跪倒在"红头特德"面前，请求他放过自己。他心里必定还有一星半点的怜悯吧，她从来都认定最恶之人也残存着善心的。他也有自己的母亲。或许，他还有姐妹。啊，但一个被欲望蒙蔽的男人，又被亚力酒灌醉了，跟他求情说理有什么用？她开始觉得虚弱不堪，怕自己会哭。绝不能哭。这是对她自制力的考验。她咬着嘴唇观察他们，像是老虎注视着自己猎物；这说法不对，应该像是羔羊注视着三匹饿狼。她看着他们又往火里加了些木料，"红头特德"裹着纱笼，火光映出他的剪影。或许他得逞了之后，会把自己再交给其他两个人，要是这样的事情发生了，她还怎么回去面对自己的哥哥？当然他会同情妹妹，但以后两人相处的感觉总不会完全一样了吧？这会让他伤透心的。或许他会觉得妹妹抵抗得还不够。为了哥哥或许她应该什么都不说。自然这些人是不会说的，那可是二十年的牢狱之灾。但万一她怀孕了呢？琼斯小姐惊恐地不自觉握紧了拳头，手术刀差点伤到自己。当然，如果她抵抗的话，只会更激怒他们吧。

"我该怎么办？"她哭喊道。"我做了什么，要这样惩罚我？"

她扑通跪倒在地，祈祷上帝能拯救她。她祈祷得很久，很真挚；她提醒上帝自己还是个处女，另外，怕无所不知的他一时忘记，还提到圣保罗[1]是多么看重这种美好的状态。这时她又探头从石后看那三个人。他们似乎都在抽烟，火也慢慢快熄灭了。现在"红头特德"的淫邪头脑应该想起那个全凭他处置的女子了吧。这时她捂住嘴，不让惊呼声传出去，因为"红头特德"突然站起来朝她这个方向走来了。她觉得自己浑身的肌肉都绷紧了，虽然心跳得厉害，还是牢牢握着手里的手术刀。但"红头特德"起身是为了另外一件事，琼斯小姐红着脸别过头去。他踱了回去，再次坐下，举起酒坛凑到嘴边。琼斯小姐躲在大石后面，越看越吃力。火边的谈话也越来越冷清了，她已经看不清，但大致

---

[1] 圣保罗（Saint Paul），基督教早期最具影响力的传教士之一，他的写作是《圣经·新约》的重要组成部分。他的一个观点可大致概括为，基督徒独身比结婚更好，从而迎接即将到来的基督复临。

判断出两个船夫裹了毯子，安静下来准备睡觉。她明白，"红头特德"等的就是这一刻。等另外两个人睡熟了，他会小心地爬起来，一点声响都没有，怕吵醒他们，然后偷偷朝她逼近。是他不愿意将她分享，还是他也明白自己的行径太过可耻，所以不想让别人知道？说到底，他是白人，她也是白人；"红头特德"再卑鄙，也不至于让当地人来侮辱她。既然她已看透了"红头特德"的计划，倒有了个主意，等他过来的时候，她会尖声大叫，直到吵醒那两个船工。她记得那个年长一些的虽然一只眼睛坏了，但面相还是仁慈的。不过"红头特德"没有动。她觉得疲惫不堪，开始害怕自己没有力量来抗拒他。这一天经历的事情太多了。她只想让眼睛休息一会儿。

当她睁开眼睛之时，天已经大亮。之前一定是睡着了，而且被煎熬的心情透支，太阳升得老高才醒。这让她惊慌失措。她想爬起来，脚却被缠住了。低头发现是两只空的干椰子仁布袋盖在自己身上。昨天夜里有人来帮她盖的。"红头特德！"她呀的惊叫了一声，脑子有个恐怖的想法一闪而过：她一定是在睡梦里被侮辱了。不会，那倒是不可能的；可明明她就任凭他摆布啊，睡梦里她根本就是没有防备的。但他还是饶过了她。她脸一下涨得通红，虽然站了起来，但浑身僵硬，整了整自己凌乱的裙子。手里的那把手术刀落在地上，她捡了起来，拿好了两个干椰子仁口袋，从藏身之处走出来，朝他们的船走去。那艘船正漂在潟湖的浅水中。

"赶紧了，琼斯小姐，""红头特德"说，"我们都弄好了，正要喊你起来。"

她没法正眼看他,只觉得自己已经红得像只雄火鸡。

"香蕉来一根?"他问。

她没有应答,把香蕉接了过来。她太饿了,吃得很有滋味。

"你上船先踩在这块石头上,鞋子就不会湿了。"

琼斯小姐羞愧得想找个地缝钻下去,但还是照着"红头特德"的指示做了。他抓住了她的手臂——天呐!他的手就像铁钳一样,她原以为还能抵抗一二,怎么可能呢?——把她扶上了汽艇。船夫发动引擎,他们驶出潟湖,没过三小时就到了巴鲁。

那天"红头特德"就被正式释放了,晚上就去了长官的房子。囚服已经脱掉,换回了他被逮捕时穿的那身破汗衫和卡其裤。头发也剪了,现在就像戴了一顶毛茸茸的红帽子。他瘦了一些,减了不少浮肿和松松垮垮的样子,看上去更年轻了,也健康、精神得多。格莱特先生的圆脸上是一个友善的笑容,和"红头特德"握了握手,请他坐下。男佣端来了两瓶啤酒。

"你没忘了我的邀请,红头,我很高兴。"长官说。

"忘不了,这顿酒我等了六个月了。"

"干杯,'红头特德'。"

"干杯,长官。"

他俩一饮而尽,长官拍了拍手。男佣又端上来两瓶啤酒。

"说起来,希望你不要因为我的判决而记恨我啊。"

"不用操这个心,我当时是很气,但一会儿就过去了。实话说,我过得还真不赖。那岛上的姑娘不错,长官,你什么时候自

愤怒之器

己去瞧瞧。"

"'红头',你可真不是好人。"

"坏透了。"

"这啤酒还不错,是吧?"

"挺好。"

"我们再来两瓶。"

"红头特德"每个月的汇款长官都替他收了,现在一共存到五十英镑,扣除他给中国人店铺的赔偿之后,还有不下三十英镑。

"这笔钱也不是小数目,'红头',应该派到正经用场上去了。"

"我也是这个意思,"红头说,"我会把它花了。"

长官叹了口气。

"也是,钱就是用来花的。"

长官把近来的新闻讲给客人听,可过去半年也没发生什么。对阿拉斯岛上的人来说,时间没有什么要紧的,而外面的世界就更无所谓了。

"哪里打仗了吗?""红头特德"问。

"没,要么就是我没注意到。哈里·杰维斯找到了挺大一颗钻石,他说要卖一千块钱。"

"希望他成功。"

"还有查理·麦考马克结婚了。"

"这家伙一向有些蠢。"

突然男佣进来说琼斯先生想问一下能否见他。长官还没回答，琼斯先生已经进来了。

"我不会打搅你太久的，"他说，"你身边这位先生我找了一天了，听说他到了这里，希望你不要介意我找来了。"

"琼斯小姐还好吗？"长官有礼貌地问道。"在外面累了一个通宵，应该没事吧？"

"她自然还没有完全平静下来，还有些发烧，我已经劝服她躺下休息，但应该不严重。"

教士进来之后两个喝酒的人就站起来了，教士走到"红头特德"面前，伸出了手。

"我要谢谢你。你做了件了不起的、高尚的事情。我妹妹是对的，对人类同胞永远应该找他们身上的闪光处；恐怕我过去对你有不少错误的判断——我请求你能谅解。"

他说得郑重其事，"红头特德"一脸讶异地看着他。这个摸不着头脑的人刚刚没留神，让教士握住了手，直到现在还没放开。

"你究竟在说些什么？"

"你本可对我的妹妹做任何事，但却放过了她。我本以为你只有邪恶的想法，现在我很羞愧。她当时已经没了防备，完全任由你摆布，但你对她心生怜悯。我从心底感谢你。不只是我的妹妹，还有我自己，我们永远不会忘的。上帝永远保佑你、守护你。"

琼斯先生的声音有些颤抖，还把脸转到了一边。他松开了"红头特德"的手，快步朝门口走去。"红头特德"满脸茫然地看着他走出去。

"他见了鬼的在说些什么啊?"他问道。

长官大笑起来,本想憋住的,但越憋笑得越厉害。他浑身上下颤动着,纱笼下的几层胖肚子也全抖了起来。他还靠回到椅背上笑得翻来覆去。这一笑不仅在脸上,而是整个身体都在笑,两条腿上的肥肉也在快活地抖动着。他笑得肋骨都疼了,用双手捂住。"红头特德"看着他皱起了眉头,又因为不知道好笑在哪里,生起气来。他一把抓住一个啤酒瓶的瓶颈,说道:

"你要是再笑我就让你脑袋开瓢。"

长官抹了一把脸,喝了一大口啤酒。他叹了口气,还因为身体两侧笑得疼了,"哎哟"喊了一声。

"他谢你谢的是保全了琼斯小姐的贞操。"他结结巴巴终于把这句话说全了。

"我?""红头特德"喊道。

这句话在他头脑里运转了好久,最后总算想通了之后,勃然大怒,从他嘴里喷出的一大串污言秽语估计一个海军士兵听了都要为之改色。

"那个老婆娘,"他骂完了,"这教士以为我是什么人了?"

"你名声在外,姑娘们见了你都情难自已啊,'红头'。"小个子长官咯咯笑着说道。

"给我一根撑船的篙,用另一头碰那女人我还嫌弃呢。那种想法我压根就没有过。这脸皮厚得……我要把他脖子给拧断。行了,把钱给我,我先去喝个醉。"

"我很理解你。"长官说。

"那个老婆娘,""红头特德"反复说道,"那个老婆娘。"

他真的惊讶不已,难以接受,有这种想法实在是不知廉耻为何物了。

那些钱就在手边,让"红头特德"签了必要的凭据之后,长官就把钱给了他。

"去大醉一场好了,'红头特德',"他说,"不过我话说在前头,要是再惹祸的话我就要判你十二个月了。"

"我不会惹祸的。""红头特德"郁郁地说道。他依然觉得被侮辱了。"这是对我人格的攻击,"他朝长官吼道,"这他妈的就是对我人格的攻击。"

他几步就出了屋子,一边走一边跟自己嘟囔着:"下流胚子,肮脏的下流胚子。""红头特德"连着醉了一个礼拜。琼斯又去见了长官。

"听说那个可怜的人又走回了不堪的老路,我很遗憾,"他说,"我妹妹和我都大为失望。我之前就担心,一下子给他这么多钱是不明智的。"

"那是他自己的钱,我没有权利不给他。"

"可能法律上是没有权利,但道德上一定是有的。"

他把那一晚可怕的情形复述给长官听。琼斯小姐有女人的直觉,明白那男人已经欲火焚身,一心要毁她节操。她决心以死相抗,已经握住了手术刀。当时的煎熬是难以描述的,她知道自己一旦受辱,绝对活不下去。她不住颤抖,每一刻都觉得对方要过来了。当然没有任何人能帮她,后来她就睡着了;这可怜的女人实在太疲惫了,她所承受的痛苦换了任何人都受不了,然后等她醒过来的时候却发现身上盖了装干椰子仁的空袋子。他找来的时候见她睡着了,一定是她的单纯、她的无助打动了他,让他没有办法玷污她;而是温柔地替她盖了两个袋子,悄悄走开了。

"这就说明他性格深处还是有非常高尚的东西。我妹妹觉得我们有责任拯救他,必须为他做点什么。"

"要我说,他这些钱没花完还是不要尝试为好,"长官说道,"要是到了那个时候他还不在监狱里,那就随便你了。"

但"红头特德"并不想被拯救。被释放大概两个星期之后,他坐在中国人的一家店门口,无所事事地看着街道;琼斯小姐从街那头走了过来。他朝琼斯小姐看了一分钟,心里还是觉得诧异;他说了几句只有自己听得见的话,不过言辞难听倒是一定的。这时他发现琼斯小姐也注意到了他,就很快把头转开了。她本来走得很快,正接近特德的时候明显感觉放慢了脚步。他以为琼斯小姐要来跟他说话了,立马站起来进了店里。最起码在里面待了五分钟没敢出来。半个小时之后琼斯先生自己走了过来,伸着手径直向"红头特德"走来。

"你好啊,爱德华先生。我妹妹说在这儿能找到你。"

"红头特德"没好气地扫了他一眼,并没有握手,也没有回答。

"我们想请你下周日来用餐,如果能赏光的话我们会很高兴的。我妹妹烧菜很不赖,能让你尝尝真正的澳大利亚风味。"

"去死吧。""红头特德"说。

"你这样可没什么风度啊。"教士说道,但稍稍笑了一下,表明他并不生气。"你时不时地就会去拜访长官,为什么不能也来拜访一下我们呢?偶尔能跟白人聊会儿天是很愉快的事情。以前的事情能不能就让它过去了呢?我保证你能来的话我们会很热情欢迎你的。"

"我连做客能穿的衣服都没有。""红头特德"烦躁地说。

"这就别在意了,就像这样来吧。"

"我不会来的。"

"为什么呢?总得有个理由吧?"

"红头特德"是个直来直往的人,收到不喜欢的邀请时,我们都想说而不敢说的话,他就完全没有顾虑。

"我不想来。"

"那太遗憾了,我的妹妹会很失望的。"

琼斯先生打定主意要显示自己大度,满面春风地朝他点了点头,朝前走了。四十八小时之后,"红头特德"寄宿的公寓里收到了一个神秘的包裹,里面有一身帆布西服、一件网球T恤、一双袜子和一双鞋。收到礼物对他来说是稀罕的事情,后来见到长官的时候"红头特德"问这些东西是不是他寄的。

"别做梦了,"长官回答,"对你衣橱的状况我是绝对漠不关心的。"

"那就怪了,这能是哪个家伙呢?"

"我哪知道。"

琼斯小姐时不时会有公务要来和格莱特先生见面,这件事之后没多久,一天早上她又到了长官的办公室。这是个能干的女人,虽然提的要求十有八九是长官不愿做的事情,但他们的讨论也很少是白费功夫。这一回,长官倒惊讶地发现她所为之事很无关紧要,而且等长官表达了自己实在无心处理此事,她把这种拒绝也当成了定论,而不像平时一样试图说服他。她起身要走,然后装出是临时想到的一样,说:

"哦,格莱特先生,我哥哥很希望能让一个叫'红头特德'的人来跟我们共用晚餐,我给他留了个小条,把时间定在后天。不过我觉得他是个害羞的人,所以在想,不知你是否愿意跟他一起来。"

"你太客气了。"

"我哥哥是觉得我们应该为这个可怜的人做些什么。"

"要发挥女性改变人的力量,是这意思吧?"长官庄重地说。

"你能不能劝劝他?我很确定只要你跟他说这事情重要,他就会来的,而且只要来过一次,就会有第二第三次了。看着这样的年轻人完全荒废了自己实在可惜。"

长官抬头看她。琼斯小姐比他高了好几英寸。在他看来,这位女士毫无魅力可言,不知为何总让他想起挂在绳子上晾干的湿亚麻布。长官的眼睛里有亮光,但表情还是一本正经的。

"我尽力。"他说。

"他今年什么岁数?"她问。

"护照上说是三十一岁。"

"他本来真名叫什么?"

"威尔逊。"

"爱德华·威尔逊。"她轻柔地说道。

"看他平时过的日子,我感到难以置信的是他的身体居然还那么强壮,"长官低声说道,"跟头牛一样。"

"这些红头发的男人有的是这样的。"琼斯小姐说,但喉咙像是被什么卡住了。

"的确。"长官说道。

这时,也看不出什么道理来,琼斯小姐就脸红了。她匆匆道了别,离开了长官的办公室。

"该死![1]"长官念道。

他这算知道"红头特德"的新衣服是谁送的了。

那一天晚些时候,长官就见到了"红头特德",问他是否收到了琼斯小姐的便条。"红头特德"从口袋里掏出一张纸,已经揉成一团,交给了长官。这就是那封邀请信,信里是这样说的:

亲爱的威尔逊先生:

  我哥哥和我想请你下周四七点半共进晚餐;如果你能来,我们会非常高兴的。长官也答应会大驾光临。我们从澳大利亚收到了几张新的唱片,相信你一定会喜欢的。我知道上次我们见面的时候,我对你不很友善,但我当时对你还不太了解,而我也有足够的度量承认自己的错误。希

---

1 此处原文为荷兰语:Godverdomme! 意思类似于"该死"、"见鬼",表达的语气依说话者而定。

愤怒之器

望你能原谅我，让我成为你的朋友。

　　谨启

玛莎·琼斯

　　长官注意到她称呼对方为"威尔逊先生"，而且提到了自己赴约的承诺，所以琼斯小姐之前跟自己说她已经邀请了"红头特德"，显然比事实领先了几步。

　　"你准备怎么办？"

　　"我不会去的，如果你问的是饭局的事。这帮人脸皮真他妈厚。"

　　"但信总要回的。"

　　"我不回。"

　　"跟你这么说吧，'红头'，你把那些新衣服穿上，就当是给我个面子，去一下。见了鬼的，我已经不能不去了，你可不能丢下我不管。就去吃顿饭害不了你。"

　　"红头特德"有些怀疑地看着长官，不过后者的表情依然严肃，神态也很诚恳：他是猜不到这个荷兰人的肚子里已经乐开了花。

　　"这帮人到底干吗要请我啊？"

　　"我不知道。大概是觉得跟你相处非常愉快吧，我猜。"

　　"会有酒吗？"

　　"不会，不过七点先去我那儿吧，我们先小酌一下。"

　　"行，那就这样。""红头特德"绷着脸说道。

长官喜不自胜地搓着自己一双胖手,他知道这场聚会一定妙趣横生。可是到了周四七点钟,红头特德已经烂醉如泥,让格莱特先生只能一个人去赴约了。他没有向教士和他的妹妹隐瞒另一位客人的状况,琼斯先生摇了摇头。

"恐怕这都没有用,玛莎,这个人无药可救了。"

琼斯小姐沉默了片刻,接着长官看到她长长细细的鼻子边上滚下两颗热泪。她咬着嘴唇说:

"没有人是无可救药的。每个人心里都有良善。我每晚都会为他祈祷。怀疑上帝的力量是邪恶的。"

或许琼斯小姐的这句话并没有说错,但天意有时候会用一种让人哑然失笑的方式成为现实。"红头特德"酒瘾比以往更严重了,惹出的麻烦事连格莱特先生都失去了耐心。他心里已经决定,不能再把这个家伙留在岛上,等下一班船到了巴鲁,就把他遣送走。这时候有个人离奇地死了。长官还了解到,他刚去过的那个岛上最近死了好几个人。他派一个中国人——也是群岛的官方医生——去查看一番,很快收到回报,说那些人皆死于霍乱。巴鲁岛上也发现了两个霍乱病人,他不得不接受这个事实,那就是群岛上爆发了瘟疫。

长官不再压抑天性,破口大骂,用荷兰语骂,用英语骂,还用马来语骂;然后他喝了一瓶啤酒,抽了一根雪茄;开始盘算。他知道中国医生是不顶用的,这个从爪哇来的家伙胆小怕事,当地人不会听他的安排。长官不是个拖泥带水的人,很明白接下去要做什么,但不可能只靠他一个人,虽然他不喜欢琼斯先生,但此时还是很感激他就在岛上,于是立刻派人去请。他和他妹妹一起来了。

"你知道我找你来的目的吧,琼斯先生。"他省了寒暄直接说道。

"知道,我一直在等你传话给我。这也是为什么我妹妹跟我一起来了。我们全力以赴,供你调遣,不用我跟你说,我妹妹和男人一样能干。"

"我知道,她能来帮忙我非常高兴。"

他们没有浪费时间,直接开始讨论接下来必须要做的事。先是建一些木屋作为治疗点和隔离区。群岛上不同村庄的居民都要强制施行防范措施。有不少被感染的村庄和健康的村庄从同一个井里汲水,这个难题要分具体情况加以解决。有必要派专人去发布指令,并确保岛民遵照指令办事。对于任何疏忽都要毫不留情地加以惩治。此时的情形中最难以解决的是当地人不会听当地人发号施令,当地的警察自己就对这些政策没有全心信服,当然百姓也不会理睬他们。巴鲁人口最多,也最需要好医生,所以琼斯先生最好还是留在巴鲁,而官方事务又让格莱特先生必须和总部保持联络,所以他也不可能亲自跑遍其他各岛。那就只剩琼斯小姐了,但偏远的一些小岛上民风狂野、凶恶,长官自己跟他们打交道都出过不少乱子,让琼斯小姐只身涉险有些说不过去。

"我不怕。"她说。

"这我也看得出来,可要是你被割了脖子我就麻烦了,另外,我们人手本来就紧张，你能出力很重要，我不想冒这个险。"

"那让威尔逊先生跟我一起去吧，他对当地人比谁都了解，而且会说他们的土话。"

"'红头特德'？"长官瞪着她。"他刚发过两次震颤性谵妄，还没恢复呢。"

"我知道。"她答道。

"你这真是打得一手如意算盘，琼斯小姐。"

虽然情势如此严峻，格莱特先生还是忍不住微笑起来。他扫了琼斯小姐一眼，目光犀利，但琼斯小姐不动声色地看着长官。

"让一个男人承担责任，会让他展现出本色来，我觉得这次的事情会真正让他成长的。"

"你觉得这是否明智呢，一连几天把自己交给这样一个臭名昭著的人？"教士问道。

"我相信上帝的安排。"她严肃地答道。

"你觉得他能派上用场？"长官问。"他什么样子你也知道。"

"我完全相信他会有用的。"然后她脸红了一下。"说到底，我比谁都清楚他是个有自制力的人。"

长官咬了咬嘴唇。

"那我先把他喊来吧。"

他跟警长交代了一下，没过几分钟"红头特德"已经站在了他们面前。他看上去状态很糟，很明显最近的发作让他有些抵受不住，整个人的精神垮了。身上穿得破破烂烂的，胡子应该有一个礼拜没有剃。一个人能看上去如此不体面也着实不易。

"是这样,'红头',"长官说,"跟这回的霍乱有关。我们必须对当地人采取一些预防措施,需要你的帮忙。"

"我为什么要帮你们?"

"没有什么原因,只当是做慈善。"

"一点也没说动我,长官。我不是个慈善家。"

"那就这样,没别的事了,你走吧。"

正当"红头特德"转头朝门口走去时,琼斯小姐拦住了他。

"威尔逊先生,这是我提的建议。你看,他们想让我去拉波波和撒昆其[1],那里的岛民太奇怪了,我不太敢一个人去,我想如果你也一起来的话,我能安全一点。"

他看了琼斯小姐一点,神情鄙视之极。

"要是他们想割你喉咙,你觉得我会在乎吗?"

琼斯小姐看着他,满眼的泪水。她哭了起来。"红头特德"只是站在那里,不解地看着她。

"你的确没什么理由会在乎。"她又镇定下来,抹干了眼泪。"我在犯傻了,没事的,我自己一个人去。"

"一个女人去拉波波真是蠢到家了。"

她朝他微微一笑。

"大概是吧,但是你看,这是我的工作,没有办法的事情。刚才提出那个想法如果冒犯了你,我向你道歉。你一定别放在心

---

[1] 拉波波(Labobo)和撒昆其(Sakunchi)是印度尼西亚两个岛屿的名称。

上。的确,要你冒这样的险,也不太公平。"

"红头特德"立在原地停了很久,看着琼斯小姐,两只脚动来动去,那张充满敌意的脸越来越阴沉。

"该死的,随便你吧,"他最后说道,"我跟你去。什么时候走?"

他们第二天就带着药和消毒剂出发了,坐的是政府的汽艇。格莱特先生先安排好了工作,也坐着一条马来帆船朝另一个方向去了。霍乱肆虐了四个月。虽然尽了一切努力将病原隔离,被感染的岛还是一个接一个。长官从早忙到晚,有时回到巴鲁处理一些事情,马上又赶往下一个岛。他分发食物和药品;他鼓舞惊恐的百姓;他事无巨细一一过问;他呕心沥血地苦干。"红头特德"后来他就一直没有见到,不过从琼斯先生那里听说,这个实验效果好得超出所有人的预期。这个无赖行事变得很是端正。他对付当地人很有一套,不管是连哄带骗,还是态度强硬——有时甚至直接靠拳头说话,总之成功地让他们接受了必要的预防措施。琼斯小姐的计划成功了,她可以为之自豪。不过长官太辛苦,连从中取乐的心思也没有了。传染病结束的时候,他高兴的是群岛上总共八千人,只有六百人送了命。

他终于又可以宣布这个地区恢复健康了。

一天傍晚他穿着纱笼坐在门廊上读法国小说,得意的是自己又可以悠闲度日了。家里的主管过来说"红头特德"想要见他。长官从椅子里站起来,大喊着让来访者直接进来。这时他正好觉得缺了个同伴。之前长官也想到过今晚把自己灌醉,但一个人喝酒没意思,就作罢了。但好巧不巧老天就把"红头特德"派来了。他暗暗发誓今晚要喝个尽兴。四个月劳苦,他们放纵一番总为不过。"红头特德"进来了,他穿了一身洁白的帆布衣服,胡须剃得干净,和过去全然换了个人一般。

"怎么回事啊,'红头',你看上去像刚在海滨疗养了一个月,哪里看得出是照顾了一群差点死在霍乱手里的当地人。再看看这些衣服,你是刚从礼帽盒子里走出来吗?[1]"

"红头特德"害羞地笑了笑。主管端了两瓶啤酒过来,倒入杯中。

"放开了喝,'红头'。"长官接过杯子的时候说道。

"我觉得我就不喝了吧,谢谢你。"

长官放下杯子,惊讶地看着"红头特德"。

"怎么了,出了什么事?你不口渴吗?"

"我倒不介意来杯茶。"

"来杯什么?"

"我在戒酒。玛莎和我要结婚了。"

"'红头'!"

长官的眼珠子都快掉出来了。他挠着自己的光头。

"你怎么可以娶琼斯小姐呢?"他说。"没人能娶琼斯小姐的。"

"可我就是要娶她了。这也是我为什么来找你。欧文会在教堂里给我们主持婚礼,但我们也希望这个婚姻能被荷兰政府认可。"

---

1 英文习语:"从圆筒形纸板盒(一般用来盛放帽子、领圈等)走出",形容衣冠楚楚。

"玩笑可不能开得太大,'红头'。你到底什么意思啊?"

"结婚是她的想法。螺旋桨坏了搁浅在小岛上那晚,她就喜欢上我了。了解她之后,觉得这姑娘不讨厌。这是她最后的机会了,不知道你明不明白我的意思,我也想做件事情让她高兴。她希望有个人能照顾她,这点是毫无疑问的。"

"'红头','红头',不等你回过神来,她就要把你变成一个他妈的传教士了。"

"要是我们俩能一起传教也没什么不好吧。她说看我跟当地人打交道简直神奇,说我能用五分钟在一个当地人身上完成的事情,欧文花上一年都不一定能做到。她说她还从来没见过有谁像我这样有吸引力。这样的天赋白白浪费了也怪可惜的。"

长官看着他,没有说话,缓缓地点了点头。她真的是给这家伙下了药了。

"我已经让十七个当地人皈依基督教了。""红头特德"说。

"你?我都不知道原来你是基督徒。"

"说起来,我也不能说我是信教的,但我就跟他们聊着聊着,这些人就像一大群羊羔似的全入了教会了,说真的,我自己都吓一跳。我就说,天呐,可能这里边儿还真有那么点意思。"

"你应该强奸她的,'红头'。我也不会重判你;最多三年,很快就过去了。"

"我得跟你说一句,长官,你千万不要让她知道那个想法我压根就没有过。女人很容易为小事介意,你也懂,要是她知道的话会难受死的。"

愤怒之器

"我大致也猜到了她对你有意思,可我真没想到事情会到这个地步。"长官焦躁地在门廊上走来走去。"你这家伙,听我说,"他想了半天之后说道,"我们那么些回也确实喝得尽兴,朋友不能就这么袖手旁观。我能做的事情是这样,我把汽艇借给你,你可以去藏在某个岛上,下一班轮船来的时候,我就让他们停一停,把你带走。你现在只有一个机会了,那就是赶快逃。"

"红头特德"摇了摇头。

"不行的,长官,我知道你是好意,但我一定得娶这倒霉姑娘了,没什么好说的。你不知道让那些罪人开始忏悔是他娘的多么痛快的事,还有,耶稣啊,这姑娘真会做糖浆布丁。我长大之后就还没吃过这么好吃的糖浆布丁。"

长官为此心神不宁。这个无赖醉鬼是他在这片海域里唯一的同伴了,不想失去这个人。他甚至发现自己还有些喜欢这个"红头特德"。第二天他去见了教士。

"我听说你妹妹要和'红头特德'结婚是怎么回事?"他问道。"我一辈子还没听过这么稀奇古怪的事。"

"可又是千真万确的。"

"你得阻止啊,这太疯狂了。"

"我妹妹岁数够大了,有权利照着自己的意愿行事。"

"可你不是要告诉我你认可这门亲事吧。'红头特德'你也了解,他是个流浪汉啊,这可没什么好避讳的。你有没有跟她分析过风险有多大?我是说,让罪人悔过那些玩意儿都挺好,但也得有个限度吧。你听说过改换斑点的豹子吗?"

长官生平第一次见到教士的眼睛里饶有兴味的一闪。

"我妹妹是个非常有决心的女人,格莱特先生,"他回答道,"小岛上那一晚之后,'红头特德'就根本逃不掉了。"

长官深吸了一口气。他的这种惊诧不亚于驴子开口时先知的心情。当时驴子对巴兰[1]说:我如何对不住你,你要鞭打我三次?或许琼斯先生并非全然不通人情。

"我的耶稣啊![2]"长官嘟囔了一句。

还未来得及多谈,琼斯小姐大步走了进来。她精神焕发,看上去年轻了十岁,面色红润,鼻子倒不红了。

"你是来恭喜我的吗,格莱特先生?"她喊道,神情活泼,一如少女。"你看,我自始至终就是对的。每个人心里都有良善,你不知道在那段可怕的日子里,爱德华多么让人赞叹。他是个大英雄。他是个圣人。就是我也很吃惊呀。"

"我希望你会非常幸福,琼斯小姐。"

"我知道我一定会的。啊,要是我还心存怀疑就是罪恶的了,因为是上帝让我们走到了一起。"

"你是这么想的?"

"我知道就是这样。你看不出来吗?要不是来了霍乱,爱德华也不会发现真正的自我。要不是霍乱,我们也不会有机会了解

---

[1] Balaam,《圣经》中的先知,被请去诅咒以色列人,路上驴子三次提醒他耶和华的使者在路上,被巴兰鞭打,后来巴兰发现了使者,听从耶和华指示,转而祝福了以色列人。
[2] 此处原文为荷兰语。

彼此。我从来没见过上帝之手显现得如此明确。"

长官只是觉得,要想成就两个人的姻缘非得搭上六百条性命,那这只手还真有些笨拙了,但因为自己对全知全能者的工作方式不很熟悉,他没有多加评论。

"你一定猜不到我们去哪里度蜜月。"琼斯小姐说道,似乎语气还有些调皮。

"爪哇。"

"不对。要是你肯借给我们那条汽艇的话,我们要去那个曾经搁浅的小岛上。对于我们来说,那都是温存的回忆。就是在那里,我第一次猜出爱德华是这样一个高尚、美好的男人。我要在那里奖赏他。"

长官一下喘不过气。他很快就离开了,心里想的是:如果再不马上来瓶啤酒的话,他立时便要昏厥。他活到现在还没受过这么大的惊吓。

身不由己

The Force of Circumstance[1]

她坐在门廊上,等丈夫回来吃午饭。清晨的凉意一散,马来男佣就把遮帘都放下了,不过她把其中一块掀起一角,好看到河面。中午的日光让人喘不过气,望去一片苍白如同死亡。一个当地人在河上划着独木舟,船太小,几乎全没在水面以下了。这天气里占上风的色彩总不过是灰和白,其实也就是暑气的不同调子。(它就像用小调式谱写的东方旋律,有种朦朦胧胧的单一,让人听了极为烦躁;耳朵总觉得和声该转成协和的音调了,但听到头也等不来。)知了疯了似的鸣唱,难听极了,单调得好像溪石上窸窸窣窣的水声,一点变化都没有;不过突然一声悦耳的鸟叫声盖过了这一切,那么悠远,她心头一颤,想起了英国的画眉。

这时她听到屋后有丈夫的脚步声,那条石子路通往法庭,

---

[1] 首次发表于1924年,收录于1926年出版的短篇小说集《木麻黄树》(*The Casuarina Tree*)。

他上午就在那边上班。她站起来迎接他。这个小木屋建在桩子上,所以丈夫小跑着上了台阶,进门时候男佣接过了他的遮阳帽。这个房间既做会客室,又是餐厅,他进来的时候看见妻子,眼睛里都是喜悦。

"你好啊,多丽丝。饿了没?"

"饿坏了。"

"洗澡花不了我两三分钟,然后我们就开饭。"

"快去洗。"她微笑道。

卧室边上他有个换衣服的房间,妻子就听到他在里面欢快地吹着口哨,然后漫不经心地把衣服一扯,全都扔在地上。这件事多丽丝不知跟他抱怨过多少回了。他今年二十九,但还像是在学校里,长不大。或许,这也是为什么她会爱上他吧,因为不管感情多深,她也不会觉得这男人长得好看。圆滚滚的短小身材,月盘般的圆脸上一双蓝色的眼睛,面色时常是通红的。而且脸上坑坑点点还都是粉刺。她有次仔细地瞧了他一回,只能承认,丈夫脸上一个能表扬的地方都找不到。她也时常跟丈夫说,她从来都没喜欢过像他这个类型的男人。

"我也从来没说自己是帅哥啊。"他笑道。

"想不出来自己是喜欢上你哪一点了。"

当然她心里是一清二楚的。丈夫是个无忧无虑的乐天派,对什么事都看得开,总在笑个不停,而且也经常把她逗笑。对她的丈夫来说,生活不是什么大不了的事情,要轻松一些;另外,他的笑容也很有魅力。有他在,她觉得开心,人也更和气了。在那双快活的蓝眼睛里,她还看到了很是打动她的那份深情;能被这样爱着是件让人满足的事。度蜜月时候,她有次坐在丈夫腿上,捧着他的脸说:

"你是个又矮又胖又丑的男人,盖伊,但你有魅力。我忍不住地爱你。"

浓情蜜意如浪潮般涌过,她眼眶里都是泪珠。她看到丈夫感动得有一瞬间表情都变了形,回答时声音都是颤抖的。

"我真是太惨了,娶了个脑子不正常的女人。"

她笑出了声。这才像他会说的话,也正是她想听的。

现在已经很难想象,九个月之前,多丽丝还没听说过丈夫这个人。他们是在海边一个小度假地碰到的;多丽丝给一个议员当秘书,有四周假期,跟母亲一起在那里度假,而盖伊也是放假回国。他们住在同一家酒店里,很快盖伊就把自己所有事情都告诉了多丽丝。他出生在森布鲁国[1],父亲为那里的第二任苏丹效力三十年。毕业之后,他也干起了相同的工作。盖伊对那个国家爱得很深。

"说到底,英格兰对我来说才是外国呢,"他对多丽丝说道,"我的家在森布鲁。"

现在这也成了她的家。一个月的假期结束,盖伊求婚了。多丽丝本来就知道他会求婚,之前定了主意要拒绝他。母亲寡居,她是唯一的孩子,不可能一个人去那么远的地方。但那一刻

---

[1] Sembulu,毛姆虚构的国家。

到来时，她也不知道自己怎么回事，像是激烈的情绪来得太出乎意料，她就答应了。算来在这个盖伊管辖的驻地分署，他们也住了四个月了。她觉得非常幸福。

她有次跟盖伊说，曾经她想好了是要拒绝他的。

"你现在后悔了没？"他问，闪烁的蓝眼睛里满是笑意。

"要是我当时没接受才真是蠢透了。不管是命运还是机缘还是别的什么，还好它强行把我的选择权拿走了！"

这时她听到盖伊朝浴室走去的脚步声，他做什么事都小声不了，即使现在赤脚，还是啪嗒啪嗒听得很清楚。突然他骂了一声，又说了两三个词，都是当地话，多丽丝听不清。然后她又听到有另一个人在跟他说话，也压低了声音，都是咝咝的气声。去洗澡的半路上埋伏他还真是不像话。盖伊又说了什么，虽然听不清，但语气是恼了。另一个人提高了声音，这时听出来是个女的。多丽丝猜是有人来投诉什么事情。马来女人的确会这样，偷偷摸摸的。但显然盖伊对她的态度十分冷淡，只听见他说："出去。"这句不管怎样她是听得懂的，然后就听到盖伊把门栓插上了。接着就传来他把水浇在身上的声音（这里的洗澡她还是觉得有趣，首先浴室是在地面上，比卧室要低；你用一个小的锡桶从一个木盆里舀水，往自己身上冲洗），几分钟之后，盖伊就回到了餐厅里。他的头发还是湿的。两人坐下来吃饭。

"你运气好，我这人没什么疑心、妒忌心，"她笑着说，"洗澡的时候和别的女士聊得那么起劲，似乎也不像是一个妻子应该赞成的行径吧。"

他的表情一般都是喜气洋洋的,进来的时候有些愠怒,不过现在舒展开了。

"我可不乐意见到她。"

"从你前面说话的口气里我也听出来了。说实在的,你对那位年轻女士可有些无礼啊。"

"脸皮太厚了,居然这样伏击我。"

"她有什么事?"

"哦,我也不清楚,这女人是村子里的,大概是和丈夫吵架了之类的。"

"早上有个人在附近转悠,不知道是不是同一个人。"

他皱了皱眉头。

"有人在转悠?"

"是啊,我去你的更衣室看看有什么没整理好的东西,然后就下到浴室那里,在台阶上看到有人从门口溜了出去,我朝外看了眼,发现有个女人站在那儿。"

"你跟她说话了吗?"

"我问她有什么事,她说了句什么,我听不懂。"

"我以后不能让这些乱七八糟的人在这里偷偷摸摸地瞎转,"他说道,"他们没权利过来。"

他微笑了一下,但恋爱中的女人很敏锐,多丽丝注意到他这回只动了嘴唇,而平时盖伊笑起来眼睛也会笑的。她不知道什么在困扰着她的丈夫。

"你一早上在忙什么?"他问。

身不由己

"哦,没什么,就去散了一小会儿步。"

"从村子里走的吗?"

"对,我看到一个男的用一根链条牵着猴子,然后让它上树摘椰子,有意思极了。"

"好玩吧?"

"哦,盖伊,和我一起看的那些小男孩里面,有两个比其他人要白得多。我就在想他们是不是混血儿。我跟他们聊了几句,但他们什么英文都不会。"

"村子里是有两三个混血儿的。"他回答。

"他们是谁的孩子。"

"村子里一个姑娘生的。"

"父亲呢?"

"啊,亲爱的,在这种地方大家一般都不敢问这种问题。"他顿了顿。"很多人都找了当地人当老婆,但回国或者正式结婚的时候,他们就给那些女子一笔钱,把她们送回自己的村子里。"

多丽丝沉默了。他刚刚那种无所谓的语气在她听来未免太无情。她接下来开口时,那张英国女子真诚、坦诚、俊俏的脸上,微微还有些不悦。

"可孩子怎么办呢?"

"他们的生活都是有保障的,这点我毫不怀疑。在能够负担的情况下,那个男人还会提供足够的钱让他们接受不错的教育。他们以后会在政府里拿到职位,过得还挺好。"

她朝盖伊微微有些忧伤地笑了笑。

"你总不能以为我会觉得这种规矩是件好事吧?"

"你也不能太苛求了。"他对妻子笑了笑。

"我也没有苛求,但还是很庆幸你没有一个马来妻子,我会受不了的。想想看,要是那两个小男孩是你的儿子……"

男佣替他们换上了另一道菜。这里的菜肴很单一,午饭上来一般就是河鱼,味道极为寡淡,要蘸大量的番茄酱才咽得下去,再接下来会上一道炖菜之类的。盖伊倒了些伍斯特沙司[1]在上面。

"之前苏丹王觉得白人女子就不该来这种地方,"他紧接着说道,"他几乎就是鼓励大家和当地姑娘……住在一起。当然现在不一样了,国家更安宁,我想我们应付这天气也更有办法了。"

"可盖伊,那两个男孩岁数大一点的也不过七八岁,另一个才五岁左右。"

"在分署那真是寂寞极了。想啊,有可能一连半年见不到白人。有些家伙到这种地方来的时候不过是个大小伙子。"他朝妻子笑笑,一张其貌不扬的圆脸像是变了样子,变得很有魅力。"情有可原吧,你也能理解。"

她一直觉得这种微笑难以抵御,他说什么也不及这样一笑更让她觉得有道理。多丽丝的目光再次变得温柔了。

"我能理解。"隔着小圆桌,她把手伸过去,放在盖伊的手上。"我很幸运,能在你这么年轻的时候把你逮住了。说实话,

---

[1] Worcester Sauce,味同辣酱油。

要是知道你也有过那样的生活,我会很难受的。"

盖伊紧紧握了一下妻子的手。

"你在这里幸福吗,亲爱的?"

"幸福极了。"

多丽丝穿着亚麻纱的长裙,看上去很凉爽,这里的炎热影响不了她的心情。虽然棕色的眼睛长得好看,但也只是年轻人的那种好看,谈不上有多少美貌;不过她表情里那种坦率很让人喜欢,黑色的短发也很有光泽,打理得很干净。你看到她就觉得这是个精力充沛的姑娘,那个雇佣她的议员也一定是找到了一个很能干的秘书。

"我一下子就爱上这个国家了,"她说,"虽然我这么长的时间都要一个人待着,但从来没觉得孤单。"

关于马来群岛的小说,自然她是读过的,留下了一些印象,总觉得这是片深沉的土地,有险恶的大河和穿不透的寂静森林。来的时候,那艘沿海岸而行的汽轮把他们放在河口,十来个土人在一条大船上候命,准备把他们送往驻地分署;这时多丽丝因为风景之美而忘记了呼吸,但不是被震慑住了,而是发现这种美很亲切,如同鸟鸣般无忧无虑,这是她始料未及的。沿河两岸都是红树和聂帕榈,背景是浓郁的森林之绿。再远些,蓝色的山连绵不绝,延伸到视线尽头。她毫无阴郁或困囿之感,只觉得天地开阔,欣喜的念头自在地飞舞着。阳光下青山碧野在闪耀,天空是轻快、喜悦的。她觉得这片殷勤的土地在微笑欢迎她。

船桨不停划动,大船靠着一侧岸边前行,高空中盘旋着一对海鸥。横着有道光从他们眼前穿过,像是宝石活了一般——那是一只翠鸟。两种猴子并肩坐在树枝上,垂下的尾巴一同晃荡着。隔着又宽又浑浊的大河,隔着森林,远处的地平线上悬着一列纤细的云朵,那是空中唯一的云,像一队身着白衣的芭蕾舞者,欣喜地排好站在后台,全神贯注等着大幕拉起。多丽丝心里只有快乐,此时此刻想起那时的美景和心情,她的目光又落在丈夫身上,里面都是爱、感激和心安。

而布置他们的客厅是多么有趣啊!客厅很大,她一进门,只见地板上是又脏又破的席子,墙是没有漆过的原木,挂着(挂得未免也太高了)皇家学院那些画作的凹版印刷品和土著的盾牌、帕兰刀。桌上铺着色彩昏暗的土著布艺,得好好清洗一番的婆罗乃[1]的铜制品,旁边还有几个空的烟灰缸和杂七杂八的马来银器。墙边立着一个粗糙的木架子,上面摆着几本小说,都是不值钱的版本,还有几本破旧的皮面旅行书。另外一个架子上密密麻麻堆着空瓶子。这是一个单身汉的屋子,邋遢却又毫无情味,虽然她看着想笑,但又觉得那么可怜。盖伊之前在这里的生活该是多么糟糕,一定毫无舒适可言,她搂住丈夫的脖子,亲了亲他。

"我可怜的爱人呵。"她笑着说。

多丽丝擅长家事,很快屋子就有了家的样子。屋里的东西一样样都被她安排妥当,连她也没办法的,就直接扔掉。婚礼收

---

[1] Brunei,文莱的旧称。

到的礼物都派上了用场。这里变得非常亲切和舒适。玻璃花瓶里插着好看的兰花,钵碗里摆满了开花的灌木。因为这是她自己的屋子(之前她只住过促狭气闷的小公寓),是她为了丈夫让这屋子变得那么美好,这种自豪感非比寻常。

"你对我还满意吗?"忙完了之后她问道。

"还算满意。"他微笑着说。

这种故意不把话说满的调子正是她所中意的。丈夫和她能有这样的默契真是开心极了!他们两人都不喜欢展露感情,除了特别难得的时候,彼此只会说些意在言外的玩笑话。

吃完中饭,盖伊躺倒在长椅里准备午睡,多丽丝朝自己的房间走去。丈夫突然把她拉下身来,亲吻了妻子的嘴唇。这让多丽丝有些意外,他们夫妻大白天的很少如此亲密。

"肚子填饱你就多情起来了,你这可怜的家伙。"她和丈夫逗趣道。

"快走开,接下来两小时不要让我再见到你。"

"别打呼。"

于是她就留丈夫一个人休息了;他们天一亮就起,所以躺下五分钟就睡着了。

把多丽丝吵醒的是丈夫在浴室里发出的水声。这木屋的墙壁都像是增强音效的传声板,夫妻俩一个人在干什么,另一个都听得一清二楚。她懒得不想动,但听到男佣已经把茶具端进起居室了,于是她赶紧起床,跑进自己的浴室里。水并不冷却凉爽,那种提神的感觉格外美妙。走进起居室,看到盖伊正把球拍从球拍夹里取出来。天六点就黑了,之前有难得一段凉爽,他们每天都要出去打一会儿网球。

网球场离木屋有两三百码,用完下午茶,他们为了抓紧时间,立马就出门了。

"哦,快看,"多丽丝说,"我早上见到的那个姑娘就在那里。"

盖伊很快转过头去,朝那个当地女子看了一眼,但没有说话。

"她那条纱笼倒是真好看,"多丽丝说,"不知道哪里来的。"

他们从那女子面前经过。她身材瘦小,黑眼睛又大又明亮,一头乌亮的黑发。他们走过时这女子丝毫没有动,只是眼神古怪地瞪着他们。多丽丝这时才发现,她其实没有自己一开始想的那么年轻。五官少了几分灵动,皮肤也黑,不过还是非常漂亮。她手里抱着个孩子,多丽丝看到孩子就微笑了一下,可那女子嘴角没有丝毫笑意作为回应。她的脸上一片漠然。她没有看盖伊,只盯着多丽丝,而盖伊匆匆朝前走,就像没有看到她。多丽丝转过来问他:

"那婴儿可爱极了,是吧?"

"没注意。"

丈夫脸上的表情让多丽丝很困惑。脸色是煞白的,那些本让多丽丝颇为讨厌的痘痘,却又红得异常。

"你有没有注意到她的手和脚?那可是公爵夫人才有的啊。"

"当地人的手和脚都长得很好。"他回答,但全然不如平时那般高兴,就好像说得很不情愿。

多丽丝的好奇心起来了。

"这人是谁,你认识吗?"

"村子里的一个姑娘。"

他们已经到了球场上。盖伊走去检查球网是否拉紧时,回头往木屋的方向看,那姑娘还站在刚刚碰到他们的地方。两人眼神交汇了一下。

"我发球啦?"多丽丝说。

"发吧,球都在你那边。"

盖伊打得很臭。一般来说,他每局让妻子一个球,还是能赢,但今天多丽丝胜得轻松。而且他今天特别沉默,往常他打球很吵,喊叫个不停,漏了球就大骂自己太笨,回了个多丽丝接不到的球就会取笑她。

"你今天状态不行啊,小伙子。"她喊道。

"没有的事。"他说。

他开始发力抽球,用心想要击败多丽丝,但一个接一个地下网。多丽丝从来没有见过丈夫的脸那么板,是不是打得不好在发脾气?天光暗了,比赛结束,那个女子还站在他们出来时的地方,没有动过,此时又面无表情地看着他们回家。

门廊的窗帘都卷起来了,两人两张长椅,中间的桌子上摆着酒瓶和苏打水。每天到这个时候他们才开始喝一杯酒,盖伊调了两杯"金司令"[1]。在他们眼前是宽阔的河水,远侧河岸上,夜色掩来,森林裹在一团神秘的气息中。一个当地人站在船头,握

---

1 Gin sling,或称甜味杜松子混调酒。

着双桨,朝上游静静地划去。

"我打得太烂了,"盖伊打破沉默道,"好像人有些不舒服。"

"真让人担心。你不会要发烧了吧?"

"那倒没有,明天就没事了。"

他们被黑暗包围了。青蛙喧闹起来,不时还有夜间活动的鸟儿发出短促的鸣叫。萤火虫在门廊前倏忽而过,却让周围的树木看似点起了小蜡烛的圣诞树,放出柔和的光。多丽丝似乎听见轻轻的一声叹息,心下莫名有些不安。平时盖伊永远是那么无忧无虑的。

"怎么了,小朋友?"她温柔地说道。"跟姐姐说说。"

"没事。是时候再来一杯了。"他轻描淡写地带过。

第二天他又和往日一般高兴了,这一天也是来邮件的日子。近岸汽轮每个月会两次经过河口,一次是开往煤田,一次是回来。每次开出去的时候都会递送邮件,而盖伊会派一条船去取。生活平淡,所以每次来邮件都很激动人心。刚到的那两天他们会快速浏览收到的所有东西:信件、英文报纸、新加坡的报纸,还有杂志和书,接下来的几周再慢慢细读。此时两人正把画报夺来抢去。要不是多丽丝看报太专心,她会注意到盖伊有些不一样;这种变化会让妻子觉得不但难以形容,而且更难找到缘由。在盖伊眼中有种警觉,而微微垂下的嘴角显得很焦虑。

大概是一周之后,她早上坐在房间里研读一本讲马来语法的书(她正用功地学习这门语言),窗帘都放下了。这时听到屋子附近有人吵起来。先是家里男佣的声音,在发火,然后是另外一个男人在说话,像是运水工,还有一个女人尖利的声音,全是斥骂。他们似乎还动起手来。多丽丝走到窗口,把遮阳板打开,就看到运水工抓着一个女子的手臂,正把她往外拽,而男佣在背后用双手推着她。多丽丝一下认出了,这个女子就是那天在家附近转悠,后来又等在网球场边的那个。她怀里还搂着一个孩子。三个人全在怒气冲冲吼着。

"别吵了,"多丽丝喊道,"你们在干什么?"

听见她的声音,运水工突然松了手,因为背上还被男佣推着,那个女子一下摔到了地上。一下子大家都静下来,男佣怂怂地看着远处。运水工不知该怎么办,等了一下就溜走了。那个女子慢慢站起身来,把孩子抱抱好,冷漠地站在那里瞪着多丽丝。男佣跟那女子说了句什么,多丽丝应该听不懂,但他还是说得很轻,没让多丽丝听见;那女子面无表情,也不知有没有听明白,最后慢慢走了。男佣跟着她走到大门口,回来的时候多丽丝喊他,他却假装没听见;多丽丝火也上来了,很严厉地喊道:

"立刻给我过来。"

他猛地一转身朝木屋走来,但一直避开多丽丝愤怒的眼神。进门之后他没往里走,一脸阴沉地看着女主人。

"你们刚刚跟那个女子是怎么回事?"她直接问道。

"老爷说,她,不能来。"

"你们不可以这样对女人。我不允许。我会把我看到的如实告诉老爷。"

男佣没有回答,目光转在一边,但多丽丝感觉到他隔着长长的睫毛其实还在观察自己。多丽丝打发他走了。

"先这样吧。"

他一言不发转身回去了仆人住的地方。多丽丝气极了,再也没法集中精神练习马来语。很快男佣又进来铺午餐的桌布。突然他朝门口走去。

"怎么了?"

"老爷来了。"

他出去接了盖伊的帽子。显然他的耳朵更敏锐,老爷的脚步声多丽丝就没听到。盖伊没有像平时一样直接从台阶上来;他停了下来,多丽丝一下明白男佣下去接老爷是为了说早上的事情。她耸了耸肩。男佣显然是想先让老爷听到自己的那套说辞。但盖伊进屋的时候,她看着吓了一大跳:丈夫的脸色是煞白的。

"盖伊,你这到底是怎么回事?"

他的脸又一下子通红。

"没事啊,怎么了?"

她太讶异了,看着丈夫进了他的房间,本来要说的话一个字都没说出来。盖伊今天洗澡换衣服也比平时更久,进来的时候午餐已经在桌上。

"盖伊,"两人坐下的时候她说道,"那天见到的女人早上又到家里来了。"

"我听说了。"他回答。

"他们对她非常粗暴,我只好出声阻止。你真的要跟他们好好说说。"

身不由己

这些话男佣每个字都听得懂,但马来人像是完全没听到一般。盖伊递了块烤面包给妻子。

"这女人已经知道不可以来这儿。我给他们下了指令,要是再见到她就把她赶走。"

"他们非得这么粗暴吗?"

"是她不愿走。我想他们已经尽量没用粗暴的办法了。"

"看到女人被如此对待太可怕了,她怀里还抱着个婴儿呢。"

"也不算婴儿了,已经三岁了。"

"你怎么知道?"

"这女人我清楚得很。她完全没有权利到这儿来招惹是非。"

"她想要我们给她什么呢?"

"她想要的已经得逞了,那就是惹的这些麻烦。"

多丽丝沉默了一会儿。她惊讶于丈夫的语气,盖伊不愿多谈,语气生硬得就好像这一切都不关她的事。她觉得丈夫也不必如此恶狠狠的。他还很紧张、烦躁。

"我怀疑今天下午打不了网球了,"他说,"看起来马上会起风暴。"

雨下来的时候,多丽丝醒了,这天气已经不可能出门。用下午茶的时候,盖伊也不说话,心不在焉。她取出针线活,织了起来。盖伊坐下读那些他之前还没仔细读过的英文报纸;但他显然静不下心来,在大房间里踱来踱去,又走到门廊上看着连绵的雨水。但他心里在想什么呢?多丽丝隐隐觉得不自在。

直到吃完晚饭盖伊才开口说话。晚上饭菜简单,他费劲做出乎时那种欢快的样子，但谁都看得出，这是费劲做出来的。雨停了，满夜空的星光。他们坐在门廊上。为了不招引小虫子，他们把起居室的灯熄了。脚下是大河流淌，带着一股强大到难以抵挡的慵懒，那么安静、神秘、不祥；这里面有种让人惊惧的刻意，仿佛命运的无情。

"多丽丝，我有些事要告诉你。"他突然说道。

他的声音很奇怪，是多丽丝听错了吗，还是丈夫很难不让自己的声音颤抖？她有些心痛，因为丈夫难受，她把手温柔放在丈夫手心。盖伊把手抽走了。

"这故事有些长，恐怕听了也会让人不舒服，所以我一直不知道该如何去讲。我想要请你在我结束之前不要打断我，也不要评论。"

在黑暗中她看不清丈夫的脸，但她感觉到那张脸突然就憔悴了。她没有答话。丈夫的声音那么低，简直没有打破夜晚的沉寂。

"我十八岁就来这儿了，一出校门就来了。在吉娑勒[1]待了三个月，然后被派到森布鲁河上游的一个分署。当然那里有驻扎官，还有他的妻子。我住在法院里，但会去和他们一起用餐，然后晚上跟他们一起度过。当时还真挺愉快的。然后，本来在这儿的那个家伙生病，只能回国，因为打仗的关系，人手不足，我就到了这儿成了管事的了。当然我岁数不大，但我马来语说

1　Kuala Solor，毛姆虚构的地点，应为马来语，本义"太阳湾"。

得跟当地人一样,而且他们也记得我父亲。能独立自主我高兴坏了。"

他把烟灰从烟斗里敲出来,又填了点烟丝,过程中没有说话。火柴点着的时候多丽丝在余光里看到丈夫的手在抖。

"我之前从来没有一个人过。在家里当然有父母,一般还有个助手。到了学校,不用说,身边总有同伴。出来的时候,在船上,周围也总有人的,在吉娑勒,在我的第一个岗位上,都一样。那些人也都跟我们自己国家的人没什么不同,我好像一直都生活在大伙儿之中。我爱闹腾,喜欢找乐子,把我逗笑的事情太多了,可你要笑总不能一个人笑。到了这里就不一样了。白天自然还好,我要干活,还能跟当地人聊天。那时候他们还是那种打赢了会割敌人首级的野蛮人,时不时也会给我惹些麻烦,但总体都是些很不错的家伙。我跟他们相处得很好。当然我也想有个白人来听我瞎扯,但他们总比没有强,另外,他们没把我特别当外人,让我轻松不少。我也喜欢那些工作。到了傍晚一个人坐在门廊上喝红杜松子酒是挺寂寞的,不过还有书可以看,仆人们也在附近。我自己的那个仆人叫阿卜杜尔。他认识我父亲。看书看累了,我就喊他一声,让他过来跟我聊会儿天。

"但让我受不了的是那些夜晚。吃完饭仆人们收拾完了东西就回村子睡觉去了。只剩我一个人。屋子里什么声音都没有,除了时不时壁虎会叫唤两声,而且经常是万籁俱寂的时候突然叫起来,常把我吓一大跳。村子里会传来锣声,烟火的声音,他们多高兴,而且也不远,但我只能待在我待的地方。看书我也看够了。根本不用把我扔到监狱里去，我就是个囚徒。我试着一晚上喝三到四杯威士忌，但一个人喝酒毫无乐趣，一点也不能让我开心起来，只会第二天头昏脑涨。我也试过吃完饭赶紧睡觉，但我睡不着。我那时躺在床里，只觉得越来越热，越来越清醒，简直不知道该怎么办。天呐，那样的夜晚真是没有尽头。你知道吗，我那时太消沉了，觉得自己太可怜，有时候——现在想起来我会笑话那个十九岁的自己——我会一个人哭起来。

"一天傍晚，吃完饭，阿卜杜尔收拾完了准备走的时候，轻轻咳嗽了一声。他问，我晚上一个人会不会寂寞？'啊，不会，我还行。'我这么回答，是因为不想让他知道我那么不中用，但我觉得他早就看出来了。他站在那儿不吭声，不过我知道他有话要说。'还有事情吗？'我问。'有话就说出来。'他说，如果我想找个姑娘来跟我同住的话，他认识一个愿意的。她是个很好的姑娘，他可以为她打包票。她不会让我操心，而且最起码屋里面不会这么冷清了。她可以帮我修修补补什么的……我那时太消沉了。一整天都在下雨，我都没法活动筋骨，我也知道那晚上一定会辗转反侧很久。花不了我多少钱的，他说，这姑娘家里穷，只要送份小礼他们就满意了。两百马来亚元[1]。'你先看看，'他说，'如果你不喜欢她，就让她走。'我问他这姑娘在哪。'她在这儿，'他说，'我喊她来。'他走到门口。她就和她母亲等在台阶上。她们进来之后就坐在地板上。我给了她们几颗糖果。她

---

[1] 旧时英国海峡殖民地的货币单位，流通于马来亚、新加坡、文莱等地。

害羞是害羞,但还是很镇静,我跟她说些什么,她就朝我微笑。她还很小,简直可说只是个孩子,他们说她十五岁了。长得的确可爱极了,而且穿上了自己最好的衣服。我们聊了起来,那姑娘没说多少话,但我逗她的时候她总笑。阿卜杜尔说这姑娘熟了之后很有话说的。他让她坐到我旁边来。她咯咯地笑,不肯,但她母亲也这样说,我在椅子上给她腾了些地方。她脸红了一下,又笑了,终于坐了过来,还靠在我身上。仆人笑起来,说:'你看,她已经跟你熟起来了。'他问我:'要让她留下吗?'我问那姑娘:'你想留下吗?'她把脸埋在我肩上,只顾着笑。她的身体那么弱小、轻柔。'行吧,'我说,'让她留下吧。'"

盖伊往前躬了躬身子,喝了杯威士忌加苏打。

"我能说话了吗?"多丽丝问。

"等一会儿,我还没有说完。我没有爱上那姑娘,甚至一开始都没有。我把她留下只是能多个人在家里,否则我会疯的,或者变成个酒鬼。我当时真的快完了。我太年轻了,受不了一个人,除了你我没有爱过别人。"他顿了顿。"我去年放假回国之前,她就一直住在这里。就是你看到的那个女人。"

"是,我也猜到了。她抱着个孩子,那是你的吗?"

"是的,是个小女孩。"

"就这么一个吗?"

"那一天你在村子里见到的那两个小男孩。你提到过的。"

"所以说,她生了三个孩子?"

"是。"

"你这家庭还挺人丁兴旺。"

这句话让他动了一下,多丽丝感觉到了,但没有评论。

"知道你突然带了个妻子回来,她才知道你结婚了?"多丽丝问。

"她知道我会结婚的。"

"什么时候?"

"我走的时候把她送回村子了。我告诉她一切都结束了,把我承诺的东西给了她。她也知道这些不会长久的。我已经忍不下去了。我告诉她我会娶一个白人妻子。"

"可你那时还没见到我呢。"

"是,我知道。但我打定主意回国之后要结婚。"他又像往常那样笑了几声。"我可以跟你承认,遇到你之前那段时间我对这事儿已经有些泄气。但见到你的第一面,我就知道,要是不能娶到你,我就不结婚了。"

"你为什么之前不说呢?为什么不给我机会让我自己判断,难道你不觉得这样很不公平吗?你有没有想过,一个女孩发现自己的丈夫和另外一个女孩同居了十年,还生了三个孩子,多少会有些震惊吧?"

"我不能指望你会理解这样的事情。这里的情况太特别了,惯例就是如此,六个男人里有五个都会这样。我想着,你会受不了的,而我又不想失去你。你要知道,我真的太爱你了。现在也一样,亲爱的。本来你应该不会知道的。我没想到我又回到同一个分署,一般回国休假之后都会派到不同的地方。回来之后,我

身不由己

给了她一笔钱,让她搬到别的村子去。一开始她是答应的,后来又改了主意。"

"那你现在为何又说出来了?"

"她这一次次来闹,太难看了。我不知道她是怎么发现你对她一无所知的,但她一明白这情形就开始勒索我。我没办法,给了她好大一笔钱。我下了命令,不让她到我们住的地方来。早上她闹的这一场就是为了引起你的注意,也是为了吓我。不能再这样下去了。我想唯一的办法就是彻底跟你坦白。"

他说完之后是长长的沉默,直到他握住了多丽丝的手。

"你是能体谅的,多丽丝,对不对?我知道我犯了错。"

她的手没有动。他觉得妻子的手有些凉。

"她是妒忌我吗?"

"要我说,是她住在这儿的时候有各种优待,现在没了她肯定不乐意。她从来也没有爱过我,就跟我没有爱过她一样。你知道吗,当地女子对白种人从来都不会真的动心的。"

"那孩子们呢?"

"哦,孩子们都没事。我会抚养他们的。岁数一到,我就送他们去新加坡上学。"

"他们对你来说一点分量都没有吗?"

他迟疑了。

"我什么都不想瞒你。如果他们出了什么事,我会难过。她第一次怀孕的时候,我以为我对那个孩子的喜爱会远远胜过对他母亲。在我看来,如果他生出来是白人的话,我的确会很喜他。当然了,还抱在手里的时候,孩子总归是有趣的,能打动你,但我对他是我的孩子没有特别的感触。我想这就是关键了,就是我没觉得他们是属于我的。有时候我也会谴责自己,因为这好像违背了人伦,但如果要我凭本心说,那就是如果他们是其他人的孩子,对我好像也没什么两样。当然,关于孩子有很多垃圾理论,都是没生过孩子的人想出来的。"

总算把所有话都说出来了。盖伊等着妻子开口,但她什么都没有说。她只是一动不动地坐着。

"还有别的事情要问我吗,多丽丝?"他隔了好久又问道。

"没有了,我头疼得厉害,我觉得我还是躺一会儿吧。"她的声音依旧平稳。"我还不太清楚我该说些什么,毕竟这一切都很出乎意料,你得给我些时间想一想。"

"你很生我的气吗?"

"没有,完全没有。只是——只是我得自己待一会儿。你就待在这儿吧,我去睡觉了。"

她从躺椅上起来,把手放在丈夫肩头。

"今天晚上太热了。你还是睡在更衣间吧。晚安。"

于是她就走了。盖伊听到卧房上锁的声音。

第二天多丽丝脸色苍白,盖伊看得出妻子整宿没有睡觉。她的仪态中看不出怨恨,说话也一如往常,只是少了一份轻松;听她提起杂七杂八的事情,就像是在跟个陌生人找话题。他们之前没有吵过架,但多丽丝现在的样子就让盖伊觉得像是他们之间闹了什么矛盾,最后虽然和解,但妻子依然没有从伤心中缓过来。她的眼神让他很困惑；盖伊似乎从中读出了某种奇怪的畏惧。刚刚吃过晚饭，多丽丝说：

"今天晚上我觉得不太舒服，就直接去睡了。"

"哦，亲爱的你太可怜了，我很抱歉。"他激动地说。

"没事的，过一两天就好了。"

"我等会儿进来跟你道晚安。"

"别，不用晚安，我争取进去就睡着。"

"那好，进房之前亲我一下吧。"

他看到妻子脸红了。有一瞬间似乎她在犹豫，然后她转开目光，朝他弯下腰来。盖伊抱住她，想要亲吻妻子的嘴唇，但多丽丝转开了脸，盖伊只亲到她的面颊。她快步进了房间，盖伊又听到轻轻的钥匙锁门的声音。他瘫坐进了躺椅。他试着阅读，但竖起耳朵不想错过妻子房间里的任何声响。多丽丝说了她立马就睡觉了，但盖伊没有听到她睡下去的声音。里面的沉寂让盖伊觉得莫名紧张。他用手遮住灯光，发现卧室下方的门缝里漏出光亮；妻子没有关灯。她究竟在里面干吗呢？他把书放下了。要是妻子发火、吵闹，或是大哭一场，倒在他意料之中，他会知道该如何应对。但这种平静让他觉得害怕。另外，他在妻子眼神中看到的恐惧又是怎么回事？他又回想了一遍前一天晚上跟妻子说过的话，想不出来除了那样说，还有什么别的法子。说到底，这件事的核心就在于，他的做法只是惯例而已，而且在遇见她之前很久就结束了。当然照此时的情形看，他的确犯了傻，但事后聪明谁都会的。他捂了捂胸口，说来也怪，真的就是这个地方在疼。

"大概他们说的伤心就是我现在的感觉了,"他自言自语道,"不知道这样还得捱多久?"

他应不应该敲门,告诉妻子他非跟她说话不可?还是把话说明白才好。他一定得让妻子了解这其中的缘由。但这沉寂让他害怕。怎么会一点声音都没有?或许还是让她一个人待会儿吧。终归一下子很难接受的。他必须给妻子足够的时间。归根结底,她是知道自己有多爱她的。耐心,这是现在最要紧的了;或许她在努力地说服自己;他要给她时间,他要有耐心。第二天早上,他问起妻子是不是睡得好一些了。

"对,好很多了。"她说。

"你还很气我吗?"他可怜巴巴地问道。

她用真诚、坦率的目光看着他。

"一点也不。"

"哦,亲爱的,我太高兴了。我过去是个畜生,是个禽兽。我知道你很恨那回事。但请你原谅我。我好痛苦啊。"

"我真的原谅你了。我甚至都不怪你。"

他朝妻子微微笑了一下,表情很是忧伤,眼神像是一条被鞭打的小狗。

"这两晚,我还挺讨厌自己一个人睡的。"

她把视线移开了,面色似乎又苍白了一点点。

"我让人把我房间里的床搬走了,那张床太占地方。我新支了一张行军床。"

"亲爱的,你在说什么啊?"

现在她把眼睛转回来了,平静地看着他。

"我再也不会跟你以夫妻的身份住在一起了。"

"永远?"

她摇了摇头。盖伊困惑地看着妻子。他几乎不敢相信自己把刚刚的话听对了,开始觉得心跳有些疼。

"可是,多丽丝,这对我太不公平了。"

"可你不觉得在我们所知的情况下,把我带到这里来对我也有些不公平吗?"

"可你刚刚还说不怪我的。"

"这的确是我的意思。但你说的又是另外一件事了。我做不到。"

"可我们怎么可能像那样住在一起呢?"

她盯着地板,似乎在费心地思考着什么。

"昨天晚上,你想要亲我嘴唇的时候,我——我几乎快要吐了。"

"多丽丝。"

她突然把视线对准了他,眼神里全是冰冷的敌意。

"我睡的那张床,就是她生孩子的床吧?"她看见盖伊脸一下子通红。"哦,这太可怕了。你怎么做得出来?"她绞着双手,扭曲的手指像交缠的蛇。但她强自镇定下来。"我心里面已经想得很清楚。我不想对你太苛刻,但有些事你不能再要求我做了。我全都想过了,自从你把事情告诉我之后,我头脑里就再没有别的事,日以继夜地想,直到完全想不动。我的第一个想法是起身就走,第一时间离开,两三天后汽轮就会来。"

"我的爱对你来说毫无意义吗?"

"哦,我知道你爱我。我打消了那样的想法。我想给我们彼此一个机会。我一直以来是那么爱你,盖伊。"她的声音都哑了,但没有哭。"我不想不讲道理,而且我也确实想宽厚一些。盖伊,你会给我一点时间吗?"

"我可能不太清楚你的意思。"

"我只是想一个人待一会儿。我心里的一些想法让我恐惧。"

所以他是对的,多丽丝的确在害怕。

"什么想法?"

"请不要问。我不想说什么伤害你的话。可能这些想法会过去。我真心希望如此。我会努力的,我向你保证。我会尽力。给我六个月的时间。这世上没有什么事情是我不肯为你做的,但现在我就是做不到这一件事。"她做了个央求的动作。"我们这样住在一起,其实没有什么道理就不能开开心心的。如果你真的爱我,你会——你要有耐心。"

他深深叹了口气。

"好吧,"他说,"我自然不会强迫你做什么你不愿做的事。就照你的意思来吧。"

他坐在那里就像一瞬间老了,浑身滞重,想要动一动都吃力,不过最后他还是站了起来。

"那我就去办公室了。"

身不由己

他拿了草帽就出去了。

一个月过去。女人隐藏心情比男人在行，外人如果来做客，一定猜不到多丽丝有什么困扰，但盖伊的煎熬就显而易见了。他那张和善的圆脸写满疲惫，目光中有种饥饿、烦乱的神色。他看着多丽丝。她像是没什么烦心事，还跟以前那样开他玩笑；他们依旧一起打网球，闲聊起各种各样的话题。但很明显她只是在扮演一个角色，后来盖伊终于又忍不住聊起他跟那个马来女子的关系。

"哦，盖伊，事情再谈一遍也没有什么用啊，"她轻描淡写地说道，"该说的都已经说了，我一点都不怪你。"

"那你为什么还要惩罚我呢？"

"可怜的孩子，我也不想惩罚你。难道是我……"她耸了耸肩。"人性是很奇怪的。"

"我不懂。"

"那就别去想了。"

这句话或许伤人，但多丽丝的笑容那么友善、愉悦，听上去就温和多了。每天晚上她回房睡觉前会轻轻地吻一下盖伊的脸颊。只是用嘴唇勉强碰一下，就像蛾子飞过扫了一下他的脸。

第二个月过去了，然后是第三个，曾经漫无尽头的半年之期突然就到了。盖伊在琢磨多丽丝是否还记得。现在她说的每个字，每个表情，每个手势，他都紧张地关注着，可对多丽丝还是半点都猜不透。她之前说的是给她半年，你看，他做到了。

近岸汽轮从河口经过，丢下他们的信件，继续前行。盖伊忙着写信,好让它回程的时候直接带走。两三天就这样过去了。这是个周四,一条马来帆船第二天蒙蒙亮的时候就会到河口等着汽轮经过。现在除了在饭桌上多丽丝会费力找话题聊天之外,平时夫妻间已经没有什么话了。今天吃过晚餐,他们又分别拿了自己的书读了起来;不过等男佣收拾完毕正准备走的时候,多丽丝把书放下了。

"盖伊,我有两句话要对你说。"

他觉得心脏猛地撞在肋骨上,脸色变化自己都能感觉到。

"哦,亲爱的,别这副样子,也不是什么特别糟糕的事。"她笑着说。

可他觉得她的声音似乎在抖。

"那好,你想说什么?"

"我想让你替我做件事。"

"亲爱的,我什么都愿意为你做。"

他想去握多丽丝的手,但她把手移开了。

"我想让你放我回家。"

"你回家?"他喊道,惊骇不已。"什么时候,为什么啊?"

"我已经尽了全力去承受,再也坚持不下去了。"

"你想回去多久?再也不回来了吗?"

"我不知道。应该是吧。"她又坚定了一下心意。"对,不回来了。"

"啊,我的老天!"

她听出盖伊的嗓音都变了,以为他要哭。

身不由己

"哦,盖伊,不要怪我,真的不是我的错。我也没有办法。"

"你问我要了六个月,我接受了这个条件,你不能说我这六个月中烦过你。"

"没有,没有。"

"我还得努力不让你看出来我的日子有多不好过。"

"我知道,我很感激。你对我很好。盖伊你听我说,我想再说一遍,这其中的任何一点我都不怪你。说到底,你那时还是个孩子,你也没有比别人做得更错。我知道这里的寂寞是什么样子的。哦,亲爱的,我真是为你难过极了。这一点我从一开始就明白,所以才让你给我六个月的时间。我的理性告诉我,这是在小题大做。我在不讲道理,这是对你的不公平。可你也要明白,理性在这件事上根本不起作用;我的整个灵魂都在抵触。当我在村子里看见那个女人和她的孩子,我觉得双腿都在颤抖。还有这屋子里的每样东西;想到我睡过那张床就会起鸡皮疙瘩……你不知道那是怎样的煎熬。"

"我觉得我已经说服她离开了。而且我也申请了派驻到别的地方去。"

"没有用的,她会一直在那里。你是属于他们的,你不属于我。我想过,如果只有一个孩子的话,或许我还能忍受,但你们有三个。而且那两个男孩都很大了。你和她一起生活了十年。"说到这个地步,她终于可以把自己想说的全部说出来,她已经无所顾忌。"这是生理上的,我控制不了,它比我更强大。我会想到她两只黑瘦的手臂曾经搂着你,就让我生理上觉得恶心。我还会想到你抱着那些黑黝黝的婴孩。哦,那太可怕了。你现在碰我会让我觉得恶心。每天晚上亲吻你的时候,我必须强让自己鼓起勇气,我必须握紧拳头,逼自己碰触你的脸。"现在她又紧张又挣扎,手指不停握紧又松开,声音也失控了。"我知道现在是我不对了。我在犯傻,我是个歇斯底里的女人。我以为我能克服的,可我做不到,以后也不可能。这都是我自作自受,也愿意承担结果,如果你说我不能走,那我就留下,但那样我会死。我求你让我离开吧。"

压抑多时的眼泪现在夺眶而出,多丽丝哭得伤心欲绝。他之前还从没见她哭过。

"当然你不愿留在这儿我肯定不会强留的。"他的声音也沙哑了。

多丽丝精疲力竭,倒在椅子中。她的面容已经全都扭曲、歪斜了。一张平时总那么平和的脸,此时任由悲伤肆虐,的确叫人不忍卒睹。

"我很抱歉,盖伊,我毁了你的人生,但我的人生也毁了。我们本来可以很幸福的。"

"你想要什么时候走?周四吗?"

"是的。"

她哀戚地看着他。盖伊用双手捂住了自己的脸。最后他抬起头来。

"我累坏了。"他嘟囔了一句。

"我可以走吗?"

"可以。"

他们就这样坐了两分钟,都没有说话。突然壁虎发出一声刺耳的、沙哑的叫声,诡异得就像人的呼喊,把多丽丝吓了一大跳。盖伊站起来,走到门廊上。他倚着栏杆,看着温柔的河水在面前淌过。他听到多丽丝进卧室的声音。

第二天,他起得比平时都早,去敲了多丽丝的房门。

"怎么了?"

"我今天要去上游,回来会很晚。"

"好,没关系。"

她明白。盖伊故意安排了今天的公干,这样就看不到她收拾行李了。收拾行李的人自己也伤心,打包了衣服之后,她看着起居室里到处是自己的东西。把它们带走似乎太残忍,她除了母亲的照片就什么都没拿。盖伊直到晚上十点才回来。

"抱歉没来得及回来吃晚饭,"他说,"今天必须要找一下村长,结果他有一大堆事要我处理。"

她看到盖伊的目光在房间里四处游走,他也注意到她母亲的照片不在原来的地方。

"东西都准备好了吗?"他说道。"我已经跟船夫说了,让他明天凌晨等在台阶下面。"

"我关照了仆人五点叫醒我。"

"我还得再给你些钱。"他走到书桌旁,写了张支票,又从抽屉里取出一些现金。"这些现钱应该能把你送到新加坡,到了那儿你就可以兑现支票了。"

"谢谢你。"

"你要让我陪你到河口吗?"

"哦,我觉得还是在这里道别比较好。"

"也好,我觉得我应该去睡了。今天事情多,我累得不行了。"

他甚至没有去握她的手,径直进了自己房间。几分钟之后她就听到他倒在床上的声音。她又坐了一会儿,最后一次看一眼这个房间,曾经她在这里如此快乐,又如此痛苦。她深深叹了口气。她站起来,进了自己房间。除了一两样晚上要用的东西,其他都已经装好了。

男佣喊醒他们的时候天还黑着。匆忙穿好衣服,早餐就在桌上等着他们。很快他们听到小船摇过来,靠在木屋下的码头边,几个仆人开始搬她的行李。虽然都像在吃早饭,但谁也看得出两人都没有胃口。黑暗渐渐散去,门口的河望着有鬼气。虽然还没到白天,但也已经不是夜晚了。寂静之中码头上当地人的声音听得很清楚。盖伊瞥了一眼妻子盘子中动也没动的食物。

"如果你好了我们就往下走吧,我觉得你也应该要出发了。"

她没有回答。她从餐桌边站起,进了自己房间看是不是忘了东西,然后和盖伊肩并肩从台阶走下来。通往河边有一条蜿蜒的小径。码头上当地卫兵穿着神气的制服在列队等候,盖伊和多丽丝通过的时候,他们还持枪致敬。船长伸手把多丽丝接上了船。她回头看着盖伊,拼命想最后说句安慰的话,再次求他原谅,可她好像一时成了哑巴。

盖伊伸出手。

身不由己

"那，再见了，祝你这一路都能高高兴兴的。"

他们握了握手。

盖伊朝船长点了点头，船便离了岸。河上的雾气中，已经不动声色全是清晨了，但岸边黑黢黢的森林里依然藏着暗夜。他一直站在码头，直到那条船消失在晨曦的阴影中。他叹了口气，转身走了。卫兵再次持枪致敬的时候，他心不在焉地点了点头。回到木屋，他喊了男佣，然后在屋子里转了一圈，把属于多丽丝的东西全挑了出来。

"把这些全装起来，"他说，"摆在外面也没用。"

然后他坐在门廊上，看着日头渐渐把周围照亮，就像一种哀愁，一种苦涩的、难以承受也本不该他承受的哀愁。最后他看了一眼手表，是去办公室的时候了。

下午他头疼得厉害，睡不着，就带了枪去森林里走了很久。什么猎物也没有打到，因为他想的只是把自己的体力耗尽。太阳下山的时候，他回到屋子，喝了两三杯酒，就又到更衣吃饭的钟点了。但现在换衣服也没用，还不如穿得舒服些，于是就套了件当地人宽松的外套，围了条纱笼。多丽丝没来之前，他经常就这么穿。他赤着脚，意兴阑珊地吃了饭；男佣清理了餐具，走了。他坐下来打开了《闲谈者》[1]。木屋非常安静。杂志也读不下去，往腿上一扔。他太累了，什么也思考不了，脑中不知怎么的居然

---

[1] *Tatler*，1709 年由理查德·斯蒂尔（Richard Steele）创办的杂志，两年后停刊；1901 年，现代版的《闲谈者》周刊由克莱门特·肖特（Clement Shorter）重新发行，内容主要是报道上流社会的各种活动。

是一片空白。今晚的壁虎有些吵，那种粗哑又突然的叫声似乎在嘲笑他，你很难想象这么小的喉咙里发得出这么洪亮的声响。这时他听到一声压低了的咳嗽。

"谁在外面？"他喊道。

先是静了一会儿。他看着门。壁虎的笑声那么刺耳。一个小男孩拖着脚步进来，站在门槛上。这是个混血儿，身上是一件破旧的汗衫，下身围着纱笼。他是盖伊的大儿子。

"你来干吗？"盖伊问。

小男孩走了进来，盘腿坐在地上。

"谁让你来的？"

"妈妈让我来的。她问你需不需要什么东西。"

盖伊仔细地看着这个孩子，但他没有再说什么，只是坐在地上等，害羞地看着地面。盖伊捂住脸，陷入苦涩的沉思。还有什么用？都结束了。结束了！他投降。于是他往椅背上一靠，重重叹了口气。

"去跟你妈说，把你的和她自己的东西都装装好。她可以回来了。"

"什么时候？"小男孩无动于衷地问。

盖伊那张满是粉刺的好笑的圆脸上，有滚烫的泪珠滑落。

"今晚。"

海难残骸

Flotsam and Jetsam[1]

诺曼·格兰奇有一个橡胶种植园。每天天没亮他就会起来,先给工人点名,然后在园子里兜一圈确认收胶的装置都是完好的。把自己的职责完成了,他就回家洗澡、更衣,在妻子对面坐下享用丰盛的一餐,介于早饭和中饭之间,婆罗洲[2]的当地人就把它称为早中饭。他一边吃饭要一边看书。不过餐厅里一点也不亮堂,镀银的器具都被磨损了,装调味品的瓶子也是破旧的,连碗碟都大多缺了口子,种种迹象都说明这个家里没有钱,但它又是种漠然接受的贫穷。或许桌上放些花会好看不少,但显然没人在乎好看不好看这回事。格兰奇吃完,打了个饱嗝,填好烟斗,点着,从餐桌边站起,走到了门廊上。他一直没理会妻子,就像她不存在一样。他在一张藤椅上躺下,继续读书,而格兰奇夫人伸手从锡罐里取了一支香烟,啜着茶抽起了烟。突然她朝外

---

1 收录于1947年出版的短篇小说集《环境的产物》(*Creatures of Circumstances*)。
2 Borneo,东南亚加里曼丹岛的旧称。

面看，因为家里的男仆上了台阶，带了两个男人来找她的丈夫。其中一个是迪雅克人[1]，还有一个是中国人。这里外人来得很少，她想不出这两人会有什么事情。她走到门口，听外面他们说话。虽然在婆罗洲住了不少年，但她会的马来语只够她跟仆人们完成基本交流，所以丈夫跟来人说话她只朦朦胧胧听懂了一点。从丈夫的口气里似乎听得出他不耐烦，先是问了中国人几句话，然后又问迪雅克人，似乎他们要让他做一件他不想做的事情。不过，他最后还是皱着眉头跟他们走下了台阶。她想知道他们要往哪里去，就到了门廊上，发现他们走的是那条通往河边的小道。格兰奇夫人耸了耸瘦削的肩膀，回了自己房间。没过多久丈夫一声大喊，着实把她吓了一跳。

"维斯塔。"

她走了出来。

"准备个睡觉地方。有条马来帆船靠在码头，里面有个白人病得不行了。"

"是谁啊？"

"我他妈怎么知道？这帮人带过来的。"

"家里怎么能随便让人来住？"

"别废话，照我说的做。"

说完这句，他又转身去了河边。格兰奇夫人找来男仆，吩咐他把客房的那张床铺起来，然后就走到台阶上方等着。过了一

---

[1] Dyak，婆罗洲的土著居民。

小会儿丈夫回来了,后面是一队迪雅克人抬着垫子上一个男人。她让到一边让他们通过,看到一眼那个白人的脸。

"需要我做什么?"她问丈夫。

"出去,别出声。"

"你这人说话真客气啊。"

病人送进了客房,两三分钟之后,迪雅克人和格兰奇都出来了。

"我去看看他的东西,叫人把它们搬过来。他有个仆人在照顾他,所以你别生事!"

"他怎么了?"

"疟疾。船上的人怕他快死了,不让他上船。他名字叫斯凯尔顿。"

"他不会死吧?"

"死了我们把他埋了就行了。"

不过斯凯尔顿没有死。第二天醒来的时候他发现自己在一个房间里,身下是张床,头顶是个蚊帐。他想不出来自己现在在哪。这是个廉价的铁床,床垫很硬,但和马来帆船上一比,那真是舒服多了。房间里他只看得见一个五斗橱和一把木凳;橱是当地木匠打的,手艺还挺粗糙。床对面是门,掩着门帘,据他判断这扇门出去就该是门廊了。

"阿空。"他喊了一声。

门帘掀开,他的仆人进来了。这个中国人看到自己主人烧已经退了,脸上立刻有了笑容。

"老爷,好多了很。我很高兴。"

"这是把我弄什么地方来了?"

阿空解释了一番。

"行李没事吧?"斯凯尔顿问道。

"是的,行李好的。"

"这位老兄叫什么——就是这房子的主人?"

"诺曼·格兰奇先生。"

为了证明他没有瞎说,他拿来一本小说给斯凯尔顿看,名字就写在上面。的确叫格兰奇。斯凯尔顿注意到这本书是培根的散文集。能在婆罗洲的一个庄园主家里见到这本书倒有点意思。

"跟他说我很想和他见面。"

"老爷出去。他快回来。"

"我能洗个澡吗?天呐,我还得刮个胡子。"

他试着起床,但眼前东西都在转,稀里糊涂喊了一声又躺了下去。于是阿空帮他沐浴,刮了胡子,把他生病穿到现在的短裤和汗衫替换下来,穿上了纱笼和巴汝。洗漱完毕又换了干净衣服,他觉得就这样躺着不动也挺好。可只躺了一会儿,阿空就进来说,这屋子的老爷回来了。只听见几下敲门声,一个高大魁梧的男人走了进来。

"听说你好多了。"他说。

"哦,是好了很多。你能这么接待我真是太客气了。我觉得这样赖进你家里真是不成样子。"

格兰奇的回答听上去不太顺耳。

"没关系，那是你状态太糟糕了，也难怪那些迪雅克人要把你赶下船。"

"我不想太过麻烦你们，只要能走我就不多留了。要是能租到一艘汽艇或者马来帆船，我可以下午就离开。"

"租不到汽艇的。你也最好多待一段时间。现在一定虚弱得跟个耗子似的。"

"恐怕我会让你们很厌烦的。"

"不见得吧。你带着自己的仆人，他会照看你的。"

格兰奇刚刚视察庄园回来，穿着一条脏短裤，卡其衬衫领口打开着，一个阔边旧毡帽破破烂烂的，邋遢得就像一个在海边捡破烂的人。他脱下帽子擦去眉毛上的汗珠，能看到灰色的短发推得极短，一张宽脸有些胖，脸色红润，灰色的胡茬下嘴也不小，不过鼻子倒偏短，而且像是暴脾气的人会长的鼻子，小眼睛里也有戾气。

"我在想你这里有没有什么东西能给我读一读的。"斯凯尔顿说。

"什么样的东西？"

"只要不费脑子的就行。"

"我自己不太读小说，不过我可以给你拿个两三本来。想读小说我妻子有。都是些垃圾书，因为除了这她其他不读。不过可能适合你。"

他点了点头出去了。这位先生似乎不怎么讨人喜欢。不过从斯凯尔顿躺着的这个房间，还有格兰奇的仪表来看，他显然颇为穷困；可能是领着寒酸的工资在打点一个庄园吧，所以平白多出来一个客人和男仆的开销自然是烦心的。又或许是他住在这么偏远的地方，很少见到白人，跟陌生人打交道难免局促。有些人熟了之后大为改观，你都不敢相信是同一个人。但他那双严厉的、机警的眼睛还是让人有些不安，一下就戳穿了他红润的面色，还有魁梧的身躯；因为他这身材会让你以为这是个开朗的人，很容易交上朋友。

过了一会儿，这家里的男仆拿进来一包书。里面有五六本小说，作者都没听过，扫一眼就知道是地摊货；一定是格兰奇夫人的了。可那里面还有鲍斯韦尔的《约翰逊传》、博罗的《拉文格洛》[1]和兰姆的《散文》。这书目就有些怪了，一般在庄园主的房子里是不太会看到这些书的。大多数庄园主家里最多不过一两个书架的书，而且大多是侦探小说。斯凯尔顿纯粹出于好奇，喜欢探究人性，现在饶有兴致地想从诺曼·格兰奇送来的这些书里，从他的表情和他们交换的只言片语中，揣测他是怎样一个人。那一天他就再没有来探望过斯凯尔顿，这让后者有些意外，看来格兰奇先生觉得提供食宿就够了，对这位不速之客并不感兴趣，不在乎有没有更多来往。第二天一早他觉得自己已经可以下床了，让阿空帮忙扶着坐到了门廊的躺椅上。门廊真该好好上一遍漆了。这个小木屋建在小山顶上，离河水也只有五十码；但河面宽

---

[1] *Lavengro*，乔治·博罗（George Borrow，1803—1881）于1851年出版的作品，以描写博罗本人十九世纪初游历英国的成长经历为主，书名是吉普赛语，意为"语言大师"。据说博罗去世时掌握了六十种语言。

阔，对面当地人建在桩子上的小屋掩映在绿意之中，看上去更小了。斯凯尔顿心思还迟钝，看书看不进去，翻了一两页就心猿意马起来，发现只是随便看着浑浊的河水缓缓流过，就挺惬意的。突然他听到脚步声，看到一个上了年纪的小个子女士朝她走来；他知道这一定就是格兰奇夫人了，正要起身。

"不要起来，"她说，"我只是来看看你还需要什么。"

她穿了条蓝色的布裙，简单是足够简单了，但更适合一个年轻的女子；短发乱糟糟的，像是起床之后就没费事让它们碰过梳子，而且头发染成了鲜艳的黄色，只是没染好，根部还是白的。她干燥的皮肤显出老态，两侧脸颊上都抹了好大一团胭脂，手法也实在是拙劣，任谁也不会有一秒钟相信这是自然的面色。唇膏也抹得脏兮兮的。但格兰奇夫人最奇怪的一点是她有个下意识的动作，就是她的脑袋会一扯一扯的，好比在邀请他去屋子深处的某个房间看看。这种动作之间的间隔似乎是规律的，可能一分钟有三次。而且她左手几乎从来不会停下来，那也不算是颤抖，而是一种旋转的手势，就像她希望你能留意她身后的某样东西。格兰奇夫人的外表让斯凯尔顿讶异，而那些下意识的动作又让他尴尬。

"希望我没有给你们添太多麻烦，"他说，"我觉得按照这个恢复情况，明天或者后天就能走了。"

"在这种地方能见个人很不容易，你知道。能来个人聊聊天我们是喜出望外的。"

"你愿意坐一会儿吗？我让仆人给你搬把椅子。"

"诺曼让我不要来打搅你。"

"我已经有两年没有跟白人说过话了,特别想能好好聊会儿天。"

她的头剧烈地抽动了一下,比以往速度更快,手也做了一下那个痉挛式的奇怪手势。

"他还得一个小时才能回来。椅子我自己拿吧。"

斯凯尔顿告诉了她自己是谁,之前都做了些什么,但他发现格兰奇夫人早就盘问过他的仆人,对他已经极为了解了。

"你一定急不可耐地想回英国了吧?"她问道。

"我的确不介意现在就能回去。"

突然格兰奇夫人发作得只能形容为"神经风暴"[1]了。她头部抽搐之狂野,左手挥动之迅猛,让人看着心惊。斯凯尔斯只能把视线转开。

"我已经十六年没回英国了。"她说。

"不是说真的吧?怎么了,我还以为你们这些种植园主最多不过五年总能回去一趟的。"

"负担不起;我们是破产得分文不剩了。诺曼把所有积蓄都投在种植园里,但还没看到什么真正的回报。赚的钱只够我们不饿死。当然对诺曼来说也不是什么要紧事,他不算真正的英国人。"

"他看上去很像啊。"

---

[1] Nerve Storm,在维多利亚时代的医书上指某种"偏头疼",此处应只借来形容抽搐的剧烈程度。

"他是在沙捞越[1]出生的,他父亲被政府派到那里。要说的话,他就是个土生土长的婆罗洲人。"

这时候格兰奇夫人毫无征兆地就哭了起来。看滚滚泪珠从她那种脂粉厚重的苍老的脸上淌落,实在是惨不忍睹。斯凯尔顿不知道该说什么、做什么,最后他的选择可能是最聪明的,就是一直保持沉默。格兰奇夫人抹干了眼泪。

"你一定觉得我这老太婆很可笑。我有时候也奇怪,怎么过了这么多年我还是哭得出来。大概就是天性如此。以前在舞台上我也是说哭就能哭的。"

"哦,你是演员吗?"

"是啊,结婚之前。我就是那样认识诺曼的。我们在新加坡演出,正好碰到他放假在那里。我大概是再也见不到英格兰了。我会在这里待到死,每天只能看着这条可恶的河。我是永远也走不了了。走不了了。"

"你怎么会到了新加坡的呢?"

"这么说吧,那是战争刚结束,伦敦找不到合适我的演出。当时我也在舞台上待了好多年了,演够了小角色,经纪人告诉我一个叫维克托·帕里斯的人要带一个剧团去东方。他老婆演主角,但女二号可以让我去演。他们有大概五六个剧目,都是喜剧,你知道的,有些是偏闹剧那种。给的钱不算多,但他们要去埃及和印度,还会去马来那些州、中国,最后下到澳大利亚。

1　Sarawak,东马来西亚一个州的名称。

有机会能看看世界,我就答应了。我们在开罗还挺受欢迎,在印度也挣了些钱,但到了缅甸就不行了,暹罗[1]更糟;在槟榔屿[2]简直一塌糊涂,马来的其他地方也差不多。总之,有天维克托把我们召集起来,说他破产了,连把我们弄到香港的路费都没有,整个巡演也是一败涂地,他很抱歉,但我们得自己想办法回国。当然我们就说,他不能这样对我们。你可不知道当时那吵得。反正呢,他说要是我们看得上,布景啊道具啊什么随便我们拿,但讨钱也没用,反正就是弄死他也没钱了。第二天我们就发现他和他老婆,也没跟任何人说,上了条法国船溜了。我跟你说,当时我就惨了。靠工资就攒了几英镑,其他啥也没有;有人说要是实在没钱走了,政府会把我们送回去,但要坐统舱,我就不怎么愿意。我们让媒体把这倒霉事宣传给公众,有人就出来了,说我们可以来场义演。行,我们就演了,但没了维克托和他老婆,我们也办不了什么事儿,最后扣除演出费用,算是白忙了一场。跟你承认吧,我已经走投无路了。就是那时候诺曼向我求的婚。说来也怪,当时我对他几乎没什么了解。他就开车跟我在岛上兜了几次风,在欧洲大酒店[3]喝了两三回下午茶,跳过舞。男人对你好总是有所图的,我还以为他就是想找点儿乐子,不过我也见识得多了,心想要是你能在我这儿占到便宜也算你厉害。可他后

---

[1] Siam,泰国的旧称。

[2] Penang,马来西亚西北部岛屿。

[3] 1857年由法国人卡斯特林(J. Casteleyns)创立,多次改建、迁址、易主,在世纪之交是新加坡最好的酒店之一,1932年倒闭。

来就向我求婚，怎么说呢，我都不敢相信自己的耳朵。他说他在婆罗洲有自己的园子，只要花些工夫，就能大赚一笔。说那园子靠着一条大河，周围都是大森林。听着就很浪漫啊。当时我也老大不小了，你知道吗，三十了，再往下找活儿也不容易；有幢自己的房子啊之类的事情，还是有吸引力的。再也不用到经纪人的办公室门口晃悠了。再也不用半夜醒着琢磨下礼拜的房租到哪去弄了。那时候他长得也不难看，棕色的皮肤，人高马大的，有男人味，谁也不能说我是随便找了个人把自己……"突然她就停住了。"他回来了。别说我们见过。"

她提着自己的凳子飞快地进了屋。斯凯尔顿很茫然。格兰奇夫人奇特的外表、伤心的泪水、始终伴随着抽搐的人生故事，还有听到丈夫声音时显而易见的恐惧和匆忙的逃跑，都让斯凯尔顿不知该作何想。

几分钟之后，诺曼·格兰奇重重的脚步声落在门廊上。

"听说你好了不少。"他说。

"好很多了，谢谢。"

"要是你愿意跟我们一起吃早中饭，我就给你添个位置。"

"我很愿意。"

"那好。我得去洗个澡、换身衣服。"

他走开了。没过多久一个男仆走来告诉斯凯尔顿，他们家老爷在等着他。斯凯尔顿跟着男仆进了一个小起居室。为了凉快，软百叶帘都放下来了，房间里挤满了乱七八糟的家具，英式、中式都有，临时茶几上堆着各种毫无价值的废旧杂物，一看就觉得住着一定不舒服，既不温馨，更不凉爽。格兰奇已经换了纱笼和巴汝，穿着当地人的服装显得粗鲁，却也孔武有力。他引见了自己的妻子。格兰奇夫人和斯凯尔顿握手，说了几句场面上的话，就像两人从没见过一样。男仆说饭菜准备好了，他们就进了餐厅。

"听说你在这狗屁国家也待了有一段时间了。"格兰奇说。

"两年。我是个人类学家，研究的是那些还没有跟文明接触的部落里，他们的习惯、风俗是什么样的。"

这家人虽然在厚待自己，但斯凯尔顿没法不觉察出其中的不情愿，所以决定把自己是怎样不得以到这里的经过讲述一番。他先是离开了某个村庄里自己的营地，走陆路十来天才到了大河。他雇了两条马来帆船去海岸，一条给自己和行李，让他的中国仆人阿空带着露营的装备坐另一条。之前横穿乡野的长途跋涉非常艰难，此刻能在藤席做的遮篷下摆个床垫，悠闲地躺着，让他觉得非常自在。出门之后他身体一直很好，沿河而下的时候他只能归结为自己的运气着实不错；但这个念头出现同时，他也想到，自己之所以会对自己的健康觉得感激，那是因为他现在似乎没有平日里那么舒服。的确前一天晚上在长屋[1]他被劝了不少亚力酒，但这也习以为常了，不该头疼的。总之他觉得自己是病了。身上只穿着短裤和汗衫，他觉得冷；怪就怪在此时正是日头毒辣的时候，船舷烫得手几乎放不上去。要是手边有件大衣的

---

[1] Long house，指马来西亚、印度尼西亚等地常见的公用农舍。

话，他立马就要披上了。他只觉得越来越冷，牙齿开始打战，蜷缩在床垫上全身都开始抖，似乎是要以此取暖。这是怎么回事他自然是猜到了。

"天呐，"他呻吟着说道，"得疟疾了。"

船上的领班正在掌舵，斯凯尔斯喊他。

"让阿空过来。"

这个船夫朝第二条帆船喊了几声，并让自己的船员停止划桨。转眼间两船就并到一起，阿空跨了过来。

"我发烧了，阿空，"斯凯尔顿喘着粗气说，"把药箱拿过来，还有，真是要命，拿两条毯子来。我要被冻死了。"

阿空给了主人服下剂量不小的奎宁，又把能找出来的毯子、罩子全盖在了他身上。船又动了起来。

停泊过夜的时候，斯凯尔顿病得太厉害，没法上岸；第二天和第三天也不见好。有时候一两个船员来看看他，而领班时常若有所思地盯着他看很久。

"到海岸还有多久？"斯凯尔顿问仆人。

"四，五，"他顿了顿，"领班，他不去海岸。他说，想回去。"

"让他去死。"

"领班说，你很生病，你死。他去海岸，如果你死，他麻烦。"

"我还没想死呢，"斯凯尔顿说，"没事的，就是普通的疟疾。"

阿空没有接话。这沉默让斯凯尔顿有些烦躁，他知道中国人有什么话不肯说出口。

"有话就说，你这蠢货。"他大声说道。

阿空把真实情况告诉他之后，斯凯尔顿的心往下沉。当天晚上到了休息地，领班会要他们支付船费，并在黎明之前把两条马来帆船悄悄开走。他怕病人死在船里，不敢再往前开了。斯凯尔顿如果摆出不容置辩的派头或许有用，但他已经没有力气那么做了，只希望依靠提高报价，让对方能履行之前的约定。接下来的一天从早到晚阿空都在和领班争执，晚上停泊之后，领班找到斯凯尔顿，气鼓鼓地说他不会再往前开了，还告诉斯凯尔顿附近有座长屋，让他寄宿在那里直到恢复。船上的人开始往下搬行李。斯凯尔顿拒绝下船。他让阿空把他的左轮手枪拿了出来，发誓谁敢靠近就杀了谁。

阿空、船员和领班都去了长屋，把斯凯尔顿一个人留在船上。一个接一个小时过去，疟疾烧着他的身体，嘴唇都要干裂了，浑浊的想法像锤子一样敲击着他的头颅。这时他看见了亮光，还有几个人说话的声音。他的中国仆人带着领班和另外一个人过来了；第三个人斯凯尔顿还没有见过，是从附近的那座长屋来的。他费了好大力气才听得清阿空在说什么。似乎是往下游再开几小时住着一个白人，要是斯凯尔顿答应，领班愿意把他送到那个地方。

"更好你答应他，"阿空说，"或许白人有汽艇，到时我们去海岸快快。"

"那人是谁？"

"庄园主，"阿空说，"这兄弟说，他种橡胶。"

斯凯尔顿太疲惫了，不想再争，此时他唯一想做的就是闭

海难残骸

眼睛睡觉。他妥协了。

"说实话,"他总结道,"剩下的我都记不得了,直到昨天早上醒过来,成了你家的不速之客。"

"我不怪那些迪雅克人,说真的,"格兰奇说,"我到河边在马来帆船上看到你那样子,以为你没治了。"

斯凯尔顿讲述自己经历的时候,格兰奇夫人一直没做声;她的脑袋和手还是有规律地抽搐着,就好像有个看不见的钟在控制她。格兰奇先生唯一一次跟她说话是让她把伍斯特沙司拿过来,那些不自觉的动作又是一阵大爆发,看着十分可怕。她把沙司交给丈夫,什么话也不说。斯凯尔顿有种很不舒服的感觉,就是格兰奇夫人对丈夫恐惧至极。这有些古怪,因为格兰奇先生怎么看都不像是个坏人。他知识丰富,脑子也好使,虽然他的态度离热情好客还远得很,但不可否认有什么需求他都尽量想帮上忙。

他们吃完了饭,中午天热,就各自去休息了。

"日落的时候喝点东西,我们到时再见。"格兰奇说。

斯凯尔顿睡了一个好觉,洗了个澡,看了一会儿书,然后到了门廊上。格兰奇夫人走了过来。看上去她一直在等他。

"他已经从办公室回来了。我不跟你说话你也不要觉得怪,如果让他觉得我很乐意你留在这儿,明天他就撵你走。"

这些话她都是轻声细语说的,说完就悄悄回了屋。斯凯尔顿哑口无言,这段奇怪的机缘实在是让他进了一个奇怪的家庭。他走到那个堆满东西的起居室,主人就在这里。这家显而易见太穷苦了,一直让他过意不去,担心自己造成的额外支出虽小,他们恐怕也负担不起。可他又觉得格兰奇先生是个敏感、易怒的人,不知道听到别人要帮助他会做怎样的反应。斯凯尔顿决定冒这个险。

"我说个事情,"他跟格兰奇先生说道,"看上去我还得叨扰你们好几天。要是我的食宿费用你们能让我付了,我会舒服不少。"

"哦,那个没关系,住在这儿没有费用可言,这房子还抵押着,你的伙食也花不了我们几个钱。"

"那样的话至少还喝了酒吧,你的烟草也被我消耗了不少。"

"我们这儿一年到头来不了一个外人,而且一般也是地方上的长官之类的——再说,要破产到我这地步,什么都无所谓了。"

"那这样,你愿意接受我的露营装备吗?我反正没用了。或者如果你喜欢,我很愿意让你挑一支我的枪。"

格兰奇犹豫了一下,那双狡黠的小眼睛闪过一丝贪心。

"要是真拿你一支枪,那可是你食宿费用的好多好多倍啊。"

"那就这样说定了。"

在东方,大家是要庆祝落日的,他们就聊起了到时要喝的威士忌和起泡葡萄酒。聊天中还发现两人都会下象棋,于是就对弈了一盘。格兰奇夫人一直到晚餐时才加入到他们之间。饭菜引不起多少胃口,汤就很寡淡,河鱼做得没什么味道,牛排太老,最后是一份焦糖布丁。诺曼·格兰奇和斯凯尔顿喝啤酒;格兰奇夫人喝水。她从来没有主动说过一个字。斯凯尔顿又有了那种不自在的感觉,就是格兰奇夫人怕她丈夫简直怕得要死。斯凯尔顿为了不至于失礼,也曾偶尔试图把她拉入对话之中,对着她说话,把某则趣闻讲给她听,或者干脆问她问题,但这又很显然让她极为紧张,头部剧烈地抽搐,那只手又抖动得像是痉挛,斯凯尔顿心想再这样同她说话,反而像是害她了。大家吃完,格兰奇夫人起身,说道:

"我就留你们两位男士独自享用波尔图红酒吧。"

她走出餐厅的时候他们都站了起来。在婆罗洲河边贫穷的场景中,还要假意维持这种社交仪式,不仅荒唐,甚至有些邪恶。

"我得说一句,这儿没有波尔图红酒。或许还有点本尼迪克特甜酒没喝完。"

"啊,不用麻烦了。"

他们又聊了一会儿天,格兰奇开始打哈欠。他每天早上天没亮就起来,一般晚上到了九点就睁不开眼了。

"行,我得去睡了。"他说。

他朝斯凯尔顿点了点头,没有其余的礼节就回了卧室。斯凯尔顿也上了床,但睡不着。虽然暑气逼人,但让他醒着的不是因为热,而是这个房子里,以及这房子里住着的两个人身上,藏着一些可怕的东西。他也说不清到底是什么让他如此的心神不宁,但他知道一点,就是如果此刻能让他远离这幢房子和这对夫妻,他会觉得满心感激。格兰奇也谈了不少自己的事,但斯凯尔顿对他的了解比第一面时形成的印象并没有丰富多少。不管从哪个方面看,这就是一个时运不济的庄园主。战争一结束他就买下了这块地,种了树,等树长到有橡胶可收,大萧条来了,自此之后仅仅维持庄园不让它倒闭就十分艰难。庄园和他们住的房子都基本抵押了,现在橡胶又能卖钱了,收益却全部交给了受押人。在马来亚时常听到这样的事;但格兰奇的不同之处在于他是个没有祖国的人。出生在婆罗洲,一直跟父母住在那里,岁数一到就回英国上学,十七岁回到出生地之后就再也没有离开过——除了打仗的时候去过美索不达米亚。英格兰对他来说没有任何意义。那里既没有亲戚,也没有朋友。这里绝大多数庄园主,和政府职员一样,都从英国来,放假就会回去,期待着有朝一日退休了就回国定居。但英格兰又能给诺曼·格兰奇提供什么呢?

"我是在这儿出生的,"他说,"我也准备老死在这里。在英国我就是个陌生人;我不喜欢他们做事情的方式,也听不懂他们聊的东西。只不过在这里我也是个陌生人,对于那些马来人和中国人来说,虽然我说马来语不比他们差,可我还是一个白人,这点是永远也不会改变了。"然后他提到了要紧的部分。"当然要是我那时没有糊涂透顶,就应该娶一个马来姑娘,生个半打混血儿。对于我们这种生在这儿、长在这儿的人来说,没别的出路。"

格兰奇的愤恨不是单单用他窘迫的经济状况就能解释的。殖民地的白人没有一个能让他说出半句好话。他似乎觉得,这些人看不起他,就因为他是在这里出生的。这是一个对生活失望、郁郁寡欢的人,而且还自负。他给斯凯尔顿展示自己的藏书;虽然书不多,但大致也算囊括了英国文学最精妙的作品了。这些书他都反复读过,但看起来其中的慷慨和仁爱他一点也没有学到,其中的美也没有真正打动它;反而对这些文字的熟稔只让他变得

海难残骸

自满自得。乍一看他是如此诚挚,像个地道的英国人,但这样的外表和他的内心似乎没有多大的关系,甚至你还禁不住怀疑,他的内心藏着一个很邪恶的人。

第二天一大早,为了享受那时的清凉,斯凯尔顿拿着烟斗和书坐到了自己屋外的门廊上。他身体依然虚弱,但比之前已经好多了。没过多久格兰奇夫人来了,手里拿着一本巨大的粘贴簿。

"我想着要给你看看我过去的照片,还有那时的报道。不能让你觉得我一直就长着现在这副模样。他去巡视了,要过两三个小时才回得来。"

格兰奇夫人还是穿着昨天那条蓝色的裙子,头发依然蓬乱,但不知为何兴致很高。

"我就只有这东西帮我回忆过去了。有时候日子过不下去,我就看我的粘贴簿。"

她坐在斯凯尔顿旁边一页页翻过去。新闻都是从地方报纸上剪下来的,提到格兰奇夫人的文字下方都仔细划了横线;看起来那时候她的艺名叫做维斯塔·布莱斯。看了照片就知道,当年她还是很好看的,只不过也算不上惊艳绝伦。什么都演过:音乐喜剧、世俗讽刺剧、闹剧、喜剧;把照片和新闻放在一起,很容易就能得出结论,这是一个没有什么天赋的姑娘,但凭借漂亮的脸蛋和好身材,争取来了一段普通、艰难,甚至有些粗俗的演艺生涯。格兰奇夫人一路翻看着照片,读着新闻,投入得就像这是她第一次打开这粘贴簿一样;她的头依然抽搐着,手也依然在晃。

"演员一定得靠关系,可我谁都不认识,"她说,"要是给我机会,我知道一定可以成的。我只是运气不好,这是不用说的。"

这一切都太凄凉了,或多或少也有些可悲。

"我敢说你现在日子应该更舒心了吧。"斯凯尔顿说。

她把粘贴簿从斯凯尔顿手中一把夺走,砰地合上了。她又是一阵发作,剧烈到真的叫人不敢看她。

"你这话什么意思?我在这儿过的日子你知道多少?我很多年前就想自杀了,只不过我知道我死了他正是求之不得。所以我报复他只有这一个办法,那就是活着,我得活下去,我得活得比他长。啊,我好恨他。我时常想到要毒死他,可我又怕,其实也不知道该怎么下毒,要是他死了,那些中国人就要把抵押的东西收走了,会把我赶出去。到时我还能去哪呢?这世界上我连一个朋友也没有。"

斯凯尔顿惊得目瞪口呆。他一时间想过这女人是疯子。他完全不知道该说什么。格兰奇夫人用锐利的目光扫了他一眼。

"是不是听我说这些你很吃惊啊?我没瞎说,你要知道,每个字都是我心里想的。他也想把我杀了,只是也没那胆子罢了。而且他很清楚要怎么杀我。马来人杀人的伎俩他都知道。他是在这儿出生的。这个国家没一样事情他不懂。"

斯凯尔顿强迫自己开口说话。

"你知道吗,格兰奇夫人,我在你家完全是个外人。把这些我其实没必要知道的事情全告诉我,你会不会觉得其实并不明智呢?说到底,你们很少与外界往来,难免总会惹对方生气的。不过现在庄园也好起来了，说不定你们哪天就能去一趟英格兰吧。"

"我不想去英格兰。让他们看到我现在的样子我觉得太丢人了。你知道我什么岁数吗？四十六。看上去有六十，我自己知道。这也是为什么要给你看那些照片，好让你知道我也有过另外一副样子。唉，老天啊，我的这条命真是叫我给糟蹋了！他们总说东方如何浪漫。让他们自己来浪漫好了。我宁可在英国乡下的剧场里管服装，我宁可在那里扫地，搞卫生，也比现在要好。来这里之前，我一辈子没落单过，生活里总是吵吵嚷嚷的；你是不知道一年到头找不到个人说话是什么滋味。什么话都憋在心里。一天连着一天，一周接着一周，十六年，除了那个世界上你最恨的人谁也见不到，你说说这是什么滋味？十六年，跟一个恨你恨到不肯正眼看你的男人一起生活十六年，换了你会是什么心情？"

"唉，也不至于吧。"

"我跟你说的都是事实。我干吗要骗你？我以后再也不会见到你了，管你会怎么想我呢？要是你到了海岸，把我说的这些告诉了那儿的人，我猜都猜得到，他们会说：'天呐，你不会真的住在那户人家里吧？真同情你。那男的是个孤僻的怪人，那女的精神不正常，还会抽搐，老跟手上有血要抹在裙子上似的。当时还卷到一桩蹊跷到家的麻烦事里去了，只不过没人知道真的发生了什么。已经过了太久了，这个国家那时候可野得很。'蹊跷到家的麻烦事，这还真说到点子上了。我可巴不得跟你讲一讲。到了俱乐部这种八卦他们想听得不得了，你可以一两礼拜不用自己付酒钱了。让他们去死吧。耶稣啊，我恨死这国家了。我恨那条河。恨这房子。恨他妈的橡胶。当地人叫我恶心。而这一切，就是我余下的人生——直到我死，都没有医生会来照顾我，没有一个朋友会握着我的手。"

她歇斯底里地哭了起来。斯凯尔顿之前绝对想象不到，格兰奇夫人居然还能表现这样的戏剧张力。那种粗暴的讥诮其实听着和她的悲痛本身一样让人难受。斯凯尔顿还很年轻，不到三十岁，不知道该如何应对这个艰难的局面。但一言不发恐怕是不行了。

"我很替你难过，格兰奇夫人。希望有什么事情是我能帮你的。"

"我并没有求助。没有人能帮我。"

斯凯尔顿发愁了。听格兰奇夫人刚刚的话，他不禁怀疑之前这位女士牵扯进了一桩神秘甚或是可怕的事情，可能把这桩事情说出来，又不用惧怕后果，正是她所需要的那种解脱。

"我不想多管闲事，可是格兰奇夫人，如果你觉得把你刚刚提过的那件事情说出来会好受一些——就是你说的那桩'蹊跷到家的麻烦事'，那我以我的名誉发誓，绝不会往外传一个字的。"

她突然就停止了哭泣，仔细地打量着他，看了很久。她还是在犹豫。斯凯尔顿感觉她想要一吐真相的欲望几乎不可抵御，不过最终她摇摇头，叹了口气。

"说了也没用。无论怎样都帮不到我了。"

她就这样站起来，唐突地把斯凯尔顿留在了那里。

那天早中饭只有两个男人坐下来吃。

"我妻子让我转达，她今天又头疼得厉害，就不下床了，请你不要见怪。"格兰奇说。

"哦，我很抱歉。"

格兰奇看他的眼神像在质问，斯凯尔顿隐约感觉到其中的怀疑和憎恶。他脑中闪过的念头是格兰奇不知怎么就发现了妻子找过他，还说了些不该说的话。斯凯尔顿努力想引起对话，但他的主人三缄其口，饭吃完的时候，桌上一片沉寂，只有格兰奇起身才有了声音。

"你看上去好得差不多了，也肯定想尽早离开这鬼地方。我已经传话给河对面，安排两条马来帆船把你送到海岸去。他们明天一早六点就到。"

斯凯尔顿确信自己方才的揣测是对的，格兰奇知道或者猜出了妻子没有管住嘴巴，所以想第一时间遣走这个危险的客人。

"那真是太感谢你了，"斯凯尔顿微笑着答道，"我已经全好利索了。"

格兰奇的目光中没有回应他的笑容，反而都是冷冷的敌意。

"我们等会儿可以再下盘棋。"他说。

"也好。你什么时候从办公室回来？"

"今天没有什么事情，我就不出门了。"

也不知道是不是臆想，但斯凯尔顿觉得格兰奇说这句话的时候，语气里很像是在威胁自己，似乎他今天一心要确保妻子和斯凯尔顿不会再有独处的机会。格兰奇夫人晚饭也没有出来。喝过咖啡，抽了方头雪茄，格兰奇把凳子往后一推，说道：

"你明天还得早起，恐怕也该睡觉了。你走的时候我应该已经去园子里了,所以就现在跟你道别吧。"

"先等我把枪拿过来吧,你就挑一支你最喜欢的。"

"我让仆人去拿。"

枪拿来之后,格兰奇挑了一支,但看不出来对这份厚礼是否满意。

"你应该清楚,这支枪的价值,比你花费我的食物、烟酒加起来也多得多了。"

"照我的理解,我的命都是你救的。回赠一把破枪算不得什么慷慨吧。"

"啊,这样,要是你想这么去看,那我倒是真管不着。不管怎样,很谢谢你。"

他们握了握手,分开了。

第二天早上,行李都已经在马来帆船中装好,斯凯尔顿问主人家的男仆,能否临行前跟夫人道个别。男仆说他去问问看。斯凯尔顿等了一会儿,格兰奇夫人就从屋里出来,到了门廊上。她穿了条日本丝的粉红旧睡袍,缀满了廉价的蕾丝,皱巴巴的,也不干净。脸上的粉依然很厚,抹了腮红,嘴唇上是猩红的唇膏。脑袋抽搐得比往常更厉害了,也还是不停做着那个奇怪的手势。一开始,斯凯尔顿觉得她像是要让别人看自己身后的东西,可听了昨天她那番话,现在这手势又的确像是想把什么东西从裙子上抹掉了。她自己说的是"血"。

"我不想还没谢谢你这两天的好意就走。"他说。

"哦,没事的。"

海难残骸　　111

"那好吧,再见了。"

"我送你到码头吧。"

没走几步路,码头已经到了。船夫还在整理行李。斯凯尔顿朝河对面看,那里有几幢当地人的房子。

"这些人应该就是从对岸来的吧,似乎村子还不小。"

"挺小的,就那几幢房子。之前还有过一个橡胶园,公司破产,那个园子也荒废了。"

"那儿你去过吗?"

"我?"格兰奇夫人喊道。她声音提得很尖利,头和手又是不由自主地一阵猛烈抽搐。"没去过。我干吗要去?"

斯凯尔顿只是为了找句话说,实在难以想象为何如此简单的一个问题却让她如此激动。不过这时船上都准备好了,他和格兰奇夫人握了手,踏上了船,舒舒服服地坐了下来。船离岸时,他向格兰奇夫人挥手道别。正当船只滑入河道中流,后者发出一声刺耳的尖叫:

"代我向莱斯特广场问好!"

船夫划桨有力,离那个可怕的人家和那两个不幸却又让人厌恶的夫妇渐行渐远,斯凯尔顿大大地舒了一口气。他庆幸格兰奇夫人到了嘴边的那个故事没有说出来,一旦听了那个关于罪孽或蠢举的惨剧,恐怕在回忆里他就永远和那个家庭联系在了一起,再也逃不脱了。他想要忘记他们,就像忘记一个噩梦。

但格兰奇夫人还一直看着他们的船,直到行至河道拐弯的地方,离开了她的视线。她缓缓上坡回到了家,进了卧室。为了阻挡热力，窗帘都放下来了，光线有些暗，但她还是坐在梳妆台前，看着镜中的自己。他们一结婚，诺曼就给她订做了这个梳妆台。当然，是一个当地的木匠，而且镜子要从新加坡运过来，但设计、尺寸、形状都完全依照她的意思，梳妆打扮的东西全都放得下。她渴望这么一个梳妆台不知多少年了，一直都没有。直到现在她依然记得第一次见到这梳妆台时自己是多么高兴。她双臂搂住丈夫的脖子，亲吻他。

"哦，诺曼，你对我真好，"她说，"能逮到你这样的男人真是我命好，你说是不是？"

那时候，她见什么都高兴。河流上、森林里的生命都那么有意思，林中万物蓬勃生长，鸟儿有明快的羽毛，蝴蝶都如此的艳丽。她忙着让家里有一点女性操持的样子，把自己的照片都摆了出来，弄了些瓶子放花；她东翻西找，摆出了各种小玩意儿，说是"会让屋子很有家的感觉"。她对诺曼谈不上爱，但还是很喜欢这个男人，而且婚姻生活也很愉快，从早到晚不用做事，只要放一放留声机，玩一玩接龙，读几本小说，一定是愉快的。而且不用再担心未来如何也是愉快的。当然有时候是寂寞了一些，但诺曼说她会习惯的，而且保证一年之内——最多两年——他就带妻子回英国住上三个月。能向朋友们炫耀一下自己的这位丈夫会多么好玩啊。她觉得让丈夫动心的是演艺界的光彩夺目，但她其实完全没自己说的那么成功。她本想要丈夫意识到，自己是放弃了演艺生涯做了一个庄园主的妻子。她还声称认识很多明星，但其实这些人她甚至都没搭上过话。到时回国的确得想些糊弄的手段，但她没问题的；说到底，可怜的诺曼对舞台的了解，不比一个娘胎里的宝宝更多；她只能说：要是糊弄不了这么一个老粗，那她十二年的演员生涯也算是白费了。第一年一切都还好。有一回她还以为自己怀孕了，后来证明是误会，两个人都有些失望。但她也开始觉得无聊了。似乎每天都该死地在重复做同样的事，想到日复一日这样下去，她就有些害怕。诺曼说那一年他不能离开种植园，两人吵了一架。这时候诺曼说了一句话吓坏了她。

"我讨厌英格兰，"他说，"要是照我的意思，以后再也不会踏上那个国家一步。"

生活如此孤寂，格兰奇夫人慢慢养成了自言自语的习惯。她把自己关在房间里，可以连着说上几个小时。现在，她拿粉扑沾了些粉，在脸上涂抹，一边对镜子聊着天，完全就像那里面是另外一个人。

"那个就是警告啊；我应该坚持自己回去，谁知道呢，说不定到了伦敦就能找到工作了。单说舞台经验我就不少了吧，不说别的。到时我再写信跟他说，我不回来了。"她想到了斯凯尔顿。"没告诉他可惜了，"她继续道，"我是犹豫着想说来着，或许他是对的，或许说出来我会觉得轻松。倒不知道他听完了会说些什么。"她模仿起了斯凯尔顿的牛津口音："我真是万分抱歉，格兰奇夫人。我多么希望自己能帮到你。"她笑了一声，听起来几乎像抽泣。"我好想跟他说说杰克。哦，杰克啊。"

他们结婚两年的时候，来了个邻居。那时橡胶的价格奇高，一个个庄园被开垦出来，其中一个大企业在河对岸买了一大片土地，因为有钱，做什么事都很奢侈。他们安排过来的管理者自己有艘汽艇，所以想喝一杯的时候，随时就可以开船过来。那人的名字叫杰克·卡尔。这是个同诺曼大不一样的男人；首先他是位绅士，读的是私立学校，上过大学；大概三十五岁，个子挺高，不像诺曼那么壮实，算是那种穿了晚礼服会很好看的瘦削身材；波纹鬈发，眼睛里总带着笑意。她最迷的就是这种男人，自然一眼就喜欢上了。能有人陪着聊伦敦、聊戏剧，本身就是享受。杰克为人活泼，不拘束，说的那种笑话都是你能听得懂的。没过一两个礼拜，她在杰克身边感到的自在，和丈夫相处了两年都从来没有过。诺曼身上总有种什么东西她摸不透。当然丈夫疯狂地爱着她，这是自然的，他也聊了不少自己的事情，但她总有种异样的感觉，那就是诺曼有意藏着什么不让她知道。这也不是他故意要藏，只是——怎么说呢，解释不清楚，或许可以说是诺曼有一部分太怪了，他没法用语言表达。后来，跟杰克熟了，她也提起这种感觉，杰克说那是因为诺曼出生在乡下，虽然血管里没有一滴当地人的血，但这个地方已经塑造了他，所以其实他已经不算真正的白人了；他已经有了东方人的成色。不管怎么努力，他已经不可能做一个地道的英国人了。

因为两个下人（厨师和家仆）都在屋外有自己住的地方，空空的房子里，她自顾自放声聊着，窸窸窣窣的话语划过木地板，穿透木墙，怪异得不像人间的声音，倒像新酿的酒在酒桶里发酵。她讲故事的样子就像斯凯尔顿坐在面前一样，可又前言不搭后语,即使后者听了,也很难跟上故事的发展。她很快就意识到杰克·卡尔对她有所图。她有些激动。她从来不是个水性杨花的女子,但在舞台上那么些年,自然也是有过一些经历的。一连几个月奔波演出,有时总得让自己高兴高兴,否则怕是熬不下去。当然,她不会这么轻易地就交出自己,不想跌了身价;至于诺曼,好吧,反正眼不见,心不痛。他们俩心意相通——自然说的是杰克和她——知道这件事或早或晚总会发生,只是等待一个时机罢了。而时机一定是有的。但之后发生的事让两个人始料未及:他们疯狂地相爱了。要是斯凯尔顿真的听到了故事的这一步,他的意外并不会比两位当事人要大。他们是两个很平凡的人,他是个普普通通的庄园主,本性开朗、善良,她是个无名的小演员,人远远谈不上聪明,岁数也不小了,除了身材匀称、面孔俏丽之外没什么能让人欣赏的地方。一开始只是漫不经心的暧昧,突然毫无征兆地就成了摧枯拉朽的激情,两人的材质都无法长久地支撑那种一天天愈发不讲道理的渴求。他们只想待在一起,只要分开就焦躁、痛苦。她觉得诺曼无趣也有一段时间了,但既然是夫妻,她一直容忍着;但现在丈夫常让她厌恶到发狂,因为是他隔在了她和杰克之间。私奔是不可能的,杰克·卡尔除了那些工资什么都没有,这份工作就来之不易,他不能随便放弃。两人相会很不容易,要冒极大的风险。或许他们的那些冒险,他们克服的阻碍,都成了爱的燃料。一年过去了,但爱意还和开始时那样难以抵御。这是一年的煎熬和极乐,一年的惧怕和狂喜。这时候她发现自己怀孕了。孩子的父亲她知道一定是杰克·卡尔,于是欣喜若狂。生活很难,这没有错,有时候难到她觉得自己已经无法应对,但之后她的生活里会有一个孩子,一个他的孩子,这样一切都不算什么了。分娩的时候她要回古晋[1],正好那个时候杰克·卡尔要去新加坡出差,会离开几周,但他保证在她去古晋之前一定赶回来,而且一到就会差当地人送信给她。那封信最终送来的时候,她幸福到身心俱痛,简直要呕吐。她从来没有这么想他。

"听说杰克回来了,"吃饭的时候她跟丈夫说,"我明天早上过河,把他答应给我的东西拿来。"

"我觉得不必要。到下午晚些时候他一定会过来的,你就能拿到了。"

"我等不了。我想那些东西想得快发疯了。"

"行,随便你吧。"

她忍不住就要聊起杰克。他们已经有好一段时间没有话说——她和诺曼,但那一晚,她兴致很高,就像刚结婚那几个月一样谈兴十足。她平时也起得很早。河岸上有个浅浅的水池,池边还有沙滩,她第二天和平时一样,六点就起来了,去池塘里游了个泳。在那样清澈、凉爽的水中随性舒展一下筋骨真是美妙极了。池头枝上有只翠鸟,倒影在水中蓝得亮眼。生活真美好。她喝了杯茶,跨进一条独木舟,一个仆人划桨送她到了对岸。这一程也耗了将近半个小时。快靠岸的时候,她朝岸上看;杰克一

---

1 Kuching,马来西亚沙捞越州首府。

定知道她会迫不及待来见他,一定会出来等的。果然,他就在那里。她心里的那阵爱恨美妙得几乎难以承受。他走下来,到码头扶她上岸。他们手牵手沿着小径往上走,走到一个划桨的仆人和上面屋子里那些窥视的眼睛都看不到的地方,两人停下了脚步。他伸出双臂搂她,而她满心狂喜地任由他抱住自己。她贴在他胸口。他吻上了她的嘴唇。那一吻里,全是分离的煎熬和重聚的幸福。他们浸润在爱的奇迹中,浑然忘了时间和地点;他们不再是一男一女,而是圣火中交融的两个灵魂。他们的脑海中什么念想都没有,口中也不再发出一个字。突然她感到一记可怕的撞击,就像谁中了一拳,然后几乎是同时听到震耳欲聋的一个声音。她吓坏了,又不知发生了什么,只是把杰克抱得更紧了,而杰克抱着她的手却在抽搐。她惊呼了一声,觉得杰克正向自己倒过来。

"杰克。"

她努力要扶住他,但是杰克太重了,他倒在地上的时候也把她带倒了。这时她发出巨大的一声哭喊,因为她先是感觉到一股热量,然后便看着自己身上溅满了杰克的血。她开始尖叫。一只粗糙的手揪住她,把她拎了起来。是诺曼。她痛苦极了。她不知道这是怎么回事。

"诺曼,你干了什么?"

"我把他杀了。"

她茫然地瞪着他,把他推开。

"杰克。杰克。"

"闭嘴。我去找些人帮忙。这是一次意外。"

他快步沿着小径走了上去。她跪下来，把杰克的头捧在怀中。"亲爱的，"她呻吟道，"哦，亲爱的。"

诺曼带了几个苦力回来，把他抬到了屋子里。那一晚，她流产了，一连几天病得就像她也一定挺不过去。最终恢复之后，她就有了那些紧张的抽搐，一直到现在。她以为诺曼会把她送走的，但他没有，他必须把妻子留在身边，才能减轻大家对他的怀疑。当地人之间有些流言蜚语，一段时间之后地方长官来了，问了不少问题；但当地人都怕诺曼，地方长官什么都问不出来。那个送她过河的迪雅克人不见了。诺曼说是他的枪出了什么问题，杰克在检查的时候走了火。那个地方人死了很快就下葬，等他们想检查的时候，即使把尸体挖出来也不会有多少证据来证明诺曼撒谎。地方长官的疑点并没有完全排除。

"在我看来这案子真可疑极了，"他说，"但缺乏证据，我大概也只能接受你的说法了。"

她要是能走的话，付出什么都愿意，但带着她这些神经毛病想挣钱养活自己，真是一丝一毫的机会也没有。她只能留下——否则就会饿死；而诺曼只能留下她——否则就是死刑。自那之后，一切如旧，照目前的情形看，以后也什么都不会发生。无尽岁月会一点点蚕食掉他们余下的疲惫生命。

格兰奇夫人突然不再说话。她耳朵很灵，听到小道上的脚步声，知道诺曼巡视庄园已经回来了。她的头激烈地抽搐着，手也按捺不住那个不受控制的可怕手势。梳妆台太乱了，她好不容易找到了自己那支珍贵的口红，抹在了嘴唇上，这时候，她自己也不知道从哪里起来一股诡异的冲动,让她在鼻子上也涂满口红,成了音乐厅里那些红鼻子的喜剧演员。她看着镜中的自己,放声大笑。

"让生命见鬼去吧!"她吼道。

异邦谷田

The Alien Corn[1]

和布兰德夫妇认识了好久,才知道他们跟菲尔迪·拉本斯坦之间的关系。我初识菲尔迪,他就年逾五十了,而我写下这些文字的时候,他早已过了七十岁。但菲尔迪没怎么变。一头粗硬的头发虽然都白了,但依然浓密、卷曲;而他体形一如年轻时候那般挺拔。大家说他那时候俊美非凡,的确不难相信。他现在的侧脸还是有犹太人高贵的样子,一双光芒四射的黑眼睛曾在多少胸膛里酿出大祸来——而那些人中有不少并非他的族人。他很高、很瘦,椭圆脸,皮肤干净,而且会穿衣服,即使在这个年纪,换上一身夜礼服,仍然是我见过最英俊的男人之一。他那时衬衫的硬前胸会配上巨大的黑色珍珠,戴铂金和蓝宝石的戒指。或许浮夸是有些浮夸,但你只会觉得这太符合他的性格了,要换成别的形象倒反而别扭。

---

[1] 收录于1931年出版的短篇小说集《用第一人称单数写作的六个故事》(*Six Stories Written in the First Person Singular*)。"异邦谷田",出自济慈的诗《夜莺颂》。诗中描写《圣经》人物路得在丈夫死后跟随婆婆回到以色列,在"异邦的谷田中落泪"。

"说到底,我是个东方人,"他说,"我能展现一种野蛮人的奢华。"

我时常觉得实在该有个人来给菲尔迪·拉本斯坦写部传记。他并不伟大,但他的人生在自设的范围之内,已经活成了一件艺术品,一件微型的杰作,就像波斯的细密画,好处就来自于它的没有缺憾。只可惜写传记的材料太少了。那些书信很可能已经损毁殆尽,而那些需要提供回忆的人也岁数很大了,眼看就要离世。菲尔迪有超乎常人的好记性,但他是绝不会写回忆录的,因为他把自己的过往完全当成一种不可分享的取乐之道;而且他也是最讲究隐私的人。此外,除了马克斯·比尔博姆[1],我也想不出谁能把菲尔迪的传记写好。在这个严酷的世间,也只有比尔博姆能对浅薄之事怀有如许温暖,能从无用之举中抽取出精微的悲情。马克斯认识菲尔迪比我早得多,也熟悉得多,我奇怪他怎么从来没想到要在这个主题上施展自己出神入化的才华。菲尔迪生来就像是马克斯笔下的人物。而在我的想象中,除了奥布里·比尔兹利[2],谁还有资格替这本优雅的书配上插画?他们会立起一座由三重铜甲[3]护身的不朽塑像,将稍纵即逝的神采锁进了透明的

---

[1] Max Beerbohm(1872—1956),英国漫画家、作家,主要作品有《二十五个绅士的漫画》和长篇小说《朱莱卡·多森》等。比尔博姆最有名的才华就是用戏仿、夸张的手法表现和他同时代的名人。

[2] Aubrey Beardsley(1872—1898),英国插画家,画风深受 E. 伯恩-琼斯和日本版画的影响,是新艺术运动大力倡导的曲线黑白装饰插画的大师。

[3] 或取自贺拉斯的诗句,形容最初的航海者,勇敢得好像胸口有橡木和三重铜甲护身。

琥珀中,供后世欣赏。

菲尔迪的胜利都是社交的胜利,而他的战场就是这花花世界。他出生在南非,二十岁才来到英格兰。有一段时间在股票交易所上班,但父亲去世留给他一大笔财产,于是他退出金融场,把全部精力放到了寻欢作乐之中。那时候英国的上流社会还很封闭,一个犹太人要推倒壁垒并不容易,但在菲尔迪的面前,它们就像耶利哥的城墙一般[1]。菲尔迪外形俊朗,有钱,爱好户外运动,而且有他在旁边,总不会觉得乏味。在柯曾大街有他的一幢房子,里面配了最精致的法式家具,一个法国厨师,和一辆布鲁厄姆车[2]。我倒是很想了解一下他辉煌的生涯是如何起步的,但第一次见到菲尔迪时,他已经是伦敦最潇洒的人物了。那是在诺福克一幢极为气派的豪宅,女主人雅好文学,听说我是一个初露头角的小说家,便发来请帖;宴会中其他宾客都非同小可,让我一时有些慌乱。在场一共有十六个人,都是内阁成员、贵妇、世袭贵族,谈的都是我一无所知的人和事,我自然觉得有些羞怯、孤单。他们对我很客气,但并不关心;我也意识到自己或多或少已经让女主人开始头疼了。是菲尔迪救了我。他和我坐在一起,陪我四下走动,跟我聊天。知道我是个作家之后,他跟我谈起了戏剧和小说;他又听说我很多时间都住在大陆,就聊起了法国、德国和西班牙,聊得妙趣横生。他似乎特别在意要我陪在他身

---

[1] 《圣经》记载,耶利哥是西亚死海以北古城,祭司吹响号角之后城墙便神奇倒塌。
[2] Brougham,一种驭者座在车厢外的四轮轿式马车。

旁，而且与我聊起这些不俗之事，更给我一种飘飘然的印象，就如同我们两个与在场其他人不同，他们只晓得政治局势、离婚丑闻，以及近来不肯杀死雉鸡的趋势，都是那么可笑。但如果菲尔迪在心底真的对这些兴高采烈的英国上层有半分轻视，那也只是在我面前才显露了一丝痕迹；现在回想，或许那只是他用高明而隐晦的手段在恭维我罢了。一方面，他喜欢施展自己的魅力，看到我无疑享受着他的言谈，我敢说菲尔迪自己也很得意，但另一方面，如此大费周折地讨好一个无名小说家对他没有别的好处，只可能是因为他对艺术和文学真的有兴趣。我觉得他和我在本质上都与那个场合格格不入，在于我，因为我只是个作家，而在于他，则是因为他的种族，但我非常羡慕他举手投足之间的自在。他完全没有显出一点点的尴尬。所有人都喊他菲尔迪。他似乎永远精神饱满，妙语、玩笑、应对，从来都信手拈来。这样的豪宅中，大家喜欢他，是因为他能逗这些人笑，但菲尔迪又从来不会故作高深而让他们觉得不舒服。他把一丝东方的浪漫带入他们的生活，却又让他们觉得自己更有英国风范。只要菲尔迪在左右，你从来不会觉得无聊，而且只要请了他，就不用担心英国社交场上常有的那种让人难以招架的沉默；一个空档正要出现的时候，菲尔迪·拉本斯坦已经开启了另一个所有人都感兴趣的话题。对于任何派对来说，他都是不可多得的财富。他有讲不完的犹太故事；而且善于模仿，学起犹太人的口音和手势都惟妙惟肖。他会缩起脖子，做出狡猾的表情，声音变得油腻，顿时就成了一个拉比，一个旧衣贩子，一个聪明的旅行推销员，一个法兰克福的胖老鸨。那简直就像看了场舞台剧。当然,也因为他自己是个犹太人,而且喜欢强调这一点,所以大家都笑得很放心,但我内心中却也暗暗有些不舒服。他的这种幽默对自己种族太残忍了,让我多少有些质疑。后来我发现这是他最拿手的节目,随便在哪里遇见菲尔迪,迟早都会听到他最新收集的犹太故事。

但那一天他讲的最精彩的故事倒和犹太人无关。我当时印象太深,以至于到现在还记着,只是从来没有机会讲给别人听。把它放在这里,是因为里面涉及的人物都是维多利亚时代的名流,会留在后世的记叙中,这则小轶闻若就此湮没也未免可惜了。他说自己还年轻的时候,有一回住在乡下,那幢房子那两天还住着兰特里夫人[1],正是她风华绝代,名声也如日中天的时候。正巧萨默塞特公爵夫人住在离他们开车不远的地方,那是埃林顿骑士比武大会的"美皇后"[2];菲尔迪与她略有来往,就想到何不让这两位女士见上一面。他把这个想法告诉了兰特里夫人,获得首肯之后,就写信给了公爵夫人,询问是否可以带这位名满一时的美人去拜访她。他说,让这个时代最可爱的女子(当时是八十年代)向上个时代最可爱的女子致敬,也是佳话。"当然可以带她来,"公爵夫人回信道,"可我得先提醒你,她会大吃一惊的。"

---

[1] Lily Langtry(1853—1929),英国名媛,后来成为演员和制片人。
[2] 1839年,埃林顿伯爵十三世出资,模仿中世纪情景,组织了一场规模宏大的骑士比武大赛(Eglinton Tournament)。骑士比武的冠军常把胜利献给在场的一位女士,称为"爱与美的皇后"(Queen of Love and Beauty)。

他们坐着一辆双马拉的四轮马车前往，兰特里夫人戴了贴着头顶的蓝色帽子，用长长的绸带系住，显出她漂亮的头形，蓝色的眼睛也更蓝了；登门之后，迎接她的是一位丑陋的糟老太太，后者略带嘲讽的锐利目光一直在打量来看望她的绝代佳人。她们用了下午茶，聊了会儿天，就坐马车回来了。一路上兰特里夫人几乎没有说话，菲尔迪后来看到她在默默垂泪。回到住处，兰特里夫人进了自己房间，晚上没有下来吃饭。这是她第一回意识到，美貌是会消亡的。

菲尔迪要了我的地址；我回到伦敦没几天，就收到他的宴会邀请。在场的有六个人，一个嫁给英国贵族的美国夫人，一个瑞典画家，一个女演员，一个知名的批评家。餐桌上的食物和红酒都是上乘的，对话也轻松、机智。宴会之后，菲尔迪推脱不过众宾客，弹了钢琴。他只弹维也纳华尔兹舞曲，我后来知道这也是他的保留节目。这种音乐轻盈、悦耳、让人动情，与他不动声色的华丽性格很相称。菲尔迪的演奏十分自然、活泼，指间有种优雅的气度。自那以后，我和他很多次坐在同一张宴会桌上；除了他自己每年会邀请我两三次，随着时间推移，我们也越来越多地在其他人作东的场合中遇到。后来我的确获得了些声名，而他大概也不像过去那样耀眼了。最近几年，我会在一些有其他犹太人出席的派对上见到他，菲尔迪那流淌的、神采飞扬的目光会落在自己的同胞身上，似乎觉得这世界沦落至此十分好笑，但他也并不带任何恶意。有些人说他势利，我倒不觉得；他只是正好早年间交往的人物都太了不起了。他真的热衷艺术，和艺术家打交道是他最出色的时候，因为他会一洗自己在大人物面前那种淡淡的插科打诨的习气，让你突然想到，他其实从来没有那么迷醉于权贵们的显赫与排场。他有无可挑剔的品位，很多朋友都非常乐于借用他对艺术的了解。他是最早重视旧家具的人之一，从世代相传的大宅子的阁楼里抢救出了不少无价之宝，然后把它们尊贵地放进客厅。对他来说，在拍卖行里闲逛是很有意思的事，有些贵夫人既想获取一件美妙的艺术品，又希望它是聪明的投资，这时菲尔迪会很乐意给出自己的意见。他很有钱，又很温厚；喜欢赞助艺术，常不辞辛苦地为自己欣赏的年轻画家争取机会，也会安排没有表演机会的小提琴手去富人家里演奏。但他也从来不会因此让他的有钱朋友们吃亏。因为他的鉴赏力太强了，不会上当，所以对那些没有才华的人他即便不会无礼，但也不会多花一丝力气去帮助他们。菲尔迪自己办的音乐会，虽然规模很小，但表演者精挑细选，绝对是难得的享受。

他一直没有结婚。

"我了解这世界是怎么回事，"他说，"我也很自豪自己没有什么偏见，每个人都有自己的喜好[1]，但我还是没办法娶一个非犹太人的妻子。就像穿着餐服去听歌剧，其实也没什么，只是我从来没想过要这么干罢了。"

"那你怎么不娶一个犹太人呢？"

（这个对话我并未亲耳听到，是一个活泼、大胆的女子事后

---

[1] 此处原文为法语。

将如何对付菲尔迪的经过告诉了我。)

"哦,亲爱的,我们犹太女人太会生育。要往这世界塞进一个个小艾奇、小雅各布、小丽贝卡、小利厄、小蕾切尔[1],这念头就让我受不了了。"

但他也曾有过大家津津乐道的情事,轰动的浪漫过往依旧萦绕着他。年轻时,他也曾是多情之人。我碰到过一些老夫人,都说他当年的魅力如何无法抗拒,而且一旦起了忆旧的兴致,她们还会聊起这个那个女子如何为了菲尔迪神魂颠倒,我能听得出来,因为菲尔迪过于俊美,对于这些爱上他的女子,老夫人们都是体谅的。有些贵妇人我在那时的回忆录中读到过,或者见面时已经成了让人敬重的老太太,为自己在伊顿上学的孙子喋喋不休,桥牌打得一团糟,但我想到她们年轻时居然为了一个英俊的犹太人满脑子是罪恶的欲望,就觉得很有趣。其中最众所周知的一段风流韵事,女主角是维多利亚时代末期最俊俏,又最有飒飒英气的美人——赫里福德公爵夫人。这段恋情延续了二十年。菲尔迪自然在这段时间里也有和其他女子动情的时刻,但和赫里福德夫人的关系最为稳固,也最为社交圈所共知。这段恋情结束之后,他居然能让这位不再年轻的情人变成一位互相信赖的好友,可见他处事何等之圆融。不久之前在一个午餐会上我还遇到了这两位。老太太身材高大,依然有种气魄,但饱经风霜的脸上盖了张脂粉面具。那是在卡尔顿酒店,我们的东道主菲尔迪迟到了几

---

[1] 都是犹太人常用的名字。

分钟。他到了之后要给我们点一杯鸡尾酒，公爵夫人告诉他我们都已经喝过一杯了。

"啊，怪不得你的眼神格外明亮。"他说。

老太太沧桑的脸上泛起喜悦的红晕。

我也不年轻了，已确乎成了个中年人，不知多久之后我就必须形容自己是个老头了；我写过书，写过剧，到处旅行，体会了各种经历，相恋也失恋过，但在派对上会遇见菲尔迪这件事从来没有改变。战争爆发，宣战出兵，千万军人死于沙场，世界不同了。这场战争对菲尔迪来说不是好事。他岁数太大，不能入伍，而他的德国名字就有些尴尬，但他处事谨慎，不会出现在可能遭到羞辱的场合中。老朋友们都对他很忠诚，他虽然没有将自己隔绝起来，但算是很有尊严地避世而居着。和平降临，他又鼓足勇气尽可能地享受已然不同的世界。社交圈里什么阶层都能见到，派对有些喧扰，但菲尔迪依然很适应新的生活。他依然会讲好笑的犹太故事，他依然弹奏迷人的施特劳斯圆舞曲，他依然出入拍卖行告诉新发家的有钱人该买什么。我住在国外，但只要回伦敦就会跟菲尔迪碰面，而且越发觉得他有些不寻常。他全然不服老，没有生过一天的病，似乎从来不会疲惫，而且穿着上更是没有一点马虎。他对所有人都感兴趣。而且头脑依然敏捷，大家邀请菲尔迪不是因为旧交情，而是他值得你这样做。在他柯曾大街的宅子里，依然举办迷人的小音乐会。

就是在他邀请我去音乐会的时候，我发现他认识布兰德夫妇，才写下了这些关于他的记忆。我们当时在希尔大街参加一个盛大的晚宴,女士上楼之后,我和菲尔迪正好坐在一起。他说莉亚·玛卡特下周五晚上会去他家中演奏,又说要是我能去的话,他会很高兴的。

"真是太抱歉了,"我说,"我要去布兰德家。"

"哪个布兰德?"

"他们住在苏塞克斯郡一个叫做提尔比的地方。"

"我这才知道你们认识。"

他看我的眼神有些奇怪,又笑了笑。我不知道他觉得哪里有趣。

"哦,我和他们认识很多年了。客人在他们家都住得非常惬意。"

"阿道夫是我的侄子。"

"阿道弗斯爵士?"

"听上去像是个摄政时期哪个家伙传下来的名字对吧?但我不用瞒你,他的名字就叫阿道夫。"

"所有我认识的人都叫他弗雷迪。"

"我知道。我也了解米里亚姆,也就是他的妻子,只有别人叫她穆丽尔的时候才答应。[1]"

"他怎么会成了你的侄子?"

"因为我的姐姐汉娜·拉本斯坦嫁给了阿尔方斯·布莱克戈尔,去世的时候是阿尔弗雷德·布兰德爵士,第一代准男爵。他

---

1 米里亚姆(Miriam)是犹太人常用的名字,穆丽尔(Muriel)则源自凯尔特语。

们的独子,后来也就自然成了阿道弗斯·布兰德爵士,第二代准男爵。"

"那么弗雷迪·布兰德的母亲,那位住在波特兰街的布兰德夫人就是你的姐姐?"

"是的,我姐姐汉娜,现在是我们家里最年长的了,今年八十岁,但身体样样都好,实在是个了不起的女人。"

"我从来没见过她。"

"我想是你在布兰德家的两位朋友不想让你见吧,因为她一直没有改掉她的德国口音。"

"你从来不跟他们见面吗?"我问。

"我已经二十年没有跟他们说过一句话了。我纯粹就是个犹太人,而他们太英国了,"他微笑道,"我从来都记不住他们叫弗雷迪、穆丽尔,以前常在不应该的时候把阿道夫和米里亚姆这两个名字随口说出来。他们也不喜欢我讲的故事。不见面对双方都好。战争打响之后,我不肯改名字,这就彻底闹翻了。我已经来不及了,要朋友们想到我的时候不用菲尔迪·拉本斯坦这个名字,我肯定习惯不了。我没有什么不满意的;从来没有想过要成为一个史密斯,一个布朗,一个罗宾逊。"

虽然他这几句话是在逗我笑,但语气之中似乎有微乎其微的嘲讽之意。联想到我一直以来的隐约怀疑,这时又感觉到了——这种感觉微弱到似乎只可能是臆想——在他难以看破的内心深处,其实对于这些被他征服的非犹太人有种冷酷的蔑视。

"那你也一定不认识他们家两个小伙子了?"我问。

异邦谷田

"不认识。"

"老大叫乔治。可能没有他弟弟哈里聪明,不过是个很有意思的年轻人。我觉得你会喜欢他的。"

"他现在人在哪儿?"

"说起来,他刚被牛津停学了。现在估计在家里。哈里还在伊顿。"

"那你何不带乔治来跟我吃个午饭?"

"我问他一下。我想他一定非常愿意。"

"这孩子不守规矩的传闻,连我都听说过了。"

"啊,我倒不这么认为。他们要让他参军,特别青睐近卫团,但他不愿意,所以就去了牛津。他不用功读书,费了不少钱,在那儿花天酒地。并没有什么特别的。"

"被停学是为了什么?"

"不知道,总之不是大事吧。"

这时候东道主正好站起身来,我们便也跟着上楼了。和菲尔迪道别的时候,他关照我不要忘了邀请他侄孙。

"到时给我来个电话,"他说,"周三合适。周五也可以。"

第二天我就去了提尔比。那是一幢伊丽莎白一世时期的大房子,周围园地广阔,黇鹿游走,开窗就可看到绵延起伏的草地,就我所知,似乎目光所及之处,都是布兰德家的地产。佃户们一定都觉得这个地主棒极了,因为我从来没有见过如此整洁的农场,如此干净的粮仓和牛棚,而那猪圈简直可以用来欣赏。酒馆让人想到过去英国的水彩画,阿道弗斯爵士建的那些村舍既古朴，又很适宜居住。要按这个标准经营自己的产业一定所费不赀。还好阿道弗斯爵士不缺钱。他的园地里到处可见恢弘的古树，还有一个九洞高尔夫球场，细心打理得如同园林，而那些宽敞的花园让当地人引以为傲。布兰德家的豪宅有陡峭的屋顶和装了直棂的窗户，由英国最有声望的建筑师整修，内部的家具和装饰则是布兰德夫人的手笔，看得出不俗的品位和见识，风格上没有分毫不妥帖之处。

"当然都做得很简单，"她说，"就是乡间的一幢房子而已。"

餐厅里张挂着表现传统英式户外运动的画作，齐彭代尔风格[1]的椅子价值不菲。客厅里是雷诺兹[2]和庚斯博罗[3]的肖像画，"老克罗姆"[4]和威尔逊[5]的风景。即使在我住的客房，除了那张四柱大床，还有伯基特·福斯特[6]的水彩画。这房子赏心悦目，住在其中对任何人都是种享受，但说来也怪，它完全没有穆丽

---

1 由英国细木家具制作大师托马斯·齐彭代尔（Thomas Chippendale，1718—1779）所倡导的装饰风格。此处很可能指由他本人或其工场制作的家具。

2 Joshua Reynolds（1723—1792），英国肖像画家、艺术理论家，创建皇家美术院（1768）并任院长。

3 Thomas Gainsborough（1727—1788），英国肖像画和风景画家，皇家美术院的筹建会员；受凡·代克影响，发展出一种高雅、严整的肖像画风格；后受宠于皇室。

4 Old Crome，即 John Crome（1768—1821），英国风景画家，诺里奇画派的创始人和主要代表人物。

5 Richard Wilson（1714—1782），威尔士风景画家，旅居意大利多年后主要创作整齐、明朗的意大利式风景画，影响了透纳和康斯太勃尔。

6 Myles Birket Foster（1825—1899），英国插画家、水彩画家，主题以英国乡间风物为主，去世时被《泰晤士报》称为"我们这个时代最受欢迎的水彩画家"。

异邦谷田

尔·布兰德想要追求的效果——虽然没有任何事会比这一件更让她难受——住在这里你没有一刻会觉得自己是住在一幢英国房子里。你总感觉这屋子里没一样东西不是处心积虑购置的。你看不到餐厅墙上那种地道的皇家学院风格的肖像画,或者旁边那幅某位先辈从"大旅行"带回来的卡洛·多尔齐[1],也没了家里某位老太太所作的那些让客厅显得格外拥挤和亲切的水彩。这里没有一张丑陋的维多利亚时代的沙发——没有人知道它什么时候开始就被放在那里,也没有人想到可以把它扔掉。这里也没有一张手工刺绣花样的椅子,可能是某个未出嫁的女眷在大博览会[2]的时候不辞辛苦赶制的。这里只有美,但没有情感。

可这里真是个适意的住处;客人是何等样被悉心照料着!布兰德夫妇迎接你时又是那么高兴!他们好像真的喜欢跟人来往,慷慨、和善,最开心不过的就是能把整个郡的朋友都请到家里来,所以购置此处房产不过二十年,早已成了当地最受欢迎的邻居。要不是看到他们流光溢彩的生活,以及经营产业时的虎虎生气,你真会以为他们家已经在这里延续了好几个世纪。

弗雷迪去过伊顿、牛津,现在五十出头,举止低调,恭谨多礼,据我观察,大概人也非常聪明,但话不多。他非常优雅,但那种优雅又不是英国式的优雅。须发皆白,下巴上修剪着短短的倒三角的胡子,鼻子是鹰钩鼻,深色的眼睛很有神;身材比一

---

[1] Carlo Dolci(1616—1686),十七世纪最重要的佛罗伦萨画家,主要创作宗教题材的作品,画风极为细致、饱满。
[2] Great Exhibition,1851年在伦敦举办的首届世博会。

般人略高一些。你第一眼看不出他是个犹太人,大概觉得这是一位卓有声望的外交官。弗雷迪是个性格强硬的人,虽然人生那么成功,但很奇怪的是气质中隐隐有些忧郁。他的成功都是在政治、经济领域,虽然为人如此刻苦,但在体育上却从来不曾闪光。虽然不善骑马,但追逐猎犬多年,人到中年,且生意上压力越来越大,终于可以说服自己应该放弃狩猎,想必对他也是种释然。这里有一流的射击场,为之举办的派对也排场十足,但他本人的枪法却差强人意。而虽然自己建了高尔夫球场,他也从来不热衷此道。弗雷迪非常清楚这些运动在英格兰是什么样的地位,所以向来痛恨自己这方面的无能,不过乔治弥补了他的缺憾。

乔治是个"零差点"[1]的高尔夫球手,虽然网球打得不多,但可以轻松战胜一般水平的对手;一到端得起枪的岁数,家人就开始教他射击,枪法自然不坏;两岁时就被家人扶上了矮种马的马背,打猎时弗雷迪看到儿子上马的姿势,就知道他遇到栅栏时腹中感受会和自己完全不同,乔治定然是一股兴奋之情——而自己多年来那么坚定不移地追捕狐狸,却从来都只感到恶心欲吐,也让每次打猎都变成煎熬。乔治那么高挑纤瘦,淡棕色的鬈发那么俊美,眼珠是那么蓝,简直是英国青年最理想的样子,也有这个族群那种引人入胜的坦诚。他的鼻梁很挺,虽然鼻头偏肥大,嘴唇也稍嫌太饱满、性感,但牙齿美观至极,皮肤也平滑得如同

---

[1] 高尔夫球中的选手等级以"差点"表示,即高于标准杆多少杆;"零差点"(scratch)也可用来笼统形容一位高尔夫球手达到了顶尖水平。

象牙。父亲对这个儿子可说是无比中意。而对小儿子就没有这么喜欢了。哈里算是矮小而结实的身材,肩膀很宽,比同龄人更强壮,但是他灵动的黑眼睛、粗硬的黑头发,以及那个大鼻子,暴露了他的种族。弗雷迪对他很严厉,时常失去耐心,但对乔治则百般纵容。哈里会接手生意,因为他有头脑,有干劲,但继承人一定是乔治。乔治会成为一个英国绅士。

乔治主动提出开敞篷车来接我,那是父亲送他的生日礼物。他开得很快,我们比其他客人到得都早。布兰德夫妇坐在草坪上,面前摆着茶点,身后是一株气势非凡的雪松。

"对了,"我到了没多久就告诉他们,"那天我见到菲尔迪·拉本斯坦了,他想让我带乔治去跟他吃顿午饭。"

在来的路上我没有跟乔治提起,因为如果亲戚之间有不方便的地方,我想先跟父母说明这件事。

"这菲尔迪·拉本斯坦是什么人?"乔治说。

人类的荣光是多么易逝啊!上一辈人要问出这样的问题听上去会极其怪异。

"他可算是你的舅公了。"

我之前刚开口的时候乔治的父亲就扫了妻子一眼。

"他是个糟糕透顶的老头。"穆丽尔说。

"这层关系在乔治出生前就断了,我不觉得有任何必要让这孩子去重新联系起来。"弗雷迪不容置辩地说道。

"不管怎样,我把话带到了。"我说,觉得自己像被斥责了一样。

"我可不想见这糟老头。"乔治说。

另外的客人到了,打断了我们的对话;又过了一会儿,乔治便和他牛津的朋友去打高尔夫球了。

直到第二天,这个话题才被重新拾起。我上午和弗雷迪打了一轮不怎么尽兴的高尔夫,下午又比试了几盘所谓的"乡间别墅网球",然后就和穆丽尔两人坐在露台上。英格兰的天气太糟了,所以公平起见,天气迷人的时候也正应该比其他地方更迷人才是,而那个六月的傍晚正是这样美好。无云的天空一片澈蓝,空气沁人肺腑,面前是起伏的绿色原野和树林,远处你望得见村子里教堂的红屋顶。像这样的日子,只是活着就足够幸福了。零落的诗句在我的记忆中暗暗浮动。穆丽尔和我胡乱地闲聊着。

"我们不让乔治跟菲尔迪用午餐,希望你不要觉得我们太可怕,"她突然说道,"他真是个让人受不了的势利鬼,对吧?"

"你真这样觉得吗?他对我一直很和气。"

"我们已经有二十年没和他说过话了。弗雷迪从来没有原谅他在战争时候的行为。在我看来,那实在太不爱国了,也不能他干了什么都得包容吧。你知道吗,他就是不肯改掉那个可怕的德国名字。弗雷迪当时可是在议会里负责军需,那样的事情真是让人没有法子。我不知道他为什么想见乔治,他能对这孩子有什么感情?"

"他岁数大了。乔治和哈里都是他的侄孙。菲尔迪的钱总得留给谁吧。"

"我们宁可不要他的钱。"穆丽尔冷冷地说。

不用说,乔治是不是跟菲尔迪·拉本斯坦吃饭跟我毫无关系,我也很愿意再也不提起这回事,但显然布兰德夫妇后来又讨论过了,觉得应该给我一个说法。

"当然你也知道弗雷迪有犹太血统。"她说。

她说着扫了我一眼。穆丽尔是个高大的金发女子,先天容易胖,所以一直费了很多工夫瘦身。年轻的时候她非常漂亮,即使是现在也算得好看,但她略微突出的圆圆的蓝眼睛、脸型、后颈,以及活力四射的样子,都透露了她的种族。一个英国女子头发再如何金黄,也不会是她这个模样的。但她刚刚那句话另有目的,就是让我不要把她当成犹太人。我小心翼翼地答道:

"现在很多人都有犹太血统了。"

"我知道。但没有道理要大书特书吧,对不对?说到底,我们都是不折不扣的英国人,没有谁能比乔治更英国化了,不管是从外貌还是举止还是其他任何方面;我是说,不是都很在意运动嘛,他可是这么出色的一个运动家;我想不出,就算他真有些远房亲戚是犹太人,让他去见这些人有什么意义呢?"

"在今天的英国,想要来往的人当中一个犹太人都没有也不大可能,不是吗?"

"是啊,我知道,在伦敦的确会遇到很多那样的人,我觉得其中一些的确很值得来往。他们都那么有艺术气息。弗雷迪和我倒还不至于说要故意避开他们,那样的事我当然不会干,只是碰巧跟他们全都不熟罢了。而到了这里,的确一个也遇不到。"

她说话这种有理有据的口气，我也唯有赞叹，其实，谁要告诉我她真的相信刚刚自己说的每一个字，我也没有什么意外的。

"你说菲尔迪可能会把钱留给乔治。非要说的话，我不相信他真有多少钱。战争没打的时候可能还算可观，但放到现在就不算什么了。另外，我们的期望是等乔治再大两岁，会加入政坛。以后在选区里面对选民，要是他的钱是从一个拉本斯坦先生那儿继承来的，对他有什么好处？"

"乔治对政治感兴趣吗？"我试着转变话题。

"哦，我真心希望他会感兴趣。说到底，有一个选区是要在这个家里继承下去的。至少这稳稳当当会是保守党的席位，也总不能要弗雷迪永远在下议院操劳下去。"

穆丽尔太气派了。听她的口吻，简直像是布兰德家已经有二十代政客没有让这个选区旁落了。不过她的这两句话也是我第一回揣摩出弗雷迪还有未竟的事业。

"是不是乔治到了可以参选的年龄，弗雷迪就要进上议院了？"

"我们为这个党的贡献可不算小。"穆丽尔说。

穆丽尔是个天主教徒，时常说自己是在一个修道院里受的教育——"那些修女啊，都太让人喜欢了，我一直都说，要是我有女儿的话一定也把她送到修道院里去。"但是她希望自己的仆人属于英格兰国教会。到了周日晚上，为了让他们能去教堂，我们会吃一顿所谓的"非正式晚餐"，鱼肉是冷的，还有冰淇淋，侍餐的男仆也从四人减到了两人。"晚餐"之后天还亮，弗雷迪和我去露台抽雪茄,在暮色中来回踱着。大概是已经知道了穆丽尔和我之间的对话,而且不让乔治见舅公的决定依然困扰着他,所以弗雷迪也开始触及这个话题,但他比妻子含蓄,策略是迂回的。他说他最近很担心乔治,儿子不肯参军对他来说是个打击。

"我还以为他会很喜欢这条人生之路呢。"他说。

"他穿上近卫团的军服倒一定会神气极了。"

"一定会的,是吧?"弗雷迪这话接得很热忱。"我倒是没料到他居然能抗拒这份诱惑。"

乔治在牛津完全荒废了学业,虽然父亲给了一大笔生活费,他还是债台高筑;现在又被停学。不过弗雷迪尽管言语上苛刻,但听得出来他依然很为自己无可救药的儿子感到骄傲,这种爱实在是很不像英国人,而且在他的心里,儿子大出风头也是对他自己的褒奖。

"你有什么可担心的?"我说。"你又不真的在意乔治是否能拿到学位。"

弗雷迪笑了笑。

"对,我想我大概是不在意的。我一直觉得,去牛津学成怎样都不要紧,最关键就是让别人知道你去过了;而且我敢说乔治也并不比他那些年轻朋友更轻狂。我考虑的还是往后的事情。这小子真是太懒惰了,好像除了玩乐什么都不愿干。"

"他还年轻,你也能理解的。"

"他对政治不感兴趣,虽然体育在行,其实他也并不热衷,似乎大部分时间都在弹钢琴。"

"这爱好也无伤大雅啊。"

"哦,这当然,我也不介意,但他不能永远游手好闲下去。你看,终有一天,这些都会是他的。"弗雷迪一挥手,似乎把整个郡都囊括进去了,不过我知道他的产业还没有那么大。"我着急的是不知道何时他才承担得了这份职责。他的母亲觉得他能成就大事,但我只希望他能成为一个英国绅士。"

弗雷迪用余光打量了我一眼,就好像他有什么话在嘴边,又怕我觉得他可笑。但作家有这么一个优势,就是大家都当你无足轻重,所以在同等分量的人面前不会说的事情,他们往往愿意告诉你。

"你知道吗,我一直觉得,希腊人所勾勒的最理想的生活,在这世间最完美的实践者就是一个住在自己土地上的英国乡绅。我觉得这种生活像一件艺术品那么美。"

我想到那个时候英国乡绅要不是有一大笔钱安安稳稳地投在美国债券中,哪里过得上什么理想生活,此刻只能露出微笑,但我的笑并不失同情。我觉得一个犹太金融家能拥有这样浪漫的情怀相当感人。

"我希望他能成为一个好的地主。我希望他能在乡间事务中承担起责任。我希望他能成为一个更精湛更全面的运动家。"

"真是笨得可怜,"我想,但嘴上说的是,"那么,你现在是怎么替乔治打算的?"

"看来他现在对外交有些兴趣,提议去德国学语言。"

"要我说的话,是很好的想法。"

"他不知道怎么就拿定了主意想去慕尼黑。"

"很不错的地方。"

第二天我回了伦敦,没等多久就打电话给了菲尔迪。

"不好意思,乔治周三不能来吃午饭了。"

"那周五怎么样?"

"周五也不行。"我想再多绕圈子也没有意义。"说实话,是他的家人对让他与你共餐并不热衷。"

电话那头沉默了片刻。

"我明白了。行,那你周三还是会来的吧?"

"当然,我很乐意。"我回答道。

于是在周三一点半的时候,我逛到了柯曾大街。菲尔迪迎接客人是一贯的殷勤周到,对我也一句没提布兰德家的事情。一起坐在客厅里的时候,我忍不住赞叹这家人的确都有赏美的眼力。照今天的趣味来说,这间屋子的装饰稍嫌拥挤了一些,陈列橱窗里的鼻烟盒、法国瓷器,也不是我欣赏的器物,但他们毫无疑问都是精品;而那套路易十五的家具,配上点针绣法的织品,一定价值惊人。我对墙上的那些朗克雷、佩特、华托[1]都没有什么大兴趣,但也能分辨其中高超的画艺。对于一个熟谙世事的老人来说,这里的布置的确再合适不过,因为它们都体现了他的那

---

[1] 三位均为法国画家,朗克雷(Nicholas Lancret,1690—1743)和佩特(Jean-Baptiste Pater,1695—1736)都被认为在风格上效法华托(Antoine Watteau,1684—1721),最主要的主题都是以一种明丽、雅致的洛可可风格描绘乡间游乐的场面。

个年代。突然门被打开,管家宣布乔治到了。我的惊讶菲尔迪看在眼里,给了我一个胜利的微笑。

"很高兴你最后能来。"他握着乔治的手说。

我看着菲尔迪在一瞥之间打量着他第一次见到的侄孙。乔治那天穿得非常讲究。黑色的短外套、条纹裤子,还有当时非常流行的双排扣黑色马甲;这身衣服只有又高又瘦,且肚子微微凹陷的人才能穿出优雅来。我肯定菲尔迪一清二楚乔治用的裁缝是哪一位,也知道乔治购买服饰用品的商户是哪一家,而且我也看得出菲尔迪认同侄孙的选择。乔治本身就长得漂亮、苗条,又如此会穿衣服,自然看上去潇洒极了。我们去了餐厅。菲尔迪在这样的场合驾轻就熟,很快就让乔治放松了下来,不过我也看出来菲尔迪正在考察他;然后,不知道为什么,他开始讲他那些犹太故事,讲得神采飞扬,模仿也一如既往的传神。我看到乔治的脸红了,虽然也赔着笑,但笑得有些尴尬。我想不出到底是什么心思让菲尔迪会这样失策。但他只是看着乔治,一个接一个地讲着故事,就好像永远也不准备停下来。我心里开始怀疑自己忽略了什么,才想不明白菲尔迪为何要故意让这年轻人不舒服,并获得一种恶毒的快感。后来我们上楼之后,为了不让气氛变得更糟,我请菲尔迪弹钢琴;他于是就弹了三四首华尔兹。他指法的轻盈不减当年,对活泼节奏的把握也依旧敏锐。然后他转过来问乔治:

"你会弹钢琴吗?"

"会一点。"

"那就弹些什么吧?"

"可是我只会弹古典音乐,我想你可能不感兴趣。"

菲尔迪微微一笑,没有坚持。我说我该告辞了,乔治送我出来。

"多么恶心的一个犹太老头啊,"我们刚走到街上,他就说道,"我实在讨厌那些故事。"

"这些都是他的拿手好戏,到哪里都要说的。"

"如果你是犹太人,你会说吗?"

我耸了耸肩。

"你怎么最后还是来吃中饭?"我问乔治。

他笑了笑。这是个有幽默感、凡事不太当真的年轻人,舅公给他的些许不快一下就抖落了。

"他去见了奶奶。奶奶你没见过吧?"

"没有。"

"她还把父亲当成在伊顿上学的小孩。奶奶说我应该去和舅公吃中饭,我们家里奶奶说什么就是什么。"

"我明白了。"

大约一周还是两周之后,乔治就去慕尼黑学德语了。我正好也要出远门,直到第二年的春天才回到伦敦。回来没多久,在一次宴会上,我发现穆丽尔·布兰德就坐在旁边,就问了乔治的近况。

"他还在德国。"她说。

"我在报纸上看到,为了他的成年礼,你们要在提尔比大摆一场豆宴¹?"

"我们就招待一下佃户,他们有礼物要送给乔治。"

穆丽尔没有平时那么活跃,不过我也没在意,她一向辛劳,可能只是累了。我知道她喜欢聊自己的儿子,就继续道:

"乔治应该在德国过得很开心吧?"

她一时间没有接话,我朝她瞄了一眼,惊讶地发现她眼里都是泪花。

"我怕乔治是已经疯了。"她说。

"你在说什么啊?"

"我们真的担心坏了。弗雷迪气死了,甚至不愿讨论这件事。我不知道往后该怎么办。"

当然我第一个想到的是乔治跟很多送去德国学语言的英国青年一样,会住在德国人的家里,结果爱上了这家的女儿,想要娶她。我很确信布兰德夫妇一心想要给乔治安排一段不同凡响的婚姻。

"怎么了,出了什么事?"我问。

"他想要成为一个钢琴家。"

"一个什么?"

"一个职业钢琴家。"

"他怎么会有这么个想法的?"

"天知道。我们之前什么都没察觉,还以为他在准备考试。

---

1 Beano,雇主一年一度招待雇工的宴会,因席间必有熏肉豆子拼盘,故名。

我去那里看望他,想确认他一切都好。天呐,以前他那么漂亮的人,现在成了个什么鬼样子,我都快哭了。他说他不会去考试,而且本来就没有这个打算,之所以提出要学外交,只是想让我们放他来德国,这样他就可以学音乐了。"

"他有天赋吗?"

"不好说。可他即使有帕德雷夫斯基[1]那样的天才,我们也不可能让他在全国游荡,办音乐会。没有人会否认我热爱艺术,弗雷迪也一样,我们热爱音乐,也结交了很多艺术家,但乔治以后会有崇高的地位,绝不能做什么钢琴家。我们已经打定主意让他进议会,他以后也会非常有钱,只要想做,没有做不成的事。"

"这些你都跟他说了?"

"我当然说了。他却只是笑话我。我说你父亲会心碎的。他说父亲总还有哈里可以依靠。当然我很爱哈里,这孩子是个人精,我们向来都有一个共识,就是哈里会照管生意那一块;但即使作为母亲,我也明白他不具备乔治的那些优势。你知道乔治怎么跟我说吗?他说如果能和父亲说定,给他一周五磅的生活费,他愿意把一切留给哈里,还让哈里继承父亲的准男爵爵位之类的。太荒唐了。他说,罗马尼亚的王储可以放弃王位[2],他没有道理不能放弃准男爵的爵位。但这是没办法的事情。他无论如何都

---

[1] Ignacy Paderewski(1860—1941),波兰钢琴家、作曲家、政治家,十九世纪末曾在美国巡演,广受欢迎。一战期间致力于波兰独立运动,1919 年一度出任新波兰的首任总理。
[2] 应指两次为情人放弃继承权的卡罗尔二世(Carol II,1893—1953)。

会成为第三代准男爵,而且,如果弗雷迪能获得贵族头衔,那么他去世之后也只能留给乔治。你知道吗,他甚至想改掉布兰德的姓氏,换成一个可怕的德国姓。"

我自然忍不住要问是哪个德国姓氏。

"好像叫什么布莱克戈尔,记不清了。"她说。

这名字我记得,菲尔迪曾经跟我说过,汉娜·拉本斯坦嫁给了阿尔方斯·布莱克戈尔,他去世的时候成了阿尔弗雷德·布兰德爵士,第一代准男爵。这件事前前后后都有些叫人困惑。我想知道短短几个月间,是什么改变了那个魅力十足的地道英国男孩。

"我回家之后告诉了弗雷迪,他当然怒不可遏了。我从来没见过他这么生气,骂得嘴角都是唾沫。他发了电报让乔治立刻回来,乔治回了一封电报,说他因为工作的关系回不来。"

"他在工作?"

"从早到晚。这是最让人生气的地方。他这辈子哪里干过活?费雷迪以前总说他生来就是享福的。"

"嗯。"

"然后弗雷迪就发电报说,如果乔治不回来,他就断了他的生活费。乔治回了一份电报,上面说:'那就断吧。'这句话算是最后一根稻草。你不知道把弗雷迪惹恼了他会变成什么样子。"

我知道弗雷迪继承了一大笔财产,但我也了解这笔财产在他手中增长了很多,在这位提尔比乡绅温厚多礼的外表之下,必然有一个冷酷果决的实干之人。他习惯了所有事都顺着自己的意思,所以我相信一旦被惹怒了,他应该会变得强硬和冷酷。

"我们之前一直给了乔治非常宽裕的生活费,你也知道这孩子出手阔绰得吓人。我们断定他坚持不了多久的,实际上,一个月不到他就写信给菲尔迪,要借一百镑。菲尔迪去见了我的婆婆,你知道,他们是姐弟,就问老太太这是怎么回事。虽然弗雷迪跟菲尔迪已经二十年没说过话了,他还是去见了菲尔迪,求他一分钱也不要借给乔治,菲尔迪也答应了。我不知道乔治这日子是怎么过的。弗雷迪这么做一定有道理,但我就是没办法不担心。要不是我向弗雷迪发过誓,一定忍不住在信里塞上几张钞票,就怕有什么意外。我是觉得,或许他都吃不饱呢,想想就可怕。"

"过几天缺钱的日子对他没什么坏处。"

"你知道吗,现在还有一个棘手之极的局面。他的成年礼我们做了那么多准备,几百封请柬都已经寄出去了。突然乔治说他不会回来;我完全不知道该怎么办才好。我写了信,发了电报,要不是弗雷迪拦着,早自己去德国了;实际上我已经算是跪在地上求他了,让他不要让父母这么难堪。这样的事情真的很难跟人解释。这时候我的婆婆出马了。你不认识她吧?这可真是个了不得的老太太。你绝对想不到弗雷迪和她是母子关系。她最早也是在德国,但她的家庭很好。"

"是吗?"

"跟你说实话,我有点怕她。她训了弗雷迪一顿,然后自己写信给乔治。信里说,要是乔治回家来过自己的二十一岁生日,她会替他还掉在慕尼黑的所有欠债,而且全家人都会耐心地听他讲一次自己的想法。乔治同意了,会在下周回来,具体哪一天没定。但实话告诉你,我真的不太敢想到时会怎样。"

她深深地叹了口气。宴会之后上楼,弗雷迪跟我说:

"我看到穆丽尔跟你说了乔治的事情。那个混小子!我已经不想管他了。你能想象吗,当一个职业弹钢琴的?绝不是一个绅士该干的事情。"

"你要想到,他还很年轻。"我试着宽慰他。

"以前他活得太轻松了,是我太纵容,他想要什么没有一样不满足他的。这回要让他长点记性。"

布兰德家对于宣传的功效心照不宣,我从报纸上了解到提尔比为乔治庆祝二十一岁生日的种种活动都符合英国乡村大家庭的规矩。有阶层的人参加宴会和舞会,佃户们则在草坪的帐篷里吃完点心,也可以跳舞。他们从伦敦请来了昂贵的乐队。画报里有佃户们赠送银质茶具给乔治的照片,家人都围在寿星的周围。佃户们本来约定了要送给乔治一幅他的肖像,但因为乔治不在国内,画师无从画起,只好用茶具顶替了。我在"社会新闻"的栏目里读到,乔治的父亲送了他一匹狩猎用马,母亲送了一台留声机,奶奶布兰德老夫人送了一套《大英百科全书》,而他的舅公费迪南·拉本斯坦送了一幅佩莱格里诺·阿雷图西[1]的《圣

---

1 Pellegrino Aretusi(约1460—1523),又被称为"摩德纳的佩莱格里尼"(Pellegrini de Modena),意大利画家,出生于摩德纳,后成为拉斐尔的助手。

母与圣子》。很容易就看得出来,这些礼物都很笨重,要换成现金得费些周章。而且菲尔迪也出现在喜庆活动之中,我就推断出乔治这一回莫名其妙的古怪想法让父亲和舅公和解了。菲尔迪一点也不愿让自己的侄孙成为一个职业钢琴手,这一点我也早有预料。家族荣誉刚刚显露出可能会受损的迹象,成员们就立马联合起来,对抗乔治的危险企图。因为我不在场,只能通过众说纷纭来推断生日庆典上发生了什么。菲尔迪跟我说了一些,穆丽尔跟我说了一些,后来我还听到了乔治的版本。布兰德家的长辈本来的想法都一样:等乔治回来,又成了瞩目的焦点,周围都是美好的事物,他会再次亲身感到能继承这样一份产业意味着什么,到时他就会动摇了。所以他们对乔治关爱备至,满口地夸赞,对他的每句话都奉若珍宝,他们对他这么和气,是一心指望着乔治本质良善,不会忍心反过来伤害他们。家人们似乎认定乔治已经没有再回德国的打算了,言谈之间都在为他筹谋日后的计划。乔治没有说什么,好像心情挺不错的。他回来之后也没有碰过钢琴,一切都很顺利。这个焦躁的家庭又重获平静。有一天在用午餐的时候,聊起下周他们都被邀请参加的某个花园派对,乔治面带微笑说道:

"不要算上我。我那天不在。"

"哦,乔治,你要去哪里?"她母亲问道。

"我一定得过去工作了。我周一出发回慕尼黑。"

顿时一切都停了下来,十分可怕。每个人都在思考该说什么,又怕说错话,慢慢地这沉默似乎已经不可能被打破。午餐在一片寂静中结束。然后乔治去了花园，另外那些人，包括老太太、菲尔迪、穆丽尔和阿道弗斯爵士，都去了晨室。他们要开个家庭会议。穆丽尔哭了。弗雷迪大发雷霆。很快他们就听到客厅里传来肖邦的夜曲，那自然是乔治了。这似乎是因为既已宣布了动向，他便可以在自己热爱的乐器上寻找安慰、放松和力量。弗雷迪一下跳了起来。

"让那噪声停掉，"他吼了起来，"我不会允许他在我的屋子里弹钢琴的。"

穆丽尔摇铃，吩咐仆人传一句话。

"告诉布兰德先生，老夫人头疼得厉害，他是否介意不要弹钢琴了。"

菲尔迪这个最懂人情世故的长辈据说跟乔治谈了一回，他被授予了给乔治做出适当承诺的权力，只要后者放弃成为钢琴家。要是他不愿意从事外交，弗雷迪不会坚持，但只要他肯努力进入议会，除了负担竞选费用，他的父亲还可以在伦敦给他一套公寓，每年给五千英镑的生活费。我必须说这样的承诺的确很慷慨。不知道菲尔迪当时跟那位年轻人说了什么，大概就描绘了一番拥有如此收入的年轻人在伦敦可以过上怎样的生活，我毫不怀疑在他口中那一切都会显得十分诱人。但什么作用都没有。乔治只要求每周能给他五英镑，好让他可以继续学业，除此之外不想被打扰。他对日后的崇高地位毫无兴趣，他不想打猎，他不想射击，他不想进议会，他不想成为百万富翁，也不想成为准男爵，不想成为贵族。结束时菲尔迪除了灰心丧气，还相当恼怒。

那一晚的餐桌上又是一场鏖战。弗雷迪本就急躁,习惯了周围的人对他言听计从,这回让乔治见识了一下他谈吐不文雅的样子。据我所知,他当时说的话的确非常不文雅。试图对他的粗暴加以遏制的女士也被他呵斥得不敢说话。或许这是他生平第一次没有顺从他的母亲。乔治没有让步,愠怒不语,心里早已想好,不管父亲如何不乐意,也只能让他自己去生气好了。弗雷迪当时很霸道,说不会让乔治回德国去的。乔治说他今年二十一岁,不用再听人摆布,想去哪里就去哪里。弗雷迪发誓不会再给他一分钱。

"那好,我自己挣。"

"你!你这辈子干过半点活吗?你准备怎么挣钱?"

"把旧衣服卖了。"乔治微笑道。

在场的人都倒吸一口凉气,穆丽尔吃惊到说了这么一句蠢话:

"就跟个犹太人一样吗?"

"好了,难道我不是犹太人吗?难道你不是,爸爸不是?我们都是犹太人,我们这伙人,每一个都是,这件事所有人都知道,靠装有什么用呢?"

这时一件非常可怕的事情发生了。弗雷迪突然大哭起来。恐怕这时候他已经不像一个阿道弗斯·布兰德爵士,准男爵,议员,也不像一个他那么渴望成为的响当当的英国绅士,他成了一个情绪失控的阿道夫·布莱克戈尔,他爱自己的儿子,他哭得伤心是因为寄予的厚望落了空,一生的追求也就此被摧折。他哭得很大声,扯着胡子,捶着胸膛,身子前后摇摆,一次次的抽泣回响在屋子里。然后他们都哭了起来,布兰德老太太哭了,穆丽尔哭了,菲尔迪也不停吸着鼻子,抹去淌在脸上的泪水,连乔治都在哭。当然这场面让人痛心,但对于我们这样粗糙的盎格鲁撒克逊脾气来说,未免有些滑稽。他们就自顾自哭着,谁也没有说什么宽慰的话。晚餐就这样散了。

但局面依旧如故。乔治并没有动摇。父亲也还是不愿跟儿子说话。后来又闹了几回。穆丽尔想引起儿子的同情心,但乔治根本不听她可怜的吁请,他似乎无所谓母亲会心碎,父亲就此活不下去也不关他的事。菲尔迪想从运动家和社交界风云人物的立场来劝说他,乔治大概讲了些轻佻甚至侮辱人的话。布兰德老夫人用满是喉声的德国口音跟他讲道理,但再理性的说辞乔治也听不进去。不过最后还是老太太找到了一个办法。乔治同意她的说法,要是自己没有才华,那把世间所有这些唾手可得的美好事物都丢掉就说不过去了。当然他觉得自己有才华,但这种事是说不准的,当一个二流的钢琴家并没有多大意思。他必须是一个钢琴天才,才能证明他的选择是对的,这是他唯一的理由。如果他真的是天才,那大家就没有权利阻挠他。

"但你不能指望我现在就把天才显现出来,"乔治说,"这需要多年的苦练。"

"你有心理准备吗?"

"这是我在世上唯一的愿望。我会拼了命地练习的。我只要求你们给我一个这样做的机会。"

老太太的提议是这样。他父亲已经打定主意什么都不会给，显而易见，家里人也不会眼睁睁看着他饿死。每周五镑是乔治自己提出的。行，这笔钱由她来出。乔治可以回德国，学习两年，但两年结束之后，他必须回来，他们会找一个称职且中立的人来评判他的琴艺，如果那个人觉得乔治有望成为一流的钢琴家，家人便从此不再设置障碍。而且会想尽办法帮助他，鼓励他，创造所有的有利条件。但要是那个人判断乔治的天赋无法保证他最终获得成就，他就必须信守承诺，完全放弃用音乐谋生的念头，并努力实现父亲的所有期许。乔治不敢相信自己的耳朵。

"祖母，你说真的吗？"

"当然。"

"可父亲会同意吗？"

"我会让他同意的。"老太太用浓重的德国口音说道。

乔治紧紧地抱住祖母，无规无矩地亲了老太太的两侧脸颊。

"我爱你。"他喊道。

"啊，那你的保证呢？"

他以自己的名誉郑重发誓，会严格遵守这些约定。两天之后他要回德国了。纵然父亲答应得很勉强——其实也只是拦不住而已——但还是不愿与儿子和解，乔治离开的时候他拒绝与儿子告别。

要我说的话，他无论如何也不该让自己心痛到如此地步。容许我发一句陈腐的议论：每个人在这个陌生而残酷的世界中停留的时间都那么短暂，却还要处心积虑地让自己如此的不快乐，实在是很奇怪的事。

乔治自己也立了条规矩,说那两年之内,家人不可以去拜访他,所以在他回国还剩几个月的时候,穆丽尔听说我要去维也纳办些事情,会经过慕尼黑,理所当然地希望我去看看她儿子怎样了。她迫切地想要听亲眼见到乔治的人告诉她孩子的近况。我拿到了乔治的地址,提前写信说我会在慕尼黑待一天,请他共进午餐。我到酒店的时候发现他的回信在那里等着我,上面说他从早到晚都要工作,抽不出午餐的时间,但如果我六点去找他的话,他可以带我看看他的工作室,另外,如果我晚上没有更好的安排,他也愿意与我共度。所以,六点刚过,我就去了他给我的地址。那里的公寓房占了整整一个大街区,他住在第二层,我走到门口的时候听到了钢琴声。一按门铃,琴声就停了,乔治开了门。我差点认不出他。除了变得很胖之外,他的头发也长极了,夸张的满头鬈发乱糟糟地团在一起;而且肯定有三四天没有刮胡子。他穿了一条污秽不堪的牛津裤[1],一件网球衫,脚上是一双拖鞋。整个人也并不很干净,指甲一圈都是黑的。上次见到他还是那么整洁漂亮的一个苗条的青年,那么优雅地穿着那些好看的衣服,和此刻比真是判若云泥。我忍不住想,菲尔迪要是见到侄孙现在的样子,会讶异成什么样。工作室很大,空荡荡的,墙上有几幅没有装裱的油画,极具立体主义的风格,摆了几张扶手椅,

---

[1] 指二十世纪二十年代流行的踝部特别宽大的裤子。

已经被坐得甚是破旧,此外就是一架大钢琴。书、旧报纸、艺术杂志,随处乱丢。这里杂乱、肮脏,有种陈年烟酒的腐臭。

"你一个人住在这里吗?"我问。

"对,有个女的每周来打扫两次,但早饭和中饭是我自己做。"

"你会做饭?"

"哦,中饭我就吃面包和芝士,晚饭会去小酒馆[1]。"

发现他很乐意见到我,让我放松不少。他似乎很兴奋,而且心境极佳,打听了家人的近况,也东拉西扯地聊到了各种话题。他每周上两次课,其余的时间都用来练习。他告诉我每天要工作十个小时。

"不像你以前。"我说。

他笑起来。

"父亲总说我生下来就是疲倦的,其实我不懒,我只是觉得在不感兴趣的事情上面下功夫没有意义。"

我问他琴艺如何了,他似乎对自己的进步很满意,我就恳求他弹上一曲。

"现在就算了吧,我弹了一天,弹够了。我们先出去吃个饭,待会儿还回到这里,我到时再弹。一般我都去同一家吃饭,那里有几个学生跟我认识,气氛很好。"

马上我们就出发了。他穿上了鞋袜和一件很旧的高尔夫外套,和我走在一条宽阔而寂静的大街上。那天空气冷冽。他的脚

---

1 此处原文为德语:Bierstube,指以卖啤酒为主的酒吧。

步非常轻盈,环顾四周之后高兴地叹了口气。

"慕尼黑太让我喜欢了,"他说,"世界上只有这么一个城市,空气里都是艺术的味道。说到底,艺术才是唯一要紧的事情,不是吗?我一想到要回家就满心厌恶。"

"但恐怕你还是得回去的。"

"我知道。我会回去的,时候不到我就不去想它。"

"到时候你不妨把头发剪一剪。你现在太像个艺术家了,反而没了说服力,希望你听了这话不要生气。"

"你们这些英国人,真太俗气了。"他说。

他带我进了巷子里的一个餐馆,里面地方还不小,虽然时候尚早,但已经坐满了客人,装潢带着浓重的德国中世纪的风格。一直往里走,有一张盖着红布的桌子,是留给乔治和他的朋友的。我们到的时候,已经有四五个年轻人坐在那里了。有一个是学习东方语言的波兰人,一个是学哲学的,一个画家(乔治那几幅立体派画作大概就是他的手笔),一个瑞典人,另外有个年轻人跟我介绍他自己的时候还两个脚后跟一磕,像立正敬礼一般,说他叫汉斯·莱廷,Dichter,也就是:诗人,汉斯·莱廷。他们没有一个超过二十一岁的,让我觉得有些格格不入。称呼乔治的时候,他们都用 du[1],而乔治的德语也流利之极。我倒是有一段时间没有用过德语了,有些生疏,可虽然他们热闹的对话我难以真正加入,但还是听得很开心。这些人吃得很节制,但啤酒

---

[1] 德语中较亲近的对话者之间所用的第二人称。

喝了不少。他们聊艺术，聊女人，很有革命精神，虽然欢笑声不绝，但每个人都很诚挚。每个你听说过的人在他们眼里都一无是处，谈话中唯一的共识是在这个十清九浊的世界里，只有粗俗才有可能成功。而争论起技术上的细节他们尤为投入，互不服气，时常便要呼喊和咒骂起来。一晚上所有人都很快乐。

大概十一点的时候，乔治和我回到他的工作室。慕尼黑这个城市，作乐也很含蓄，除了在玛丽恩广场附近，街道都已没了动静。我们进屋之后，乔治把外套脱下，说道：

"我要为你弹琴了。"

我坐进了其中一个破烂的扶手椅，一个断了的弹簧扎在我屁股上，但我还是尽量让自己坐舒服了。乔治弹的是肖邦。我对音乐知之甚少，这也是为什么这个故事我写来格外费力。每次去"女王大厅"[1]在幕间休息时读节目单，都觉得像天书。我对和声与复调一无所知。有一回我来慕尼黑参加"瓦格纳节"，那场美轮美奂的《特里斯坦与伊索尔德》我作为观众却一个音都没有听到，那样丢人的经历我永远也忘不了。音乐响起时，开头的那几个小节让我想起了手头上正写的东西，那几个角色顿时活了过来，我听得见他们之间的复杂对话，痛他们所痛，乐他们所乐；时光飞逝，各种各样的事件在我身上发生，春天让人狂喜，冬日里我饥寒交加，我在其中爱过、恨过，结束过生命。几次幕间休

---

1 Queen's Hall，建于1893年的伦敦音乐厅，毁于1941年的德军轰炸，之前一直是英国最主要的音乐表演场馆。

息我应该去过花园里绕圈,可能还吃了面包夹熏猪肉,喝了啤酒,但我对此毫无记忆。我只记得帷幕最后一次落下时一下惊醒了。我度过了一段无比愉快的时光,但也不禁觉得自己太蠢了,跑了这么远,花了这么多钱,却什么都没听到看到。

乔治弹奏的曲子大多数我都听过,是音乐会上常见的曲目。他的确弹得很潇洒。然后他又弹了贝多芬的《热情奏鸣曲》。我在遥远的青年时代也曾弹过钢琴(琴艺不值一提),这首曲子不但弹过,而且直到现在还记得每一个音。当然这首曲子很经典,是了不起的作品,要反驳这件事就太蠢了,但我也必须承认,那晚上它一点也不能打动我。就像《失乐园》,文辞虽然华丽,但太古板了。这首曲子乔治也弹得不遗余力,出了好多汗。我总觉得他的演奏有什么不对劲,但一开始想不明白到底出了什么问题,后来我突然发现是他的左右手不能完全同步,所以高低声部之间总有那么微乎其微的间隔。再次强调,我对音乐很无知,这让我不安的状况可能只是因为乔治喝了太多的啤酒,甚至可能只是我的臆想。我把能想到的所有溢美之词全都告诉了乔治。

"当然我也知道自己还需要很多的练习。我只是个初学者,但我知道我能弹得好,这种感觉深入骨髓。我还需要十年的时间,但到时候我就是个钢琴家了。"

他有些疲劳,从钢琴边走开了。一直过了午夜,我才提出要告辞,但他执意不允,又开了几罐啤酒,还点上了烟斗。他想继续聊天。

"你在这儿开心吗?"我问他。

"非常开心,"他严肃地答道,"我想要永远留在这里。我一辈子没有这么高兴过。就拿今晚来说吧,难道不精彩吗?"

"的确很热闹,但一个人也不可能永远过学生般的生活。你的这些朋友会变老,会离开的。"

"但还有人会来,这里总会有学生,或者像他们这样的人。"

"是的,但你也会变老的。有什么会比一个中年男人还努力过着大学生的日子更值得可怜呢?一个老家伙非要在年轻人中间装年轻,还要说服自己,那些人并不觉得他老——这样的人太可笑了。做不到的。"

"我在这里才觉得自在。我那可怜的父亲想让我成为英国绅士,一想到就起鸡皮疙瘩。我不是个运动家。打猎、射击、板球,我半点也不感兴趣。那时都只是演戏。"

"你的表演可自然得很啊。"

"直到来了慕尼黑,我才知道那些都是假的。我很喜欢伊顿,在牛津也是整日的狂欢,但我还是始终都清楚自己不属于那里。这角色我能演,是因为我的血液中就有演戏的因子,可我也总觉得有缺憾。我们在格罗夫纳广场[1]的房子是永久的财产,但父亲又为提尔比付了十八万英镑,不知道你能不能明白我的感觉,就是提尔比这地方只是装修好了租给我们一季,说不定哪天真正的主人回来,我们就得卷铺盖走人了。"

---

[1] Grosvenor Square,伦敦西部梅费尔区的花园广场,在二战之前都是英国最时髦的区域之一,有众多贵族宅邸。

我听得很仔细，琢磨着到底其中有多少是他当时真正隐约感受到的，有多少是他换了境遇之后想象出来的过去的想法。

"以前听到菲尔迪舅公讲他的犹太故事，我那么厌恶，觉得真刻薄透了。现在我懂了，那是个用来发泄的安全阀。我的老天，要做一个整天寻欢作乐的人得多累啊。父亲更轻松一些，他可以在提尔比演他英国乡绅那一套，但至少进了城就可以做回自己；他出不了事。我已经卸了妆，把我的戏服脱了，至少现在我也是真实的自己了。这让人觉得何等的舒畅！你知道吗，我不喜欢英国人。跟你们在一起的时候，我从来都不晓得你们心里在想什么。你们太无趣，太循规蹈矩。你们从来不会释放自己。你们心里面没有自由，那种灵魂的自由，你们都太怯懦了。这世界上你们最怕的就是做错了什么。"

"别忘了，你也是英国人啊，乔治。"我小声地回了一句。他笑了起来。

"我？我可不是英国人。我血管里一点英国人的血液都没有。我是个犹太人，这你知道，而且变本加厉还是个德国犹太人。我不想当英国人。我想当个犹太人。我的朋友都是犹太人。你不能想象跟他们在一起我有多自在。我可以做我自己了。在家的时候，大家都竭尽所能地避开犹太人；妈妈以为自己是金发就可以糊弄过去，假装是个非犹太人了。别扯了！你知道吗，我有时会在慕尼黑那些犹太人的区域里闲逛，看看他们，觉得有意思极了。法兰克福我就去过一次，那里有很多犹太人，我就到处走，看着那些邋遢的老头，和他们的鹰钩鼻，还有那些戴着假发的胖女人。我只觉得自己那么同情这些人,觉得自己属于那里,想上去亲吻他们。他们看着我的时候,我不知道他们有没有看出来我也是他们的一员。我实在希望自己懂意第绪语;想跟他们交朋友,吃符合犹太教规的食物,诸如此类的事情。我想过要去犹太教堂,但又怕哪里做错了,被赶出来。我喜欢贫民区的味道,那种生命的感觉,那种神秘、尘土、污秽和浪漫。我头脑里的这种渴望再也去不掉了。那才是真实的。其他的一切都是伪装。"

"这样你父亲会很伤心的。"我说。

"我和他之间总有一个人要伤心。为什么他就不能随我去呢?他有哈里啊。哈里很愿意接管提尔比,也会成个英国绅士,不用担心。你知道,妈妈已经打定主意要我娶一个基督徒。哈里会很乐意娶个基督徒,他一定觉得老牌的英国世家挺不错。说到底,我所要求的实在不多,一个礼拜五英镑,那些头衔、园林、庚斯博罗,还有其他所有那些小玩意儿,全归他们好了。"

"可不管如何,你终究是用自己的名誉发过誓的,两年到了还是得回去。"

"我会回去的,"他透出一点怒气,"莉亚·玛卡特已经答应来听我弹琴了。"

"要是她说你不会弹琴怎么办?"

"一枪毙了自己。"他开开心心地说。

"说的都是什么胡话。"我也用他的口气回道。

"你觉得回英国像是回家吗?"

"不自在,"我说,"可我在任何地方都不觉得是自己的家。"

他自然对我不感兴趣。

"想到要回去，我就满心厌恶。我已经知道生活可以给我什么，无论如何都不会去当一个英国乡绅了。我的老天，那实在是太无趣了。"

"钱是个很好的东西，而且据我所知，当个英国贵族也是愉悦的事情。"

"钱对我来说毫无意义。它能买来的东西我一样都不要，我也正好不是一个势利的人。"

越来越晚了，我第二天还必须早起。至于乔治说的话，似乎也不必太当真。把年轻人丢在画家和诗人中间，往往就会迷上这种荒唐的论调。艺术是种烈酒，酒量差的人是会醉的。神圣的火焰在用糊涂头脑来灭火的人那里，烧得最旺。不管怎样，乔治还不到二十三岁。时间会让他懂得的。另外，说到底，他的未来也不用我来操心。我跟他道了别，走回酒店。星光闪耀在冷漠的夜空里。第二天一早我就离开了慕尼黑。

回到伦敦，我没有告诉穆丽尔乔治跟我说了什么，或者他现在的模样，只是让她宽心，说乔治挺好的，很高兴，很用功，而且似乎是过着一种高尚而严肃的生活。六个月之后乔治回国了。穆丽尔请我去提尔比过周末；菲尔迪会陪着莉亚·玛卡特来听乔治演奏，特别希望我也到场。我接受了邀请。穆丽尔在车站接我。

"你觉得乔治怎么样？"我问。

"他现在很胖，但是精神很好。我觉得他大概回到了家里也挺开心的，很会讨好他的父亲。"

"这倒是很让我高兴。"

"哦，天呐，我真希望莉亚·玛卡特会觉得他弹不了钢琴。我们都担心极了。"

"那恐怕乔治会大失所望。"

"生活里到处都是失望，"穆丽尔回得很干脆，"所有人都得学会面对。"

我被她逗笑了。我们正坐在一辆劳斯莱斯之中，前座除了司机还有一个男仆。穆丽尔脖子上的珍珠项链大概花了五万英镑。只不过我也想起来，英王生日时授予了三个人贵族头衔，阿道弗斯·布兰德爵士并不在其列。

莉亚·玛卡特来了就要走。那一晚她在布莱顿有演出，周日早上会坐车来提尔比用午餐。她当天要回伦敦，因为周一在曼彻斯特还有场音乐会。听乔治弹琴就放在周日下午。

"他练得很刻苦，"他的母亲说，"所以没跟我来迎接你。"

我们在庄园的大门处转了进去，一条通往别墅的大道气势恢宏，两侧列着榆木。我发现这里没有要开派对的迹象。

这是我第一次见到布兰德老夫人。之前一直很好奇想见她，在头脑中有一个过目难忘的形象：一个独自住在波特兰大街的犹太老夫人，以独裁者的气势管理着家务，事无巨细都要她来定夺。她本人也没有让我失望。只是高大，但并不胖，看上去敦实有力。她面容很明显是希伯来人，上嘴唇的汗毛很浓重，棕色的假发有种难以理解的金属质地。裙子很奢华，绣着黑色的凸花纹，胸口有一排巨大的钻石五角星。脖子是一条钻石项链，满是皱纹的手上也不止一个闪亮的钻石戒指。她的嗓音有些刺耳，德语的口音很重。我被引见的时候，她用那双有神的眼睛盯着我看，利落地给我下了定论，而且至少在我的观察里，她一点也没有掩饰她对我的判断是负面的。

"你认识我的兄弟费迪南德已经很多年了，是不是啊？"她问道，其中的R音都是从喉咙深处发出的舌音。"我的兄弟费迪南德一直跟很有地位的人来往。穆丽尔，阿道弗斯爵士人在哪里？他知不知道客人已经到了？还有，你把乔治喊来吧。要是现在还弹不熟，明天也不用弹了。"

穆丽尔解释道，弗雷迪和秘书要把这一轮高尔夫球打完，另外她也通知了乔治我已经到了。布兰德老夫人看上去似乎对这份解答颇不以为意，又转过来跟我说道：

"我的儿媳说你去过意大利？"

"是的，我刚从那里回来。"

"那是个美丽的国家。最近国王怎么样？"

我说我不清楚。

"他还是个小孩的时候我就认识他，当时身子就很弱，他的母亲玛格丽塔王后跟我是好朋友。他们都以为他就会一直单身了，爱上黑山公主的时候奥斯塔公爵夫人可生气了。[1]"

---

[1] 玛格丽塔王后（Queen Margherita, 1851—1926）的丈夫是翁贝托一世，她的儿子维克托·伊曼纽尔三世（Victor Emmanuel III, 1869—1947）是意大利的末代国王，1896年与黑山公主埃莱娜结婚。奥斯塔公爵与这位国王是表亲。

异邦谷田

她似乎属于一个早已逝去的时代,但依然很敏锐,我想任何微小的细节都逃不过她犀利的眼睛。弗雷迪很快就进来了,穿着他那身高尔夫球服[1]像模像样的。这个从来都颐指气使的男人,胡须都花白了,但是见到老太太显然一下变成自己最听话和懂事的样子,不仅有趣,也很感人。然后乔治进来了。他大概一辈子没这么胖过,但听取了我的意见,把头发剪了。脸上的少年气渐渐没有了,身子依然是一个强健、结实的年轻人。乔治用下午茶的样子让人欣慰,吃了那么多的三明治,那么多大块的蛋糕。他依然有一个小男孩的好胃口。父亲注视着儿子,脸上露出温柔的笑容;而我看到乔治的样子也一点不奇怪他们都这么挂念他。他有一种聪明、一种魅力,和一种热情,让身边的人不自觉地舒畅。而他的举止总是很大方、坦诚,好像他生来就有一种让人亲近的真挚友好。我不知道是奶奶打过招呼,还是出于他善良的本质,总之他很明显特别花了力气在讨好父亲;而从他父亲柔和的眼神,从他仔细听取儿子每一句话的样子,从他那副快乐、骄傲和幸福的表情里,你就能感受到过去两年父子疏离对他是多么痛苦的事情。他太爱乔治了。

我们早上打了场三人的高尔夫球赛,穆丽尔不在,因为要去参加弥撒,下午一点钟菲尔迪坐着莉亚·玛卡特的汽车到了。我们都坐到桌前用午餐。当然我熟知莉亚·玛卡特的大名,她被

---

[1] Plus fours,指旧时男子打高尔夫球时穿的宽大运动裤,比普通灯笼裤长四寸而得名。

认为是欧洲最好的女钢琴家。她和菲尔迪是多年的好朋友,后者的关注和慷慨在她演奏生涯的初期发挥了很大作用,这回也是菲尔迪安排让她来评判乔治的潜力。曾有一段时间,我只要有机会就去听她弹琴。她的演奏一点不做作,就像鸟儿歌唱一样,仿佛出乎天性,一点也不费力;音符从她轻盈的指间淌出,如水银泻地,有种让人琢磨不透的灵动之感,就好像那些复杂的节奏都是她即兴发挥的。他们那时都告诉我,莉亚·玛卡特有着不可思议的技巧。听她弹琴给了我很多愉悦,但我说不准有多少是因为音乐,而有多少是因为这个弹琴的人。见到那时候的她,你想不到一个人还能轻空缥缈成这样,而这样仙子般的人指下却有雷霆万钧的力道。

她很消瘦,皮肤苍白,眼睛特别大,再加上一头让人赞叹的黑发;坐在钢琴前她会现出一副孩童般怅惘的表情,极其动人。她的美好像不属于人间,弹琴的时候紧闭的嘴唇上那浅浅的笑容,如同忆起了另一个世界的事情。不过现在年过四十,她已经不像一个仙子了,身材和脸孔都变宽,也没了过去那种迷人的疏离感,而是因为一连串的成功显得威严起来。莉亚·玛卡特的活力就好像生来就有一束聚光灯打在自己身上,如同圣人的光环。她其实对别人的事没有多大兴趣,但因为性情随和,再加上对俗世有足够体认,所以参与起来也能兴高采烈。她主导了餐桌上的谈话,但也没有霸占它。乔治话很少。时不时莉亚·玛卡特会扫他一眼,但没有要拉他进入对话的意思。我是在场唯一个非犹太人。除了老夫人之外,所有人的英语都无可挑剔,但我有个挥之不去的感觉——他们说话的方式跟英国人不同;在我看来,他们的元音更圆润,毫无疑问声音更响,字词也不是从唇间落下,而是喷涌而出。我觉得如果我是在另一房间,听不清具体说了什么,而只能听到语调,我会以为他们正在用一门外语对话。这种效果让我略有些不知如何是好。

莉亚·玛卡特希望六点能出发回伦敦,所以计划让乔治在四点表演。不管试奏结果如何,她一离开,我会成为这个圈子里唯一的非家庭成员,恐怕会碍事,所以假称第二天早上在城里还有安排,问她是否可以用车捎我一程。

快到四点的时候我们纷纷踱入客厅。布兰德老夫人和菲尔迪坐在沙发上;弗雷迪、穆丽尔和我在扶手椅中坐定;莉亚·玛卡特一个人坐在一张詹姆斯时期的高背椅中[1],这是她不经意间挑的位子,却显得像是王座一般;橄榄色的肌肤,衬以一袭黄色长裙,让她显得非常端丽。一双眼睛依旧顾盼生姿;今晚的妆很浓,嘴唇是猩红色的。

乔治一点也看不出紧张。我和他父母进去的时候,他已经坐在了钢琴边,静静地看我们坐下,还朝我几乎不可察觉地笑了笑。看到我们都坐舒服了,他开始演奏。弹的是肖邦。那两首华尔兹我都熟悉,一首是波洛奈兹舞曲,一首是练习曲。乔治弹得激情洋溢。可惜音乐我懂得太少,无法精准地描绘他的演奏。

---

[1] 詹姆斯时期的古董家具大多由深色橡木制作,高背椅的椅背几乎垂直于坐席,雕刻的花纹庄严繁复。

那里面有种力量，一种年轻的张扬，但我觉得他似乎没有抓到对我来说肖邦的独特魅力，那种温柔，那种不安的忧郁，那种若有所失的欢喜，和微微淡入回忆的浪漫，总让我想起某件维多利亚早期的纪念品。可我还是有那种模糊的感受，模糊到几乎察觉不到，就是乔治的双手没有完全同步。我看了看菲尔迪，注意到他朝自己的姐姐露出微微惊讶的表情。穆丽尔的眼神本来一直放在演奏者身上，不过很快垂下了目光，剩余的时间都看着地板。弗雷迪也看着自己的儿子，目光镇定，但如果我没有看走眼，他的脸色变得惨白，表情里似乎掩饰不住痛苦。音乐流淌在这个家族的血液中，他们每个人从出生起就能听到全世界最好的钢琴家，凭直觉就能判断琴艺的高下。唯一一个从脸上看不出情绪的是莉亚·玛卡特。她听得很仔细，像壁龛里的塑像一样不为所动。

乔治终于弹完了，坐着转过来面对着莉亚·玛卡特。他没有说话。

"你希望我告诉你什么？"她问道。

两人深深地对视着。

"我希望你能告诉我，假以时日，我是否有机会成为第一流的钢琴家。"

"那是痴人说梦了。"

屋里顿时一丝声音都听不到。弗雷迪的头垂下来，看着脚边的地毯。妻子伸出手来，将弗雷迪的手握住。而乔治的眼神始终在莉亚·玛卡特身上，没有转开。

"菲尔迪已经把原委都告诉我了，"她终于说道，"不用琢磨我是不是被他们影响了。这一切对我来说全都不算什么。"她手臂一挥,示意她所说的"这一切"包括这间华美的客厅、客厅里精致的家具、摆件,以及我们所有人。"如果我看出来你有成为艺术家的潜质,我毫不犹疑就会劝你为了艺术抛弃一切。艺术是唯一重要的事情。和艺术相比,财富、地位、权力,都一文不值。"她看我们的表情是那么真挚,让人全然不觉得有任何无礼之处。"除了我们这些艺术家,其他人都不算数。是艺术家给了世界意义。你们只是我们的素材。"

和他们一起被归在"其他人"这个类别里,我听着也高兴不起来;但似乎这不是当下最要紧的事。

"当然,看得出来你下了很大的功夫,不要以为那些都白费了。会弹钢琴永远能给你带来快乐,在欣赏伟大演奏家的时候,寻常人也难以想象你能从中得到的乐趣。看看你的手吧。那不是钢琴家的手。"

我不由自主朝他的双手扫了一眼。之前从来没有留心过。乔治那双胖乎乎的手掌上,手指全都那么短、那么粗壮,简直吓了我一跳。

"你的听力也有些小问题。在我看来,你最多只能成为一个颇有实力的业余琴手,可在艺术之中,业余和专业之间的差别是无法估量的。"

乔治没有回应。只因为他脸上的确一片惨白,大家才没有怀疑他真的听到了让自己所有希望破碎的这些话。接下来所有人的寂静也很可怕。莉亚·玛卡特的双眼中突然满是泪水。

"但也不要只听我的一家之言,"她说,"说到底,我也有可能会错的。再去问问别人吧。你们都知道帕岱莱夫斯基琴艺高超之外,为人也很慷慨,我会写信给他,你就可以过去弹给他听了。我确信他一定会同意的。"

乔治此时露出了一丝微笑。他教养很好,不管此时心情如何起伏,也不希望让别人太为难。

"我觉得没有必要了,您的裁定我愿意接受。说实话,我在慕尼黑的老师差不多也是这个意思。"

他从钢琴边走开,点了一支烟。气氛松弛了一些。其他人也敢在椅子里动一动了。莉亚·玛卡特朝乔治微笑道:

"要我弹琴给你听吗?"

"当然,请。"

她站起来,走到了钢琴边,把满手的戒指取了下来。弹的是巴赫。虽然不知道这些作品的名字,但我听得出法兰西风味浓郁的德国小宫廷里那些僵化的礼仪,听得出中产市民那种不放纵、不铺张的自在,听得出村庄公共绿地上的舞蹈,听得出一棵棵像圣诞树一般的德国林木,听得出阳光落在广袤的德国乡野,听得出一股温馨之意;我的鼻孔有暖洋洋的泥土的气息,意识到某种茁壮的力量在孕育万物的大地里扎根,体会到某种超越时间的原始的力量,一旦升到空中就会消散。她弹得优美极了,超凡的技艺听来却很轻柔,让你想起照亮夏日黄昏的一轮圆月。我还留了个心思,观察周围的人如何忘我地享受着这场表演。他们太专心致志了,我全心地希望自己也能和他们一样,任由音乐夺走我的心魄，给我无上的快乐。莉亚·玛卡特弹完了，有一抹微笑停留在她唇间。乔治嗤地笑了一声。

"这样一来我哪里还能存有他想呢。"他说。

这时仆人们把下午茶送了进来，吃完之后我和莉亚·玛卡特与众人道别，上了车。去伦敦的路上，她的话没有停过，就算没有聊得妙趣横生，但热情无比充沛；她告诉我早年间在曼彻斯特的情形，和入行之初的艰难。这真是个有趣的人。她甚至没有提起乔治；这对她来说是无足轻重的小事，过去了便忘记了。

接下来在提尔比发生的事情我们就不清楚了。我和莉亚·玛卡特离开之后，乔治去了天台，很快父亲也跟了出来。弗雷迪今日算是大功告成，但是他一点也高兴不起来。他性情里有种不属于他那个性别的敏感，对乔治的痛楚感同身受，这让他心都碎了。那一刻他比以往任何时候都更爱自己的儿子。乔治见到他出来，微微一笑。弗雷迪的声音都哑了。他的父爱一时间翻涌上来，就要拱手让出胜利的果实。

"这样吧，小伙子，"他说道，"你这么失望我也难受极了。你要不要再去慕尼黑待一年，然后我们再看？"

乔治摇摇头。

"不去了，去了也没用。你们给的机会很公平，就这样吧。"

"不要太往心里去。"

"你看，这世界上我唯一想做的事情就是弹钢琴，但还是一点希望都没有。细想的话真觉得太蠢了。"

乔治努力做出刚强的样子，但笑容依然很凄凉。

"你想不想周游世界？就找一个你牛津的好哥们一起去，费用全由我来承担。那么久以来你都只顾着刻苦练习。"

"太感谢了，爸爸，这事我们往后再聊。现在我只想去散散步。"

"要不要我陪着你。"

"我还是想一个人待一会儿。"

这时乔治的举动很怪异，他伸手勾住了父亲的脖子，亲了一下父亲的嘴唇；接着他动情地笑了笑，短促的笑声似乎别有意味，然后就走开了。弗雷迪回到客厅，他的母亲、菲尔迪、穆丽尔还坐在那里。

"弗雷迪，你干吗不让这小孩赶紧结婚呢？"老太太问道。"他二十三了。结了婚就不会记挂那些烦心事，要是再有了孩子，他就会跟所有人一样安定下来的。"

"妈妈，你让他娶谁啊？"阿道弗斯爵士微笑着问道。

"这有什么难的？弗瑞林豪森夫人那天来看我，带着她的女儿维奥利特。这小姑娘就很好，又能继承家里一大笔钱。弗瑞林豪森夫人言语中透露的意思是，如果能找到个好人家，她和她的先生雅各布爵士会出好大一笔嫁妆。"

穆丽尔脸一红，说道：

"我讨厌这个弗瑞林豪森夫人。现在催乔治结婚还太小，凭他的家境，任何人家的姑娘都娶得到。"

布兰德老太太严厉地扫了儿媳一眼。

"你一向是个傻姑娘，米里亚姆。"她说道，这个名字穆丽尔已经丢了很多年了。"只要我还活着，绝不会允许你犯傻的。"

她完全听懂了儿媳的意思，穆丽尔其实就在说希望乔治娶一个非犹太人，但是她也明白，只在自己还在世，弗雷迪和穆丽尔都没有胆子透露这个想法。

只不过乔治没有去散步。大概是射击的季节到了，他忽然有了想法要去放枪的地方看一看。母亲给他的那把枪去了德国之后再也没有用过，他就擦拭了起来。突然仆人被枪声吓了一跳，到猎具室一看，乔治倒在地上，伤口正在心脏的位置。照现场推断，是枪上了膛之后，乔治在把玩时不小心走火射中了自己。这样的意外报纸里常会读到的。

创作冲动

The Creative Impulse[1]

阿尔伯特·福里斯特夫人写出《阿喀琉斯雕像》的前前后后，大概没有几个人知道。既然都说这是我们时代最伟大的小说之一，它的诞生记想必所有要认真研习文学的人都会感兴趣。而且，如果文评人所言不虚，此书将不朽于世，那么接下来的叙述就不只是用来消遣片刻了，它会有一个更了不起的功能，就是在今后所撰写的当代文学史中，成为一个有趣的注脚。

这本书出版时的轰动当然是每个人都记得的。一连好几个月印刷机和装订工都没有闲下来，英美的出版商加班加点，也很难满足书店的需求。很快欧洲的所有语言都有《阿喀琉斯雕像》的译本了，近日还发布官方消息，说马上就能在日语和乌尔都语中读到它。不过，之前大西洋两岸的杂志上都已经连载过这部小说，据说阿尔伯特·福里斯特夫人的经纪人从中为她谋取的稿酬

---

[1] 首次发表于1926年，收录于1931年出版的短篇小说集《用第一人称单数写作的六个故事》。

只能用非同小可来形容。这本书也改编成了戏剧,在纽约演了整整一季;没有人怀疑它搬到伦敦的舞台上一定也是万人空巷。电影改编权也已经高价被抢走。阿尔伯特·福里斯特夫人因为这本书挣到的钱(在文学圈里)有不少传言,很可能是夸大的,但毫无疑问此生再不用为经济状况担忧了。

一本书得到公众与评论界的一致推崇,并不多见,而作家之中是阿尔伯特·福里斯特夫人完成这化圆为方[1]之事(如果我能这样形容的话),她自己一定分外得意。之前批评家对她也颇有些欣赏之词(说实在的,那些话她已经觉得是理所应当了),但公众不知为何对她的作品向来冷淡。每次她有作品出版,都是薄薄一小册,印刷精美,白色的麻布面精装,报纸常用一整栏的篇幅盛赞又是一部杰作,在历史悠久的俱乐部里,还可以在它们少人问津的图书馆中找出那些书评周刊,用整页的长文推举她的新作。所有的读书人都会读它,赞扬它,只是读书人似乎都不买书,所以阿尔伯特·福里斯特夫人的销量一直惨淡。一个想象如此细腻、文笔如此精雅的作者,却为无知的大众所忽略,长久以来都让人难堪。在美国简直就没有人知道她:虽然卡尔·范维钦先生[2]写过两篇文章痛斥公众的愚钝,但公众对于这位英国女作家依然无动于衷。她的经纪人极为欣赏她的才华,威胁某个美国

---

[1] 英文习语,指完成了难度很大的事情。

[2] Carl Van Vechten(1880—1964),美国小说家,音乐、戏剧评论家,二十年代纽约文学界的重要人物,对于哈莱姆文艺复兴(即二十年代黑人文学的蓬勃发展),他是早期重要的推动者。

出版商如果不买下阿尔伯特·福里斯特夫人的两部作品，就拒绝授权另外几本他特别想要的书（自然都是廉价的垃圾），于是阿尔伯特·福里斯特夫人的作品很快出版了。媒体对她的评价很高，说明美国最出色的头脑是能感知她的才华的；但等到要给那位出版商推荐第三本书的时候，他告诉经纪人（用出版界那种粗鄙的方式）：要是有这闲钱，宁可去买合成酒[1]。

《阿喀琉斯雕像》畅销之后，阿尔伯特·福里斯特夫人之前的作品也得以重新出版（卡尔·范维钦先生又写了一篇文章，指出自己整整十五年前就提醒读者们，要留意这个作家非凡的才华，遗憾的语气中带着自豪），因为宣传力度极大，有文化的读者很难再错过它们。所以我在此处描述这些作品恐怕没有必要，而且卡尔·范维钦先生的精湛评论在前，我再写难免嚼之无味。阿尔伯特·福里斯特夫人的写作起步很早。第一部作品（一卷挽诗集）问世之时，她还是个十八岁的少女；在那之后，她每隔两三年才会出一本诗歌或散文，因为她对自己的文字看得极重，所以下笔从不仓促。写作《阿喀琉斯雕像》之时，她已经到了五十七岁这个体面的年纪，很容易推断出她的作品数量是非常可观的。她已经留给世界半打的诗集，都用拉丁文做书名，像《幸福》《和平之海》和《三重铜甲》，[2] 都是些偏于沉重的诗作，因为

---

[1] Synthetic gin，在美国禁酒时期（1920—1933），大部分酒精饮料是地下工厂用蒸馏法提取乙醇之后合成的，口感极坏。

[2] 原文分别为 Felicitas、Pax Maris 和 Aes Triplex。"三重铜甲"与罗伯特·路易斯·史蒂文森的散文同名，取自贺拉斯的诗句，用胸口的护甲指代勇气。

创作冲动

她的缪斯不愿翩翩起舞,只愿踏出大致更庄严一些的步点。她依然忠诚于"挽歌","十四行诗"上也花了很多心思,但她最可称道的功绩是重振了"颂歌"这一个被当代诗人忽略的体裁。谁都可以笃定地说一句:她的那首《总统法利埃[1]颂歌》在今后所有的英文诗选中都该有一席之地。那首诗的动人,不仅在于韵律深沉、高贵,而且它描绘法兰西大地的胜景也让人沉醉。阿尔伯特·福里斯特夫人写卢瓦尔河谷[2],写其中倍雷[3]的记忆;她写沙特尔[4]和那里教堂中珠光宝气的窗户;写阳光扫过普罗旺斯。要是想到她去法国最南只到过布伦[5],那些诗句中的动情之处就更显得难能可贵了;那是她婚后不久从马盖特[6]坐短途游轮去的。身体上她遭受了极度的晕船之苦,而心智上所受的羞辱则是发现这个海滨度假胜地的本地居民都听不懂她流畅而地道的法语,所以阿尔伯特·福里斯特夫人决定再也不要经受这样狼狈而不快的体验。此后,离海水之类包藏祸心的自然元素她就敬而远之了,虽然在《和平之海》几段庄重而温柔的诗篇里,她还是将它们好好

---

1 Clément Armand Fallières(1841—1931),1906 至 1913 年任法国总统。
2 卢瓦尔河位于法国中部,是法国最长的河流;卢瓦尔河谷位于该河中段,长二百八十公里。
3 Joachim du Bellay(1522—1560),法国诗人,七星诗社代表人物,该社宣言《保卫和发扬法兰西语言》的作者,是用法语写作颂歌和爱情十四行诗的先驱。
4 Chartres,法国西北部城市。中世纪为布鲁瓦伯爵和香槟伯爵的领地,1286 年卖给法国,1417 至 1432 年被英国人占领,1594 年亨利四世在此登基,1870 年被德国人占领。哥特式的沙特尔大教堂是当地主要建筑。
5 Boulogne,法国北部港市。
6 Margate,英国东南肯特郡海滨小镇。

地歌颂了一番。

《伍德罗·威尔逊[1]颂歌》之中也有不少笔力精湛的段落，很遗憾，虽然这个人物的可敬之处自不待言，但女诗人对他的感触有了一些变化，决定不再重印这首诗了。不过在我看来，阿尔伯特·福里斯特夫人最了不起的创作一定还是她的散文。她那几卷文集里写过苏塞克斯郡的秋天、维多利亚女王、死亡、诺福克郡的春天、乔治王时代的建筑、佳吉列夫先生[2]、但丁，每篇都很简练，但都有精心安排、无可挑剔的构思和脉络。她还写专著阐释十七世纪的耶稣会建筑，从文学角度审视百年战争，既学渊五车，又才思轻盈。正是这些散文作品为她赢得了一群"少而精"（这是阿尔伯特·福里斯特夫人自己的说法，她遣词造句的天才可见一斑）的忠实拥趸，而这些崇拜者认定她是这个世纪英文世界里最了不起的语言大师。她承认自己出众的地方就是她的文风，既浑厚又生动，既精巧又雄辩；而且只有在散文中，她才得以展示那种含蓄又美妙的幽默，每每让读者难以抵御。她的幽默不是想法上的幽默，甚至也不是文字上的幽默；那些都太粗糙了，她的幽默是标点的幽默：在灵光一闪之间她发现了分号有喜剧的无限可能，而且她运用起来更是花样百出、精妙绝伦。如果你是一个有文化和幽默感的人，见到阿尔伯特·福里斯特夫人

---

1 Thomas Woodrow Wilson（1856—1924），美国第二十八任总统，曾先后任普林斯顿大学校长、新泽西州州长等职，1919年获诺贝尔和平奖。
2 Sergei Pavlovich Diaghilev（1872—1929），俄罗斯戏剧和艺术活动家，后长期侨居国外，在巴黎创建俄罗斯芭蕾舞团（1909），在欧美巡回演出。

笔下的分号,倒也不会像钻进马轭里那样张牙咧嘴[1],而是会心一笑,而且文化越高,笑得越会心。她的朋友说,任何其他形式的幽默都因此显得粗鄙和浮夸了。也有几个作家想要模仿她,但都无功而返。不管你怎么看阿尔伯特·福里斯特夫人,至少都会承认她把分号中每一盎司的幽默都榨取出来了,而在这方面没有人可与她同日而语。

阿尔伯特·福里斯特夫人住在大理石拱门[2]附近的一所公寓,地段既佳,房租也不甚昂贵。朝街有一个漂亮的会客厅,宽敞的卧室是阿尔伯特·福里斯特夫人自己用的,往里一直走是餐厅,有些暗,而在厨房旁边则是阿尔伯特·福里斯特先生的狭小的卧房,不过房租倒是他来出的。正是在那间漂亮的会客厅里,阿尔伯特·福里斯特夫人每周二下午会招待她的朋友。这是一所极为简单朴素的公寓。墙纸是威廉·莫里斯[3]本人设计的,上面挂着简单的黑色画框,里面装的美柔汀[4]版画都是在这种画还没有变贵的时候收集的。家具多出自齐

---

1 指英国旧时一种游戏,大多在酒吧外,众人轮流将脸探出马轭做鬼脸,以表情最夸张者为胜。
2 指十九世纪用白色大理石建造的凯旋门,位于白金汉宫外,为皇室礼仪性建筑;于十九世纪中期迁于海德公园东北角。
3 William Morris(1834—1896),英国画家、美术设计家、诗人。十九世纪后半期英国的社会美学运动致力于确立机械化和批量生产时代手工艺的重要性,他是发起人。1861年他和罗塞蒂等人成立艺术家联合会,生产各种家居饰品,其中以墙纸最为有名。
4 Mezzotint,一种版画技法,印刷后可产生一些大面积的柔美细腻的色调浓淡层次;十七世纪由德国人路德维希·冯西根发明,后流行于英国。

彭代尔时期，只有那个卷盖式书桌隐约是路易十六的风格。阿尔伯特·福里斯特夫人就是在这张桌子上写作的。每位初次来访的客人都会被告知这一点，他则十有八九要心潮澎湃地凝视那张桌子。地毯很厚，灯光也很黯淡。阿尔伯特·福里斯特夫人会坐在一张红色织锦包面的直背扶手椅中，这椅子本身没有什么引人注意的地方，但因为它是这屋里唯一一张坐着舒服的椅子，就不但让她与客人显得不同，更像是凌驾于他们之上。看茶的是一位年龄不好判断的女士，从不说话，平平无奇，主人从来没介绍过她，只知道在这位女士心中，能让夫人免去倒茶之类的烦人杂务是她的光荣。这样阿尔伯特·福里斯特夫人就能全神贯注地聊天了——必须承认，她在这方面的才能是不凡的。这些谈话倒也算不上生机勃勃；而且因为口头表达标点符号不太容易，对某些人来说或许欠缺点幽默，但它们涵盖很多话题，言之有物，寓教于乐。阿尔伯特·福里斯特夫人对于社会科学、法学和神学都非常熟悉。她阅读量很大，记性也好，能顺口引出漂亮的句子，就再也不用临时想聪明话了；而且三十年来她跟不少伟人可说是相交甚笃，积累了不少有趣的轶事，而她选择讲述的时机也很得体，纵然有重复也在可以体谅的范围之内。阿尔伯特·福里斯特夫人有一项才华是能吸引到各种各样的宾客，所以在她的会客厅里极有可能同时见到前首相、报纸的老板，和一流大国的使节。我始终揣测这些大人物到这里是为了接近放荡不羁的文化圈，而此处的文化圈又不羁得很干净，不用担心会沾上尘土。阿尔伯特·福里斯特夫人极为关心政治，我亲耳听到一个议员很诚恳地对她说，她的思维是男性化的。她之前反对为妇女争取投票权的运动，但后来女性得了这项权利，她有了想进议会的心思，可难就难在她弄不清自己该选哪个政党。

"毕竟，"她会调皮地耸一耸她那略嫌宽厚的肩膀，说道，"我不可能组一个只有我一个人的政党。"

跟很多一本正经爱国的人一样，在举棋不定的时候，她悬置了自己的政治主张；不过最近她明确地倒向了工党，认定国家的未来只能寄托在他们身上，要是谁能给她提供一个安全席位，她觉得自己应该会毫不犹豫地从政，为受压迫的劳苦大众而奔走呼喊。

她的客厅向来为外国人敞开，她欢迎捷克斯洛伐克人、意大利人、法国人，只要他们是重要的人物；她也欢迎美国人，甚至可以是默默无闻的那种。但她不是个只看出身贵贱的人，在她的客人中你很少会见到什么公爵，除非是某公爵有特别正派而深刻的心智，而女贵族除了有自己的高贵身份，还需要携带一些社交场上让人诟病的经历作为通行证，比如离过婚，写过小说，或伪造过支票，这些事会引发阿尔伯特·福里斯特夫人这个天主教徒的同情心。她不怎么喜欢画家，他们大多腼腆，不爱说话；音乐家她也没什么兴趣，不管他们是否愿意表演——有名的音乐家经常是不肯表演的，而音乐对谈话始终是个妨碍——要是想听音乐就去音乐会好了；她自己喜欢的音乐更高妙一些，那就是灵魂的歌声。不过她款待作家的热情始终如一，尤其是对那些有潜质或不为人知的作家。她善于发现刚冒头的青年才俊；那些隔三差五会跟她用下午茶的著名作家,刚起步的时候基本都得到过阿尔伯特·福里斯特夫人的鼓励和指引。她自己的地位太稳固了,不可能再去羡慕别的人,而她也太常听到别人称自己为天才,即使别的作家靠才华获得了一些她没有得到的物质上的富足,她也不会生出一丝妒忌。

阿尔伯特·福里斯特夫人相信后世会有公正的评判,于是就能大方把个人得失置之度外。有了这些因素,也难怪她能营造出这样的氛围,让她野蛮的国民第一次如此接近十八世纪的法国沙龙。收到她"星期二来吃点东西、喝口茶"的邀请,没有几个人不感到无比的荣幸,当你坐在那张齐彭代尔的椅子上,坐在那个昏沉和清苦的客厅里,你只会感觉自己经历着正在发生的文学史。美国大使曾这样对阿尔伯特·福里斯特夫人说道:

"跟你喝上一杯茶,福里斯特夫人,对我们这样的人来说,就是智识上最丰厚的享受了。"

有时候那样的聚会的确有一点点让人承受不起。阿尔伯特·福里斯特夫人的品位太完美了,她的钦佩从来不会错,她的赞赏也一贯允当,你会因此觉得呼吸困难。我自己常常要喝一两杯鸡尾酒壮胆,才敢深入她那氛围崇高的聚会。有一个下午,我差点就永远被取消了资格——对开门的女仆我本该说的是"阿尔伯特·福里斯特夫人在家吗"?但脱口而出的那句话成了"今天有礼拜吗"?

当然这只是无心之语,但不幸的是女仆咯咯笑了起来,而阿尔伯特·福里斯特夫人最忠实的崇拜者之一艾伦·汉娜维正好

创作冲动

在门廊里脱她的高筒橡皮套鞋。我进客厅之前,她就把我那句话告诉了女主人;见到阿尔伯特·福里斯特夫人时,她一双鹰眼死死盯住了我。

"你为什么问今天有没有礼拜?"她问道。

我的解释是我刚刚在想别的事情,但阿尔伯特·福里斯特夫人的目光只能形容为让我无所遁形。

"你是不是在暗示我的派对……"她在找一个合适的词,"像圣礼?"

我没听懂她的意思,但在这么多聪明的宾客面前不愿显现自己的无知,于是决定往嘴上抹蜂蜜。

"您的聚会跟你本人一样,亲爱的阿尔伯特·福里斯特夫人,美得无可挑剔,如同上天的恩赐。"

阿尔伯特·福里斯特夫人魁梧的身躯颤了一颤,就像一个人进了一间装满风信子的房间,醉人的香气差点把他熏倒。不过她放了我一马。

"要是你不打算正经说话,"她说,"最好把你那些笑话都说给客人听,而不是我的女仆……沃伦小姐会给你倒茶的。"

阿尔伯特·福里斯特夫人挥了挥手,示意她暂时放过我了,但她并没有放过这个话题,因为接下来的两三年间,跟别人介绍我的时候她从来都不忘加上这么一句:

"你一定要让他好好表现。他来这里是当成苦行的,每次进门前都要问:今天有礼拜吗?这人真是风趣极了,你说是吧?"

但阿尔伯特·福里斯特夫人没有把自己作东的天赋限制在每

周一次的下午茶上，一到周六，她还会办一个八人的午餐会：在她看来，这个人数最适合一起谈话，而她的餐厅也正巧只能坐八个人。如果阿尔伯特·福里斯特夫人有引以为傲的地方，那不是她对英文诗学无以伦比的领悟，而是她远近驰名的午餐会。客人都经过精挑细选，能收到邀请不单是种褒奖，而是一种授予圣职的仪式。要将餐桌上的谈话维持在一个更高的水准上比在鱼龙混杂的下午茶会上容易，每个走出阿尔伯特·福里斯特夫人餐厅的人，都一定对女主人的才能愈发确信无疑，也对人性有了更光明的期待。她的午餐会只邀请男性。虽然她一直矢志不渝地拥护自己的性别，而且也很乐意在其他场合与女性相处，但她无法否认，女士们都只爱和邻座说话，一定会妨碍餐桌上的共同交流，而她的聚会不仅仅要愉悦身体，更要款待灵魂。必须要提的是，阿尔伯特·福里斯特夫人给客人奉上的食物向来是精美无比的，还有上乘的红酒和一流的雪茄。在文学圈里做过客的都知道这是件多么难能可贵的事情，因为舞文弄墨之人大多内心奢华而生活简朴，他们的心灵都忙着务虚，而忽略了羊肉没烤熟而土豆已经凉了，他们端来啤酒倒是能喝，但红酒喝了反而会提神，至于咖啡是不建议入口的。阿尔伯特·福里斯特夫人乐于接受客人们恭维她的丰美伙食。

"如果有人能赏光前来共餐，"她会说，"至少我提供的食物不能比他们在家里能吃到的更糟，才算不亏待了宾客。"

不过要是夸赞过了头，她是要抗拒的。

"如此过誉倒让我尴尬了，你应该赞扬的是布尔芬奇太太。"

"布尔芬奇太太是谁?"

"我的厨师。"

"那她可真是个宝贝了,但你总不至于要我相信这红酒也归功于她吧?"

"红酒还不错吗?我对这类事情真是一窍不通,完全就拜托给了我的酒商。"

要是谁提到了雪茄,阿尔伯特·福里斯特夫人会顿时容光焕发。

"啊,说到雪茄你一定得夸阿尔伯特了。都是他挑的,据说没有人比阿尔伯特更懂雪茄。"

她会看着桌子那头自己的丈夫,眼神骄傲、明亮得像名种母鸡看着自己唯一的后代——如果非要细说,那一定是只浅黄奥平顿鸡[1]。这时候客人们会立马乱糟糟地一起赞扬起了男主人,因为他们一直在等机会要对他客气一番,终于找到了这项难得的长处,可以表达欣赏之意。

"大家谬赞了,"他说,"你们喜欢今天的雪茄我很高兴。"

然后他会就雪茄发表小小一段感言,谈他挑雪茄是在追求哪些品质,并对高级雪茄成了商品之后水准每况愈下表示惋惜。阿尔伯特·福里斯特夫人一边听着一边露出满意的笑容,显而易见很享受丈夫的这场小小的胜利。当然关于雪茄也不能无休无止地聊下去,只要发现客人有不耐烦的迹象,她马上会提出一个更

---

[1] Buff Ophinton,这种鸡的大致特点就是肥胖,羽毛蓬松。浅黄是这个品种最常见的颜色。

宽泛的新话题，或许也是更有意义一些的话题吧。阿尔伯特退出视线，再不发一语，但他已经拥有了属于自己的时刻。

对于一些客人来说，正是阿尔伯特让福里斯特夫人的午餐会比下午茶少了几分吸引力，因为阿尔伯特是个无趣的人；女主人无疑是明白这个道理的，但她特别在意要让阿尔伯特参加，把午餐会定在周六也正是因为阿尔伯特其他几天都太忙了。阿尔伯特·福里斯特夫人觉得在这些宴饮尽欢的场合中不能缺了丈夫，是她欠自己尊严的一笔躲不掉的债，绝不能一时疏忽，就向全世界承认她嫁给了一个在精神上无法与自己相当的人——或许在夜深人静之时，她也会自问那样的男子世上哪里找得到。但阿尔伯特·福里斯特夫人的朋友们可以畅所欲言，表示像她这样的女人被这样的丈夫拖累实在不值得。她们互问福利斯特夫人怎么会嫁给她的，最后都绝望地归结为（因为大多数是禁欲的人）结婚本身就莫名其妙。

阿尔伯特的无趣倒也不是喋喋不休、避都避不开的那种，他不会用冗长无边的故事让你脱不了身，或者用毫无意义的笑话纠缠你；他也不会用陈词滥调折磨人，或是说出特别平庸的话让你无所适从；他就是没意思罢了。一个无足轻重的人。知晓法国浪漫派文学所有秘密的克利福德·博伊尔斯顿自己就是个可圈可点的作家，他说你要是跟着阿尔伯特进了一个空房间，会发现那房间还是空的。阿尔伯特·福里斯特夫人的朋友们都觉得这句话妙极了，其中有个出名的小说家叫罗兹·沃特福德，是个无所畏惧的女人，壮着胆子就把这句话转达给了阿尔伯特·福里斯特夫人。虽然她假装生气,却也来不及抹掉嘴角的笑意。阿尔伯特·福里斯特夫人的朋友看到她对丈夫的态度,对她就愈发尊敬了。她总是强调,不管这些朋友内心深处如何看待阿尔伯特,她的丈夫自有他的地位,不能轻慢。她自己的举止就很让人佩服。如果阿尔伯特难得评论了一句,她会满面欣喜地仔细倾听,如果他帮忙取来一本书,或者她有什么灵感借用了丈夫的铅笔记录,她总会表示感谢。阿尔伯特·福里斯特夫人也从来不允许朋友们故意冷落自己的丈夫,但她毕竟是个识大体的女人,知道不能对世界要求太高,不可能永远把丈夫带在身边,所以她也会经常自己出门,但朋友们都清楚她等着他们每一家一年至少得有一次请阿尔伯特去吃饭。如果那些面向公众的宴会要她演讲,阿尔伯特·福里斯特夫人一定会带上自己的丈夫,如果她要做讲座,也一定确保台上有丈夫的一个席位。

据我看,阿尔伯特应该是中等个头,但或许是因为你想到他就会想到他的妻子(身材尺寸惊人),所以总以为他个子很小。他瘦削、虚弱,比实际年龄显老;这后一条倒跟妻子一样。总是剪得很短的白头发有些稀疏,白色的一字须也只是胡茬。一张脸除了瘦,除了皱纹多些,没有别的什么值得注意;蓝眼睛以前或许是有魅力的,现在也倦怠无光了。他永远穿着一条挺括的芝麻呢裤子,剪裁方式他也永远要求一个样。上身都是一件黑色的大衣,灰色的领带,别着小小的一个珍珠领带夹。他太不容易发现了;阿尔伯特·福里斯特夫人办午餐会,他站在会客厅里迎接宾客的时候,你根本不会注意到他,就像你不会注意到一件静静守在那儿的有教养的家具。阿尔伯特礼数周到,每回跟人握手都会露出恭敬、随和的笑容。

"你好啊;你能来我可就太高兴了,"就像他们是多年的好友,"最近怎么样,还行吧?"

要是有头有脸的客人第一次来,而且和阿尔伯特没有见过,他们进门的时候他会迎到门口,说:

"我是阿尔伯特·福里斯特夫人的丈夫。我来替你和我夫人引见。"

然后他会把客人引到阿尔伯特·福里斯特夫人背光站着的地方,而后者会欣喜地急忙走来欢迎这位客人。

阿尔伯特含蓄地为妻子的文学声望感到骄傲,又为了妻子的事业甘愿如此卑微,外人见了都会觉得温馨。需要他的时候,他永远都在,不需要他的时候,一定消失,这种圆通敏锐若不是苦心造诣,那就一定是本能了。阿尔伯特·福里斯特夫人是最知道丈夫好处的人:

"我真不知道要是没有他我该怎么办。他的重要性是不可估量的。我写的每个字都会读给他听,他的意见经常都很有用。"

"莫里哀和他厨师的故事。[1]"沃特福德小姐说道。

"你觉得自己很风趣吗,亲爱的罗兹?"福里斯特夫人问话的语气似乎有些尖刻。

阿尔伯特·福里斯特夫人不认可你的某句话时,她会说自己

---

[1] 莫里哀会把自己的剧作读给厨师听。

创作冲动

太笨了，听不出你是不是在开玩笑，说话的人就必然局促起来。但沃特福德小姐是不吃这一套的；在她漫长的一生中也曾有过几场恋情，但真爱都付给了印刷在纸上的文字。阿尔伯特·福里斯特夫人对她是容忍多过认可。

"得了，得了，亲爱的，"她回答道，"你也很清楚，要是没有你，他就什么都不是。他不会认识我们。能结交这个时代最出色的头脑和最杰出的人物，他一定觉得幸运极了。"

"没有蜂巢的遮蔽，或许蜜蜂的确无法存活，但蜜蜂也有它自己的重要性。"

阿尔伯特·福里斯特夫人的朋友们对于文学艺术无所不知，但对自然科学都是门外汉，所以这句判断谁都没法反驳。她继续说道：

"他从来不会干涉我，下意识就明白我哪些时候不愿被打扰；当我有思路的时候，如果他在房间里，不但不是种妨碍，反而让我更自在。"

"就像一只波斯猫。"沃特福德小姐说。

"但就像一只训练有素、血统高贵、温驯有礼的波斯猫。"福里斯特夫人这句话说得严厉，让沃特福德小姐一时不敢回话。

但关于自己的丈夫，阿尔伯特·福里斯特夫人的话还没有说完。

"我们都是知识分子，"她说，"知识分子容易活在自己的世界里，对抽象的概念而非实在的事物更感兴趣。有时候我觉得我们在用一种过于抽离的姿态、在一个无忧无扰的高度审视纷繁的人世，你们不担心会丢失一点点人性吗？我永远都会感激阿尔伯特的,因为他让我一直能接触到平凡的路人。"

虽然阿尔伯特·福里斯特夫人的朋友们都承认,这句话跟夫人的很多妙语一样,有不可多得的透彻和精妙,但正是这句话,让她最亲密的社交圈有段时间都把阿尔伯特称为"平凡的路人"。不过这个称谓持续的时间并不长,后来大家也就忘记了。接着他又成了"集邮家";这是克利福德·博伊尔斯顿用他那奇诡的才思发明出来的。一天他正和阿尔伯特聊天,脑力枯竭,为了不至冷场没了办法,问道:

"你集邮吗?"

"不集邮,"阿尔伯特温和地答道,"恐怕我并没有这个爱好。"

但克利福德·博伊尔斯顿这问题才刚出口,就已经觉得此事大有可能。他写过一本所有法国文学爱好者都很关注的书,关于波德莱尔妻子的姑母,而且他对法国精神的研究是巨细靡遗的,自然也就吸收了不少法式的机灵和法式的才情。他无视阿尔伯特的否认,一有机会就告诉阿尔伯特·福里斯特夫人的朋友他已经发现了阿尔伯特的秘密。他集邮。之后每次见到阿尔伯特他都会问:

"福里斯特先生,跟我说说吧,最近邮票集得如何了?"或者"上回见面之后又购得什么新邮票了吗"?

阿尔伯特的一再否认并没有什么用,这个生造的形象太贴切了,谁都不愿轻易放过。阿尔伯特·福里斯特夫人的朋友都认定他一定在集邮,跟他说话基本都会打听最近是否顺利。甚至连阿尔伯特·福里斯特夫人自己,真到了心情极为舒畅的时候,也会把丈夫称为"集邮家"。这个称号实在适合阿尔伯特,就如同一副定制的手套。有时候他们就当着阿尔伯特的面这样称呼他,于是只能赞叹他的温厚性情,因为他听到之后只会笑笑,似乎并不介意,而且没过多久甚至不再指出这是一个误会。

当然阿尔伯特·福里斯特夫人太明白社交圈的门道了,不会在午餐会时安排那些真正身份显赫的客人坐到丈夫身边,从而把餐桌上的整个氛围置于险地。她会花心思只让相识更久、关系更亲密的朋友坐那两个位置,而等那两个事先定下的受害者进屋之后她会跟他们说:

"我知道你一定不会介意坐在阿尔伯特旁边吧,对不对?"

对方只能说他们乐意至极,如果脸上明明白白显露出了懊丧,阿尔伯特·福里斯特夫人就会故作轻松拍拍他们的手,补上一句:

"下回你坐我的旁边。阿尔伯特碰到陌生人太腼腆了,只有你特别知道该如何跟他相处。"

他们的确知道——只要忽略他就行了。在他们看来,就当阿尔伯特坐着的那张椅子是空的也没关系。其实照阿尔伯特·福里斯特夫人的收入,不可能让客人吃上春天的三文鱼,或是反季的芦笋,所以说到底这些忽略阿尔伯特的人其实嘴里都是他掏钱买来的佳肴,但没有任何迹象显示他对此有什么气恼。他只是安静地坐着,难得开口也一定在吩咐侍餐的女仆。如果有客人是他没有见过的,他就会盯着对方看,若不是他的目光如此单纯,对方一定很不舒服。阿尔伯特的表情似乎在问自己,这个奇怪的人到底是怎么回事；但如此考察得出了什么结论他从来没有公布过。当餐桌上氛围渐渐热闹起来的时候，他的眼神会跟着说话的人，但对传递在他们之间那些奇谈怪论他持什么态度，那张瘦削、满是皱纹的脸上是看不出来的。

克利福德·博伊尔斯顿说，所有的这些智慧和机锋对阿尔伯特的头脑来说，就像水冲刷过鸭子的背脊。他已经不再试着费心理解了，甚至听也只是做做样子。不过那个涉猎多个领域的评论家哈里·奥克兰说，阿尔伯特其实把所有话都听了进去；他只觉得这一切都太不可思议了，因为智力有限、头脑混沌，所以一直都在努力揣摩这些美妙的话大致是什么意思；当然他去了城里一定会跟人吹嘘自己见到了哪些大人物，或许他的学识和文采还在他的圈子里光芒四射，人人向他求教何为尽善尽美；要是能听到他如何描述那些饭局就太好了。哈里·奥克兰是阿尔伯特·福里斯特夫人最忠实的崇拜者之一，写过一篇才情洋溢的文章极为精湛地分析她的文风。他五官长得精致，甚至可说是精美，但毛发异常茂盛，像是个使用生发剂出了什么意外的圣塞巴斯蒂安[1]。他还很年轻，不足三十岁，但先后当过戏剧评论人，小说评论人，音乐评论人和绘画评论人。不过他现在对艺术有些倦怠了，号称将来要把自己的才华奉献给体育评论。

我应该早些说明，阿尔伯特是每天要去城里工作的；也真

---

[1] San Sebastian（?—288?），基督教殉教士，在绘画艺术中常被描绘成带有阴柔之美的俊秀少年。

是不幸，阿尔伯特·福里斯特夫人的朋友们认为她何其坚忍，才接受丈夫居然还不是个有钱人。她们觉得，要是阿尔伯特是个商业巨擘，能随手摆布国家的命运，能派遣载满名贵香料的商船队开往黎凡特[1]的各个港口——那里的诸多地名曾给诗人捎去了如此丰饶而珍奇的韵脚——要是这样，那或多或少还有些浪漫的意味。但阿尔伯特只是个醋栗经销商，赚的钱只是勉强能让妻子过上一种优越甚至阔绰的人生。因为每天要在办公室待到六点，等阿尔伯特赶回妻子的周二沙龙，最重要的客人都已经走了，最多就三四个与阿尔伯特·福里斯特夫人更要好的朋友还留在会客厅里，终于能放下拘束，风趣地评点已经离场的人。听到大门上阿尔伯特钥匙的声音，他们就同时意识到时间不早了。片刻之后，门打开了，阿尔伯特用他那犹犹豫豫的方式带着温和的表情朝里看。阿尔伯特·福里斯特夫人笑容明媚地跟他打招呼。

"快进来，阿尔伯特，快进来。我想，这里每个人你都认识吧。"

阿尔伯特进门，跟妻子的朋友们握了手。

"你刚从城里回来？"她很关切地问道，虽然心里明白他只可能从那里来。"要喝杯茶吗？"

"不用，谢谢了亲爱的。我在办公室里喝了茶。"

阿尔伯特·福里斯特夫人笑得更灿烂了，其他在场的人都觉

---

[1] Levant，指地中海东部诸国及岛屿，包括叙利亚、黎巴嫩等在内的自希腊至埃及的地区。

得她对自己的丈夫真是好得无可挑剔。

"啊,不过我知道你是喜欢再续一杯的。我自己来给你倒。"

她走到茶桌边,倒了茶还加了牛奶和糖,完全忘记这壶茶是一个半小时之前煮的,已经完全凉了。阿尔伯特接过茶杯说了声谢谢,温驯地搅了搅,这时阿尔伯特·福里斯特夫人重新谈起之前被丈夫回家打断的话题,阿尔伯特就把没有尝过的这杯茶放下了。每次阿尔伯特的出现都是一个信号,那就是聚会该散了,剩余的宾客也会逐一告辞。但有一回,因为对话太引人入胜,而牵涉的议题太过重要,阿尔伯特·福里斯特夫人执意要几位客人留下。

"这件事必须在此谈清楚。而且说到底,"她说这句话的语气对她来说已经接近调皮,"在这个问题上,说不定阿尔伯特也有话要说。让他来指点我们一二吧。"

那时候女士开始流行把头发剪短,她们正在讨论阿尔伯特·福里斯特夫人是否应该做一个盖瓦式短发[1]。夫人是个身材很有威严的女子,骨架就大,而且骨架上盖得很厚实,要不是生来魁梧,你大概很容易会想到用肥胖来形容她。但阿尔伯特·福里斯特夫人胖得有豪侠之风;同时,她尺寸偏大的五官也让她文化人的气质显得分外阳刚,当然,这种勇武的智性她本来就是有的。她的皮肤很黑,会让你觉得她或许会有一点黎凡特的血统:

---

[1] Shingle,指二十世纪二十年代一种标志性的女式短发发型,类似波波头,脖根处推剪得很短,跟上面垂下的头发形成两个层次。

创作冲动

她也承认自己定然是有些吉普赛人的特质,否则无法解释诗歌中那样狂野而放纵的激情。阿尔伯特·福里斯特夫人的眼睛又大又黑亮,鼻子长得好比是那个了不起的威灵顿公爵[1],就是还更肉感一些,下巴方正、透着坚毅。她有一张大嘴,嘴唇丰满,鲜红的颜色一点没借助化妆,因为阿尔伯特·福里斯特夫人是从不屑于此类玩意的。而她的灰白头发又硬又密,全都堆在头顶,让她更显得高不可攀了。从外表看,这真是一个气势逼人的女子,甚至让人惧怕。

她的着装永远都是得体的,材质华美,但色调冷清,如何看都是一个女文人的样子;不过(说到底她也是人,也难免虚荣),她以某种方式悄悄地追随着时尚,长裙的剪裁基本都很新潮。在我看来,她想剪那种盖瓦式短发已经有一段时间了,可又觉得在朋友劝说下跨出这一步,比自发去做要好。

"哦,你绝对要剪,绝对的,"哈里·奥克兰说道,语气从来都像一个着急的小男孩,"一定会好看得不行。"

克利福德·博伊尔斯顿正在写一本关于曼特农夫人[2]的书,他持怀疑态度,认为这样的尝试颇具风险。

"我觉得,"他说道,用一块细纺手绢擦了擦他的单片眼镜,

---

[1] 1st Duke of Wellington(1769—1852),英国陆军元帅、首相,以在滑铁卢战役中指挥英普联军击败拿破仑而闻名,有"铁公爵"之称;他还有个众所周知的特点就是鼻子非常大。

[2] Madame de Maintenon(1635—1719),法国国王路易十四的第二个妻子,原为宫廷女官,曾创办圣路易王室教养院,教育贵族出身的贫苦少女。

"我是觉得,一个人选择了某种形象就该坚持下去。要是路易十四没了假发就谁都不是了。"

"我在犹豫,"福里斯特夫人说,"说到底,我们都得与时俱进。我活在当下,不想落后。就像威廉·迈斯特说的,美国就是此时此地。"[1] 她容光焕发地转向阿尔伯特。"我的夫君有什么想说的?你是什么态度,阿尔伯特?'盖瓦'还是不'盖瓦',这是个问题。[2]"

"恐怕我的态度并不重要,亲爱的。"他温和地回答。

"对我来说,它重要至极。"阿尔伯特·福里斯特夫人说道,语气很是讨喜。

毫无疑问,她也知道自己对待"集邮家"的一言一行,在朋友眼中都十分美好。

"你一定得说,"她继续道,"我就是想听。没人比你更了解我,阿尔伯特。你觉得我适合那个发型吗?"

"可能吧,"他回答,"我唯一的担心,是你的形象如雕塑一般,剃了短发或许会让人想起——这么说吧,让人想起火热的萨福高唱恋歌的希腊岛。[3]"

厅内一时间都尴尬地定住了。罗兹·沃特福德强忍住了笑,不过其他人全都成了化石一般。阿尔伯特·福里斯特夫人的微笑

---

[1] 威廉·迈斯特(Wilhelm Meister)是歌德两部小说中的主人公;在《学徒威廉·迈斯特》中,他用相近的一句话所表达的观点是不需要去美国寻求新的人生。
[2] 阿尔伯特·福里斯特夫人尴尬地戏仿莎士比亚"生存还是毁灭,这是个问题"。
[3] 出自拜伦的《哀希腊》。

凝固在脸上。阿尔伯特失言了。

"我一直觉得拜伦的诗都不过如此。"最后阿尔伯特·福里斯特夫人说了一句。

聚会散了。阿尔伯特·福里斯特夫人没有去剪盖瓦式短发,甚至这个话题之后也再没有人提起。

那是另一个周二聚会快要结束的时候,发生了那件对阿尔伯特·福里斯特夫人文学生涯产生重大影响的事。

这是她气氛最好的几次派对之一。工党的一个领导人也来了,阿尔伯特·福里斯特夫人言语间已经足够直白,就差明白无误地告知对方自己准备投靠工党。时机已经成熟,如果她还想拥有一段政治生涯的话,必须尽快做出决定。克利福德·博伊尔斯顿还带来了一位法兰西学院的院士,虽然她知道此人对英文一窍不通,但对方好意赞赏自己华美却又清澈的文风,她还是听得很得意。美国大使也来了,还有一个俄罗斯的王子,幸好有纯正的罗曼诺夫家族的血统,否则一定让人以为是个舞男。一位不久前才离婚下嫁给赛马骑师的公爵夫人,一晚上都很雍容华贵;她的那些草莓叶[1],虽然有些枯黄,无疑为众多到场嘉宾增添了一抹亮色。其中文坛名家群星璀璨。不过到最后只剩下了克利福德·博伊尔斯顿、哈里·奥克兰、罗斯·沃特福德、奥斯卡·查尔斯和西蒙斯。奥斯卡·查尔斯是个矮小得像侏儒一般的男人,岁数不

---

[1] 英国贵族按一定规格用冠饰上草莓叶的多寡指代身份高低。

大,但脸上干瘪得像只狡诈的猴子;他戴一副金边眼镜,在政府里供职,业余时间追求文学。他给六便士周报写小文章,激烈地鄙夷着整个世界。阿尔伯特·福里斯特夫人喜欢他,觉得他有才华;但另一方面,虽然查尔斯对阿尔伯特·福里斯特夫人的精湛文风一直推崇备至(实际上就是他造出了"分号女王"的称号),但他鄙夷的对象太广泛,让她不知怎的一直有些忌惮。西蒙斯则是她的经纪人;圆脸,眼镜度数深得让眼睛看上去都变了形,如同水族馆里某种怪异的甲壳类生物。他经常参加阿尔伯特·福里斯特夫人的派对,既是对女主人的天才五体投地,也因为很容易在她的客厅里遇到潜在的客户。

他为阿尔伯特·福里斯特夫人辛勤多年,回报甚微,所以女主人并不介意为他光明正大的生意铺路,每回碰到哪位有文学货品要售卖的客人,就带着真挚的感激介绍这位朋友。她一想起圣斯维金夫人那本臭名昭著但收益大为可观的回忆录就不无自得,因为那本书就是在她的会客厅里第一次被提起的。

他们现在的座位以阿尔伯特·福里斯特夫人为中心构成一个圈,欢快地——也不得不承认有些恶毒地——议论着当天到场的各路客人。沃伦小姐是个皮肤苍白的女子,今天已经在茶桌边侍奉了两个小时,此时正悄无声息地在屋里走动,收起客人四处留下的茶杯。她似乎也有份正式工作,但总能告假来给阿尔伯特·福里斯特夫人倒茶,而且傍晚时候还会把她的手稿用打字机打出来。女作家从来没有给过酬劳,她的想法没有错,就是实际上这个可怜的女子已经得了她莫大的恩惠;不过她还是会把别人免费寄来的电影票送给沃伦小姐,或是把不再穿的衣物留给她。

阿尔伯特·福里斯特夫人用她深沉饱满的声音滔滔不绝地说着,周围的人都仔细在听。女主人此时状态甚佳,口中涌出的言辞可以不用修改直接落在纸上成文。突然过道里哐啷一声,像是什么重物落在地上,然后传来争执的声音。

阿尔伯特·福里斯特夫人停了下来,何其高贵的眉宇间微微有些阴沉。

"他们早该明白,这样骇人听闻的喧闹声怎么能在我的公寓出现?沃伦小姐,能否麻烦你摇一下铃,然后问一下外面的骚乱到底是怎么回事。"

沃伦小姐摇了铃,女仆很快就出现了。为了不打断阿尔伯特·福里斯特夫人讲话,沃伦小姐走到门口,非常小声地和女仆交谈。但阿尔伯特·福里斯特夫人似乎是有些气恼地打断了自己。

"行了,卡特,是怎么回事?是房子倒了还是红色革命终于爆发了?"

"抱歉,夫人,那是新厨师的行李箱,"女仆答道,"搬运工拿进来的时候掉在地上了,厨师特别生气。"

"你说'新厨师'是什么意思?"

"布尔芬奇夫人今天下午走了,夫人。"女仆说道。

阿尔伯特·福里斯特夫人瞪着她。

"之前完全没有人跟我说过。布尔芬奇夫人提前申请了吗?

福里斯特先生一到家就告诉他,我有话要跟他说。"

"好的,夫人。"

女仆出去了,沃伦小姐回到了茶桌边,机械地倒了几杯没人想喝的茶。

"这是场灾难!"沃特福德小姐喊道。

"你一定得把她请回来,"克利福德·博伊尔斯顿说,"那个女人,她是个宝贝,厨艺了不得,而且每天还在长进。"

不过这时候那个女仆又走了进来,银托盘上有一封信,她递给了女主人。

"这是什么?"阿尔伯特·福里斯特夫人问。

"福里斯特先生关照我说,如果你找他,就把这封信给你,夫人。"女仆说道。

"那福里斯特先生人呢?"

"福里斯特先生走了,夫人。"看上去这个问题让女仆有些意外。

"走了?那没事了。你出去吧。"

女仆走出客厅,阿尔伯特·福里斯特夫人的一张大脸上满是狐疑,打开了那封信。罗兹·沃特福德跟我说她最先想到的,是阿尔伯特惧怕妻子因为厨师出走生他的气,已经自投泰晤士河。阿尔伯特·福里斯特夫人读了信,一脸的震怒。

"哦,太荒谬了,"她喊道,"荒谬绝伦!荒谬绝伦!"

"怎么了,福里斯特夫人?"

阿尔伯特·福里斯特夫人用脚刨着地毯,像是一匹刚烈而不安的马,用一种无法描述的姿态将双手插在胸前(不过有时候你会看到骂街泼妇准备大闹一场前也会这样),怒视着她这些好奇但又不知所措的朋友们。

"阿尔伯特和厨师私奔了。"

大家都惊愕地倒抽一口凉气。可这时发生了一件可怕的事情。站在茶桌后面的沃伦小姐突然像被呛住了。这个从来没有开过口的沃伦小姐,这个从来没有人跟她说过话的沃伦小姐,这个虽然三年来每周必到,但到了街上没有人会认得出的沃伦小姐,突然乐不可支地大笑起来。在场的人一定就像巴兰听到驴子开口时一样。她真的笑到几乎在尖叫。这场面有种无法确指的恐怖,就像是某种自然现象出现了变异,要是你看到桌椅突然在地板上滑稽地跳起舞来,惊诧也不过如此。沃伦小姐试图压抑自己的笑声,但越努力越是难以自持,直到她抓起一块手绢塞进嘴里,匆匆出了客厅。门砰的一声关上了。

"疯了。"克利福德·博伊尔斯顿说。

"当然,纯粹是疯了。"哈里·奥克兰说。

但阿尔伯特·福里斯特夫人什么都没说。

那封信已经掉在她的脚边,经纪人西蒙斯过去捡了起来,要递给她。阿尔伯特·福里斯特夫人不接。

"你读一下,"她说,"读给大家听。"

西蒙斯先生把眼镜推到额头顶上,把信凑近到眼睛跟前,读了起来:

亲爱的：

布尔芬奇夫人需要改变，决定离开；既然她走了我也无意留下，就此跟你告别。我已经被文学撑饱，也再受不了更多艺术了。

布尔芬奇夫人不在意结不结婚，但如果你不介意跟我离婚的话，她愿意嫁给我。希望新的厨师能让你满意；她之前雇主的评语都漂亮极了。或许我把布尔芬奇夫人和我的住址告诉你，能省去你一些麻烦：伦敦东南坎宁顿大街四一一号。

阿尔伯特

没有人说话。西蒙斯先生让眼镜又滑回到鼻梁上。这些人纵然才思敏捷，平时最擅长在任何情势下找到话题，此刻也确实想不出能说什么。阿尔伯特·福里斯特夫人不是那种你能表达同情的对象，而且每个人又很怕自己不小心说了什么毫无创见的话，被其他人嘲笑。最后克利福德·博伊尔斯顿勇敢地救场了。

"我们都不知道该说什么。"他分析道。

又是一段沉默，罗兹·沃特福德开口了。

"布尔芬奇夫人长什么样？"她问道。

"我怎么知道？"阿尔伯特·福里斯特夫人回答，带着些许怒气。"我从来没正眼见过她。雇佣仆人都是阿尔伯特的事情，当时她就进来让我看了一眼气场是否合适。"

创作冲动

"但每天早上布置家务的时候总会见到她吧。"

"布置家务也是阿尔伯特的活儿。这是他愿意的,好让我全身心地投入工作。人生在世不可能什么都做。"

"你的那些午餐会也是阿尔伯特替你安排的吗?"克利福德·博伊尔斯顿问。

"当然了,这都是他擅长的。"

克利福德·博伊尔斯顿微微挑了挑眉毛。阿尔伯特·福里斯特夫人的那些珍肴美馔都是她丈夫的手笔,他居然从来没想到过,真是太愚蠢了!不用说,那些夏布利酒也是因为阿尔伯特,才凉得恰到好处,既让舌头体会那阵冰爽之感,又不会冻到失了香气和回味。

"他的确知道哪里去找好菜好酒。"

"我一直跟你们说他有他的好处,"阿尔伯特·福里斯特夫人说道,就像是大家正在批评她,"你们都只顾着嘲笑他。我跟你们说过,我有不少事情全是他的功劳,你们都不信。"

没有人知道怎么接这句话,大家感到沉默而可怕的寂静又压了下来。突然西蒙斯先生扔出一枚炸弹。

"你一定得把他找回来。"

阿尔伯特·福里斯特夫人太吃惊了,要不是她正背靠着壁炉,一定得往后跌出好几步。

"你到底在胡说些什么?"她喊道。"我有生之年绝不会再见他。重新接受他?绝不可能。就算他跪下求我也没用。"

"我没有说'重新接受他',我说的是'把他找回来'。"

但这句提醒插得不是地方,阿尔伯特·福里斯特夫人根本没有听到。

"什么事我都为他做了。我要问问你们,没有我,他又算得了什么?我给他的这个地位,是他最渺茫的梦里面也不敢痴想的。"

谁都无法否认,阿尔伯特·福里斯特夫人的愤慨也有它让人叹为观止的地方,但似乎西蒙斯先生并没有感受到。

"你靠什么生活下去呢?"

阿尔伯特·福里斯特夫人白他的那一眼,已经一点和蔼都不剩了。

"上帝会照看我的。"她用冰凉的语气回答。

"我觉得这种可能性极小。"西蒙斯回道。

阿尔伯特·福里斯特夫人耸了耸肩,一脸的震怒。不过西蒙斯先生在自己的椅子上坐定,完全放松了下来,点了一支烟。

"你知道没有人比我更推崇你的艺术。"他说。

"没有人比'我'。"克利福德·博伊尔斯顿纠正道。[1]

"或许是没有人比你。"西蒙斯不为所动地说,又继续对福里斯特夫人说道:"在世的作家里,和谁相比你都不遑多让,这一点我们都没有异议。写诗、写散文,你都绝对是一流的。还有你的文风——不用多说,这也是所有人都知道的事。"

---

[1] 按照规范的英语语法,此处的'我'应为主格"I",而不是西蒙斯上文所用的宾格"me";但在口语中,刻意强调这一点也可认为是略显做作。西蒙斯下面一句回应,似乎是没能理解或者故意调侃博伊尔斯顿的纠正。

"托马斯·布朗爵士[1]的丰沛,加上枢机主教纽曼[2]的畅达,"克利福德·博伊尔斯顿说道,"约翰·德莱顿[3]的辛辣,加上乔纳森·斯威夫特[4]的精准。"

唯一能说明阿尔伯特·福里斯特夫人听到了这句话的迹象,是有一点点微笑在片刻之间浮现在她无比忧伤的嘴角。

"而且你幽默。"

"除了你,世界上还有谁能在一个分号中放下这么丰富的聪明、讥讽,以及风趣的观察、评点?"沃特福德小姐喊道。

"但事实依然无法回避,那就是你的书卖不出去,"西蒙斯先生不依不饶地继续说道,"我打理你的作品也有二十年了,可以坦率地说,靠这其中抽的佣金我是发不了财的。之所以我还在做,是因为有时候我也喜欢尽可能为好的作品出点力。我一直都知道你是伟大的作家,也希望什么时候能让大众接受你。不过,要是你想靠你写的那种东西谋生,我只能说,一点机会

---

1 Sir Thomas Browne(1605—1682),英国医生、作家,以沉思录《一个医生的宗教信仰》为人所知。该书为十本日记,主要谈论上帝、自然和人的奥秘。布朗爵士探究自然世界,学识渊博,而文风随体裁多有变化,其中有一部分作品确以华美、雄辩为特色。
2 John Henry Newman(1801—1890),英国基督教圣公会内部牛津运动领袖,后改奉天主教,教皇利奥十三世任其为天主教枢机助祭,著有《论教会的先知职责》《大学宣道集》等;文字坦率,有活力,詹姆斯·乔伊斯就对他非常赞赏。
3 John Dryden(1631—1700),英国桂冠诗人、剧作家、批评家,有文学史家把他创作的时代称为"德莱顿时代",对后世诗人影响很大;虽然在格律上很有建树,他也试图在诗歌中展现口语化的风格。
4 Jonathan Swift(1667—1745),爱尔兰作家,以讽刺散文闻名,后世将对社会现象极为大胆的反讽称为"斯威夫特式"的文字;著有讽刺小说《格列佛游记》。

都没有。"

"这个世界我来得太晚了，"阿尔伯特·福里斯特夫人说，"我应该活在十八世纪，有钱的资助人为了一句题献可以拿出一百几尼。"

"你估计他的醋栗生意能赚多少？"

阿尔伯特·福里斯特夫人轻轻叹了口气。

"少得可怜。阿尔伯特经常告诉我他一年的收入是一千两百英镑。"

"那他一定很会理财，不过依靠这样的收入是不可能再负担你的多少开销的。信我这一句：你只有一件事可干，那就是把他找回来。"

"我宁可住到一个阁楼里去。你觉得被他如此羞辱我就逆来顺受吗？你要我和我的厨师争抢他的爱？不要忘记，像我这样的女人，比生活优渥更可贵的是她的尊严。"

"我正要说尊严的事情。"西蒙斯先生冷冷地说道。

他扫了一眼其他在场的人，那一双倒挂的怪眼睛此时更显得可怕，更像某种鱼类了。

"我一点都不怀疑，"他继续道，"在文坛你有非常崇高，甚至独一无二的地位。你代表着一些和他人截然不同的东西。你从来没有为肮脏的铜币出卖过自己的才情，你也始终高举着纯艺术的大旗。你正在考虑加入议会，我个人不觉得政治有什么意思，但不能否认这是种很好的宣传，如果你成功了，我敢说凭借这一点就能帮你安排美国的巡回讲座。你有你自己的情怀，即使是那些从来没有见过你只字片语的人都敬重你,这一点我是知道的。但以你的地位,成为某一种人的后果是你承担不起的——那就是成为一个玩笑。"

阿尔伯特·福里斯特夫人惊得明显看到身子一震。

"你这话到底什么意思啊?"

"我完全不认识布尔芬奇夫人,就我所知道的来看,这是个体面的女人,但一个男人带着厨师跑了,他的妻子一定会显得可笑,这是不会改变的。如果那个女人是个舞者或是贵族夫人,或许对你没什么伤害,但一个厨师能让你无法翻身。一周之内,你会成为整个伦敦的笑柄,如果说有一样东西能杀死作家或政客,那就是嘲笑。所以你一定得把你的丈夫找回来,而且一定得赶紧把你丈夫找回来。"

阿尔伯特·福里斯特夫人的脸上顿时变得阴沉,一时间没有作答。在她的耳中突然回想起了沃伦小姐冲出房间时肆无忌惮又诡异莫名的笑声。

"这里都是朋友,你可以放心,我们不会乱说的。"

阿尔伯特·福里斯特夫人看着自己的朋友,觉得在罗兹·沃特福德的眼睛里已经闪过一抹恶毒的光芒。奥斯卡·查尔斯干瘪的脸上,看不出神思飘到什么地方去了。她后悔刚才一下子情绪失控,本不该泄漏自己的秘密的。不过西蒙斯先生深谙文坛门道,让自己的目光停在了这些客人的身上。

"说到底,你是这个团体的中心和领袖。你的丈夫出走不仅仅是离开你,也是离开了这群人。对他们也不是好事。其实阿尔伯特·福里斯特已经让你们所有人都看上去很愚蠢了。"

"所有人,"克利福德·博伊尔斯顿说道,"我们所有人都在同一条船里。福里斯特夫人,他说得没错,'集邮家'一定得回来。"

"连你也,布鲁图。[1]"

西蒙斯先生不懂拉丁语,可即使他听懂了,恐怕也不会被阿尔伯特·福里斯特夫人的感叹所打动,他清了清嗓子。

"还好我们有他的地址,我建议阿尔伯特·福里斯特夫人明天就去见他,求他重新考虑。我不知道在那种场合女人该说什么,但阿尔伯特·福里斯特夫人言谈老到,也有想象力,她会想出来的,而且她必须把那些话说出口。如果福里斯特先生提什么条件的话,她必须全部接受。为了达成目标,要穷尽一切办法。"

"手里的牌要是打得好,没有什么道理你不能明天晚上就把他带回来。"罗兹·沃特福德轻巧地说道。

"你愿意这样去做吗,福里斯特夫人?"

阿尔伯特·福里斯特夫人背对着他们,最起码怔怔对着空壁炉看了两分钟;然后她挺直身子,转过来面对大家,说道:

"这是为了我的艺术,而不是为我自己。我不允许庸人粗鄙

---

[1] 此处原文为拉丁语。恺撒被共和派刺死时,发现好友布鲁图也在其列,据称恺撒当时感慨道:"连你也(背叛我),布鲁图。"在莎剧《裘力斯·恺撒》中,剧作家故意用了拉丁文(剧本中是问句),凸显恺撒的激烈心绪,加强戏剧冲突;这句话由此广为流传(参见下句,或许暗指西蒙斯先生不但完全不了解莎剧,甚至连基本的文学修养也没有)。

的笑声玷污所有我在心中敬奉的真善美。"

"太棒了，"西蒙斯先生一边说着，一边站了起来，"明天回家我顺路过来探望一下，希望到时能看到你和福里斯特先生你侬我侬的样子。"

于是他便告辞了，其他人唯恐最后只剩自己面对一个心绪不宁的阿尔伯特·福里斯特夫人，也伙同着跟西蒙斯先生走了出来。

第二天阿尔伯特·福里斯特夫人出门的时候，下午都过了大半；她穿一条黑色的绸裙，戴一顶丝绒的无边女帽，气势威严。她要在大理石拱门坐一辆公交去维多利亚车站。西蒙斯先生已经在电话里跟她讲解了一条去坎宁顿大街的线路，既便捷又省钱。她既没觉得自己是大利拉[1]，看上去也不像。在维多利亚车站她搭乘了一辆沿沃克斯霍尔桥大街开的电车，过了河，发现自己置身于一个与往日所见不太相同的伦敦，更嘈杂，更污秽，也更熙攘，但她心事太重，没多加留意这纷繁的场面。电车开上了坎宁顿大街，她松了一口气，让司机在她要找的屋子隔几扇门的地方把她放下。她下来之后，电车便隆隆开走了，只剩她一个人在忙碌的街上；奇怪的是她觉得自己好像迷路了，像一个东方传奇中的旅人，被精灵丢在了一个未知的城市中。她慢慢踱着，往两边打量，虽然愤怒和窘迫争斗着要霸占她可谓丰满的胸膛，但她还

---

[1] Delilah，《圣经》人物，大致是一个为了金钱出卖自己情人的妖艳女子。

是不由觉得眼前所见可以写出一篇很漂亮的散文。这些小小的房子弥漫着过往的气息，那时这里还几乎是乡村；阿尔伯特·福里斯特夫人记性不错，告诉自己回去后要查一查坎宁顿大街有什么文学典故。四一一号是一排破旧屋子中的一幢，离街边还隔着一段距离；屋前有一小片稀稀落落的草坪，一条地砖小径通往门廊的木格护栏，看上去实在应该好好上一遍油漆了。屋子正面墙上爬着藤蔓，但也长得萎靡，再加上那门廊，让它的乡村风味显得有些虚假，特别是在街上车水马龙的喧嚣声中，更有些诡异，甚至险恶。这屋子总有些可疑之感，似乎住着一个一生寻欢作乐的女子，末了却没有换来足够的报偿。

门开了，出来一个十五岁左右皮包骨头的女孩，腿很长，头发乱糟糟的。

"你是否知道，布尔芬奇夫人是住在这里吗？"

"按错门铃了。二楼。"她指了一下楼梯，同时尖声喊道："布尔芬奇夫人，有人找你。布尔芬奇夫人。"

阿尔伯特·福里斯特夫人沿昏暗的楼梯往上走，脚下是破烂的地毯。她走得很慢，为的是等会儿不至于呼吸急促。上到二楼的时候一扇门开了，她认出了自己的厨师。

"下午好，布尔芬奇，"阿尔伯特·福里斯特夫人不失尊贵地说道，"我希望见你的男主人。"

布尔芬奇夫人的犹豫眨眼间就过去了，然后把门完全打开。

"请进吧，夫人，"她转过头，"阿尔伯特，福里斯特夫人来见你了。"

福里斯特夫人快步从她身边进了屋,阿尔伯特就坐在炉火边,那张扶手椅虽然是皮质的,但破旧不堪,他穿着拖鞋,上身只穿着衬衫,正抽着雪茄,读着晚报。阿尔伯特·福里斯特夫人进门之后他就站了起来,布尔芬奇夫人跟着客人进屋,接着把门关上了。

"你怎么样了,亲爱的?"阿尔伯特高高兴兴地问道。"还行吧,我猜?"

"你最好还是把外套穿上吧,阿尔伯特,"布尔芬奇夫人说道,"否则福里斯特夫人看到你这副样子会怎么想?真是受不了你。"

她从一个挂钩上取了外套,帮着阿尔伯特穿上。她往下拽了拽背心,不让它盖住领子,一看就是对男人着装的细节十分熟悉。

"我收到你的信了,阿尔伯特。"福里斯特夫人说道。

"我想也是,否则你怎么能知道我住在哪儿呢,对吧?"

"您愿意坐一会儿吗,夫人?"布尔芬奇夫人问道,娴熟地拍了几下椅子上的灰尘,推了过来。这张椅子属于一整套家具,都包着紫红色的丝绒。

阿尔伯特·福里斯特夫人微微一欠身,坐了下去。

"我希望能和你单独谈,阿尔伯特。"她说。

他的目光亮了一亮。

"既然你要说的事情同样牵涉到我们两个人,最好还是让布尔芬奇夫人也一起听吧。"

"随便你们。"

布尔芬奇夫人拖过一把椅子，也坐了下来。阿尔伯特·福里斯特夫人之前只见过她印花裙外面套着大围裙的样子，现在布尔芬奇夫人穿的是一件白绸镂空衬衫，黑色的裙子，漆皮带银扣的高跟鞋。她大概四十五岁，微红的头发，微红的面色，不漂亮，但一副和善的样子，胸部丰满。她让阿尔伯特·福里斯特夫人想起过去荷兰大画家那些明快的画作里某个略嫌粗壮的女佣。

　　"好了，亲爱的，你要跟我说什么呢？"阿尔伯特问道。

　　阿尔伯特·福里斯特夫人给了他一个最明媚、最友善的笑容，一双大大的黑眼睛闪耀着宽厚的好脾气。

　　"当然你也清楚这件事荒唐透顶，阿尔伯特，我想你一定是精神错乱了。"

　　"你真这么想吗，亲爱的？这我倒是没料到。"

　　"我并不生你的气，我只是觉得有趣，但玩笑终归是玩笑，不能玩过了头。我来是带你回家的。"

　　"是我的信写得不够清楚吗？"

　　"信非常清楚，我什么都不问，也不会有一句斥责。我们就把这当成是一时脱离了正轨，以后再也不去提它了。"

　　"没有什么能说服我再跟你一起生活了，亲爱的。"阿尔伯特说道，不过他的语气完全是友善的。

　　"你不是说真的吧？"

　　"很真。"

　　"你爱这个女人吗？"

　　阿尔伯特·福里斯特夫人依旧笑得很灿烂，但其中感受到

创作冲动

急切和某种金属的质感。她打定主意要轻松地面对这件事。她的是非感十分敏锐,意识到这个局面其实是很滑稽的。阿尔伯特看着布尔芬奇夫人,沧桑的脸上绽放出一个笑容。

"我们还是挺处得来的是吧,姑娘?"

"还行。"布尔芬奇夫人说。

阿尔伯特·福里斯特夫人耸了耸眉毛;结婚这么多年,丈夫从来没有称呼她为"姑娘"。说实在的,她也不愿被这样称呼。

"如果布尔芬奇夫人对你还有任何尊重,她一定知道这是绝对难以维系的。你经历过那样的生活,出入过那样的圈子,她如何能奢望在这样一个糟糕的宿舍里让你永久地幸福呢?"

"这里不是宿舍,夫人,"布尔芬奇夫人说道,"家里的这些东西都是我自己的。你知道,我是那种爱独立的人,一直喜欢有一个自己的家。所以不管有没有工作我都会保留这样的房间,让我自己永远都有家可回。"

"而且是个很温馨很舒服的家。"阿尔伯特说道。

阿尔伯特·福里斯特夫人朝周围看。灶台是嵌在火炉中的,上面有个水壶快烧开了;壁炉台上有个黑色的大理石钟,钟的两侧都是一个黑色大理石的烛台。屋里有个大圆桌,上面铺了红色的桌布,有一个梳妆台,一台缝纫机。墙上挂了照片和装了画框的画,应该都是年底发放福利时送的。往屋后还有扇门,挡着红色长毛绒的门帘,考虑到房子大小,阿尔伯特·福里斯特夫人(她利用一些空闲的片刻已经对公寓的结构做了比较彻底的研究)只能认为那是唯一的卧室。在这样局促的住处,阿尔伯特和布尔芬奇夫人的关系当然也就确凿无疑了。

"你跟我一起生活的时候不开心吗,阿尔伯特?"阿尔伯特·福里斯特夫人的语气更低沉了一些。

"我们结婚三十五年了,亲爱的。太长了。实在太长了。作为一个女人,你有你的好,但不适合我。你是文人,我不是。你是艺术家,我不是。"

"我一直很在意让你分享所有我的追求。我付出多少苦心,让你不被我的成功所遮蔽。你至少得承认,什么事我都让你参与了。"

"你是个了不起的作家,我完全不否认这一点,但说实话我不爱读你写的那些书。"

"要是你允许我这样说,那只能表明你的品位很差。所有的评论家都认同我的作品有力量,有魅力。"

"我也不喜欢你的朋友们。让我告诉你一个秘密吧,亲爱的。在你的派对上我经常有一股几乎压抑不住的冲动,就想把衣服脱光看那些人会怎样。"

"什么都不会发生,"阿尔伯特·福里斯特夫人微微皱着眉头说道,"我只会让人把医生喊来。"

"而且你的身材也不行,阿尔伯特。"布尔芬奇夫人说道。

西蒙斯向阿尔伯特·福里斯特夫人暗示过,如果必要,她得毫不犹豫地动用自己女性的魅力,将误入歧途的丈夫带回婚姻的屋檐之下,但她全然不知该如何实施。阿尔伯特·福里斯特夫人只感到要是她今天穿了夜礼服,这策略使用起来该轻松一些吧。

"三十五年的忠贞对你来说是无足轻重的吗?我从来没有正

创作冲动

眼瞧过另一个男人,阿尔伯特。我已经习惯了和你在一起。没有你我会不知道怎么办的。"

"我把所有菜单都留给新的厨师了,夫人。你只要告诉她午餐会有多少人来,她就能搞定的,"布尔芬奇夫人说,"她很靠谱,而且我认识的人当中,做起油酥点心来就属她的手最巧。"

阿尔伯特·福里斯特夫人开始有点泄气了。布尔芬奇夫人的这句话一定是出于好意,但现在要再把谈话引到动之以情的层面上就困难了。

"亲爱的,恐怕你再说下去也是浪费时间,"阿尔伯特说,"我的决定是不会更改的。我也岁数不小了,希望找个人来照顾我。当然我会尽我的能力多给你一些生活费。柯丽娜希望我能退休。"

"柯丽娜是谁?"阿尔伯特·福里斯特夫人大为不解。

"我的名字叫柯丽娜,"布尔芬奇夫人说,"我母亲有一半的法国血统。"

"那很多事情就说得通了。"福里斯特夫人说道,抿紧了嘴唇,因为她虽然欣赏邻国的文学成就,但也知道他们在品行上可是有不少缺憾的。

"我的意思是阿尔伯特工作得也够久了,到了该享受享受的时候。我在滨海克拉克顿[1]有一点点房产,在一个很正派的街区,空气棒极了。我们住到那里去会非常舒服的。而且有海滩、堤坝

---

1 Clacton-on-Sea,英格兰东南埃塞克斯的一个城市,曾经是著名的海滨度假地。

什么的,也总不至于找不到事情做。那里有很多好相处的人。只要不去干涉别人,别人也不会来打扰你。"

"我今天已经跟我的合伙人都谈过了,他们愿意把我的份额买下来。当然会有些牺牲,可一切都打点好之后,我一年也能有个九百英镑的收入。我们一共有三个人,每个人就分三百英镑。"

"这点钱我怎么活得下去?"阿尔伯特·福里斯特夫人高声问道。"我这样的身份地位总是要有些排场的吧。"

"你有一支流畅、丰产、卓著的笔啊,亲爱的。"

阿尔伯特·福里斯特夫人不耐烦地耸了耸肩。

"你自己也知道,我的书除了声望,什么也换不来。出版商总说出我的书是赔钱的,实际上他们这么做只是赚名声罢了。"

就在这时,布尔芬奇夫人提了那个影响如此深远的想法。

"你为什么不写一个扣人心弦的侦探故事呢?"她问。

"我?"阿尔伯特·福里斯特夫人大喊一声,生平第一次置语法于不顾。[1]

"这主意可不错,"阿尔伯特说,"这主意简直好极了。"

"那些评论人会像千百块砖头一样砸死我的。"

"这可不一定,给那些高眉的人一个可以低俗的机会,而且还不用丢人现眼,他们都会感激涕零的,他们简直会不知所措。"

---

[1] 与前文提到的语法点类似,英文中此处的我应该用主格"I",而不是口语中也常见的宾格"me"。

创作冲动

"为此纾解,大为感激。[1]"阿尔伯特·福里斯特夫人低声念道,似乎想到了什么。

"亲爱的,评论者都会叫好的。而且这个故事是用你那优美的英文写成的,他们就不怕称之为杰作了。"

"这个想法太荒唐了。这种写作完全跟我的才华不沾边。我无法想象如何娱乐大众。"

"为什么不能呢?大众也想读好书,只是他们讨厌无聊罢了。你的名字他们都听过,但你的书他们不看,就因为觉得你无聊。这也是事实,亲爱的,你挺没劲的。"

"你这话说得一点道理也没有,阿尔伯特。"阿尔伯特·福里斯特夫人回道,一点也不气愤,就像赤道被人指责太凉快一样。"所有人都认可我有那么精妙的幽默感,没有人能从一个分号里提取出那么多有益心的笑料。"

"要是你给大众一个精彩的悬疑故事,同时还让他们觉得是在提升自我,你会发财的。"

"我出生至今还没有读过侦探故事,"阿尔伯特·福里斯特夫人说,"之前听过一位纽约的巴恩斯先生,说他写了一本书叫《高档出租马车疑案》[2]。但我也从来没有去读。"

---

[1] 出自《哈姆雷特》。全剧开场时,两个守卫换班,其中一人终于不用忍受天寒地冻,对另一位说了这句话。

[2] *The Mystery of a Hansom Cab*(1886),英国作家福格斯·休莫(Fergus Hume)的一本悬疑小说。被约翰·萨瑟兰(John Sutherland)称为"二十世纪最轰动的探案悬疑小说",据称柯南·道尔创造福尔摩斯的灵感便来源于此。

"当然你得知道一些窍门，"布尔芬奇夫人说道，"最要紧的是记得不要写什么谈情说爱，放在侦探故事里总归不合适，你要写的是谋杀，是大警犬，而且不到最后一页不要让人猜出来是谁干的。"

"但是对于读者也得公平，亲爱的，"阿尔伯特说，"有的故事一开始嫌疑都在那个秘书或者贵族夫人身上，最后却发现是那个二号男仆，之前那家伙除了'马车就在门口'之外，可什么都没说，每次读这样的故事我都很恼火。的确要尽可能地迷惑你的读者，但也不要把他当成傻子耍。"

"一个写得好的侦探故事真是太让人着迷了，"布尔芬奇夫人说，"我只要看到一个穿着夜礼服的贵妇，满身珠宝，流光溢彩，躺在书房地板上，胸口插着一把匕首，我就知道肯定有一场好戏可看了。"

"每个人的口味都不一样，"阿尔伯特说，"换了我，倒喜欢有那么一个体面的家庭律师，络腮胡，金表链，面相和善，结果发现死在了海德公园。"

"是被割了喉咙吗？"布尔芬奇夫人急切地问道。

"不是，是背上被捅了一刀。一个名声毫无瑕疵的中年绅士被杀，对读者有特别的吸引力。想到我们之中那些看上去最无可指摘的人也有不可告人之处，是很愉快的事情。"

"我懂你的意思，阿尔伯特，"布尔芬奇夫人说，"他身上藏着一个致命的秘密。"

"这样的小建议我们是给不完的，亲爱的，"阿尔伯特朝阿尔伯特·福里斯特夫人温和地笑道,"我读过几百本侦探故事。"

"你!"

"我和柯丽娜就是这样走到一起的,以前我把书读完了就会给她。"

"有多少次我听到他关掉电灯的时候,凌晨的光都快从窗口钻进来了,我忍不住偷偷要笑,对自己说:'瞧,他终于把书给看完了,现在他能好好睡觉了。'"

阿尔伯特·福里斯特夫人站了起来,并且挺直了身子。

"现在我明白我们之间隔着怎样的一道鸿沟,"她说道,醇厚的女低音有点颤抖,"过去三十年,你周围都是英语文学中的精粹,但你却读了几百本侦探小说。"

"得有上千本吧。"阿尔伯特打断道,还露出得意的微笑。

"我到这里来是让你回家的,为此我可以做出任何合理的让步,但现在我已经断了这样的念想了。你已经让我明白,我们两人之间没有共同点,也从来都没有过。我们之间是跨不过去的深渊。"

"这样就好,亲爱的,"阿尔伯特温柔地说,"我服从你的决定。不过侦探小说的事情你考虑一下。"

"我将起身离开,"她喃喃道,"去往茵尼斯弗利岛。[1]"

"我送你下楼吧,"布尔芬奇夫人说,"楼梯的地毯要不是清

---

[1] 此处引用的是叶芝的诗《茵尼斯弗利岛》。阿尔伯特·福里斯特夫人所用的文学典故大多只是字面上可借用,其实意思毫不相干。

楚知道坑在哪里,可真得小心一些。"

阿尔伯特·福里斯特夫人走下了楼梯,气度高贵,但也不失警惕。布尔芬奇夫人替她开门,问是否需要替她喊一辆出租车,她摇了摇头。

"我坐电车。"

"你不用担心,我会照顾好福里斯特先生的,夫人,"布尔芬奇夫人和颜悦色地说道,"生活各个方面他都会舒舒服服的。布尔芬奇先生病故前最后三年都是我在照顾他,病患方面几乎没有什么是我不懂的。我不是说福里斯特先生身体不好,在这个岁数,他算是身强体壮了。当然,他到时会找个兴趣爱好。我一直觉得男人该有个兴趣爱好。他以后会收集邮票。"

阿尔伯特·福里斯特夫人一怔,可这时正好一辆电车出现在视野中,她像所有女人一样(即使是她们之中最了不起的那几位也不例外),不顾生命危险冲到路当中,狂乱地挥舞着手臂。车停了,她上了车。她不知道该怎样面对西蒙斯先生;到家的时候,他应该已经在那里等她了。克利福德·博伊尔斯顿或许也会在那里。大家都会在的,但她只能告诉他们自己一败涂地。对于这个忠心追随自己的小团体,此时她感受不到友谊的温暖。她想知道有多晚了,抬头想看一眼坐在对面的是怎样一个男人,因为有些人是不方便问时间的。她惊得浑身一颤:对面正是一个外表极为正派的中年男子,留着络腮胡,表情和善,连表链都是金色的。这不就是阿尔伯特所描绘的那个死在海德公园的人吗?她忍不住也要贸然断定,这一定就是个家庭律师。这巧合太诡异了,实在像是命运在朝她招手致意。这个男人戴一顶丝质礼帽,穿黑色大衣、芝麻呢裤子;他略有些发福,但整个人有种孔武有力的架势。他手边放着一只公文包。沃克斯霍尔桥大街开到一半,他告诉售票员要下车,然后阿尔伯特·福里斯特夫人看到他走进了一条破败的窄街。为什么呢?啊,他要去干吗呢?到了维多利亚站,她完全沉浸在遐想之中,直到售票员提高了嗓门,她才回过神。爱伦·坡就写过侦探故事。她搭上了一辆巴士;坐在车里,思绪万千。可是车到了海德公园角的时候,她突然打定主意要下车。她不能继续坐着了,一定得走一走。进了公园大门,她走得很慢,朝四下看着,既像是在找寻什么又心不在焉。对啊,爱伦·坡的确写过,这一点没人可以否认。说到底,这个文学门类就是他发明的,而且,所有人都知道他对帕尔纳斯派[1]有多么大的影响。还是象征派?没关系。就是波德莱尔还有那些谁吧[2]。当她走过阿喀琉斯的雕像时,她停了一会儿,竖起眉毛盯着它看。

最后终于到了家,打开公寓的门,门廊里已经挂着好几顶帽子。他们都在。她进了会客室。

---

[1] Parnassians,又译作"高蹈派",以勒孔特·德·李勒和泰奥菲尔·戈蒂埃为首,强调诗歌的严谨、客观、完美的技巧和准确的描写,反对浪漫派诗人多愁善感和言过其实的表现手法。
[2] 爱伦·坡对波德莱尔影响很大。波德莱尔的《恶之花》可以说开启了法国诗歌的象征主义时期,而帕尔纳斯派在象征主义之前,它所鼓吹的清晰、精准是象征主义所反对的,但两派诗人的观点并不对立,常有互通之处。

"夫人终于到了。"沃特福德小姐高喊道。

阿尔伯特·福里斯特夫人走上前,带着生气勃勃的笑容,一个个握了向她伸来的手。西蒙斯先生、克利福德·博伊尔斯顿在那儿,哈里·奥克兰和奥斯卡·查尔斯也来了。

"哎呀,你们这些可怜的人,茶都没得喝吗?"她兴高采烈地喊起来。"我完全不知道现在什么时间了,但一定晚得吓人吧?"

"那么……"他们说。"怎么样?……"

"亲爱的,我有件很奇妙的事情要告诉你们。我有灵感了。凭什么最好的曲子都属于魔鬼呢?[1]"

"你指什么?"

她停顿了一下,为的是让自己接下来给他们的这下意外有最强烈的效果。然后她也不加铺垫,直接说道:

"我要写一个侦探故事。"

他们都张大了嘴巴瞪着她。她举手示意大家不要打断她,但本来就谁都没有一丁点要插话的意思。

"我会把侦探小说提升到艺术的高度。这是我在海德公园里突然想到的。核心是一起谋杀,真相会在最后一页揭晓。我会用完美无瑕的英文讲这个故事,而且最近我发觉分号的妙用似乎已经被我穷尽,接下来我会好好用一用冒号。之前还没有人开掘过

---

[1] 原意是指很多圣歌用的是流行的、非宗教的旋律,一般认为最早说这句话的是英国传教士罗兰·希尔(Rowland Hill, 1744—1833)。

创作冲动

它的潜能。我追求的就是幽默和悬念。这本书的名字叫《阿喀琉斯的雕像》。"

"好名字!"西蒙斯先生喊起来,他比其他人恢复得都要快。"仅凭这书名和你的声誉,我就能把连载权卖出去了。"

"但阿尔伯特这事怎么样了?"克利福德·博伊尔斯顿问道。

"阿尔伯特?"福里斯特夫人重复道。"阿尔伯特?"

她看着博伊尔斯顿,似乎是拼了命也想不出对方在说什么。然后她轻轻喊了一声,像是突然记起来了。

"阿尔伯特!我就说之前出门是要办件什么事的,竟然完全给忘了。穿过海德公园的时候,灵感就来了。你们一定都觉得我糊涂极了吧!"

"所以你没有去见阿尔伯特?"

"亲爱的,我完全没有想起他来,"她笑了笑,像是觉得这事很有趣,"就让阿尔伯特留着他的厨子吧。我现在没空管他了。阿尔伯特属于我的'分号期'。现在我要写一部侦探小说。"

"亲爱的,你真是太妙了,太妙了。"哈里·奥克兰说。

贞洁

Virtue[1]

世上比一支上等哈瓦那更好的东西是不多的。我年轻的时候曾经穷极了,抽过几支雪茄都是别人给的。当时就下定决心,今后只要有了钱,我每天都要抽两支,中饭后一支,晚饭后一支。我年轻时立下的志向,只有这个做到了;后来实现的种种理想,也只有这一件没有因为伴随着幻灭而变得苦涩。我喜欢的雪茄是温和的,但又要风味饱满,尺寸既不能太小,还没品出滋味就结束了,又不能太大,惹人厌烦;雪茄要卷得恰到好处,抽起来不觉费力,而烟叶也不能松垮,否则嘴唇上一塌糊涂;而且它要保存得好,才能抽到最后依然滋味纯正。可当你抽完了最后一口,把不成形状的烟头放下,看着空气中最后一朵烟云缩减成蓝色的一缕,自然让人想起这其中要耗费多少焦心和劳苦,又需要多少思虑、烦扰和复杂的管理,才让你享受了这半小时的愉悦,若是情感细腻的人,难免会有些伤感。你会想象有人曾为此在热

---

[1] 收录于1931年出版的短篇小说集《用第一人称单数写作的六个故事》。

带的日头下挥汗如雨,而远远近近又有多少航线为它覆盖了七大海洋。这样的念头等一打牡蛎下肚(配上半瓶干白),就更叫人哀愁了,炸小羊排上来时简直难以承受:因为它们是动物,而从地球表面足以供养生命以来,千百万年过去,一代接着一代的生灵来到世间,居然终点不过是一盘碎冰或银色的烤盘。不擅浮想联翩之人或许很难体会食用牡蛎是这样的非同儿戏;而进化论也教导我们,双壳类动物多年来太过自闭,也难怪食客们对之缺乏同情——它的冷漠是对人类孜孜以求的一种挑衅,它的傲气让自视甚高的人类深觉厌恶。但在我看来,每个人看到一盘小羊排肉的时候总该有些要落泪的想法吧:这是人类横加干预的结果,而这个物种的历史也和你餐盘上这口鲜美的佳肴难舍难分。

有时候,甚至人类自身的命运也颇可玩味。看着日常生活中那些不声不响的普通人,银行职员、清洁工、唱诗班第二排的中年女子,每个人背后都有无尽的过往,经历了前前后后多少艰险和患难,才把他们从史前的烂泥潭里带到了此刻的境遇中。需要那样翻天覆地的世事变迁才来到这里,会让人觉得他们必然承载着某些重要的意义,而发生在他们身上的事情,生命之神——或其他类似辖管人类命运的圣灵——必定是在意的。但突然就出了什么意外。这根线索就断绝了。随着宇宙之初一起开始的故事就这样戛然而止,且似乎找不出丝毫的意义,只像是蠢人随口编的故事。而如此重大、如此戏剧化的事件,却肇始于如此琐碎的因由,难道不奇怪吗?

一件小事本无足轻重,甚至它能发生也实属偶然,却可能引发难以估量的后果,让人不免觉得世间万事都不讲道理、没有目的。最微小的举动,可能左右了一个不相干的人的一生。我接下来要说的故事,如果那天我没有横穿马路的话,很可能就不会发生。生活是非常奇妙的,没有一点非同寻常的幽默感,你很可能根本笑不出来。

那是一个春天的上午,我正走在邦德街上,想到午餐之后都无事可做,就决定去苏富比拍卖行转一圈,看看有没有我感兴趣的东西摆出来。碰上堵车,我便从车阵之中穿到了马路对面,正好撞见一个我在婆罗洲认识的人从制帽匠的店铺里出来。

"你好啊,莫顿,"我说,"什么时候回来的?"

"大概一周之前吧。"

他是一个地区长官。当时我从总督那里拿到了一封介绍信,又自己写了一封信给他,说打算去他的辖区,住在公家开的客栈里。我们到岸的时候,他直接上船迎接我,要我住到他家里去。我婉拒了;我难以想象和一个完全不相识的人共度一周,也不愿把食宿开销强加给他,另外,我觉得自己住能更自由一些。但他根本不要听我的道理。

"我那儿地方很大,"他说,"而且客栈根本不能住人。我已经半年没有跟白人说过话了,再让我自娱自乐下去就要吐了。"

可当他的汽艇把我们送到了他的木屋,不用再自娱自乐之后,他除了给我倒一杯酒,完全不知道该怎样招待我。突然他就腼腆起来,本来谈吐流利、心思敏捷的人,此时却想不出来能说什么。我努力让他就像在自己家里一样——并不是我客气,毕竟这房子是他的——问他有没有什么新的唱片。他放起了留声机，拉格泰姆舞曲给了他一点自信。

他的木屋就高高地建在河岸上，一个宽敞的门廊用来当做客厅。装饰看不出什么个人特色，因为政府官员根据殖民地的紧急状况可能随时需要搬家。墙上除了挂着当地的帽子作为装饰之外，还有动物的角、吹矢枪和长矛。书架上是侦探小说和旧杂志。有一台琴键都发黄的竖式小钢琴。家里远远谈不上干净，但还算舒适。

可惜我记不清他当时的模样，总之还很年轻，有少年般迷人的笑容，后来知道他当时二十八岁。我们一起度过了愉快的一周。爬过山，在河上来来去去很多次，有一天还跟二十英里外的种植园主吃了一顿简单的午餐。每晚我们都会去俱乐部。俱乐部里只有单宁酸工厂的厂长和他的几个助手，但这些人彼此之间都不理睬，是莫顿解释他来了客人，这些人多少要给他点面子，大家才凑齐了一桌桥牌。牌桌上的气氛很勉强。结束之后我们会回家一起用餐，听一会儿唱片，然后就睡了。莫顿的公事颇为清闲，你会觉得剩下的时间很难熬，但他有活力，兴致高，而且第一次被派到殖民地来，对自己终于独立依然心有喜悦。他唯一担心的是没有把路造好就被转派到其他地方去。这条路是他快乐的源泉。首先这本就是他自己发起的工程，是他巧言说服了政府提供修路的资金；他自己勘察地形并制定了线路。在出现技术上的难关时，也是他独立找出解决的办法。每天早上去办公室之前，他会开着那辆福特老爷车，到苦力们施工的地方，考察前一天的进程。他心里只想着这一件事；晚上睡觉都会梦到。据他估算，一年之内就可完工，而在那之前，他甚至不考虑放假回国。就算是一个为作品呕心沥血的画家或雕塑家，恐怕也不会比这更用心了吧。我觉得正是这种投入让我对他另眼相看。我喜欢他这种激情。我喜欢他的单纯。他为了达成某项事业，可以无视生活的寂寞，无视升职，甚至无视思乡之情，也让我印象深刻。路具体有多长我忘记了，大约十五、二十英里吧，我也忘记了它的功能是什么。在我看来，莫顿也并不在意这些。他的这种激情是艺术家的激情，他要追求的胜利是人类对自然的胜利。在这过程中，他不断在学习。遇到森林他要征服，大雨造成急流会让几个星期的劳作泡汤，地形地貌上常会出现棘手的意外；他必须自己召集劳动力，并妥善管理；资金的缺乏也要应对。但他的憧憬支撑着他。这些辛苦慢慢有了一种史诗的意味，工程中的起起伏伏像北欧的传奇一样在无数的细小章节中铺展开来。

唯一能让他抱怨的是白天太短了。办公室里的工作是逃不掉的，他是法官和收税人，是当地百姓的父母官（在二十八岁的年纪）；时不时还要出差。可一旦他到不了现场，修路工人就一点活也不干。如果可以，他想二十四小时在那里督促这些不情不愿的苦力抓紧干活。我到之前，正好发生了一件小事，让莫顿欢欣鼓舞。他给某个中国人提供了一份合同，让他负责其中的一段路，但中国人开出的价格是莫顿无法接受的。没完没了地谈了好多回，但就是达不成协议，莫顿眼看着工程搁置，满心的愤懑，但也无计可施。有一天早上到了办公室,他听说前一晚在中国人的一个赌场发生斗殴,有个苦力受了重伤,被逮住的施暴者就是不接受莫顿合同的那个人。他被带进法庭,证据确凿,莫顿判了他十八个月的苦役。

"现在他就要免费替我修路了。"莫顿给我讲这个故事的时候两眼放光。

有天早晨,我和莫顿还见到了那个家伙。穿着纱笼囚服,无忧无虑的样子,显然对于自己的不幸很看得开。

"我已经跟他说过,一旦道路建成,我就会豁免他余下的刑期,"莫顿说,"他高兴坏了。我这回算是捡了个大便宜,是吧?"

我跟莫顿告别的时候,让他如果回英国就通知我,他也承诺一上岸就给我写信。发出这样的邀请很多都是一时冲动,虽说没有任何虚伪之处,可如果对方当真,又会微微觉得有些懊丧。一个人在国内国外是截然不同的。到了那边,他们可以轻松自在,热情友好,总能说出有意思的话,展现出无尽的善意。等到对方回国时,你很急切想要回报自己曾经接受的款待;但这件事并不容易。那些在他们自己的环境中非常有趣的人,在你的环境里可以毫无生气。他们变得害羞,束手束脚。你把他们介绍给你的朋友,但你的朋友觉得他们无聊透顶。虽然这些朋友表面上绝不会失礼,但等这些外人退场之后,他们会松一口气,而对话也能更顺畅地流淌于熟悉的轨道中了。我想这些派去远方的人很早就明白了这样的道理,因为我发现在深山老林的驻地分署中很多类似邀请曾被热情地发出,也被真挚地接受,但很少会在日后兑现,或许是有过难堪或耻辱的经历也说不定。但莫顿不一样。他是个年轻人,而且单身。一般来说是这些人的配偶比较麻烦。其他女子会看到她们乏味的衣着,一眼看出她们是从小地方来的,会冷漠得让她们无所适从。但男人可以打桥牌,打网球,跳舞,而且莫顿还很有魅力。我毫不怀疑,只要给他一两天,他就能驾轻就熟了。

"回来为什么不告诉我呢?"我问他。

"我以为你不会希望我来打扰你。"他微笑道。

"胡说什么!"

当然,我并不习惯看着此时站在邦德街和我闲聊的莫顿。我之前只见过他穿卡其短裤和网球衫,除了我们从俱乐部回来吃晚餐的时候,他会换上一件睡衣,下身则围一条纱笼,比这更舒服的夜礼服大概人类还没有发明出来。而现在他穿着蓝色的哔叽西服看上去有些不自在。在白色衣领的比照之下,他的脸显得肤色很深。

"那条路怎么样了?"我问。

"完工了。我还担心要推迟我的回国假期,到最后出现了一两个小障碍,但我催着他们赶了赶,离开前一天我开着福特到了最远那头,再开回来,一停都没有停。"

我笑起来;他的愉悦很迷人。

"你在伦敦都给自己安排了些什么?"

"买衣服。"

"玩得还算开心吗?"

贞洁

"棒极了。有点孤单,你知道,不过我倒不介意。回来之后每天晚上都去看演出。帕尔默夫妇我记得你在沙捞越见过的,他们本来马上也要到伦敦来的,我们约好了一起去看话剧,但帕尔默太太在苏格兰的母亲病了,他们要去探望。"

他的这些话说得轻飘飘的,却刺痛了我。这种经历太常见了,让人心碎。这些人在假期到来之前可以盘算好几个月,终于把这漫长的几个月熬过去,下船的时候他们是如此欣喜,简直要失态。伦敦。商店、俱乐部、剧场和餐馆。伦敦。他们要前所未有地好好玩乐一番。伦敦。伦敦把他们吞没了。这是一个奇怪的动荡的城市,不能说有敌意,但它是冷漠的,它让这些人迷失了。他们没有朋友。新结交的人和他们毫无共通之处。对于他们,伦敦比丛林更寂寞。若是看戏时遇到了一个在东方的旧相识(可能互相觉得极为无趣,甚至讨厌),依然是种宽慰,他们可以约一个晚上谈笑风生,告诉对方自己回来之后是如何开心,聊一聊共同的朋友,最后略带扭捏地倾吐,要是现在假期就结束回去上班倒也不坏。他们会去见一见家人,当然见了面也很高兴,但终究和没出国的时候不一样了,已经融不进当地的生活,而且真要追根究底,很多人在英国的生活是如死水一般的。回一趟英国的确是一大趣事,但你已经住不下去了,有时候你会想到河岸上的那个木屋,想到你巡视的那个地区,想到偶尔跑去山打根或古晋或新加坡又是多么痛快。

因为我记得莫顿那时多么期待道路完工,可以完全把它放下回国玩乐,现在更觉酸楚,因为想象他在一个谁都不认识的凄凉的俱乐部里,或者在苏荷区[1]的一个餐馆里,独自用餐,然后一个人去看戏,身边既没有人陪他一起欣赏,幕间休息也没有人共饮一杯。不过与此同时我也想到,即使知道他在伦敦我也做不了什么;因为上周我连片刻的空闲都没有。当天晚上我已经约好了跟几个朋友一起吃饭,然后去看戏;明天就要出国。

"今天晚上你准备做什么?"我问他。

"我去天篷剧院[2]。早就满座了,但是路上认识的一个家伙真厉害,帮我弄到了一张退票。你知道,两个人可能不好办,但一个人的位子经常是有办法的。"

"你何不来和我一起晚餐呢?我请了几个人一起去干草剧场[3],之后就到奇罗餐厅[4]去吃饭。"

"我很乐意。"

我们约好十一点钟在餐馆见面,然后我就和他告别,先去赴我的约会了。

我有些担心之后要和莫顿见面的那几个朋友恐怕会让他觉得无趣,因为这几个人都确凿无疑进入中年了,只是在这个时节我想不到最后一刻能请来哪位年轻人。我认识的那些姑娘若是知

---

[1] Soho,伦敦一地区。
[2] Pavillion,应指位于皮卡迪利广场东北侧的歌舞剧场,始建于1859年。
[3] Haymarket,位于伦敦威斯敏斯特干草市场街,历史可追溯到1720年。
[4] Ciro's,可能是欧洲第一家高档的连锁餐厅,在蒙特卡洛、伦敦、巴黎等地都有分店。它是由一位叫奇罗的埃及人于1897年在蒙特卡洛创立的。

道要陪一个从马来亚回国的腼腆青年吃饭跳舞,没有一个会感谢我的。但我们知道毕晓普夫妇一定会尽力替他解闷,而且在一个有好乐队驻场的俱乐部吃饭,欣赏漂亮的女士跳舞,终究比十一点钟无处可去、回家睡觉有趣得多吧。我认识查理·毕晓普还是学医的时候,他当时很瘦,有浅棕色的头发和生硬的五官;一双黑眼睛很精致、有神,但戴了副眼镜;长了一张开心的红通通的圆脸。查理很喜欢姑娘;我只能推测他自有他的路数,否则既没钱又没脸蛋,他还是先后勾搭到了不少年轻女子满足他飘忽的欲望。他聪明、狂妄、爱争辩、容易发脾气、说话刻薄;回想起来,应该说他是个不好相处的年轻人,但不会让人无聊。现在五十岁生日都是五六年前的事了,他有些发福,头发也剩得不多,但金框眼镜后面的目光依然明亮、警觉。查理现在为人固执,还有些自负,依然好争辩,说话也依然尖刻,但心眼是好的,而且能把你逗乐。认识一个人足够久,他的怪癖已经不会再困扰你了,你就像接受自己的生理缺陷一样接受它们。查理的职业是病理学家,不时会送一本他新近出版的小册子给我。这些严肃的小书都太过专业,而且插图全是细菌的照片,看上去很阴沉。我从来不读。从偶尔听到的只言片语判断,似乎在同行之中查理并不受推崇,说他在这些话题上所持的观点并不扎实,而他也从来没有掩饰对同行的鄙视,认为他们都是无用的蠢货;但这至少还是他谋生的手段,据我估计,查理的工作每年可以带来六百到八百英镑的收入,其他人怎么评价他是全然不在意的。

我喜欢查理·毕晓普,只因为我和他认识了三十年,但我喜欢他的妻子玛杰丽,是因为她人好。查理说他要结婚时我极为震惊;他当时年近四十,对感情太过儿戏,我还以为他会一直单身下去。他热爱女子,但从来不动感情,追求的也是放荡的目的。在今天这样高尚的风气下,他对异性的一些观点听来会有些不登大雅之堂。他知道自己想要的是什么,会直接开口讨要希望得到的东西,如果千方百计依然不能得逞,他就耸耸肩、往前看了。简单地说,女性在他看来不能满足一个人对于美好的向往,她们只是交媾的机会。奇怪的是他虽然身材矮小、相貌平庸,却能找到那么多人愿意满足他的欲望。而精神方面的需求他全寄托在了单细胞的生物上。他一直是个说话不兜圈子的人,所以听说他要娶一个叫玛杰丽·霍布森的年轻女士,我直截了当地问他为什么。他笑了。

"三个理由。一,不结婚她不肯上床。二,她能把我逗得笑起来像条鬣狗。三,她举目无亲,只有一个人孤孤单单在这世界上,得有个人来照顾她。"

"第一条是你的装腔作势,第二条是胡扯。只有第三条是真的,也就意味着你已经逃不出这女人的手掌心了。"

那两块大镜片后面,查理的目光柔和地闪烁着。

"这事情还真说不定被你讲对了。"

"你不但逃不出她的手掌心,而且还觉得享受极了吧。"

"明天中午来吃午饭,你自己看看她吧。赏心悦目。"

查理当时加入了一个同时接受男女会员的俱乐部,我也经常去,就把午餐安排在那里。我发现玛杰丽很有魅力。她不满三十岁,是个大家闺秀。我注意到这一点颇为高兴,但也觉得意外,因为我没有忘记查理喜欢的女子无一例外都在出身这一方面有所欠缺。玛杰丽不美,但算得上标致,秀丽的黑发和双眸,气色不错,像是身体很好的人。她直率得让人舒服,那种坦诚的气质很有吸引力。她看上去诚实、简单、可靠;我一下就有了好感。和她聊天也很轻松,虽然没有说什么才情洋溢的话,但周围人在说些什么她很明白;对笑话的反应也很敏锐,而且不腼腆。你觉得这是一个能干、实际的人。她有种愉悦的宁静,暗示着性情温和、肠胃通畅。

他们两个像是对彼此满意极了。第一回见到玛杰丽的时候我问自己为什么她要嫁给这么一个臭脾气的矮个子,已经显出秃顶的趋势不说,岁数也不小了,可我很快就看出来,那是因为玛杰丽爱上他了。他们一直在互相奚落,一起欢笑,时不时地眼神相接,意味深长,像是在交换秘密消息。这画面甚至有些感人。

一周之后,他们在登记处结了婚。这个婚姻是成功的。回看这十六年,想到他们亲手经营的这些快活日子,我忍不住感同身受地笑出声来。他们是我所知最恩爱的夫妻;虽然从来不富裕,但似乎也从来不缺钱花。他们没有什么大的愿景,生活对他们来说就像一场永不会结束的野餐。他们住的那套公寓在潘顿街上,我还从来没有见过公寓能这么小:一个小卧室,一个小客厅,一个卫生间同时也用作厨房。但他们没有多少家的概念,只有早餐在这里吃,正餐全去餐厅。这套公寓只不过是一个睡觉的地方。虽然舒服，但第三个人进来喝杯威士忌苏打就已经显得拥挤了；尽管查理邋遢，但玛杰丽靠一个清洁女工帮忙，还是把家里收拾得干干净净，只是见不到一件带有他们个人印记的东西。他们买了辆很小的汽车，只要查理放假，就把它摆渡过海峡，想往哪开就往哪开；两人的行李就只是各自一个旅行包而已。汽车抛锚从来不是什么大困扰，坏天气反而增添情趣，车胎漏气可以编出无数个玩笑，而要是迷了路只能在野外过夜，他们简直像是遇见了天大的高兴事。

查理动辄发火、吵架的脾气没有变，但什么都扰动不了玛杰丽那种可爱的心如止水。她可以用一个字就让查理平静下来。她会用打字机把丈夫关于生僻细菌的专著打出来，一些投给科学杂志的文章她还会帮着做校对。有一次我问他们是否吵过。

"没有，"她说，"我们好像从来没有什么好吵的。查理性情温顺得像天使一样。"

"瞎扯，"我说，"他就是一个专横、好斗、乖戾的家伙。一直都是这样。"

她朝查理看了一眼，咯咯笑起来，我发现她觉得我是在故意说笑。

"让他胡言乱语去吧，"查理说，"这是个什么都不懂的傻子，经常用些自己都不认识的词。"

他们在一起很甜蜜，喜欢有对方陪伴，只要能避免就尽量不分离。即使结婚多年，每日午休时查理还是会坐上车横穿市区，而玛杰丽正在一家餐馆等他。大家总笑他们，虽然带着善意，但嗓子眼里像一直有别的东西，因为只要是邀请他们夫妇去乡下过一个周末，玛杰丽总会写信给女主人，说如果有双人床他们就很愿意赴约。他们这么多年都是一起睡的，分开过夜会睡不着。这一点经常还有些麻烦。平常的夫妇不但会要求两个卧室，甚至要他们共用一个卫生间都会觉得有些不适。当今的装修设计并没有为夫妻生活多做考虑，但朋友们都明白，要想请到毕晓普家那两位，就一定要备好一个有双人床的房间。是有不少人觉得这略失检点，而且从来都要大费周章，但他们作为客人很让大家开心，忍耐一下某些小怪癖还是值得的。查理总是兴致盎然，而且说的那些刻薄话好笑极了；而玛杰丽则平静、随和。招待他们也很容易，只要随他们去就好，因为对毕晓普夫妇来说，没有什么比独自二人在乡野间漫步更高兴的事情了。

　　结婚之后，妻子或早或晚都会让丈夫和他自己的朋友渐渐疏远，但玛杰丽反过来让他们更亲密了。她让丈夫变成了一个更宽容的人，也就让他在朋友间更受欢迎了。有意思的是，你会觉得他们不像夫妻，而像是两个同居的单身中年人。在查理那些粗鄙、喧闹、争执不休的小聚会上，一般来说半打的参与者中只有玛杰丽一个女性，但她从来都不会妨碍这些伙伴间的融洽气氛，反而会推波助澜。我每次回英格兰都会见这对夫妻。他们一般都在我提过的那家俱乐部里吃饭，要是我一个人的话，就会和他们一起用餐。

　　那一晚去剧场之前，我们先见面吃些点心，我告诉他们，晚餐我还邀请了莫顿。

"恐怕你们会觉得他有些无趣，"我说，"但这是个很正派的小伙子，而且在婆罗洲的时候，对我周到极了。"

"你怎么没早说呢？"玛杰丽喊了起来。"否则我就带一个姑娘来了。"

"带姑娘来做什么？"查理说道。"你不是在吗？"

"让小伙子跟像我这样上了岁数的女人跳舞，我可不觉得他会有什么乐趣。"

"蠢话。这跟岁数有什么关系？"他转过来问我。"跟你跳过舞的女人之中，有比我妻子舞技更好的吗？"

其实是有的。不过话说回来，玛杰丽的舞的确跳得很好，脚步轻盈，有出色的节奏感。

"怎么可能？"我发自肺腑地说道。

我们到奇罗餐厅的时候，莫顿已经等在那里了。他穿着夜礼服看上去晒得特别黑。或许是因为我知道这些衣服叠好了跟樟脑丸在箱子里锁了四年，才觉得它们不太合身；莫顿当然还是穿着卡其裤最自在。查理·毕晓普很健谈，而且喜欢听自己说话；而莫顿则有些害羞。我给了他一杯鸡尾酒，又点了香槟。我似乎感觉到他想跳舞，但不确定他能否想到可以邀请玛杰丽。我们和他毕竟属于两代人，这一点我当时感受强烈。

"我觉得我有必要告诉你，毕晓普夫人跳起舞来动人极了。"我说。

"是吗？"他的脸微微一红。"我能请你跳一支舞吗？"

她起身，两人入了舞池。那一晚玛杰丽穿得并不奢华入时，但看着格外优雅,她这身简单的黑色长裙恐怕不会贵过六几尼,但就是有贵妇人的派头。那时候女士们的裙子都剪得很短,她占便宜的地方就是腿长得特别好看。我觉得她应该化了一点点妆,但和其他女人一比,显得格外自然。盖瓦式短发挺适合她,除了没有一根白头发,色泽也很亮眼。玛杰丽不能说漂亮,但她的善意,她那种健康和生机,纵然不能就此让人误以为她好看,但至少他们会认为这一点已不再重要。她跳舞回来的时候两眼放光,精神焕发。

"他跳得怎么样?"她丈夫问。

"出神入化。"

"和你跳舞很容易。"莫顿说。

查理继续自己的长谈阔论。他的幽默是善于嘲讽别人,听他说话有趣是因为他自己就觉得自己说得很有趣。但对于查理的话题莫顿一无所知,虽然彬彬有礼地做出认真听讲的样子,但我明白,现场太热闹了,加上这音乐和香槟,餐桌上具体说了什么他自然听不进多少。等音乐再次响起时,他试图和玛杰丽做一个眼神的交流。查理看到了,微笑了一下。

"和他跳舞去吧,玛杰丽。看着你运动对我身材也有好处。"

他们又去了,查理看了一会儿自己的妻子,眼里满是柔情。

"今天可是让玛杰丽高兴坏了。她很爱跳舞,但我跳几步就气喘吁吁的。那年轻人不错。"

我的这个小派对颇为成功,和毕晓普夫妇告别之后,我和莫顿一起朝皮卡迪利广场走,他诚挚地感谢了我,说他今晚的确很开心。我跟他道别。第二天，我就出国了。

我很遗憾不能再为莫顿多做些什么，而且回来的时候他应该在回婆罗洲的路上了。偶尔他也会扫过我的脑海，但等到秋天我回国的时候，已经再也不会想到他。在伦敦待了大概一周之后，我有一晚正巧去俱乐部转转，查理·毕晓普也在；他和三四个我认识的人坐在一起，于是我就走了过去。回国之后这些人我都是头一回见。其中一个男的叫做比尔·马什，他的妻子珍妮特是我很好的朋友，邀请我共饮一杯。

"你从哪里冒出来的？"查理问。"最近没见到你啊。"

我立刻看出他已经喝醉了，这让我很讶异。查理向来爱酒不假，但酒量极好，而且每回都适可而止。很久以前我们还年轻的时候，他有时也会醉醺醺的，但那也不为了别的什么，只是他想显示自己的豪爽罢了；更何况，搬出一个人年少轻狂的例子来指摘他，也不公平。不过在我记忆中，查理喝醉了之后脾气不好，好斗的个性变本加厉，嗓门太高，话也太多，很容易就和人吵起来。他现在就十分耿直，把自己粗率的意见当颁布法令，自然引来反驳，但又根本不愿去听别人在说什么。另外那些人知道他喝醉了，有些难办，一方面对查理的乖戾没办法不恼火，另一方面知道他的酒品，只能大度容让几分。他的模样本身就很可气：男人到了他的岁数，又胖又秃，还戴着眼镜，喝醉了是很让人厌恶的。而且他平时衣冠楚楚，现在却邋遢，全身都是烟灰。查理喊来一个服务生，又点了一杯威士忌。这个服务生在这家俱乐部已经效力三十年。

"先生,您面前就有一杯。"

"别妈的对我指手画脚,"查理·毕晓普说,"给我立马端一杯双份威士忌过来,否则我就跟你们秘书长投诉你无礼。"

"好的,先生。"服务生说。

查理一口干了桌上那杯酒,但手有些抖,不少威士忌洒在身上。

"我说,查理,你这家伙,我们这就该回了吧。"比尔·马什说。又转过来告诉我:"查理这两天住在我们那里。"

这更让我吃惊了。但我也察觉出有些不对劲,保险起见还是不要多问。

"我可以走了,"查理说,"但结束之前我再喝一杯就好。这样晚上能睡得好些。"

据我判断,这个局一时之间还散不了,于是我站了起来,告诉众人我准备慢慢踱回去。

"那个,"正要走的时候比尔说道,"你愿不愿意明天晚上来吃顿饭,就我和珍妮特,还有查理?"

"好,我很乐意。"我说道。

很明显是出了什么事。

马什家住在摄政公园东侧的一幢联排别墅里。开门的女仆请我先去马什先生的书房。他在里面等我。

"我想你上楼之前,应该先跟你交代几句,"他握手的时候跟我说道,"你知道玛杰丽离开查理了吗?"

"不会吧!"

"他走不出来。珍妮特觉得让他一个人住在那个可怕的小公寓里面太糟了,所以叫他来这里住几天。能为他做的我们都试过了。他只知道给自己不停灌酒。已经有半个月没合过眼了。"

"但她难道就不回来了吗?"

我还没有回过神来。

"不回来了,她现在对一个叫莫顿的家伙神魂颠倒的。"

"莫顿。这人是谁?"

我完全没有意识到他就是我婆罗洲的那个朋友莫顿。

"见了鬼的,是你介绍他们认识的,是你干的好事。我们上楼吧。我就是觉得应该先告诉你一声。"

他把门打开,我们走了出去。我完全糊涂了。

"这不对啊……"我说。

"问珍妮特吧,前前后后她都知道。我也想不通。受不了玛杰丽这个人,难怪查理变得一团糟了。"

他比我先进了会客厅。我进去的时候,珍妮特·马什站起来迎接我。查理坐在窗前,读着晚报;我走上前去和他握手的时候,他把报纸放下了。他现在应该没喝什么酒,说话也是往常神气活现的口气,但是看得出来身体状况很差。我们喝了一杯雪利酒,就下楼去餐厅了。珍妮特是个有活力的女人,身材高挑、皮肤白皙,很好看;小心地不让我们的聊天冷场。留几位男士在楼下喝波尔图葡萄酒的时候,她也给了指示,要我们十分钟之内一定上楼。比尔向来是个沉默寡言的人,这会儿开始努力聊天;

我因为不知道具体发生了什么，一晚上说话都左支右绌的，但很明显马什夫妇不想让查理掉入自己的思绪中，我也尽我所能引起他的兴趣。他似乎是愿意配合的，滔滔不绝的说教是他的一大爱好，当时有一起大众非常关注的谋杀案，他就从一个病理学家的角度大加分析起来。但他的话没了活力，整个人也只是个空壳。你虽然感觉到他为了不拂主人的面子，在强迫自己说话，但心里却想着别的事情。楼上的地板响了一声对我们都是解脱，那是珍妮特在催我们上楼。像这样的局面，有女人在场会松弛一些。我们上了楼，打了一会儿桥牌。到了我要走的时候，查理说他要陪我走到马里波恩路[1]。

"哦，查理，太晚了，你就直接去睡吧。"珍妮特说。

"休息之前散会儿步我睡得更好。"他回答。

她担心地看了看他。一个中年病理学教授想要散个步总不能禁止他出门。珍妮特瞥见自己的丈夫，眼睛一亮。

"那大概对比尔也有好处吧。"

这句话在我看来有些唐突了。女人经常太想掌控他人。查理愠怒地看了看她。

"完全没有必要也把比尔拖出去。"他颇为坚决地说道。

"我一点没有想过要跟你们出去，"比尔微笑着说，"我累坏了，准备这就上床了。"

我猜我们走后比尔应该还要和妻子小小地争执一番。

---

[1] Marylebone road，威斯敏斯特紧邻摄政公园的一条大街。

"他们对我真是太好了，"我们沿着栏杆走的时候，查理对我说道，"要是没有他们，我都不知道自己该怎么办。我已经半个月没睡着了。"

我表达了自己的遗憾，但并没有询问原因，又沉默着走了一段。据我推测，他出来是想跟我聊一聊过去发生的事情，但我觉得只能是他自己决定什么时候开口。我很想告诉他，我也替他难受，但又怕说错话；我不想让他以为我是想套出他的什么秘密。我不知道如何帮他起头；甚至不觉得他在等我说话。他平时可不是个拐弯抹角的人，我想他一定在推敲具体该怎么说。我们到了拐角。

"你到教堂门口应该能拦到出租车，"他说，"我再往前走走。晚安。"

他点了点头，没精打采地走开了。我哑口无言，除了往前走直到坐上出租车已经别无他法。第二天上午，我正在泡澡，电话铃声把我从水里拖了出来，用毛巾裹着自己滴水的身子，我拿起了话筒。是珍妮特。

"说说吧，这件事情你怎么看？"她说。"昨天你把查理留得可够晚的。我听见他回来的时候已经三点了。"

"他只送我到了马里波恩路，"我回答，"什么都没对我说。"

"什么都没说？"

从珍妮特的声音之中听得出来，她本来是准备和我长谈的。我怀疑这个电话就放在她床边。

"是这样，"我马上说道，"我正在洗澡。"

"哦，你卫生间里也装了电话吗？"她急切地问道，在我听来还带着几分妒忌。

"我没有，"我直截了当说道，语气强硬，"身上的水现在全滴在地毯上了。"

"啊！"我听到她这一声中的失望，带着一丝恼怒。"那好，我什么时候能见你？十二点能来一趟吗？"

这个时间并不方便，但我现在不想和她争辩。

"行，再见。"

我趁她还没来得及说什么就把电话挂了。受神眷顾的人到了天堂之后，打电话只挑要紧的说，一个多余的词也不会有。

我真心喜欢珍妮特这个朋友，但我也知道最让她兴奋的事情就是朋友的不幸。当然，她会迫不及待要伸出援手，但同时也希望见证他们最艰难的时刻。她是真正的患难朋友；多管闲事是她生活的养料。你每次出轨总发现不知怎的她成了你的倾诉对象，每次离婚闹得不可开交也总发现她正掺和其中。尽管如此，她依然是个好心的女人。所以，我中午进了珍妮特的会客厅，看到她迎接我时那种压抑着的急切，就忍不住想笑。毕晓普家遭受的灾祸很让她难过，但这又是如此的激动人心，她急不可耐地要把所有内幕告诉一个新的听众。珍妮特这种对于就事论事的期待感，很像女儿第一次结婚生子，母亲咨询家庭医生时的态度。珍妮特知道这件事很严重，绝不会把它当成儿戏，但其中能榨取的每一丝乐趣，她也一定不打算错过。

"听到玛杰丽说她决定了要离开查理，真的，不可能有人比我还要震惊了。"她说道，同样的话她一定已经重复过十几回，所以才表达得如此流畅。"他们是我见过的最恩爱的夫妻，享受着完美的婚姻。多么情投意合的一对啊。当然了，比尔和我也很恩爱，可时不时地总要大吵一通。有时候真的，我都想把他给杀了。"

"我对你跟比尔之间的关系根本就不关心，"我说，"说毕晓普家的事情吧。否则你干吗要打电话喊我来呢？"

"我就觉得一定得见你一回，不管怎样，你是唯一能解释这一切的人。"

"我的天，别老是说出这种话来。昨天晚上比尔告诉我之前，我一点都不知道。"

"那是我的主意。因为我突然想到你可能还没听说这件事，怕你会大大地失言。"

"你不妨就从头说起吧。"我说。

"说起来，你就是'头'啊，这一切麻烦都是你引起的。你介绍了那个年轻人给她。这也是为什么我这么着急要见你。你对他那么了解；而我还见都没有见过这个人。他的事我就知道玛杰丽告诉我的那些。"

"你午餐是几点钟？"我问。

"一点半。"

"我也是，快讲事情吧。"

但我的这句话让珍妮特又有了主意。

"你看这样好不好，如果我能不去赴约的话，你能不能也留下来？我们可以在这里吃些点心，我确定厨房里还有几片冷肉，这样就不用着急了。我约了去见发型师要到三点之后。"

"不用，不用，不用，"我说道，"想到就觉得麻烦。我最晚一点二十分就得离开这儿。"

"那我只能草草地讲了。你觉得盖里怎么样？"

"谁是盖里？"

"盖里·莫顿。他本名叫杰拉尔德[1]。"

"我怎么知道？"

"你跟他一起住过。他家里没有寄来的信吗？"

"那总是有的吧，但我正好没有读。"我的回答带着些许刻薄。

"哦，别这么蠢行吗，我指的是信封。他这个人什么样？"

"好吧，大致就是吉卜林那样的，你知道吗，工作非常投入，热情，有活力，帝国的建设者之类的。"

"我指的不是这个，"珍妮特喊道，似乎有些不耐烦，"我问的是，他长什么样？"

"就跟其他人都差不多，我觉得。当然要是再见到我能认得出来，但只凭记忆，他的样子是很模糊的。人很干净吧。"

"我的老天啊，"珍妮特说，"你到底是不是个小说家？他眼睛什么颜色？"

"我不知道。"

"你肯定知道。怎么可能跟一个人住了一个礼拜，却不知道

---

[1] Gerald，盖里（Gerry）可以是一种亲昵称法。

他眼睛是蓝的还是棕色的？他是金发还是黑发？"

"都不是。"

"他个子高不高？"

"一般吧，要我说。"

"你是在故意气我吗？"

"没有。他就是很普通罢了。他身上没有一点是引人注意的。既不丑，也不好看，挺正派的样子；他像个绅士。"

"玛杰丽说他的笑容很有魅力，身材很好。"

"大概吧。"

"他爱玛杰丽也爱得神魂颠倒的。"

"你怎么知道？"我干巴巴地问了一句。

"我读了他的信。"

"你是说玛杰丽把那些信给你看了？"

"当然，这还用说。"

一个女人在私事上暴露出的含蓄不足常常让男人难以忍受。她们不知羞耻为何物，可以互相告知最亲密的事情而不觉尴尬。端庄其实是一种男性的美德。而这个情况虽然理论上男人们都是知道的，但每每面对女人的开诚布公他还是会感到震惊。我在想莫顿知不知道自己的情书不只是玛杰丽在读，还有珍妮特·马什，更有甚者，他知不知道自己坠入情网的过程玛杰丽每天都会向珍妮特报告；要是知道了，他会作何想。照珍妮特的说法，他对玛杰丽是一见钟情。我在奇罗餐厅办小聚会的第二天一早，他就打电话给玛杰丽，约在一个可以跳舞的地方喝下午茶。珍妮特讲的

贞洁

这些事，我当然明白都是玛杰丽的一面之词，所以也只是姑且听之。珍妮特是站在玛杰丽那一边的，这让我很感兴趣。玛杰丽离开丈夫的时候，的确是珍妮特想到让查理来家里住两三个礼拜，而不是留在那个凄惨的被抛弃的小公寓里，而且她也的确对查理极其友善。因为查理之前已经习惯了中午跟玛杰丽一起吃饭，她就每天中午陪他一起用午餐；她会带查理去摄政公园散步，还让比尔星期天陪他去打高尔夫。查理倾吐自己的伤心时，她的耐心让人赞叹，而且会想方设法去安慰他。她真心替查理感到委屈。但尽管如此，她绝对是站在玛杰丽那一边的，当我对后者略有微词时，她像泰山压顶一般驳斥了我。这段恋情太让她激动了。从头至尾，她都是支持的。最早是满面笑容的玛杰丽觉得受宠若惊但心里犹疑，过来告诉她自己认识了一个青年男子，直到最后一幕，她的这位好朋友怒气冲冲、心慌意乱，向她宣布自己再也承受不住，已经收拾好行李搬出公寓了。

"当然了，一开始我没法相信自己的耳朵，"她说，"你知道查理和玛杰丽在一起是什么样的，他们简直就活在对方的口袋里。那种恩爱的程度，谁都忍不住想笑话他们。我一直不觉得查理是个好相处的人，而且实话实说，人长得也毫无魅力可言，但你会不自觉地喜欢他，因为他对玛杰丽真是太好了。我有时候都有点羡慕玛杰丽。他们没有钱，生活也乱糟糟的，但他们特别幸福。当然，我以为这件事不会有什么结果的。玛杰丽只是觉得好玩罢了。'我自然不会当真的，'她告诉我，'可到了我这岁数，还能找到一个年轻人是挺有趣的。我有很多年没有收到过花了。

我只能叫他不要再送,因为查理会觉得这太滑稽。他在伦敦一个人都不认识,又那么热爱跳舞,他说我跳起舞来如梦似幻。他经常会一个人去剧院,看着太凄惨了,我们一起去看过两三次日场的演出。每次我说愿意跟他出去的时候,他那种感激真是让人心疼。''我必须说,'我这样告诉玛杰丽,'听起来他可真是招人怜惜。''真的是这样,'她说,'我知道你会理解我的。你不会怪我吧,对不对?''当然不怪你,亲爱的,'我说,'以你对我的了解,怎么会那样想呢?换了我也会跟你一样的。'"

玛杰丽和莫顿见面都是公开的,她的丈夫还会善意地取笑她,说她有了个追求者。但查理认为莫顿是个有教养、说话得体的年轻人,挺高兴自己工作的时候有人能让妻子散散心,从来没想过要吃醋。他们三个人一起吃过好几次饭,然后又一起去看演出。但没过多久盖里·莫顿就开始求玛杰丽找一个晚上独自出门,她说这是不可能的,但莫顿很有说服力,而且不达目的就不罢休;最后她只能去找珍妮特,让后者打电话给查理,请他去吃晚饭,而且让他成为凑齐一桌桥牌的第四个人。妻子不去,查理本来是哪儿都不会去的,但马什夫妇是老朋友了,而且珍妮特很坚持,而且造了一个荒诞无稽的理由,让查理似乎只得应允。第二天玛杰丽和珍妮特碰面。前一天晚上美妙极了。他们在梅登黑德用晚餐,然后又在那里跳舞,之后一起坐车回家,穿过伦敦的夏夜。

"他说他爱我爱得神魂颠倒。"玛杰丽说。

"他吻你了吗?"珍妮特问。

贞洁

"当然，"玛杰丽哧地笑了，"别小孩子气了，珍妮特。他贴心极了，而且，怎么说呢，他的内心是如此的温暖。当然他跟我说的话一半都不能信。"

"亲爱的，你可不能爱上他呀。"

"我已经爱上了。"玛杰丽说。

"亲爱的，这样不会很麻烦吗？"

"嗨，这不会长久的。不管怎样他秋天就要回婆罗洲了。"

"好吧，没人可以否认你这下年轻了好几岁。"

"我知道，我自己就感觉年轻了好几岁。"

很快他们就每天都见面了。早上他们会约好去公园一起散步，或是去画廊。中午两人分开，让玛杰丽可以去跟丈夫用午餐，午餐之后他们又会碰面，开车去乡下或是河畔的某个地方。玛杰丽没有告诉她的丈夫，顺理成章地认为查理不会理解。

"你怎么会从来没有见过莫顿？"我问珍妮特。

"哦，她不想让我见。你想啊，我们属于同一代人，玛杰丽和我。我很能体谅她的用意。"

"我明白。"

"当然我什么忙都帮了。每次她跟盖里出去，总是号称跟我在一起。"

我是那种写"t"要补横线，写"i"要加圆点的人。[1]

---

[1] 英文习语，指连写体中一笔写完整个单词之后不忘补上 t 的横线和 i 的圆点，形容一个人做事仔细，务求彻底。

"他们出轨了吗?"我问。

"哦,没有。玛杰丽不是那样的女人。"

"你怎么知道。"

"否则她一定会告诉我的。"

"我想也是。"

"当然我是问过的,但她断然否认,我确信她没有骗我。他们之间从来都没有那样的事。"

"这我倒是觉得奇怪了。"

"可是,你也知道,玛杰丽是个很好的女人。"

我耸了耸肩。

"她对查理是绝对忠诚的,无论如何都不想欺骗他;想到自己有事瞒着丈夫,她就受不了。她一发现自己爱上盖里,就立马想告诉查理。当然我求她不要说。除了让查理痛苦之外,什么用都没有。而且说到底,这小伙子再过两个月就走了,为一件毫无可能延续下去的事情小题大做,似乎也没有好处。"

但正是盖里近在眼前的离别,才让整个局面崩塌了。毕晓普夫妇跟往年一样安排好了出国旅行,准备开车穿过比利时、荷兰,以及德国北部。查理忙着翻阅地图和旅行指南,从朋友那里打听酒店和道路的讯息,一想到这个假期就激动难耐得像个还在上学的孩子。玛杰丽听他头头是道说着,心情越发沉重。他们会离开四周,而盖里九月份就会乘船远走了。剩下的日子所剩无几,她怎么能丢掉四个星期的时间呢?想到这次驾车旅行,她就满心的烦躁。出发的日期越来越近,她一天比一天紧张。终于她认定，只有一件事情可做。

"查理，这次旅行我不想去了，"她打断查理道，后者正在介绍他刚听说的一家餐馆，"我希望你能找别的人跟你一起去。"

他茫然地看着妻子。这几句话让玛杰丽自己也吓了一跳，她嘴唇微微有些颤抖。

"怎么了，是出了什么事吗？"

"没有事，我就是不想去了，我想自己待一段时间。"

"你生病了？"

她看到查理的眼神突然有了恐惧，那种关切让她再也承受不住。

"没有，我从来没有这样健康过。我爱上了一个人。"

"你？爱上了谁？"

"盖里。"

他看着妻子，满脸的不可思议；他无法相信自己听到了什么。玛杰丽读错了丈夫的表情。

"你怪我也没有什么意义，我是不由自主的。他还有几周就要走了，我不会浪费剩下的这一点点时间。"

查理一阵狂笑。

"玛杰丽，你怎么会这么丢人呢？你的岁数都可以当人家的妈了。"

她脸红了一下。

"他对我的爱也一样深。"

"这是他说的？"

"一千一万遍。"

"那只能说明他就是他妈的一个骗子。"

他又咯咯咯笑起来,肚子上的肥肉也欢快地晃动着。要我说,查理的应对方式是值得商榷的。珍妮特似乎认为他应该更温柔和体贴。他应该理解她。我知道在她脑海中,查理听到了之后该是怎样——绷紧上唇[1],默默承受,最后放手。女人最善于体察自我牺牲的美,只要这自我牺牲是别人的。要是查理勃然大怒,砸坏一两件家具(到时还得是他自己去换新的),再朝玛杰丽的下巴挥上一拳,这种反应珍妮特也能同情。但嘲笑玛杰丽是不可原谅的。我没有指出,对于一个身材矮小、肥胖的五十五岁病理学教授来说,要他突然出手打女人也不容易。不管如何,荷兰一行只能作罢,毕晓普夫妇整个八月都留在了伦敦。他们并不怎么开心。中饭、晚饭还是一起吃,因为这是多少年来的习惯了,而剩余的时间玛杰丽都会跟盖里待在一起。和盖里在一起的时光弥补了她承受的一切,而她所承受的,又岂是三言两语能道得尽。查理有种粗俗、刻薄的幽默感,嘲笑起妻子和盖里时可以非常好笑。他始终认为这件事只是儿戏。玛杰丽会这样糊涂让他烦躁,但他似乎从来没有想过妻子会做出越轨的事情来。这一点我也跟珍妮特提了。

"他甚至一点疑心都没有,"她说,"他太了解自己的妻子了。"

---

[1] 在危急关头嘴唇不颤抖,也不发声,暗示坚定、隐忍,被认为是英国男人最重要的品格之一。

几周匆匆过去，盖里走了。他是从蒂尔伯里港[1]起航的，玛杰丽去替他送行。回来之后她连哭了四十八小时。查理看着她越发恼火，渐渐要压不住自己的脾气了。

"我跟你说，玛杰丽，"他终于说道，"我对你一直非常容忍，但你不能任由自己胡闹下去，现在已经越来越不好笑了。"

"你就不能别来管我吗？"她吼道。"我生命里所有可爱的部分都离我而去了。"

"能不能别这么荒唐？"他说。

我不知道他还说了些什么，可能执意把自己对盖里的看法告诉了玛杰丽，据说用词还颇为恶毒，这无疑是愚蠢的。于是就发生了这对夫妇有史以来的第一次暴力场面。之前她能忍受查理的嘲弄，是因为明白下一个小时或者第二天就能见到盖里，可现在她再也见不到他了，便再也承受不住。几周以来她都克制着自己——此时一下把矜持抛到了九霄云外。或许她根本不清楚自己对查理说了些什么；而查理本就是个暴躁的人，终于打了她。查理动手之后，两人都吓住了。他抓起一顶帽子就冲了出去。在过去这段痛苦的日子里，两人还是睡在一起的，但那天半夜查理回到家，发现玛杰丽已经在客厅的沙发上铺了一张临时床。

"你不能睡在这里，"他说，"别犯傻了。到床上来吧。"

"我不会来的，不要烦我了。"

他们一直吵到天亮，但查理拗不过妻子，之后她每晚都睡

---

[1] Tilbury，英国东南部埃塞克斯郡的港市。

在沙发上。但公寓太小了,两人哪里避得开对方,不光避不开视线,连声音都没法不听到。他们亲密生活太多年了,凑在一起是本能。他试图跟妻子讲道理,说她蠢得不可思议,无休无止地辩论,就为了让她明白她有多糊涂。玛杰丽被他搅得没有片刻安宁。她没法睡觉,因为查理会一直谈到后半夜,直到两人都精疲力竭。他以为自己能用讲道理打消玛杰丽的爱。也可能连着两三天他们一句话也没有。终于有一天查理回家,发现妻子哭得很伤心;那种落泪的画面让他心乱如麻,他告诉妻子自己有多爱她,描述着过去快乐的时光,试图打动她。他说过去的就让它过去吧,保证再也不会提起盖里。他们能不能把这段噩梦忘记呢?但与丈夫和好意味着很多事,每一件都让她作呕。她说自己头疼欲裂,让查理把安眠药拿过来。第二天早上查理出门的时候她假装没有醒,但门一关上她就打包好东西离开了。玛杰丽继承的几件小首饰卖了一点钱,在一家便宜的家庭旅馆租了个房间,没有把地址告诉查理。

查理是在发现妻子不告而别时垮掉的。玛杰丽这一逃摧毁了他。他告诉珍妮特他受不了这种寂寞。他写信给玛杰丽,求她回来,让珍妮特代为说情;他什么都肯答应,一味自轻自贱。但玛杰丽不为所动。

"你觉得她还会回来吗?"我问珍妮特。

"她说她不会。"

这时候已经快要一点半了,我还要赶到伦敦的另一头,只能告辞。

两三天之后，玛杰丽打电话给我留了言，问我是否能见见她。她提议到我住的地方来找我，我于是就邀请她来喝下午茶。我努力想对她和善一些，毕竟她的恋情并不关我的事，但我又觉得这女人实在糊涂，恐怕态度是有些冷漠的。玛杰丽从来就不俊俏，这么多年过去了，并没有什么变化。那双黑色的眼睛依然好看，脸上光洁得让人吃惊。她穿得很简单，辨不清有没有化妆，可能是手艺真的高超。她依然有魅力，因为她还是和往常一样丝毫不带矫饰，有种亲切的幽默感。

"如果你愿意的话，想请你帮个忙。"她开门见山地说道。

"什么忙？"

"查理今天就要从马什家搬回去了。我担心他回到公寓的最初几天会很难受，要是你可以邀请他去吃个饭什么的就太好了。"

"我会查一下我的日程安排。"

"他们说他最近喝酒喝得厉害，这真叫人痛心，你也帮着劝劝吧。"

"据我所知，他最近是家庭生活有不顺心的地方。"我这句话说得可能有些尖刻。

玛杰丽脸红了，表情痛苦，还闪了一闪，就像我打了她。

"当然你认识他比认识我早很多，自然是站在他那一边的。"

"亲爱的玛杰丽，说实话，跟他能做这么多年朋友主要还是因为你。我从来都不太喜欢查理，但一直觉得你特别好。"

她朝我微笑，笑得甜美；她知道我说的是真心话。

"你觉得我过去是个好妻子吗？"

"无可挑剔。"

"他以前老把别人惹毛，很多人都不喜欢他，可我从来都没觉得他不好相处。"

"他真心喜欢你。"

"我知道。曾经我们开心极了。那十六年的时间我们一点不顺心的事都没有。"她停顿了一下，朝地板上看。"我只能离开他，真的过不下去了，每天争吵不休的日子太可怕了。"

"我从来没想通过，不愿意生活在一起的两个人为什么要勉强。"

"你看，我们当时真是糟糕透了。之前我们的生活方式太亲密了，根本避不开彼此，到后来我看到他的样子都觉得厌恶。"

"或许当时的局面对你们两个都不容易。"

"爱上别人不是我的错。你要知道，那种爱跟对查理是截然不同的。对查理总有种母亲的感觉，想保护他。因为我比他理智得多。查理的性子太倔了，但我总管得住他。但盖里不一样。"她的声音变得柔和，面容也不一样了，有种别样的光彩。"他替我找回了青春。我在他面前又成了个女孩，可以依靠他，知道他永远会保护我。"

"他似乎是个不错的小伙子，"我慢慢说道，"他应该会很有前途吧。当初我遇到他时，在那个岗位上他算是特别年轻了。现在也才二十九，是不是？"

她温柔地笑了笑，很明白我想说的是什么。

"我从来没有对他隐瞒我的年龄。他说这无关紧要。"

我知道她说的是实情。玛杰丽这样的女人是不会在年龄上撒谎的,在向莫顿说真话的时候,她会感到一种强烈的愉悦。

"你今年多大?"

"四十四。"

"接下来你准备怎么办?"

"我已经写信给盖里,告诉他我已经离开了查理。只要收到回信我就会去那里陪他。"

我惊呆了。

"你知道吗,他住的地方是一个很原始的小殖民地。我怕你会发现自己的身份很尴尬。"

"他之前让我保证,只要我觉得他走了之后过不下去,就要去找他。"

"你觉得这样明智吗,听信一个恋爱中的年轻人?"

那个美好非常的欣喜表情又浮现在她脸上。

"如果那个年轻人正好是盖里,那就是明智的。"

我的心沉下去了,缄默了片刻。然后我把盖里·莫顿修路的事情告诉她,加了些戏剧效果,我想这个故事我讲得还是很打动人的。

"你干吗跟我讲这些事?"结束之后她问道。

"我觉得这些事很有意思啊。"

她微笑着摇了摇头。

"不是的,你是想让我明白,他还很年轻,很有热情,工作起来太投入了，没有空浪费在其他心思上。但我不会干扰他的工作的。你没有我了解他。他真是个浪漫种子。盖里把自己看做一个开拓者，觉得自己正在为开辟一个新的国家出力，我也被他的激动之情感染了。这个想法的确是美妙的，不是吗？让这里的生活相较之下显得如此乏味和平庸。当然了，生活在那里有时会非常孤单，有人陪伴总是好，即使是一个中年女子或许也聊胜于无吧。"

"你会提出要跟他结婚吗？"我问。

"我把自己完全交给他。他不愿意的事情我一样也不会做。"

她的话是如此纯粹，那种臣服之中有些如此感人的东西，让我在她出门时已经不再讨厌她了。当然我还是觉得她很笨，可谁要是总为了人类会犯傻而生气，那他岂非长年怒火中烧？我觉得事情都会回到正轨的。她说盖里是个浪漫的人。的确，他很浪漫；可是在这个营营役役的世界里，有些胡扯的浪漫派之所以得逞，是因为他们心底对现实看得一清二楚——把他们如云似雾般的浮夸辞藻信以为真，那就是傻子了。英国人是浪漫的，这也是为什么其他国家的人说他们虚伪；他们不虚伪——英国人发自内心地朝着天国进发，但道路艰难曲折，路边有只赚不赔的投资机会，那加以利用也是有道理的。英国人的灵魂，和威灵顿的军队一样，只有吃饱了才能打仗。[1] 我想盖里收到信之后的那一刻钟

---

[1] 原话一般认为是拿破仑所说（"军队只有肚子是满的才能前行"）。威灵顿指的是在滑铁卢大败拿破仑的威灵顿公爵。

会有些烦恼吧。这件事我并没有什么厚此薄彼的立场，只是好奇他会如何让自己脱身。我想玛杰丽会伤心失望的；要那样的话，对她也没有什么坏处，然后她会回到丈夫身边，我一点也不怀疑他们两人受了这番磨砺，接下来会平和、安静、幸福地度过余生。

后来的事情并非如此。我一连好几天实在没有空档可以安排给查理·毕晓普，不过写了封信给他，请他下周的某晚一起吃饭。我提出吃完再去看场戏，虽然心里有些疑虑；因为我知道查理最近酒瘾很大，而喝醉了之后他管不住自己的嘴。我们约好了在俱乐部碰面，七点吃饭，因为要看的戏八点一刻开始。我到了。等着。查理没有来。我打电话到他的公寓，但无人接听，以为他在来的路上。我讨厌看戏错过开头，所以就烦躁地候在门厅里，想等查理一来就直接去楼上餐厅。为了节省时间我还点好了菜。时钟指向七点半，然后是八点缺一刻；我想不出什么理由要继续等他，就上楼一个人吃了饭。他没有出现。我让餐厅打了个电话给马什家，很快一个服务生告诉我已经接通了比尔·马什。

"问一声，你有查理·毕晓普的消息吗？"我说。"我们今天约好了一起吃饭和看戏的，但他没有出现。"

"他今天下午死了。"

"什么？"

我着实被吓了一跳，两三个听到这声惊呼的人抬头看了我一眼。餐厅里已经坐满了，服务生穿梭忙碌。电话是在收款台上，一个负责酒水的服务员端着托盘走过来，给了收款员一张账单，托盘上有一瓶豪客海沫白葡萄酒和两只高脚杯。胖胖的引路员领着两个人去他们的餐桌，挤了我一下。

"你现在在哪里？"比尔问。

他应该是听到了我周围的喧闹声。我回答了之后，他问我是否可以用完餐去一趟他们家，珍妮特有话要跟我说。

"我现在就来。"我说。

去的时候珍妮特和比尔都在会客厅里。比尔在读报纸，珍妮特在玩接龙。侍女领我进去的时候，她飞快地迎上来，脚步轻捷、无声，微微弓着背，像是一个跟踪猎物的豹子。我一眼就看出这是珍妮特发挥的时候。她朝我伸出手，把脸转向一边，不让我看到快要溢出眼眶的泪水。她的声音低沉，满是悲情。

"我把玛杰丽接到这里来了，让她上床休息，医生还给了她镇静药。她已经什么气力都没有了。太可怕了是吧？"她发出了一种介于惊呼和抽泣之间的声音。"我不知道为什么这样的事总发生在我身上。"

毕晓普家从来没有招过仆人，但有个清洁女工每天早上会来，收拾早餐桌，打扫屋子。她配了一把钥匙，那天早上也和往常一样自己进屋，清扫完了客厅。自从妻子走了之后，查理的作息就很不规律，所以现在还在睡觉清洁女工并不奇怪。但她知道查理总是要去上班的，又过了一段时间去卧室敲了敲门。没有人回应，但好像听得见查理的呻吟。她轻轻把门打开，看到查理仰面躺在床上，呼吸时喉咙里发出咕噜咕噜的声音。他没有醒。清洁女工喊了他几声。查理的样子让她有些害怕。她去了同一楼层上的另一个公寓,那里住着一个记者。清洁女工按响门铃的时候他还在睡觉,穿着睡衣开了门。

"抱歉,先生,"她说,"你能不能过来瞧一眼我那位先生。我觉得他不对劲。"

那个记者走过楼梯平台,进了查理的公寓。床边有个佛罗拿[1]的瓶子空了。

"我觉得你最好找个警察来。"他说。

一个警察来了之后,打电话到警局叫了一辆救护车。他们把查理送到了查令十字医院。他再没有醒过来。最后时刻玛杰丽陪伴着他。

"当然他们会调查死因,"珍妮特说,"但怎么回事很明显了。他过去三四周一直失眠严重,应该就在用佛罗拿助眠。昨天一定是不小心服用过量了。"

"玛杰丽也这么想吗?"我问。

"她太难过了,什么也想不了,可我跟她说了,查理一定不是自杀。我就觉得,他不是那种人啊,对不对,比尔?"

"你说得对,亲爱的。"他回答。

"他有没有留什么信?"

"没有,什么都没有。奇怪的是今天早上玛杰丽收到过他的一封信,怎么说呢,也不能算是一封信,就一句话而已。'没有你我太寂寞了,亲爱的。'就这样。可那自然说明不了什么,而

---

[1] Veronal,一种长效催眠剂和镇静剂。

且她也答应了警方来调查的时候不提这件事。我的意思是说,又何必让别人瞎想呢?所有人都明白佛罗拿这东西不好说的,我自己就绝不会碰这玩意儿,而且那很明显是个意外,对吧,比尔?"

"你说得对,亲爱的。"他回答。

我看得出来,珍妮特是一门心思要相信查理·毕晓普不是自杀的,但在她的内心深处到底能信几分,我对女性心理学研究不足,还不好判断。当然有可能她是对的。一个中年科学家就因为自己的中年妻子离开而轻生,说不过去;而他因为失眠而恼火,外加很可能喝醉了酒,自己也没意识到服用了多少安眠药,这道理很说得通。至少验尸官也持这个观点。他听到的说法是最近查尔斯·毕晓普脾气愈发暴躁,逼得妻子离开了他,很明显结束自己的生命是他绝不会想到的事情。验尸官向死者的遗孀表示同情,非常严肃地评述了安眠药的危险性。

我讨厌葬礼,但珍妮特反复求我一定要去。几个查理在医院的同事透露过想要参加,但尊重玛杰丽的意愿,他们没有来;所以葬礼上只有珍妮特、比尔、玛杰丽和我四人。我们要从太平间送灵车去墓地,他们提议可以半路带上我。我一直留意着外面,看到车来就下楼了,可比尔从车里出来,没等我走出门就进来了。

"先等一下,"他说,"就几句话先问问你。结束之后珍妮特想请你来喝茶。她说让玛杰丽一人自哀自伤总不好,用完下午茶我们再打几局桥牌。你能来吗?"

"穿成这样?"我问。

我身上是燕尾服、黑领带和夜礼服的裤子。

"啊,没事的,帮玛杰丽散散心。"

"那行吧。"

可桥牌最后并没有打成。一头金发的珍妮特穿着一身全黑的丧服十分雅致,好友丧夫这场戏她演得驾轻就熟。她微微哭了几下,拭泪的手那么轻柔,睫毛油一点也没受影响;当玛杰丽悲痛地抽泣时,她温柔地挽住了朋友的手臂。珍妮特真是一个在朋友有难时冲在最前面的人。我们回到了马什家。玛杰丽收到一份电报,就拿着上楼了。我猜想应该是查理的某个朋友,刚听说这个消息,发一封信来表示慰问。比尔去换衣服,珍妮特和我上楼到了会客厅里,把桥牌桌搬了出来。她摘下帽子,放到了钢琴上。

"我们也不用故作姿态,"她说,"当然玛杰丽伤心透了,但她一定得振作起来。打一盘桥牌能帮她尽量恢复到平常的样子。我自然也很为可怜的查理难过,但据我判断,玛杰丽离开对他的打击,他是走不出来的;谁也不能否认,这样一来,玛杰丽就不用那么为难了。她早上已经给盖里发了一封电报。"

"说什么呢?"

"告诉他可怜的查理的事啊。"

这时候女佣进来了。

"夫人,您可否去毕晓普夫人那里一趟?她想见您。"

"好的,当然了。"

她快步走出了会客厅,只剩下我一个人。没过一会儿,比尔进来了,我们喝了杯酒。终于珍妮特走了进来。

她递给我一份电报。上面写着:

> 求你务必先等我的信。盖里。

"你觉得这是什么意思?"她问我。
"不是写得很清楚吗?"我说。
"笨蛋!当然我已经跟玛杰丽说了,这不代表什么,但她很担心。这肯定是在他收到查理死讯那份电报之前发出的。我觉得她现在一定不怎么想打桥牌了。我是说,丈夫下葬的同一天打牌似乎有些不好。"
"是不太好。"我说。
"当然他收到电报应该会立马回复吧。他无论如何是要回的,你们说呢?现在我们能做的也就是好好坐着等他的信了。"

我看不出继续议论下去有什么意义,就告退了。两天之后,珍妮特打来电话,告诉我玛杰丽收到了莫顿吊唁的电报。她读了一遍给我听:

> 听到这个噩耗极为难过。对你的悲痛致以深切哀悼。爱你的。盖里。

"你怎么看?"她问我。
"我认为写得很得体。"

"他当然不能说自己高兴坏了,对吧?"

"那样就有些失礼了。"

"而且他写了'爱你的'。"

在我的想象中,她们一定从各个角度解读了这两份电报,仔细查看每一个字词,压榨出每一层含义。我甚至能听到她们无休无止的讨论。

"要是他现在辜负玛杰丽的话,我真不知道她该怎么办,"珍妮特继续说道,"接下去就看他是不是个绅士了。"

"胡说八道。"我一下就把电话挂断了。

接下去几天我又在马什家吃过几次饭。玛杰丽看上去很疲惫。我想她一定是满心焦虑地等待着还在路上的那封信。哀痛和惧怕让她憔悴不堪,她现在似乎非常脆弱,有了一种我之前从未在她身上见过的气质,就像是她已经把俗世看得很淡了。她非常温柔,感激每一点对她的好意,而且在她那种犹疑、略显怯懦的微笑中,有无限的哀婉。这种无助是非常动人的。只可惜莫顿还在几千英里之外。然后,一天早上珍妮特的电话来了。

"那封信到了。玛杰丽说你可以看。你要过来吗?"

她紧张的语气已经什么都告诉我了。到了之后,珍妮特把信给了我。我读了一遍。里面的措辞都很小心,我想莫顿一定写了很多稿。信的意思很和善,显然为了不说什么伤害玛杰丽的话,花了很多心思,但字里行间透露出来的是他的恐惧。很明显这个年轻人已经吓得直发抖了。似乎他认为处理这个局面最好的策略是故作轻松,所以就一直在取笑殖民地里那些白人。要是玛杰丽突然出现他们会说什么？他自己一定转眼间就会被踢走。大家都以为东方是自由而随便的；根本不是，那里比克拉彭[1]还古板。他太爱玛杰丽了，完全不能想象那些糟糕的女人对她百般嫌弃会多么可怕。另外，他又被派到一个新的岗位，不论去哪里都要十天以上；玛杰丽也不能真的住到他的木屋里去，不用说周围是没有旅店的，更何况他因为工作可能一连几天都会在森林里。不管怎样，那都不是一个女人能待的地方。他说玛杰丽对他太重要了，但请玛杰丽不要再为他烦恼；他也不得不承认，或许回到丈夫身边才是玛杰丽更好的选择。如果说是他妨碍了两人重归于好，他是不能原谅自己的。唔，我敢肯定这封信写起来的确很不容易。

"当然了，他写信的时候不知道查理已经死了。我跟玛杰丽说，这样的话就完全不一样了。"

"她认同你的看法吗？"

"我觉得她现在很不讲道理。你怎么看这封信？"

"这个嘛，很明显他不想要她了。"

"两个月之前他还想要得很啊。"

"呼吸的空气和眼前的场景一换，人的变化很大。他一定觉得离开伦敦似乎已经是一年前的事。他重新被过去的朋友和兴趣包围了。亲爱的，玛杰丽再自欺欺人也没有用，莫顿已经回归了过去的生活，他觉得那里没有玛杰丽的位置。"

---

[1] Clapham，伦敦西南部地区。

"我给她的建议是不要管这封信,直接去找他。"

"希望她没有荒唐到要让自己去承受一次异常可怕的冷遇。"

"可接下去她要怎么办呢?这真是太残忍了。她可是世上最好的女人。她的好是发自内心的。"

"细想的话也很有意思,正是她的好才惹出了这么多麻烦。她到底为什么不跟莫顿来一段婚外情呢?查理不会知道,也不会受半点损失。她和莫顿会有一段快活逍遥的日子,两人分别的时候,心里会想着这段愉快的插曲优雅地收尾了。它会成为开心的回忆,然后她又可以心满意足地回到查理身边,经过这番休整,又可以继续做她那个人人艳羡的妻子了。"

珍妮特紧闭双唇,鄙夷地扫了我一眼。

"有一样东西叫贞洁,你知道吗?"

"去他的贞洁。要是贞洁只会造成破坏和痛苦,它就什么都不是。你可以把它叫做贞洁,我把它叫做怯懦。"

"想到和查理住在一起的时候对他不忠,这个想法让她恶心。你知道,有些女人是这样的。"

"老天爷呀,她可以在肉体上不忠于丈夫,但不妨碍精神上忠于婚姻啊。这种小把戏女人施展起来一点都不费力的。"

"你真是个让人憎恶的犬儒主义者。"

"如果说正视现实,以及在生活中使用常识算是犬儒的话,那你完全可以说我是犬儒的、令人憎恶的。现实是什么,那就是玛杰丽是个中年女子,查理五十五岁了,他们结婚已经十六年。一个年轻人对她百般殷勤,她会犯浑那是最自然不过的事情。但不要说这是爱情。这是生理学常识。她笨就笨在把那小伙子说的话当真。那不是莫顿在说话，是他渴望性爱的身体；已经有四年了，对他来说是性的饥荒——只考虑白种女人的话；如果非要他兑现那时做的那些不假思索的承诺，从而毁了他的生活，那就太不公平了。玛杰丽让他动了情只是碰巧遇到的是她罢了；他想要她，因为得不到，就更加渴望。我敢说他也以为那是爱情；但相信我，那只是肉欲罢了。要是他们上了床，查理今天还活着。就是她的狗屁贞洁惹了这一堆麻烦。"

"你真是太蠢了，看不出来她也没有办法吗？她就正好不是一个随便的女人。"

"要我说，女人宁可随便，也不要自私，宁可淫荡，也不要愚蠢。"

"啊，闭嘴吧。我让你到这儿来，可不是要听你说这些禽兽的话。"

"你让我来是干什么的？"

"盖里是你的朋友，是你介绍他跟玛杰丽认识的。她现在这么痛苦，是他造成的，而你是根源；你有责任写信告诉他，对于玛杰丽，他必须做出正确的选择。"

"要是我会写那真是见了鬼了。"我说。

"那你可以走了。"

我正要朝门口走。

"不管怎样，查理保了人寿险真是运气好。"珍妮特说。

这时我转过来看着她。

"你居然还有胆子说我犬儒。"

我摔门出去的时候还扔给了她一个难听的词,这里就不重复了。但尽管如此,珍妮特依然是个很好的女人。我常常想到,要是跟她结婚应该会过得很有趣吧。

带伤疤的男人

The Man with the Scar[1]

我最初注意到他就是因为那条伤疤,又粗又红,像一弯新月,从耳朵挂到下颚。我在想这不知是军刀还是炸弹碎片造成的,但那次受伤必定非同小可。那是一张胖胖的圆脸,一副好脾气的样子,所以伤疤更显得突兀。他的五官也不引人注意,表情都很单纯,但人倒是个粗壮有力的大个子,放在一起颇不相称。身上总是一件非常破旧的灰色西服,卡其衬衫,头戴一顶破烂的阔边帽;我没有见他穿过别的衣服。总之是个远远谈不上干净的人。以前在危地马拉城的皇宫大酒店,每天到了喝鸡尾酒的时候[2],他都会悠闲地四下走动,向客人兜售彩票。如果这是他的生计,那他一定过得很凄凉,因为我从来没有见谁买过;不过有时倒看到别人会请他喝酒——他从来不会拒绝。他在酒桌间穿梭时,有种左右摇摆的步态,就好像这是一个经常会走远路的人;

---

1 首次发表于 1925 年,收录于 1936 年出版的短篇小说集《四海为家之人》(*Cosmopolitans*)。
2 通常为下午四点到六点。

每到一桌都会停下，微笑着报出自己要卖的号码，要是没有人睬他，就保持微笑到下一桌去。我觉得他很多时候其实都有些喝晕了。

有一天傍晚，我跟一个熟人站在吧台边喝酒（皇宫大酒店的干马提尼是一流的），一只脚搁在吧台下的横杆上，这时带伤疤的男人走了过来。他又拿出他的彩票供我选择，我到危地马拉城之后，这大概是第二十回了，我还是摇了摇头。但我的这位酒友很和气地跟他点头。

"你好吗[1]，最近如何呀？"

"还行吧，生意就不怎么好了，但总算没有更糟吧。"

"将军你喝点什么？"

"来杯白兰地。"

他一口把酒闷了，将杯子放回到吧台上。他朝我的这位朋友点了点头。

"谢谢。再见。"

接着他就一个转身，把彩票出示给站在我们旁边的一个人。

"你这位朋友是谁？"我问道。"脸上那条伤疤还挺吓人的。"

"添了条伤疤没有变更好看，是吧？他是从尼加拉瓜来的一个逃亡者。的确是个暴徒不假，是个土匪，但人也不算坏；我时不时地就给他几个比索。他之前是个领导革命的将军，要不是最后弹药不够，应该已经推翻政府，当上战争部长了，而不是在危

---

[1] 此处原文为西班牙语，本篇以下仿宋体字皆同。

地马拉卖彩票。当时他被抓住,一起被抓的还有几个他的所谓幕僚,被带到军事法庭审判;你也知道,那种国家像这样的事都很草率,然后他就被判了死刑,第二天一早枪决。我想他当时被抓就该知道自己是什么结局了。那天晚上他和其他几个人关在一起,一共五个,于是就打扑克打发时间,用火柴当筹码。他说他手气从来没有这么差过;他们打的是不用整副牌的'双J开局'[1],但他从来都拿不到好牌,打了一宿,赢钱不会超过五六次。每次买了一堆筹码转眼就没了。等到士兵天亮的时候来牢房提犯人去行刑,他输掉的火柴正常情况下一个人一辈子都用不完。

"他们被带到监狱的天井里,让他们肩并肩靠墙站着,对面就是行刑队。当时进程停了下来,我们这位朋友问管事的人,到底还在磨蹭什么。长官说,政府军的将军想来看一看,所以他们在等。

"'那应该有工夫让我再抽根烟了,'我们的朋友说道。'那人总是迟到。'

"可烟刚点着,将军就到了——顺便说一句,就是圣伊格纳西奥,不知道你有没有见过——带着他的副官进了天井。正常的过场全走了一遍,圣伊格纳西奥问那些死刑犯在行刑前还有什么愿望。五个人之中有四个人摇了摇头,但我们这位朋友说话了。

"'我有,我想跟我妻子道别。'

---

[1] Jacks to open,也称 Jackpot,一种牌戏,须持牌大于一对 J 方可开局下注。

带伤疤的男人

"'好的,'政府军将军说道,'这个要求我不反对。她人在哪里?'

"'她等在监狱门口。'

"'这么说来,拖延起来也不会超过五分钟。'

"'连五分钟都不用,将军先生。'我们的朋友说道。

"'先把他带到一边。'

"两个士兵走上前去;他被两人夹着,走到了一个指定地点。行刑队的主管看到将军点头示意,立马发出号令,只听得一阵刺耳的枪响,四个人倒下了。奇怪的是他们并不是同时倒下的,而是一个接着一个,动作简直怪诞,就像儿童剧场里的牵线木偶。其中一个士兵走过去,用他的左轮手枪朝一个还没死的囚犯身上又补了几发子弹。我们的朋友抽完了烟,把烟蒂随手扔掉。

"大门口略微有些吵闹,一个女人快步冲到天井中来了,但半路把手放在胸口,停了下来。然后又喊了一声,伸出双臂跑上前去。

"'唉呀。'政府军的将军感叹道。

"她穿了一身黑色的衣服,盖着头纱,脸上煞白。她不过还是个少女,一个轻盈的小东西,除了一双大眼睛,五官都端庄、小巧。而眼睛虽大,里面都是憔悴和痛苦。她一路跑过去的时候,嘴巴微微张开,一脸的哀伤那么动人,旁边那些麻木的士兵看到她,都惊讶地深吸一口气。

"这个叛乱者朝姑娘走了几步迎接她,等姑娘冲进自己的怀里,他用粗哑的嗓音动情地喊了一声:我的心,我的魂，然后吻上了她的双唇。就在这时，他从自己破烂的衬衫里抽出一把小刀——我完全不知道他是怎么留着这种东西的——一刀捅在姑娘的脖子上。血管被割断，鲜血喷涌出来，把他的衬衫也染红了。这时他用双臂搂住那个姑娘，再次亲吻了她。

"一切发生得太快了，很多人都没弄清是怎么回事，但还有一些人全都惊恐地呼喊起来，冲上去擒住了他。他们把他的手掰开，要不是那个副官接住，姑娘就会直接倒下。她已经没了知觉。那些人把她放在地上，站在周围惊慌失措地看着。这个叛乱者知道自己下手的地方，血是肯定止不住的。只过了一会儿，跪在姑娘身边的副官站了起来。

"'她死了。'他轻声说道。

"叛乱者在自己胸前画了个十字。

"'你为什么这么做？'政府军的将军问他。

"'我爱她。'

"挤在周围的人似乎都叹了口气，表情古怪地看着这个杀人犯。政府军的将军一言不发地注视着他。

"'这是个高贵的举动，'他最终说道，'我没法处死这个男人。开我的车，把他送到国境线吧。先生，这是一个勇士对另一个勇士起码的敬意。'

"听到这句话的人忍不住发出一阵赞同的低语。副官拍了拍叛军领袖的肩膀，然后又是在左右两个士兵的陪伴下，他走向了等在一边的轿车。"

带伤疤的男人

我的朋友说完了，我一时也没有做声。我得解释一句：他是个危地马拉人，以上都是用西班牙语说的。我已经尽力把他的话翻成像样的英文，不过并没有淡化他那些浮夸的语言。说实在的，我觉得这个故事就该这样去讲。

"可他脸上的伤疤是怎么来的？"我最后问道。

"啊，那是我开饮料的时候，瓶子爆了。就一瓶干姜水。"

"我从来都不喜欢干姜水。"我说。

歇业

The Closed Shop[1]

虽然以下这段故事我非讲不可,但它所发生的地方民康物阜,我是无论如何不会透露它的国名的;不过,承认它是美洲大陆上一个自由和独立的国家,我想也无伤大雅吧。平心而论,这样指涉的确已经足够含糊,不可能引发任何外交纠纷。这个自由独立国家的首都宽阔明媚,有一片广场,有一座不失气度的大教堂,和几幢古朴的西班牙建筑。有一位密歇根的年轻女子正好到了这座都城,自由独立国家的总统精于品鉴美貌,而这位女子面容姣好,一下子俘获了总统的心。他毫不犹豫地表明了自己的爱意,而得知对方也属意于他,自然欢喜;只是这位女子认为他已娶、她亦嫁,是这对有情人结合的障碍,又让总统哀伤不已。她对婚姻有种女性特有的向往,虽然这种想法在总统听来毫无道理,但女子只要长得好看,任何异想天开都该满足,于是他承诺会妥善安排,为两人的永结连理清除一切障碍。他把法律顾问

---

1 收录于 1936 年出版的短篇小说集《四海为家之人》。

召集起来，陈述了事态，同时提出了自己长久以来的一个看法，即他们的婚姻制度对于一个进步的国家来说实在是陈腐不堪，早该大刀阔斧地加以整顿。顾问们退席，短暂的间歇之后，他们制定了一条深得总统赞赏的新离婚法规。但我笔下的这个国家是一个高度文明、民主的国家，美名远扬，行事从来遵照宪法。一条法律即使再关乎总统的切身利益，但只要他尊重自己，尊重自己就职时的誓言，也要按部就班地走完流程，而走流程是需要时间的。他还没来得及签名让新离婚法规生效，一场革命爆发，总统很遗憾地被吊死在广场的一根路灯柱上，背景正是那座不失气度的大教堂。面容姣好的年轻姑娘匆匆离去，但那条法规却留在了那里。它的内容很简单：在本国居留三十天之后，只需支付一百美元的手续费用，婚姻一方即可在不知会对方的情况下，单方面解除婚姻关系。你的妻子可能只是告诉你要去陪伴她的老母亲，一个月之后，你在用早餐时打开信件，却被通知你的爱人已经改嫁了。

这则令人鼓舞的消息传得很快，没过多久人人都知道在离纽约不远的地方，有这么一个国家，首都气候宜人，衣食住行也过得去，一位女士能够在此花费极少的精力和开销，从让人烦恼的婚姻关系中解脱出来。而在丈夫不知情的状态下完成这道手续，可以免去不少铺垫性的讨论，而那些激烈的对话总是让人心力交瘁。所有女人都知道，不管男人有多反对一项提议，一旦木已成舟，他们一般都会平心静气地接受。跟他说你想买一部劳斯莱斯，他会告诉你他买不起，但如果你已经买下了，他就会像羊羔一样在支票上签字。所以眨眼之间，美丽的女士们络绎不绝地赶到这座迷人的阳光之城；有风尘仆仆的商界女性，有地位崇高的贵妇，也有一心寻欢作乐和悠游度日的女子，她们来自纽约、芝加哥、旧金山，她们来自佐治亚，她们来自达科他，她们来自美国的每一个州。联合水果公司[1]的航线上，客运部总是满员，要是你要独享一间特等客舱，就必须提前半年预定。国家积极进取，首都欣欣向荣，很快城里所有的律师都开上了福特汽车。格兰德豪华酒店的老板阿戈斯托先生还投入资金新添了几个洗手间，但是这点开销他是不会介意的；酒店的生意日入斗金，每次路过吊死总统的那根灯柱，他总要喜气洋洋地挥手致谢。

"他是个了不起的人，"他说，"总有一天他们会为他立一座雕像的。"

我以上一番描绘，听来大概让人觉得这条又方便又讲道理的法律只让女士获益，似乎暗示在美国只有她们才渴望从神圣的婚约中摆脱束缚。我没有理由相信这是事实。虽然旅行来此办理离婚手续的绝大多数是女方，我把原因归结为女人要出门六周从来不是什么难事（一周过去，一周回来，三十天完成居留期），但男人要把手头的事放下这么久就难了。他们可以在那里过暑假的确没有错，但那里的酷热又未免难熬。另外，那里没有高尔夫球场；一个男人要和妻子离婚，但要付出一个月的高尔夫球为代价，因此有所迟疑也是可以理解的。当然也有个别男子在格兰德

---

1 美国航运公司，创立于1899年，主业贩卖香蕉，对中美洲的历史发展有一定影响。

豪华酒店住了三十天的,但出于某些不为人知的缘由,他们都是时常出差的销售人员。我也只能想象,他们的职业决定了他们可以同时追逐自由和销售额。

但不管怎样,格兰德豪华酒店里的住客大部分还是女子,午餐、晚饭时间,她们围坐在拱廊下的小方桌边,喝着香槟互诉婚姻之苦,场面还是极为热闹的。阿戈斯托先生还做了一笔了不得的兴隆生意,就是让将军、上校(这个国家的军队里将军比上校多)、律师、银行家、生意人,和城里的公子哥们,到酒店里来欣赏这些美好的异性。但世间很少有尽善尽美的事情,总有不尽如人意之处——致力于摆脱丈夫的女子处于一种焦躁的状态,这很说得通,但这也让她们非常难以取悦。现在必须得承认,这座迷人的小城纵有百般好,似乎还是缺了几个放松身心的去处。当地只有一家电影院,放的那些片子从它们好莱坞温暖的家出发,也不知晃荡了多久才到了这里。白天咨询一下律师,做做指甲,逛逛街,倒容易过去,但夜晚太难熬了。很多人都抱怨三十天太长,甚至有一两个急性子的小姑娘非要律师给法律"加把劲儿",让她们可以四十八小时之内把事情解决。可阿戈斯托先生是个有办法的人,很快他又有了主意:把一队在各地弹奏马林巴琴的危地马拉乐手留在了酒店里演出。世上没有比马林巴琴的乐声更让人脚痒难耐的了,转眼之间,庭院里所有人都跳起了舞。当然,对于二十五位美丽的女子来说,三位旅行推销员是不够的,但不是还有那么多将军和上校吗?不是还有那么多翩翩的公子哥吗?他们都舞技高超,他们都有水汪汪的黑色眼睛。时间过得飞快，一天天后脚踩着前脚，还没意识到，一个月就过去了。阿戈斯托先生的客人与他告别的时候，不止一人告诉他其实很愿意再多待几日。阿戈斯托先生精神焕发；他最爱看到大家玩得高兴。乐队的开销赚回了两倍不止，而且看到殷勤的军官和城里最吃香的年轻人陪着这些女士跳舞，对他有延年益寿的功效。阿戈斯托先生又节俭，所以每晚十点之后楼道里的电灯总是关掉的，殷勤的军官和城里最吃香的年轻人在那里英语提高得很快。

一切都愉快得"如同婚礼的铃声"，这种表达虽然陈旧，但在这个语境之下实在让人舍不得不用。直到有一天，克拉里夫人有了决断，她认为自己已经受够了。正所谓甲之鲜肉，乙之砒霜。她穿戴齐整之后去见了她的朋友卡门西塔。听克拉里夫人三言两语表明了来意，卡门西塔唤来了一个侍女，要她赶紧去请拉葛姐；有要事商议。拉葛姐是位分量可观的女士，还有浓重的胡须，在一瓶马拉加葡萄酒的助兴之下，三个人进行了一场别开生面的对话。结果是她们给总统写了一封信，称有话要禀呈。新总统是个三十多岁、粗壮的年轻人，几年前还受雇于一家美国公司，在码头上干活；他能有今日之地位，还是靠他自己天生的好口才，以及在需要表明看法或强调某个观点时，对枪支的有效使用。当他其中一个秘书将这封信放在他面前时，总统笑了起来。

"这几个臭婆娘能有什么事？"

可他不但心地善良，而且平易近人；他没有忘记自己是作为人民的一员，被人民所选，来保护人民的。而且在他少年时，有几个月当过听候克拉里夫人差遣的一个小跑腿。他告诉秘书，第二天早上十点可以见她们。几位女士在约定的时间抵达了宫殿，沿着一段华贵的台阶，来到接见室前；为她们引路的官员轻轻地敲了敲门；一个装了栏杆的窥视孔打开，出现一只警惕的眼睛。总统在力所能及的范围之内，还是希望尽可能避免重复上一任的命运，所以不管是谁来访，都会小心接待。官员报了三位夫人的名字，门开了，但只开了一点，他们侧着身挤了进去。这房间很漂亮，不少秘书脱了外套只穿衬衫，坐在小桌子边上忙着打字，后腰上每人都别着一把左轮手枪。还有一两个年轻男子全副武装躺在沙发上抽烟、看报。总统也没穿外套，腰带上挎着左轮手枪，两个拇指都扣在马甲的袖口里。他人高马大，一眼看去不但英俊，甚至有些高贵。

"你们好吗[1]？"他兴高采烈地喊道，亮了亮他的一口白牙。"你们来是有什么事啊，夫人们？"

"你现在看上去可真是意气风发，曼努埃尔先生，"拉葛妲说，"你一直都是个神奇的男人。"

他和女士们握了握手，总统手下的工作人员也停下了辛勤的工作，靠在椅背上热情地跟三位夫人摆手致意。他们都是老朋友，互相之间打招呼或许有些玩笑成分，但的确很热情。我现在必须公布（毫无疑问，我要是说得太隐晦，可能会被误解；既然要说，那不妨就大大方方地说出来）：这三位夫人是这个自由、独立国家的首都中三家主要妓院的鸨母。拉葛妲和卡门西塔是西

---

[1] 此处原文为西班牙语，本篇以下仿宋体字皆同。

班牙血统，很体面地穿着黑色的衣服，用黑色的丝绸披巾裹着脑袋，而克拉里夫人是法国人，戴了一顶无边女帽。她们都不再年轻，举止很是端庄。

总统请她们坐下，请她们喝马德拉白葡萄酒，请她们抽烟，都被她们拒绝了。

"不用了，谢谢你，曼努埃尔先生，"克拉里夫人说道，"我们来见你是有正经事的。"

"好吧，我能为你们做什么？"拉葛妲和卡门西塔看了看克拉里夫人，克拉里夫人看了看拉葛妲和卡门西塔。那两人点了点头，克拉里夫人这才知道自己众望所归成了代言人。

"好吧，曼努埃尔先生，事情是这样。我们三个女人多年来一直勤勤恳恳，从来没有半点坏名声。整个美洲大陆找不出比我们三家更高级的场子了，也是给这座美丽的城市增光添彩了不是？你看看，光去年我就花了五百美金给我的主厅装了平板玻璃的镜子。我们一向做事体面，缴税从来不曾拖延。眼睁睁看着我们辛劳而来的果实被夺走，实在是不好受。我可以毫不犹豫地说一句，这么多年来我们不偷不抢，只顾认真工作，到头来却要遭受这样的待遇，真是太不公平了。"

总统大吃一惊。

"可是，克拉里，亲爱的，我不知道你指的是什么。有人胆敢违法问你们要钱吗？还是有别的我不知道的事？"

他朝自己的秘书们疑惑地扫了一眼。他们想装做一无所知，但这些人尽管的确清白，却也一看就有些局促。

"我们要抗议的正是法律。眼看着我们就要倾家荡产了。"

"倾家荡产?"

"只要这条新的离婚法不被废除,我们哪有什么生意,那么漂亮的场子还不如关门算了。"

克拉里夫人接下来的解释语言太过直白,我还是意译一番为好。她说因为外国的美丽女子侵入首都,她和她的两位朋友付了房租也交了税的高雅场所,顿时无人问津了。有头有脸的年轻人晚上更愿意去格兰德豪华酒店,因为在正规的地方本来要用真金白银买来的乐子,在那里只需说几句温柔的话就行了。

"这倒也怪不得他们。"总统说。

"是不怪他们,"克拉里夫人喊道,"我怪那些女人。她们没有权利夺走我们的生计。曼努埃尔先生,你是和我们平民百姓站在一起的,你不是他们那些特权阶级;要是你允许这些工贼[1]把我们这样的人逼得走投无路,整个国家会怎么想?我就问问你,这样公平吗?这样正当吗?"

"但是我又有什么办法呢?"总统说。"我总不能把她们在房间里关上三十天吧。要是这些外国人不知检点,难道还是我的错吗?"

"没钱的姑娘另当别论,"拉葛姐说,"她得吃饭。但那些女人全是心甘情愿做这些事的,不懂,我一辈子也想不明白。"

"是这条法律太糟糕,太邪恶了。"卡门西塔说。

---

[1] Blackleg,本义指那些在同伴罢工时,依然工作或被雇佣来顶替罢工者的人。

总统一下站了起来,双手叉腰。

"你们要我废除一条给这个国家带来安宁与富饶的法律,想都不用想。我来自人民,我也是被人民推选出来的,祖国的繁荣我会永远放在心上。离婚是我国的支柱产业,要么把我杀了,否则我是不会废止这条法令的。"

"哦,圣母玛利亚。真的要到这个地步吗?"卡门西塔说。"我可是有两个女儿在新奥尔良的修道院里啊。唉,做我们这行的,难免有些不开心的事情,但我想到我的女儿能嫁得好一些,等我退休的时候她们能继承我的产业,多少是种安慰。你以为我把她们送进新奥尔良的修道院不用钱吗?"

"还有,要是关了我的场子,我在哈佛的儿子谁替我养,曼努埃尔先生?"拉葛妲问。

"说到我呢,"克拉里夫人说,"我无所谓。回法国也行。我亲爱的老母亲八十七了,说还有很多年好活是假话。要是剩下的日子我能陪在她身边,对她肯定是种安慰。但我痛心的是这件事太不公平了。你在我那里度过了许多愉快的夜晚,曼努埃尔先生,我实在是难以想象你会让我们落到这步田地。你自己不也告诉我,当你作为荣誉嘉宾走进曾当过童仆的那个地方,是你一辈子最骄傲的时刻吗?"

"我并不否认。我当场就请所有人喝了香槟。"曼努埃尔先生在大厅里来回走动着,一路耸着肩,因为深陷在思考之中,他时不时还做起了手势。"我是从人民中来的,我也是人民推举的,"他喊道,"这些女人确实就是工贼。"他朝自己的秘书们做了个夸张的手势。"这是我政绩上的一个污点。让这些毫无技能的外国劳工抢走我们正当工作、勤勤恳恳的百姓的生计,违背所有我信奉的原则。这些女士来找我,寻求我的保护,一点错也没有。我不会允许这样引起民愤的事情继续的。"

这段演讲当然非常直率深刻、振奋人心,但在场的听众也都知道它什么都没改变。克拉里夫人在鼻子上补了点粉,拿出随身的小镜子看了一眼自己这个气势不凡的器官。

"当然我也知道人性是怎么回事,"她说,"我很理解这些女人有大段时间难以消磨。"

"我们可以建个高尔夫球场,"其中一个秘书试探着说道,"不过也只能占掉她们白天的时间。"

"要是她们要男人,为什么不能自己带男人来啊?"拉葛姐说。

"哎呀!"总统喊了一声,突然就站住不动了。"有办法了。"

他今日之崇高地位可不是凭空获得的,这个男人有的是想法和谋略。总统一时间神采奕奕。

"我们会修订法律。男人要来的话还是像以前一样畅通无阻,但女人必须由丈夫陪同,或携带他们的书面许可。"他看见秘书一脸的震惊,摆了摆手。"但移民局会收到指示,要给丈夫这个词最宽泛的解读。"

"圣母玛利亚!"克拉里夫人高呼。"要是她们带着朋友来,那个朋友一定会确保没人来夹缠她们,而我们的宾客又能回到那些曾让他们乐不思归的地方了。曼努埃尔先生,你真是个了不起的人,他们很快会给你立一座雕像的。"

很多时候,是最简单的对策解决了最可怕的困境。按照曼努埃尔先生的提议,他们简单地修正了一下法令,宽阔和明媚的首都,自由而独立的国家,继续享受着繁荣之神的眷顾,克拉里夫人得以继续在造福百姓的岗位上做出自己利润丰厚的贡献,卡门西塔的两个女儿完成了在新奥尔良修道院昂贵的学业,而拉葛妲的儿子也成功地从哈佛毕业了。

乞丐

The Bum[1]

即使把我的计划减半,生命翻倍,想做的事情还是来不及的,也只有天知道我为此有过多少长吁短叹。我已经记不得有多久抽不出片刻的空闲来了。经常我会用这样的幻想自娱:要是有一周时间完全可以虚度就好了。我们中大多数人不在勤奋工作的话,就忙着玩乐——骑马、打网球、打高尔夫、游泳或赌博;但在我的幻想中,这些我都不会干。我早晨就随意躺卧,下午东游西荡,最后再无所事事把晚上打发掉。我的头脑就是一块写字用的石板,每个钟点都如同海绵一样,把感观世界留在上面的印记统统抹去。时间,正因为它如此易逝,如此不可追回,才成为人类最可贵的宝贝,于是虚掷时间也就成了一个人纵情挥霍的各种形式中最为精美的一种。克娄巴特拉将无价的珍珠溶在红酒中给安东尼饮用[2];如果你将如金子般的短暂生命浪费了,那无异于将

---

1 首次发表于1926年,收录于1936年出版的短篇小说集《四海为家之人》。
2 传说中,克娄巴特拉与安东尼打赌,说她一顿饭可以花掉一千万塞斯特斯币;取胜的办法是将自己的珍珠耳环丢在一杯醋里,待其溶化后一饮而尽。

溶化了奇珍异宝的杯中之物全泼到地上。这种姿态很气派，但所有气派的姿态多少都有些荒唐。这当然也正是它成立的理由。至于我承诺给自己的那个无事周，我肯定是会用来看书的，因为对于一个有阅读习惯的人来说，书就像一种已经将他奴役的药物；一旦离开了印刷品，他就变得紧张、喜怒无常、焦躁不安。就像没了白兰地的酒鬼会喝虫胶清漆和甲基化酒精[1]，爱看书的人一旦无书可读，五年前报纸上的广告和电话簿都看得下去。但职业作家从来都只能带着私心读书，而我希望自己的阅读也能是某种形式的不务正业。我暗下决心，等那幸福的日子到来，要用不受打扰的空闲完成一件诱惑我很久的大事，只不过到目前为止，就像一个在未知国度勘察的探险者，我还只是试探而已——那件大事就是通读关于尼克·卡特[2]的所有作品。

但我向来都自诩能随心所欲地选择自己的处境，而不是听任别人的安排。当我突然面临无事可做的局面，必须尽力应付时（就像在空阔无边的太平洋上因为坐船相识的泛泛之交，你邀他来伦敦做客，有一天他没有事先通知，突然带着全部行李出现在你的家门口），我总有些措手不及。我当时从墨西哥城去维拉克

---

[1] 都含有甲醇，不可饮用。
[2] Nick Carter，虚构的侦探，1886 在《纽约周刊》（*New York Weekly*）的一个连载故事中出现，因为广受欢迎，有了专门的刊物《尼克·卡特周刊》（*Nick Carter Weekly*）；此刊物 1915 年停刊。但在整个二十世纪，这个人物都以不同的形式时不时地重新出现过。

鲁斯是为了乘坐沃德公司白色的凉船[1]去尤卡坦[2]，第二天醒来发现码头罢工，我的船入不了港，就此便因在了维拉克鲁斯。我在勤迅大酒店订了一个朝向广场的房间，一早上都在城里观光。我穿行在旁街蔽巷中，在墙外窥视那些古雅的庭院；我信步走在教区教堂里，看着那些兽形滴水嘴和拱扶垛，极有旧时建筑的风姿；咸咸的海风和炽烈的阳光给本来威严的石墙添了些岁月的圆融；穹顶上贴满了蓝白色的瓷砖。这时我发现已经没有别的风景可看了，坐在广场周围的拱廊里点了杯饮料乘凉。灿烂的阳光不遗余力地拍在广场上。椰树无精打采耷拉着叶子，显得很邋遢。有些黑色的大兀鹰勉强地趴在树上，突然落下来在地上拾捡些脏东西，又扇动着笨拙的翅膀朝教堂飞去。我看着广场上来往的人，黑人、印第安人、混血儿、西班牙人，"西班牙海"[3]的人口就是这样复杂，肤色也从乌木黑一直到象牙白都有。时间慢慢接近正午，我周围的桌子人也多了起来，大多是中饭前来喝一杯的男人，一般都穿着白色的帆布西装；虽然天气闷热，也有体面地穿着深色工作服的人。拱廊里还有一个小型的乐队——一个吉他手、一个盲人小提琴手，还有一个演奏竖琴的，弹拉格

---

[1] 沃德公司（Ward Line）是1841年创建于纽约的航运公司，运营至1954年。所谓"凉船"（cool ships），只是当时他们内置了通风管道，可以让海风流通于客舱中，这种最初级的"空调"设备在当时被宣传为"让海变凉"（Sea-cooling）。

[2] 维拉克鲁斯（Vera Cruz）是墨西哥东部港市，尤卡坦（Yucatan）为墨西哥东南半岛，与维拉克鲁斯隔着墨西哥湾，相距八百公里左右。

[3] Spanish Main，约从巴拿马地峡到奥利诺科河三角洲之间的南美洲北海岸，在西班牙控制年代有此称呼。

泰姆舞曲，每两首歌间歇，吉他手都会拿着个盘子来收钱。我已经买了那份当地的报纸，所以当顽固的报贩子非要我再买同一份报纸时，我没有让步。满身污垢的顽童不断恳求要擦我那双锃亮的皮鞋，我总拒绝了不下二十回。因为身上的零钱所剩无几，我也只能朝着来纠缠的乞丐摇头。这里一点清静都没有。瘦小的印第安女子，身上都披着破败的衣服，背上都用披巾裹了个孩子，都伸出瘦骨嶙峋的手，带着哭腔背诵那套冗长、凄惨的说辞；一个个盲人被小男孩领到我的桌边；肢体有残缺或畸形的人、跛足的人，朝我展示自然或意外施加在他们身上的伤痛和残暴；营养不良、衣不蔽体的孩子无止无休地哀声讨要着硬币。但这些人都得留心着那个胖警察，后者会突然窜出来给他们的头顶或脑后来上一皮鞭；只等着警察因为这次行动耗费太多精力，又昏昏沉沉打起了盹，刚刚四散奔逃的这些人就又会回来了。

　　突然我注意到一个乞丐，与众不同；其他乞丐以及那些坐在我周围的人都肤色黝黑，头发也是黑色的，但这个人的头发和胡子红到让人见了心惊。他胡子蓬乱，长长的一把头发也应该很多个月没有碰过梳子了。身上只有一条单裤，一件汗衫，不但破败，眼看着就要碎掉，而且污秽得让人恶心。他的两条腿，两条裸露在外面的臂膀，只剩皮包骨，透过汗衫的空隙看得见这具衰败躯壳的每一根肋骨。脚上虽然盖满了尘土，每根骨头也数得清清楚楚。他的同伴虽然也都面黄肌瘦，但无疑他是最可怜的一个。此人岁数不大，很可能还没四十岁，所以我只能疑惑是怎样的遭遇让他落到了如此地步。要说他其实找得到工作但执意不肯干,那也太荒唐了。乞丐里只有他不说话。其他人诉起苦来都滔滔不绝,不拿到施舍不肯罢休,除非你说句什么严厉的话将他们赶走。但这个乞丐什么话也没有。我揣摩他是觉得自己这副落魄的样子已经不需要借助言语了。他甚至手都没有伸出来,只是看着你,但眼神是如此凄惨,气度是如此绝望,叫人不忍卒睹。他只是站在那里,既不说话也没有动作,怔怔地看着你;要是你无视他,他就缓缓地走到下一桌。没有讨到施舍的话,他不会流露一点失望或愤怒。如果有人拿出一个硬币,他就伸出一只爪子般的手,走上前拿走硬币,半句感谢的话也没有,继续木然地朝前走去。我身上没有能给他的东西,看到他走过来,为了不让他白等,我摇了摇头。

"看在上帝的分上原谅我吧。[1]"我用的是卡斯蒂利亚地区[2]的西班牙人拒绝乞讨时一种礼貌的说法。

但他对我说的话一点都不在意,只是站在我面前,用忧伤的眼神看着我,停留的时间和在其他桌子也没有区别。我从来没见过一个人能被毁成这样。他看起来有些可怕,似乎有些神志不清;但最后还是走开了。

当时已经一点,我便吃了中饭。午睡醒来天气并不见凉爽,接近傍晚的时候,我终于试着打开了窗户,广场上吹来的风把我引出了门。坐在拱廊下面我点了一大杯饮料。很快人群也从周边

---

1 此处原文为西班牙语。
2 西班牙中部、北部。

的街道汇入广场，餐厅里渐渐坐满了，广场中心的演出台上乐队也演奏了起来。人越来越多，公共的长椅上大家挤在一起像一串串深色的葡萄。谈天声此起彼伏。黑色的大兀鹰从头顶飞过，发出尖利的叫声，看到有东西可以捡拾就迅疾地扑下来，或者在地上匆忙闪避行人的脚步。暮色垂降的时候，人群似乎从小镇四周汇聚过来，一圈圈围着教堂，发出粗哑的喊声，似争似辩，最后不自在地落入自己的栖息之所。擦鞋匠求我擦一擦鞋，报童把潮腻腻的报纸塞进我的怀里，乞丐依然在哀求着施舍。我又看到了那个红胡子的怪人，看着他颓丧和哀楚地站到一张张桌子前，一动不动。在我的桌前他没有停下；我猜他是记得上午时候我什么都没给他，所以觉得不必再试。红发的墨西哥人是很少见的，又因为我只在俄罗斯见过这么困苦的人，所以心里在问他是否可能是个俄国人。那个民族什么都无所谓，他会允许自己坠入如此潦倒的处境，倒是很说得通的。只是他长的不是一张俄国人的脸；他虽消瘦，但五官清晰，眼窝陷入面孔的样子也跟俄国人不同。我又猜想他是不是一个水手，来自英国，或是斯堪的纳维亚，或是美国，抛弃了自己的岗位之后，一步步沦落到现在这个地步。然后，他就不见了。因为也没有别的事可做，我一直等到肚中饥饿，去吃了点饭又回到了那里。我一直坐到人流渐渐稀少，说明到了该睡觉的时候。我得承认这一天很难捱，心里打鼓不知这样的日子还有多少。

但没过多久我又醒了，之后一直睡不着。房间里闷得喘不过气来。我把百叶窗打开，看对面的教堂。那天晚上没有月亮，但明亮的星光照出了教堂的轮廓。穹顶上的十字架和塔楼的外沿，全是兀鹰的栖身之处；它们时不时会挪动几下，整个画面十分诡谲。就在那时，不知为什么我又想起了那个骨瘦如柴的红发男子，突然有种奇异的感觉，就是我在什么地方见过此人。这个想法是如此鲜明，把仅存的几丝睡意都驱散了。我很肯定自己遇见过他，但时间和地点想不起来。我试图想象他可能出现的场景是什么样的，但最多不过看见雾霭中一个朦胧的身影。近清晨的时候，稍微凉快了一些，我才终于睡着。

我在维拉克鲁斯的第二天和第一天并无不同，但我很留意红头发的乞丐什么时候出现。他站到附近的餐桌边时，我仔细地观察着他。现在我已确信之前见过这个人，我甚至肯定我认识他，还跟他说过话。只是当时的情状一点也想不起来了。他经过我的桌子还是没有停下来，我们目光接触之时，我在其中搜寻可供回想的闪光。什么都没有。我开始怀疑是自己想错了，就像有时候我们在做着某件事，却因为大脑中某些奇特的运转，怀疑自己过去已经做过这件事。但我始终觉得他曾进入过我的生命，这个想法就是摆脱不了。我苦思冥想，渐渐确定他要么是英国人，要么是美国人，但不好意思跟他开口说话。我还在脑中列举了可能遇到他的各种场合。回想不起这个人让我很是恼火，就像某个名字明明到了唇边却还是想不起来一样。这一天同样过得很慢。

又是另外一天，另一个早晨，另一个傍晚。因为是周日，广场比往常更显拥挤。拱廊下的餐桌都坐满了人。和前两天一样，红头发的乞丐又走来了，他衣衫褴褛、愁苦不堪的形象，再加上悄无声息，真叫人心里发怵。他此时站的位置跟我只隔了两桌，沉默地索取着，连手都不伸。我看到那个每隔一段时间就会保护公众免受乞讨侵扰的警察，绕过一根柱子，朝红发乞丐响亮地抽了一鞭。他瘦弱的身躯蜷缩了一下，但既没有抗议，也没有显露憎恶；那凶狠的一鞭似乎对他来说不过是日常罢了。他步履迟缓地隐入广场上渐浓的夜色之中，但那残忍的一记鞭打抽醒了我的记忆，我突然想起来了。

　　除了名字，这一点依然在我记忆之外，但其余种种全都想起来了。他一定是认出了我，因为二十年来我的变化并不大，这也是为什么第一天早上之后他再也没有停留在我的桌前。是啊，从我认识他算起已经有二十年了。当时我在罗马待了一个冬天，每天夜里都会去西斯蒂娜街的一家餐厅吃饭，那里的红酒不错，通心粉手艺上佳。有一小帮英美的艺术学生和几个作家经常光顾这家餐厅；我们会待到深夜，无休无止地争论着艺术和文学。他来的时候身边都有一个年轻的作家朋友。当时他也不过是个男孩，最多二十二岁；蓝眼睛、直鼻梁、红头发，长相算是很悦目的。我记得他喜欢聊中美洲，因为他曾经是联合水果公司的员工，后来抛开那个职位就是想成为一名作家。这个人和我们相处得并不好，因为他很傲慢，而我们也还没有到可以容忍年轻人傲慢的岁数。他觉得我们都是笨蛋，而且对此想法从来不加掩饰。他也从来不给我们看他的作品，因为我们的赞赏对他来说毫无意义，而我们的批评他就更是全然鄙夷了。红发少年的极端自大让人恼火，但我们中的有些人也尴尬地意识到这种自大或许是有道

乞丐

理的。他对自己天才的强烈感知,总不会一点根据都没有吧?他可是牺牲一切来当作家的啊。他是如此的自负,以至于身边的几个朋友也有些半信不疑了。

我记起了他的激情,他的活力,他对未来的信心,以及他对个人利益的漠视。他和那个乞丐怎么可能是同一个人?但我却如此确信。我站起身来,付了酒钱,走进广场去找他。我的思绪一片混乱。这太让人惊骇了。以前我也不时想到过他,毫无根据地设想他的近况;但我如何也想不到他会悲惨到如此可怕的地步。成千上万的年轻人也曾怀着不可一世的憧憬涉身艺术,但大部分人会接受自己的平庸,最后在生活里找出一个足以温饱的位置。而像他这样就太糟糕了。我自问到底发生了什么。是怎样被拖延的期待击垮了他的心志?是怎样的失望让他支离破碎?是怎样幻灭的理想将他磨成了灰?我问自己是否能帮他些什么。沿着广场绕了一圈,他并不在拱廊里。要在围着中间表演台的人群里找到他也是不可能的。天光越来越黯淡,我怕我就此见不到他了。经过教堂的时候,我看到他就坐在台阶上。他的可悲我已无法形容。生活擒获他,撕扯他,将他肢解了之后把血肉模糊的残骸扔在了教堂的石阶上。我走了过去。

"你还记得罗马吗?"我问他。

他没有动,也没有应。他没有注意到我,就像眼前没有我这个人一样。他也没有看我,那双蓝色的眼睛注视着台阶下的几只兀鹰,一边啸叫一边撕咬着什么。我不知道该怎么办,就从口袋里取出一张黄色的纸钞塞进他的手里。他眼睛都没转过去,手却动了动,瘦如禽爪的手指握住了纸钞,将它团了起来。他又把钱捏成一个小球,推到自己的大拇指端,将它弹入空中,最后落在嘈杂的兀鹰之间。我本能地转过头去,看到其中的一只把小球衔在喙中,领着另两只嘶叫的兀鹰飞走了。我再转过头来时,红发男子已经不见了。

  我又在维拉克鲁斯待了三天。再也没有见到他。

梦

The Dream[1]

1917 年八月,因为工作我要从纽约赶往彼得格勒,出于安全考虑,我还得到指示要从符拉迪沃斯托克[2]中转。我是早上下的飞机,虽然一日无事,我也没让自己太过无聊。我大概记得,那天横穿西伯利亚的火车要晚上九点出发,于是独自在火车站的餐厅里吃饭。里面客人很多,和我同桌的人形象颇为有趣。他是个俄国人,个子挺高,但壮实得不可思议,因为肚子太大,座位摆得离桌子很远。和身材相比,他的手偏小,盖满了一圈圈的肥肉。黑色的长发很是稀疏,小心地从头顶横着梳过来遮住了秃顶。一张灰黄色的大脸刮得很干净,再配上巨大的双下巴,会给人一种有伤风化的裸露感。在这一大块肥肉上,那个小小的鼻子就像摁了颗滑稽的纽扣,黑色的眼睛虽然有神却也不大。不过他的嘴又大又红润,透露着欲望。他身上那件黑色的西服还算合

---

1 首次发表于 1924 年,收录于 1936 年出版的短篇小说集《四海为家之人》。
2 Vladivostok,俄罗斯远东港市,也译作海参崴。

身，虽然不能说破旧，但的确邋遢，就像是自打做好的那一天起就再也没有熨过、刷过。

餐厅服务很差，要让服务生注意到你几乎不可能。我们很快就聊了起来。这个俄国人的英语流畅、明白，虽然口音明显，但听起来并不吃力。他问了不少问题都关于我和我的行程，因为那时所从事职业的关系，我答得颇为小心——故作坦陈，其实加了不少伪装。我说自己是个记者。他问我是否写小说，我坦白说工作之余的确会写一点，于是他就聊起了几个比较近的俄国小说家。他谈得很聪明，显然受过不错的教育。

这时候我们终于说服了服务生端来一碗卷心菜汤，我的这位新相识从兜里掏出一小瓶伏特加，请我同饮。不知道是因为伏特加，还是他们这个民族与生俱来的健谈，他变得很热情，说了不少自己的事情，虽然我并没有问。他似乎出身贵族，职业是律师，而且是个激进分子。不见容于当权者，常年在国外，现在正要返乡。因为工作他在符拉迪沃斯托克作短暂停留，但一周之内会启程前往莫斯科，他说如果我也到那里去的话，很愿意再见到我。

"你结婚了吗？"他问我。

我不明白这和他有什么关系，但还是告诉他我结婚了。他轻轻叹了口气。

"我妻子去世了，"他说，"她从瑞士来的，土生土长的日内瓦人。她是个非常有修养的女子，能说无可挑剔的英语、德语和意大利语。当然，法语是她的母语。她的俄语比普通的外国人也好上不少,基本听不出什么口音。"

一个服务生端了满满一托盘的菜,正经过的时候被他喊住,问下一道菜还要等多久——我当时几乎不会任何俄语,所以是猜的。服务生很快地喊了一句,大概是要我们放宽心之类的话,匆匆又往前去了;我的朋友又叹了口气。

"革命之后,餐厅的服务一塌糊涂。"

他点着了第二十根烟,而我看着手表,担心上车之前能否正经地吃上一餐。

"我的妻子很了不起,"他继续道,"彼得格勒有些学校是给贵族的女儿开的,她就在其中最好的一家教语言。我们一起生活有很多年都关系融洽之极,可是她天生妒忌心重,又不凑巧爱我爱得发疯。"

我费了好大力气才忍住没笑。他是我见过最丑的人之一。有些脸色红润、开朗活泼的胖子的确有他们的魅力,但眼前这阴郁的一团肥肉实在让人厌恶。

"我也不用骗你说自己是个忠诚的丈夫。她嫁给我的时候就不年轻了,我们又做了十年夫妻。她身材瘦小,气色很差,说话又刻薄。她这个女人常因为占有欲而发脾气,除了她,我不可以对任何人有一丁点好感。她不但妒忌我认识的其他女人,也妒忌我的朋友、我的猫,和我的书。有一回我不在,她把我的一件大衣送走了,就因为我从来没有这么喜欢过别的大衣。但我这个人很随和的。我不否认跟她在一起有些无趣,但我把她又急又凶的脾气当成天灾,就像坏天气或者感冒头晕一样,不会想到要反抗它。她对我有什么指责，只要有可能我就矢口否认，一旦没办法了，我就耸耸肩，抽根香烟。

"她总要跟我闹腾，但对我是没有影响的。我就过我自己的日子。有时候，我的确疑惑她这到底是强烈的爱呢，还是强烈的恨。似乎爱与恨有点难分彼此。

"要不是那天晚上发生的怪事，说不定我们两个就一路走到底了。当时我被她一声凄厉的尖叫吓醒，问她怎么回事。她说她做了个可怕的噩梦；她梦见我要把她杀了。当时我们住在一幢大房子的顶楼，螺旋形楼梯中间的楼梯井挺宽敞。在她那个梦里，我们走到顶楼的时候，我一把抓住她，正要把她从扶手上扔下去。这下去就是六层楼，最底下是石头地板，必死无疑。

"她吓得魂不守舍的。我尽力安抚了她。但第二天，以及接下来的两三天，她反复提起这个梦，我都一笑置之，但也看出来她心里没有放下。我自己也不由自主地老是想起她这个梦，因为这表明了一件我从来没想到的事情，那就是她以为我恨他，以为我乐得能摆脱她。她当然也知道自己烦死人了，所以在某些时候很显然她曾想到过我并不忌惮置她于死地。人类的心思总是难以捉摸的，有些我们羞于示人的念头却自说自话出现在我们头脑中。我偶尔会希望她跟情人私奔，或者突然没有痛苦地死去，这样我就重获了自由。但即使是这样难以承担的重负，我也从来没想过要自己动手卸去。

"这个梦对我们两人都产生了很大的影响。我的妻子当然有些害怕，接下来一段时间没那么怨恨，也没那么小气了。但我不一样，之后每次回家走到顶楼，都忍不住探出栏杆盘算要实现她的梦境有多么容易。那栏杆本身就低，十分不安全；只要一个小小的动作，那件事就完成了。要彻底消除这个念头还真是不容易。这样过了几个月，一天晚上她又把我吵醒了。那天我很累，为此十分恼怒。她脸色煞白，整个人在发抖。她又做那个梦了。她一下哭了起来，问我是不是恨她。我以俄国日历上写着的所有圣人起誓，我是爱她的。最后她终于又睡着了。但我却没这个能耐，一直醒在那里，似乎能看见她从楼梯井里摔下去的样子，听得见她的尖叫和落到石头地板上的撞击声。我止不住地颤抖。"

俄罗斯人停了下来，额头上都是汗珠。他讲得流畅、生动，我也听得入神。瓶子里还有一点伏特加，被他倒了出来，一饮而尽。

"你妻子后来是怎么去世的？"过了一会儿我问道。

他拿出一块脏兮兮的手帕，擦了擦额头。

"事情巧得吓人，一天深夜里，有人发现她就死在楼梯下面，脖子断了。"

"是谁发现的？"

"一个住户，他是惨剧发生之后正好回来。"

"你当时在哪里？"

我形容不了他当时表情中的邪恶和狡猾，那双小眼睛里黑色的眼珠闪了一下。

"那天晚上我在朋友家里，一小时之后才回去的。"

这时候服务生把我们点的一盘肉送上来了，俄国人立马大快朵颐起来,他张开大嘴每次都塞进去不少食物。

  我有些不知所措。他刚刚是几乎不带掩饰地告诉了我,他把自己的妻子杀了吗?这个肥胖、慵懒的男人看上去可不像个杀人犯;我很难相信他会有这样的勇气。还是他只是寻我开心?

  几分钟之后我就要去赶火车。与他告别之后,就再也没有见过他。但直到现在我还吃不准他到底说了实话,还是在开玩笑。

不可多得

The Treasure[1]

理查德·哈伦杰是个幸福的人。《传道书》[2]以降,不管那些悲观主义者怎么说,在这个不幸的世界里,幸福的人其实并不少;但理查德·哈伦杰知道自己幸福,这倒是稀罕的事情了。古人推崇的中庸之道已经落伍,很多人不再认为自我约束值得褒奖,也不觉得相信常识是种美德,如此一来,还信奉中庸的人必然时常要忍受一些客气的嘲弄。理查德·哈伦杰只会恭敬地耸耸肩,觉得有意思。让别人去危险地活着吧,让别人去像一种如金石般坚硬的火焰燃烧吧[3],让他们在纸牌的翻覆之间命运起伏,踩着通往荣耀或坟冢的钢索,或为了某种事业、激情或历险而出生

---

[1] 首次发表于1934年,收录于1940年出版的短篇小说集《换汤不换药》(*The Mixture As Before*)。

[2] 指《圣经·传道书》,一般认为是由所罗门作于公元前十世纪左右。其中一个重要的主题是"日光之下一切皆虚空,皆捕风"。

[3] 沃尔特·佩特(Walter Pater)的名句,出自《文艺复兴研究》(*The Renaissance: Studies in Art and Poetry*)的《结语》。

入死。别人的壮举赢得声名，他不羡慕；别人的奋斗以灾难收场，他也不会浪费自己的同情。

但绝不要以此推断理查德·哈伦杰是个自私或冷漠的人。他都不是。他体贴周到，而且为人慷慨。朋友求助他总乐于应允，而且因为足够殷实，能尽情享受仗义疏财的乐趣。他自己本来就有些积蓄，再加上在内政部的职位也提供了可靠的俸给。工作本身也非常适合他：稳定，责任重大，同时轻松愉快。每天下班之后他都去俱乐部打两个小时桥牌，周六、周日都要上高尔夫球场。放假的时候他就出国，看教堂、画廊、博物馆。戏剧、歌剧的首演他时常光临，也时常在餐厅用餐。朋友们都喜欢他，因为他很会聊天；读书多，知道很多事情，言谈也风趣。此外，哈伦杰的仪表也讨人喜欢，说不上格外俊朗，但身材高挑，姿态挺拔，有一张消瘦的、聪明的面孔。头发是渐渐稀疏了，因为快要五十岁，但棕色的眼睛里还有笑意，牙齿也全都是自己的。他天生有一副好体魄，自己也注意保养。理查德·哈伦杰是个幸福的人，这实在是世上最顺理成章的事情，若是他的性情里能添上一丝半毫的自得之意，恐怕他自己也会说，幸福是他应得的。

他的好运甚至帮他驶过了婚姻那些危机四伏的汹涌海峡，安然无恙，而多少睿智和正直的男人在那里翻了船。他和妻子二十出头的时候因为彼此相爱而成婚，享受多年几乎无可挑剔的美满生活之后，两人渐渐疏远。他们都没有再婚的打算，所以也不曾考虑过要离婚（而理查德·哈伦杰在政府里就职也的确让离婚显得不太理想），但为了方便起见，家庭律师帮他们达成了某种分居的约定,两人可以自由自在,不受对方打扰。告别时夫妻双方彼此表达了尊重和祝福。

理查德·哈伦杰把他在圣约翰伍德的房子卖了,又在走路能到白厅[1]的地方找到了一个公寓。起居室摆满了他的书,餐厅的尺寸和他那些齐彭代尔家具非常合适,卧室正适合他一个人睡,而穿过厨房还有两个女仆的房间。他把在圣约翰伍德跟了自己很多年的厨师带来了,但因为不再需要那么多用人,就把其余的都辞退了,然后在职业介绍所申请了一位负责客厅和卧室的侍女。他知道自己需要什么,所以给介绍所的负责人解释得很清楚,他希望女仆的岁数不要太小,一来是小姑娘责任心弱一些,二来是虽然他年纪也不小了,而且向来行事正派,但还是会有人说闲话,即使别人不说,门房和小店的老板肯定忍不住,所以为了他自己的声誉,也是为了那个年轻人着想,他觉得应聘之人最起码应该到了可以谨慎行事的年龄。另外,他也希望找一个擅长清洗银器的仆人。哈伦杰一直喜欢老的银器,要是你的叉子和调羹曾被安妮女王时期的贵妇使用过,那希望仆人能细心而恭敬地对待它们总不算过分吧?他生性好客,每礼拜会至少举办一次小型宴会,客人在四到八个人之间。他相信自己的厨师做出来的菜一定会让用餐之人喜欢,也希望将来的客厅女仆侍餐时可以做到干净利落。此外,这个人还要特别擅长贴身男仆的那些工作。他平

---

[1] Whitehall,伦敦街道名,连接议会大厦和唐宁街,是一些英国政府机关的所在地。前文圣约翰伍德(St John's Wood)是伦敦西北部住宅区,距离白厅大约十分钟车程。

时的穿着不但考究，也要符合他的年龄和身份，所以希望衣服能被妥善照看。他要找的客厅女仆必须要会熨烫裤子和领带，擦鞋的手艺也要上乘。他的脚偏小，所以在那众多剪裁精致的鞋子上费了很多工夫，强调一离脚就必须用楦子撑起。最后，公寓必须保持整洁。候选者必须有无可指摘的品行，持重、诚实、可靠，仪表端庄，这些自是不言而喻。而他作为回报也将提供高额的工资、合理的自由以及充分的假期。负责人听的时候眼睛都不眨，说她很确定可以推荐一个称心如意的仆人，随后派去了一连串的候选者，证明雇主的要求她一个字都没听进去。每个送来的人他都亲自见过了。有些明显笨拙，有的看似轻浮，有些太老，有些太小，有些毫无气度，而他认为这最后一点也是不可或缺的。看下来连一个能试用的都没有。他是个温厚多礼之人，拒绝应聘者时也总是带着微笑，说几句让人宽慰的话表示遗憾。他没有失去耐心，准备好了在找到合适的女仆之前，不断地面试下去。

生活在这一点上很有意思，就是如果你只肯接受第一流的东西，很多时候你就能得到第一流的——要是你完全拒绝妥协，不屑于得过且过，那么不管用什么方法你往往能得到自己中意的结果。这就像命运女神在说，这家伙实在愚不可及，居然要追求完美，然后只是出于她女人的任性，就把"完美"扔进他的怀里。有一天公寓楼的门房毫无征兆地跟理查德·哈伦杰说：

"先生，我听到您在找一位负责客厅和卧房的女仆。我认识一个正在找类似工作的人，可能合适。"

"是你本人推荐吗？"

理查德·哈伦杰有一条想法很有道理,那就是仆人推荐仆人,比雇主的话更可信。

"我可以为她的人品担保。之前她几份工作都很体面的。"

"我大概七点回来更衣。如果方便的话我到时和她见一面。"

"太好了,先生。我一定告诉她。"

他到家还没过五分钟,厨师听到铃声应了门之后,进来告诉他那个门房提过的应聘者到了。

"请她进来。"他说。

他把灯开得更亮了一些,以便看清楚容貌,起身背靠壁炉站在那里等着。一位女士进来了,恭恭敬敬站在刚进门的地方。

"晚上好,"他说,"你叫什么名字?"

"普里查德,先生。"

"你今年几岁?"

"三十五,先生。"

"好的,这岁数还可以。"

他抽了一口烟,若有所思地看了看她。有些高,几乎和他一般高了,不过应该是穿了高跟鞋。黑色的长裙很符合她的身份。仪态也不错。脸上五官端正,气色很好。

"你愿意把帽子拿下来吗?"他问。

帽子拿下来,他看到头发是淡棕色的,梳理得干净大方。她看上去强壮、健康,既不胖,也不瘦,要是配上一件像样的制服,应该会是相当体面的。她还没有漂亮到不方便,但长得算是标致,要是换个出身,恐怕大家都会说她是个漂亮的女子。接着他问了几个问题，回答都让他满意。她离开上一份工作的理由很充分。她是在一个男管家的手下接受训练的，似乎对自己的职责非常熟悉。在她上一个工作的地方有三个客厅侍女，她是领头的，但她并不介意一个人打理整个公寓。她也曾替一位先生做过贴身男仆的工作，那时还被派到一个裁缝那里学习过如何熨烫衣物。她有点害羞，但既不怯懦，也不窘迫。理查德提问的时候，还是一贯的和蔼、从容；对方也答得谦恭、沉着。理查德对她的印象很不错。他还问对方是否带了什么推荐信，看过之后也极为满意。

"坦率地说，我很有意想把你留下来。但是我讨厌动荡不定，这个厨师跟了我十二年：如果我觉得你合适，你也觉得这份工作可以，那么我希望你能一直干下去。我是说，我不希望三四个月之后你来告诉我要辞职去结婚。"

"这倒不用太担心，先生。我丈夫去世了。像我现在的状况，嫁人是没有多大指望了吧，先生。和我结婚之后，我丈夫就没有干过一点活，我得养着他。现在我只想有个能让我安心的家。"

"我很愿意同意你的说法，"他微笑道，"结婚是好事，但隔三差五地结就不好了。"

她很得体地没有接话，只等着他宣布他的决定。他琢磨着，如果她真的那么能干，一定也很清楚有很多工作机会供她挑选。他说了自己愿意提供的薪资，她似乎很满意。他又介绍了一下家中一些基本的讯息，但对方的意思似乎是这些她之前都知晓了。理查德有种感觉，就是普里查德应聘之前打听了他的情况，这一点倒也没有让他不安，更多是觉得有趣：它体现了这位女士的审慎和理智。

"要是雇佣你的话，什么时候能来呢？目前我什么人都没有。厨师靠着一个勤杂工帮忙，已经很尽力在维持了，我想尽快安顿下来。"

"这么跟您说吧，先生，我本来是要给自己放一个礼拜假的，但如果是一位绅士有求于我，那我也不介意放弃假期。要是方便的话，我明天就可以来上班。"

理查德·哈伦杰露出他迷人的微笑。

"这个假期恐怕你期待已久，我不会要你放弃的。我再凑合一个礼拜完全没有问题。去度假吧，结束了就过来。"

"非常感谢您，先生。今天算起，我第八天来上班，您看如何？"

"非常好。"

她离开之后，理查德·哈伦杰觉得自己这一天的辛劳收获不小；似乎找到了一个完全符合自己心意的人选。他摇铃找来了厨师之后，告诉她女仆终于找好了。

"我觉得她会让您满意的，先生，"厨师说，"她下午进来的时候跟我聊了一会儿。我一下就看出来她知道自己该干什么。而且她也不是那种心思太活络的人。"

"我们只能拭目以待了，洁迪太太。希望你没有把我描述得太糟。"

"不瞒您说，先生，我也说了您要求很高。我说了您是一个所有事情都希望有板有眼的绅士。"

"这点我是承认的。"

"她说这点她不介意。她说她欣赏那些辨得出好坏的绅士。她说做事情有板有眼也都要人看得懂才好。我觉得你到时候会发现,她把事情做好时有种自豪感。"

"这也正是我所期待的。我觉得我们继续找下去也不会找到更好的了。"

"呃,先生,当然,是可以这样说。而且要验证布丁终究还是靠吃。但如果你要问我的意见,我认为她会是个不可多得的好帮手。"

后来证明,普里查德不折不扣就是如此。从来没有见过生活能被打点得如此妥帖。她擦鞋的技艺不可思议,在明朗的清晨,他朝办公室走去的脚步越发轻盈,因为你几乎可以看到自己投影在鞋面上。她照顾穿戴如此细心,以至于同事们都开玩笑说他成了最会穿衣服的公务员。有一天他回到家中,发现洗手间里晾着一排袜子和手帕。他把普里查德叫了过来。

"袜子和手帕也是你亲手洗的吗,普里查德?照理说,你本来就够忙了啊。"

"洗衣店会把它们洗坏的,先生。我更喜欢在家里洗,如果您不介意的话。"

每次她都知道他要穿什么,分毫不差,比如晚上,她不用问就明白应该拿出餐服加黑领带,还是燕尾服配白领带。到了需要展示荣誉的派对,他会发现自己的勋章自动就缀满在翻领上。

很快他不再每天早晨到衣橱前挑选领带了，因为他发现普里查德的选择无一例外都是他自己中意的。她的品位无可挑剔。理查德猜她会读自己的信，因为她永远知道雇主的行程是什么，要是他忘记了某个安排的具体时间，不用查日记，问普里查德就行了。她完全懂得在电话上对什么人该用什么语气。除了和店铺老板说话会咄咄逼人一些，她总是很恭谨的，不过如果对面是哈伦杰先生在文学界的朋友，或者内阁成员的妻子，她的态度又会有一个明显的变化。她凭直觉就能判断哪些电话是理查德想接的。有时候坐在客厅里，他能听到普里查德诚恳且不动声色地告诉电话那头的人，哈伦杰先生出去了，然后她会走进来说某某某来过电话，但她觉得他应该不想被打扰。

"做得很好，普里查德。"他微笑着说。

"我知道她就是为了音乐会的事要来烦您。"普里查德说。

他的朋友和他见面都通过普里查德来约定时间，晚上他回来之后普里查德再知会他。

"索莫斯太太来过电话，先生，问您周四——也就是八号——是否可以共进午餐，我说您很抱歉，那天中午已经和维新德夫人约好了。奥克利先生也打来电话邀请您下周二六点去萨沃伊酒店参加一个鸡尾酒会，我说您只要可以，一定会去的，但您那天可能要去见一下牙医。"

"做得很好。"

"我觉得您可以到了那天再做决定，先生。"

整个公寓被她打点得一尘不染。她刚刚入职的时候，理查德度假回来从书架上取了一本书,立马发觉有人除过灰尘了。他摇了铃。

"我忘记跟你说了,我不在家的时候,无论如何不能动我的书。书拿出来除尘之后,从来都不会归到原来的位置。书脏一点我不介意,但我讨厌找不到我要的书。"

"我很抱歉,先生,"普里查德说,"我知道有些绅士对这一点很介意,所以我很小心地把每一本书都放在原来的地方。"

理查德·哈伦杰扫视了一遍自己的书。就他目之所及,每一本都在他通常摆放的位置。

"我向你道歉,普里查德。"

"它们太脏了,先生。我是说,你随便摸一本都是一手的灰。"

那些银器自然也没有像现在这样被悉心照看过。他觉得有义务要特别地夸赞一句。

"你知道吗,它们大部分都是安妮女王和乔治一世时候的东西。"他解释道。

"是的,我知道,先生。照看这样的好东西,能让它们保持该有的样子,是件让人开心的事。"

"你的确很有天赋。我还没见过有哪个男管家照看银器有你的水准。"

"男人不像我们这样耐心。"她谦虚地回答道。

他本来就喜欢每周小小地招待一次客人,等他觉得普里查德稳定了下来之后,立马又重拾起那个惯例。他已经知道普里查德懂得如何侍餐,但看到她打点一个派对时的才干,让他油然而生一种温暖的满足之感。她反应很快,客人刚意识到需要什么,普里查德已经在身侧将那样东西奉上了。她很快掌握了他来往较多的那些朋友的喜好,记住了其中一位的威士忌里应该加水而不是苏打,另一位更喜欢羊腿的下部。她知道猪手多凉不会破坏它的味道,她知道红酒在桌上放多久可以释放出它的醇香。看她如何倒出一瓶勃艮第而不带出沉淀简直赏心悦目。有一次她端上来的不是理查德点的酒,后者指出错误时可能语气也严厉了一些。

"我开瓶之后觉得略微有木塞味,先生。所以我就拿了香贝坦红葡萄酒,我觉得这样保险一些。"

"做得很好,普里查德。"

很快哈伦杰就完全把选酒交给普里查德了,因为他发现普里查德对客人喜欢什么样的酒一清二楚。要是她认为客人懂酒,不用哈伦杰的指令,她就会从酒窖里取出最好的葡萄酒和年份最久的白兰地。她不相信女人对酒的品位,要是有她的同性在场,送上来的往往是马上要过期的香槟。她作为一个英国仆人,可以凭借本能判断尊卑,有的人不是绅士,那即便身份显贵或者家产傲人,她也看得出来。在那些朋友之中她还有自己偏爱的,要是她特别看重的那几位来用餐,她会把哈伦杰为特别场合准备的酒拿出来,那副得意的劲头简直像是吞了金丝雀的猫[1]。这让他觉得很有趣。

---

[1] 英文习语,形容对于自己方才的作为十分自豪。

"看来你很讨普里查德的喜欢啊,老兄,"他高声宣布道,"她还没有让多少人喝过这个酒。"

普里查德成了个名人。没过多久,她就被誉为完美的客厅侍女。哈伦杰还从来没有什么东西是如此惹人眼红的。她的身价号称是和她体重同等分量的黄金,比红宝石更值钱。当别人夸赞她时,理查德·哈伦杰满面的自得。

"好的主人才带得出好的仆人。"你听得出他有多高兴。

一天晚上,他们坐在一起喝着波尔图葡萄酒,普里查德出了客厅;大家开始谈论她。

"等她走的时候,可是对你的重大打击。"

"她为什么会走?也有过一两个人试图带走她,但被她拒绝了。她知道哪里最适合自己。"

"她终有一天要结婚的。"

"我觉得她不是那样的人。"

"她挺好看的。"

"还行,她气质还不错。"

"你在瞎扯些什么?她是个很漂亮的女人。要是换了一个出身的话,她就是闻名社交圈的美女,报纸整天都会登她照片的。"

这时候普里查德端着咖啡进来了。他正眼瞧了瞧她。每天看这个人在眼前出现、消失,已经四年了——天呐,时间过得真快——要他凭空回忆普里查德的模样还真说不上来。她似乎和第一回见他的时候没什么两样。并没有发福,气色也和那时一样好,不显山露水的五官上表情也没变,总是那样专注和空洞。黑

不可多得

色的制服很适合她。她走了出去。

"她这一行的极致就是这样了,毫无疑问。"

"这我也知道,"哈伦杰回答道,"她是完美的。没了她我会无所适从的。但奇怪的是,我一直都不是非常喜欢她。"

"怎么会?"

"可能是我觉得她有些无趣。你看,她不会聊天。我经常试着跟她聊天;她就被动地答我两句,仅此而已。这四年来,她从来没有主动评论过什么。我对她几乎一无所知。我完全不知道她是喜欢替我工作,还是只把我当成另一个雇主。她完全就是个机器人。我尊重她,欣赏她,相信她。她什么优良品质都不缺,可纵然是这样,我还是对她喜欢不起来。我想只可能是因为她完没有魅力吧。"

这个话题两人没有继续下去。

两三天之后普里查德晚上放假,他也正好没有安排,在俱乐部一个人用晚餐。一个小听差过来说哈伦杰的公寓打来电话,他出门的时候没有带钥匙,想问他是否需要让人乘出租车送过来。他摸了摸自己的口袋。的确如此。他不知怎么换上这身蓝色哔叽西服的时候忘记把钥匙放进去了。他本来晚上是想打桥牌的,但今天俱乐部里冷清,大概凑不起好的牌局;他想起有部电影一直听人谈起,正好去看一看,所以他回话,半个小时之后会自己回家取钥匙。

按了门铃之后,开门的是普里查德,手里拿着他的钥匙。

"你怎么在家里,普里查德?"他问。"今天你不是放假吗?"

"是的,先生。但我不太想出门,所以我跟洁迪夫人说她可以出去放松一下。"

"有机会的时候你还是应该出去逛逛,"他说,和往常一样替他人着想,"一直关在家里对你不好。"

"我时不时会出去办事的,但我已经有一个月晚上没出去了。"

"这是为什么?"

"唔,自己一个人出去有点凄凉,而且目前也没有什么人是我特别想跟他出去的。"

"你偶尔也应该有点娱乐活动。对你有好处。"

"我大概也没有这个习惯了吧。"

"现在的情况是这样,我正好要去看电影,你愿意陪我同去吗?"

他只是一时之间出于善意发出了邀请,但话刚出口他就有些后悔。

"好啊,先生,我很愿意。"普里查德说。

"那赶紧吧,把帽子戴上。"

"我立刻就好。"

普里查德走开之后,他走到客厅里点了一根香烟。对自己的这一举动他既觉得有些好玩,也很满意:一点也不费什么力气,却能让别人高兴,何乐不为。普里查德倒是很符合她的个性,既不惊讶,也没有犹豫,只让他等了五分钟,回来的时候哈伦杰注意到她换了裙子。她的这身蓝色的连衣裙哈伦杰猜大概是人造丝绸,一顶黑色的小帽子上别着一个蓝色的饰针,脖子上还挂了一条银狐毛皮。看到她穿得既不寒碜，又没有过于张扬，哈伦杰微微松了口气。见到他们的人应该都猜不出，这是内政部一个显赫的官员带着自己的女仆去看电影。

"很抱歉让您等了，先生。"

"完全没有关系。"他亲切地答道。

他帮普里查德开门，后者就先行一步走了出去。他记起路易十四和他侍臣那件流传甚广的趣事[1]，暗暗赞赏普里查德的果断。他们要去的电影院并不远，两人步行前往。他谈了天气，谈了道路的状况，谈了阿道夫·希特勒。普里查德接的话都很得体。他们到的时候《米老鼠》刚好开始，这让他们放松了不少。四年来理查德·哈伦杰甚至没有见过普里查德的微笑，现在听她发出一阵阵开怀的笑声让他也心情大快。他为她的高兴而高兴。然后就到了观众买票真正要看的正片。电影很好看，两人都看得屏息凝神。哈伦杰拿出烟盒的时候，下意识地递到了普里查德的面前。

"谢谢你，先生。"她说道，取了一支烟。

他替她点了烟。普里查德的目光一直落在屏幕上，几乎没有意识到他的动作。电影结束，他们随着人流到了大街上，朝公寓走去。夜空中都是星光。

"电影还可以吗？"他问。

---

[1] 指路易十四参加典礼前召唤某侍臣，正欲动身时侍臣恰好赶到，国王说：你让我将将躲过了等待。

"好极了,先生。今天实在看得尽兴。"

他突然想到一件事。

"说起来,今天你用过晚饭吗?"

"没有,先生,还没来得及。"

"那你饿坏了吧?"

"到家之后我可以吃一点面包和芝士,我还可以给自己做一杯可可。"

"听上去太悲惨了。"空气中有种欢乐的气氛,周围来来往往的人群似乎都按捺不住心里的平和、欣喜。一不做,二不休,普里查德这样想道。"这样吧,你愿不愿意陪我到什么地方用一点晚餐?"

"您说吧,先生。"

"那走吧。"

他喊了一辆出租车。这时候他不但善心大发,而且也特别赞赏自己此刻的情怀。他让司机开到牛津街的一家餐馆,那里不但气氛比较欢快,哈伦杰也很确定绝不可能碰到认识的人。那里还有乐队,大家会跳舞;普里查德一定会开心的。坐下之后一个服务生过来了。

"到了晚上他们这里有套餐,"他说道,觉得普里查德应该会喜欢,"我提议我们就选择套餐。你要喝什么呢?一点点白葡萄酒?"

"我现在倒是最好能喝上一杯姜啤。"她说。

理查德·哈伦杰给自己点的是威士忌苏打。看普里查德吃得津津有味,哈伦杰虽然不饿,但为了不让对方尴尬也吃了一些。因为刚刚看了部电影,所以也不缺话聊。他们那天晚上说得没错,普里查德的确长得一点不难看,即便此时被谁看到他也不会介意的。让他的朋友们知道他带着无可比拟的普里查德去看了电影,然后再吃了晚餐,不也是一段佳话。普里查德看着那些跳舞的人,嘴角露出一抹微笑。

"你喜欢跳舞吗?"他问。

"年轻的时候我舞技好得很。可结婚之后就不怎么跳了。我丈夫比我矮一点点,我就觉得在舞池里男士总得高一些才好看,不知道你懂不懂我的意思。可能马上我就会老得不适合跳舞了吧。"

理查德肯定比他的女仆要高,要跳起舞来不会不好看。他喜欢跳舞,舞技也不差,但还是犹豫,他不知道请普里查德跳舞会不会让她尴尬。可能还是适可而止的好。但又有什么关系呢?她过的是那么乏味的人生。而且她那么练达,要是觉得两人不该跳舞,肯定能找到一个得体的理由。

"你愿意舞上一曲吗,普里查德?"乐队又开始奏乐时他问道。

"我可是生疏得很了,先生。"

"那有什么关系?"

"要是您不介意的话。"她从容地说着,从椅子里站了起来。

她其实完全没有害羞,只是有些怕跟不上哈伦杰先生的舞步。等到了舞池里,哈伦杰发现她跳得非常好。

"嗨，普里查德，你哪里看得出一点点生疏啊。"他说。

"我似乎慢慢都记起来了。"

虽然普里查德身材高大，但脚步轻盈，而且天生有节奏感；作为舞伴让人非常愉快。墙上全是镜子，他扫了一眼，忍不住觉得两个人在一起看上去很和谐。他们的眼神在镜子里交汇了；他在想是不是普里查德心里也闪过一样的念头。他们又跳了两支舞，理查德·哈伦杰提出时间差不多了。他买了单，两人走出了餐厅；他注意到普里查德穿过人群时半点也看不出有任何不自在。上了出租车之后，十分钟就到家了。

"我从后门进去，先生。"普里查德说。

"没有必要，跟我一起乘电梯就好了。"

他让普里查德挽住自己的手臂，朝夜间值班的门房冷冷扫了一眼，意思是虽然时候不早了，但自己和女仆一起回来没什么好大惊小怪的。上楼之后他取出碰簧锁钥匙，两人进了门。

"好了，晚安了，先生，"她说，"非常感谢。今天晚上的确很尽兴。"

"应该谢的人是你，普里查德，否则的话我今天晚上一个人会很无聊。希望你这回出门是开心的。"

"我很开心，先生。我无法向您表达我有多开心。"

今天晚上是成功的。理查德·哈伦杰对自己很满意，这真是一次温厚的举动，而且能让另一个人觉得如此快乐，自己心里也特别舒畅。哈伦杰因为自己的善意而觉得暖融融的，对整个人类都充满了爱。

"晚安，普里查德。"他说，而且因为心情和状态都太好了，他挽住了普里查德的腰，吻了她的嘴唇。

她的嘴唇很柔软，先是在他嘴唇上流连了片刻，然后也主动亲吻了他。这是一个健康的风华正茂的女子，她热情的拥抱很温暖，很舒服，于是哈伦杰也抱得更紧了一些。普里查德把手臂揽在他的脖子上。

一般来说，他都要等普里查德把他的信件拿进来才会醒，而这一天他七点半就醒了过来。他有种奇怪的感觉，不明所以。他习惯垫两个枕头，突然意识到现在自己脑袋下面只有一个。突然他想起来了，惊恐地看了一圈。另外一个枕头就在旁边。感谢上帝那个枕头上没有一个睡梦中的脸，但很明显，刚才那上面是有的。他的心往下一沉，直冒冷汗。

"我的天呐，我真是太傻了！"他喊了出来。

他怎么能做出这么愚蠢的事情？是中了什么邪？他是最不会和下人胡闹的那种人。多么可耻啊！想想他的岁数，想想他的地位。他没有听到普里查德悄悄离开的声音，一定是睡得很沉。他甚至也没有那么喜欢她；普里查德不是他喜欢的类型。而且，就像那天他自己也说过，他觉得普里查德很无趣。即使到了此时，他也只知道她姓普里查德，从来没问过她的教名是什么。真是一塌糊涂！接下来会怎么样呢？他已经别无选择，很显然不可能继续留用她。可这件事虽说普里查德也有不对，但他自己总归难辞其咎，就此辞退她似乎太说不过去了。因为一个小时的糊涂,就丢掉了古往今来最完美的客厅侍女,太蠢了!

"我就是太好心了,妈的。"他苦涩地嘟囔了一句。

他再也找不到一个人能那样打理他的衣服,擦拭他的银器了。她记得他所有朋友的电话号码,也懂红酒。但毫无疑问她是没法留下来的。她自己肯定也知道既然发生了这样的事,便不可能当做什么都没发生。他会送她一份贵重的礼物,写一封极尽夸赞之词的介绍信。她应该随时可能会进来了。她会不会举止轻佻、过分亲昵?或许她都不愿意再把他的信件送进来了。要是等会儿他摇铃的时候,进来的是洁迪太太,告诉他:普里查德还没有起来,先生,因为昨晚的事她今天要睡个懒觉。那得多可怕啊。

"我怎么会这么蠢!我怎么会是这么个无赖!"

这时响起一阵敲门声,他担心得整个人觉得不舒服。

"进来。"

此时的理查德·哈伦杰真是个不幸的人。

整点的钟声响起,普里查德进来了,身上的印花布裙就是她平日里早上一直会穿的。

"先生,早上好。"她说。

"早上好。"

她拉开窗帘,把信和报纸交给哈伦杰。她的脸上没有表情,跟以往全没什么两样。她的动作也利落、仔细,一如往常。哈伦杰看她的时候,她既没有躲避,也没有故意要和他对视。

"您今天穿那身灰色西服吗,先生?裁缝铺昨天送回来了。"
"好的。"

他假装在读信,但偷偷抬眼一直在观察普里查德。她背对着他。她把他的马甲和衬裤叠好放在椅子上。她把他衬衫上的饰钮取出来,又给一件干净的衬衫扣上饰钮。她拿出一双干净的袜子,放在椅子上,把配套的吊袜带放在旁边。然后她把那身灰色的西服拿了过来,把背带扣好在裤腰的扣子上。她打开衣橱,想了片刻之后选了一条适合的领带。她把前一天的西服搭在自己的手臂上,提起了哈伦杰的皮鞋。

"先生,您是现在用早餐呢,还是先洗澡?"

"我现在就吃早餐。"他说。

"没问题,先生。"

她走出了房间,脚步还是那么舒缓、安静,一点慌乱也没有。她的脸上也是往日的那副严肃、恭谨、空荡荡的样子。昨晚发生的事说不定是做梦。看普里查德的一举一动,似乎她全然不记得发生了什么。他长舒了一口气。没事的。她不用走了,她不用走了。普里查德是完美的客厅侍女。他明白从今往后,普里查德不管言语还是动作,都不会丝毫暗示他们之间除了主仆关系,还有别的一些什么。理查德·哈伦杰又幸福起来了。

上校夫人

The Colonel's Lady[1]

这一切都发生在战争打响前的两三年。

佩莱格林夫妇正在用早餐。虽然只有两个人,而且桌子又长,他们还是坐在两头。墙上是乔治·佩莱格林先辈的画像,用的画师全是当年的一时之选;长辈们此时都在看着他们。男管家把早上的邮件送了进来。有几封给上校的信,说的都是公事,有那一日的《泰晤士报》,还有给太太艾维的一个小邮包。上校看了一遍信件,然后打开报纸,读了起来。他们吃完早饭起身的时候,丈夫注意到妻子的邮包还没有打开。

"里面是什么?"他问。

"几本书而已。"

"要我帮忙打开吗?"

"你不介意的话。"

他从来都讨厌割断打包的绳子,所以费了一些劲才把结打

---

[1] 收录于1947年出版的短篇小说集《环境的产物》。

开了。

"都是一样的书嘛,"他拆开包裹之后说道,"同样的书你干吗要了六本?"他打开其中一本。"诗歌啊。"他翻开标题页。《金字塔衰败时》,E.K.汉密尔顿著。伊娃·凯瑟琳·汉密尔顿:这是他妻子嫁人之前的名字。他看着妻子,微笑中满是讶异。"你写了本书吗,艾维?你这偷偷摸摸的小调皮。"

"我之前是觉得你不会感兴趣的。你要一本吗?"

"你也知道,我是一个不太读诗的人,不过——好,我要一本;我会读的。我拿去书房吧。上午还有不少事情要处理。"

他收拾起《泰晤士报》、信件和那本书,走了出去。他的书房很大、很舒适,有一张大书桌、皮质扶手椅,墙上是那些他所谓的"猎场纪念"。书架上都是工具书,涵盖了农事、园艺、垂钓和射猎,还有一些关于上一场战事的书,在那场战争中他赢得了一枚军功十字勋章和一枚优异服务勋章。结婚之前他在威尔士卫队[1]服役。战争结束,他退伍之后在离谢菲尔德大约二十英里的大房子里安安心心成了一个乡绅,那幢房子还是他的先人在乔治三世时期建造的。乔治·佩莱格林有大概一千五百英亩的地产,经营得有声有色;他还是地方上的治安法官,也勤勉地完成着应尽的义务。到了打猎的季节,他一周会有两次骑马带着猎犬去驰骋一番。除了是个不错的枪手,他还经常打高尔夫,而且虽然已经年过五十,在网球场上也不容小觑。要是他称自己是个爱好运

---

[1] The Welsh Guards,英国陆军近卫步兵中的一支。

动的人，应该没有人会有异议。

他最近有些发福，但看去依然是英武的军人形象。乔治很高大，银灰色的鬓发只是近年来才在头顶处略显稀疏，蓝色的眼睛目光真挚，相貌堂堂，而且气色很好。他是个积极参与公众事务的人，在不少当地机构中担任主席，而且是保守党忠诚的一员，这也和他的阶层、地位相称。他认为有责任保障自己土地上百姓的安康，所以艾维能妥善承担起照料病患和扶助穷困的职责，乔治也很欣慰。他在村子边上建了一个没有驻院医生的诊疗所，自掏腰包请了一位护士。他这些慷慨别无所求，只希望不管在郡内或全国的选举，大家都能投票给他支持的候选人。他为人友善，对社会层次低于他的人颇为亲和，关心自己佃户所需，周边的贵族、绅士们也乐于与他来往。如果有人夸赞他是个随和的大好人，他虽然会略微有些害羞，但还是开心的。他就是想成为这样一个人。这对他是最好的夸赞。

但也有不如意的地方，就是他没有孩子。他会是一个出色的父亲，温和且又严格，会把儿子会教养成绅士家庭里该有的样子，会送他们去伊顿，对吧，还要教他们钓鱼、射击、骑马。但目前他的继承人是他的侄子，这个孩子的父亲——也就是他的兄弟——在一次汽车事故中去世了。他留下的这个小孩，人不坏，但已无乃父之风——那真是差得远了，先生们；而且你们相信吗，他那个糊涂母亲居然还把他送到同时招收女学生的学校里去。艾维的确叫他失望了，这是无可奈何的事实。当然她是一位淑女，娘家也有一些遗产；她把这个家管理得无可挑剔，招待客人时也很能干。村子里的人都很喜欢她。当年结婚的时候是个美人,光滑细腻的皮肤,淡棕色的头发,身材纤细但体魄健康,很会打网球;他想不通为什么她就是生不了孩子。当然现在她已青春不在,快要四十五的人了,皮肤开始变黄,头发也没了光泽,人瘦得像根竹竿。她平时从不邋遢,衣着得体,但她似乎对于自己的形象毫不在意,别说化妆,就是口红也从来不涂;有时候为了某个晚上的派对她会认真打扮一番,还是看得出来当年的风姿,但大多数时候她就——这么说吧,就是那种你不会注意到的女人。她为人处世都很好,也是一个好妻子,这都不必说,不能生育也不是她的错,但对于一个希望能用自己的骨血绵延子嗣的男人,心境毕竟难平。她这人没有活力,这应该就是问题所在了。结婚的时候,他觉得自己大概是爱她的,至少那样的爱意已经足够说服一个想要结婚、想要安定下来的男人了,但随着时间推移,他发现两人没有任何共同点。她不喜欢打猎,觉得钓鱼很无聊。毫无意外地,夫妻二人逐渐疏远起来。但有一点他不可否认,就是艾维从来没有给他添过麻烦。他们之间从来没有闹过,也没有什么可争执的。她似乎认为丈夫有自己的生活是顺理成章的事。他时不时去伦敦的时候,她从来没有提出要跟着一起去。乔治在伦敦有个姑娘——好吧,不能算是姑娘,最起码也有三十五岁了,但她金发、性感,而乔治只要提前发份电报,他们就可以一起吃顿饭,看场演出,共度良宵。一个男人,一个健康的、正常的男人,生活里总该有些乐趣吧。他也曾想到过如果艾维不是这样的一个"好女人",那她可能会是一个更好的妻子;

但这样的念头他又觉得配不上自己,之后也就尽量不去想它了。

乔治·佩莱格林读完了《泰晤士报》,因为是个周到的人,就摇了铃让男管家把报纸拿给艾维。他看了眼手表。现在是十点半,他和一个佃户约在十一点见面,还有半个小时的空闲。

"那不如就看看艾维的书吧。"他自言自语道。

他把书拿起时脸上带着微笑。艾维在客厅里放了不少高深的书,虽然书本身他不感兴趣,但既然妻子读着觉得有趣,那他也没什么好反对的。他注意到手上拿着的这本书还不足九十页,这当然是优点。他认同爱伦·坡的看法,就是诗歌宜短不宜长。不过他随手翻阅时,看到有些诗都是字数不一的长句子,而且还不押韵,这他就喜欢不上来了。刚上学的时候,他还很小,记得背过一首诗,开头是"小男孩站在燃烧的甲板上",后来在伊顿,他还记得一首,第一句是:"无情的国王,你将灭亡",此外当然还有《亨利五世》,一年半的必修课。他惊诧地瞪着艾维的书。

"这算什么诗。"他说。

有些诗看上去实在怪异,三四个词一行的诗句,突然又会出现十个、十五个词一行的,不过还好,书里也不都是那样,有的诗不长,而且押韵——谢天谢地,而且诗句也都一般长短。其中好几页标题都只有一个词:商籁,出于好奇他点了点行数——都是十四行。这些诗他读了读。似乎还行,只不过它们想表达什么他不太确定。他对自己重复道:"无情的国王,你将灭亡。"

"可怜的艾维。"他叹了口气道。

这时候之前约好的农夫被带了进来,他把书放下,亲切地接待起客人来了，双方马上就谈起了正事。

"你的书我看了，艾维，"两人坐下用午餐的时候他说道，"挺好的。印这么一本书不便宜吧？"

"我运气好，没有花钱。我把书稿寄给了一个出版商，他就接受了。"

"诗歌出版界可没什么钱，亲爱的。"他的语气还是一贯的善意、诚恳。

"是，的确没什么钱。早上班诺克来找你什么事？"

班诺克就是那个诗读到一半进来的佃户。

"他看中了一头血统很好的公牛，想预支一笔钱。他这人一向不错的，我有点想答应他的请求。"

乔治·佩莱格林看出来艾维不想讨论她的诗作，这也正合他意。另外他感到高兴的是封面上用了她娘家的姓；虽然这本书可能大家都不会听说，但真要有个"一行一便士"的穷酸文人在报纸上取笑艾维，那也挺让人不快的。

接下来几个礼拜，他都没有问艾维任何关于她在诗歌界试水的问题，总觉得有些唐突，艾维自己也没有提起。看两人的样子简直就像写诗成了件不太光彩的小事，双方都默认了今后不再谈论它。但一件奇怪的事情发生了。他因为生意必须要去伦敦一趟，就又带达芙妮出去吃饭。就是那位他每次进城总愿意与之共度几个愉快时辰的姑娘。

"哦，乔治，"她说，"最近他们都在聊的那本书是不是你妻子写的？"

"你在瞎说些什么?"

"是这样,我认识一个男的,是个书评人。那天他带我去吃饭,带着一本书。'有什么适合我看的书吗?'我问。'那本是什么?''哦,应该不合你胃口,'他说,'都是些诗歌。我最近在给它写篇书评。''诗歌我就不看了。'我说。'可能是我读过的最撩人的东西了,'他说,'炙手可热。而且诗本身也好极了。'"

"这本书谁写的?"乔治问。

"一个叫汉密尔顿的女人。我那个朋友说,这不是她的真名;他说她其实叫佩莱格林。'有意思,'我说,'我也认识一个男的叫佩莱格林。''在军队里当过上校,'他说,'住在谢菲尔德附近。'"

"最好跟你的朋友聊天时不要提起我。"乔治皱着眉头说道。

"别着急啊,亲爱的。你还不了解我吗?我跟他说了:'那就不是同一个人了。'"达芙妮笑起来。"我那个朋友说,'听说那个人就是布林普上校[1]那个样子的。'"

乔治是个很有幽默感的人。

"你可以澄清的嘛,"他笑着说,"要是我妻子写了一本书,我不该是第一个会知道的人吗?"

"我想也是。"

不管怎样,她对这件事并没有什么兴趣,上校扯开去之后

---

1 Colonel Blimp,二十世纪英国漫画家大卫·洛(David Low)创造的人物,一个思想顽固的矮胖退休军官。

她也就忘记了；上校本人也没有多想。他确定此事本就没有什么可费心的，一定就是那个蠢蛋书评人在捉弄达芙妮。想到达芙妮因为信了这书撩人，读了发现是一堆连长短都凑不齐整的胡话，他就觉得好笑。

他是好几个俱乐部的会员，第二天下午他回谢菲尔德的火车很早，打算在圣詹姆斯街上的那一家用午餐。去餐厅之前他正坐在一张舒服的扶手椅里面喝着雪利酒，一个老朋友走了过来。

"怎么样啊，老朋友，最近觉得如何？"他问。"成为一个名人的丈夫是什么感觉？"

乔治·佩莱格林看着他的朋友，似乎看到对方眼中还有一丝忍不住的笑意。

"我听不懂你的话。"他回答。

"别装了，乔治。谁不知道 E.K. 汉密尔顿是你的妻子。诗集卖成这样可不多见啊。你看，亨利·达什伍德要跟我吃午饭，他想见见你。"

"这个亨利·达什伍德又是哪里冒出来的，他要见我干什么？"

"唉，老朋友，你待在乡下都在忙些什么啊？亨利是眼下最出色的评论人了。他写了篇妙不可言的文章赞赏艾维的书。难道艾维没有拿给你看吗？"

乔治还没来得及回应，另一位男子已经被他的朋友喊到了跟前。这个人又高又瘦，脑门很高，鼻子很长，留着胡须，佝偻着身子，这样的人乔治第一眼见到肯定先是厌恶。引见了之后，亨利·达什伍德坐了下来。

"佩莱格林夫人是否也正好在伦敦呢？我非常想见见她。"他说。

"不在。我妻子不喜欢伦敦。她更喜欢乡下。"乔治的语气颇为僵硬。

"因为我那篇书评，她给我写了一封很客气的信。我高兴极了。你知道我们这些评论人经常是挨的骂比挣的钱多。这本诗集我一读便为之倾倒。太新鲜了，太独到了，很现代，但又不晦涩。她运用自由诗和古典格律都一样驾轻就熟。"因为想到自己是个批评家，所以应该不全说好话。"有时候，音韵上可能微微有些误差，但要这样说的话，艾米莉·迪金森这方面也不是完美的。有几首短的抒情诗简直像是兰多[1]写的。"

所有这些话在乔治·佩莱格林的耳朵里都是胡言乱语。这家伙就是那种喜欢卖弄学问的人，恶心得很。但上校是个讲礼之人，应答得十分得体。而亨利·达什伍德就好像没有听见乔治的话一样继续道：

"但让这本书如此与众不同的是每行诗句里喷涌而出的激情。现在那么多年轻的诗人都很萎靡，冰凉得毫无血性，说理说得特别笨拙，但这本书里你读到的是赤裸的、率直的激情。当然了，情绪一旦如此深刻和真诚，往往是悲剧性的——啊，我亲爱

---

1 Walter Savage Landor（1775—1864），英国诗人、散文家，精通古希腊、罗马文学，他的抒情诗形式精悍、讲究格律，一般写个人情感与传统思想的关系。

的上校啊,海涅那句话真是太对了:诗人将宏大的悲怆化成精巧的小诗。你知道吗,我把这本诗集一读再读的时候,时不时我就觉得自己读到了萨福。"

乔治·佩莱格林实在是听不下去了,站起身来。

"行,我妻子的那本小书能得到你这么些好话,真是太感谢了。我确定她也会高兴的。但我必须走了,之后要去赶火车,我得先吃口午饭。"

他上楼去餐厅的时候,烦躁地对自己说:"那个傻瓜。"

回到家正好是晚餐时间,等艾维去睡了,他打算去书房把那本书找出来。心想着再扫两眼,看看他们都在激动些什么,但那本书找不到了。肯定是艾维把书拿走了。

"笨蛋。"他嘟囔了一句。

他都已经说了觉得这书"挺好的"。还要他说什么呢?算了,这都无关紧要。他点着了烟斗,打开《田野》[1]一直看到睡意起来。大概一周之后,上校碰巧要去谢菲尔德,到晚上才能回来。他在自己的俱乐部用午餐,快吃完的时候,哈弗雷尔公爵进来了。这是在当地受到追捧的大人物,上校自然是认识他的,但以前也只是问过好而已;所以公爵在他桌边停下来时,乔治也很意外。

"你妻子周末不能来做客真是太让我们遗憾了。"他说,既热情,又含蓄。"我们请了不少贵客呢。"

乔治大吃一惊。他猜是哈弗雷尔家请他和艾维周末去做客,

---

[1] *The Field*,英国1853年创立的关于乡村生活的杂志,以射击、钓鱼、打猎等内容为主。

而艾维之前未跟他提起，直接就回绝了。还好他没有太过慌张，说他也感到很遗憾。

"只能下回再碰碰运气了。"公爵亲切地补了一句就走开了。

佩莱格林上校非常生气，回到家就问妻子：

"说说吧，哈弗雷尔家的邀请是怎么回事？你凭什么说我们去不了？他们之前从来没有请过我们，你要知道那儿的射击场是全郡最好的。"

"这我没想到。我还以为你会觉得很无聊。"

"见鬼了，至少也得问问我要不要去吧。"

"抱歉。"

他仔细地观察着妻子，她的神色之中有些让他捉摸不透的东西。乔治皱了皱眉头。

"他们总不会没请我吧？"他吼了起来。

艾维脸微微一红。

"呃，其实他们没有。"

"他们请了你，却不请我，要我说这真是太无礼了。"

"我是觉得他们认为这次派对你不会感兴趣。公爵夫人喜欢作家……你知道，就是那一类的人。她邀请了亨利·达什伍德，那个批评家，而这个人也不知怎的就想见见我。"

"艾维，你能拒绝还真是叫人欣慰。"

"这是最起码的。"她微笑道。犹豫了一下，她又说："乔治，我的出版社希望这个月底能给我办一场餐会，当然他们也请了你。"

"哦，这种场合大概不适合我。要是你愿意的话，我可以陪你一起去伦敦。到时我再另外找个人吃饭好了。"

达芙妮。

"我想到时候的确会很无聊,但他们很坚持。第二天,买了我的书的美国出版方要在凯莱奇酒店[1]办一个鸡尾酒会。如果你不介意的话我希望你也能到场。"

"听上去烦人至极,但如果你真要我去,我就去吧。"

"你真是太体贴了。"

那个鸡尾酒会让乔治·佩莱格林有些恍惚。首先是人来了不少;其中一些也还算体面,尤其是几位女士,看上去颇为端庄,但那些男人就很糟糕了。每个人介绍他都会说:这是佩莱格林上校,你知道吗,他就是E.K.汉密尔顿的丈夫。那些男士似乎跟他无话可说,而女士们则一个个都激动不已。

"你一定为你的妻子感到骄傲吧。那些诗真是太了不起了,对吧?你知道吗,我是一口气读完的,根本放不下来;读完了之后我立马又从头开始读,而且又一口气读到了最后。我真的就是如痴如醉。"

英国出版商跟他说:

"我们出的诗集已经有二十年没有如此轰动了。评论真是前所未见。"

美国出版商跟他说:

---

[1] Claridge's,伦敦梅费尔区的五星级酒店,长年来受王室眷顾,被称为"白金汉官"的附属建筑。

"这书太棒了。到了美国也一定很火。你就等着瞧吧。"

美国出版商还送了艾维一大束百合。在乔治看来,可笑之极。他们到场的时候,大家一个个被引见给艾维,都是满嘴的恭维,艾维都是友善地微笑着,用一两个字答谢。她的确因为激动脸色红润,但依然落落大方。所以,尽管乔治觉得这整件事都莫名其妙,但至少妻子的应对没有问题,这他还是认可的。

"好吧,至少证明了一点,"他对自己说,"那就是艾维是位淑女;这场子里其他的人可完全够不上这个称谓。"

乔治喝了不少鸡尾酒,但有一件事困扰着他。他总觉得被引见给某些人的时候,对方都在用怪异的眼光打量他。他琢磨不透这里面的含义。他走过沙发的时候有两个女的坐在那里聊天,似乎是在谈论自己,而且他刚走开,就几乎确定那两人在那里窃笑。派对结束的时候,他如释重负。

回酒店的出租车上,艾维对他说:

"你太棒了,亲爱的。你刚才那么受欢迎。姑娘们都一个劲地在夸你长得神气。"

"姑娘,"他厌恶地说道,"母夜叉吧。"

"你觉得很无聊吗,亲爱的?"

"无聊透顶。"

她同情地握了握丈夫的手。

"我们还得等等,乘下午的火车回去,上午我还有些事,你别介意。"

"不会,没关系。你要去逛街?"

"的确有一两样东西要买,但我先得去拍照。我很讨厌这个提议,但他们觉得应该有几张照片。在美国出书用,据说。"

他没有说话,但心里有些想法。他想到美国公众看到妻子是这样一个平庸的、枯槁的小女人,会吓一跳吧。一直以来他都觉得美国人是喜欢张扬、漂亮的。

他还有了些其他的想法。第二天艾维出门之后,乔治去了俱乐部楼上的图书馆,找出最近几期《泰晤士报文学增刊》《新政治家》和《旁观者》。很快就看到了他们给艾维写的书评。文章他没有细看,但很明显都极尽溢美之词。然后他去了皮卡迪利,那里有家他偶尔会光顾的书店。他想好了要认真读一读艾维这本讨厌的书,但又不想问艾维当时送他的那本后来为什么拿走,索性就自己买一本。还没进书店,第一眼就看到橱窗里展示的那本《金字塔衰败时》。书名真是蠢到家了!他走了进去,一个年轻人走上前来,问是否需要帮忙。

"没关系,我就随便看看。"他觉得开口问艾维的书很尴尬,决定自己找出来之后去柜台。但他找了一圈都没有看到,正巧那个年轻人又走到了身边,就很刻意地用无所谓的语调问道:"顺便问一句,你们这里有没有一本书叫《金字塔衰败时》?"

"新版今天早上刚到,我去给您拿一本。"

年轻人转眼之间就拿着书回来了。他身材矮小、壮实,戴着眼镜,一头蓬乱的红头发很扎眼。佩莱格林高大、挺拔,完全军人派头,所以是居高临下地和这位店员说话。

"这是新的版本?"他问。

"是的,先生。已经是第五版。这热销的势头简直像是小说。"

乔治·佩莱格林犹豫了一下。

"要你说,它怎么会卖得这么好?他们不是一直说诗歌没有人要读吗?"

"那个,你要知道,这本写得特别好。我自己也读过了。"这个年轻人一看就是懂些诗书的,但口音里听得出一点伦敦的土话,乔治不自觉地就有些傲慢。"他们喜欢的是里面的情节。很性感,你知道,但也很哀伤。"

乔治微微皱了皱眉。他算是听出来了,这小子是在寻自己开心。他从来没听说过这本破书里还有什么情节,至少书评里全都没有提及。这个年轻人继续说道:

"当然这恐怕是昙花一现,不知道您是否明白我的意思。要我说,她是那种被个人经历触发的作者,就像写《什罗普郡少年》的豪斯曼;以后她怕是再也写不出这样的诗了。"

"这书多少钱?"乔治为了收住他的话匣子,冷冷地说道。"不用包装,我塞口袋里就好。"

十一月的早晨很是阴冷,他穿着一件厚重的长大衣。

乔治和艾维在一等车厢的两个对角舒舒服服地坐下,拿出在车站购买的晚报和杂志,读了起来。五点钟,夫妇二人到了餐车喝下午茶,聊了一会儿天。下火车。坐上接他们的车子,回到家。洗澡,更衣,用晚餐。晚餐之后,艾维说她筋疲力尽,就回卧房了。离开之前,她依照习惯亲了一下乔治的额头。然后乔治走到门厅,从大衣口袋中取出诗集,进书房读了起来。他不擅长读诗,虽然每个词都读得全神贯注,但理解却朦胧得很。他又从头开始读了一遍,越读越莫名烦闷,但他不是个笨人,所以读到最后已经清楚地知道里面在讲什么事了。这诗集里一部分是自由诗,一部分遵照了传统的格律,但其中所要表述的情节确是连贯的,就算再愚钝的人也看得明白。这是一段炙热的恋情,发生在一个年长一些的已婚女子和一个年轻男子之间。这其中一步一步的发展,乔治·佩莱格林要辨别出来简直跟个位数加法一样简单。

故事是用第一人称叙述的,开始是一个青春不再的女子,意识到一个年轻人爱上了自己,犹疑、惊讶。她不敢相信。她觉得一定是自己的幻觉。当她突然发现自己也深深地爱上了他之后,心里满是恐惧。她告诉自己这太荒唐了;两人年纪相距甚远,如果听任自己的激情,只会带来不幸。她试着不让男方开口,但终于有一天,男子说出了自己的爱意,并要求女子也说出她爱上了自己。他求她一起私奔。她无法离开丈夫,她的家;而且他们两个能有什么未来——一个上了岁数的女人,一个如此年轻的男人?她要如何期待对方的感情不会减退?她求对方放过自己。但他的爱是不可遏制的。他要她,他全身心地要她,到最后,一个颤栗的、害怕的、却又满怀欲望的她,放弃了抵抗。然后是一段极乐的时光。整个世界——那个无趣、单调的世界——突然光芒四射起来。从她笔端流淌着爱的歌谣。这个女人把情郎年轻、阳刚的肉体奉若神明。读到她赞颂那宽阔的胸膛、紧实的侧腰、秀美的长腿和平坦的腹部时,乔治的脸色阴沉起来。

撩人的东西,达芙妮的朋友是这么说的。还真是撩人。这叫恶心。

里面还有几首可怜的小诗,是这女人想到年轻男子离她而去是必然的,到时生命将会多么空虚;但这些诗的结尾是她的一声呼喊,表达为了这属于她的神仙般的片刻,再多的苦也是值得的。她写到那些两人共度的悠长的夜晚,那种心神不宁似乎在纸上颤动;也写到在彼此怀中,是怎样的疲倦哄他们睡去。她写到在偷来的短暂间歇中,他们的激情是如何无可抵御,所以即使危险重重也只能臣服于它的召唤。

她原以为这份恋情只是几个星期的事,但它奇迹般地一直没有消退。其中有一首诗提到了即使三年过去,他们心中的爱也不见丝毫衰减。似乎他依然在催促她远走高飞,去意大利山间的某个小镇,去希腊的一个岛屿,去突尼斯一座城墙环绕的小城,这样他们就可以朝朝暮暮相伴了;而在另一首诗里面,她哀求男子接受现状。他们的幸福是岌岌可危的幸福。或许正是因为相爱之艰难,相聚之不易,他们的感情才这样长久地保住了最初那叫人迷醉的热切。又是毫无征兆的,年轻人死了。如何死的,于何时何地死的,乔治看不出来。随之而来的是一声漫长的、心碎的哭喊,这哀伤是痛苦的,但她却又不能沉溺其中,因为她不能流露出来。她要举办宴会,也要接受别人宴会的邀请,在人前总是高兴的样子。但生命之火已经熄灭,悲痛已经将她拖垮。最后一首诗只有四个短小的段落,作者已然不再控诉命运安排,反而感谢操纵命运的黑暗力量,让她有这个福气可以一度体验到可怜人类所能想见的最极致的快乐。

乔治·佩莱格林最终把书放下时,已经是凌晨三点。他似乎在每行诗句中都听得到艾维的声音,他不断碰到平常艾维常用的字词,里面有些细节又何尝不是他所熟识的?这一点已经不用怀疑,艾维写的就是自己的亲身经历,她有过一个情人,而且那个人死了,这都是再明显不过的事情。他最强烈的感受倒不是愤怒,也不是惊骇和痛苦,虽然他也痛苦,他也惊骇,但他最主要是觉得不可思议。艾维会出轨,而且还是如此干柴烈火的恋情,简直就跟他壁炉台上玻璃匣中的那条鲑鱼——这是他钓到的鲑鱼中最好的一条——突然甩起了尾巴一样。他这时才明白在俱乐部跟他说话的那个男人为什么眼神里似笑非笑,他明白了为什么达芙妮谈起这本书就像是想起了某个只有她自己知道的笑话,为什么在鸡尾酒会上他经过那两个女人时,她们会窃笑。

他出了一身冷汗。突然他怒不可遏,跳起来要去喊醒艾维,非让她给个说法不可。但走到门口时他停住了。说到底,他有什么证据呢?他只有一本书而已。乔治记得他曾经告诉艾维他觉得这书"挺好的"。的确,当时他没读过这本书,但他假装自己读过了。要是承认这一点的话,岂不是显得自己愚蠢至极?

"我得小心行事。"他低声道。

他想好了先等个两三天,把局面考虑清楚再决定怎么办。他上了床,但久久无法入睡。

"艾维,"他反复对自己说,"艾维。最不像会出这种事的人……"

第二天早餐两人见面时并无不同。艾维还一如往常地安静、庄重、自矜，这是一个完全没想过要装年轻的中年女子；在乔治看来，她身上已经完全找不到所谓的女性魅力。乔治已经好几年没有这样观察自己的妻子了。她还像平日里一样平和宁谧，淡蓝色的眼睛里没有烦忧，眉宇间也坦诚得丝毫看不出愧疚。也和平日里一样，她会说几句不关痛痒的闲话。

"在伦敦忙乱了两天之后回到乡下真是舒服极了。你今天早上是什么安排？"

这到底是怎么回事？

三天之后，他去见自己的法律顾问。亨利·布兰既是乔治的律师，也是一位老朋友。他在佩莱格林家不远的地方有一处房产，多年来他们都在彼此的猎场中打猎。每周有两天时间他是乡绅，而剩余的日子他是谢菲尔德一个繁忙的律师。他身材高大，有活力，大大咧咧的，笑起来喜形于色，说明他希望别人能看出他在本质上是个运动家和随和的大好人，偶然才想起他还是个律师；但实际上他很精明，老于世故。

"哟，乔治，你今天怎么来了？"上校被领进办公室的时候他声音洪亮地问道。"在伦敦还开心吗？我下周也要把家里那位带去伦敦住两天。艾维怎么样？"

"我来见你正是要聊聊艾维，"佩莱格林说，警觉地看了看对方，"她的书你读了吗？"

过去两天沉重的心事让他格外敏感，他注意到律师的表情里有微微的变化，就好像后者突然小心了起来。

"对,我读了。大获成功,是吧?艾维这是要进军诗歌界了。很多事你真是想都想不到。"

乔治·佩莱格林几乎要骂人。

"因为这本书,我可是被当成彻头彻尾的傻瓜了。"

"咳,乔治,这说到哪里去了!艾维写本书有什么坏处。你应该为她感到骄傲才是。"

"别跟我扯这些废话。这是她的亲身经历。你清楚,大家都清楚。我猜也只有我不知道她的情人是谁。"

"老朋友,有样东西叫想象力你知道吗?你根本就没有理由要去猜这整个故事不是虚构的。"

"你听我说,亨利,我们也算认识了一辈子。好多回玩得那么开心。跟我说句实话,你敢不敢看着我的眼睛,告诉我你相信这是虚构的?"

哈里[1]·布兰在椅子里不适地调整了坐姿。他听出老乔治语气里的难受,也轻松不起来了。

"这个问题你根本就不该问我。问艾维去。"

"我不敢,"乔治痛苦地停顿了片刻之后说道,"我怕她会告诉我真相。"

接下来是尴尬的沉默。

"那小子是谁?"

哈里·布兰正视着老友的眼睛,说道:

---

1 Harry,亨利(Henry)亲切称法。

"我不知道,可要是我知道的话,也不会告诉你的。"

"你这混蛋。你没看到我现在的处境吗?你觉得在别人眼里成了个彻头彻尾的傻瓜很有趣吗?"

律师点了支烟,静静地抽了几口。

"可我也帮不了你什么忙吧。"他终于说道。

"我知道你似乎是有些私家侦探可以调遣的。我要你把他们派去把一切都调查清楚。"

"老朋友,派侦探调查自己的妻子可不是什么体面的事啊。而且,就算我们暂且假设艾维真的出轨了,那也是很多年之前的事,现在怕是什么都查不出来的。他们似乎还很在意不要留什么痕迹。"

"我不管。你只管派你的侦探。我想知道真相。"

"我不会同意的,乔治。如果你非要这么干,最好另找别人。你想想看,即使你有了艾维不忠的证据,你又能怎么样?要是因为妻子十年前的一次出轨而跟她离婚,在别人眼里你还是笨蛋啊。"

"我至少可以跟她摊牌了。"

"你现在也可以摊牌,但你比我清楚,那样的话她就会离开你。你希望她这样做吗?"

乔治看了看他,表情很不快。

"我没想好。我一直觉得她真算是个好妻子。把家里管得井井有条,仆人那里从来没出过什么乱子;花园美不胜收不说,村里每个人也都那么敬重她。但该死的,我的自尊总不能不管吧。想到她曾经那么无耻地背叛了我,我怎么和她共同生活呢?"

"你一直忠诚于她吗?"

"算是吧,你知道的。说到底,我们结婚也快二十四年了,而艾维对床笫之事一直不太感兴趣。"

律师抬了抬眉毛,但乔治没看到,他心思全在自己要说的话上。

"我不想否认,我时不时也会去找些乐子。男人需要这些,女人就不一样了。"

"这也是男人的一面之词。"哈里·布兰微微一笑说道。

"我怎么也想不到艾维是那种桀骜不驯的女人。我的意思是,她是个很谨慎、很寡言的人。到底怎么想的,去写那么一本书?"

"我猜,那是段很痛楚的记忆,可能对她来说是一吐为快吧。"

"就算这样,那见鬼的,她干吗不用笔名?"

"她用了自己娘家的名字。我猜她以为这就足够了,要不是这本书如此轰动的话,她的估计也没有错。"

乔治·佩莱格林和律师面对面坐着,中间隔了张书桌。乔治的手肘支在桌子上,手托着脸,因为想到了什么又皱起了眉头。

"不知道这是怎样的一个家伙真是让人烦透了。你甚至不能判断他是不是一个绅士。我是说,就手头的讯息来说,他很可能就是一个农夫或者是律师所的职员。"

哈里·布兰没有容许自己露出笑容,开口时眼神是和善、宽容的。

"以我对艾维的了解,大概那个男的也不会糟糕。至少我可以确定他不是我这里的职员。"

"对我来说，太震惊了，"上校叹了口气，"我还以为她是喜欢我的。但她一定恨死我了，否则不会写那么一本书。"

"啊，这我是不信的。我觉得艾维不会恨谁。"

"你也不能假装她是爱我的吧。"

"我不假装。"

"那她现在对我是什么感觉？"

哈里·布兰靠在转椅的椅背上，若有所思地看了看乔治。

"应该没有感觉了吧，要我说的话。"

上校微微颤抖了一下，看得出脸红。

"说到底，你也不爱她了，不是吗？"

乔治·佩莱格林没有正面回答。

"对我来说，没有孩子是重大的打击，但我从来没有向她表露出我认为这是她的问题。我一直对她很好。在合理的范围之内，我也完成了丈夫的职责。"

律师的大手擦了一下嘴巴，掩盖住他正要发笑的嘴唇。

"对我来说，这次真的是太震惊了，"佩莱格林继续说道，"真见鬼，即使是十年之前，艾维也不是什么年轻姑娘了，而且天知道她从来就没什么姿色。这件事真是太难堪了，"他深深叹了一口气，"要是换了你会怎么办？"

"什么都不做。"

乔治·佩莱格林腾的一下从位子上挺起了身来，他脸上那副严峻的表情一定和当年检视兵团时一样。

"我不能就这么算了。我已经成笑柄了，这样下去今后再也抬不起头来。"

"真是胡扯,"律师厉声说道,但态度立马又放松、和善起来,"你听我说,老朋友:这男的已经死了;事情也很久以前就结束了。忘了它。跟别人聊一聊艾维的书,尽情地夸赞它,说你有多骄傲。你要表现出对妻子是如此的有信心,知道她绝不可能背叛你。这世界转换那么快,大家又如此健忘,很快就不会有人记得了。"

"但我记得啊。"

"你们都到了中年了。大概艾维对你的重要意义很大一部分你都没意识到,没了她之后你会很寂寞的。你忘不了也没有关系。但你这个迟钝的脑袋里最好记得一件事,就是凭你的智慧永远只会低估了艾维。"

"该死的,听你的意思好像是我的错一样。"

"我没有觉得是你的错,但我也不能认定这就是艾维的错。我认为她并不想爱上那个男孩。你记不记得快结束的时候那几首诗?我的感觉是那个人的死虽然让她心碎,但在某个非比寻常的意义上,她又感激它。从头至尾她都很明白两人之前的纽带是很脆弱的。他是在如痴如醉的初恋之中去世的,将永不知道爱情很少能持久;他只见证了爱的幸福和美好。在她伤心欲绝的时候,想到那个男人不用体验任何哀愁,就获得了一点宽慰。"

"这些我就不太能领会了,老朋友。但我大概知道你想说什么。"

乔治·佩莱格林苦闷地盯着桌上的墨水台。他不作声,律师用好奇但又同情的目光打量他。

"你有没有意识到,她那样伤心的时候却丝毫不显露出来,是多不容易啊?"他温和地说道。

佩莱格林叹了口气。

"我太苦了。大概你是对的;覆水难收,要是闹起来的话只会更糟。"

"那你的意思是……?"

乔治·佩莱格林让人同情地微微笑了笑。

"我就听你吧。随它去了。就让他们觉得我是傻瓜好了,管他们呢。事实就是,没了艾维我不知道该怎么办。但我得说这么一句,这件事我到死也不会想明白:艾维到底有哪一点让那家伙看上了啊?"

芒德内哥勋爵

Lord Mountdrago[1]

奥德林医生看了看桌上的钟。五点四十。病人居然迟到了，这是他没有想到的，因为芒德内哥勋爵向来以守时自傲。勋爵说话有种说教感，所以平平常常的一句评论在他嘴里也会听来像是格言警句；比如他常说，跟聪明人打交道，守时是种恭维，跟蠢人打交道，守时是句斥责。而芒德内哥勋爵今天约的时间是五点半。

奥德林医生的外表没有什么能引起别人注意的。瘦高个子，窄肩膀，略有些驼背，稀疏的白发，一张灰黄的长脸上都是深深的皱纹。他今年没到五十，但看上去要老得多了。淡蓝色的大眼睛里面都是倦意；和他相处一段时间之后，你会发现他眼睛不怎么动，而且目光时常就定在你的脸上，只不过他的眼神里什么表情也没有，所以被他盯着也不会觉得不舒服。这一双眼睛很少有神采飞扬的时候，它们不会透露医生内心的想法，也不会随着他

---

[1] 首次发表于1939年，收录于1940年出版的短篇小说集《换汤不换药》。

口中的言语而变化。要是你喜欢观察，会觉得奥德林医生眨眼睛都比我们一般人要少。他的手算是大的，手指也长，往指尖逐渐变细；它们柔软、坚实，虽然有些凉，但不是潮腻腻的。要不是特意去记，问你奥德林医生刚刚穿了什么你一定答不上来。他只有深色的衣服，黑色的领带，衬得脸上更没有血色，眼睛里也更添了一抹苍白。你只觉得他得了重病。

奥德林医生是个心理分析师。他误打误撞入了行，一直对自己的医术似信非信。战争打响之时，他拿到行医资格也没有多少时日，还在各个医院实习；他向军方举荐自己，过了一段时间就被送往了法国。就是在那里他发现自己有一种特殊的天分。他用自己那双有力的凉手碰触病人，就可以缓解某些伤痛，有些人深受失眠之苦，跟他聊天时就会有了睡意。他说话很慢，没有什么起伏，语气不管说什么也始终是一个样，但那里面有种音乐感，像是温柔的摇篮曲。他就跟那些人说，他们必须休息，一定不能担心，一定要好好睡觉，于是一种闲适就钻进他们疲惫的四肢百骸之中，宁静之感也把焦虑挤开了，很像一个人硬是在拥挤的长凳上给自己找出了一个位置；而倦意会落在劳累的眼睑上，就像新开垦的土地承接绵绵春雨。奥德林医生发现，用他那低沉、单调的声音说话，用他那淡淡的、安宁的眼睛看着他们，用他又长又有力的手指抚摸他们满是倦怠的脑门，他可以抚慰一些不得安宁的心绪，消解一些让人烦扰的矛盾，祛除一些让生活变成折磨的恐惧。有时候他的疗效不可谓不神奇：有一个人因为炸弹爆炸被埋在地下，失去了语言功能，他让这个人重新开口说话；另一个人在空难中瘫痪了，他让这个人恢复了四肢的运动能力。这些神奇的力量他自己也不理解；他生性多疑，虽然他们常说在此类情形之下最要紧的就是要相信自己，但他本人就很少能做到。也只有这些即使最多疑的旁观者也无法否认的成果，才迫使他承认自己确实有些天赋，让他可以完成一些自己也解释不了的事情——不管这朦朦胧胧又捉摸不定的天赋到底是从哪儿来的。战争结束，他去了维也纳学习，后来又去了苏黎世，最后在伦敦操持他莫名获得的这门手艺。一晃十五年，他在这个领域里已经闻名遐迩。他那些不可思议的病例大家口耳相传，虽然收费不菲，但前来求医的人还是多到他见不过来。奥德林医生也知道自己做出了非同一般的成绩：一些轻生者在他帮助下打消了念头，另一些人被他救出了疯人院；一些能让人荒废一身才干的悲痛被他平息；一些不幸的婚姻被他扭转；他根除了不少异常的冲动，从而让很多人不再被可恶的习惯所奴役；他让不少心灵病态的人重获健康。这些的确都是他做的，但是在内心深处，他还是怀疑自己不过是个江湖骗子。

施展一种他无法理解的力量是违背他本性的；靠获取他人的信任谋生，却从来无法信任自己，也让他觉得是种欺骗。他现在已经足够有钱，不用再工作了，而这工作也让他极为疲惫，有十来回他的确就到了决定退休的边缘。弗洛伊德、荣格和其他那些人的著述他都了解，可他还是不能满意，深深相信他们的理论都是故弄玄虚；可结果虽然无法解释，却也明明白白地一次次出现在他的诊室里。这十五年来，求助者不停来到他温坡街¹幽暗的密室，人性之中还有什么是他没有见过的？那些坦白，不管是迫不及待双手奉上的，还是带着羞耻，带着保留，带着愤恨，都早已不新鲜了。已经没有什么事情能让他感到震惊。他知道人都多么会撒谎，他知道人的虚荣能到如何荒唐的程度，还有许多糟糕得多的事情，但他也知道审判和谴责都与他无关。于是，可怕的秘密一年又一年地吐露给他，他的脸更灰暗了，皱纹更深了，淡色的眼睛也更疲惫了。现在几乎听不到他的笑声，偶尔为了放松看本小说，他只能苦笑。这些作者真以为他们笔下的男男女女是这样的吗？他们是真不知道人要复杂得多，出乎意料得多，也真料想不到人的灵魂里共存着怎样不可调和的元素，而怎样黑暗和邪恶的争斗在折磨着他们！

还有一刻钟就到六点了。在奥德林医生的记忆中，自己接手过那么多稀奇古怪的病例，但没有一个怪得过芒德内哥勋爵。首先这位病人的性格就很特别：他才干不凡、声望卓著，四十岁不到就被任命为外交大臣，现在三年过去，他已经看到自己的政策大获成功。他被公认为保守党中最有能力的政治家，只是因为父亲的贵族头衔死后会传给他，到时就不能坐在下议院，这才把他从未来首相的人选中排除了出去。在这个属于大众的时代，虽然上议院里不可能出现英国首相，但没有什么能阻碍芒德内哥勋爵在保守党的政权里长久地把持外交大臣的职位，从而指引这个国家的外交政策。

---

1 Wimpole Street，伦敦威斯敏斯特的一条"医疗街"。温坡街一号为皇家医学院所在地。

芒德内哥勋爵有不少优秀的品质。他很聪明，也很勤奋。他游历甚广，能流利地使用好几门语言。从少年时，他就在国际事务上下了特别的功夫，刻苦地了解了很多国家的政治、经济情况。他有勇气，有远见，有决心。上台演讲也是好手，不管是面对公众还是议员，清晰、准确，还时常机智风趣。在辩论中他更是出众，巧妙的反驳经常被大家传颂。他也是个很有气度的公众人物，个子高，长得英俊，虽然有些秃顶，且稍嫌胖了点，倒是让他更添了几分稳重和成熟之感，反而只有好处。年轻的时候他也算是个运动员，曾经为牛津出战划船比赛，而且被认为是英格兰最好的枪手之一。二十四岁的时候，他娶了一位十八岁的姑娘，她父亲是位公爵，母亲是美国人，会继承一大笔家产，所以妻子兼具地位和财富，又给芒德内哥勋爵生了两个孩子。他们已经分居了好几年，但在公众面前依然结伴出现，所以对他们的形象并无妨害，而且两人也无其他的情谊能让公众说三道四。芒德内哥勋爵太有抱负，太勤奋，而且必须加上也太爱国了，是不会让个人享乐干扰自己的仕途的。简单地说，就是他有不少资本可以成为一个事业有成、广受欢迎的人物；但不幸的是他也有严重的缺陷。

这个人极度势利。要是他的父亲是第一代获封爵位，那倒不太让人意外了；上一辈是律师、制造商、酿酒者，一旦成了贵族，那儿子极度看重身份地位倒是好理解的。芒德内哥勋爵父亲的伯爵爵位是查理二世最初加封的，而再之前的男爵爵位可以追溯到玫瑰战争。这个爵位的继承人一直都和英格兰最高贵的家庭维系着姻亲关系。但芒德内哥勋爵对自己出身的在意程度，不亚于一个暴发户对钱的看重，从来不会错过任何一个提醒别人的机会。他有时候的举止真是优雅极了，那是因为他认为遇到了和自己地位相当的人。对那些在他看来社会地位不如他的庸常之辈，他可以无礼到不近人情。他对自己的下人非常粗鲁，对秘书言语伤人，他先后出力的那几个政府机关里，下属都害怕、厌恶他。他的傲慢是可怕的。他认定大多数需要打交道的人都比他愚笨得多，并且会毫不犹豫地让对方知晓这个事实。他对于人性中的缺陷最不耐烦。他感到自己生来就是发号施令的，那些以为勋爵会听取他们观点或者希望他能解释自己决定的人，会让他生气。他的自私难以估量。他把自己接受的任何服务都看做是理所应当，是像他那样高贵和聪明的人应得的，所以根本不用觉得感激。他的脑袋里根本没有闪现过要为他人出力的念头。他有很多敌人：对这些人他只有鄙夷。他看不出认识的人里面有谁配得上他的帮助、他的同情、他的怜悯。他没有朋友。上司信不过他，觉得他不够忠诚；他自己的政党不喜欢他，因为他太专横，不给情面。只是他太出众，头脑太犀利，爱国情操太显见，处理事情太老到，共事者不得不容忍他。但他让人忍得下去也是因为在某些场合他会变得那么迷人；当他觉得遇到了与自己地位相当或者他希望俘获的人，当他身边是国外政要或尊贵的女性，他可以活泼、风趣、温文有礼；这时他的风度会让你想起他的血管里留着和切斯特菲尔德伯爵[1]一样的血;他讲故事能切中要害,他可以很自然、明智,甚至深刻。他的博学多闻和精微的鉴赏力会让你吃惊,你会觉得他是世界上最好相处的人,完全忘记你昨天还受他羞辱,而明天说不定他就会假装从没见过你。

芒德内哥勋爵差点就没有成为奥德林医生的病人。医生接到一个秘书的电话,说勋爵想接受他的诊治,会很乐意第二天早上十点在家中见到他。奥德林医生回复,他没法前往芒德内哥勋爵的府邸,但很愿意把后天五点咨询室的空档留给勋爵。秘书记下了医生的话,很快打电话回来说勋爵坚持在自己家中见医生,并表示出诊费用可以让医生来定。奥德林医生回复,他只在自己的咨询室接待病人,并表示如果芒德内哥勋爵不能前来的话,他很遗憾就不能将自己的时间分配给他了。一刻钟之后,医生收到一份简短的讯息,说勋爵五点前来,但不是后天,而是明天。

芒德内哥勋爵被领进来的时候,他停在门口没有往前走,傲慢地上上下下打量着医生。奥德林医生发现勋爵正怀着满腔的怒火,于是就用木然的双眼静静地看着他。这是一个高大魁梧的男人,头发有些已经变白了,发际线略高,而眉毛倒因此平添些几分贵族气派,脸有些臃肿,端正的五官轮廓清晰,总带着些倨傲。他的长相不知怎的就像是十八世纪波旁家族里的某个君主一般。

---

[1] 4th Earl of Chesterfield(1694—1773),英国外交家、作家,曾任驻荷兰大使、国务大臣等,以所著《致儿家书》和《给教子的信》而闻名。

"奥德林医生,看来要见你一面不比见首相更容易啊。我的时间可是极为宝贵的。"

"请坐。"医生说。

他的脸上没有任何迹象显示芒德内哥勋爵的话对他产生了影响,依旧坐在桌边自己的椅子中。芒德内哥勋爵依旧站着,锁紧的眉头更阴沉了。

"我觉得有必要提醒你,我是国王陛下的外交大臣。"他语带尖刻地说道。

"请坐。"医生重复道。

芒德内哥勋爵做了一个手势,似乎是要转身拂袖而去;不过要是他真有这个想法,显然又改了主意。他坐了下来。奥德林医生打开一本巨大的笔记本,拿起了钢笔,他写字的时候没有抬眼看他的病人。

"你今年什么岁数?"

"四十二。"

"结婚了吗?"

"结了。"

"结婚多久了?"

"十八年。"

"有孩子吗?"

"两个儿子。"

芒德内哥勋爵生硬地答着问题,奥德林医生则把听到的都记了下来。然后他靠到椅背上,看着病人。他没有说话,只是看着，面色沉重，淡色的眼珠动都不动。

"你为什么要来见我？"他最终问道。

"我听说过你。据我了解，卡努特夫人就是你的病人。她告诉我你还是帮到了她。"

奥德林医生没有回答，目光依然定在对方的脸上，他的眼睛真的一点表情都没有，甚至会让你觉得他是否看到了对面坐着的人。

"我没有法术。"他隔了一会儿之后说道。脸上没有笑容，但眼睛里似乎闪过一丝笑意。"就算有，皇家内科医学院也不让用的。"

芒德内哥勋爵哧的笑了一声，似乎敌意减轻了一些，说话更和气了。

"你的名气很响，大家似乎都很信你。"

"你为什么来见我？"奥德林医生重复道。

现在轮到芒德内哥勋爵沉默了，就像是他觉得这个问题非常难以回答。奥德林先生静静等着。最终芒德内哥勋爵似乎费了很大力气才开口：

"我身体一点问题也没有。就前两天例行检查，我的医生奥古斯塔斯·菲茨赫伯特爵士——你应该听说过他吧——告诉我，我的身体像是个三十岁的人。我工作很拼命，但从来不累，我喜欢这份工作。我烟抽得很少，而且饮酒极为适量。我有足够的锻炼量，生活规律。我是一个完全正常、健康的人，状态正佳，你肯定会觉得我来咨询你很傻很幼稚吧。"

奥德林医生明白自己必须帮一帮忙了。

"我也不知道自己能否帮上忙。我会尽力的。你很不开心吗?"芒德内哥勋爵皱起了眉头。

"我的工作非常重要,需要我做出的决定随便就能左右国家的安宁甚至世界的和平。所以我的头脑必须清醒,判断不能受到干扰。把任何会干扰我工作的忧心的缘由清除,我觉得这也是我的职责所在。"

奥德林医生的目光一直没有离开他,很多事情都逃不过他的眼睛。在这位病人的浮夸举止和目中无人背后,有种排遣不了的焦虑。

"我麻烦你能拨冗到这里来,是因为按照我的经验,在医生昏暗的咨询室里,比熟悉的环境更能让人畅所欲言。"

"你这咨询室倒的确是昏暗。"芒德内哥勋爵尖刻地说。他顿了顿。这个人太自信,思维太敏锐,头脑太果决,往日里是从来不会无话可说的,所以此刻显然有些尴尬。他笑了笑,想让医生知道他很放松,但眼神里暴露了他的不安。他又开口的时候,语气里有种很不自然的诚恳。

"这事情太鸡毛蒜皮了,我简直不好意思拿来叨扰你,恐怕你会要我别犯傻,别再浪费你的宝贵时间了。"

"即使是那些表面上很琐碎的小事也有它们的意义,它们可能是深层紊乱的某种征候。另外,我的时间现在是完全由你支配的。"

奥德林医生的声音低沉又郑重,没有起伏的语调莫名就能安抚人心。芒德内哥勋爵终于下定决心要把实情相告。

"事实就是,最近我做的梦让我非常疲惫。我知道在意做了什么梦很蠢,可是——只能坦白说,它们让我非常焦躁。"

"你能不能描述一下?"

芒德内哥勋爵微微一笑,本想显得无所谓,但看上去都是愁容。

"这些梦都太可笑了,我简直不好意思描述。"

"没关系的。"

"好吧,第一个是大概一个月之前,梦到我正在科内马拉家的一个派对上。这是个正式的派对,国王和王后都会到场,当然勋章要戴起来了,我佩上了绶带和星章。进了衣帽间之后他们就要收我的大衣了,见到一个叫欧文·格里菲斯的小个子,是个威尔士议员,实话跟你说,见到他我比较意外,这个人没什么贵族身份。我就对自己说:真是的,莉迪亚·科内马拉这就有些过头了,天知道接下来她还会请谁。我感觉他看我的神情有些古怪,但我没理睬他,实际上我无视这小子直接上楼了。那房子大概你没去过吧?"

"从来没有。"

"对,这种地方你是不大可能会去的。这房子透着粗俗,不过大理石的楼梯倒是很精美,科内马拉夫妇就站在楼梯顶上迎接宾客。我和科内马拉夫人握手的时候,她奇怪地看了我一眼,咯咯笑起来;我没太在意,这是个没有教养的蠢女人,当年查理二世把她的祖先封为女公爵,可到现在还是不怎么懂规矩。不过我必须要说,科内马拉家那几个接待宾客的房间还是气派的,我一路走过去,跟几个人点头、握手;这时我看到德国大使正在和奥地利的一个大公说话,因为我有几句要紧的话要跟大公说,就走了过去,要跟他握手。大公一见到我,突然就放声大笑。我觉得自己被深深地冒犯了。我板起脸瞪着他,但他笑得更欢了。我几句尖锐的话已经到了嘴边,房间里突然安静下来,我意识到国王和王后到了。转身背对大公之后,我朝前跨了一步,又是突然之间,我意识到我没穿裤子,下身只有一条丝质的内裤,和鲜红色的袜带。难怪科内马拉夫人忍不住笑,难怪奥地利大公会乐不可支了!我没法告诉你那一刻是怎样的感觉。真是难以忍受的羞耻。我一身冷汗地醒过来。哦,你不知道我发现这只是一个梦的时候是怎样的释然。"

"这种梦并不是很罕见的。"奥德林医生说。

"我也这么想。但第二天奇怪的事情发生了。我正在下议院的大堂里,那个叫格里菲斯的家伙慢慢从我身边走过去。他特意朝我腿上看,然后面朝着我,我几乎肯定他朝我眨了下眼睛。一个荒唐的想法出现在我脑海中:他前一天晚上看到了我出的那个可怖的大洋相,还在回味。可当然我知道那是不可能的,因为那只是一个梦而已。我冷冷地瞪了他一眼,他就朝前走过去了,可是他脸上那笑容,都快连着耳朵了。"

芒德内哥勋爵从口袋里掏出手帕,擦了擦手心。他正在努力掩盖自己的慌乱。奥德林医生的目光从来没有离开过他。

"其他的梦再给我讲一个。"

"这是第二晚,这个梦比之前那个更荒谬了。我梦到正在议院的一场辩论之中,这场关于外交的辩论,不仅整个国家,全世界都无比关切。政府已经敲定了一项政策,会左右帝国的未来。当然议院里都是人,所有的大使都到了,旁听席也都坐满了。当晚最重要的讲话落在我肩上。我准备得很仔细。像我这样的人很容易树敌;很多人憎恨我在这个岁数就实现的地位,要知道即使最聪明的人取得了哪怕与我相比毫不起眼的成就,也不会有怨言的。所以我下定决心,不仅要让我的演讲配得上这个场合,也要让那些对我说三道四的人闭嘴。想到全世界都全神贯注听我说出的每一句话,我是有些兴奋的。我站了起来。要是你去议院里看过,就知道辩论之中议员在下面会互相交谈,会有翻看资料、报告的声音,但我发言的时候,周围像坟墓一般死寂。突然我注意到那个可恶的小子就坐在对面的长椅上,就是那个威尔士议员格里菲斯。他朝我吐了吐舌头。我不知道你有没有听过歌舞杂耍场里会唱的一首粗俗的歌,叫《双人脚踏车》[1],很多年前非常流行的。为了让格里菲斯知道我有多么鄙视他,我开始唱这首歌。第一段直接就唱完了。一开始大家有些惊讶,但我停下来的时候,对面长椅上都叫起好来。我举手让他们安静,接着唱了第二段。整个议院鸦雀无声,我感觉到我的演唱似乎并不是很受欢迎。我有些恼火,因为我有一把非常好听的男中音,一心想要这些人也

---

[1] *A Bicycle Made for Two*,哈里·达克雷(Harry Dacre)1892 年创作的歌曲,又名《黛西·贝尔》,歌词大致说的是某男子向一位叫黛西的姑娘求爱,自称买不起马车,但黛西坐在脚踏车上也会很好看。

认可这一点。当我开始第三段的时候议员们开始笑了,转眼间笑声在会场中散播开来;大使们,贵宾席中前来旁听的观众,女宾席中的夫人们,新闻媒体,他们都笑得前仰后合,扶着腰发出响亮的笑声,甚至在椅子上翻来滚去;所有人都欢乐得不得了,只有我背后坐在前排的那些官员们除外。在这场难以言喻、前所未见的喧嚣中,他们瞠目结舌地坐在那里。我扫了他们一眼,才醒悟自己做出了多么不可饶恕的事情。我成了全世界的笑柄。我痛苦地意识到辞职是不可避免的了。这时候我醒了过来,明白这都是一场梦。"

讲着讲着,芒德内哥勋爵那不可一世的派头不见了踪影,此时已经脸色苍白,人都在发抖。他又强自镇定下来,硬是让自己颤抖的双唇摆出了一个笑容。

"这整件事太荒诞了,我只能觉得好笑,也没有多想,第二天下午走进议院的时候还觉得状态颇佳。那天的辩论并没有什么可听的,只是我必须到场而已,还读了几份需要我过目的文件。也不知怎么回事,抬头的时候就看到格里菲斯在发言。他的威尔士口音听着难受,人也长得极为平庸,我想象不出他能讲出什么值得留意的话。我正要低头看文件,他突然引用了两句《双人脚踏车》的歌词。我自然下意识就去看他,发现他的目光就落在我身上,还极为戏谑地朝我微笑。我微微耸了耸肩。一个无足轻重的威尔士议员敢这样看我简直可笑,不过他引用了我在梦里快唱到头的那首歌倒还真是蹊跷。我又开始看那些文件,但我不介意跟你坦白,我的注意力已经集中不起来了。我有些困惑。欧

芒德内哥勋爵

文·格里菲斯就在我第一个梦里,就是在科内马拉家参加聚会那个,事后我又有一个非常明确的感觉,就是他知道我出了多么大的一个丑。他刚刚引的那两句歌词只是偶然吗?我问自己有没有可能他做了同样的梦。可当然了,这想法太荒唐,我决心不再多想。"

两人沉默了,奥德林医生看着芒德内哥勋爵,芒德内哥勋爵看着奥德林医生。

"别人的梦都是非常无聊的。我妻子以前偶尔做梦,第二天非要把细枝末节全都讲给我听,我都快疯了。"

奥德林医生微微一笑。

"我可一点也没觉得无聊。"

"我再跟你讲一个几天之后我做的梦。梦到我去了石灰屋[1]的一家小酒店。我这辈子还从来没有去过石灰屋,而且上次去小酒店还是我在牛津的时候,可是我穿过街道走进那家小酒店,完全就是轻车熟路的。进的那间屋子我也不知道他们是叫雅座酒吧还是独立酒吧间之类的,有个壁炉,一侧摆了把巨大的皮质扶手椅,另一侧是一个小沙发。吧台从房间一头横贯到另一头,隔着吧台看得到另一侧的公共酒吧。门口有一张大理石台面的圆桌,桌边有两张扶手椅。那天是周六晚上,酒吧里都是人。灯光很明亮,房间里烟雾缭绕,我的眼睛都疼了。我戴着顶帽子,

---

[1] Limehouse,东伦敦的一个区域,中世纪成为重要港口,一直是海员和移民出入、停留的地区,常以鸦片馆、贫民区、华人聚居点闻名。

脖子上围了块手帕,就像个小混混。周围的人都像是已经喝醉了。我觉得还挺有意思。有留声机还是广播在放音乐,我也分不清,而在壁炉前面有两个女人在跳一种怪异的舞蹈。旁边围了一小群人,笑着,喊着,跳着舞。我走近了想要看看,一个男人对我说:'来一杯啊,比尔?'桌上放了些酒杯,里面倒满了深色的酒,我知道他们把这叫棕艾。他拿了一杯给我,为了融入这个场合我就把酒喝了下去。其中一个跳舞的女子抛开同伴,过来一把抓住了酒杯。'嘿,怎么回事?'她说。'你把我的啤酒干了。''哦,很不好意思,'我说,'是这位先生把酒给我的,我自然以为这酒是他的。''那行,哥们儿,'她说,'我不介意,你来跟我跳个舞呗。'我还没来得及抗议,她已经抓住了我,我们就跳起舞来。然后我发现自己就坐在扶手椅中,这个女子就坐在我大腿上,跟我喝着同一杯啤酒。我可以告诉你,我的生活里性从来都是次要的。我很早就结婚了,一方面是我这种身份有家室会更理想,另一方面,也是一劳永逸把性这个问题给解决了。我很早就打定主意要生两个儿子,这个愿望达成之后,这档子事我就抛开了。我一直都太忙,也没空动那些心思,而且像我这样活在公众视线里的人,绝不会去做一些可能引发丑闻的事情。一个政治家最大的财富,就是在男女问题上无可指摘。我对那些为了女人毁了自己职业生涯的人最不耐烦。我鄙视他们。坐在我腿上的这个女子已经醉了,她既不年轻也不漂亮,其实就是一个脏兮兮的妓女。我对她只有满心的厌恶,但当她的嘴唇凑上来亲吻我的时候,虽然她嘴里都是啤酒的味道,牙齿都坏了,虽然我

芒德内哥勋爵

因此憎恨自己,可我——我全身心地渴望拥有她。突然我听到一个声音。'这就对了,兄弟,好好享受吧。'我一抬头,又是欧文·格里菲斯。我要从椅子里站起来,但是这个可怕的女人不让我这么做。'不用睬他,'她说,'这人就是吃饱饭太空了。''你好好玩,'他说,'摩尔我认识,她不会亏待了你的。'你知道,我气的倒不是自己这个荒唐样子被他看到了,而是他居然称呼我为'兄弟'。我把那女人推开,站起来面对他。'我不认识你,我也不想认识你。'我说。'我倒是认识你。'他说。'摩莉,我提醒你,把钱收好了,只要有机会他一定会赖你账的。'旁边的桌子上正好有瓶啤酒。我什么话都没说,抓住瓶颈,使出全部力气往他头上砸。因为发力过猛,就醒了。"

"像这样的梦并非不可解释,"奥德林医生说,"天理就这样报复那些道德上毫无瑕疵的人。"

"这故事太愚蠢了。我告诉你并不是为了这个梦本身,而是跟第二天发生的事情有关。我着急要查一个什么东西,就去了议院的图书馆。拿到书之后我就读了起来,没注意格里菲斯正好坐在我旁边的一个座位上。一个工党的议员朝他走过来。'你好啊,欧文,'他说,'你看上去有些糟糕啊今天。''我今天头疼得厉害,'他回答,'像是有谁在我脑袋上敲碎了个啤酒瓶一样。'"

此刻芒德内哥勋爵已经痛苦得面如死灰。

"我当时就知道,那个我曾以为荒唐到不值一提的想法是真的。我知道格里菲斯和我做的是一样的梦,而且他记得跟我一样清楚。"

"也可能是巧合。"

"他说话的时候没有看着他的朋友,他是故意说给我听的,眼神里都是愤恨。"

"对于为什么总是这个人进入你的梦里,你有什么想法吗?"

"没有。"

奥德林医生的目光没有离开过病人的脸,他知道勋爵撒谎了。医生的手里有一支铅笔,他在吸墨纸上弯弯曲曲画了几条线。要让病人说实话是需要时间的,但病人也知道,如果不说实话,奥德林医生什么都做不了。

"你刚刚说的这个梦是三个礼拜之前做的。之后还做过吗?"

"每天晚上都有。"

"每天晚上也都有这个叫格里菲斯的人吗?"

"是的。"

医生还是在他的吸墨纸上划线,他希望房间的寂静、晦暗和这种死气沉沉能触动芒德内哥勋爵。后者重重地靠向椅背,为了避开医生肃穆的眼神,他把头转开了。

"奥德林医生,你一定得帮我。我已经无计可施了,要是再这么下去我会疯的,我现在怕睡觉;有两三个晚上我一点都没睡,就坐着看书,困了就披上大衣,一直散步到精疲力竭。但我必须得睡觉啊。我那些分内的工作要求我时刻保持最佳状态,我得完全掌控自己的头脑。我需要休息,但睡觉比醒着还累。只要一睡着我就做梦,而那个粗鄙的小混账永远就在那里,冲我笑,嘲讽我,瞧不起我。这种折磨太可怕了。医生,我跟你说,梦里的那个人不是我,用做了什么梦来评判我是不公平的。你可以随便找任何人去打听。我是个诚实、正直、体面的人,不管是公德私德,谁也无法对我的品格有所诟病。我唯一的志向就是服务国家,让它继续伟大。我有钱,我有地位,那些不如我的人要面对的诱惑我不用面对,所以要说没被腐蚀也不算多了不起;但我可以宣称一点,那就是无论什么样的个人荣誉和好处,或者任何私心,都不会让我在尽忠职守的道路上偏离分毫。为了成为今天的我,我牺牲了一切。我的目标就是成为一个伟人,现在指日可待,但我的精神却快要崩溃了。这个恶心家伙眼中那个刻薄、可耻、怯懦、好色的人并不是我。我给你说了三个梦了,但这还根本不算什么。那个人见我做过一些太不堪、太可怕、太羞耻的事情,即使杀了我也说不出口。但他都记得。我几乎不敢正眼瞧他,因为他眼里全是嘲讽和厌恶;我甚至有些怕跟他说话,因为无论我说什么在他听来可能都是虚伪的。他看我做过的那些事情,任何残存一点点自尊的人都不会去做,很多人做了这样的事会被逐出社会,会被关进监狱不知多少年;他听过我口出污言秽语,他见过我不仅让人耻笑而且令人作呕的样子。他对我的鄙夷已经不再加以掩饰了。我跟你说,要是你不能帮助我的话,我只能自杀或者杀了他。"

"我要是你,我不会杀他的,"奥德林医生还是用他那种让人安心的声音说道,语气很冷静,"在这个国家剥夺同胞生命的后果多少有些棘手。"

"我不会为此偿命的,不知道你刚刚指的是不是这个。谁会知道是我杀了他呢?刚刚提到的那个梦让我知道了该用什么办法。我跟你说,我用啤酒瓶敲他脑袋的第二天,他头疼得几乎什么事都干不了。这是他自己说的;说明前一天梦里他身上发生的事第二天醒来他依然会感觉到。下次我就不会再用啤酒瓶砸他了。终有一天,我会梦见手里正握着一把小刀,或者口袋里装着一支左轮手枪——这必然会发生,因为我对此太渴望了,然后我就会抓住机会。他会像头猪一样被我捅死;或者我会像枪毙一条狗一样把他射杀。对着心脏来一枪;然后我就可以摆脱这种地狱般的折磨了。"

有人或许会觉得芒德内哥勋爵已经疯了,但奥德林医生多年面对害病的灵魂,知道我们所谓的正常和疯狂之间,其实只有一线之隔。很多外表看起来那么健康、正常,似乎连一丁点想象力都没有的人,在日常生活中尽职尽责,不仅成就了自己,也造福了他人;奥德林医生知道,这样的人你一旦赢得了他们的信任,揭开他们戴给全世界看的面具,你不仅仅会看到可怕的畸形之处,而且那些怪癖是如此诡异,精神上的越轨是如此荒诞,在这一点上你的确可以把他们称为疯子了。可要是你把这样的人关到精神病院里,全世界的精神病院加起来都不够。不管怎样,一个人做了些怪梦,为此心力交瘁,也不可能就此认证为精神病患者。这的确是个奇特的病例,但类似的情况奥德林医生之前也诊治过,这一回只是更严重了一些而已;不过他还是不能确定他那些灵验的手段这一回是否能奏效。

"你有没有咨询过我的其他同行?"他问。

"只有奥古斯塔斯爵士。我只是告诉他我做了噩梦,很困扰。他说我工作太劳累,推荐我坐游轮去旅行。这太可笑了。现在国际局势需保持时刻关注,我绝不能搁下外交部不管。我是不可或缺的,这点我很清楚;此刻我的一举一动将决定我的前程。他还给了我一些镇静药,一点用都没有。他又给我开了一些补药,比没用都糟。这人就是个老糊涂。"

"至于为什么总是这个人进入你的梦境,你能想到任何理由吗?"

"你问过这个问题了。我也回答过了。"

的确如此。但奥德林医生对之前的回答并不满意。

"你之前用了几次'折磨'这个词。为什么欧文·格里菲斯想要折磨你?"

"我不知道。"

芒德内哥勋爵的眼神闪躲了一下,奥德林医生确定他没有说实话。

"你曾经伤害过他?"

"没有。"

芒德内哥勋爵没有动,但奥德林医生有种奇怪的感觉,就是对面的人缩进了自己的躯壳中。眼前这位高大、骄傲的男人表现得好像方才几个问题是对他的侮辱,但在这样的表象背后是一种躲闪和惊恐,让你想起掉进陷阱里的小动物。奥德林先生俯身向前,用眼神的能量逼得芒德内哥勋爵和自己四目对接。

"你确定吗?"

"很确定。你似乎不很明白,我和他走的不是同一条仕途:我也不想在这一点上唠叨个没完,但我得提醒你,我是国王的外交大臣,而他只是工党的一个名不见经传的小政客。我们之间在社交场上自然是没有什么联系的,他的出身非常低微,我去任何地方做客都不大可能会遇到他;而且在政治上,我们所处的阵营也相去甚远,不可能有任何交集。"

"除非你把全部的真相都说出来,否则我是帮不了你的。"

芒德内哥勋爵竖起了眉毛,声音都沙哑了。

"我不习惯自己说出的话被人怀疑,奥德林医生。如果你坚持要这样做,那么再占用你的时间也只能是对我自己时间的浪费。麻烦把你收取的费用告知我的秘书,他会寄一张支票给你。"

即使是留意到了奥德林医生最细微的表情,你也会以为他大概没有听见芒德内哥勋爵的话。他还是镇定地看着对方的眼睛,声音低沉、严肃。

"你有没有做过什么事,让他觉得是你伤害了他?"

芒德内哥勋爵犹豫了一下,朝别处看,可奥德林医生眼神之中那种力量似乎让他无法抵御,又把眼睛转了过来。他忿忿地回答:

"那他一定是个肮脏的二流无赖才会这么想。"

"听你之前的形容,他似乎正是这样的一个人。"

芒德内哥勋爵叹了口气,他认输了。奥德林医生听了那声叹息,就知道病人终于要说出那些藏掖着的话了。他已经不用再步步紧逼。医生垂下目光,又开始在吸墨纸上画一些似是而非的几何图形。沉默持续了两三分钟。

"我一心只想把所有事都告诉你的,这一段我之前没有提,只是因为它太无关紧要了,我实在看不出它和我们讨论的事情有任何关系。格里菲斯上次选举之后给自己赢得了一个席位,几乎一开始就很惹人烦厌。他的父亲是个矿工,少年的时候他自己也挖过矿;他在一个寄宿学校里当过老师,做过记者。他就是那种半生不熟的知识分子,自以为了不起,知识不够,想法欠考虑,计划根本就没法实施——义务教育就会从工人阶级里把这些东西引发出来。他长得瘦骨嶙峋,面色灰白,看上去就像马上要饿死了一样,而且从来不修边幅。天知道,现在议会里那些人都不讲究穿着了,但他的衣服是对议院尊严的亵渎。那种邋遢简直是在招摇过市,领口永远是脏的,领带一次也没有打好过;他看上去就像一个月没有洗澡,手也是污秽不堪。工党在前座上有几个家伙还是颇有些能耐的,但其余的就不值一提了。瞎子国里独眼龙也成了国王:因为格里菲斯会讲话,在某些话题上凑了一堆很肤浅的讯息,他们那边的组织秘书只要有机会就推他出来发言。似乎他还以为自己的擅场是在外交上,不停地问我一些愚蠢的问题,让人疲惫至极。我不介意告诉你,每次我都故意对他态度傲慢,在我看来这都是他应得的。从一开始我就讨厌他说话的那个腔调,总有种哭哭啼啼的感觉,而且口音极为粗俗,他那些紧张的习惯性动作更是让我怒不可遏。他的谈吐总是有些羞怯、迟疑,就好像对他而言说话是种酷刑,而他只是因为内心的一股激情而不得不说一样。他说过不少让人烦躁的话,我承认,他的发言偶尔也会有种慷慨激昂的雄辩，对于他们党那些没有经过良好训练的头脑肯定是有一定煽动力的。这些人被他的一种诚挚所打动，但我倒觉得这是种让人作呕的多愁善感。在政治辩论之中，带一点多愁善感是通用的货币。国家都是为自己谋利的，但它们都宁肯相信自己其实怀着无私的目的，一个政客为国家利益拼命杀价，如果他能用精美的辞藻说服投票人这也关照着全人类的福祉，那么他就成了个合格的政治家。像格里菲斯这样的人，他们犯的错误就是把这些精美辞藻当真了。他就是个怪人，而且是个会坏事的怪人。他说自己是个理想主义者，知识分子烦了我们多少年的那些胡扯他张嘴就来。非抵抗。四海之内皆兄弟。这些没用的废话你都听过。最糟糕的是，他的这些论调不单单是打动他自己的党派，连我们党里一些蠢笨糊涂的家伙也被他动摇了。我听过一些传言，说等工党哪天筹建政府的时候，他会拿到一个部门；我甚至听说他们会把外交部给他。这想法太怪诞了，但我知道并不是没有可能的。有一天，轮到我总结一场关于外交的辩论，那场辩论是格里菲斯发起的，他说了足足一个小时。我觉得这是个好机会，非煮了他的鹅不可[1]——老天作证，先生，我真是说到做到。我把他的发言驳得体无完肤，指出了他推论之中的缺陷，强调了他知识上的不足。在下议院里威力最大的武器是嘲笑：我不但讥讽他，还把话头抛过去戏弄他，那天我状态正佳，整个议院里笑声雷动。我听了笑声更兴奋了，发挥出超常的

---

[1] 英文习语，指破坏某人的计划和名誉。

水准。反对党派坐在那里满脸阴沉,一言不发,可即使是他们之中也有几个忍不住笑了几次。你知道,有时候看同行出丑,或者直接说看对头出丑,还是件挺有意思的事情。要是那天我不算让格里菲斯好好出了回丑,那这世上就没人出过丑了。他缩进座位中,我看着他的脸一点点变白,然后用双手捂住。我坐下的时候,他已经被我了结了。我永远摧毁了他的声望,要想在工党政府里当什么部长,他的机会已经不比门口那个警察高出多少。后来我听说他那个老矿工父亲、他的母亲从威尔士赶过来,想一起和他选区里一些支持他的选民见证他的胜利;他们都以为这是顺理成章的事情。可他们见证的,是格里菲斯的奇耻大辱。他之前是以微乎其微的优势拿下自己的选区的。像这样的事情很可能会让他丢掉在议院中的席位。但这就和我无关了。"

"要是我说你毁了他的仕途,会不会用词太过?"奥德林医生说。

"应该不算太过。"

"这伤害可不小啊。"

"他咎由自取。"

"你之后良心上完全没有什么不安吗?"

"我想,要是我当时知道他父母也到了,或许会手下留情一些吧。"

奥德林医生没有别的什么要说了,准备开始用他认为有效的办法来治疗这位病人。他试图用暗示让病人醒来忘记做过的那些梦;他试图让病人睡得足够沉,从而不会做梦。他发现自己无法瓦解芒德内哥勋爵的抵抗。一个小时之后,他让勋爵走了。之后他们又见过五六次,没有起一点作用。那些可怕的梦还是每晚来侵扰这个可怜的男人,他的整个状态也每下愈况。他已经疲惫不堪,脾气也失控了。这些治疗没有丝毫成效让芒德内哥勋爵愤怒,但是他依然在继续,不仅仅因为这是他唯一的希望,也因为终于有个人能让他畅所欲言,这也是种释放。奥德林医生最终认定要让芒德内哥勋爵解脱只有一个办法,但他也了解这个病人,知道要让后者自发地去做这件事是绝无可能的。考虑到他对自己出身的在意和他的自傲,这一步是不可接受的,但他眼见就要崩溃,必须设法引他走出这一步才能避免。奥德林医生相信已经不能再拖延。他用的是暗示治疗法,几次碰面之后,发现病人对暗示的抵抗已经减弱,最后他终于让勋爵进入了一种昏睡的状态中。用低沉、柔和、单调的嗓音,他抚慰着病人备受摧残的神经。他不断重复着相同的话,芒德内哥勋爵一动不动地躺在那里,双眼紧闭,呼吸平稳,四肢是放松的。这时奥德林医生用相同的语调轻轻念出他准备好的一段话:

"你会找到欧文·格里菲斯,告诉他你很抱歉这样伤害了他。你会告诉他,你会尽你所能弥补你对他造成的伤害。"

此言一出,就像是一记皮鞭抽在芒德内哥勋爵的脸上。他一抖擞就让自己跳出了催眠的状态,立刻站了起来。他眼睛里燃起熊熊怒火,朝奥德林医生吐出的一串辱骂甚至连他自己都是第一回听说。他骂他,诅咒他;奥德林医生什么粗鄙的话都听过,有些还是从贞洁、高贵的女子口中听到的,但芒德内哥勋爵所用语言之污秽让医生惊讶他居然也知道这些词。

"向那个恶心的威尔士人道歉?我宁可自杀。"

"我相信这是你把心态调整回来的唯一办法。"

奥德林医生很少见到一个照理说精神正常的人会愤怒到这样不可收拾的程度。芒德内哥勋爵脸色通红,眼珠几乎要掉出来,真的嘴角堆起了白沫。而奥德林医生平静地看着他,等风暴自己过去;没过多久,他看到好几个月来备受煎熬、本就虚弱的芒德内哥勋爵已经有些不支了。

"坐下。"医生说道,语气有些严厉。

芒德内哥勋爵一下颓坐在椅子中。

"天呐,我精疲力竭了,让我休息一分钟,然后我就走。"

他们在完全的寂静中大概坐了五分钟。芒德内哥勋爵的确是个霸道起来蛮横无情、张牙舞爪的人,但他也是个绅士,等他打破寂静的时候已经克制住了自己的情绪。

"恐怕我刚刚对你是非常无礼的,我很后悔说了那些话,现在我只能说,如果你拒绝今后和我有任何往来我也能理解。但我希望你不要这样做,我觉得来见你对我是有帮助的。我觉得你是我唯一的希望。"

"刚刚说的话你一定要立马忘掉。那些话是没有意义的。"

"但有一件事你不能让我去做。那就是向格里菲斯表达歉意。"

"你的情况我考虑了很久。首先我不会假装我理解它,但我相信解脱的唯一机会就是照我的提议去做。在我看来,我们每个人都不是单一的自我,而是由许多自我构成的。你其中的一个自我因为你对格里菲斯的伤害而感到不平,在你的头脑中化成了格里菲斯的样子,报复你的残忍。如果我是个牧师,会说你的良心借了那个人的形态和样貌,要把你折磨到悔悟,并说服你去弥补。"

"我的良心是清白的。摧毁这个人的仕途不是我的错,毁他就像踏死我花园里的一条鼻涕虫,我完全没什么好后悔的。"

当时就是在这句话上,奥德林医生结束了那次治疗。医生一边等着芒德内哥勋爵一边翻阅着笔记,心里想着既然寻常的办法并未奏效,该怎样引导病人获得那种心态。在他看来要想治好勋爵也别无他法。他扫了一眼时钟,六点了,奇怪芒德内哥勋爵还没有到。他知道勋爵本打算要来的,因为早上接到他秘书的电话,说勋爵会在老时间和他见面。一定是有紧急的工作耽搁了。想到芒德内哥勋爵的工作,奥德林医生又考虑起了另外一件事:外交部长此时已经不太适宜工作,他的状态根本无法处理国家大事。奥德林医生琢磨着他是否有义务知会当局,比如首相或者外交部的常任副部长,转达他作为心理医生的判断:芒德内哥勋爵的精神太过错乱,将重大决定交给他是有风险的。当然这件事也太敏感,弄不好就是给自己招惹不必要的麻烦,而且吃力不讨好,说不定政府根本就不会理睬。他耸了耸肩。

"说到底,"他这样想着,"这些政客过去二十五年已经把世界搅得一团糟了,就算是疯了又能糟到哪里去。"

他摇了摇铃。

"如果芒德内哥勋爵到的话,你可以告诉他我六点十五分约了另外的病人,恐怕不能见他了。"

"好的,先生。"

"晚报来了吗?"

"我去看一下。"

片刻之后仆人把报纸拿了进来。头版上赫然一个巨大的标题:外交部长不幸殒命。

"我的老天!"奥德林医生喊道。

难得有一件事把他从那种平和的心境中一把扯了出来。他的确吓了一跳,这实在太吓人了,但他又不觉得全然在意料之外。他想到过好几次芒德内哥勋爵可能会轻生,而这回他的死医生也毫不怀疑一定是自杀。报纸上说,芒德内哥勋爵等地铁的时候,有人看到地铁进站时他从站台边缘摔到了铁轨上。初步推断是他突然头晕了。那篇接着写道,芒德内哥勋爵已经接连几周因为过度工作而状态不佳,但因为国际局势容不得他有片刻的放松,所以始终没有休息。当代政治之中,身居要职的人物往往过度劳累,芒德内哥勋爵无疑又是一个牺牲品。之后有一篇简洁的小文章历数这位已故政治家的才华、勤奋、爱国和远见,并附上一些对于首相头脑中继任人选的猜测。奥德林医生把这些都读完了。他并不喜欢芒德内哥勋爵。听到死讯,他最主要的情绪是对自己不满,因为他一点忙都没有帮上。

没有联系芒德内哥勋爵的私人医生或许是他的失误。他觉得很灰心,每次自己的努力以失败告终他都会有这样的情绪。而这个自己安身立命的纯靠试验的行当,对它的理论与实践他只觉得厌恶。他要应对的是黑暗而神秘的力量,可能本来就超出人类的理解范围。他就像一个蒙住了双眼的人,摸索着要去一个自己也不知道是哪里的地方。继续没精打采地翻着报纸,突然奥德林医生吓得几乎跳起来,口中不得不再次发出惊呼。他的目光落在页面下方的一小段话上。下院议员突然死亡,新闻写道。欧文·格里菲斯先生,属于某某选区某某党派,当天下午在舰队街突然病倒,送到查令十字街医院时已然没有生命迹象。初步推断为自然死亡,但警方依然会展开对其死因的调查。奥德林医生几乎无法相信自己的眼睛。有没有可能是前一天晚上芒德内哥勋爵终于在梦里拿到了自己想要的那把刀或枪,将折磨自己的人杀死了;而就像他之前用啤酒瓶敲击对方脑袋一样,格里菲斯头疼欲裂是在第二天,也就是说这个梦中的谋杀也可能要延迟几小时后在醒来的人身上生效?还有一种可能,更神秘,也更可怕,就是芒德内哥勋爵一死以求解脱之后,这个他残忍欺凌的敌人并不愿就此作罢,也从正常的生死有期中挣脱,追到另一个领域中要继续折磨他?这件事太怪异了。唯一合情理的解释就是把它们当成诡异的巧合。奥德林医生摇了摇铃。

"替我向米尔顿夫人致歉,今天晚上我不能见她了。我身体不舒服。"

他并没有撒谎;他的确像感染了疟疾一样浑身发抖。他似乎多出了某种灵性,能看见一个苍凉而阴郁的空洞,可怖之极。灵魂的暗夜将他吞没,他莫名感到一种奇异的、原始的恐惧。

人情世故
The Social Sense[1]

我不喜欢约会订得太早。三四周之后你是否有心情同某人共餐,此刻又如何知晓?在此期间,你难免发现到时有其他事情可做,其实更合你的心意;而且这么早便发出邀约,总预示着场面庞大,规矩繁多。可我们又能怎么办呢?那个日程是如此遥远,他们总觉得受邀宾客可以妥帖安排,所以若没有充分理由,那你的拒绝就很难不显得唐突了。无奈接受之后,整整一个月它便阴郁地悬在头顶,让人生畏。它干扰你精心打点的安排,搅乱你的生活。面对这样的困境,归根结底也只有一个办法,就是在最后一刻抽身而出。但此策略我却始终因为勇气稍欠或顾虑太多而无法实施。

所以,六月某夜近八点半,我步出半月街的临时寓所,心中不无烦闷。这回是去麦克唐纳家赴宴,路倒不远,转过街角便是了。这一家人我是喜欢的。多年前我就立下决心,再不吃我讨

---

[1] 首次发表于 1929 年,收录于 1936 年出版的短篇小说集《四海为家之人》。

厌或鄙夷之人为我准备的食物，虽然因此所能享受的好意大为削减，但我依然认定这是条不错的规矩。麦克唐纳一家人的确可以亲近，但他们办的聚会却好坏全凭运气。他们的误会是这样：如果你请了六个人，这些人掏空脑袋也没有什么话可聊，那么聚会就失败了，但如果你将宾客人数乘以三，请来十八个这样的人，你的聚会便能大获成功。我到得略晚了些；住得太近时，因为总觉得打车多余，迟到几乎是难以避免的。进屋时，里面已经挤满了人，我预见自己将在漫长的饭局中和左右两位全然陌生之人辛苦交谈，不禁心为之一沉。后来见到沃顿夫妇，也就是托马斯与玛丽进屋，心情才稍有纾解，上桌时发现玛丽就坐在我旁边，更是惊喜。

托马斯·沃顿是个肖像画家，曾红极一时，但年轻时所谓的不可限量始终没有兑现，而评论界看轻他也已经很久了。他的收入不算微薄，皇家学院的预展中，他每年都把自己画的这些猎狐乡绅和殷实商贾兢兢业业送来，但没人会在他苦心经营的无趣画作前多驻足片刻。因为他本人和善可亲，大家心里其实很愿意对他的作品生些敬佩之意。要是你恰巧是个作家，他对你的任何笔墨都如此诚心推崇，对你的些许成就都如此大为倾倒，让你觉得若是良心允许，反过来论及他的作品时总该带些像样的暖意。但你无论如何说不出口，只得使出肖像画家友人的最后伎俩。

"看上去真是惟妙惟肖啊。"你说道。

玛丽·沃顿鼎盛时是个知名的音乐会歌手，时至今日依稀还可以辨出她当年的动人嗓音。那时她的模样必然也是俊俏的，而现在，五十三了，她容颜之中只剩憔悴。玛丽的五官算得上有些阳刚，皮肤也是饱经风霜；但她银灰色的短发浓密、鬈曲，她的眼神因为智慧而有种光芒。她穿衣不讲究时髦，只在乎夺人眼目，且对成串的珠子或花里胡哨的耳环没有什么抵抗力。她行事率直，对别人的蠢笨尤为敏锐，且言辞犀利，所以很多人都不喜欢她。但无人能否认她很聪明。她不仅自己是个有所成的音乐家，还精于阅读，对绘画也很热衷。玛丽对于艺术的体会卓尔不群。她喜好当代艺术不是一种姿态，而是性情使然；她几乎没花几个钱买来的无名画家纷纷成名。在她家里，你能听到最新、最晦涩的音乐，欧洲随便哪个诗人、小说家，想给世界贡献一些怪异的新东西，她无一例外会代表他与庸众对抗。你可以说她自认高眉，话是没错，但她的品位几乎是无可指摘的，她的判断往往可靠，而她的热情也是真诚的。

说到对她的推崇欣赏，没人比得上托马斯·沃顿。在她还是个歌手时，托马斯便情根深种，一直纠缠着要娶她。她之前拒绝了五六回，我一直感觉她最后答应也是犹疑的。她总以为丈夫会成为了不起的画家，但后者最后不过是个工匠，虽然技艺尚可，但全无独创性和想象力，玛丽就觉得自己被骗了。鉴赏家们对托马斯的鄙弃让她不堪其辱。托马斯·沃顿很爱他的妻子，对她的敬重无以复加，他宁可从她嘴中听到一句褒奖之词，也胜过伦敦所有报纸连篇满版的颂扬。可她太诚实了，不是心中所想就说不出来。玛丽如此看轻托马斯的画作伤害丈夫很深，虽然托马斯常故作轻松，以玩笑置之，但看得出来他在心底是憎恶那些不加粉饰的评论的。有时,虽极力压抑怒火,他长长的马脸还是渐渐变得通红,眼神也阴沉起来,里面都是敌意。他们夫妻不合,早已众人皆知。但叫人尴尬的是他们常在公开场合争执起来。不过沃顿和外人说起妻子,倒都是好话,但玛丽却没那么慎言,她的几个知己都晓得托马斯让她如何恼怒。她承认托马斯的确是个善良、慷慨、无私的人;承认时毫不勉强。但他也狭隘、好争、自负,让这个男人很难相处。他不是一个艺术家,而这世间玛丽最看重的就是艺术。在这件事上,她无法妥协。也正因为这一点,她全然意识不到,托马斯身上让她发狂的种种缺点,很多时候是因为他被触到了痛处。玛丽三天两头伤害他,而自我保护的托马斯会显得顽固而偏狭。如果这世上有一人的肯定对你来说大过天地,那再也没有一件事会比让她瞧不起更糟糕。虽然托马斯常使人受不了,但随便谁也很难不对他生出一两分同情之意。不过,要是我让你觉得玛丽是个不知足、让人厌烦的做作女人,那一定是我的描绘不够公允了。她作为朋友很忠诚,平常相处也让人愉快。天底下任何话题,她都可以聊,且言谈间都是幽默和急智。她确实是个生气蓬勃的人。

她此时正坐在主人的左手边,周围是泛泛的闲谈。我正专心和我身边的宾客说话,但从玛丽的妙语所迎来的笑声中,猜得出她的才华今天是发挥得淋漓尽致了。要知道她若起了兴致,几乎没有人能接她的话。

她终于朝我转来时,我评论道:"你今天状态不错啊。"

"你觉得意外?"

"不意外，正合我的预期。难怪大家都争先恐后把你往他们家里拖。你能让聚会热闹起来，这可是难以估量的天才啊。"

"只是为了不白吃这顿饭，尽我绵薄之力罢了。"

"顺便问一句，曼森还好吗？那天有人跟我说他去疗养院要做手术，希望不是什么严重的病吧？"

玛丽回答之前停顿了一下，但笑容依然灿烂。

"今天晚上的报纸没看吗？"

"还没有，我一直在打高尔夫。到家只够时间洗澡换衣服。"

"他是下午两点去世的。"我正要被惊吓得喊出声来，被她止住。"小心。汤姆正像只猞猁一样盯着我呢，他们都在盯着我。他们知道我很喜欢曼森，只是没人确知我俩是不是情人，连汤姆都不知道。他们都在观察我，看我如何应付下午的消息。麻烦你假装我们正聊的是俄罗斯芭蕾。"

正在这时，桌对面有人跟她说话，她习惯性地将头朝后微微一抛，大嘴绽开笑容，朝搭话者抛出一句如此敏捷、恰切的回复，整桌人都哄然而笑。然后谈天又变得漫无重点，只留我一人惊愕不已。

我知道，所有人都知道，过去二十五年来，杰拉德·曼森和玛丽·沃顿之间的感情是炙热的。他们在一起的年头太长，即使是一开始为之骇然的那些他们最古板的朋友，也早就不苛责他们了。他们都步入了中年，曼森六十了，玛丽也年轻不了几岁，到了那样的岁数还不能依着自己的性子行事是可笑的。有时候你会在某个不为人知的餐馆中见到他们，蜷在偏僻的角落里，或是碰到他们在动物园中漫步。你只是奇怪,他们为何还如此费心要掩盖这件与他人无关的事情。当然,托马斯是要考虑的。一旦事关玛丽,他的妒心几近癫狂。他们当着众人闹过好几次,场面难堪,就在不久前,一段风狂雨骤之后,他还强要玛丽答应再不见曼森一面。当然,这个承诺玛丽没有守住。尽管知道托马斯早猜到几分,她总是很警惕不让丈夫找到确凿的证据。

托马斯也不容易。我总觉得他和玛丽本可相安无事好好过日子,若没有曼森,她的评判不会那么苦涩,她会倦怠地接受这个事实,即她的丈夫只不过画画二流而已。但在情人耀眼才华的映衬下,丈夫的平庸就太让人愤恨了。

"和汤姆在一起,我就觉得自己在一个透不过气的房间里,到处是积满灰尘的无用小摆设,"她有次这么跟我说,"跟杰拉德在一起,我呼吸的则是山巅的清新空气。"

纯粹出于好奇,我问:"女人可以仅因为一个男人的头脑而爱上他吗?"

"杰拉德还有什么呢?"

这一问,我得承认,不好答。对我来说,的确没有别的了;但男女之事,不循常理,若说玛丽在杰拉德·曼森身上找到了寻常人发现不了的魅力,或者被他的外表迷住,我也不会感到奇怪。他是个枯槁瘦小的男子,苍白、知性的脸,镜片后面一双暗淡的蓝眼睛,高高的额头因谢顶而有光亮。从外表上看,他哪有一个情人的风花雪月。但他的确又是极为细腻的评论家,写得一手玲珑讨喜的好散文。英语作家中,他只看得起那些已安然长眠地底的,这一点让我或多或少有些反感,但在知识分子中间,这正是他的好处,因为他们很愿意相信自己的国家当下所产都是下等货色。对这些人杰拉德很有影响力。有一回我跟他说,一句寻常话,只要放到法语里,他就会误以为是警句隽语了。他还很是认可这句玩笑话,甚至把它当成自己想出来的,用到了文章里。他并非不愿夸赞同时代的文学,只不过他欣赏的当代作家都是用外语写作的人。最恼人的是谁都无法否认他的才华。他的文辞精雅,学识渊博,深刻时不显虚夸,诙谐处不觉轻佻,精雕细刻,却没有造作之气。他最无足轻重的小品也那么好读,而他的长文都是微型的杰作。而我只是觉得他不适宜相处,或许是我没有让他表现出最佳的一面吧。我认识他好多年了,从未听他说过一句有趣的话。他本不多言,每次开口又都费人思量。想到要单独与他消磨一个晚上,总会让我满心郁塞。我至今仍在困惑,这样一个乏味和局促的家伙,笔下哪来这样的优雅、机智和明媚。

至于玛丽·沃顿,一个如此豪迈和热烈的女子是如何为他这样死心塌地,则更让我费解了。这种事情常常无法解释。这个乖戾、暴躁的怪人很显然有吸引女性之处。他的妻子也很钟情他。她是个邋遢、无趣的胖子,让杰拉德生活在水深火热之中,且始终不答应给杰拉德自由。她发誓,如果杰拉德离开她,她就自杀,因为她精神有些错乱,容易狂躁,杰拉德一直担心她的那句威胁会成真。有天我和玛丽喝下午茶,她明显憔悴不安,于是我问她怎么了,她立时落泪哭了起来。她之前跟曼森一起用了午餐,知道他又和妻子不可收拾地大吵,整个人都因此颓丧了。

"我们不能再这样下去了,"玛丽高声道,"他的人生都要毁了。我们的人生都会被毁掉的。"

"你们索性不做不休算了。"

"什么意思?"

"你们相爱已经那么久,彼此的光彩和落寞都一起经历过。你们岁数也越来越大,硬要说还有很多年好活,那也只是一厢情愿;一份经受如此之多的爱情,要落空总是可惜。你们这样做对曼森夫人、对汤姆,又有什么好处呢?你们把自己弄得这样痛苦,难道他们就开心了吗?"

"没有。"

"那为什么你们不抛下一切,一走了之?管他会发生什么。"

玛丽摇摇头。

"这件事我们一直在讨论,从没有放下过。我们已经讨论了四分之一个世纪了。只是我们做不到。有好多年杰拉德因为他的女儿下不了决心。曼森太太可能算是疼女儿的,但她是个很不称职的母亲,杰拉德一走,谁来好好把她们抚养长大?后来,她们都嫁人了,杰拉德的生活习惯也改不了了。我们能怎么办呢?去法国,去意大利?我怎么可以将杰拉德从他的环境中剥离出去?他会受不了的。要重新开始,他已经不够年轻了。另外,虽然托马斯整天烦我,当众发脾气,我们时常吵架,不让彼此省心,但他是爱我的。每到最后关头,我总是下不了狠心离开他。没了我他会不知道该怎么办的。"

"真是无奈,我很替你难过。"

突然玛丽鲜红的大嘴绽开一个笑容,她憔悴、沧桑的脸顿时亮堂起来;我绝非妄言:那一刻她很美。

"你不用替我难过。刚刚我的确消沉,但既然好好哭了一场,现在已经没事了。虽然有痛苦,有那么多不快乐,但这份感情,给我世上任何东西我都不换。我的爱留给我的那几刻心醉神迷,让我愿意重新再过一遍我的人生。我觉得他也是这么想的。呵,与那些幸福相比,其余的都不足道了。"

我无法不为之感动。

"那当然。爱本来就是这样的。"

"对,这就是爱,而且我们只能捱到最后,只有这样才能抽身。"

而现在,这突如其来的悲剧终于让他们抽身了。我微微侧身看了看玛丽,而她觉察到我的视线,也转了过来。她唇齿间是笑意。

"今晚你为什么要来呢?你心里肯定难受极了。"

她耸了耸肩。

"有什么办法?我是换衣服的时候在晚报上看到的。之前,因为他妻子的关系,他一直要我不要给疗养院打电话。我崩溃了。完全崩溃。但我必须来。今晚的宴会已经约了有一个月了。汤姆要问起来,我哪里想得出什么借口。他以为我有两年没有见过杰拉德了。我们每天都给对方写信,二十年了,你知道吗?"她的下唇微微有些颤抖,她轻咬了一下,脸上扭曲成怪异的表情;然后她又用一个笑容让自己振作了起来。"这世上除了他,我一无所有,但是来聚会的朋友我不能让他们失望,不是么?杰拉德总说我很明白人情世故。"

"还算好,今天散场会早,你就可以回家了。"

"我不想回家。我不想一个人待着。我不敢哭,怕眼睛会红肿,明天午餐还有不少人要过来。顺便问一句,你愿意来吗?我还缺一个人。我必须打起精神;汤姆还指望到时候别人会约他一幅肖像呢。"

"天啊,你可真是勇敢。"

"你这么觉得吗?我的心已经碎了,你也知道的。我想正是这样,才让我容易应付一些。杰拉德肯定也希望我表现出若无其事的样子。这局面的确滑稽,杰拉德要在的话一定觉得有意思。他一直觉得那些法国小说家写这样的事情最在行了。"

教堂司事

The Verger[1]

内维尔广场圣彼得教堂里那天下午有场施洗礼,阿尔伯特·爱德华·福尔曼身上的司事袍还没有脱下来。他另外有件新的,衣褶那么饱满、坚实,材质说是羊驼呢,看上去倒像是用永恒的青铜做的;不过那件他留给葬礼和婚礼(现在时髦人士都喜欢把这两种仪式放在内维尔广场的圣彼得教堂),现在只穿了自己第二好的那套司事袍。穿上司事袍他就有种满足感,因为这象征了他尊贵的职责,没有它(回家之前要换下),福尔曼总有种衣不蔽体的不安之感。在这身衣服上他也下了不少工夫,都是自己动手折叠、熨烫。在这个教堂工作十六年,他前后有过不少这样的袍子,但穿破了从来不舍得扔,整个系列就整整齐齐地用棕色包装纸裹好,收在卧室衣橱最下面的抽屉里。

司事不声不响地忙了一会儿,先是把大理石洗礼盆上的彩漆木盖替换了,方才有位老太太身子不灵便,就搬了张椅子出

---

[1] 首次发表于1929年,收录于1936年出版的短篇小说集《四海为家之人》。

来,现在也放了回去,等牧师在法衣室里忙完,他进去再整理一下就可以回家了。没过一会儿他看见牧师从高坛上穿过来,在圣坛前跪了一下,又沿着过道往这边走;牧师的袍子也还没有换。

"他还在磨蹭什么?"司事自言自语道。"不知道我着急回去喝茶吗?"

这个牧师是最近就任的,四十出头,整日红着脸蛋,精力充沛,而阿尔伯特·爱德华依然怀念他的前任。那是一个老派的牧师,布的道都很悠闲,而且声音温厚明亮,还喜欢和教区里那些有身份的居民一起吃饭。他喜欢教堂能保持旧有的规矩和样子,可也从来不会吹毛求疵,不像这个新来的人,每件事都要插一脚。阿尔伯特·爱德华很看得开,圣彼得教堂地段好,教区里住的都是体面的居民。有身份的人行事都低调慎重,而新牧师是从东区来的,总不能要求他一下就适应吧。

"整天瞎忙活,"阿尔伯特·爱德华说,"给他时间,慢慢就懂了。"

牧师沿过道走到离司事不远的地方,停了下来,毕竟是敬神的地方,在这个距离说话不用太响也能听得见。

"福尔曼,到法衣室来一下,我有话要说。"

"好的,先生。"

牧师等他走过来,然后两人一起穿过教堂。

"今天的洗礼还挺顺利,先生。有意思的是你刚把那个婴儿接过来,他就不哭了。"

"我发现他们经常这样,"牧师说,微微一笑,"说到底,我也算是熟能生巧了。"

虽然不太声张,但牧师一直很自豪他的怀抱几乎每次都能让一个哭哭啼啼的婴儿安静下来;母亲和保姆看他隔着白色的法衣把小孩放在自己臂弯里,她们的惊喜和佩服他自然也感受得到。司事知道牧师喜欢别人恭维他的这些才艺。

牧师先他几步进了法衣室,阿尔伯特·爱德华进去的时候看到两个堂区委员在里面,略感惊讶。之前他并没有看到这两个人进来。两个委员朝爱德华和善地点点头。

"下午好,大人。下午好,先生。"他分别向两人问好。

他们岁数都很大了,而且担任委员几乎跟阿尔伯特·爱德华当司事的年头一样多。他们坐的这张漂亮的长餐桌是之前那位牧师很多年前从意大利带回来的,新牧师坐进了两个委员中间空出的位子里。阿尔伯特隔着桌子站在他们对面,微微有些不自在,不知道发生了什么事。他想起那回风琴手惹了麻烦,大家为了遮掩这件事下了多少力气。内维尔广场圣彼得教堂,像这样的地方是不能出丑闻的。牧师脸上慈祥里透着坚定,不过另外两人的表情就似乎带着些愁容了。

"一定是他在烦他们,肯定是,"司事跟自己说道,"他用了什么手段逼他们要做什么事情,可他们一点也不情愿。不信我们就看好吧。"

但在阿尔伯特·爱德华线条清晰、气度不凡的脸上,是看不出这些心思的,他站在那里,姿态既恭敬,又不谄媚。在成为神职人员之前,他做过仆役,不过只在非常尊贵的家庭中,所以举止风度是无可挑剔的。一开始是给一个商业大亨跑腿,一步步从第四男仆升到头号男仆,有一年他在一个寡居的贵族夫人那里干了一年没有帮手的男管家,然后去了一个退休的大使家里,还是当男管家,但手下可以使唤两个人,直到圣彼得教堂出现了这个空缺。他高挑、瘦削,面相冷峻,气度不凡。光看外表,就算他不能说像个公爵,也至少像以前那种专门负责扮演公爵的演员。他圆通、稳重、自信,在品格上是无可指摘的。

牧师单刀直入就谈了起来:

"福尔曼,我们有件不太愉快的事情要跟你说。你在这里有很多年了,我相信爵爷和将军都同意,你一直妥善地完成了自己的工作,所有人都很满意。"

两个委员点头同意。

"但前两天我了解到一个极不寻常的情况,并认为向堂区委员汇报是我的职责所在。这件让我讶异的事情,是你不识字。"

司事的脸上没有透露出半分窘迫。

"之前的牧师知道这件事,先生,"他回答,"他说这完全没有关系。他经常说现在这世道,要他说,就是大家读书读太多。"

"我从来没听过这么难以置信的事情,"将军喊道,"你是说你在这教堂当了十六年司事,却一直没有去学识字?"

"我十二岁的时候就去别人家里做事了,先生。第一家的厨师试着教过我,但我似乎没有这方面的脑子,然后事情一件接着一件,我就好像从来都没有闲下来过。不会这些我也从来没觉得有什么不好。我是觉得现在很多年轻人浪费了大把时间看书,其实完全可以去做些有用的事。"

"可你从来不想了解一下新闻吗?"另一个委员问道。"你从来没想过要写信?"

"没有,爵爷,似乎没有这些我也过得还行。而且近年来报纸上都是图片,我对时事基本都能知道。我妻子很有学问,要是我想写信请她帮忙就好。我也不是个爱赌博的人。"

两个委员焦虑地瞄了牧师一眼,然后都低头盯着桌子看。

"这样,福尔曼,这件事我已经跟这两位先生商量过了,他们也同意现在的情形是不能继续下去的。在内维尔广场圣彼得教堂这样的地方,司事不能不会读写。"

阿尔伯特·爱德华本来土黄色的消瘦的双颊,现在变红了,两脚尴尬地挪动着,但没有应答。

"请你明白,福尔曼,并非是我对你有什么要抱怨的地方。你的工作很让人满意;对你的品格和能力我都十分欣赏,但可惜你在读写上的无知可能会造成事故,我们没有权利冒这个险。这既是原则问题,也是为了预防万一。"

"可你就不能学一下吗,福尔曼?"将军问道。

"恐怕我学不了了,先生,现在肯定不行了。你看,我岁数也大了,要是毛头小子的时候我没法把那些字母装进我的脑袋里,现在就更不可能了。"

"我们也不想为难你,福尔曼,"牧师说道,"但我和堂区委员会已经拿定了主意。给你三个月的期限,要是到那时候你还不能阅读、写字,恐怕你只能离开了。"

阿尔伯特·爱德华从来就没有喜欢过这个牧师。打一开始他就说过，那些人把圣彼得交给他是个错误。让这样的人面对一个高层次的教堂会众是不合适的。此时他挺直了自己的身子——他知道自己有什么长处，不会就随便让人欺负。

"很抱歉，先生，那还是算了吧。我太老了，学不了新东西。不会看书写字，我也活了这么多年，而且，虽然不想表扬自己，因为自我表扬是不作数的，但我愿意说，既然天意把我放在这样的人生中，我也算是尽到了我的职责。而且就算我学得会，我大概也不愿意去学了吧。"

"既然这样，福尔曼，那恐怕我只能放你走了。"

"好的，先生，我能理解。只要你找到了替换我的人，我很乐意立马交上辞职信。"

跟往常一样彬彬有礼地送走了牧师和两个委员，阿尔伯特·爱德华关上了教堂大门，之前承受打击时那种不为所动的气度就有些维持不住了，他的嘴唇在颤抖。缓缓走到法衣室，指定的挂钩上是他那件最好的司事袍。想到这身袍子见证了那么多庄严的葬礼、精致的婚礼，不由得叹了口气。他把所有东西都整理妥当，穿上外套，拿着帽子沿过道走了出去，锁上了大门。他穿过广场，但因为满脑子的忧伤，没有走那条回家的路，虽然有一杯可口的浓茶在等着他。福尔曼朝另外一条街拐了过去，往前缓缓走着。他心情很沉重，不知道以后该怎么办。回去帮佣的老本行他已经不感兴趣，毕竟没有听人使唤也好多年了；不管牧师和委员会的人怎么说，内维尔广场圣彼得教堂的大小事情，

教堂司事　397

都是他在料理，再接受一个仆人的职位就太丢脸了。之前他也存了一点钱，但坐吃山空是不够的，何况过日子一年比一年花钱。他从来没想到自己还得为这样的事情犯愁。圣彼得的教堂司事，就该和罗马的教皇一样，是终身制的。他还时常想象，自己死后的第一个周日的晚祷，牧师在讲道时会亲切地提到他，提到他多年来的尽职尽责，提到他们失去了一个品格高尚的司事——阿尔伯特·爱德华·福尔曼。他重重地叹了口气。阿尔伯特·爱德华不抽烟，也戒了所有酒精饮料，但在这两件事上都给自己留了些余地；也就是说，餐桌上，他喜欢来杯啤酒下饭，累了的时候，也不介意点一支香烟。此刻，他就想到抽根烟能好受一些，但身上没有带烟，于是四下找小店想买一包"黄金叶"[1]。一时没有找到，他便继续往前走；这是一条长街，开着各式各样的店铺，但居然没有一家是卖烟的。

"奇了怪了。"阿尔伯特·爱德华说。

为了确认，他又把这条长街从头到尾走了一遍。没有，确确实实没有。他停下来，若有所思地四处打量。

"不可能走在这条街上的人只有我想过要买烟吧，"他说，"要是有谁能在这儿开片小店生意总不会太差。香烟、糖果，就那些东西。"

他突然打了个激灵。

---

[1] Gold Flake，英国烟草制造商"威尔斯"（W. D. & H. O. Wills）1912年开始在印度生产的一种香烟品牌。

"这主意可不坏,"他说,"说来也怪,好点子都是你最料想不到的时候出现的。"

他转身走回了家,终于喝上了茶。

"今天下午你话特别少,阿尔伯特。"他妻子说道。

"我在想事情。"他说。

他从各个角度盘算了一番,第二天,回到那条路上,正好有一个合他心意的小门面出租。二十四小时之后,他租下了那个店铺;又过了一个月,他离开了内维尔广场圣彼得教堂,再没有回去。阿尔伯特·爱德华·福尔曼做起了生意,他的小店既卖烟,也出售报刊。他妻子抱怨,曾经的圣彼得司事现在干这个很没有面子,但他说教堂已经不同往日了,人必须跟上时代,他就要把恺撒的东西交给恺撒了[1]。阿尔伯特·爱德华生意做得很好,以至于大概一年之后,他想到可以开一家分店,找个人帮忙打理。他找了另一条没有香烟铺的长街,找到那条街上一个出租的门面,租下之后往里面备好了货。这家店的生意也很好。于是他又想到,既然两家能开,五六家一定也可以。他便在伦敦四处走动,只要发现没有香烟店的长街,其中还有待租的店铺,他就出手。十年之内,他拥有了不下十家店铺,发了大财。每个周一,他会一家家地去收钱,再送去银行存起来。

一天上午,他又把一大捆钞票和重重的一袋银币拿到了银行,出纳员告诉他,银行的经理想和他见一面。阿尔伯特·爱德

---

[1] 出自《圣经》,大意为不要让宗教信仰影响公民尽到自己的俗世义务。

华被领到了一间办公室,经理和他握手寒暄。

"福尔曼先生,我想跟你聊一聊你存在我们银行的这笔钱。具体数目你自己知道吗?"

"肯定没法具体到个位数,但大致有多少还是知道的。"

"不算你今天上午存进来的这笔,一共是三万英镑出头。如果只是存着,这个数字着实不小,在我看来你不如把它投资了。"

"我不想冒任何风险,先生。我知道钱在银行里是安全的。"

"这你一点也不用担心。我们会给你一张单子,全是金边证券,绝对可靠。它们给你的收益是我们银行绝对给不出的。"

福尔曼先生那张尊贵的面孔上全是发愁的神情。"我之前碰都没碰过股票、股份之类的东西,只能交给你们全权代理了。"他说。

经理微笑道:"所有事情我们都会处理好的。需要你做的,只是下回来的时候在转款的文书上签字就行了。"

"这我倒是会的,"阿尔伯特带着犹疑说道,"可我怎么知道自己签的是什么呢?"

"上面的英文你总是认识的吧。"经理听得出来有一点点不高兴了。

福尔曼的微笑能使人消气。

"你听我说,先生,关键就在这里:我不识字。我知道这像是玩笑,但确实如此,我既不能阅读,也不会写字——我能签自己的名字,那也是做了生意之后才学会的。"

经理吃惊到从椅子里蹦了起来。"我从来没听过这么奇怪的事情。"

"你看，是这样，先生，之前我一直没有机会学，后来就太迟了，最后我自己也不愿意再去学。大概是脾气太犟吧。"

经理瞪着他，像是看着一头史前巨兽。

"你是说你在不识字的情况下，经营起了这么大一个生意，累积了三万英镑的财富？天呐，要是你还会阅读、写字的话，现在你得成什么样了？"

"这个我可以告诉你，先生，"阿尔伯特说道，那依旧有贵族气度的脸孔上浮现出一丝笑意，"那样的话，我现在就会在内维尔广场圣彼得教堂做我的司事。"

客居异乡

In a Strange Land[1]

我生性爱游走,但旅行不为了去看恢弘的古迹,一想便觉无味,也不为了去看优美的风景,美景多看几眼也就厌倦了。我出门是为了看人。不过大人物我是避之不及的,就算马路对面走过总统或君王,我也懒得穿过去和他打个照面;若与作家只能在书中相见,或对于画家只能观其画作,我都不觉有憾,但听了一个传教士的诡秘往事,我可以颠簸一百里格[2]去拜访他,也可以在一家恶劣至极的旅店里苦捱两个礼拜,只为跟某个台球记分员培养友谊。我本想说,这世上已没有哪类人能让我见了会觉得意外,但其中有一类我总能撞见的人,每次都能让我在讶异之余,品出别样的趣味来。这一类人就是某些一般来说衣食无忧的英国老太太,会在全世界各个出其不意的地方独自生活着。如果她是住在意大利小镇外某座小山上的别墅里,这不足为奇;如果有人

---

1 首次发表于 1924 年,收录于 1936 年出版的短篇小说集《四海为家之人》。
2 League,旧时长度单位,约为三英里。

在安达卢西亚指着一处寂寥的庄园[1]，你几乎已经准备好他接下来会告诉你多年来那里住着一位英国夫人。但要是听说在一个中国的城市里，唯一的白人是个英国老妇，而且也不为传教，是出于无人知晓的目的就定居在那里，那多少是叫人意外的；同样，你还听说有一个住在南太平洋的一个小岛上，另一个住在爪哇腹地某个大村子外的木屋里。她们过着隔绝的生活，没有朋友，也不欢迎生客。即使好几个月没有见过和自己同种族的人，路上和你遇到也还是会视而不见。要是你因为自己也是英国人，想当然地去拜访她们，很有可能会吃到闭门羹。不过，要是她们让你进了门，就会从银茶壶里给你倒一杯茶，用老伍斯特的瓷盘给你端上苏格兰松饼。她们会礼貌地和你交谈，就好像是在肯特郡的牧师家里接待你，可你一旦告辞，她们似乎也没有什么强烈意愿要和你保持联系。是怎样奇特的冲动让她们告别亲朋，远离自己根深蒂固的生活趣味，长久地留在了异乡？她们追求的是浪漫，还是自由？

在所有这些我认识的，或仅仅是听说（我也提过，她们中有些人不好接近）的英国妇人之中，记忆最为鲜活的还是一位生活在小亚细亚[2]的老太太。我当时一路舟车劳顿，到了一个小镇，计划从那里攀登一座有名的山峰，被带到了山脚下一家布局散乱的旅店。上楼进了房间，更衣的时候冷得我直打哆嗦，但没过一

---

1 此处原文为西班牙语。
2 Asia Minor，土耳其的亚洲部分。地处亚洲最西端的半岛，介于黑海和地中海之间，濒临爱琴海。

会儿听到敲门声,那个导游进来了。

"尼克里尼太太向你表示欢迎。"他说。

我大为意外的是他递过来一个热水袋,我伸出感激的双手接了过来。

"尼克里尼太太是谁?"我问。

"就是这家旅店的老板。"他回答。

我请导游代为致谢,他就出去了。一个意大利女子开在小亚细亚的简陋旅店里,我实在想不到会有这样一个精致的热水袋。我想不出有什么比热水袋更好的东西了(要不是我们打死都不想再听那些战争故事,我倒可以跟你讲讲当时在弗兰德斯被轰炸的时候,有六个人是如何冒着生命危险冲进一个城堡里取热水袋的);为了能当面感谢她,第二天一早我就问导游能否见一见尼克里克太太。等待的时候我殚精竭虑也还是想不出意大利语中"热水袋"怎么说。片刻间她就进来了;身材矮小、壮实,但也不失气度,套着一条带蕾丝边的黑色围裙,头上是一顶也带蕾丝边的黑色便帽。她插着手站在我面前,让我讶异的是她看上去完全像个英国大宅子里的女管家。

"您有话要交代是吗,先生?"

她的确是个英国人,而且短短一句话里我绝对听出了一点点伦敦土话的口音。

"我想谢谢你的热水袋。"我一时有些想不明白,答了一句。

"我在客人的登记簿里看到您是英国人,先生,每次有英国绅士来我都会给他拿一个热水袋。"

"请相信我,这真是让我喜出望外。"

"我为已经故世的奥姆斯葛克勋爵工作了很多年,他出行的时候总要带一个热水袋的。您还有其他的吩咐吗,先生?"

"暂时没有了,谢谢你。"

她恭敬地点了点头,退了出去。我好奇一个有趣的英国老太太是怎么会拥有一家小亚细亚的旅店的。和她结交并不容易,因为她清楚自己的身份——这话换了她也会这样说——所以一直和我保持着距离。她曾在英国的贵族家庭里工作,这类规矩自然是懂的。但我没有放弃,终于在她狭小的客厅里一起喝了杯茶。她说她之前给奥姆斯葛克夫人当贴身女侍,而尼克里尼先生[1](提到自己故世的丈夫她只用这个称谓)是家里的厨师。尼克里尼先生长得很英俊,有很多年他们两个一直都"明白对方的心意"。后来两人都攒了一些钱,便从那一家里退下来,想找一个旅店经营。这家店是看了广告找到的,因为尼克里尼先生说想去别的地方见识见识。一晃三十年过去,而尼克里尼先生去世也有十五年了。丧夫之后,尼克里克太太从来没有回过英格兰。我问她从来没有犯过思乡病吗?

"我倒不是说回去看一趟都不肯,虽然跟我那时候必定哪儿都不一样了。只是我家里反对我嫁给外国人,后来我就没有睬过他们。当然,这里有很多东西都及不上英国,但有时候你自己都想不到会那么适应。我在这儿可以见到各式各样的人。可能要在

---

[1] 此处原文为意大利语。

伦敦那种地方过单调的日子我也不乐意吧。"

我笑了笑,因为她说的意思跟她的腔调很不相称,冲突得古怪。她本人像教科书般得体,能三十年生活在这个狂野甚至荒蛮的地方却全然不受影响,简直不可思议。虽然我不通土耳其语,而她说得流利,但我确信她的口语一定是错误百出,而且也带着伦敦土话的口音。我想,尽管经历这么多变故和风雨,她大概依然还是那个一丝不苟的英国贴身女侍,时刻清楚自己的身份,因为对她来说,生活是没有意外的。任何事情对她来说都是理所当然。只要不是从英国来的,对她来说都是外国人,简直都要看成先天蠢笨,所以干出什么事情都情有可原。她管理自己的员工就是个独裁者——她如何不知在一个大房子里高阶的仆人必须用权威压制低阶的仆人?——而旅店的每一处都是干净而整齐的。

为此我恭喜了她;她说:"我只是尽力把事情做好。"说这话的时候她站着,就像每次跟我说话时一样,双手交叉,恭敬地放在身前。"当然我们不能要求外国人的想法跟我们一模一样,但勋爵大人曾经跟我说,我们要做的,帕克——他就是这么说的——我们人生之中要做的事情就尽力用好手上的材料。"

可是她给我最大的意外留在我出发的前一天。

"我很高兴来得及在您走之前,给您看看我的两个儿子。"

"我还不知道你有孩子啊。"

"他们出差了,刚回来。你见了会大吃一惊的。可以说他们是我亲手调教出来的,我死了之后他们会一起经营这家旅店。"

没过多久，两个高大魁梧、皮肤黝黑的小伙子进了门厅。她的双眼中全是愉悦的光芒。他们走上前，拥抱了尼克里尼太太，响亮地吻了她几下。

"他们说不了英文，先生，不过能听懂一点点。当然他们的土耳其语说得跟当地人一样，还会说希腊语和意大利语。"我跟两个年轻人握了握手，尼克里尼太太跟他们说了一句什么，他们就走了。

"两个小伙子都很英俊，太太，"我说，"你一定很为他们感到骄傲。"

"我的确骄傲，先生，而且他们都是好孩子，两个都是。从出生那天起就没给我惹过一点点麻烦，而且长得跟尼克里尼先生一模一样。"

"我得说，没人会想到他们的母亲是个英国人。"

"确切地说，我并不是他们的母亲；刚刚我就是让他们去给她问好。"

想必我的表情是有些困惑的。

"他们是尼克里尼先生跟以前一个在旅店里打工的希腊姑娘生的，我自己没有孩子，就把他们收养了。"

我努力找寻一句此处能说的话。

"您不会觉得是尼克里尼先生有什么不好吧？"她说，挺了挺身子。"我希望您不要这样想，先生。"她又把手插在一起，带着骄傲、矜持和满足，补上了最后一句："尼克里尼先生是个精力很充沛的人。"

客居异乡　407

大班

The Taipan[1]

他比谁都清楚,自己也算是个非同小可的人物了。英国人在中国最大的一家公司里,他管着不大不小一个分行。他的飞黄腾达全靠自己本事,想到三十年前踏上这片土地的那个青涩的小职员,他脸上露出淡淡的笑意。他们家位于巴恩斯的小红房子挤在长长一排小红房子中间;那块郊区拼了命地想装点出上流社会的样子,却愈发穷酸得叫人惆怅。再看看这幢恢弘的石楼,他就忍不住高兴,房间和游廊都那么宽敞,不但是自己的府邸,也是公司的办公之所。今非昔比。想起放学(他在圣保罗[2]上学)回家之后和父母以及两个姐姐一起享用的傍晚茶,每人一片冷盘肉,分量十足的面包和黄油,和加了不少奶的红茶,大家都要自己动手;他现在享用晚餐的派头可大大不同了。他每次都着正装,而且不管是不是独自用餐,都有三个仆人在旁侍餐。其中领

---

[1] 收录于1922年出版的《在中国屏风上》(*On a Chinese Screen*)。
[2] St. Paul,位于伦敦巴恩斯。圣保罗中学创立于1509年,是英国最早的九所"公立"学校之一,在学术上一直是英国最优秀的中学之一。

班的那个对他的喜好十分清楚，家务的细节从来不用费心；不过他每顿饭都一样：晚礼服，开胃菜，烤肉，甜点，和餐后助消化的菜，所以如果临时请人来用餐也没有问题。他喜欢吃得好一点，不觉得没有客人的时候就该马虎。

他的过往的确很遥远了。这也是为什么他对回国没有多大兴致：上次回英格兰还是十年之前；放假他会去日本和温哥华，那里他知道铁定会碰上在中国沿海认识的老朋友。老家他一个人都不认识。他的姐妹嫁的都是自己阶层的人，她们的丈夫都是职员，几个儿子也一样；这些人和自己毫无共同语言，每回见到都很没劲。但亲戚之间有些本分他没有疏忽，每年圣诞都给他们寄去一匹上好的绸缎，一些精美的刺绣，一盒茶叶。他不是吝啬的人，母亲只要还在世，就能拿到他一笔赡养费。但等到退休的时候，他并不打算回英格兰；回去的人他之前见过不少，后来不如意的占大多数。他想的是在上海的跑马场旁边买栋房子，有桥牌、矮种马和高尔夫陪伴，想必是可以安度余年了。但现在安排退休生活还为时尚早。希金斯还有五六年就要回国，他便能接管上海的总部了。此时此刻，他对现状很满意。和上海不一样，在这里保证玩乐的开销之外，他还能攒起一笔钱。这里比起上海还有一处好：他是当地最位高权重的，说的话都管用。即便领事大人也不敢和他作对。之前有个领事和他起了冲突，总之最后让步的不是大班。想到那件事，他狠狠地抬了抬下巴。

但马上他又微笑了起来，因为今天他心情很不错。在香港上海汇丰银行用过了一份上佳的午餐,他正往自己的办公室走。这里很不错。首先食物是一流的,酒也喝得尽兴。他一开始喝了两杯鸡尾酒,接下来的苏特恩白葡萄酒品质上乘,最后是两杯波尔图葡萄酒,再加适量可口的白兰地。他感觉好极了。出来之后他做了件平时不太做的事情:他决定步行。几个轿夫抬着轿子跟在后面,怕他随时要坐进来,不过现在他觉得活动活动腿脚也很好。这些日子要找到锻炼的机会不容易。虽然胖得骑不了马,但养养矮种马还是可以的。空气沁人心脾,他想到了春季的赛马会。他有几匹初次出战的赛马还颇可期待,又发现公司有个小伙是相当不错的骑手(他一定得防着他们把它挖走,希金斯那家伙肯出一大笔钱把他带到上海去),那么最起码能拿下个两三场。自己的马圈应该是城里最好的了,他自豪得像只鸽子一样鼓起胸膛。今天风和日丽,活着很好。

走到墓地外他停了下来。眼前的墓场一派洁净、齐整,明明白白显示着此地英国人的富庶,他每次路过都微微闪耀起骄傲的神采。他庆幸自己是个英国人。墓地选址时,这块地一文不值,但城市富裕起来之后,现在这里可值钱得很。有人提议该把墓地换到别处去,把这块地卖了建房子,但整个社区都不愿意。大班想到他们的亡者长眠于整个岛上最贵的土地之下,生出一丝满足。这证明他们有比钱更在乎的事情。让钱都见鬼去吧!真正遇上了"要紧的事"(大班的口头禅),总算大家没有忘记钱不是一切。

现在他决定从墓地里穿过去。他看着那些墓碑,都打扫得很干净，小径上也没有杂草。颇有点欣欣向荣的气象。一路闲行，他读起了墓碑上的名字。这里是并在一起的三个人：是三桅帆船"玛丽·巴克斯特"号的船长、大副、二副，都是在1908年的那次台风中罹难的。他记得很清楚。还有几块墓碑凑在一起是两家传教士，妻子、儿女都葬在一起；他们是义和拳动乱的时候被屠杀的。太骇人听闻！倒不是他有多在意传教士，但是——开什么玩笑——再怎么样也不能让这些中国佬把他们杀了啊。然后他走到一个十字架跟前，上面的名字他认识。爱德华·穆洛克是个好人，但输给了酒精，可怜二十五岁就把自己喝死了；另外还有几个干净的十字架，上面刻着名字和岁数：二十五、二十六、二十七；都是一样的故事：他们来到中国；他们从来没见过这么多钱；他们是开朗的小伙，想和周围的人一起喝酒，但是败在酒精手里，于是就到了这墓地里。在中国的海岸上斗酒，不止比试酒量，身体也要好。这些事情当然很不幸，但大班想到有多少年轻人被他喝趴到地底去了，又忍不住微笑。而且有一个人的离世还挺有用：那是公司里的一个同事，位阶比他高，人也很聪明——要是此人还活着，"大班"这个职位可能就不是他的了。命运的安排真是不可测知。啊，这儿是可爱的特纳夫人——维奥利特·特纳，当年可是娇小迷人得很，他和这位女士有过好一段婚外恋情，对方去世的时候他可伤心透了。他看了眼墓碑上的年纪。要是她还活着，现在也岁数不小了。想到这些死去的人，他身体里有种得意荡漾开来。他把这些人全都打败了。他们都死了，他还活着；一个个的，全不是他的对手。他抬起头把密密麻麻的墓碑一下全看在眼里，鄙夷地笑了笑，甚至都想搓起手来。

"我从来没让他们觉得我是好糊弄的。"他嘟囔了一句。

对这些聒噪的亡者，他此时感到一种不带恶意的轻蔑。他走到一处，突然看到两个苦力正在挖坟。他大吃一惊，因为没有听到社区里有谁死了。

"那是要给谁用啊？"他不觉问出了声。

两个苦力甚至没有看他，站在深深的坟坑里继续干着活，大块大块的泥土被铲了上来。虽然在中国多年，他并不会说中文，那时候大家都觉得这门见了鬼的语言不学也罢，所以他就用英文问那两个人这个坟是给谁挖的。他们听不懂。对方用中文回答之后，他又骂他们是什么都不懂的蠢货。他知道布鲁姆太太的孩子病了，说不定没撑过来，但要是那样的话他不会不知道，更何况，这绝不会是小孩的坟。死者不但是个大人，而且还很魁梧。太诡异了。他后悔进了这墓园；快步走出之后立马坐进了自己的轿子。他的好心情一点不剩，脸上都是愁容。一回到办公室他就喊他的二把手：

"我说，皮特斯，谁死了，你听说了吗？"

但皮特斯什么都不知道。大班很困惑。他派手下一个当地的职员去墓地问那两个苦力；自己开始签发信件。派去的人回来说苦力走了，墓园里没有可问的人。大班隐隐觉得有些不快：这里居然发生了什么他不知道的事情。他自己的仆人应该会知道，那小孩无所不知。他派人喊了仆人来，但后者也没有听说社区里最近有什么人去世。

"我知道没人去世,"大班烦躁地说,"可那个坟到底是怎么回事呢?"

他让仆人去找墓园的管理者,问清楚没人去世到底挖个坟干吗。

仆人还没出门,他说,"走之前给我倒一杯威士忌苏打。"

他想不明白为什么看到那个墓穴会让他如此不自在。他试着不去想它。喝了威士忌之后觉得好了些,把手上的活做完了。他上楼翻了几页《笨拙周刊》[1]。再过一会儿,他会去俱乐部,晚饭之前打上几盘桥牌。但听到仆人的回话会让他放松一些,所以他会先等他回来。没过多久,仆人回来了,还带着墓园的管理人。

"你让他们挖个坟干什么?"他直截了当地问道。"又没死人。"

"没有挖坟。"那个人回答。

"你这话什么意思?今天下午,有两个苦力在那挖坟啊。"

两个中国人互相看了看。仆人接着说他们去墓园看过了。没有新挖的坟。

大班话到嘴边又咽了回去。

他本来想说:"混蛋,可我亲眼看到了啊。"

但他没有把这句话说出来,咽回去的时候脸都红了。两个

---

[1] Punch,伦敦一份中产趣味的幽默刊物,1841年创刊,1910年发行量突破十万,于2002年停刊。

中国人面无表情地看着他。大班一时之间喘不过气来。

"行了，出去吧。"他呼吸急促地说道。

可他们刚走，大班又把那个仆人大声喊了回来；仆人到了跟前，那副漠然的样子真叫人来气，他吩咐仆人去倒一点威士忌。他用手帕擦了擦脸上的汗。举杯喝酒的时候他的手在抖。不管他们说什么，那个坟墓他肯定是看到了。说起来，他现在还听得到苦力把泥土铲上来，落在地面上沉闷的砰砰砰的声音。这到底怎么回事？他听得到自己心跳加速了。有一股说不出来的别扭。但他还是振作了起来。都是没影的事。要是他们说得没错，那看见的坟墓就是幻觉了。他现在最该做的就是先去俱乐部，要是碰到了医生就让他检查一下。

俱乐部里每个人都一如往常，他不知道为什么自己会期待今日有所不同，但这样至少他安心了一些。这些人，多年来都一起过着井然有序的规律生活，渐渐养成一些小怪癖——一个人打桥牌的时候嘴里的哼哼声不停，另一个非要用吸管喝啤酒——而这些经常惹恼大班的小习惯现在给了他一点安全感。他需要这份安全感，因为他就是忘不掉那奇怪的一幕。那天他桥牌打得很臭，搭档又苛刻了一些，大班没收住脾气。他总觉得大家看他的眼神有些古怪，猜自己那天大概有些什么地方不同寻常。

突然他觉得俱乐部里待不下去了。往外走的时候他看到医生在阅览室里读着《泰晤士报》，但他劝服不了自己上前找他。他想自己去看看那个坟是否还在那里，坐进轿子，吩咐轿夫抬他去墓园。同样的幻觉不会发生两次，是不是？另外，他会带着管理人一起去，要是没有坟墓，他就算给了自己一个说法，要是坟墓就在那里，他要让这个中国人好好尝些教训。但是管理人不知跑哪里去了，还带走了钥匙。大班发现自己进不了墓园，一下子精疲力竭。他坐回轿子里，告诉轿夫送他回家。他想晚饭前躺上半个小时。他太累了。是了，肯定就是这个缘故。他听人说过太累的时候的确容易产生幻觉。当仆人把晚餐要穿的衣服拿来时，他全靠意志力才起得了身。他有种强烈的冲动，想不穿正装用餐，但还是没有妥协：他自己定下的规矩，已经守了二十年，而规矩定下了就要遵守，这是不能商量的事。用餐时他还要了一瓶香槟，舒服了一些。餐后他让仆人把他最好的白兰地拿来，几杯下肚之后，似乎又恢复过来了。管他什么幻觉！他去了桌球室，打进了几个有难度的球。看球那么准，他的身体能出什么大问题？到了床上一下子就沉沉睡去了。

突然他惊醒了。他梦到了那个掘开的墓穴，和那两个悠闲干着活的苦力。他很确信自己的确看见了他们。亲眼所见的事情却要说成是幻觉也太可笑了。然后他听见更夫来巡夜了。夜间阒寂，那一记梆声吓得他几乎灵魂出窍。他突然满心的恐惧，突然害怕起城里那无数蜿蜒的中国街巷，寺庙那繁复的屋顶，还有庙里那些表情痛苦、身姿扭曲的鬼怪，都可怖极了。他讨厌侵入他鼻孔的那些味道。也讨厌这里的人。各种各样套着蓝衫的苦力，一身污秽和褴褛的乞丐，还有那些商人和地方官员，全都穿着黑色的长袍满面和善，圆滑得叫人捉摸不透。大班只觉得他们有股恶意正朝他压迫下来。他憎恶这个国家。中国。他根本就不该来。此刻他慌得六神无主,只想出门。他绝无可能在这个国家再多待一年,再多待一个月也不行。上海有什么好惦记的?

"天呐,"他喊道,"要是这时候平平安安在英格兰该多好。"

他想回家。要是自己快死了,他希望能死在英格兰。他不想葬在这些就知道斜着眼笑的黄种人之间。他想葬在自己的祖国,而不是那天看到的那个坟墓里。在那里他怎能安息?绝对不行。人家怎么想有什么要紧的?那是他们的事。现在唯一要紧的事情就是趁还有机会,赶快逃走。

他从床里爬出来,写信给公司的领导,说他发现自己病危。职位上只能找人替换。他会在情况允许之下第一时间离开。他必须立刻回国。

第二天早上他们发现这封信就攥在大班的手里。他整个人从桌椅之间滑了下去,早已没了性命。

领事

The Consul[1]

皮特先生此刻满肚子都是压也压不住的怒气。他替领事馆工作二十余年,对付过各式各样麻烦的人:讲道理怎么都不听的官员,把英国政府当讨债机构的生意人,把任何公平竞争都怒斥为天大不公的传教士;但他想不起来还有哪件事比手头的这一件更让他茫然无措。他本来是个温和的人,但今天毫无缘由地跟自己的文书发脾气,就因为对方拿来给他签字的那封信里拼错了两个单词,差点就要把这个欧亚混血的职员解雇。他是个勤奋的人,觉得无论如何也要在办公室里捱到四点;而今天四点的钟声一响,他立刻跳起来,要仆人取来他的帽子和手杖。因为仆人反应慢了几拍,又被他劈头盖脸地骂了一通。他们说领事们到后来都会变得有些古怪;那些在中国待了三十五年但中文差到还不会问路的生意人,把这种古怪归咎于领事们都得学中文——而毫无疑问,皮特先生是个地地道道的怪人。他是个单身汉,就因为单

---

[1] 收录于1922年出版的《在中国屏风上》。

身被派到了很多与世隔绝的岗位上,据说那样的地方不适合已婚男子。太多独处的时间让他本就古怪的脾性变本加厉,不可收拾,有些做派会怔住初识之人。比如,他的心思全然不在眼前的事情上,家里从不整理,所以永远是乱七八糟的,也不管自己吃什么,仆人们可以看心情随便给他准备,而且上报的开销堪称讹诈。他不遗余力地打击鸦片交易,但城里只有他不知道领事馆里就藏着鸦片,用人们在后门公开倒卖,生意兴隆。他热衷收藏,政府提供的房子塞满了他的藏品,锡 器皿、黄铜制品、木雕,可这些都是他比较正常的趣味,他还收集邮票、鸟蛋、酒店商标和邮戳——号称整个大英帝国论邮戳收藏无人能与他相提并论。因为常在寂寞的地方一待就是很久,他看了不少书,虽然远谈不上可以做汉学家,但对于中国的历史、文学和百姓等方面的知识,都比同行丰富得多;只是巨大的阅读量没有让他宽厚,反倒更加自负了。这个人的外表也很独特。身子又小又虚弱,走起来像一片随风飞舞的落叶;那顶插着一支公鸡毛的小小的蒂罗尔帽,又旧又破,吊儿郎当地歪戴在他的大头上,有种说不出的怪异。皮特先生秃得没剩多少头发,浅蓝色的眼睛在镜片后面显得极为无神,脏兮兮的一字须不加修剪,似要垂下来盖住上唇,但还是盖不住他嘴巴透露的戾气。此时,从领事馆所在的那条街走出来,他上了城墙,因为在这人头攒动的城市里,只有这里可以舒舒服服地散会儿步。

他是在工作上很下功夫的人,每件小事都殚精竭虑,但只要在城墙上走一走,总能让他的身心都放松下来。这个城市周围是广袤的平原,太阳落山的时候,在城墙上你常常可以看见远方的雪峰——那些该是西藏的大山了。但今天他脚步很快,眼睛都没有往两边看,那只胖猎犬在他前后欢蹦乱跳,他也没有注意到,只是用没有起伏的低沉声音跟自己念叨,语速还很快。今天的烦恼是因为接待一个自称俞夫人的女士,他作为领事最讲究细节,坚持要称她为兰伯特小姐。只这一件事,已经让两人的对话剑拔弩张起来。她是个英国女子,嫁给了一个到伦敦大学念书的中国人,两年前和丈夫一起到了这里。来之前,她信了对方的话,以为丈夫在中国是个大人物,还以为能住进华美的豪宅,获得崇高的地位,却发现自己被带到一幢人满为患的中国旧房子,这一惊可苦不堪言:除了没有一张西方人的床,连刀叉都没有,似乎哪里都是又脏又臭的。让她震惊的是他们会和丈夫的父母住在一起,而且他说儿媳必须对母亲言听计从。因为完全不懂中文,直到在屋子里住了两三天,她才意识到自己不是丈夫唯一的妻子。他少年时就成了亲,而后才背井离乡去外国掌握蛮夷的学问。当她严辞斥骂丈夫欺骗了自己时,他只是耸了耸肩。在中国,一个人愿意娶两个妻子是没有任何阻碍的,而且他还说中国女人并不以此为苦——这倒是不太符合实情。正是发现了这个情况之后,她第一次造访了领事。他之前已经知道城里来了这么一个人——在中国,所有人都知道所有人的所有事情——所以她的登门对他来说毫不意外。同时他也对这个女人丝毫不感到同情。一个外国女子居然会嫁给中国人就让他怒不可遏,而且她事先都不好好打听一下就做出这样的选择,更让他恼火得好比这是故意在冒犯他本人。看外表,她根本就不像那种让你觉得会如此糊涂的女人。她是个老实、粗壮的年轻人,个子不高,相貌平常,讲话一板一眼。身上穿着一套定制的廉价衣服,头上是苏格兰人戴的那种帽顶有个绒球的圆帽。她的牙齿长坏了,皮肤灰暗,一双大手红通通的,保养得很不好。你看得出来她干过一些粗活重活,讲话时听得到英文里那种吊着嗓子的土话腔调。

"你和俞先生是怎么认识的?"领事漠然问道。

"啊,要说起来,是这么回事,"她答道,"父亲的事业一直经营得很好,他故世之后,母亲说:'唉,这么多房间让它们白白空着也是罪过,我就在窗口贴张告示吧。'"

领事打断了她。

"他住过你们家的寄宿舍?"

"那也不能算是寄宿舍吧。"

"那我们就说它是公寓可以吧?"领事回答道,带着他那种浅浅的、略显自负的微笑。

此类婚姻经常就是那样来的。因为领事觉得面前的女子又蠢又俗,所以就直截了当地告诉她,根据英国法律,她并没有真的成为俞的合法妻子,现在她最好的办法就是立马回英国去。这时她哭了起来,领事的心就软了一点。他承诺会拜托一些女传教士一路都照看她,甚至,如果她愿意,他可以试着安排现在就让她住到传教团的地方去。他说这些话的时候,兰伯特小姐已经把眼泪擦干了。

"现在回英国去又能怎么样呢?"她终于说道。"我根本没地方可去。"

"你可以去找你的母亲啊。"

"她之前极力反对我嫁给俞先生,要是现在回去,我这一辈子都得听她数落了。"

领事就和她争执起来,可越吵她越固执,直到领事终于失去了耐心。

"要是你想留在这儿,跟一个不是你丈夫的人住在一起,那都是你自己的事,我反正是不会再管了。"

她的反驳一直让领事耿耿于怀。

"那你就不用担心了。"她说道。领事每次想到她,就会想起她说这句话时候的表情。

那是两三年前的事了,自那之后,领事只难得见了她几回。看上去她跟自己的婆母以及丈夫的另一个妻子都闹翻了,来见领事是为了问一些十分荒唐的问题,比如中国法律保障她的哪些权益之类的。领事还是提出可以把她送走,但她一心一意就是不肯这么做,两人会面最后总是以领事的大发雷霆而告终。想到要在三个开战的女人间维持和平,他甚至忍不住要同情那个有些无赖的俞先生。这个丈夫试图公平地对待两个妻子;据兰伯特小姐自己说,丈夫对她并不坏,但她的生活并无改观。领事知道平时她都穿中国人的衣服,但来见他总会换上欧洲人的服装。她越来越邋遢,健康也开始受影响,看起来像是得了重病。那天她进办公室的时候,领事真是吓了一跳。她没有戴帽子,头发乱蓬蓬的,处在一种歇斯底里的状态中。

"他们要毒死我。"她一边尖叫着,一边把一碗发臭的食物摆在领事面前。"里面被下毒了,"她说,"我一连病了十天,能生还是个奇迹。"

她事无巨细讲了很久,听上去也不是没可能,至少领事相信了——说到底,两个中国女人为了干掉这个讨厌的侵入者,很可能就用的是她们熟悉的手段。

"她们知道你到这儿来了吗?"

"当然知道;我在家里就说了,要来告发她们。"

现在已经不是模棱两可的时候,领事用最一本正经的态度对着她说道:

"行了,你不能再回去了。我决定不再听任你胡闹下去,你必须离开这个男人,他根本就不是你的丈夫。"

但他发现在这个女人不可理喻的固执面前,自己什么办法都没有。他的那些道理已经重复过好多遍了,她就是不听,到头来他还是发了火。面对他最后那个无可奈何的问题,她的回答摧毁了领事残存的一点点自持。

"可你到底是为了什么非要跟着这个男人?"他喊道。

她犹豫了片刻,眼神变得滑稽起来。

"他脑门上那些头发,也不知为什么就是让我忍不住地欢喜。"

领事从来没有听过这么荒唐的事情。这是最后一根稻草。此时他虽然在用散步消气,虽然他平时很少用脏话,但还是恶狠狠地说了一句:

"女人他妈就是女人。"

患难之交

A Friend in Need[1]

我研究人类同胞已经有三十年了。对他们还是不怎么了解。雇佣仆人只看脸相恐怕不妥,但识人之初多半还是靠面孔来下判断的。从一个人的眼神,下颚的形状或嘴唇的轮廓,我们心里已经对它们的主人有了结论。我一直怀疑此类推断还是失算的时候多。为什么小说和戏剧往往脱离现实生活,就因为作者可能也是不得已,总让笔下的角色一点说不通的地方都没有。他们不敢让角色自相矛盾,因为一旦矛盾就不好理解了,但实际上我们大多数人不都是自相矛盾的吗?我们就是由偶然凑在一起的反复无常构成的。在逻辑学的书里,他们会告诉你像"黄色是管状的",或者"感激重于空气"这样的话,说出来荒诞不经;但在那些混合成我们自身的格格不入之中,黄色很可能就是一辆马车,而感激也会是下个礼拜周三或周四中的一天。听到别人说自己对人的第一印象从来不会错时,我一般都只耸耸肩。这样的人恐怕没有

---

1 首次发表于1926年,收录于1936年出版的短篇小说集《四海为家之人》。

什么见地,要么就是太好面子。就拿我自己来说,认识一个人的时间越长,就越发觉得这个人费解:和我来往最久的朋友正是那些我对他们一无所知的人。

我想到这些事,是因为在早报里读到爱德华·海德·伯顿在神户去世了。他是个生意人,在日本做买卖做了很多年。我对他一点也不了解,但很感兴趣,那是因为有一次他着实让我吃了一惊。要不是从他嘴里亲口听到,我绝不会相信那是他的所作所为。不管看他的外貌还是举止,都像是一种特定的典型:如果这世上真有人半分矛盾都找不出,那一定就是伯顿这样的。这也让我在得知那件事之后更为震惊。他个头很小,勉强有个五英尺四英寸[1],特别瘦弱;头发白了,眼珠是蓝色的,红脸蛋上都是皱纹。据我推测,当初认识的时候伯顿大概六十岁左右。他的着装永远低调、挺括,和自己的岁数、地位相称。

虽然办公的地方在神户,伯顿经常到横滨来。有一回为了等一艘船,我正好在那里待了几天,和他在英国俱乐部结识了。我们打了桥牌。他牌技出色,而且在牌桌上十分大度;不管是打牌还是之后喝酒,他话都不多,但说得都在理,而且有种含蓄的冷幽默。在俱乐部似乎伯顿人缘很好,他走了之后,大家纷纷都说没有谁比他更值得来往了。又碰巧我们都住在格兰德大酒店,第二天他邀请我一同进餐。他的妻子也在场,一个胖胖的老妇人,脸上常带着微笑;同桌的还有他的两个女儿。很显然这是一

---

[1] 相当于一米六二、一米六三。

个融洽、温馨的家庭。在我看来，伯顿让我印象最深刻的一点是他的友善，那双温和的蓝眼睛让人看着非常舒服。他的声音也很和蔼，想象不出生气时提高嗓门会什么样；笑容也是那么宽厚。像他这样的人会吸引你，就是因为感受得到他对人类同胞有一种发自内心的友爱。伯顿是个有魅力的男人。但也不要误会，他的温柔里一点也没有那种让人讨厌的多愁善感：喜欢打牌，喜欢鸡尾酒，粗鄙的故事讲起来特别生动，据说年轻的时候还擅长运动。他很有钱，其中没有一分不是他自己打拼得来的。我想伯顿招人喜欢的一点是他那么矮小、瘦弱，让你本能地生出保护他的冲动。这样的人你总觉得他连一个苍蝇也不会忍心杀死。

一天下午我坐在格兰德酒店的休息厅里。那是在大地震之前，他们在厅里摆的都是皮质的扶手椅。窗外视野开阔，看得到港口里的繁忙气象。有定期开往温哥华、旧金山的巨轮，也有要经上海、香港、新加坡转道去欧洲的。各个国家的货船都有，经过大风大浪露出了疲态。中式帆船的尾部特别高，船帆五颜六色。此外，还有无以计数的舢板。这是个忙碌的场面，本该让人兴奋，但不知道为什么，看在眼里却能让我静下心来。这里面有种浪漫，仿佛只要伸出手去就触摸得到。

没过多久，伯顿进来了，注意到我，就在旁边的椅子里坐了下来。

"我们来点小酒怎么样？"

他一击掌，有个服务生就过来了，伯顿点了两杯杜松子汽酒。酒上来的时候，酒店外面的街上走过一个人，看到我，跟我挥了挥手。

我也点头致意之后,伯顿问道:"你认识特纳?"

"在俱乐部见过。他们说这是位靠国内汇款过活的人。"

"此话不假。这里有好些这样的人。"

"他桥牌打得不赖。"

"一般这样的人都打得一手好牌。去年来了一个家伙,巧的是姓氏跟我一样,是我见过桥牌打得最好的人。我估计你在伦敦应该也没遇到过他。说自己名叫莱尼·伯顿。似乎是很多高级俱乐部的会员。"

"我的确记不起来见过这样一个人。"

"他的牌技实在叫人难忘,就像是对牌有种天生的感应一般。太不可思议了。他在神户待过一段时间,跟他打过不少牌。"

伯顿呷了一口汽酒。

"他的事倒确实有些意思,"他说,"这家伙心眼不坏。我就很喜欢他。永远穿得很体面,人也精神,一头鬈发,白里透红的面色,不能说不英俊。女士们对他都青睐有加。他也伤害不了谁,说实在的,就是行事没有顾忌罢了。当然酒是喝了不少,那样的家伙都爱喝酒。每个季度都能收到一小笔钱,在牌桌上再补贴一些。反正赢了我不少钱,这点我清楚着呢。"

伯顿宽厚地笑了笑。我的亲身经历可以作证,他打桥牌输钱时一向很潇洒。他抚了抚自己刮得很干净的下巴,那只手瘦得青筋突起不说,而且几乎透得过光来。

"这大概也是为什么他破产之后会来找我,打牌赢我钱是其一，和我同姓是其二。那天他到了我的办公室，说希望我能给他一份工作。我倒是蛮惊讶的。他说国内不会再给他寄钱了，他想要工作。我问他几岁了。

"'三十五。'他说。

"'在这之前你干过些什么？'我问他。

"'说起来，也没干过什么。'他回答。"

我忍不住笑了。

"'恐怕我现在没有什么活儿能给你干的，'我说，'过三十五年再来问问看吧，到时我再想想办法。'

"他没有动。脸色一下变得惨白。先是犹豫了一下，接着他就开始告诉我，他牌运糟糕已经有一段时日了。本来是不想只限在桥牌上，开始玩扑克，结果被人好好修理了一番。他现在一个铜板都不剩了，家里所有东西都进了当铺。酒店的账单付不起，对方也不让他继续赊账了。他现在一贫如洗，要是再找不到活儿干的话，只能自杀。

"我朝他看了看，这已经是一个支离破碎的人。最近酒也比平常喝得更多，他看上去有五十岁。姑娘们那时再见到他可就青睐不起来了。

"'那好吧，除了打牌你还会干什么？'我问他。

"'我会游泳。'他说。

"'游泳！'

"我几乎不敢相信自己听到了什么；这个回答太没道理了。

"'我是大学游泳队的。'

患难之交　　427

"我隐约知道他想表达什么了。这些在大学里得了些虚名的家伙我见得太多了,不会对他们另眼相看的。

"'我年轻的时候游泳也游得不错。'我当时说道。

"突然我有了一个想法。"

他停了下来,转过来问我:

"你对神户了解吗?"

"不了解,"我说,"途径过神户一次,但只是过了一夜。"

"那你一定不知道'盐谷俱乐部'了。年轻的时候我从那里出发,游到灯塔回头,最后在'垂水湾'上岸。长度超过三英里,而且灯塔附近洋流湍急,游起来还不太容易。好了,我把这条路线告诉了这个和我同姓的年轻人,我说你完成了它我就给你一份工作。

"看得出来他有点被吓住了。

"'你说你游泳在行。'我说。

"'但我现在身体状况不太好。'他回答。

"我没有接他的话,只是耸了耸肩。他朝我看了一会儿,然后点了点头。

"'好吧,'他说,'你想让我什么时候游?'

"我看了眼手表,当时才十点刚过。

"'这段路应该对你来说,一个小时再加个一刻钟最多了吧。我十二点半会开车到小溪那儿等你,然后带你回俱乐部,我们一起吃份午餐。"

"'就这么定了。'他说。

"我们握了手,我祝他好运,他就走了。那天早上我的事情也多,到了十二点半才勉强开到垂水区的那个小湾。但我其实不用着急的,他后来就一直没有出现。"

"他最后关头还是吓回去了?"我问。

"没有,他没有被吓回去。他正儿八经地出发了。当然了,那样的花天酒地早就把他的身子毁了。灯塔附近的水流太强,他是驾驭不了的。尸体找了三天才找到。"

我有一时半刻什么话都说不出来,有些不可置信。然后我问了伯顿一个问题。

"当你提出那个交换条件的时候,知不知道他会淹死?"

他温和地笑了一声,用那双亲切、真诚的蓝眼睛看着我。揉了揉自己的下巴。

"只能说,当时公司里我没有空的职位啊。"

凑满一打

The Round Dozen[1]

我喜欢埃尔松。那是英国南部的一个海边度假地,离布莱顿不远,有种怡人的风情,让人想起乔治王朝的某些特质。不过这个小城既不繁忙,也不俗丽。十年之前我还常去那里,不时会见到一幢幢坚实的老房子,虽然装腔作势,但却不让人讨厌(就像发现一个显赫人家的女士,虽然潦倒了,但对自己的出身依然有种遮遮掩掩的自豪,你是生不起气来的,只会觉得有趣)。它们都是"欧洲第一绅士[2]"那时候建的,一个失了宠的廷臣大可在这样的房子里安度晚年。主街也有种慵懒的气氛,医生的汽车甚至显得有些突兀。家庭主妇做起家务来不慌不忙。她们跟肉贩一边说着闲话,一边盯着他从那一大块南丘羊肉上割一条最好的颈

---

[1] 首次发表于1924年,收录于1931年出版的短篇小说集《用第一人称单数写作的六个故事》。
[2] 这是乔治四世(1762—1830)的支持者给他的雅称,赞赏他衣着雅致、举止高贵;但这个大不列颠国王和汉诺威国王不管是私人生活还是作为君主,都骄奢无度,与这个名号正好成为对照。

肉；她们还会跟杂货店老板客气地打听老板娘的近况，等他把半磅茶叶和一小包食盐放进自己的网袋里。我不清楚埃尔松是否也曾是个时髦的胜地，至少我去的时候已经不是了；但它体面而实惠。住在那里一般是未出嫁或寡居的妇人，还有从印度退休回来的平民和士兵：他们期待八九月的天气，但想到那时的度假人流又不免要微微哆嗦两下。但嫌弃归嫌弃，游客来了房子还是要租给他们的，收了房租就可以到瑞士的膳宿公寓里过几周俗世的逍遥日子。埃尔松热闹的时候我没有见识过，据说寄宿舍全部住满，穿休闲西服的男青年在海边散步，海滩上演着涂白脸的法国哑剧，"海豚酒店"的桌球房里，球与球撞击的声音到十一点还不停。我见识埃尔松只在冬季。靠海那些百年历史的老房子，粉饰灰泥的外墙，圆肚窗，每一幢都有告示招租；在"海豚酒店"，除了跑腿的小童之外，只有一位男仆。每天十点钟一到，管理员进吸烟室的时候不用说话就能明白什么意思，你只好起身回房睡觉。这时的埃尔松是个安逸的地方，"海豚酒店"也足够舒适。想到摄政王不止一次携着菲茨赫伯特夫人[1]到这里的咖啡室用下午茶，倒也引人遐思。大堂里还有一封萨克雷的信被装裱了起来，信中示意要预定面海的一个客厅和两个卧室，还要求派一辆马车去车站接他。

战后第二还是第三年，我那场流感来得厉害，十一月份去

---

[1] 摄政王指的是在其父王患精神病期间（1811—1820）统治英国的乔治四世；菲茨赫伯特夫人是他多年的伴侣，曾秘密结婚。

埃尔松恢复。下午到了之后,行李放好,我就去海滩上散步了。天空阴沉,平静的海面又灰又冷,几只海鸥飞得离海岸很近。帆船的桅杆因为冬天放下来了,搁浅在砂石海滩上。灰色的更衣间一个接着一个,破破烂烂地连成一长排。市镇委员会到处放了些长椅,现在都空着,只看到几个人大步来回走着,锻炼身体。路上碰到一个红鼻头的上校,穿着宽大的运动裤,脚步很重,身后还跟着一只猥犬,两位上了年纪的女士穿着短裙和笨重的鞋子走过,还有一个容貌平常的姑娘,戴着那种帽顶有个绒球的苏格兰宽顶无檐圆帽。我还从没见过这么荒凉的海滩。寄宿舍都像妆容不修的老女人,等着那个永远不会回来的情郎。即使是向来好客的"海豚酒店"也显得哀愁、苍凉。我的心在往下沉。生活似乎一下变得极为乏味。回到酒店,把客厅的窗帘拉起来,我把火捅得更旺了一些,拿起一本书希望能驱散几分忧郁。到了要更衣去用晚餐的时候,的确心情开朗了一些。走进咖啡室,发现酒店里的客人都已经就座。我大致瞄了他们一眼。有一个中年女子一个人坐着;两个红脸的老先生,头有些秃,像是来打高尔夫的,都满脸不高兴地默默吃着饭。除此之外,屋子里只剩下坐在圆肚窗前的三个人,他们让我惊讶之余一下来了兴致。其中一个是位老先生,女士岁数大些,应该是他妻子,还有一个年轻的可能就是他女儿了。最先是老夫人引发了我的好奇。她穿了一条蓬大的黑色丝绸长裙,黑色蕾丝的便帽,手腕上是分量很沉的金镯子,金项链也非同小可,链子上挂了一个巨大的盒式金坠子,领口处还别了枚巨大的金领针。我完全没想到当时还有人会佩戴那样的首饰。经过二手珠宝店和当铺，我时常停下来，看着那些老式到让人觉得怪异的饰品，那么结实、昂贵、丑陋，脸上虽然忍不住微笑，但其中未免带着几许哀伤，是想到佩戴这些饰品的女子早已不在人世。看到它们，想起的是女士后腰的褶裥隆起与荷叶裙摆正取代裙底那些圆环支架的时代，而平顶、翻檐的圆帽也正让宽前沿的款式作古。那时候英国人喜欢结实的好东西。他们星期天上午去教堂，之后就去公园散步。他们办宴会总要上满十二道菜，主人会亲手切牛肉、鸡肉，用餐完毕，能弹钢琴的女士会向在场宾客献上一曲门德尔松的《无词歌》[1]，男士则用醇厚的中音唱一首英国旧时的民谣。

他们中的另一个女子本来是背对我的，只看得出身材纤细、年轻。棕色的头发很浓密，像是梳了一个非常复杂的发式。穿了条灰色的长裙。他们三人低声交谈着，没过多久她转过头来，我就看到了她的侧脸。这侧脸美得惊人。鼻梁又挺又精致，脸颊的轮廓雕琢得如此美妙；这时我也发现她的发型模仿的是亚历山德拉王后[2]。饭最终吃完了，三人起身离桌。老夫人径直走出了餐厅，目光片刻也没有往两侧偏移；那个年轻的女子跟在她后面。这时我才震惊地发现，这位年轻的女子着实也不年轻了。她身上

---

[1] *Lieder ohne Worte*，德国作曲家费利克斯·门德尔松的钢琴小品系列，创作于1829至1845年间，除了本身的音乐价值，也因为适合于各层次的钢琴手弹奏，在十九世纪极受欢迎。

[2] Alexandra of Denmark（1844—1925），1863年嫁给当时的威尔士亲王阿尔伯特·爱德华，后者即位之后她便成为了亚历山德拉王后。

的长裙的确不复杂,裙摆比那时的惯例要略微长一些,而且似乎剪裁的方式有些过时,我敢说是它的腰身比当时普遍的样式更分明;但这仍是条年轻女子的裙子。她身材高挑,像丁尼生笔下的女主人公,纤瘦,两腿修长,走起路来优雅极了。那个鼻子我见过,是在希腊那些女神的脸上;这女子的嘴唇也美,眼睛又大又蓝。皮肤当然不能算特别紧实了,额头和眼睛周围都能看到几缕皱纹,但年轻时她的皮肤也一定让人艳羡。她让我想起阿尔玛-塔德马[1]笔下的罗马贵妇,五官如此端正、如此优美,而且那些人物虽然穿着古典服装,但依然执拗地显出自己的英伦风格来。这种冷冷清清的完美大概有二十五年没有见到了;如同隽言这种体裁一样,已经消亡。我就像一个考古学家挖掘出埋藏多年的雕像,实在没有料到过去的时代能这样留存下来,大为欣喜。消亡最为彻底的过去,往往只是昨天。

两位女士离桌的时候,那位先生也站了起来,现在重又坐下了。一个服务生端来了一杯浓波尔图葡萄酒。他先闻了一下,呷了一口,还在舌上品味了一会儿才咽下去。我好好地观察了他一番。个头很小,比他那个威严的妻子要矮了不少。虽然有些发福,但也称不上肥胖,一头浓密的鬈发都已经花白了。脸上的皱纹不少,表情里似乎看得出这是个有趣的人。嘴唇闭得很紧,下颚棱角分明。照我们现在的观念来说,他的着装有些太过花哨

---

[1] Sir Lawrence Alma-Tadema(1836—1912),英籍荷兰画家,作品描绘田园史诗,后多取材于希腊和罗马古迹。

了：黑丝绒的外套，带褶边的低领衬衫，黑色的宽领带，另外他的礼服裤也实在太宽大。隐隐约约让你觉得像是一套戏服。仔细品尝了他的葡萄酒之后，他站起来缓步走出了餐厅。

因为我很想知道这三个与众不同的人是谁，经过大堂的时候扫了一眼客人的登记簿。他们三人的名字是用一种女性化的书法写出来的，就是那些四十年前时髦学校会教的有棱有角的写法；他们叫埃德温·圣克莱尔先生和夫人，波切斯特小姐。地址写的是伦敦市贝斯沃特区莱因斯特广场68号。这一定就是让我着迷的那三个人了。我还问了女经理人圣克莱尔先生是谁，她说这是一位城里的大人物。接着我就去了桌球房打了一会儿球，上楼的时候经过休息厅。之前那两位红脸蛋的先生正在读晚报，那位老妇人则正拿着一本小说满脸瞌睡。而之前注意到的三个人坐在角落里。圣克莱尔夫人在织毛线，波切斯特小姐忙着刺绣，而圣克莱尔先生正在朗读一本什么书，虽然着意不打搅别人但声音依然听得出很雄浑。走过的时候我看到他读的是《荒凉山庄》。

第二天我大部分时间都在看书、写作，不过下午还是出去散了个步，回来的时候在海滩的公用长椅上坐下了。天气没有前一天那么凉，风吹来还颇温煦。我也无事可做，只看着远处一个人朝我走近。走到跟前，我才看清这是一个衣着邋遢的小个子男人，套了件单薄的黑色长大衣，戴着顶有些破烂的圆顶礼帽。他走路时手插在口袋里，看上去有些冷，经过我的时候朝这边扫了一眼，又走出几步，犹豫着停下来，转过身。等到他第二次走到我坐的长椅边上时，他从口袋里掏出一只手，碰了碰自己的帽子。我注意到他戴的黑手套也很破旧,觉得这像是一个近况不佳的鳏夫。又或者他是个殡葬业人士,得了流感来这里恢复。

"抱歉,先生,"他说,"能不能麻烦您借个火?"

"当然了。"

他在我旁边坐下,我正从口袋里拿火柴,他也在他的口袋里找烟;拿出一小包"黄金叶"的烟盒之后,突然神色十分痛苦。

"天啊,这可真是太讨厌了!我的烟居然抽完了。"

"抽一根我的吧。"我微笑着说道。

我拿出烟盒,他自己取了一支。

"金的啊?"我关上烟盒之后,他在外壳上敲了一下。"是金的吧?换了我肯定就丢了。我有过三个。全都被偷走了。"

他的目光带着忧郁落在自己的靴子上,那双鞋有些惨不忍睹。这像是一个干瘪了的人,细长鼻子,眼睛是淡蓝色的,皮肤土黄,布满了皱纹。我判断不出这个人到底是多大岁数,说他三十五,说他六十,都有可能。他身上似乎只有一点是值得注意的,那就是他的无关紧要。不过,虽然明显很穷苦,但人打点得还是很干净,是个体面的人,也很在意自己的体面。之前是玩笑,我并不真的认为他从事殡葬业,他更像是一个替律师打工的小职员,最近妻子刚刚下葬,雇主体恤,送他来埃尔松熬过最初的丧妻之痛。

"你在这儿短住还是常住啊,先生?"他问我。

"十天半个月的样子吧。"

"这是你第一次来埃尔松吗,先生?"

"我之前来过。"

"我对这地方特别了解,先生。我自诩没有我不曾去过的海边度假胜地,比埃尔松好的,应该找不到了,先生。来埃尔松的人上档次,一点也不吵,也不俗,不知道你懂不懂我的意思。先生,这里可是有我很珍贵的回忆啊,过去对埃尔松太熟了。我的婚礼就是在圣马丁教堂,先生。"

"是吗?"我没精打采地回答。

"这是段很幸福的婚姻,先生。"

"我替你们高兴。"我回道。

"撑了九个月,够长的。"他若有所思地说道。

当然这句话听上去有点诡异。我之前就判断他极有可能不吝啬于分享他的婚姻经历,对此我毫无引颈而盼之感,但听了这句话,虽不能说急切,但至少也是好奇他接下去会说什么。他什么也没有说。只是轻轻叹了口气。最后还是我打破了沉默。

"这儿似乎人来得不是很多。"我评论道。

"这样好,我这人从来不喜欢热闹。我刚不是说吗,我很多年都是一个个海滨度假地这么住过来的,但永远都避开旺季,反而是冬天更愿意来。"

"不觉得有点凄凉吗?"

他转过来,一只戴了黑手套的手搭在我的胳膊上。

"的确很凄凉。但正因为凄凉,所以每一缕阳光都更叫人珍惜。"

这句话让我觉得完全莫名其妙,就没有接话。他收回了手,站了起来。

"不能再打搅您了,先生。能认识你很高兴。"

他把那顶脏兮兮的帽子拿下来致意,信步走了。我这时也开始觉得有些凉,就回到了"海豚"。正走上那些宽台阶的时候,一辆活顶双排座的四轮马车到了,拉车的两匹马瘦得皮包骨。马车里下来的是圣克莱尔先生;他头上那顶帽子像是把高顶礼帽和圆礼帽不情不愿地结合在一起。然后他伸手先后把妻子和侄女扶了下来。行李员跟在他们身后把毯子和坐垫搬进了酒店。圣克莱尔先生付钱给车夫的时候我听见他关照对方明天还是老时间,应该是他们每天下午都要坐着这么一辆马车去兜风。如果谁告诉我他们三人都没有坐过汽车,我一点都不会惊讶。

女经理人告诉我,他们平时都自顾自,从不主动与酒店的其他客人来往。我脑子里充满了各种没有根据的想象。每天三餐我都在观察他们。早上我还会在酒店门口快要下台阶的地方看到圣克莱尔先生读《泰晤士报》,圣克莱尔太太做着针线活。我猜圣克莱尔夫人这辈子都可能没有读过任何一份报纸,因为除了《泰晤士报》从来没见他们带过其他的报纸,而圣克莱尔先生自然又把它每天带去城里。大概到十二点钟的时候,波切斯特小姐会加入他们。

"散步散得如何,埃莉诺?"圣克莱尔夫人会问。

"挺好的,格特鲁德阿姨。"波切斯特小姐回答道。

我也知道了波切斯特小姐每天早上都会散步,就像圣克莱尔夫人每天下午都要兜风一样。

"你这一行打完之后，亲爱的，"圣克莱尔先生扫了一眼妻子的针织活之后说道，"或许我们可以去走一走当做午餐前的健身。"

"那很好啊。"圣克莱尔夫人答道。她收起针线活交给了波切斯特小姐。"要是你上楼的话，埃莉诺，把我的毛线活带上去吧。"

"当然了，格特鲁德阿姨。"

"散步之后大概也有些疲倦吧，亲爱的。"

"午餐之前我会小憩一下的。"

波切斯特小姐于是进了酒店，而圣克莱尔夫妇沿着海滩肩并肩散步，缓缓走到某个特定的点，又缓缓地走回来。

在楼梯上碰到他们中任何一个，我都会弯腰致意，对方也会弯腰回礼，但脸上不会露出笑容；有天早上我大胆说了句"你好"，但那次交流也就此终结。看上去不会有机会和他们交谈了。但没过多久，我感觉圣克莱尔先生会时不时朝我的方向瞥上一眼。因为他应该知道了我的名字，可能多少有些好奇但也可能只是我太看得起自己了。一两天之后，我坐在房间里，行李员进来传话。

"圣克莱尔先生向您致意，问您是否可以借《惠特克年鉴》[1]

---

[1] *Whitaker's Almanack*，1868 年起在英国出版的大型年鉴，主要收集英国各类统计、讯息和综述。

供他一阅。"

我茫然不知如何作答。

"他凭什么觉得我会有《惠特克年鉴》啊？"

"先生，大概因为女经理人告诉他你是个作家。"

我还是不明白这两件事有什么联系。

"请转达给圣克莱尔先生，很抱歉我没有《惠特克年鉴》，如果我有的话一定很乐意借给他。"

我的机会来了。当时我已经几乎按捺不住想要多了解一点这几个像是从故事中走出的人物。以前在亚洲离海岸很遥远的地方，我会偶然遇到某个部落，孤独地住在一个异族环绕的小村子里。没人知道他们是如何到那里去的，也不知道他们为何会选择那个地方定居下来。他们过着自己的生活，说着自己的语言，与村外的百姓不相往来。或许当年他们民族的大队人马扫过广阔疆域的时候，把他们的祖先落下了，或许曾有一个伟大的民族在那个地方建立了帝国，凋零至此。但总之没有人知道。他们是个谜。他们没有未来，没有历史。这个奇怪的家庭似乎也有这样的特质，属于一个早已湮灭的时代。他们让我想起父辈会读的那些闲适的古旧小说。他们属于八十年代，一直没有走出来。他们经历了过去四十年，却好像世界停滞了一般，多么不可思议！他们把我带回了童年，想起了一些早已去世的故人。也不知是否因为年代上的距离，才让我觉得他们的怪异超出了今天任何一个人。当年要把谁形容为"真是个怪人"，天呐，可不是随便说说的。

所以那天晚上用过了晚餐，我走进休息厅，冒失地与圣克莱尔先生攀谈：

"抱歉我没有《惠特克年鉴》，但如果我有什么书你能用得上，我很乐意借给你。"

圣克莱尔先生显然大吃一惊，两位女士眼睛只盯着手上的活。无声中都是尴尬。

"完全不用介意，只是女经理人让我以为你是个小说家。"

显然我的职业和《惠特克年鉴》有某种联系，但我绞尽脑汁也想不出来。

"曾经特罗洛普先生经常来莱因斯特广场吃饭，我记得他说过对于小说家，最有用的两本书是《圣经》和《惠特克年鉴》。"

"我看到萨克雷曾经住过这家酒店。"我很怕对话进行不下去。

"萨克雷先生我从来不是特别喜欢，虽然他和我已故世的丈人萨金特·桑德斯先生吃过几次饭。他道德感太弱了。我的侄女到现在还没读过《名利场》。"

波切斯特小姐听见提到自己，脸微微一红。这时一个服务生把咖啡端上来了，圣克莱尔夫人转向她的丈夫。

"亲爱的，或许这位先生可以赏光和我们共用咖啡？"

虽然这句话并不是对我说的，但我应得极快：

"非常谢谢你。"

我坐了下来。

"特罗洛普先生一直都是我最喜欢的小说家，"圣克莱尔先生说道，"他本质上就是一个纯粹的绅士。我很欣赏查尔斯·狄更斯，但他绝对写不出一个绅士。据说现在的年轻人觉得特罗洛普先生的小说太平淡了一些。我的侄女波切斯特小姐就更喜欢威廉·布拉克[1]先生的作品。"

"可惜我还没有读过他的书。"我说。

"啊,那你跟我一样,赶不上潮流。我的侄女有次说服我去读一本罗达·布劳顿[2]小姐的书,可我连一百页都坚持不下来。"

"埃德温叔叔,我可没说我喜欢那本书,"波切斯特小姐替自己辩护道,脸又红了一下,"我只是告诉你这书挺大胆的,大家都在议论。"

"我很确定要是问你格特鲁德阿姨的话,埃莉诺,她不会赞成你读这种书的。"

"我记得布劳顿小姐曾经跟我说过,她年轻的时候,别人说她的书太大胆,等她老了,别人又说她的书太平淡,这有点难办,因为她四十年来写的完全是同一种书啊。"

"哦,您认识布劳顿小姐吗?"波切斯特小姐问道,这是她第一回跟我说话。"好有意思!那您认识韦达[3]吗?"

"我亲爱的埃莉诺,真不明白你要说什么!我很确定你从来就没有读过韦达。"

---

1 William Black(1841—1898),出生于苏格兰格拉斯哥的小说家,一度比特罗洛普更受欢迎。
2 Rhoda Broughton(1840—1920),威尔士小说家、短篇小说家。故事以耸人听闻和敢于描绘女性欲望著称,被称为"流动书摊女王"。
3 Ouida(1839—1908),英国小说家,以写上流社会生活的传奇式作品闻名。后文提到的《两面旗帜之下》(*Under Two Flags*,1867)写的一个富家子弟遁逃至非洲,在种种浪漫纠葛之下,最后皆大欢喜重归英格兰的故事。

"埃德温叔叔,可我确实读过啊。我读了《两面旗帜之下》,喜欢极了。"

"你太出乎我的意料了,我感到震惊。现在的女孩子真是不成样子了。"

"你一直说,等我到了三十岁,你就给我绝对的自由,读什么都可以。"

"亲爱的埃莉诺,自由和准许是有区别的。"圣克莱尔先生说道,为了让自己的指摘不太过刺耳,他微笑了一下,但依然掩不住自己的威严。

不知道我如此复述这段交谈,是否能传递我当时感受到的意味,那是一种迷人的老派。他们谈起种种新事物败坏风气,就像自己还活在一八八零年代一般,让我听一整晚都可以。如果能领略一眼他们在莱因斯特广场的大房子,我也愿意付出很大的代价。客厅里那些包着红色织锦的成套家具,每一件都拘谨地立在指定的位置,应该是我熟悉的场景。摆满德累斯顿细瓷器的陈列柜会把我送回童年。他们一般都会坐在餐厅,因为客厅只有聚会时才用;餐厅里一定有一块土耳其地毯,一个巨大的红木餐具柜,因为装了太多银器而"不堪其负"。墙上挂的画作一定在一八八零年代的学院中深受亨弗莉·沃德[1]夫人和她叔叔马修的赞赏。

---

[1] Humphery Ward(1851—1920),英国小说家,亨弗莉·沃德是她婚后的名字,原名玛丽·奥古斯塔·阿诺德,她的叔叔即为诗人、评论家马修·阿诺德(Matthew Arnold)。

第二天早上，我走在埃尔松后面一条景色优美的小径上，正巧遇到波切斯特小姐在完成每日例行的散步。我想陪着走一段，但很确定她会为此太过尴尬的，这位五十岁的老姑娘，即使是和我这样上了年纪的人，也不能独自相处。经过她时，波切斯特小姐躬了下身子，脸又红了。奇怪的是，就在她身后几步远，跟着那个我在海滩上聊过几句话的滑稽小个男子，依旧戴着黑手套，衣衫破旧。他碰了碰自己的圆礼帽。

"不好意思，先生，能不能麻烦您让我用一根火柴？"他说道。

"当然，"我答复道，"但恐怕我现在身上没有烟了。"

"请允许我请您抽一根我的。"他说，拿出纸烟盒。里面是空的。"天呐，天呐，我居然也抽完了。这真是太巧了！"

他继续往前走的时候，我似乎觉得他的脚步加快了一些，于是心里就起了疑，担心他会不会打搅波切斯特小姐。我想过掉头跟上去，但也只是一闪念。这男子言行还算体面，我难以相信他会骚扰一位只身独行的女士。

同一天下午我正在海边坐着，又见到了他。他迈着小步，走走停停，朝我的方向过来。那天还有些风，他就像随风而动的一片干枯的树叶。这回他没有犹豫，直接在我身边坐下。

"我们又见面了，先生。世界真小。如果不算太过打搅您，可否让我坐上一会儿，我实在有些疲惫。"

"这是公共的长椅，要论坐的权利你一点也不比我少。"

我没有等他问我讨火柴，直接递了一根烟给他。

"先生，您太客气了！我规定自己一天不能抽太多烟，但抽的那几根我都尽量享受。人岁数一上去，可以享受的乐趣真是越来越少，但我的经验也告诉我，那些剩下的却更有滋味了。"

"这个想法倒很让人宽心。"

"不好意思，先生，您是否就是那位有名的作者？"

"我的确是个写作者，"我回答，"但你是怎么看出来的呢？"

"我在画报里见过您的肖像。大概您没认出我吧？"

我重新看了看他，虚弱、瘦小，一身黑色的衣服干净却破旧，长鼻子，水汪汪的蓝眼睛。

"恐怕我的确没有。"

"我敢说我的容貌的确不一样了，"他叹了口气，"我的照片曾经出现在大英帝国的每一张报纸上。当然报社派来的摄影师从来都拍不好，我不会瞎说的，先生，有些照片要是底下没印名字，我自己都猜不出那人居然是我。"

他沉默了。浪头正往海中退去，砂石海滩之外，还有一段黄土。防波堤就埋在黄土中，像是史前巨兽的脊骨。

"能当一个职业作家真是妙不可言啊，先生。我一直觉得自己在写作上也有点天赋，老早也有过几回，拼了命地读了不少书，只是后来没有坚持。我的眼睛不像过去那么好了，这是原因之一。我相信要是真花些力气的话，我也能写出一部书的。"

"他们说每个人都能写出一部书的。"我答道。

"我能写的可不是小说，你知道吗。小说不对我的胃口，我更喜欢历史书之类的。不过回忆录倒可以。如果有谁出价让我觉得不算白费了功夫,我不介意把我的往事写一写。"

"最近的确正流行写回忆录。"

"从某些方面来说,我的经历可没有几个人体验过。我不久前还真给周末报纸写过信,但他们都没回我。"

他仔细地审视了我一番,这个人的做派太体面了,怎么也不像是要问我讨个二先令六便士硬币的人。

"您当然不认识我对吧,先生?"

"我的确不认识。"

他好像权衡了一番,把黑手套在手指上的几处褶皱抚平了,又看了几眼露出来的一处破洞,然后转过来对着我,好像还很难为情。

"我是那个著名的莫蒂默·埃利斯。"他说道。

"哦?"

我实在想不起来自己听过这个名字,也不知道该发出别的什么惊叹声来配合他。这时他的脸上出现了一种失望的表情,我有些尴尬。

"莫蒂默·埃利斯,"他重复道,"你不会告诉我你不知道吧。"

"恐怕我只能承认了。我大多数时候都在国外。"

我猜不出他的名声是因为什么,在头脑中作了几种假设。在英格兰,大家喜欢追捧体坛明星,但他不可能是个运动员,倒像是个信仰疗法的医师,或是个台球冠军。当然最不容易让人记得的就是一个退下来的内阁大臣了,他或许就是某届失败政府的贸易委员会主席。不过他一点也没有政客的样子。

"名气就是这么回事,"他忿忿地说,"想啊,我有好几个礼拜可是英国被谈论最多的人。您再看看我,一定会想起来在报纸里见过的。莫蒂默·埃利斯。"

"我很抱歉。"我说道,摇了摇头。

他停顿了一下,好让自己公布答案时更有气势。

"我是那个著名的重婚者。"

好了,一个萍水相逢的人告诉你他是个著名的重婚者时,该如何作答呢?我得坦白,平日里我也时常自诩从来没有接不上的话,但这一次我哑口无言。

"我曾经有过十一位妻子,先生。"他继续说道。

"大多数人觉得一个就快到承受力的极限了。"

"啊,那是因为缺乏练习。有了十一个老婆之后,你对女人可以说几乎无所不知。"

"那怎么到十一个就停下来了呢?"

"这话吧,我早知道你会这么问了。那天我头一回看到您的脸,我就对自己说,这人一定机灵极了。你知道吗,先生,一直让我耿耿于怀的就是这事儿了。'十一'听上去总有点怪怪的,对不对?好像还有些欠缺一般。你看,谁都不会对'三'有什么意见,'七'也挺好,他们还说'九'是幸运的,'十'也没什么问题。可'十一'!这是我感到遗憾的一点。要是我能'凑齐一打'的话,之后的事情我都没什么好介意的了。"

他解开大衣的扣子,从内侧的口袋里掏出一本非常油腻的笔记本,鼓鼓囊囊的;从笔记本里他抽出一大堆的剪报,又脏又旧,全是折痕。他取了两三张摊在我面前。

"你看看那些照片。我就问问你,跟我像吗?太不像话了。哎呀,光看照片还以为我是什么罪犯呢。"

这些剪报的长度都让人生惧。在审稿编辑的眼中,显然莫蒂默·埃利斯很值得报道。有一个标题是:一位"十分已婚"的男子;另一个是:无情恶棍终食苦果。第三个是:可耻无赖遭遇滑铁卢。

"这些报道算不上特别友善啊。"我低声应了一句。

"报纸上说什么我从来都不管,"他说道,耸了耸肩,"我自己就认识太多记者了,犯不上。我要怪的是那个法官。他的处理方式不讲道理,而且提醒你一句,他自己也没得什么好下场,没过一年就死了。"

我很快扫了一眼报道。

"我看到他判了你五年。"

"要我说的话,那是丢了法律的脸,你看这儿写的,"他用食指点着一句话,"'三位受害者请求法庭从宽处置。'这说明她们对我是什么态度。明知如此,还判了我五年。你再看看他怎么称呼我的:无情的恶棍——我?哪里见过像我这么好心的人——一个社会的害虫,对公众是种威胁。说他要是有那样的权力,非用九尾鞭[1]抽我不可。他判了我五年我倒是没那么在意,虽然我也绝不可能说他不是量刑过度,但我倒要问一问,他有什么权

---

[1] 旧时海军中的体罚刑具。

利这么跟我说话？他没有，我也不会原谅他，活到一百岁都不原谅。"

这位重婚者的脸都涨红了，水汪汪的眼睛里着了火。这个话题看来触到了他的痛处。

"这些报道能让我读一读吗？"我问他。

"我拿出来就是为了给您看的，先生。如果您读了之后不觉得我被大大地冤枉，那我就看错你了。"

一份份剪报大致浏览过来，我明白莫蒂默·埃利斯为什么对英格兰的海滨度假地如此熟悉了。这是他的猎场啊。他的方法是等旺季结束，就到空下来的寄宿舍里租一间公寓，貌似他很快就会结识寡妇或者上了年纪还没婚嫁的女子，我注意到这些人都大约在三十五到五十岁之间。她们出庭时都说是在海滩上第一次见到埃利斯的。一般两周之内他就会求婚，很快他们就成了夫妻。他又会想方设法诱使她们把积蓄交给他保管，没过几个月，伦敦有要紧事催他前往了，他就此一去不回。她们之中只有一位后来见过他一次，除此之外，都是被请去法庭提供证据，才又在被告席中见到了埃利斯。这些女士的身份都不可谓不体面。一位是医生的女儿，一位是神职人员的女儿；其中一位是寄宿舍的管理员，一位是旅行推销员的遗孀，还有一位是退休的裁缝。她们的财产大致从五百到一千英镑不等，但不管多少，最后都被骗得身无分文。有些人陈述自己穷困之后的故事让人怜悯不已。但她们都认同，埃利斯是一个好丈夫。不仅真有三个人在法庭中替他求情，甚至有一位女士说，如果他愿意回来，她已经决定要接受他。埃利斯注意到我正读到那段。

"这女的我倒是能和她过下去,"他说,"这点毫无疑问。不过我说了,过去的就让它过去吧。我只能这么说,羔羊脖子上最鲜嫩的地方来一口我当然不介意,但烤羊肉冷了有什么吃头。"

莫蒂默·埃利斯没有娶到自己的第十二位妻子,则纯属意外。我知道没有凑足那一打,破坏了埃利斯心心念念的对称之美。他本来已经和一位哈伯德小姐订婚——他向我透露:"她有两千英镑,算有钱了吧,都是战时公债"——结婚公告都发布了,这时他被之前的一个妻子撞见,问询了一番,告知了警方。就在第十二场婚礼快要开始之前,他被逮捕了。

"那女的心眼太坏了,真的,"他告诉我,"把我骗得好惨。"

"她怎么骗你的?"

"说起来,我是在伊斯特本[1]碰到她的,那是个十二月来着,在码头上。聊着聊着她说她以前是做女帽生意的,退休了,攒了好一笔钱。不肯说到底多少,但唬得我总以为她有一千五百镑的样子。等我娶了她,你相信吗,她连三百都没有。就是她把我告发的。提醒一句,我可从来没怪过她。很多男人这样被戏弄,肯定得大发脾气吧,我甚至都没有表现出不开心,就直接走了,什么都没说。"

"不过,要是我没误会,那三百镑你还是带走了吧。"

"您这话说的,先生,得讲道理啊,"他的语气里全是委屈,

---

1 Eastbourne,英格兰东南市镇,海滨度假地。

"三百英镑能用多久啊？她坦白之前，我可和她做了四个月的夫妻啊。"

"请原谅我这样问，"我说，"而且千万不要以为我对你的个人魅力有任何轻视之意，只是——她们为什么会嫁给你呢？"

"因为我求婚了啊。"他回答，显然完全没想到我会有这样的疑问。

"可是，你从来没被拒绝过吗？"

"非常难得，我以此为业之后一共也没碰到过四五回。当然我都会摸准形势之后再求婚，但放空枪也难免的。也不能每次都合得来吧，您应该能听得明白；浪费几个礼拜讨好一个女人，结果一点起色都没有，这也是常有的事。"

我任由自己陷入思绪之中；不过很快我就看到这位朋友表情丰富的脸上开心地大笑起来。

"我明白你的意思，"他说，"是我这副模样让你想不通了。你不明白她们看上我什么。你们小说读多了，电影看多了，就会这样，以为女人喜欢的是牛仔那一型的，或者向往过去西班牙的那种浪漫调调，眼神逼人，皮肤橄榄色，跳起舞来风流倜傥。我真被您逗笑了。"

"那我很荣幸。"我说。

"先生，您结婚了吗？"

"结了，不过我只有一个妻子。"

"那你做不出什么判断。只有一个例子能总结出什么呢，你明白吧。比如，我问问你，如果你除了一条斗牛犬之外什么都没养过，你对狗能了解多少呢？"

这是个设问句，我很确定他没有要我回答。戏剧效果十足地停了片刻之后，他继续说道：

"你错了，先生，可以说是大错特错。她们可能一时间迷上某个好看的小伙子，但她们不会想嫁给他的，她们在意的不是外表。

"道格拉斯·杰罗德[1]才情有多高，外貌就有多丑，他曾经说过要是能让他和一个女子聊上十分钟，屋里最英俊的男人都不是他的对手。

"她们不需要言谈机智，不需要男人幽默，她们觉得这样的人不严肃。她们也不需要男人太英俊，那也是不严肃。这就是她们想要的了，严肃的男人。安全第一。然后——还要关心她们。我可能不英俊，我也不有趣，但我跟你保证，我有每一个女人想要的东西——我稳重。证据就是，我的每一个妻子都觉得很幸福。"

"三个替你求情，一个还愿意重新接受你，的确了不起。"

"你不知道我在监狱的时候有多着急。我还以为刑满的时候她会在监狱门口等我，我就对典狱长说：'看在上帝的分上，先生，把我偷偷送出去行吗，别让别人看见？'"

他又抚平了手套，目光再一次落在食指的破洞上。

"住在寄宿舍里就是这样，先生。没有女人照料，男人有些邋遢总是难免的吧？我结了那么多婚，没有妻子觉得很不方便。

---

[1] Douglas William Jerrold（1803—1857），英国剧作家、作家。

有些男人结了婚之后很头疼,那些人我是不能理解的。事实就是,一件事不用心肯定做不好,而我就喜欢做一个丈夫。讨女人欢心的小事很多男人懒得做,对我来说,一点都不费力。就像我刚才说的,她们要的是关心。我从来都不会离开家时不亲她们一下,回家也是一样。我很少进门的时候不给她带些巧克力,一小束花什么的,这样的钱我花得一点也不心疼。"

"说到底,你花的是人家的钱。"我插了一句。

"就是她的又如何呢?买礼物的钱是谁的并不要紧,关键是其中的心意。女人在乎的是这个。我不是爱吹牛的人,真不是,但我要替自己说这么一句:我是个好丈夫。"

我随意地翻看着手里那些关于审判的报道。

"我可以告诉你哪一点最让我意外,"我说,"所有这些女子都是体面的人,有了一定年纪,为人低调、规矩,但她们和你相识不过几日就嫁给你了,就没想过要打听一下吗?"

他的一只手庄重地搭在我的手臂上。

"啊,这就是你没明白的地方了,先生。女人渴望结婚。多年轻,多老,高矮肥瘦,皮肤是白是黑,都没关系,她们有一点相通,就是她们都想结婚。你要注意了,我娶她们都是在教堂里。女人不在教堂结婚,总觉得不安全。你说我长得不好看,的确,我从来也没觉着自己是个帅哥,但就算我是个只有一条腿的驼子,也会有数不胜数的女人抢着要嫁给我。这是女人一种疯狂的嗜好,是她们的一种病。说实在的,就算我和她们第二回见面就求婚,她们也不会拒绝的,只不过我喜欢稳妥一点再表态而已。事情传开之后,闹翻了天,就因为我结了十一次婚。十一次?这有什么呀,都还没凑足一打呢。要是我愿意,娶三十个女子都不在话下。我跟你说实话,先生,每次我想到有过那么多机会,简直为我自己的收敛而震惊。"

"你刚刚告诉我你喜欢读史书。"

"对,这话沃伦·黑斯廷斯说的,是吧?[1] 读到的时候就印象很深,就觉得拿来形容我天衣无缝。"

"那你从来没觉得无休止地追求异性有些单调吗?"

"这个嘛,先生,我认为我这人很讲逻辑,每次同样的行为引发同样的后果都让我快活极了,不知道这样说您明不明白。您看,比方说,一个女人如果从来没结过婚,我就假装自己的妻子去世了。百试不爽。你要知道,没结过婚的女人喜欢那些对婚姻略知一二的男人。但如果是个寡妇,那我就一定说自己没结过婚:寡妇怕有过婚史的男人懂得太多。"

我把剪报还给他;他整整齐齐地叠起来,重新塞进那本油腻的笔记本里。

"您知道吗,先生,对我的判决我一直觉得不公。您想想他们都是怎么说我的:社会的害虫,肆无忌惮的恶棍,可耻的无赖。只请您看看我,您说说看,我像那样的人吗?你们最会看人,现

---

[1] "为自己的收敛而震惊"一句,偶有误传为沃伦·黑斯廷斯(Warren Hastings, 1732—1818)所言。他是英国驻印度殖民官员,1774年升为总督,1786年被指控贪污,经过八年审讯,获判无罪。但这句话其实是另一位驻印度官员罗伯特·克莱夫(Robert Clive,1725—1774)说的。

在我什么都跟您说了,您也算认识我了,您认为我是个坏人吗?"

"我和你相识的时间还太短了。"我的回答在我看来相当得体。

"我不知道法官、陪审团,还有公众,有没有从我的角度想过这件事。我被带进法庭的时候,大家都喝倒彩,还全亏了警察,我才没被他们袭击。那些人有没有想过我为那些女人做的事?"

"你把她们的钱拿走了。"

"当然我得拿她们的钱,我和所有人一样都得生活不是?但她们用钱换来了什么?"

这又是一个设问句,虽然他看着我,像是要我作答,但我一言不发。实际上我也不知道答案是什么。这时他声音提起来了,振振有词,明显是说到了要紧的部分。

"我来告诉你她们换去了什么。那就是浪漫。你看看这个地方。"他手臂一甩,涵盖了大海和地平线。"英国有几百个像这样的地方。你看看这海,这天;看看这些寄宿公寓;看看这些堤坝和海滩。难道不让你心都往下坠吗?这儿哪有一点活气。像你这样身体不舒服了,来这待一两个礼拜,当然没觉着什么,但你想想那些年复一年只能住在这儿的女人。根本看不到出路。她们几乎谁都不认识,钱也只够平时起居开销,其他什么都没有。你可能根本不知道她们的生活有多么可怕。那就像这海岸,一条长长的笔直的水泥小道,从一个海滨度假地通往下一个。即使是旺季对她们来说也没用,她们参与不了。这跟死了有什么两样?而这时我出现了。再提醒你,我追求的这些女人,一个个都巴不得被人误会只有三十五岁。她们得到了爱。你想啊,她们之中很多人从来不知道男人给她们扣上背后的扣子是什么感觉,她们不知道在黑暗中坐在长椅上让一个男人挽在腰间是什么滋味。我给她们带去了改变,让她们的生活不再平淡。我让她们不再自轻自贱。她们之前是被搁置在架子上的过期商品,我只是不声不响地走过去,郑重其事把她们取下来。我是什么,是她们晦暗人生里的一道阳光。她们迫不及待答应我,有什么奇怪的?她们愿意重新接受我,有什么奇怪的?唯一出卖我的就是那个卖帽子的;她说自己是个寡妇,据我个人判断,她应该从来没有结过婚。你们说我是靠耍鬼伎俩伤害了她们,没有的事,我是给十一个人的生活带去了幸福和浪漫,本来她们自己都不抱这个指望了。你们说我是个恶棍和无赖,你们错了,我是个慈善家。他们应该给我的不是五年的刑期,而是皇家人道协会[1]的奖章。"

他把自己那个"黄金叶"空壳又拿出来,盯着它看,一边哀伤地摇摇头。我打开自己的烟盒,他没有说话,取了一根。我正目睹着一个大男人如何难以抑制自己的情绪。

"我从中得到了什么呢,你说呀?"没等多久他又问道。"只能住寄宿公寓,有时连饭菜都不提供,剩下的钱只够买烟。那时根本存不下钱,证据就是,你看我现在,人已经不年轻了,口袋里连个二先令六便士的硬币也没有。"他用余光瞄了我一眼。"我现在是落魄了,在以前,我从来都不欠债,也从来没有问朋友借

---

[1] Royal Humane Society,创立于1774年,创立初期的宗旨是普及急救知识,奖励急救行为,以避免如溺水事故中不必要的死亡,后来表彰的范围逐步放宽。

过一分钱。我是在想,先生,不知您可否好心借我点小钱。这么提出来我也是无地自容,但实际的情况就是这样,要是您能给我一英镑的话,对我来说就是大恩大德了。"

要说的话,这位重婚者给我的娱乐早不是一英镑所能买到的了,于是就伸手进口袋取钱。

"我非常乐意。"我说。

他看着我手上的钞票。

"再问您多要一英镑可以吗,先生,是不是过分了?"

"不过分。"

我递给他两英镑,他接过去的时候轻轻叹了一口气。

"对一个习惯于家庭温暖的男人来说,你不知道到了晚上连睡在哪里都不知道是什么滋味。"

"不过有一件事情我希望你能解释给我听,"我说,"希望你不要觉得我犬儒:我一直以为'给予比获取更有福'这句准则,女人都觉得只适用于男人身上。你的那些妻子都是体面的人,但也一定节俭,怎么就那么放心把钱都交给你了呢?"

他一张朴实的脸上露出笑容,好像想到了什么有趣的事情。

"这个嘛,先生,你知道莎士比亚写过,野心上马跳过头那回事儿吧[1]。就是这个道理。你跟一个女人说,如果交给你理财,半年之内就让她资金翻倍,话音未落她们已经把积蓄奉上了。贪

---

[1] 指麦克白把野心形容为一个要跃入马鞍的骑者,结果落到了马的另一头,含义近似操之过急,反而办了坏事。

婪,就是这么回事。除了贪婪没别的。"

从这个有趣的恶棍回到圣克莱尔夫妇和波切斯特小姐身边,就是回到了一个薰衣草香囊和硬衬裙的体面世界里,这种反差能刺激胃口,就像辣酱配冰淇淋。我现在每天晚上都会跟他们待在一起。只等女士们一告辞,圣克莱尔先生就会传话到我的桌上,邀请我共饮一杯波尔图葡萄酒;喝完之后我们就上楼去休息室一起喝咖啡。圣克莱尔先生很享受他那一杯陈年白兰地。与他们相处的一小时有一种极致的无聊,以至于对我产生了奇异的吸引力。那位女经理人又告诉他们我还写过剧本。

"亨利·欧文爵士在学院剧场[1]那时候,我们经常去看演出的,"圣克莱尔先生说,"我很高兴有一回见到了他。那是埃弗拉德·米莱斯爵士[2]请我去加利科俱乐部[3]用晚餐,他把我引见给了欧文先生,他那时还没封爵。"

"告诉他欧文爵士跟你说什么了,埃德温。"圣克莱尔夫人说。

圣克莱尔先生摆出一副戏台上的样子,模仿欧文爵士还的确有些相像。

---

1 Lyceum Theatre,伦敦著名剧场,始建于1765。1871至1902年间,英国演员亨利·欧文(Henry Irving, 1838—1905)在此主演和制作的以莎剧为主的大量剧目,获得史无前例的成功;他本人也成为第一位被授予爵位的演员。
2 Sir Everett Millais(1829—1896),英国油画家、插图画家,拉斐尔前派创始人之一;他的书本插画,尤其为特罗洛普小说所做的插图,声望极高。
3 Garrick Club,1831年创建,宗旨是将文学聚会和对戏剧的支持结合起来。

"'你有一张演员的脸,圣克莱尔先生,'他跟我说,'要是你什么时候也想演戏了,来找我,我给你一个角色。'"圣克莱尔先生又恢复了平常的神态。"听了这话,哪个年轻人都会头脑发热的。"

"但你没有。"我说。

"我不会否认,要是我当时的处境不同,很可能就放松自己接受诱惑了。但我必须考虑到自己的家人,不接手生意的话,会伤了父亲的心。"

"你们家的生意是?"我问道。

"我是做茶叶生意的,先生。我的公司是整个伦敦城历史最悠久的一家。我年轻的时候,所有人喝的都是中国茶,所以我花了四十年的时间,竭尽所能跟大家要改喝锡兰茶的愿望相抗争,让他们重新喝起中国茶。"

我想到,花一生的时间去说服公众买一样他们不想要的东西,这是如此符合他的性格,让人不禁莞尔。

"我丈夫年轻的时候是个业余演员,演过不少戏,大家还说他很有灵气。"圣克莱尔夫人说道。

"都是些莎剧,有时候也演《造谣学校》[1],垃圾剧本我绝不会接的。但这些都是过去的事了。我有天赋,浪费了是有些可惜,但总之现在已经来不及了。宴请宾客的时候,我偶尔会经不住女

---

[1] *School for Scandal*,1777 年首演,理查德·谢里丹(Richard Brinsley Sheridan)创作的著名喜剧,描绘上流社会搬弄是非、道德腐化的可笑情状。

士们怂恿,背一段哈姆雷特的独白。但也只是这样罢了。"

哦!哦!哦!我实在太想见识一下那些宴会了,想到以后有无可能收到邀请,我激动得发抖。圣克莱尔夫人朝我微微一笑,端庄之中似乎是有种不堪回首的意思。

"我丈夫年轻时非常波西米亚的。"她说。

"我曾经的确放荡过,结交了不少画家和作家,像威尔基·科林斯[1],甚至还有那些替报纸供稿的。沃茨[2]给我太太画过一幅肖像,我还买过米莱斯的一幅画。拉斐尔前派之中也有几个我的朋友。"

"您有罗塞蒂[3]的画吗?"

"没有。我欣赏罗塞蒂的才华,但我对他的个人生活不敢苟同。如果我不屑于邀请某位艺术家来家里用餐,那我也不会买他的作品。"

一时间我听得回不过神来,只见到波切斯特小姐看了一眼手表,问道:"埃德温叔叔,今天晚上你会给我们读书吗?"

于是我便告辞了。

有一天晚上我和圣克莱尔先生喝波尔图葡萄酒的时候,他终于把波切斯特小姐的悲惨遭遇告诉了我。她和圣克莱尔夫人的

---

1 Wilkie Collins(1824—1889),英国侦探小说家,主要作品有《白衣女人》《月亮宝石》等。
2 George Frederic Watts(1817—1904),英国画家,雕塑家,亨利·詹姆斯把他称作是那个时代最好的肖像画家。
3 Dante Gabriel Rossetti(1828—1882),英国画家、诗人,拉斐尔前派的重要代表。

一个外甥订过婚,那个人是一位律师,还没结婚就被发现和他洗衣妇的女儿私通。

"很可怕,"圣克莱尔先生说,"很可怕。当然我的侄女做了唯一正确的事情,她退回他的戒指、他的书信和他的照片,告诉对方自己再也不可能嫁给他了。她还请求那个男子娶了那位被他伤害的女子,还说自己会把她当做姐妹。那回真是伤透了她的心。从此之后她再也没有爱过谁。"

"那位先生娶了那位年轻姑娘吗?"

圣克莱尔先生摇着头,叹了口气。

"没有。我们之前完全看错了他。我亲爱的夫人一直很痛心自己的外甥居然如此不知廉耻。过了不久,我们就听说他和另一位年轻女士订了婚,那位女士家境很好,自己就有一万英镑的财产。我认为我有责任写信给他的父亲,把事实陈述一番;他的回信无礼之极。信里说,如果他自己的女婿出轨,他宁可是在婚前而不是婚后。"

"之后怎么样?"

"他们结婚了,现在我爱人的外甥是高等法院里替国王陛下效力的大法官了,他的妻子也成了贵族夫人。我们从来都不在家里接待他们。他受封爵位的时候,埃莉诺提议请他们来吃饭,但我的夫人说绝不许他踏入我家的门槛,我支持她。"

"那么,洗衣妇的女儿怎样了?"

"她嫁了一个自己阶层的人,在坎特伯雷开了家小酒馆。我侄女自己也有些钱,想尽办法帮助她,还当了她最年长孩子的教母。"

波切斯特小姐太可怜了,让自己成了维多利亚时代道德祭坛上的牺牲品,她当然认定自己处事很高尚,而这种自我安慰大概也是她从中唯一的收获了。

"波切斯特小姐现在看去依然不同凡响,"我说,"想必年轻时一定无比的美好。她之后没有嫁人也让我不解啊。"

"波切斯特小姐以前是公认的大美人。阿尔玛-塔德马太欣赏她了,要她为自己的画作当模特,当然,这我们一定是不会允准的。"听圣克莱尔先生的语气,向一个正派的人家提出这样的要求本身就极为荒谬。"毫无疑问,波切斯特小姐除了那位表亲没有在意过别人。她之后再也没有提起这回事,一晃也三十年了,但我确信她依然爱着他。我亲爱的先生啊,这是个真正的女人,一生唯有一次真爱,或许我是有些遗憾她被剥夺了为人妻、为人母的喜悦,但我也不得不赞叹她的忠贞。"

但女人的心思是不可测的,说她们必定从一而终的人都太过武断了。埃德温叔叔,武断了。你认识埃莉诺这么多年,当年她的母亲身体有恙,最终离世,是你把这个孤儿接到了自己在莱因斯特广场那个宽裕甚至奢华的家里,那时她不过是个孩子;但真到了推根究底的时候,埃德温叔叔,你对埃莉诺又了解多少?

圣克莱尔先生向我吐露波切斯特小姐为何一直独身的感人故事之后,只过了两天,我下午打了一轮高尔夫球回酒店,女经理人心急火燎地走了过来。

"圣克莱尔先生向您致意,他问您可否一回来马上去二十七号房间。"

"当然了,是出了什么事吗?"

"啊,出了件闻所未闻的烦心事,他们会跟您说的。"

我敲了敲门,里面传出一声"请进,请进",让我想起圣克莱尔先生在伦敦大概品格最高的业余莎剧团里演过戏。我进去之后看到圣克莱尔夫人躺在沙发上,一块沾了古龙水的手绢敷在额头,手里握着一瓶嗅盐[1]。圣克莱尔先生站在壁炉前,那架势就像能把所有火光都挡住一般。

"这么仓促地请你来很抱歉,但我们现在焦躁极了,但愿你能替我们指点一二。"

他的担心溢于言表。

"到底发生了什么?"

"我们的侄女波切斯特小姐,她私奔了。早上她递了一封信给我太太说她又头疼得厉害,每回她头疼都希望绝对没有人打扰,所以直到下午,我夫人才去看一看有什么能帮忙的。房间空了。行李箱装好了。那个镀银的梳妆盒不见了。枕头上留了一封信,里面知会了我们她的这个轻率的举动。"

"我很抱歉,"我说,"我不是特别清楚我能帮上什么忙。"

"我们一直以为在埃尔松,除了你她并不认识别的男人。"

他的含义在我心头闪过。

---

[1] Smelling Salts,芳香碳酸铵合剂,用作苏醒剂。

"我没有和她私奔，"我说，"我恰好结过婚了。"

"我们也看到你没有和她私奔。我们刚知道的时候，还以为……可如果不是你，那又会是谁呢？"

"我很确定我对此一无所知。"

"把信给他看看，埃德温。"沙发上的圣克莱尔夫人说道。

"格特鲁德，你就躺着吧，否则你的腰痛又要加重了。"

波切斯特小姐有"她的"头疼，圣克莱尔夫人有"她的"腰痛，圣克莱尔先生有什么呢？我愿意压五块钱圣克莱尔先生有"他的"痛风。他把信交给我；我读信的时候是一副正儿八经的痛心神情。

我最亲爱的埃德温叔叔和格特鲁德阿姨：

你们收到这封信的时候，我已经在很远的地方了。今天上午，我会嫁给一位在我心里极为珍重的先生。我知道这样离开是不对的，但我担心你们会为我的婚姻设置障碍。既然没有什么能改变我的心意，这样不告而别能省去我们之间的很多不快。我的未婚夫因为身体不佳，多年来避居在热带国家，所以非常不喜热闹，他觉得我们的婚礼也最好私下举行。当你们知道我是如何欢天喜地的时候，希望你们可以原谅我。请把我的箱子送到维多利亚车站的行李处。

爱你们的侄女，
埃莉诺

"我绝不会原谅她的,"我把信递回去的时候圣克莱尔先生说道,"她再也不许踏进我的家门半步。格特鲁德,我禁止你在我面前再提起埃莉诺这个名字。"

圣克莱尔夫人轻声地哭了起来。

"您是不是太严厉了?"我说。"波切斯特小姐为何不能结婚呢?"

"她什么岁数了,"圣克莱尔先生愤怒地说道,"这太荒唐了。我们会成为莱因斯特广场所有人的笑柄的。你知道她几岁了吗?她五十一了。"

"五十四。"圣克莱尔夫人在哭泣声中纠正道。

"她是我的掌上明珠啊,我们完全把她当成了自己的女儿。她老姑娘当了这么多年了,还惦记着结婚根本就不合适。"

"可她对我们来说一直就是个小姑娘,埃德温。"圣克莱尔夫人算是在求情。

"而且她要嫁的这个人究竟是谁?最让人恼怒的是其中的欺瞒。她一定在我们眼皮底下和那个男人来往很久了。甚至没有告诉我们他的名字。这事只怕比我们担心的还要糟得多。"

我忽然似有所悟。那天早上我吃完早饭出去买烟,在烟草店里遇到了莫蒂默·埃利斯。之前有好多天没有看到他了。

"你今天可挺括得很。"我说。

他的靴子已经修好了,仔细地上了黑鞋油,帽子也刷得干净,换了新的领子和手套。我以为是我上次给的两英镑派上了大用场。

"我今天上午要去伦敦办正事。"他说。我点了点头,转身离开了。

我想起两周之前我在田野里散步的时候,遇到波切斯特小姐,莫蒂默·埃利斯就在她身后几步远的地方。有没有可能是他们本来走在一起,看到了我埃利斯才落后了一些?天呐,我都明白了。

"我似乎记得你说波切斯特小姐自己也有一些钱。"我说。

"一点点。三千英镑吧。"

现在我没有疑惑了,面无表情地看着他们。突然圣克莱尔夫人呼喊了一声,从沙发上站了起来。

"埃德温,埃德温,万一他最后没有娶她呢?"

圣克莱尔先生一把捂在自己额头上,颓然坐进了一把椅子里。

"这样的耻辱会要了我的命。"他呻吟道。

"不用担心,"我说,"他一定会娶她的。这是他的惯例。他们的婚礼会办在教堂里。"

他们没有听到我说了什么,大概是以为我突然之间说了些胡话。可我心里已经很确信了,莫蒂默·埃利斯最后还是达成了自己的理想,波切斯特小姐让他凑齐了那一打。

人性的因素

The Human Element[1]

似乎来罗马每回都是游人最稀疏的时候。常常是八九月间，我要去别的地方，顺道就在罗马盘桓几日，重访一些旧游处和熟悉的画作——喜欢它们多半也是因为附着在上面的回忆。天气一般都非常炎热，留在城里的人整日沿着科尔索大街[2]来来回回逛个不停。"国家咖啡馆"[3]里那些小桌子边上都是客人，一坐就是很久，每个人面前都放着一个空的咖啡杯和一杯清水。西斯廷礼拜堂里你看到一些晒红了的金发德国人，穿着灯笼裤，衬衫领口打开着；他们之前一定背着帆布包从意大利那些尘土飞扬的街道上走来。圣彼得大教堂里常有一队一队虔诚的信徒，从遥远的国度赶来朝圣（旅行费用里当然也涵盖了其他项目）；他们听令于一位教士，说着奇怪的语言。"广场酒店"比较凉爽，适合休憩，空旷的休息厅里昏暗、宁静，到了下午茶时间，只见得到一个光

---

[1] 收录于1931年出版的短篇小说集《用第一人称单数写作的六个故事》。
[2] Corso，古罗马主要街道，也是现代罗马观光、购物的胜地。
[3] Caffé Nazionale，又称"佩罗尼 & 阿拉尼奥咖啡馆"，罗马科尔索街上的著名咖啡馆。

鲜的年轻军官和一位美目婉转的女士,坐在一起喝冰柠檬茶;他们亲密地交谈着,语调低弱,但有着意大利人的那种流畅,丝毫听不出疲倦。你回到自己房间看书、写信,两个小时之后下楼,发现他们还在聊着。除了开饭前会有几个人踱进来,大多数时候,酒吧间是空的,男招待有工夫跟你聊起他在瑞士的母亲以及自己在纽约的经历。你们就生命、爱情和高昂的酒价交换意见。

今天也是如此,仿佛整个酒店是为我一个人在营业。迎宾的酒店员工领我进了房间,告诉我酒店基本住满了;我洗完澡,换了衣服,准备再去大堂的时候,见到了操控电梯的人,我们认识很多年了,他说酒店的客人最多不过十来个。意大利正值暑热,我一路南下到了罗马,颇觉疲累,打定主意要在酒店里安安静静地吃一顿饭,早点休息。餐厅面积不小,到餐厅已经时候不早了,灯火通明,但只有三四张桌子边上坐着客人。我四下看看,心生喜悦。到了一个你并不陌生的名城,孤身一人住在一个寂寥的大酒店中,这种感觉是很惬意的,是一种甘美的自由之感。我觉得自己的心神得意地扇动了几下翅膀。我在吧台边等了十分钟,喝了杯干马提尼,又点了瓶上好的红酒。虽然四肢还很沉重,但灵魂却被食物和酒精美妙地逗引起来,只觉得分外轻盈;喝汤、吃鱼的时候,头脑中纷纷然是各种愉悦的想法。我当时正在写一个小说,任由自己兴高采烈地给其中人物安排奇妙的遭遇,而他们也断断续续地在我的脑海中对话。我在唇齿间玩味某个字词,比红酒更醇美。这时我想到,小说要如何描绘人物的形象,才能让读者见到你心里见到的那个人,这真是很困难的事，甚至在我看来，是写小说最难的部分。当你逐一描绘相貌的所有特征时，读者看到了什么呢？我怀疑他们什么都看不到。有些作家的策略是抓住某个惹眼的特色，比如一种不自然的微笑，或者闪烁的眼神之类的，并加以强调，虽然这种策略很有效，但其实是回避了问题而没有解决它。我朝周围看了看，琢磨着我会如何描绘餐厅里的这些人。正对面有个男人也是独自在用餐，我问自己这样一个人该如何处理，权当练笔。他个子偏高，瘦削，有种说法叫"四肢灵活"我想也可以用在他的身上。穿着礼服，白衬衫前胸上了浆。他算是长了一张长脸，眼珠颜色很淡，鬈发略带金色，但有些稀疏了，额角秃了之后，眉眼倒显出了贵气。他的面容没有什么可说的，嘴巴和鼻子都跟大多数人相像；胡须剃得很干净；本来是白色的皮肤，但现在被晒红了。从他长相来看，像是一个不甚出众的知识分子，可能是个律师或者学者，在高尔夫球场上还有一两下子。我想他大概品位不俗，读过不少书，在切尔西的午餐会上可能是个很好相处的宾客。可我实在无法想象如何用两三句话把他鲜活又准确地表现出来，并且吸引读者。或许只该关注他那种隐隐显露的才识，而把其他的描述都省去，毕竟他给人留下的印象之中，也只有这一点是确凿说得上来的。我看着他，心里就这样琢磨着，突然他身子往前一倾，微微向我鞠了一躬，虽然是致意但动作很僵硬。我一受到惊吓就会脸红，这个习惯很莫名其妙，但这回我确实吓了一跳，只觉得自己的脸通红：刚才一连好几分钟把他当成假模特一样观察，他一定觉得我无礼至极。我立马朝他点了点头，满脸的羞惭，把视线转开了。还好这时服务生正巧把我的菜端了上来。就我所知,这是我第一次见到这位先生。但我吃不准他朝我鞠躬是因为我目不转睛地看着他,让他以为我们在哪里见过,还是我完全忘记了我们的确有过一面之缘。我很不会记人的脸孔,而这一回还有个额外的借口是他的脸实在太过普通;挑一个晴朗的周日,这样的人你可以在伦敦的任何一个高尔夫球场上找出一打。

他比我先吃完,站了起来,但出去走到一半停在了我的桌边,伸出手来。

"你好吗?"他说。"你进来的时候我没有认出来,并非有意要装作不认识。"

他说话听着很舒服,这种口音可以在牛津培养,也被很多从来没去过牛津的人所模仿。显然他是认识我的,但同样明显的是他不知道我没有认出他来。我这时也站了起来,因为比他矮一截,所以他是俯视我的。他有种慵懒的姿态,总觉得他好像自认为做错了什么,再加上微微有些弓着身子,更让我加深了这种印象。他的态度中既有些羞怯,但也有些居高临下的感觉。

"你愿不愿意和我一起喝杯咖啡?"他问。"我完全是一个人。"

"当然,我很乐意。"

他离开之后,我依然丝毫想不起他是谁,在哪里见过他;但我注意到一件有趣的事情。在我们交流的短短几句话之间,在我们握手的时候,以及在他点头向我告别的动作中,他的脸上连一丝微笑的影子都找不到。近距离观察之后,我发现他可算得上英俊,虽然并非所有人都会赞同;他身材修长,五官很端正,灰色的眼睛长得好看；但他的这种英俊我觉得有些无趣。一个糊涂的女士可能觉得这种长相很浪漫，会让你想到伯恩-琼斯[1]笔下的某个骑士——虽然他形象更为高大，也不像画里面那些可怜虫，看上去好像个个都得了结肠炎。他的这种模样，会让人以为他穿上古装一定风采不凡，但真的打扮起来你就知道有多滑稽了。

没过多久我也用完了晚餐，到了休息室。他坐在一张巨大的扶手椅中，看到我便喊了服务生。我坐了下来。服务生走过来之后他点了咖啡和甜酒。他的意大利语说得非常好。我一直在盘算如何才能打听出来他到底是谁，又不至于冒犯他。没被认出总会让人不舒服，他们在自己眼中都太重要了，哪里想得到别人并不这么以为。他出色的意大利语引发了我的记忆，我不但想起了他是谁，也同时想起了我不喜欢这个人。他的名字叫汉弗莱·卡洛瑟斯，之前在外交部工作，职位还不低微，但主管哪个部门我记不起了。他曾被委派到不同的大使馆，我想地道的意大利语大概就归功于在罗马的旅居吧。之前没有想到他和外交有关实在是我的蠢笨，他身上全是这个行当的印记。过于客套，是精心设计来惹恼公众的姿态；冷漠，是心里认定外交官可不同于一般人；又混合着羞怯，这是不情愿地意识到一般人似乎还没有明白他们的不凡。我认识卡洛瑟斯已经很多年了，但见面的次数不多，也就是在午餐会上我向他问个好，或者在歌剧院里他朝我冷冷地

---

[1] Edward Burne-Jones（1833—1898），英国画家、插图画家和工艺设计家。绘画仿中世纪浪漫主义作品，体现了拉斐尔前派的后期风格。

点点头。大家都认为他聪明，不可否认他也的确有些文化修养，谈吐总是恰到好处。我没有想起他来实在是不应该，因为他最近又成了一个声望颇高的短篇小说家。一开始，他的作品发表在那些好心人时不时会创办的杂志里；这类杂志为的是让有水准的读者不要错过一些好东西，不过赞助者一旦觉得赔本赔够了，它们也就消失了。虽然受制于微弱的发行量，卡洛瑟斯那些印在精致纸张上的故事还是不知不觉间引来不少关注。接着这些短篇就结集出书了，一时间好评如潮，我很少见到周报这样众口一词，其中很多都专门给它划出一栏的篇幅，《泰晤士报文学增刊》显然没有把它当成普普通通的小说来评论，而是另外挑了一个重要位置，紧靠着一篇谈论某位卓越政治家回忆录的文章。书评人为汉弗莱·卡洛瑟斯欢呼，称他为夜幕中的一颗新星。他们夸赞他的不落俗套、他的细腻、他巧妙的反讽、他的睿智。他们夸赞他的文笔、他对美的感知、他的氛围。终于出现了这样一个作家，把短篇小说这个在英语世界里坠入深渊的体裁又提升了起来，这些都是可以让任何一个同胞感到骄傲的英国作品，把它们和芬兰、俄罗斯、捷克斯洛伐克的同类型创作放在一起也毫不逊色。

三年之后，汉弗莱·卡洛瑟斯推出了第二本书，评论家们十分欣赏两书相隔的时间——这不是一个无耻贩卖自己才华的写手！与第一本相比，因为评论家有了冷静下来的时间，或许追捧是降温了一些，但那种热忱也足以让任何一个以文为生的普通作家大感欣慰了；而他在文字世界里的光荣地位也已经无可置疑。最被推崇的那个故事叫做《剃须海绵》，所有一流评论家都点出作者是如何只用三四页的篇幅，就淋漓尽致地展现了一个剃头店帮工的悲怆灵魂。

不过他最有名的一个故事叫《周末》[1]，也是篇幅最长的。第一本书就用了这个题目做书名。里面叙述的是一群人周六下午从帕丁顿火车站出发，住到塔普洛[2]的朋友家里，星期一早上又回到伦敦。因为用笔是如此优雅，以至于读来并不容易知道具体发生了什么。其中一个青年男子是位协助阁员大臣的政务次官，他几乎就要向一个准男爵的千金求婚，但最后并没有。另外两三人撑篙在小舟中沿河而下；他们很多的对话都若有所指，但没有人能把话说完，想表达的都很微妙地蕴藏在那些横线和圆点中。对于园中的花卉倒是描绘了不少，还有一大段刻画雨中泰晤士河的段落，感触很是细腻。这些都是通过一位德国女家庭教师的双眼看到的，所有人都同意，卡洛瑟斯在传达这位女教师的观感时颇为风趣，耐人寻味。

汉弗莱·卡洛瑟斯的两本书我都读了。我认为了解同时代的作者在写些什么是一个创作者的本分。我很乐于学习，觉得在卡洛瑟斯的书里或许能发现一些为己所用的东西。但他让我失望了。我喜欢一个故事有开头，有中段，有结局。我也莫名偏爱那些有寓意的故事。氛围当然很好，但如果只有氛围，那就像只有画框没有画一样，没有多大的意义。或许我读不出卡洛瑟斯的好

---

1 此处原文为"Weed End"，而"周末"正常的英文拼写是 weekend，大致上可解读为后文所谓"似有所指，但又不知道用意何在"。
2 Taplow，白金汉郡的一个村庄，距离伦敦的帕丁顿火车站大约三十公里。

只是我自身的不足，我之前陈述他的两则短篇时意兴阑珊，或许也只是因为我的虚荣心受了打击。因为我非常明白在汉弗莱·卡洛瑟斯的眼中，我是个无足轻重的作家；我相信我的书他一个字都没有读过。仅仅因为我的畅销，已经足以让他认定不值得在我的作品上花费任何工夫。之前有一段时间，因为太过轰动，他似乎自己也要承受这样的耻辱了，但很快大家又看清楚，大众是体会不了他精微的文学造诣的。一个社会有多少知识分子很难测算，但知识界里有多少人愿意花钱资助他们珍爱的艺术却清楚明了。高雅到商业剧院不肯支持的戏剧，可以引来一万个观众；那些普罗大众理解不了的文学作品，可以卖出一千两百册。因为对于知识界来说，尽管对于美格外敏感，但他们更喜欢免费看戏，以及从图书馆借书来读。

卡洛瑟斯肯定对此并不在意。他是个艺术家。同时他还在外交部上班。作为一个小说家他的声望已然确立，不会去讨好粗俗的大众，作品卖得太好对他的创作生涯可能反而是种戕害。至于他怎么会想到要请我去喝咖啡，我也不明就里。他的确是孤单一人，但我还以为他有自己的思想作伴，定然不会寂寞；很难想象我能说出什么让他感兴趣的话来。不过我也看得出，他的确是在尽心竭力地做出亲切的样子。他提起我们上一次见面的场合，然后我们聊了一会儿伦敦共同的朋友。他问我怎么会在这个时候来罗马，我解释了几句，他主动告诉我他那天早上刚从布林迪西过来。对话难以为继，我已经想好，只要不过分失礼，我会尽快找机会告辞。可没过一会儿，几乎很难说清缘由，但我的确有种奇怪的感觉,那就是他看出了我的心思,正想尽一切办法不给我那样的机会。我很是惊讶,不得不凝神推敲了一番。我注意到,只要我的话一断,他就会立马提出一个新的话题。他一直在找那个会引发我兴趣的东西,想把我留下。卡洛瑟斯真是使出了浑身解数想让我能聊得愉快。照理说,一定不会是他觉得太过寂寞;外交界那么多朋友,找个人消磨一晚上自然很容易。我疑惑的其实是他为何没有去领事馆用餐;虽然是夏天,那里总有他认识的人。我还注意到,他从来没有笑过,言谈中急切得让人不舒服,就如同他要用自己的声音驱逐头脑中一些折磨他的念头,容不得有一秒的沉默。很奇怪。虽然我不喜欢卡洛瑟斯,也完全不在意他的祸福,而且和他相处让我莫名烦躁,但我忍不住起了些好奇之心。我认真扫了他一眼,想看出个究竟,也不知是我臆想,还是在他那双淡色的眼睛里确实被我看到了狗被追捕时的那种惊惧;虽然他的面容还是俊朗,他的表情依然得体,但神态之中总暗示着他的灵魂正经受煎熬。我不明白是怎么回事,脑中闪过十来个荒唐的解读。我也并非是多想排忧解难,而是如同一匹老战马,闻到硝烟自动会抖擞起来。之前我已疲惫不堪,此时却变得十分警觉;感受力突然伸出了触角,不再放过他的每个表情、每个动作。我之前想过他是不是写了个剧本,想让我提些意见,现在这个念头已经暂且抛弃。他们这些雅士很奇怪,总会着迷于舞台脚灯的光华,虽然根本不把我们这些工匠的文字功夫放在眼里,但也不介意听取一两条小心得。不过卡洛瑟斯今天不是这个意思。一个诗情画意的男子单身在罗马,是容易出事的,我心里琢磨，是不是卡洛瑟斯招惹了什么麻烦，而要从这样的麻烦中脱身万万不可在领事馆寻求帮助。理想主义者，我发现，往往在牵涉肉欲之时容易鲁莽行事。他们寻得真爱的地方，有时会被执法机关的造访唐突。我在心里窃笑了几声。一本正经的人陷在暧昧的局面中，即使天上的神仙也会发笑的。

突然卡洛瑟斯说了一句让我措手不及的话。

"我实在是太痛苦了。"他含糊着说道。

他这句话来得毫无征兆，显然又不是在说笑，而且听上去有种气提不上来的感觉，简直像在抽泣。我无法形容这句话是如何的出其不意，类似于转过一个街角，迎面而来的大风一下让你喘不过气来，站都站不稳了。我完全没料到他会说这种话。说到底，我对他几乎一无所知，从来不是朋友；我不喜欢他，他也看不起我。对我来说，他就不是一个生活中真实的人。一个如此自持、如此温文尔雅的人，对于社交圈待人接物的礼仪又如此熟稔，居然会突然对一个陌生人做这样的告解，真是不可思议。我天生不爱坦露心迹，不管承受怎样的痛苦，要说给另一个人听对我来说都是羞耻的事。我打了个寒颤。面前这个人的脆弱让我无法接受，有一瞬间我甚至觉得怒不可遏。他凭什么敢把灵魂中的痛楚扔给我？我几乎要吼出来：

"关我屁事！"

但我没有。卡洛瑟斯蜷缩在这张大扶手椅中，人整个垮了，脸也塌了，看起来很奇怪；本来他的面容有种高贵和威严，总让我想起维多利亚时代政治家那些大理石的雕像。我犹豫了，动摇了，方才听他说了那句话血气上涌，此刻又觉得自己脸色变得煞白。这个人太值得可怜了。

"真替你感到难过。"我说。

"你介不介意我跟你说说自己的事？"

"不介意。"

此刻我不需要再多说什么了。卡洛瑟斯大概四十刚过，身材很好，有种运动健将的体魄，一举一动都透露着自信。但现在他一下老了二十岁，而且奇怪地萎缩了。我想起在战场上看到的那些殉职的士兵，死亡会让他们诡异地变得瘦小。我有些尴尬，便把视线转开了，但能感觉到他正试图与我对视，只好转回来看着他。

"你认识贝蒂·威尔顿-伯恩斯吗？"他问我。

"很多年前在伦敦有时候会碰到，最近很久没见了。"

"她现在住到罗德岛[1]上去了，你大概不知道。我刚从那里过来。最近一直住在她那里。"

"是吗。"

他犹豫了一下。

"恐怕你会觉得我跟你说这些事很奇怪，但我已经无计可施了，如果再不找个人说一说，我会发疯的。"

之前除了咖啡，他已经点过两杯白兰地，这时他又把服务生叫来，给自己添了一杯。休息厅里除了我们没有其他人。我们

---

[1] Rhodes，爱琴海东南部希腊岛屿；在毛姆写作这篇小说的时候（1930年）属于意大利。

中间的桌上摆了盏有灯罩的小台灯。因为在公共场合,他压低了声音。这个空间很奇怪地给人一种亲密的感觉。卡洛瑟斯跟我说的话不可能完全记住,我就不逐字转述了,还是用我自己的话来说更为方便。有时候他一些话说不出口,我只好猜他想表达什么;有些他没有明白的事情,似乎我比他看得更清楚。贝蒂·威尔顿-伯恩斯的幽默感很敏锐,他却一点幽默感也没有,所以我还听出了不少他懵然不知的弦外音。

贝蒂·威尔顿-伯恩斯我见过很多次,但对她的了解主要还是通过传言。她年轻时在伦敦那个小天地中颇引人瞩目,没有见到她之前就时常听人提起她的名字。战后是在波特兰大街的一场舞会上终于遇到了她,那也是她最为风光的时候,每次打开画报都能见到她的照片,人们的闲聊也离不了她那些荒唐的胡闹。那年她二十四岁。母亲去世了,父亲圣厄斯公爵岁数大了,也不够宽裕,一年到头大多守在康沃尔的城堡里,她就去伦敦和寡居的姑母住在一起。战争打响那年她才十八岁,去了法国,在后方的医院当护士,当司机。她跟着劳军的剧团巡演,回国在慈善性质的"活人造型"[1]表演中当模特,找些零散的物品办拍卖会,在皮卡迪利卖旗子。她所有的活动预先都有大量宣传,每个新的形象留下的照片都数不胜数。我想她当时一定也很尽兴。不过现在战争结束,她更是变本加厉地放纵自己。当时所有人都有些忘乎所以;年轻人被压抑了五年,卸下重担之后,沉溺于各种放肆的玩

---

[1] Tableau,指由活人扮演的静态画面、场面或历史性场景,尤指舞台造型。

乐,贝蒂每样都参与其中。有时候,也不知是出于什么原因,这样的事情就出现在了报纸上,而她的名字永远被放在标题里。夜总会那时刚刚兴盛起来,你每晚都见得到她。她过的真是种马不停蹄、夜夜笙歌的日子。形容这种生活只能用这样老套的说法,因为那种欢乐本身就是老套的。英国的百姓也有意思,就爱上了这个女子,在英伦的岛屿间只要提到贝蒂女士,就知道说的是她。她参加婚礼,女人们会将她团团围住,首演时楼座里的观众会为她鼓掌,就如同她是一位大牌的演员。女孩们模仿她的发式,肥皂和面乳的生产商花钱要把她的照片印在商品上作为宣传。

不用说,沉闷无趣的人,怀念旧秩序的人,自然认为贝蒂不可取。他们讥讽她永远活在舞台的照明灯光里。他们说这个女人对自我推广有种不可理喻的迷恋。他们说她为人放荡。他们说她太爱喝酒,说她太爱抽烟。我承认当时关于她的所有传言之中,没有一项让我对这个人产生了多少好感。有些女子的确会把战争当做取乐和出名的机会,我对这样的人评价不高。报纸刊载社交名流在戛纳散步或在圣安德鲁斯[1]打高尔夫球的照片,让我感到厌烦。我一向觉得这些"光鲜的年轻人"无趣至极。这种快活的人生在旁观者眼中的确有些乏味和愚蠢,但道德家们对之言辞苛责也很不明智。看着这些年轻人会生气,就像看到一窝小狗四处瞎转、在彼此身上翻来滚去、追自己的尾巴也会恼怒一样,

---

[1] St Andrews,苏格兰著名球场,有六百年历史,被称为"高尔夫的故乡"。

都很荒唐。要是它们毁了花床、打碎了瓷器，那也最好耐着性子放过它们，有些小狗不够聪明，会溺水而死，其余的那些会渐渐长成听话的好狗。眼前的不服管教只是年轻和活力罢了。

活力也是贝蒂最耀眼的特质。对生活的迫切渴望在她身上放射出光芒，让你目眩神迷。在我第一次遇到她的那个派对上，她给我留下的第一印象我大概一辈子都不会忘的。她简直就像酒神的女祭司，跳舞时的放纵让人看了简直想笑，只觉得她未免也太热爱音乐，太喜欢运动自己年轻的四肢了。头发是棕色的，因为动作投入略显凌乱，眼睛是深蓝色的，乳白色的肌肤泛出玫瑰色的红晕。她自然是个大美人，但没有美人的冷漠，总是大笑，而没有大笑的时候脸上也带着笑意，眼神飞动，里面都是生命的喜悦。如果天神们有农庄的话，她会是那里的一个挤奶女工。她既有劳苦大众的健康和体能，但举止中的那种独立、仪态中那种高贵的坦率，又很像一个贵族夫人。我说不清她给我的感觉到底是什么，大致就是她虽然单纯、自然，但对于自己的身份她并不是全然不知的。我猜想若是情势需要，她也可以立刻摆出架子，变得十分端庄。每个人和她接触都如沐春风，可能就是因为她不自觉地在内心深处认为你们两人之外，其余的整个世界都无关紧要。我明白为什么伦敦东区工厂里的姑娘们都崇拜她，为什么好几十万除了照片从来没有见过她的人，也觉得她是自己的好朋友。引见之后，她跟我聊了几分钟。她在你面前表现出那种感兴趣的样子，让人觉得特别受用；你心里也明白她见到你不可能会真的如此高兴，你说的话也没有那么有意思，但还是会倾心于她的魅力。她的天赋在于能跳过两人相识最初那几个尴尬的阶段,见面不过五分钟,你就觉得好像已经是她一辈子的朋友了。把贝蒂从我那儿抢走的是一个邀请她跳舞的人,她急切而满足地投身于那个人的双臂之中,就跟她方才坐进我身边椅子里的神态一模一样。两周之后,在一个午餐会碰到她,我很惊讶她居然完全记得在舞会上喧闹的十分钟里我们聊过些什么。这位年轻的女士在社交场上真的是无可挑剔。

我把这件小事向卡洛瑟斯提起。

"她可一点不笨,"他说,"没有几个人知道她有多聪明。她写过一些非常出色的诗。因为她太欢快了,无所顾忌,对谁都毫不在乎,大家以为这是个糊涂蛋。完全不是这么回事。聪明透顶的一个女人。你绝对想不到她读过多少书,也不知道她哪里来的时间。她的这一面可能没人比我更清楚了。我们有时周末在乡下会一起散步,或者在伦敦就开车去里士满公园,一边散步,一边聊天。她最喜欢花草树木,对一切都感兴趣;她懂得很多,讲话也很有头脑,没有什么是她不能聊的。有时候我们下午散过步,晚上又在夜总会碰到,几杯香槟喝下去之后她已经完全醉了,整个派对上就只见她最热闹,这时候我忍不住会想,要是这些人知道仅仅几个小时之前我们谈得有多深刻,他们会讶异成什么样子。这种对比太不可思议了。她身上似乎有两个完全不同的女子。"

卡洛瑟斯说这些话的时候,一丝笑容也没有,语气哀伤得仿佛在谈论一位被死神从亲朋好友间生生夺走的人。他又重重地叹了口气。

"我爱她爱得神魂颠倒,求婚就不下五六次。当然我知道我一点机会都没有,我只不过是外交部一个低阶的小职员,可我就是控制不住自己。她的确拒绝了我,但每次都一点也不伤人,我们的友谊也丝毫没有受损。你要知道,她真的很喜欢我。我给她的东西别人给不了。我一直以为她对我是最有好感的。我真是爱她爱得发疯。"

"我觉得,应该还有其他人也这么想。"当时我不得不接话,于是只好说了这么一句。

"当然还有很多人。她会收到一打一打的情书,都是没见过、没听过的男人写来的,矿工、非洲的农民、加拿大的警察。各种各样的人都向她求婚。只要她愿意,想嫁给谁都可以。"

"据说,甚至可以是皇室。"

"是的,她说她受不了那样的生活。然后她嫁给了杰米·威尔顿-伯恩斯。"

"大家都吃了一惊是吧?"

"你见过他吗?"

"应该没有,有可能遇到过,但我对他没有印象。"

"他不会给你留下印象。人类史上还没有像他这样无足轻重的一个人。他的父亲在北方有家大工厂,战争期间赚了不少钱,买了个准男爵的爵位。我知道他这一辈子都没发过 H 这个音[1]。

---

[1] 英国边远地区或下层人士的口音里常省略 H 的发音。

杰米跟我一样在伊顿上学,他们花了不少工夫想把他培养成个绅士,战争结束之后,他在伦敦也很活跃,很乐意开派对邀请朋友。没有人把他放在眼里,只知道他会买单。这个人无聊得让人受不了。你知道,很古板,特别客套,因为太怕自己哪里做错,反而会让你觉得不舒服。他每身衣服都像是头一回穿一样,而且都显得小了一号。"

一天早上,全然没有预警的卡洛瑟斯打开他的《泰晤士报》,把目光投向追踪名流的版块,发现有一桩婚事定下来了。女方是圣厄斯公爵的独女伊丽莎白,男方是约翰·威尔顿-伯恩斯准男爵的长子詹姆斯。他惊呆了,给贝蒂打电话,问这新闻是不是真的。"

"当然是真的了。"她说。

他太讶异了,一时间不知道该说什么。贝蒂继续说道。

"今天午餐会,他把家人带来和父亲见面,应该沉闷得紧,或许你可以在凯莱奇请我喝杯鸡尾酒给我提提神吧,好吗?"

"几点钟?"他问。

"一点。"

"好,到时见。"

他先到了,看着贝蒂走进来。她的步点很轻盈,就像是腿脚忍不住就要跳舞一样。贝蒂脸上带着微笑,整个人都因为能活在这美妙的世上而欢喜不已,眼神里也闪耀着这种喜悦。认出她来的人们低声议论着。凯莱奇的这个休息厅美不胜收,但略显肃穆,卡洛瑟斯真的感觉贝蒂把阳光和花香带进来了。他没有心思

先问好,说道:

"贝蒂,你不能这么做。这件事绝对不能发生。"

"为什么?"

"他太糟糕了。"

"我不觉得他糟糕。我觉得他还挺好的。"

服务生走来,他们点了要喝的酒。贝蒂用那双美丽的蓝眼睛看着卡洛瑟斯,眼神里居然同时天真烂漫又满是柔情。

"贝蒂,他是个可怕的暴发户啊。"

"唉,别说傻话了,汉弗莱。他一点也不比任何人差。我觉得你就爱用出身来看人。"

"他这么无趣。"

"不是,他只是不怎么爱说话。我要找的丈夫太才华横溢了也不好,我觉得杰米作为背景很好,他外表英俊,举止也文雅。"

"我没法相信,贝蒂。"

"别犯傻了,汉弗莱。"

"你还要假装你爱着他吗?"

"否则就有些失礼了吧,难道你不觉得吗?"

"你到底为什么要嫁他?"

她淡淡地看着卡洛瑟斯。

"他有的是钱,而我快二十六了。"

至此话也说尽了,他开车送她到了姑母的家门口。婚礼很盛大,通往威斯敏斯特圣玛格丽特教堂的路边上,观者摩肩接踵,两位新人收到几乎每个皇室成员的贺礼,蜜月是在新郎父亲借给他们的游艇上度过的。卡洛瑟斯申请派往国外，就去了罗马（他傲人的意大利语果然是这样学成的），后来又去了斯德哥尔摩，在那里当使馆参赞，他的第一个短篇小说也是在那里写的。

或许是这个婚姻让英国的民众失望了，对于贝蒂他们的期望远不止于此，又或许只是一个已婚女子再年轻也引发不了大家对于浪漫的绮思，总之，她从公众的视线里基本消失是不争的事实。你再也听不到多少关于她的消息了。结婚没多久，就有小道消息说她怀孕了，又没过几日，就说孩子没了。她依然在社交圈活动，我想她依然会和她的朋友见面，但已经不会再去做那些耸人听闻的事情了。有些名声有瑕疵的贵族会和艺术界那些骗吃骗喝的人混在一起，不但时髦，而且显得自己有文化，此类趣味低下的团体中已经很少见到贝蒂了。大家说她过起了安稳日子，开始好奇她和丈夫相处得如何；很快他们就知道了，威尔顿-伯恩斯夫妇相处得不太好。流言说杰米酗酒了，又过一两年，又听说他得了肺结核，和贝蒂去瑞士过了两个冬天。然后就有消息传来，说两人分居了，贝蒂去了罗德岛。这地方也选得奇怪。

"肯定会把她闷死的。"贝蒂的朋友们评论道。

她们中有几个时不时会去陪她一段时间，回来之后都赞赏岛上的迷人风光和休闲生活，但寂寞也自不待言。贝蒂那么聪颖、有活力的一个人，居然心满意足地定居在了那里，让人捉摸不透。她在岛上购置了一处房产，除了几个意大利官员，她谁都不认识，也的确没有人可以让她去结交。不过贝蒂似乎全心乐在其中,这让来探访她的人很困惑。只是伦敦的生活非常忙碌,大家的记性都不好,很快就不再担心她了。贝蒂被遗忘了。在我遇到汉弗莱·卡洛瑟斯几周之前,《泰晤士报》上有条讣告,说詹姆斯·威尔顿-伯恩斯爵士,第二代准男爵,去世了。他的弟弟继承了他的爵位。贝蒂一直没有孩子。

她结婚之后,卡洛瑟斯还是会和她见面。只要他去伦敦,两人就会一同用午餐。贝蒂有本事让分开很久的两个朋友就像昨日才见过面一般,所以他们之间从来没有任何陌生之感。有时候她会问卡洛瑟斯什么时候结婚。

"你岁数也越来越大了,汉弗莱,你不知道吗?再不赶快结婚,你就要变得像个老姑娘了。"

"你觉得婚姻是件好事?"

这句话有些伤人,因为他和所有人一样,都听说了威尔顿-伯恩斯夫妇相处得并不好。不过贝蒂的回答还是惹恼了他。

"总体上的确如此。我想,一段婚姻即使不如意,可能也总比不结婚要好。"

"你明明知道我是绝不会结婚的,原因你也很清楚。"

"哦,亲爱的,你不会现在还假装仍旧爱着我吧?"

"我的确还爱着你。"

"你真是蠢到家了。"

"我不在乎。"

她对着卡洛瑟斯微笑,依旧是那种半是戏谑、半是柔情的神色，每次让卡洛瑟斯的心里都是一阵幸福的疼痛。说来也怪，他居然能把这种感觉几乎限制在心的一角。

"你很讨人喜欢，汉弗莱。你知道我把你当成真正的朋友，但即使我单身也不会和你结婚的。"

等到贝蒂和丈夫分开，自己住到了罗德岛上，卡洛瑟斯就见不到她了。她不再回英格兰，但两人的通信一直没有断。

"她的信都写得很棒，"他说，"你几乎可以听到她的声音。这些信跟她本人很像，聪明、风趣，没什么要紧的话，但看事情又那么通透。"

他曾提出要去罗德岛上住几天，但贝蒂的意思是最好他还是不要去了。他明白其中的道理。所有人都知道他爱贝蒂爱得痴狂。所有人都知道这份感情依然还在。他不清楚威尔顿-伯恩斯夫妇分开到底是什么缘故，或许他们之间闹得很僵。贝蒂可能觉得卡洛瑟斯出现在岛上会对她名声不好。

"我第一本书出来的时候，她写了一封迷人的信给我。你知道我那本书是题献给她的。她很意外我居然写得这么好。每个人都赞誉有加，这也让她非常高兴。我想能取悦她是那本书让我最快乐的地方。说到底，我不是个职业作家，你也知道：我并不怎么看重文学上的成功。"

这人太蠢了，我想，而且还不诚实。他的书好评一片的时候，他以为我没注意到他那副志得意满的样子？这一点我并不怪他，那种得意再自然不过，但他又何必费这么大力气不承认呢？可话说回来，享受声名带来的快乐，他多半也的确是为了贝蒂。

终于他有看得见的成就可以献给对方了。捧到贝蒂脚边的不只有他的爱,现在还有他卓越的文名。贝蒂也不再年轻,今年三十六了,她的婚姻,她的寄居他乡,改变了一些事情;她身边不再围绕着追求者,公众的追捧给她头顶戴上的光环也消失了。他们两人之间的距离不再那么遥不可及。只有他这么多年来深爱不渝。在地中海角落里的一个小岛上,贝蒂把自己的美、妙语和待人接物的优雅无止境地埋藏于此,这也太荒唐了。他知道贝蒂是喜欢自己的。她不太可能对自己的长情无动于衷。而现在,他知道自己所能提供的生活对贝蒂是有吸引力的。他决定了,要再次求婚。七月底的时候,他应该就能请假离开。他写信给贝蒂说,放假了准备去希腊,如果她愿意见面的话,他就在罗德岛住上一两天,听说意大利人在那里开了一家非常好的酒店。这个想法提得很随意,体现了卡洛瑟斯得体的语言艺术;长年在外交部工作,他必然明白凡事不能突兀。他从来不会主动将自己置于某种进退维谷的处境中,一旦有必要,他总是可以老练地收回提议。贝蒂发了封电报回来。她说汉弗莱能去罗德岛真是再好不过,他当然是要住在她的家里,最起码待半个月,并且要他告知是乘哪一班船到罗德岛。

他从布林迪西搭乘的蒸汽船驶近罗德岛时,天刚破晓,港口里是一派齐整、迷人的景致,而卡洛瑟斯已经激动难耐。他一晚上没有合眼,起得特别早,看着太阳从夏日的海面上升起,罗德岛从晨曦中不可一世地浮现。蒸汽船才抛下锚,小船就从岛上纷纷驶来。舷梯降下，汉弗莱倚着栏杆，看到医生、港口的官员、酒店的向导朝那里涌去。他是这个航班上唯一的英国人，再明显不过，上到甲板上的一个男子立即就朝他走来。

"你是卡洛瑟斯先生吗？"

"是的。"

他正要微笑，准备握手，但转瞬间就察觉出面前这个男人虽然和自己一样是英国人，却不是一个绅士。他表面上还是客气非常，但不自觉地一举一动都有些许生硬了。当然卡洛瑟斯没有说这些，但这个场面我在脑海里看得太清楚了，不用多想也描述得出来。

"夫人希望你不要介意她没有来接你，船到得太早了，离我们住的地方还有一个小时的车程。"

"当然不介意，夫人身体还好？"

"很好，谢谢你。行李到了吗？"

"到了。"

"你可以告诉我是哪些，我就让他们搬到小船上去。海关那里不用担心，我都已经打点好，这样我们就可以直接出发了。你早餐吃过了吗？"

"吃过了，谢谢你。"

这个人对 H 的发音也不是很讲究。卡洛瑟斯好奇他究竟是干什么的。你也不能说他粗鲁，但的确有些随便。卡洛瑟斯知道贝蒂在岛上有一大片地产，或许这个人就是替她打点财务的。他似乎很能干。吩咐搬运工的时候讲着一口流利的希腊语，等他们

人性的因素

到了船上，船夫抱怨他给的钱不够，他说了句什么话，船夫就笑了，耸了耸肩好像就没了意见。行李经过海关的时候，那个人和官员们握了握手，他们就直接通过了。一辆巨大的黄色轿车在明媚的阳光中等着他们。

"你开车送我吗？"卡洛瑟斯问道。

"我是夫人手下的司机。"

"哦，是这样。我刚才还不知道。"

他穿得不像一个司机，白色的帆布裤和网球衫，没系领带，领口打开着，头上是一顶草帽，光脚穿一双帆布面的塑料平底鞋。卡洛瑟斯皱了皱眉头。贝蒂不该让她的司机穿成这副模样开车。但他天没亮就得起来，这一路开去别墅也的确不凉快，这倒是事实。或许平常他是穿制服的。卡洛瑟斯赤脚是六英尺一英寸，司机没有他这么高，但也不矮；但他肩膀很阔，身材比较宽，所以看起来偏矮壮。他并不胖，只是有些发福，看上去就是那种胃口很好的人。岁数不大，三十、三十一左右，但已经隐约看得出日后肥胖的趋势。现在看去他算是一个健壮的男子。一张大脸晒得很黑，鼻子又短又厚，神情总觉得有些不乐意，短短的金色一字须。有些意外的是卡洛瑟斯朦朦胧胧总觉得见过这个人。

"你跟着夫人已经很久了吗？"他问道。

"怎么说呢，算是吧。"

克洛瑟斯的态度又更生硬了些。这个司机说话的方式让他有些不自在，他不明白为什么这个人可以把"先生"两字省了，恐怕是贝蒂纵容了吧。在这些问题上不加留心的确是贝蒂的做派，但这肯定是失策。有合适的机会他会提醒贝蒂的。他和司机的目光接触了一下，几乎可以肯定对方的眼睛里闪过一丝笑意。卡洛瑟斯想象不出自己身上有任何好笑的地方。

"那边就是骑士们的古城了吧。[1]"他指着一些修有雉堞的城墙，淡淡地说道。

"没错，夫人会带你去的。到了夏天，这儿的游客多得不得了。"

卡洛索斯也不想表现得太难接近，他觉得自己若要更友善些，不妨提议坐到司机的旁边去，而不是一个人坐在后座。正要开口时，这件事已经由不得他了。司机让搬运工把行李都放到后面，自己坐定在方向盘后："上来吧，我们这就走了。"

卡洛瑟斯在他旁边坐下，车沿着海岸一条白色的道路往前开去。几分钟之后，周围望去就都是旷野了。他们都没说话。卡洛瑟斯有点故作庄严，因为在他看来，这个司机容易没规矩，他不想给这样的人提供机会。他自诩有种威仪能让低阶层的人记得自己的身份。他心里有个不失讥讽意味的严厉想法：用了不多久这司机就会称呼他为"先生"了。但那天早上气候怡人；白色道路的两侧，有时是橄榄林，有时是农庄的白墙和平顶，很有东方风味，叫人神驰。贝蒂正在等着他。他心里的那份爱意让他对整

---

[1] 十四世纪初期，僧侣骑士团开始统治罗德岛，直至1523年将控制权让给了奥斯曼帝国；尤其从1480年起，骑士团在岛上修建了极为强大的防御工事。

个人类都更友善了一些,点烟的时候他觉得递一根给司机倒也不失慷慨。说到底,罗德岛离英国那么远,而这个时代讲究的已经不是等级分明了。司机接受了馈赠,把车停下来点烟。

"你带了烟草没?"他突然问道。

"带了什么?"

司机的脸拉长了。

"夫人发电报让你拿两磅普莱耶海军烟丝[1]来的;所以我才搞定海关,让他们不要开箱检查。"

"我根本没收到那份电报。"

"真见鬼!"

"夫人要两磅的海军烟丝来能有什么用?"

他语气变得倨傲起来,刚才司机那声粗话让他厌恶。这家伙还用余光扫了他一眼,卡洛瑟斯分明从里面读出了不敬。

"我们这儿弄不到。"他简单地解释了一句。

他很像是有些恼火,把卡洛瑟斯给他的那支埃及烟丢了,重新发动了车子,一脸阴沉,不再多言。卡洛瑟斯觉得自己努力与人为善证明是个错误。余下的车程,他没有理睬这个司机,用起了他在大使馆里惯用的态度。他在那里做秘书的时候,每回有英国民众前来求助,他都会摆出这副派头,屡试不爽。车子沿山路攀登了一会儿,到了一段长长的矮墙边上,司机朝一扇打开的大门转了进去。

---

[1] Player's Navy Cut,英国香烟品牌,于十九世纪末、二十世纪初在英德十分流行。

"我们到了吗?"卡洛瑟斯喊了起来。

"六十五公里的路,开了五十七分钟。"司机说道,突然微笑起来,露出一口洁白的好牙齿。"考虑到路况,开得还真不赖。"

他按了两下汽车喇叭,声音刺耳。卡洛瑟斯激动得透不过气来。他们沿着一条小路穿过橄榄树林,停在一幢矮矮的白色房子前,房子占地很广,贝蒂就站在门口。卡洛瑟斯跳出汽车,亲吻了贝蒂的两侧脸颊。有一时半刻他说不出话来,但下意识里注意到了门口还站着一位有一定年纪的男管家,穿着白色的帆布衣服,另外还有两个男仆,穿着当地男子特有的硬褶白短裙。这些下人看上去不但气派,还很别致;不管司机如何疏于管束,至少贝蒂的家里还是符合她的身份,有文明社会的样子。他由贝蒂引着穿过宽敞的门厅,四周是刷白的墙,卡洛瑟斯大致看得出家具都很漂亮;然后他们就到了客厅。这个房间同样宽敞,屋顶不高,墙壁也刷成了白色,让他一下在奢华中又觉得十分舒适。

"你要做的第一件事情,就是看一眼从我这房子望出去的样子。"她说。

"我要做的第一件事情,就是好好看看你。"

贝蒂穿了一身白,手臂、脸孔、脖子,都晒得很黑,眼睛比他以往见过的都更蓝了,牙齿白得惊人。她看上去状态好极了,不但苗条,体态也美。头发烫卷了,指甲也修剪得很精致。因为悠闲地生活在这个浪漫小岛之上,卡洛瑟斯还曾一度担心她会不再保养自己。

人性的因素

"你看上去真像十八岁,贝蒂,我一点都不骗人。这是怎么做到的?"

"活得幸福。"她微笑道。

听她这样说,卡洛瑟斯心里忽然一痛。他不希望她太幸福。他希望自己能给她幸福。不过此时贝蒂执意要带他去露台。客厅有五扇落地窗通向那儿,露台之下,橄榄树林覆盖着陡峭的山坡一路延伸到海边。小小的港湾中泊着一艘白色的船,在平静的水面上投下倒影。视线再一转,远处小山上有希腊村子的白色屋舍,背景是一块壮观的灰色险崖,上面有中世纪城堡的雉堞。

"那是当年骑士团的一个要塞,"她说,"今天晚上就带你上去。"

这场景实在动人,让你忘记呼吸。平和之中又有种特别的生命气息,你被它打动之后,不会只是想凝视、沉思,而是按捺不住要做些什么。

"烟草你没忘吧。"

卡洛瑟斯大吃一惊。

"恐怕你要失望了,我没收到你的电报。"

"可我不但给大使馆发了一封电报,还给怡东酒店发了一封。"

"我住在广场酒店。"

"太烦人了!阿尔伯特会气疯的。"

"谁是阿尔伯特?"

"开车送你那个人。除了普莱耶他什么都不爱抽,但是他在这里买不到。"

"哦，那个司机。"他指了指下方那个闪闪发光的小船。"这就是你跟我说的那艘游艇吗？"

"是的。"

贝蒂买的是一艘大型的地中海轻帆船，加了个发动机，整体修缮了一番。就是开着这艘船她航行于希腊群岛之间，向北最远到过雅典，往南到过亚历山大。

"如果你不着急走的话，我们可以带你出海，"她说，"既然来了，应该去看看科斯[1]。"

"谁替你开船呢？"

"当然我有一整班的船员了，但主要就靠阿尔伯特，他对于机械之类很在行。"

不知道为什么，听她又提起那个司机，让卡洛索斯隐约有些不舒服，怀疑是不是贝蒂把太多事都交给他处置了。一个仆人权力太大总不是好事。

"你知道吗，我总觉得自己在哪儿见过阿尔伯特，但就是想不起来。"

她笑得很明媚，一双眼睛光芒四射；她经常就这样突然快乐起来，脸上会有种让人欢喜的坦率。

"你应该记得他的，他是路易丝姑妈家的二号男仆，给你开门一定不下几百次吧。"

---

1 Cos，多德卡尼斯群岛（爱琴海东南部，克里特岛同土耳其之间）中仅次于罗德岛和卡帕索斯岛的第三大岛屿，距罗德岛大约一百公里。

人性的因素

路易丝姑妈就是贝蒂结婚之前提供她住处的亲戚。

"哦,是他吗?一定是以前见过但从来没有留意。他怎么到这里来了?"

"他本来就在我们英国的家里干活。我结婚的时候他说想跟我过去,我就同意了。有一段时间,他是杰米的贴身男仆;他太喜欢汽车了,后来我把他送到了一个汽车工厂,最后就成了我的司机。现在要是没他我还真不知道该怎么办。"

"你不觉得太依靠一个仆人不是好事吗?"

"不知道。从来没这么想过。"

贝蒂带他看了替他准备好的房间,卡洛瑟斯换了衣服,两人慢慢走到了海滩上。一只小划艇等在那里,他们划着它到了那艘轻帆船上,然后绕着船游了会儿泳。海水温暖,起来之后他们在甲板上晒太阳。这艘轻帆船空间很大,舒适、奢华,贝蒂带着他四处看的时候,正好碰到阿尔伯特在修引擎。工作服上都是污秽,手是黑的,脸上也沾满了油。

"出了什么问题,阿尔伯特?"贝蒂问。

他站起身来,转过来恭敬地面对贝蒂。

"没有问题,夫人。我就是随便检查检查。"

"这世界上阿尔伯特就喜欢两样东西,一是汽车,二是游艇。我说得对不对阿尔伯特?"

她朝阿尔伯特灿烂地笑了笑,后者略显古板的脸上也露出喜色,看得见两排整齐、洁白的牙齿。

"您说得对,夫人。"

"你知道吗,他就睡在船上。他给自己修了个很舒服的房舱,就在船尾。"

卡洛瑟斯一下就享受起了这里的生活。有一位土耳其的帕夏[1]之前被阿卜杜勒–哈米德二世[2]流放到了罗德岛,贝蒂就是从他手里买下了这幢美轮美奂的宅子,还又自己扩建了一个厢房。屋子周围的橄榄林让她培养成了野生花园,里面种了迷迭香、薰衣草和长春花,还从英国带来了金雀花和岛上闻名遐迩的玫瑰。她告诉卡洛瑟斯,到了春天,草地上会像铺了一块银莲花织成的毯子一样。贝蒂给他展示房子,介绍她的种种安排以及各种改造的计划时,卡洛瑟斯不由自主地有些担心。

"听你说话的口气,就像是一辈子都会留在这儿一样。"他说。

"可能我就是不愿走了。"她微笑道。

"太荒唐!你还这么年轻。"

"老朋友,我都快四十了。"她轻巧地说道。

他发现贝蒂的厨师技艺精湛,这一点让他很满意;另外,还有一件事让克洛瑟斯觉得很得体,就是和贝蒂在美妙的餐厅里用餐时,眼见的都是精致的意大利家具,侍餐的有那位庄重的希腊管家,和两位穿着奢华服饰的俊朗男仆。这幢房子的装潢颇有品位,屋里没有一样多余的东西,而只要留下来的,必然是精

---

[1] Pasha,奥斯曼帝国和北方高级文武官员的称号。
[2] 原文 Abdul Hamid,应指 Addul-Hamid II(1842—1918),奥斯曼苏丹,1876 年即位,同年颁布第一部奥斯曼宪法,翌年即予废止,实行专横恐怖统治,1909 年被废黜。

品。贝蒂的生活也一点都不简朴。卡洛瑟斯到的第二天,当地长官就和他的一些军官前来赴宴,贝蒂把家里的排场大大展现了一番。长官进屋之前,两排男仆夹道欢迎,每个人都穿着浆好的男式短裙、刺绣外套和丝绒帽,赏心悦目。这简直就是个仪仗队。卡洛瑟斯喜欢这种豪华的派头。宴会上大家也都高兴极了。贝蒂的意大利语很流畅,卡洛瑟斯这方面自然也无可挑剔。长官手下的年轻军官都穿着制服,非同一般的神气,他们都对贝蒂关切备至,而贝蒂对他们也很自然、友善,不时开他们玩笑。吃完饭,留声机送出音乐,他们一个个同贝蒂跳舞。

大家都走了之后,卡洛瑟斯问她:

"他们没有一个不是疯狂地爱着你吧?"

"那倒不会。其中有几个偶尔会提起想和我确立关系,不管是长久的还是别的什么,但我辞谢他们的时候也没有人生气。"

他们不足虑。这些年轻的小子都还太稚嫩,而不年轻的那几个都臃肿、秃顶,不管他们对贝蒂是什么感情,卡洛瑟斯绝对不会相信她会傻到屈就一个中产阶级的意大利人。可一两天之后发生了一件奇怪的事情。他正在自己的房间更衣准备用餐,突然听见走廊里有个男子在说话,可是听不清说的是什么,甚至听不出是什么语言,接着就传来贝蒂的大笑。那是种很迷人的笑声,像潺潺的水声般欢快,一般都是年轻的姑娘会这样笑,有种忘乎所以的欢喜,极富感染力。但她是和谁在一起笑呢?和仆人是不可能会这样笑的,里面有种说不出的亲密。只从一阵笑声中听出这么多内涵来可能有些怪异,但我们要记得卡洛瑟斯是个很细腻的人。他的短篇小说就是以此类细节闻名的。

他们很快就在露台上见到了，卡洛瑟斯正调着酒，一心想问个明白。

"刚刚是什么有趣的事情，让你那样狂笑？有客人吗？"

"没有啊。"

她看着卡洛瑟斯，满脸发自内心的惊讶表情。

"我还以为又是哪个意大利军官闲着没事来找你呢。"

"没有。"

当然岁月还是在贝蒂身上留下了痕迹。她依旧很美，但现在美得成熟；过去她自信镇定，但现在却更像是一种安闲从容。她的平静现在和她蓝色的眼睛和眉宇间的那份坦率一样，构成了她的美。她似乎和世界再无任何龃龉，和她在一起，你会静下来，就像你望着酒红色[1]的大海，在橄榄林中躺下一般。她还和过去一样开朗、机智，但曾经只有他一人知晓的严肃、深刻，现在也显露无疑。现在不会再有人说她是个糊涂蛋了，谁都看得出她高雅的品格，甚至可以称之为高贵。在现代女性中，这样的特质已经不多见了，克洛瑟斯对自己说，贝蒂是个古人；她让他想起十八世纪的那些美好的贵妇。她一直都喜欢文学，年轻时写的那些诗歌就很优雅，富于音乐之美，现在听她说自己在着手一些艰深的史学工作，卡洛瑟斯不能说有多吃惊，只能算是大为好

---

1 此处作者似乎引用了荷马对于爱琴海的描绘。至于后者为何将海水描绘为"如红酒般深暗"（wine-dark），争议已久，可能和古希腊人喝红酒大量掺水有关，另一种比较主流的说法是当时对颜色的划分和当代语言体系不同。

奇。她说自己正收集材料,要讲述圣约翰骑士团[1]在罗德岛的历史,其中有不少浪漫的故事。她带着卡洛瑟斯去古城,给他看那些庄严的雉堞,一起在那些宏伟而朴素的建筑中穿行。他们沿着骑士街散步,两侧是漂亮的石墙,上面的纹章气势逼人,让人想起已经湮灭的那个骑士纵横的时代。在那里,贝蒂还准备了一份惊喜。她买下了其中一幢房子,悉心将它修复成了曾经的样子。进了那个小院子,看到雕刻的石阶,你一下就回到了中世纪。里面有个石墙围成的小花园,里面种着无花果树和玫瑰。这个房子有种小巧、私隐、宁谧的气质,过去的骑士和东方接触久了,也学到了那种不显山露水的理念。

"我在别墅住得厌烦了,就带着食物来这里住上两三天;有时候,能不让大家围着真让心里舒畅不少。"

"但你在这里也不完全是一个人吧?"

"算是了。"

屋子里有一间装饰非常简单的客厅。

"这怎么回事?"卡洛瑟斯指着桌上一本《当代体坛》,微笑着问道。

"哦,那是阿尔伯特的。大概是他去接你的时候没拿走吧。他订了《当代体坛》和《世界新闻》,每周都会寄来。他就靠这些努力跟上外面的世界。"

她宽厚地笑了笑。紧靠着客厅是一间卧室,里面除了一张

---

[1] 即前文所注于十四至十六世纪统治罗德岛的骑士团。

大床什么都没有。

"本来这幢房子就属于一个英国人,这也是我会买下它的原因之一吧。他叫贾尔斯·奎恩爵士,我有一个祖辈娶了玛丽·奎恩,是他的表亲。他们都是康沃尔人。"

贝蒂之前发现要是对拉丁语了解不够,就不能轻松阅读那些中世纪的文献;为了能继续她的历史研究,她开始学习这门古典的语言。开始只是费工夫学了点最基本的语法,然后就手边放了译文,直接读那些她感兴趣的作者。要学习新的语言,这是个很好的方法,我经常困惑为什么学校里不采用;这样就不必无休止地将字典翻来翻去,也不会胡乱摸索着猜意思了。九个月之后,贝蒂阅读拉丁文本的流畅程度,已经和我们大部分人读法语不相上下。对于卡洛瑟斯来说,如此聪颖的一个可人儿,却如此用功地钻进了故纸堆,略显滑稽;但他还是觉得感动,想把贝蒂搂过来,吻她,在那一刻,打动他的不是男女之情,而就像是一个早熟的孩子聪明得让你喜不自禁。但之后,他开始琢磨贝蒂告诉他的这些事情。卡洛瑟斯当然头脑非常聪明,否则他也不可能获得在外交部的地位,而且说他那两本轰动的书一无是处也是幼稚的,如果我把他刻画得有些傻,那只是因为我正好不喜欢他这个人,如果我嘲笑了他的小说,那也只是因为那样的文学对于我来说有些愚蠢罢了。他处事圆融,卓有远见,认定要赢得贝蒂只有一个办法。现在的日子正让她乐在其中,计划也仔仔细细地定下了,但她在罗德岛的生活是如此有序、完整,如此尽如人意,要破除这种生活对她的诱惑,突破口也正在这里。卡洛瑟斯要想成功,就要重新撩起藏在英国人内心深处的不安分,所以他大谈英国和伦敦,他们共同的朋友,以及因为他文学事业的成功而结识的画家、作家、音乐家。他谈起切尔西那些放荡不羁的文化派对,谈起歌剧,谈起成群结队[1]去巴黎参加化装舞会,或者去柏林欣赏新上演的剧目。他试图在贝蒂的想象中让她忆起那种浓烈而轻松的生活,那是一种高度文明的社会里、有修养的聪明人该过的多彩的生活。他试图让贝蒂意识到她正在与世隔绝的地方变得死气沉沉。世界正在匆忙前行,有趣、新鲜的阶段一个接着一个,只有她停滞在原地。大家都生活在一个激动人心的时代中,只有她错过了。当然他不会说出来,这些话都要她自己体会。他的谈吐那么风趣、活泼,好玩的故事他总能记得很清楚,他信手拈来,他热情洋溢。我知道在我之前的叙述中,汉弗莱·卡洛瑟斯不是个机智的谈话者,就像读者也看不出来贝蒂夫人是个充满智慧的女性一样,但请相信我,他们的确被我亏待了。卡洛瑟斯很有意思是当时公认的事,这就已经成功了一半;他说的话大家愿意笑,愿意称颂它们才华横溢。当然,他高明的谈吐也只能算是社交场中的高明,需要有特定的听众,能明白他的指涉,而且得正巧有跟他一样的高级的幽默感。舰队街上最起码找得出两打的记者,能把社交场最有名的清谈家说得哑口无言,因为他们每天的工作就是巧妙地运用语言。报纸上经常见到照片的名媛,没有几个能在周薪三英镑的歌舞表

---

[1] 此处原文为法语。

演队里找到工作。对于业余选手,不能太过苛求。卡洛瑟斯知道贝蒂喜欢他的陪伴。他们在一起经常笑得很开心。几天时间一眨眼就过去了。

"你走了我会很想你的,"贝蒂说话一向这样直率,"你能来这一趟真是让我太开心了。你很可爱,汉弗莱。"

"你才发现吗?"

他暗暗称许自己:战术是对的;看到如此简单的战术却像咒语般奏效,让他觉得很有意思。粗俗的人可能会看轻外交工作,但毫无疑问它能教会你跟不好对付的人打交道。现在他只要物色一个合适的时机就好了。他觉得贝蒂从来没有像现在这样依恋他。他准备等到他走之前的最后一刻。贝蒂会情绪激动,会舍不得他走,罗德岛没了他会显得那样无趣——他走了,她还能找谁说话呢?用过晚餐,他们一般都会坐在露台上看着海面上的星光,温和的海风有种似有若无的香味,抚慰人心:这时候他就会向贝蒂求婚,就在临走的前一晚。他从骨子能感觉到贝蒂会答应的。

他到罗德岛上将将过了一周的时候,一天早晨从楼梯走上来正好碰到贝蒂在走廊里。

"贝蒂,你还从来没有让我看过你的房间。"他说。

"没有吗?那现在就来看一眼好了,我那房间特别舒服。"

她转身进了房间,卡洛瑟斯跟在她身后。贝蒂的卧室就在客厅上方,大小也几乎跟客厅一样。装修是照着意大利的风格,而且顺从当下的惯例,更像一个起居室而非卧房。墙上有几幅精美的潘尼尼¹，摆着一两个好看的柜子；床是威尼斯风格的，漆艺华美。

"对于一个夫君故世的女士来说，这床的尺寸有些雄伟啊。"他故意开玩笑道。

"这床太大了，是不是？但它实在漂亮，我非买下来不可，花了一大笔钱。"

他的目光落在床头柜上。上面有两三本书，一盒烟，还有一个欧石楠根的烟斗搁在烟灰缸上。奇怪。贝蒂怎么会在床边放烟斗？

"快看看这个卡索奈长箱²。上面的图案是不是让人惊叹？发现这箱子的时候我几乎喊出声来。"

"大概又花了不少钱吧。"

"我不敢把价格告诉你。"

他们走出去的时候，卡洛瑟斯又朝床头柜扫了一眼。烟斗不见了。

贝蒂会在房间里放一个烟斗的确挺怪异。她自己肯定不抽烟斗，如果抽的话，她也不会不让人知道。当然，说得通的解释也能找出一大堆。可能是她在制作一个烟斗当礼物，比如送给她

---

1 Giovanni Paolo Panini（1691—1765），意大利画家，在壁画领域享得盛誉之后，又成为十八世纪最重要的罗马地形画家，对罗马废墟的描绘包含精密的观察和浪漫的怀旧情思，1732 年进入法兰西学院教授透视画。
2 Cassone，起源于意大利文艺复兴时期的一种带盖的长箱，有精致的雕花和装饰，最早用以装陪嫁物，后用于室内装饰，不再局限于婚礼场合。

那些意大利朋友中的一个,甚至可能是要送给阿尔伯特,只是卡洛瑟斯没看清那烟斗是新的还是旧的;又或许那只是个样品,贝蒂到时会让他带回英国去,弄一些同样的烟斗寄过来。他既觉困惑,又觉得有趣,但稍纵即逝,很快就忘了。那天他们说好了带着中饭去野餐,贝蒂要自己开车。他们计划在卡洛瑟斯走之前坐船出去巡游几天,好让他看看帕特莫斯岛[1]和科斯岛,所以阿尔伯特一直忙着检修轻帆船上的引擎。那天过得愉快极了。他们去了一座城堡的废墟,爬了山,山坡上开满长春花、风信子和水仙,回来之时已经精疲力竭。晚餐之后没多久两人就分开了,卡洛瑟斯回房上了床。看了一会书之后,他把灯关了,但一直睡不着。蚊帐之中太闷热,他翻来覆去觉得难受。很快他想到可以去山脚下那一片海滩游个泳,走路不过三分钟就到了。他套了双平底鞋,拿了根毛巾。那天晚上月亮很圆,月光穿过橄榄林落在海面上。只不过在这个皎洁的夜晚,他不是唯一想到游泳的人,快到海滩的时候,声音已经传到了他的耳朵里。他觉得恼火,喃喃骂了一句。应该是贝蒂的几个仆人在游泳,他又不太好打扰他们。橄榄林一直延伸到海边,快要与海水相接,于是他就站在树影中。突然他听到某个声音,吓了一跳。

"我的毛巾在哪?"

是英语。一个女人浴水而出,在海边立了一会儿。从暗中一个男人也走了出来,只有一块毛巾围在裆部。那个女人是贝

---

[1] Patmos,多德卡尼斯群岛最北的岛屿之一,距罗德岛近三百公里。

蒂。一丝不挂。那个男人将一件睡袍裹在她身上,仔细地帮她擦干。她双脚先后穿上鞋子的时候,就靠在那个男人身上,而男人为了扶住她,搂住了她的肩。这个男人就是阿尔伯特。

卡洛瑟斯转身往山上逃去,慌慌张张的也不知路在哪里,有次几乎摔倒。他大口喘着气,就像一头受伤的野兽。进了房间,他把自己往床上一抛,一边握紧一拳,一边任由胸膛里那种无声的痛苦抽泣变成滚滚泪水。他的反应就如同歇斯底里症发作一般。现在一切都清楚了,就像风雨之夜的一个闪电能显露一片飘摇的风景,那么清晰,清晰得可怕。她靠在那个男人身上的样子,那个男人替她擦干身子的动作,都不像是一时的情欲,而是长久的亲密,而床边的那个烟斗,对,那个烟斗有种叫人作呕的夫妻之感。它就像一个男人入睡之前看书的时候会抽的烟斗。那本《当代体坛》!她在骑士街买了那幢小房子原来是这个道理:他们就可以像寻常婚姻中的男女一般共度几天亲密的时光了。他们有种老夫老妻的感觉。卡洛瑟斯问自己,这样可鄙的事情已经持续多久,突然他明白,他们这样一定有很多年了。十年,十二年,十四年。应该是年轻的男仆刚来伦敦的时候开始的,当时他还是个孩子,显然主动的不是他;所有人都为她倾倒,英国公众奉她为女神的那么些年,她想嫁谁都随她挑选,但她其实是和姑母家的二号男仆住在一起。结婚的时候她把他也带去了。她为什么会那么惊人地结婚了呢?还有那个提前到来的死产儿?还用说吗,这就是她嫁给杰米·威尔顿-伯恩斯的原因,因为她怀了阿尔伯特的孩子。啊,不知廉耻,不知廉耻!后来,杰米的身体不行了，定是听了她的劝说，让阿尔伯特成了他的贴身男侍。杰米知道多少？他是否有所怀疑？他喝了那么多酒，也就是因为喝酒得了肺结核；但他是怎么开始酗酒的呢？或许他有了一些他无法面对的可怕猜测，只有用酒精麻痹自己。就是为了和阿尔伯特同居，她才离开了杰米，也是为了和阿尔伯特同居，她才定居在了罗德岛。想到阿尔伯特那双因为工作而污秽的双手，那些破裂的指甲，想到他粗糙的长相和矮壮的身材，简直像个只有蛮力、两颊通红的屠夫。而且阿尔伯特已经不年轻了，发福了，粗鄙没有文化，口音那么土气。阿尔伯特，阿尔伯特，她何至于此啊？

卡洛瑟斯站起来喝了几口水，又倒进了一把椅子里。他受不了自己的那张床。只是一根接一根地抽烟。早上他的模样已经惨不忍睹。一夜没睡。下人送来了早餐，他喝了咖啡，但什么都没有吃。没过一会儿听到一阵清脆的敲门声。

"下来游泳吗，汉弗莱？"

这喜悦的音调让血液嚯的一声冲到了头顶，他镇定了一下，起来开了门。

"我今天可能就不游了。不太舒服。"

她看了他一眼。

"哦，亲爱的，你看上去糟透了，这是怎么回事？"

"不知道。可能太阳晒多了。"

他说话的声音一点生气也没有，眼神也悲惨极了。她更凑近地看了看他，有一时半刻没有说话。卡洛瑟斯觉得她脸色好像白了。他知道了。接着她的眼睛里闪过一丝嘲弄的笑意；她觉得此刻的局面有些滑稽。

"可怜的家伙,你就躺一会儿吧,我让他们拿些阿司匹林过来。或许到午餐时候你就好了。"

他躺在昏暗的房间里。如果现在就能离开,要他怎样都可以,只要不用再见到贝蒂。但这又是不可能的,带他去布林迪西的船不是周末不会开到罗德岛来。他成了岛上的囚徒。而且第二天他们还得乘船去群岛间游览,到时就根本躲不开她了,他们会从早到晚抬头不见低头见的。他无法面对那样的场面。他觉得太羞耻了。可贝蒂不觉得羞耻。方才,当她意识到显然无法再瞒他的时候,贝蒂笑了。她会把前前后后都告诉他的,这是贝蒂做得出的事情。可卡洛瑟斯一定受不了,那太难以承受了。但说到底,贝蒂并不能确定他知道了,最多就是怀疑;如果他装作什么事都没有发生,如果等会儿吃午餐,以及接下来的几天,他都能像之前那么兴高采烈,贝蒂会以为她刚刚误会了。知道真相已经够受了,要听她亲口讲出这些无耻的事情,那才是无以复加的屈辱。可是他到了午餐桌上听到的第一句话是:

"你说多讨厌,阿尔伯特告诉我发动机有些问题,我们最后还是不能去了。这个季节我不敢用帆航行,很可能一个礼拜都动不了。"

她说得很轻松,卡洛瑟斯也用同样随意的腔调答道:

"哦,很遗憾,不过说实在的我也无所谓。这里多好啊,我其实本来就不是很想去。"

他说阿司匹林起了作用,他觉得好多了;对于那个希腊男管家和两个穿了白短裙的男仆来说，他们的聊天一定和往常一样活泼。那天晚上英国领事来吃饭，第二天晚上又来了些意大利军官。卡洛瑟斯度日如年，每个小时都很难熬。他多希望此刻就踏上甲板离开，这里的每一秒都是他挥之不去的梦魇！他太疲惫了。但贝蒂看上去是那么泰然自若，卡洛瑟斯问自己，她到底有没有意识到他已经发现了那个秘密。轻帆船的情况难道是真的，而不像一开始他所认为的那样，是个借口？然后一连串的来访者让他们不用单独相处，也是偶然吗？当你待人处事太过圆融之后，最糟糕的就是你也看不清别人行事是出于本心还是跟你一样在掩饰。卡洛瑟斯看着贝蒂的时候，她身上那种自然和平静，以及那份不可否认的快乐，让他难以相信那件恶心的事情。但那件事又是他亲眼所见。另外，他还想到了未来。她以后会怎样？想来就可怕。这丑事迟早会人尽皆知的。想到贝蒂成为一个笑柄，为社会所不容，又只能依靠一个粗鄙和普通的男人，一天天变老，丢失自己的美貌；而且那个男人还比她年轻五岁。终有一天他会找一个情妇，可能就是他的某个女仆，或许和那个女仆在一起他会觉得更自在，因为和这位贵妇相处他一定是拘束的。到时贝蒂要怎么办呢？她到时得面对怎样的羞辱啊！他可能会对她做出无情的事来。他可能还会打她。贝蒂啊，贝蒂。

卡洛瑟斯双手不停绞着，突然有了一个念头，让他心里塞满了一种痛苦的狂喜。他把那个想法抛开，可它又重新浮现，就是不肯放过他：他必须拯救贝蒂，他爱她爱得太久、太深了，没法看着她像现在这样沉沦下去；一种自我牺牲的冲动在他心中泛滥。尽管发生了这一切,尽管他的爱已死,对贝蒂的感觉几乎已是种生理上的厌恶,但他还是要娶她。他阴郁地笑了笑。自己的人生会变成什么样子?顾不上那些了。他自己并不要紧。这是唯一的选择。他又觉得精神抖擞,感觉美妙极了,但同时又很谦卑,因为他敬畏于人性中的崇高竟可以达到这样的程度。

他的船周六走。周四晚上等吃饭的客人都离开了,他说:

"明天总没有客人了吧。"

"实际上,我邀请了几个夏天在这边度假的埃及人。其中有一个前赫迪夫[1]的妹妹,人很聪明,你肯定会喜欢她的。"

"说起来,后天我就走了,明天晚上就不能让我们两人独自待一会儿吗?"

她扫了他一眼,眼神中似乎有微弱的笑意,但卡洛瑟斯的目光沉重之极。

"你愿意的话,我可以把他们往后安排。"

"那就安排吧。"

他的船一早就走,行李已经都准备好了。贝蒂让他不用换正式的餐服,他说他还是换上吧。这是他们最后一晚面对面用餐了。餐厅里只规规矩矩地略加陈设,灯罩透出的光线很柔和,但夏夜从高大的落地窗涌进来,给了房间一种清冷的奢美之感。它让人感觉像是修道院的餐厅,皇族的夫人会退隐至此,要把余生

---

[1] Khedive,1867 年至 1914 年间土耳其苏丹授予埃及执政者的称号。

献给某个对信徒要求略显宽松的信仰。用过晚餐,他俩在露台上喝咖啡。卡洛瑟斯已经喝下两杯甜酒了;他心里十分紧张。

"贝蒂,亲爱的,我有些话要对你说。"他开口了。

"你一定要说吗,换了我,就不说了。"

她的语气很温柔,神态平静如水,只有蓝色的眼睛仔细地在观察卡洛瑟斯,其中还闪烁着笑意。

"我非说不可。"

她耸了耸肩,不做声了。他意识到自己的声音在发抖,对自己很气恼。

"你知道很多年来我都疯狂地爱着你。我已经记不清多少次向你求过婚了。但不管如何,事情会变,人也是会变的,对不对?我们都不年轻了,贝蒂,现在你愿意嫁给我吗?"

她朝他微笑。这种微笑一直是贝蒂身上最有魅力的一点,里面有那么多的善意,那么多的坦诚,而且最让人感叹的,是她依然那么单纯。

"你很可爱,汉弗莱。我没法告诉你我有多感动,你太好了,还能再这样问我。但你知道,我这人常常是依着惯性做事,到现在我已经习惯拒绝你了,改不了了。"

"有什么原因吗?"

克洛瑟斯的语气带上了一点狠劲,几乎有些阴暗,让她又很快瞧了他一眼。贝蒂的脸色因为突然的愤怒有些泛白,但很快她掌控住了自己。

"因为我不愿意。"她微笑道。

人性的因素

"你要嫁给别的什么人吗?"

"我吗?不会,怎么可能。"

有一时半刻,似乎祖辈的荣光在她心头扫过,让她挺直了身子。这时她哈哈大笑起来。是她心里想到了什么,还是汉弗莱的求婚让她觉得好笑,除了贝蒂自己,世上恐怕也没有第二个人能知晓了。

"贝蒂,我求你嫁给我。"

"不可能。"

"你不能一直这样过下去的。"

他把心里全部的悲痛都放在这句话中,脸孔已经扭曲了。贝蒂充满温情地朝他笑了笑。

"有什么不行的。别犟了,汉弗莱,你知道我很喜欢你,可你现在就跟个老太婆似的。"

"贝蒂,贝蒂。"

难道她想不明白,这次求婚是为了她吗?他会说这番话,不是因为爱,而是因为人性中的同情和羞耻。贝蒂站了起来。

"不要这么讨人厌了,汉弗莱。你还是睡觉去吧,你也知道明天蒙蒙亮你就得起来。明天一早我就不送了,再会,上帝保佑你。你能来做客真是太棒了。"

她亲吻了卡洛瑟斯两侧的脸颊。

因为八点要上船,卡洛瑟斯很早就动身,走出大门发现阿尔伯特坐在车里等他。阿尔伯特穿了件汗衫、帆布裤,戴了顶贝

雷帽。卡洛瑟斯看到自己的行李放在后座,转过来对男管家说:

"把我的包都放在司机旁边,"他说,"我坐在后面。"

阿尔伯特没有说话。卡洛瑟斯坐好之后,车就发动了。到了港口,搬运工纷纷跑过来。阿尔伯特也下了车。卡洛瑟斯身材很高,所以自上而下看着司机。

"你不用送我上船了。我自己完全没问题。这是给你的小费。"

他递过去一张五英镑的钞票。阿尔伯特脸红了一下。这个动作让他非常意外,他很想拒绝,但不知道该如何表示,多年来奴仆的心态依然强大。或许他只是下意识地回答道:

"谢谢你,先生。"

卡洛瑟斯草草点了个头,走开了。他逼得贝蒂的情人称呼他为"先生"了。这就好像他朝贝蒂微笑的嘴角扇了一个巴掌,就好像他把一句辱骂丢在了她的脸上,让他纵然痛快却也满是苦涩。

他耸了耸肩,我明白即使这样小小的胜利现在看起来也很空洞。有那么一会儿我们都沉默着。我想不到说什么。他又说道:

"我敢说,你一定觉得奇怪,为什么我要把这些事告诉你。我不在乎了,你懂吗,我现在觉得什么事都没意义了。我感觉这世上已无羞耻可言。我绝不是妒忌。只有爱着的人才会妒忌,我的爱已经死了。它就在那一瞬间被杀死了。持续了那么多年的爱。我现在想到她,只觉得可怕。摧毁我的是什么,让我痛不欲生的是什么,是想到她能堕落到这样难以启齿的程度。"

人性的因素　　513

的确有人说过,奥赛罗杀死苔丝狄蒙娜不是因为妒忌,而是因为痛苦,他难以相信这个天使般的人居然是这样污秽和不堪。[1] 让他高贵的心灵破碎的,是美德会倾塌如此。

"我曾以为她是这世界上独一无二的。我是那样爱慕她,爱慕她的勇气和坦诚,她的聪明,她对美好事物的迷恋。到头来,她就是个骗子,其他什么都不是。"

"我倒不这么看。你认为我们所有人都是一以贯之的吗?你知道我在这故事里看到了什么?要我说,只有通过阿尔伯特,她的灵魂才获得自由,逍遥天界。阿尔伯特可以说是她触碰坚实大地所发出的鸣响。或者正因为他的社会阶层和她相距那么遥远,她才获得那种自在的心境,跟同阶层的男人在一起时是不会有的。人的心性是很奇怪的东西,它飞升得最高的时候,常常身体正在沟渠中快活地打滚。"

"别胡说八道了。"他恼怒地说道。

"我不觉得这是胡说八道。可能我说得不太好,但其中的道理很正确。"

"对我有什么帮助?我已经伤透了心,垮了,完蛋了。"

"咳,别说傻话。你干吗不就此写个故事呢?"

"我?"

"你知道,在很多人看来,当作家就有这点好,每次发生了

---

[1] 奥赛罗是莎士比亚同名戏剧中的人物,威尼斯公国的一员大将,与元老的女儿苔丝狄蒙娜相爱,私下成婚,但受旗下军官伊阿古挑拨,相信苔氏与另一位副将有染,将她掐死。

什么让他极为难受的事情,他承受痛苦、忍受煎熬,但这些都可以放到小说里,从中能得到的安慰和解脱让人难以置信。"

"这太不像话了。贝蒂是世界上对我来说最珍贵的东西。我做不出这么无赖的事。"

他停了一下,我看出他有了些想法。我看到,尽管他认为我的建议非常可怕,但的确用了片刻的时间从作家的角度审视了一番这个局面。然后他摇了摇头。

"也不是为了她,而是为我自己。我多少还是有些自尊的。另外,这个事情也写不出什么故事来。"

简

Jane[1]

第一次见到简·福勒的场面至今历历在目;也正是因为当时那一眼留下的细节如此清晰,我才勉强信得过自己的记忆,回想起来,我自己也难以确定是不是中了什么神奇的障眼法。那时我刚从中国回到伦敦,正和陶沃夫人喝下午茶。那一阵大家热衷装修,陶沃夫人也深陷其中,凭着女性的无情,抛弃了多年来坐得那么舒服的椅子,自打结婚开始就看习惯了的桌子、橱柜和装饰品,还有她面对了一辈子的照片和画作;她把自己托付给了一个装修的行家。客厅里和她过往有联系的、能寄托感情的东西一件不剩。她那天就是邀请我去欣赏一下她的生活环境变得何等时髦与华贵。只要能酸洗[2]的地方都给酸洗了,实在没办法的,就刷上涂料。没一样东西是配套的,但每一件都

---

1 首次发表于1923年,收录于1931年出版的短篇小说集《用第一人称单数写作的六个故事》。
2 Pickling,十六世纪欧洲人开始用苛性石灰防止木材虫蛀,会在木材表面产生一种漂白的效果。

像是在为共同的效果出力。

"你还记不记得,过去这里有套滑稽的客厅家具?"陶沃夫人问我。

窗帘既华丽又朴素;沙发的面料是意大利织锦;我坐的椅子是碎点针绣的。这房间的确漂亮,奢华却不俗丽,新颖却不做作,但我总觉得像是缺了些什么。虽然我嘴上都是夸赞,可心里思考的反而是为什么我如此偏爱它过去的样子:那套被嫌弃的家具上破旧的印花布,那些我熟识多年的维多利亚时代的水彩画,放在壁炉上可笑的德累斯顿细瓷器。我一时想不出这些酬金不菲的装修师费力打造的屋子里,到底缺了什么?是情感吗?不过陶沃夫人倒是左顾右盼很开心。

"你觉得我这雪花石的台灯怎么样?"她说。"你看这光线多柔和。"

"我个人倒是一直更中意那种能让人看见东西的光线。"我微笑道。

"但又不要自己被人看清,真是难以两全。"陶沃夫人笑着回答。

她的岁数我完全弄不清楚。我还年轻的时候,她就早已结婚了,比我年长不少,可现在她已经把我当成了同龄人。她一直号称自己从来不隐瞒岁数,不就四十嘛,但马上又会补一句:女人一般都会拿掉五岁。她也从来没有试图遮掩自己染了头发(现在是好看的棕色头发,似乎还带一点红色),陶沃夫人的说法是头发变灰的时候丑陋不堪,只要变成了白色她就不染了。

"到那时他们就会说我的脸看起来真年轻。"

此时这张脸是化了妆的,虽然化得不很张扬;一双眼睛的神采不少要感谢人工。她是个长相俊俏、衣着精致的女子,在雪花石台灯的昏沉光芒中,自称四十岁真是半点都不为过。

"只有在我自己的梳妆台上,我才敢承受'三十二烛光'[1]电灯泡赤裸裸的亮度,"她微笑地说着此类玩世不恭的话,"那时候我需要它告诉我最可恶的真相,然后帮助我采取必要的行动修正它。"

我们愉快地交换着关于共同友人的闲言碎语,陶沃夫人也给我通报了最新的丑闻。四处奔波了一段时间之后,能坐在一张舒服的椅子里,和一位谈吐有趣、魅力十足的女士聊天,确实是一种享受,更何况壁炉里火光融融,好看的桌子上又摆满好看的茶点。她把我当成了餐风饮露归来的浪子,准备好好地让我交际一番。她的宴会向来是她骄傲的资本,不但食物精良,更让她花心思的是如何把各种各样的宾客安排在一起;很少有人不把陶沃夫人的邀请看做是对自己的犒赏。现在她定了个日子,问我想见到哪些人。

"只有一点我必须提前告诉你。如果简·福勒还在的话,我只能把宴会推迟。"

"简·福勒是谁?"我问。

陶沃夫人哀怨地笑了笑。

---

[1] 此处"烛光"为发光强度的旧单位。

"简·福勒是我的心病。"

"啊?"

"你还记不记得我装修之前放在钢琴上的一张相片,是一个女子穿了条贴身的裙子,袖子也很瘦,胸口挂了个盒式吊坠,头发是扎起来的,额头很宽,露出了耳朵,一个大鼻子上架了副眼镜?那就是简·福勒了。"

"你这屋子重获新生之前照片太多了。"我含混地答道。

"想到那些照片我就直打哆嗦。我已经把它们都裹在一个棕色的大纸包里,藏在阁楼上了。"

"所以,简·福勒是谁呢?"我笑着又问了一遍。

"她是我的小姑,也就是我丈夫的亲妹妹,嫁给了北方的一个工厂主。寡居了多年,钱是一点都不缺的。"

"为什么她是你的心病呢?"

"她有高尚的情操,以及土气的衣着和粗鄙的品位。她看上去比我老了二十岁,但毫无顾忌地逢人便说我们曾经一起上学。她对家庭有无可比拟的情感,因为我是她在世的唯一亲人,所以全心地想照顾我。每次来伦敦,除了这里她从来没想过还可以住在其他地方——因为她怕伤了我的心——然后一待就是三四个礼拜。我就坐在这儿,看着她读书、织毛线。有时候她还非要带我去凯莱奇酒店吃饭,自己却穿戴得像个打杂的老女佣,可笑极了,而且这种时候每个我特别不想碰到的人全都坐在隔壁的餐桌上。我们坐车回来的路上,她会告诉我她很想送我些小礼物,就是些她亲手做的茶壶保暖套、放在餐桌中间的装饰品,还有碗碟下面的小垫子之类的,她住在这里的时候我又不得不用。"

陶沃夫人停下来喘了口气。

"我还以为像你这么圆通的女人应该不会让这种事难住吧。"

"啊,可你看不出来吗,这次我是必败的。因为她有无限的善意,她有一颗金子般的心灵。她让我厌烦之极,但我又无论如何不能让她看出来。"

"她什么时候到?"

"明天。"

但这两个字才刚出口,铃响了。门厅里一阵轻微的骚动,片刻之后男管家领了一位老夫人进来。

"福勒夫人到了。"他宣布。

"简,"陶沃夫人喊道,一下站起身来,"我可没想到你今天就到。"

"你的男管家也这么说。我在信里说的绝对就是今天。"

陶沃夫人立刻冷静了下来。

"行,没有关系。不管什么时候来,我都高兴。还好我今天晚上正好没有安排。"

"千万不要为了我费心。晚餐只要有个水煮蛋,就够我吃了。"

陶沃夫人优雅的面孔上闪过一丝痛苦的表情。一个水煮蛋!

"哦,我这里还不至于只能给你吃水煮蛋。"

想到两位女士是同龄人,我在心里忍不住笑。福勒夫人看上去最起码有五十五。她身材魁梧,戴了顶宽边的黑色草帽,黑色的面纱一直垂到肩头,一件斗篷风格古怪,兼具朴质与繁琐,一条长长的黑色长裙鼓得像是底下套着好几层衬裙,一双靴子也极是笨重。她明显有些近视,因为看人都要透过一副硕大的金边眼镜。

"要喝杯茶吗?"

"要是太麻烦就不用了。我先把披风脱了。"

她先是把手上那副黑手套摘了下来,然后脱下了斗篷。她脖子上有一根纯金项链,悬着一个巨大的盒式金坠,我敢肯定里面是一张她故世丈夫的相片。接着她把帽子脱下,跟手套和披风整整齐齐放在沙发一角。陶沃夫人撅了撅嘴。这间新装修的会客厅美得如此庄重而奢华,简·福勒的装束自然有些格格不入,虽然它们并不旧,面料看上去还颇为值钱。我疑惑的是这些古怪的衣服福勒夫人都是从哪里找来的。难以想象现在还有裁缝在做着二十五年无人问津的款式。她的灰白头发没有做出一点花样,额头和耳朵全部露了出来,头路分在中间。很显然这些头发从来没有接触过马塞尔先生的卷发钳[1]。她的目光这时落在了茶桌上,茶壶是个乔治王朝的银器,杯子是伍斯特瓷[2]。

"上次我来的时候给你的茶壶保暖套你放哪里去了,玛丽安?"她问。"你不用吗?"

"当然用的,每天都用,简,"陶沃夫人顺口答道,"只可惜不久前我们出了点意外,把它烧坏了。"

---

1 指马塞尔·格拉泰(Marcel Grateau)在十九世纪七十年代发明的卷发技术。
2 1751年约翰·沃尔在英格兰创立伍斯特瓷器厂,产品享誉至今,为皇室御用瓷。

"可我给你的上一个也是烧坏的。"

"恐怕你要认为我们做事很粗心了。"

"也不打紧,"福勒夫人笑道,"我很乐意再给你做一个。明天我去利伯蒂[1]买些绸缎。"

陶沃夫人英勇地面不改色。

"我不值得你这样,真的。你们牧师的妻子不是缺一个保暖套吗?"

"啊,我正好刚给她做了一个。"福勒夫人容光满面。

我注意到她笑的时候,一口白白的牙齿小而整齐,看上去赏心悦目。她的笑容也很甜美。

我觉得自己不该夹在两位女士中间,于是便告辞了。

第二天一早陶沃夫人打电话给我,一听她的声音就知道心情大佳。

"我有一个最激动人心的消息,"她说,"简要结婚了。"

"不可能吧。"

"她的未婚夫今天晚上要来吃饭,介绍给我认识,我希望你也在场。"

"哦,我在场你们会不自在吧。"

"不会,是简自己提出来的。来吧。"

陶沃夫人的愉快心情全从笑声里传了过来。

"未婚夫是谁?"

---

[1] 1875年在西伦敦由亚瑟·利伯蒂(Arthur Liberty)创立的百货商场。

"我不知道。她说是个建筑师。你能想象出简会嫁给什么样的男人吗?"

我本来晚上就空着,而且陶沃夫人请客,饭菜从不令人失望。

我到的时候,陶沃夫人一个人在家,身上的那件绚丽的茶会礼服有些太年轻了。

"简就快打扮好了。我真想让你赶快看到她的样子,全然失了方寸。她说这个男人很爱她。他叫吉尔伯特,每次提起他福勒夫人声音都变了,说话会发颤。我真的快忍不住要笑出来。"

"我很好奇那个男人是什么样的。"

"哦,我觉得我已经猜到了。很高大魁梧,秃顶,巨大的肚皮上方横了条巨大的金链子。一个脸色红润的大胖子,胡须剃得干干净净,声如洪钟。"

福勒夫人进来了。一条材质僵硬的黑色丝绸长裙,裙摆很宽,还拖着裙裾。领口开了个羞涩的 V 型,袖口在手肘处。脖子上是一条嵌了珍珠的银项链。她手里还握着黑色的长手套,和一把用黑色鸵鸟羽毛做成的扇子。大部分人做不到的事,她完成了:那就是表里如一。你看到她的时候,只会想到这是一个北方殷实的工厂主留下的可敬遗孀。

"简,你的脖子真是好看。"陶沃夫人微笑得很和善。

和她饱经风霜的脸相比,她的脖子的确年轻得让人震惊。不但皮肤光滑,没有皱纹,而且肤色也是雪白的。我也注意到她头部和颈部的姿态也很漂亮。

"玛丽安把我的事跟你说了?"她转过来问我,脸上那个迷人的笑容就像我们是多年的好友。

"我必须要恭喜您。"我说。

"先见见我的那位年轻人再恭喜不迟。"

"听你谈起你的那位年轻人真是让我觉得太甜蜜了。"陶沃夫人微笑道。

我分明看到福勒夫人的眼睛在那副荒谬的大眼镜后面闪烁了一下。

"不要真以为是个老头。你们也不希望我嫁给一个老态龙钟、一只脚都踩在坟墓里的人吧?"

她给我们的警告只是这样。实际上,我们也来不及再作什么讨论,男管家推开门大声报告:

"吉尔伯特·纳皮尔先生到了。"

进来的是一个年轻人,穿了件剪裁非常考究的西服。他有些瘦削,不高,满头的金发中似有如无地带些自然卷;脸刮得很干净,眼珠是蓝色的。他不算英俊,但一张讨喜的面孔让人看着愿意亲近。或许十年之后他就会干瘪下去,皮肤也会变得枯黄,但此刻因为实在年轻,散发着喷薄向上的利落和朝气。他一定不会超过二十四岁。我的第一反应是简·福勒的未婚夫因为痛风不能来赴宴,派了儿子过来知会大家(并没有人告诉我他也曾有家室)。但他的目光很快落在福勒夫人那里,而且脸上顿时有了神采,伸出双手朝福勒夫人走去。后者也朝他伸出双手,露出羞涩的笑容,转向她的嫂子。

"这就是我的那位年轻人,玛丽安。"她说。

他伸出手。

"我希望您能喜欢我，陶沃夫人，"他说，"简告诉我您是她世上唯一的亲人。"

陶沃夫人当时的脸是一景。我满心赞叹，好的教养和社会习俗是如何精彩地战胜了女人的天性。因为有一时半刻，她并没有掩饰住自己的震惊和忧伤，但很快这些情绪就被驱逐，她又是一副热情女主人的样子了。可很明显她不知道该说什么。吉尔伯特一下子有些局促也是难免的，而我还在费力不让自己笑出来，自然也没空去化解尴尬。只有福勒夫人静若止水。

"你一定会喜欢他的，玛丽安，这我最清楚。没人比他更热爱美食了。"她又转过来对那个年轻人说。"玛丽安的宴会很有名的。"

"我知道。"他神采奕奕地说。

陶沃夫人草草地接了句话，我们便下楼了。饭桌上那场精湛的喜剧我会记得很久。陶沃夫人拿不定主意这到底是场恶作剧，还是简故意隐瞒了未婚夫的年龄，要让自己手足无措。但简从来不开玩笑，也从来不会使坏。陶沃夫人很惊讶，很生气，很迷茫。但她的仪态倒是恢复了，因为她不管怎样都不会忘记自己是个完美的女主人，职责就是让来宾享受她的宴会。但是她每回满面友善地转向吉尔伯特·纳皮尔的时候，我不知道后者是否看出了那只是面具，面具后面的眼神是很严厉且不乏恶意的。她在掂量他。她在努力挖掘吉尔伯特灵魂深处的秘密。我看得出来陶沃夫人此时有些激动，因为在腮红之下，她的脸放出愠怒的红光。

"你今天脸色特别红啊,玛丽安。"简说,透过巨大的圆镜框温柔地看着嫂子。

"化妆有些急,大概是我抹了太多腮红。"

"哦,是腮红啊?我还以为是你气色好。否则我就不会提起的。"她朝吉尔伯特害羞地微微一笑。"你知道吗,玛丽安和我是一起上学的。你现在看我们两个一定是看不出来的吧?不过自然也因为我的生活一向非常平静。"

我猜不出她这几句话的用意是什么;真要是全然无心之语也太不可思议了。但不管如何,陶沃夫人听了实在难忍,再也顾不得面子。她明媚地笑了笑,说道:

"简,我们可是再也没法回到五十岁的时候了。"

要是这句话是为了打乱福勒先生的未亡人,那可一点没看出效果来。

"吉尔伯特让我绝不要说自己大过四十九岁,即使只是为了他。"福勒夫人泰然自若地答道。

陶沃夫人的手略微颤抖了一下,但她知道怎么回击了。

"当然你们两人的年龄的确有些差距。"她微笑道。

"二十七岁,"简说,"你觉得差太远了吗?吉尔伯特说我其实没有实际年龄那么老。我也告诉过你们我可不想嫁给某个一只脚已经踩在坟墓里的人。"

这时候我再不笑就失礼了,吉尔伯特也笑了笑。他的笑声很单纯,有少年气息;他似乎觉得简不论说什么都很有意思。但陶沃夫人已经有些一筹莫展，我就怕再不缓和一下气氛，她就要忘了自己也是社交圈中的名人了。我尽全力出手相救。

"我想，你最近应该在忙着置办嫁妆吧？"我说。

"没有，我在利物浦有个裁缝是从结婚之后就一直用的，本来就想让他做一些，但吉尔伯特说不行。他很霸道的，但品位又真的很好。"

她看着吉尔伯特含情脉脉地笑了笑，羞涩得像个十七岁的姑娘。

陶沃夫人脸色变得煞白，妆容也掩不住了。

"我们准备去意大利度蜜月。吉尔伯特之前还没有机会研习文艺复兴时期的建筑，当然对于一个建筑师来说，能亲眼去见识一下很重要。路过巴黎的时候我们会去买几件我的衣服。"

"你们准备去很久吗？"

"吉尔伯特跟公司安排好了六个月的假期。他可真要乐不思归了，你们说是吧？之前他还从来没有放过半个月以上的假。"

"怎么会没有呢？"陶沃夫人的语气再如何掩饰也透出寒意。

"他从来负担不起啊，真叫人心疼。"

"啊！"陶沃夫人的这一声惊呼中真可谓万语千言。

咖啡端来之后，两位女士就上楼了。吉尔伯特和我就像两个无话可说的男人惯常的那样东拉西扯；但两分钟之后，男管家就递来了一张纸条。是陶沃夫人写的，内容如下：

马上上楼，然后尽快离开。把他也带走。我得立刻把话跟简说清楚,否则我就要昏厥了。

我随口编了个理由:
"陶沃夫人头疼,想就寝了。如果你不介意的话我们就撤吧。"
"当然。"他回答道。
我们上了楼,五分钟之后就到了门口。我喊了一辆出租车,提议载他一程。
"不用了,谢谢,"他说,"我走到转角那里就有公交车。"

陶沃夫人一听我们出了门,立时变成一副要大吵一架的样子。
"你疯了吗,简?"她吼道。
"要我说,应该不会比大多数不是常年住在精神病院里的人更疯吧。"简依然泰然自若地回答道。
"我能不能问一声,你为什么要和这个年轻人结婚?"陶沃夫人之不失礼数的确让人赞叹。
"多少也是因为他不许我不答应。这已经是第五回求婚了。我拒绝得也着实累了。"
"那你觉得他为什么这么急切想要娶你?"
"他觉得我有趣。"
陶沃夫人气得喊了一声。
"他就是个肆无忌惮的无耻之徒。我刚刚差不多就要这样骂他了。"
"那你就说错了,而且真要对着他这样说也不太礼貌。"

"他身无分文,你有钱。你不至于被迷得看不出来他是为了钱才要结婚的吧?"

简依旧泰然自若,看着焦躁的嫂子好像并不关自己的事。

"你知道吗,我觉得他不是的,"她回答道,"我觉得他很喜欢我。"

"你是个岁数很大的女人了,简。"

"我跟你是同岁的,玛丽安。"她微笑道。

"但我从来没有任由自己衰老。就我这岁数来说,我算年轻的。没有人会觉得我超过四十岁。可即使这样,要嫁给一个比我年轻二十岁的人,我想也不会去想的。"

"二十七岁。"简纠正道。

"你难道想告诉我,你真能让自己相信,一个年轻男子会爱上一个老得能当自己母亲的女人?"

"我在乡下住了很多年。我知道人性有很大一部分是我不了解的。他们说有个叫弗洛伊德的,是奥地利人,我想……"

但陶沃夫人打断了她,这次再也不顾什么礼数了。

"别闹笑话了,简。这太丢人。太不体面了。我一直以为你是个明白事理的女人。真的,要说谁会爱上个小孩,我猜谁也不会猜你。"

"可我并没有爱上他呀。这我跟他也说过了。当然我挺喜欢他的,否则也不会答应嫁给他;总之我把自己的感受原原本本都描述给他了,我觉得只有这样才公平。"

陶沃夫人深吸了一口气;血液全冲上了脑门,呼吸都变得困难起来。她手边没扇子,抓起晚报就一个劲地扇着。

"要是你不爱他,为什么要嫁给他呢?"

"我守寡已经守了很久了,一直过得风平浪静。我就想改变一下。"

"要是你纯粹只是为了结婚而结婚,干吗不找一个和你岁数相仿的呢?"

"和我年龄相仿的没有人向我求过五次婚呀。实际上他们一次也没求过。"

简说这两句话的时候自己也忍不住笑;陶沃夫人最后残存的理智也守不住了。

"别笑,简。我不允许。我觉得你脑子里一定是出了什么问题。这太可怕了。"

她实在承受不住,猛地大哭了起来。她知道在自己这个年纪,流泪是致命的,眼睛会肿二十四个小时,一定不忍卒睹。但没有办法,她哭得停不住。简依然平静非常;她透过巨大的眼镜看着玛丽安,若有所思地将大腿上的黑色绸裙抚平。

"你会非常不幸福的。"陶沃夫人抽泣着说,小心地擦着眼睛,只希望黑色的睫毛膏不会被抹花。

"我会幸福的,我觉得。"简的回答依然是她那种平和、轻柔的语气,就好比每个词后面都带着微笑。"我们已经里里外外都讨论过了。我一直觉得自己非常容易相处,一定可以让吉尔伯特很幸福,很舒心的。一直都没有人好好照顾他。我们结婚经过了慎重的考虑。而且还说好了,一旦有一方想要自由了,另一方也绝不设置障碍。"

陶沃夫人显然已经平静了不少,足以说出这样一句尖刻的话:"他最后说服了你给他多少生活费啊?"

"我本想每年给他一千的,但他坚决不要。我提议的时候他还很难过,说他挣的钱足够他自己开销了。"

"他比我想象的还要狡猾。"陶沃夫人语气尖酸地说道。

简停顿了一下,看了看自己的嫂子,目光和善,但也丝毫没有动摇。

"你看,亲爱的,对你来说是不一样的,"她说,"你不像我这样守了很多年的寡,对不对?"

陶沃夫人看着简,脸红了一下。她甚至觉得有些不自在。当然简太单纯了,不至于影射什么。陶沃夫人又恢复了优雅的神态。

"这事太让我烦心了,必须先去睡了,"她说,"我们明天一早再继续聊。"

"这恐怕不太方便,亲爱的。我和吉尔伯特明天早上要去领证书。"

陶沃夫人心烦意乱地双手一甩,也想不出能说什么。

两人成婚就在登记处的办公室里。陶沃夫人和我是证婚人。吉尔伯特穿了件挺括的蓝色西服,看上去年轻得离谱,而且明显有些紧张。这样的时刻对任何一个男人都是考验。但简依然平静得让人佩服。她简直像一个时不时就会结婚的上流社会的女子。

但脸颊上微微的红晕还是看得出在平静的表面之下也难免有些激动。这样的时刻对任何一个女人来说都是难忘的。她穿了一条银灰色的丝绒礼服,剪裁我认得出是利物浦那一位裁缝的手笔(听说是一位品性高洁的寡妇),简找她做礼服已经很多年了;但她还是略微向这个浮夸的场面让了步,戴了顶插满蓝色鸵鸟羽毛的阔边花式女帽。再加上她那副金边眼镜,这顶帽子更显得无比诡异。仪式结束,登记员(在我看来,他有些被新婚夫妇的年龄差距吓到了)和简握了握手,严格按照场面话表示了祝福;新郎稍稍有些脸红,吻了新娘。已经接受事实但心情不能平复的陶沃夫人上前亲吻了简;然后简满怀期待地看着我。很显然照当时的场面,我也是应该亲她的;我照办了。走出登记处的时候,闲杂人等都在那里不怀好意地要欣赏新婚夫妇,我得承认我有些难为情,钻进陶沃夫人的汽车里才不由得松了口气。我们径直开到了维多利亚火车站,因为这对幸福的夫妻要乘两点钟的火车去巴黎,而简非要在车站的餐厅用"婚礼早餐"。她说不能提前到站台上会让她紧张。陶沃夫人出于对家人强烈的责任心才出席了喜宴,但即使她也没法将气氛活跃起来;她自己就什么都没吃(这点我不能怪她,因为食物让人作呕,而我则本就最讨厌在午餐会上喝香槟),说话的声音也很紧张。但简热火朝天地几乎要把菜单几乎都点上一遍。

"我一直觉得旅行之前应该大吃一顿。"她说。

把他们送走之后,我又乘车陪陶沃夫人回到了她家里。

"你猜他们能撑多久?"她说。"六个月?"

"希望他们有最好的结果吧。"我微笑道。

"别说傻话了。哪里会有什么'好结果'。那个男的娶她除了钱不为别的,你看不出来吗?不可能撑太久的。我只希望她到时不会太痛苦,虽然是咎由自取。"

我笑了起来。话虽善意,但听她的口气我毫不怀疑她想说的是什么。

"要是真很快结束了,你至少还有一点安慰,就是可以跟她说一句:'我早就说了。'"我说道。

"我跟你保证这句话我绝对不说。"

"那么你因为忍住了不说这句话,就可以志得意满地恭喜自己自制力傲人了。

"她又老,又俗气,又无聊。"

"你确定她很无聊吗?"我说。"她的话的确不多,但每次开口都能直中要点。"

"我这辈子还没听到她讲过一个笑话。"

吉尔伯特和简度蜜月回来的时候,我又在远东,而且这次有两年没有回国。陶沃夫人不爱写信,虽然我偶尔会给她寄明信片,但没有收到任何她的消息。我回到伦敦后一周之内就见到了她;那天我参加一个宴会,发现自己就坐在她旁边。当日来宾众多,大概有二十四个人,就像馅饼里的乌鸫一样[1],我到得有

---

[1] 英国民谣《唱一首六便士的歌》(大约起源于十八世纪或更早)中,唱到国王面前的馅饼打开之后有二十四只乌鸫飞出,开始歌唱。

些迟,在摩肩接踵之中分不清谁是谁。坐下之后,我在桌边看到不少和我一同用餐的宾客都是在画报上为公众熟知的大人物。我们的女主人对所谓的"名人"素来有些爱好,所以当晚可谓众星云集。陶沃夫人和我两年未见,照例寒暄了几句,我于是就问了简的情况。

"她很好。"陶沃夫人冷冰冰地说。

"她的婚姻怎么样了?"

陶沃夫人停顿了一下,从面前的餐盘上取了几颗咸味杏仁。

"看上去挺美满的。"

"那就是你预判错误了?"

"我说过他们撑不下去的,现在我还是这个判断。这违背人性。"

"她开心吗?"

"他们两个人都很开心。"

"我猜你现在很少看见他们了。"

"一开始还是经常见到的。可现在……"陶沃夫人撅了撅嘴。"简现在派头可不小。"

"这是什么意思?"我笑着问。

"我觉得我应该告诉你,她今天也在这里。"

"这里?"

我大吃一惊,又在桌边的客人中看了一圈。今天邀请我们的是一位很可爱也很有趣的夫人,但我依然很难相信在这样的宴会上,她会邀请某个不知名建筑师的又老又俗气的妻子。陶沃夫人看到我困惑的表情，也足够敏锐地明白我在想些什么。她淡淡一笑。

"看一下主人左边的那一位。"

我看了。说来也蹊跷，我当时被领进会客厅的时候，在人群之中我最先注意到的就是这个装扮离奇的女子。她的眼神中一闪，似乎是认出了我，但我竭力回忆也想不起在哪里见过她。这位女士并不年轻，因为头发是铁灰色的；剪得很短，密密的鬈发厚实地堆在她好看的头形上。她完全没有掩饰年纪，因为在那些客人里，她出挑就出挑在脸上没有口红、腮红和粉底。那张脸孔算不上标致，而且因为饱经风霜又红又沧桑；但正因为不施粉黛，她的外表有种让人喜欢的天然之态。而她雪白的肩膀又是一种反差，那真是动人极了；一个三十岁的女子也会想要炫耀这样的肩膀。她的裙子却非常奇特。我很少见到比这身裙子更大胆的装束了。黑黄相间，胸口开得很低，下摆也随着当时的风潮剪得很短；这本像是化装舞会上的装扮，随便换个人穿都会显得荒唐，但在她身上显得那么合适，就因为它无一例外地让人联想到某种自然和天真。她古怪却不做作、夸张却不卖弄的形象最后还有一个饰物，就是用黑色的宽丝带挂着一个单片眼镜。

"你不会是要告诉我，那就是你的小姑吧？"我惊呼了一声。

"那就是简·纳皮尔。"陶沃夫人冷冰冰地说。

这时候简正在说些什么。女主人转向她的时候已经预先准备好了笑容。坐在简左边的是一个白发的秃顶男子，长了一张机敏、聪明的脸，也急忙探出身子去听；坐在对面的两个人本来在交谈，也停下来，竖起了耳朵。简把话说完，所有这些听众突然全都向后仰去，靠在椅子后背上开怀大笑。桌子另一头一位男士正要跟陶沃夫人说话，我认出他是个很有名的政治家。

"你的小姑又讲了个笑话啊，陶沃夫人。"他说。

陶沃夫人微笑了一下。

"她真是风趣极了，不是吗？"

"让我好好喝几口香槟，你无论如何得仔细给我讲讲到底怎么回事。"我说。

好了，我所听到的故事是这样。蜜月之初，吉尔伯特带简去见了巴黎很多裁缝，也没有反对简依着自己的心意挑了一些端庄的长裙；不过他还是说服简做了一两条他设计的裙子，款式更轻松一些。似乎吉尔伯特在这方面还很有天赋。他又雇了一位时髦的法国女仆。简之前从来没有经历过这样的事；衣服她一般都自己缝补，需要"打扮一番"的时候才会摇铃召唤负责洒扫的女用人。吉尔伯特设计的裙子和她之前穿的都很不相同，不过他也很当心，没有操之过急。因为丈夫喜欢，所以简虽然疑虑，也说服自己换上那些新式的衣服，而少穿自己选的那些。当然，如此一来，她习惯的那些肥大的衬裙就没有用了；尽管不舍得，简还是把这些衬裙扔掉了。

"所以，你也可以说，"陶沃夫人几乎是嗤之以鼻地说道，"她身上只有一条丝绸的贴身裙子。我实在惊叹她这个岁数怎么没有着凉死掉。"

吉尔伯特和法国女仆教她该怎么穿衣服，出人意料的是她居然学得很快。法国女仆见到了女主人的肩膀和手臂，赞叹不已，说不把这些展示出来简直是罪过。

"别着急，阿尔芳欣，"吉尔伯特说，"我给夫人设计的下一套衣服会淋漓尽致地把她展现出来。"

那副眼镜当然是糟糕透了。谁戴了金边的眼镜都不会好看。吉尔伯特试了一些玳瑁镜框的式样，还是摇头。

"小姑娘戴这些还行，"他说，"简，你的岁数已经不能戴眼镜了。"突然他来了灵感。"天呐，我知道了。你得戴一个单片眼镜。"

"噢，吉尔伯特，不行的。"

她看着丈夫激动的样子，那是一种艺术家的激动之情，不由得微笑起来。他对自己太贴心了，简希望可以尽己所能让他高兴。

"我试试吧。"她说。

他们去了一家眼镜店，找到了合适的尺寸；当简把眼镜得意地戴上，吉尔伯特鼓起掌来。震惊的店员还没反应过来，吉尔伯特已经亲了妻子的两侧脸颊。

"你美极了。"他喊道。

然后他们就去了意大利，花了几个月时间甜蜜地研习文艺复兴和巴洛克时期的建筑。简不但对自己的新形象渐渐习惯起来，而且发现自己还很喜欢现在的样子。一开始，走进酒店的餐厅时，大家会转过头盯着她看，简还从来没有被人正眼打量过，自然有些害羞；但很快她就发现这样的体验并不难受。女士们会走过来问她这些衣服是在哪里做的。

"你觉得好吗?"她羞涩地答道。"是我丈夫为我设计的。"

"要是你不介意的话,我想照着做两件。"

简虽然多年来过着波澜不惊的生活,但是女性的直觉她可一点也不缺。答案她早就预备好了。

"很抱歉,只是我丈夫很在意这件事,他不允许任何人复制我的裙子。他希望我是独一无二的。"

她总以为自己要是这样说,对面的人会笑话她。但她们没有,只是回答说:

"哦,当然当然,我很能理解。你的确是独一无二的。"

但简还是发现这些人在心里记下了她的款式,不知为何这还让她略觉心烦。她自忖,活到这个岁数,终于不再穿那些别人穿的衣服了,她们为什么都想着要穿她的款式呢?

"吉尔伯特,"她说,这回少了几分以往的平和,"下回你再替我设计裙子,我希望你能设计一些别人抄袭不了的。"

"唯一的办法是设计一些只有你能穿的衣服。"

"你可以吗?"

"可以,但你要帮我做件事。"

"什么事?"

"剪掉你的头发。"

我想这是简第一次畏缩了。她的头发又长又浓密,还年轻的时候她一直引以为傲;要剪掉实在有些破釜沉舟,太激进了。对于简来说,最难的倒不是第一步,而是这最后一步;但她还是跨了出去（"我知道玛丽安会骂我蠢，而且我也永远回不了利物浦了。"她这样说），回国的时候经过巴黎，吉尔伯特领着她找到了世界上最好的发型师（简的心跳很快，觉得头都晕了）。走出他的美发店时，简顶着一头的灰白鬈发，活泼、别致、放肆。皮格马利翁终于神奇地完成了他的杰作，伽拉忒亚活过来了。[1]

"我知道了，"我说，"但这也不能解释为什么简今天会出现在这里，她周围可都是公爵夫人、内阁成员之类的人物；更不能说明为什么她会坐在女主人的身边，而另一侧坐的是海军元帅。"

"简现在是个幽默家，"陶沃夫人说道，"你没看到她一说话就把大家全逗笑了吗？"

陶沃夫人心里的愤恨此时已是确凿无疑了。

"简当时写信告诉我，他们蜜月结束，已经回来了；我就觉得没有理由不请他们夫妻来吃饭。虽然不是什么让人高兴的事，但总是躲不过的。我知道宴会的气氛一定死气沉沉，我不会让那些真正要紧的朋友牺牲在其中，但另一方面，我也不希望让简觉得我连像样的朋友也没有。你知道我请客从来不会超过八个人，但这一回我觉得请十二个人会好一些。宴会之前我都太忙了，来不及和简碰面。她那天迟到了一会儿——那是吉尔伯特的

---

[1] 皮格马利翁（Pygmalion）是希腊神话中的塞浦路斯国王，他爱上阿佛洛狄忒的一座雕像。女神因怜悯他而使雕像复活，他们结为夫妻。另一种说法是：皮格马利翁是一个雕刻家，因为厌恶世俗女人的缺点而雕刻了一座女神像，后来雕像被赋予生命，取名伽拉忒亚（Galatea）。

心机——最后招摇着就进场了。你当时用根羽毛就能把我拍倒。她让其余所有的女宾都显得那么过时,那么俗气。她让我觉得自己就像是个化了浓妆的老娼妓。"

陶沃夫人喝了一口香槟。

"要是我能把她身上那条裙子描述给你听就好了。任何人穿着都会很离谱,但在她身上就完美极了。还有那个单片眼镜!我认识她三十五年,这是第一回见到她脱下眼镜的样子。"

"但你知道她身材不错。"

"我怎么知道?我见到她都是穿着你第一回碰到她时的那身衣服。你那时看出她的身材来了吗?她似乎对自己造成的轰动并非毫无感觉,但已经习以为常了。想到宴会我倒是松了一口气,虽然她人是闷了些,但既然有了这样的形象,谈吐如何已经无关紧要了。她坐在桌子的另一头,我听到笑声不绝于耳,就觉得挺高兴其他宾客也在哄着她;但宴会结束之后,足足有三个男人找到我,说我的这位小姑真是有趣极了,问我简会不会介意他们去拜访,我真是惊得天旋地转。二十四小时之后,我们今天这位女主人就给我打了电话,说她听闻我的小姑到了伦敦,风趣幽默,问我是否能邀请简去她的午餐会,介绍两人认识。这女人的直觉百无一失,一个月之内所有人都在谈论简。我今天能接到这个邀请,并不是因为我和女主人认识了二十年,而且请她去过我的宴会上百次,而是因为我是简的嫂子。"

可怜的陶沃夫人;她的处境着实让人愤懑。而且这局面的翻转太过惨烈,虽然我觉得滑稽,但还是认为陶沃夫人值得同情。

"大家从来都拒绝不了那些能惹他们发笑的人。"我试着宽慰她。

"她可从来没让我笑过。"

桌子的主位又传来一阵大笑,估计简又说了什么有趣的话。

"你是想说只有你一个人觉得她不好笑?"我微笑着问道。

"难不成你想到过她会成为一个幽默家?"

"我必须承认我也没有。"

"她说的话跟过去三十五年根本没有什么两样。我笑是因为其他人都笑了,我不像被当成傻子,但我不觉得有趣。"

"跟维多利亚女王一样。[1]"我说。

这句玩笑开得并不高明,陶沃夫人也不客气地指出了这一点。我换了个路子。

"吉尔伯特来了吗?"我一边问着,一边沿着桌子搜寻。

"她也邀请了吉尔伯特是因为没有丈夫,简是不肯出门的。但今天晚上吉尔伯特去了他们协会的一个晚宴,是叫建筑师学会还是别的什么。"

"我真是等不及要和简叙叙旧了。"

"宴会之后找她说说话吧。她会请你去她的周二聚会的。"

"'周二聚会'?"

"她每周二晚上都在家。只要你听过名字的人也都会在那里

---

[1] 据说维多利亚女王曾听一位掌马官讲述了一则并不得体的趣事,评论道:"我并不觉得有趣。"

出现。这是伦敦最好的派对了。我花了二十年没做成的事情,她用了一年就完成了。"

"你告诉我的这些事太不可思议了。她是如何做到的呢?"

陶沃夫人耸了耸她好看却又嫌丰腴的肩膀。

"要是你能告诉我,我也很想知道。"她说。

用过餐之后,简坐在沙发上,我走过去的时候被人截住了。过了一会儿之后,女主人走过来,说:

"我一定得向你介绍我这场派对的主角。你认不认识简·纳皮尔?她真是太有趣了。比你那些喜剧好笑多了。"

她带我走到沙发边上。之前吃饭的时候坐在简身边的元帅依然坐在她旁边,丝毫没有要起身的意思。简跟我握了握手,向元帅介绍了我。

"你有没有见过雷吉纳尔德·弗罗比歇爵士?"

我们开始聊天。这和我之前认识的简没有什么两样,绝对的单纯、朴实、不加矫饰,但她奇异的装扮无疑给她的言谈添了几分别样的风味。忽然我发现自己也笑得前仰后合了。她的议论根本谈不上风趣,只是符合情理、切中要害罢了,但她说话的方式,那种隔着眼镜看我时候的空洞表情,让人不得不为之倾倒。我只觉得愉悦和放松起来。我要走的时候,她跟我说:

"要是你没有别的更有意思的事,星期二来看看我们吧。吉尔伯特见到你会很高兴的。"

"等他在伦敦住上一个月,就知道星期二是找不到更有意思的事情的。"元帅说。

于是，星期二我去了简的府邸，虽然去的时候已经很晚了。必须说，在场的宾客出乎我的预料。作家、画家、政客、演员、贵妇、名媛，阵容非同小可：陶沃夫人没有说错，这个聚会派头真是可观。斯塔福德庄园[1]易主之后，我在伦敦就未曾见过这样的场面了。没有安排什么特别的节目；茶点虽不缺，也谈不上豪奢。简虽然温和一如往常，但似乎也乐在其中；对于客人，她并不特别殷勤，但大家似乎就喜欢待在那里，派对始终欢快、有生气，直到两点才散。之后我就经常见到她了；不仅是我经常造访她的住处，而且出去吃中饭、晚餐，遇不到她的时候也很少。我自己也算粗通幽默之道，一直想弄清她这份天才背后的路数。要把简的幽默复述出来是不可能的，因为其中的有趣很像某些红酒，只能在出产之地品尝。她造不出警句、隽语；从来没有机智的应答；她的评论不含恶意，反驳别人也不会语中带刺。不少人觉得风趣的灵魂并非简洁，而是不雅；但她从来没有说过什么会让维多利亚时代的女士们脸红的话。我觉得她的幽默不是刻意为之的，她事先一定没有谋划过自己要说什么。那些言辞就像花间的蝴蝶，飞来飞去只遵从自己一时的兴致，既没有意图，也没有模式。它的好笑和简说话的语气、表情休戚相关，其中的精微之处也因为吉尔伯特替她打造的这一副张扬、奢华的派头，

---

[1] Stafford House，受弗雷德里克王子（Prince Frederick）委托，始建于1825年，后被斯塔福德侯爵（Marquess of Stafford）购买，在整个十九世纪都是伦敦社交界的重要场所。1912年转售给了肥皂商威廉·莱夫（Sir William Lever），更名为兰卡斯特庄园，并捐赠为国有。

更耐寻味。当然,现在她红极一时,只要开口大家就会笑。他们再不会困惑为什么吉尔伯特娶了比自己老很多的女子了。在他们眼里,对于简这样的女人来说,年龄是无关紧要的,觉得吉尔伯特这个年轻人真是撞了大运。海军元帅还引莎士比亚给我听:"岁月不能让她枯萎,她万千的变化也不因俗事减去半分灵动。"[1]对于妻子的大受欢迎,吉尔伯特很是高兴,和他来往之后,我也慢慢喜欢上了他。很显然他既不是个无赖,也不是用结婚来致富的那种男人。他不仅为妻子感到无比自豪,也发自内心地呵护着她;那种温情让人感动。这是一个很不自私,又性情温和的年轻人。

"说说看,你觉得现在的简怎么样?"他有次这样问我,像孩子般得意。

"我说不上你们两人谁更了不起,"我说,"你还是她。"

"哦,我可不值一提。"

"瞎说,你以为我有多笨,还不看出是你——而且也只有你——才让简成为了现在的样子?"

"我唯一的功劳,大概是有些本来就在那儿的东西,大家没戴眼镜看不到,正好被我发现了。"

"你能发现她可以被塑造成这个精彩的形象,我尚能理解,但天晓得你是怎么让她变成一个幽默家的?"

---

[1] 莎士比亚在《安东尼和克娄巴特拉》中安东尼的友人赞颂克氏魅力,认为除了美貌,也借助性情和智慧。

"可我一直觉得她的话滑稽透顶。她从来都是个幽默家。"

"当时也只有你是这样想的。"

陶沃夫人不无大度地承认,她看错了吉尔伯特;也对他很有好感。可不管看上去怎样,这段婚姻撑不了多久这个意见,她从未动摇。我只好笑话她:

"什么话,我可从来没见过这么相爱的夫妻。"

"吉尔伯特今年二十七;正是有漂亮姑娘会出现的时候。那天夜里在简的派对上你有没有注意雷吉纳尔德爵士可爱的小侄女?似乎简也很留意她和自己的丈夫,我就长了个心眼。"

"我可不相信这世上还有让简忌惮的姑娘。"

"你等着瞧。"陶沃夫人说。

"你之前说撑不过六个月的。"

"好,现在我改成'撑不过三年'。"

人类的天性就是这样,我们总希望那些固执己见的人是错的。陶沃夫人实在是太过自负了。可惜我没享受到这样的乐趣——她一向认为两人不般配,而她一向信心满满认定必然会发生的结局,最后的确成真了。不过,命运即使满足我们的愿望,也很少是以我们期待的方式;陶沃夫人当然可以自得于她的预测应验了,但我想她宁可自己是错的。因为事情的过程全然不是她所想的那样。

有一天我收到了她一封很急切的信,正好有空,就立马去见了她。刚进房间,陶沃夫人就从椅子上站起朝我走过来,像

简

一只追捕猎物的豹子般迅捷却又不易察觉。我看得出她有些激动。

"简和吉尔伯特分开了。"她说。

"不会吧？不管怎样，你的判断还是对的。"

陶沃夫人当时看我的表情难以揣测是何用意。

"可怜的简。"我低声道。

"可怜的简！"她重复了一遍，但语气里那股嘲讽的意味让我不知该如何接话。

要向我一五一十描述具体的过程对她来说并不容易。

吉尔伯特刚走，她就急忙拨了电话喊我过来。

之前吉尔伯特进屋的时候一脸苍白和憔悴，她立刻明白有什么可怕的事情发生了。他还没开口，陶沃夫人就知道他要说的是什么。

"玛丽安，简离开我了。"

她微笑了一下，握住了吉尔伯特的手。

"我知道你一定会表现得像个绅士。要是大家认为是你离开了她，对简就很不好了。"

"我到这里来，是因为我知道你一定会宽慰我的。"

"啊，我自然不怪你，吉尔伯特，"陶沃夫人很和善地说，"迟早会发生的。"

他叹了口气。

"我想也是。要永远占有她是种奢望。她太美好了，而我太平常。"

陶沃夫人拍拍他的手。他的态度的确让人赞赏。

"接下来会怎样?"

"她会跟我离婚。"

"简一直说如果你想另娶的话,她不会成为阻碍的。"

"你不会以为做了简的丈夫之后,我还会娶其他人吧?"他回问道。

陶沃夫人听不懂了。

"想必你的意思是你离开了简吧?"

"我?这是我最不会做出的事情了。"

"那为什么她要跟你离婚?"

"离婚判决下来之后,她就要嫁给雷吉纳尔德·弗罗比歇爵士。"

陶沃夫人实打实地尖叫了一声;取来了嗅盐才不至于晕倒。

"她就这样报答你?"

"我没为她做什么。"

"难道你就准备这样放任自己被利用吗?"

"我们结婚之前就说好了,任何一方想要自由,另一方绝不阻拦。"

"但那是为了你而设的,因为你比她年轻二十七岁。"

"总之,现在受益的人是她了。"吉尔伯特苦涩地回道。

陶沃夫人规劝、争辩,讲了各种道理,但吉尔伯特始终认为哪条规则都无法强加在简的身上,他必须照着她的意思去办。他走的时候,陶沃夫人心力交瘁。不过跟我复述了一遍两人会谈的前前后后，倒让她纾解了不少。看到我和她一样讶异，她颇为高兴；至于我对简不像她那么生气，她归咎于男人普遍道德沦丧。男管家开门的时候，她依然激动非常，这时进来的人正是她的小姑。简身上穿的是黑白相间的衣服，无疑在配合她此时略显微妙的状态，但这身裙子太独特和别致，那顶帽子又如此夸张，着实让我倒抽了一口凉气。但简还是一如既往的平淡和镇静。她走上前想亲吻陶沃夫人，但后者不失仪态但又十分冷漠地退开了。

"吉尔伯特来过了。"她说。

"我知道，"简微笑着回道，"是我让他来见你的。今晚我就去巴黎了，我不在的时候，你对他和善一些吧。我猜一开始的时候他会挺寂寞的，要是你能对他多加留心，我至少心里会好受一些。"

陶沃夫人的双手攥在了一起。

"吉尔伯特刚刚告诉我的事情，我怎么想还是难以相信。他说你要跟他离婚，嫁给雷吉纳尔德·弗罗比歇。"

"你还记得吗，我要嫁给吉尔伯特的时候，你建议我找一个年龄相仿的人？元帅今年五十三岁。"

"可是，简，你的一切都是拜吉尔伯特所赐，"陶沃夫人义愤填膺地说，"没有他，就根本没有你这个人。没有他设计的衣服，你什么都不是。"

"哦，他答应以后还是会继续给我设计衣服。"简平平淡淡地回答道。

"谁都找不到一个更好的丈夫了。他对你，简直就是温柔的化身。"

"我知道，他一直都很好。"

"那你怎么能如此凉薄呢？"

"可我从来都没有爱过吉尔伯特，"简说，"我从来都是这么跟他说的。我现在身边开始需要一个相同年纪的男人了。大概，我是觉得嫁给吉尔伯特够久了吧。年轻人不会聊天。"她停顿了一下，冲我和陶沃夫人笑了笑，她的微笑很好看。"当然我也不会丢下吉尔伯特不管的。我已经跟元帅安排好了；他有一个侄女正好适合吉尔伯特。等我们完婚了之后，我就邀请他们两个人都到马耳他来住——你们知道元帅马上就要统领地中海的海军了——这两个年轻人坠入爱河也是很自然的事情。"

陶沃夫人轻轻哼了一声。

"那你有没有跟元帅商议，要是任何一方想要自由了，另一方也不能阻拦？"

"我提了一句，"简不慌不忙地答道，"元帅说他是个识货的人，不会再想娶别的女子了，而如果还有别人要娶我——他的旗舰上有八门十二英寸口径的大炮，他会在射程之内跟那个人好好商量的。"她透过单片眼镜看我们的眼神实在让我忍不住大笑，即使引来陶沃夫人的震怒也顾不得了。"我觉得元帅真是个性情中人。"

陶沃夫人生气地朝我皱了皱眉头。

"我从来不觉得你好笑，简，"她说，"我也从来理解不了别人为什么会笑。"

"我自己也从来不觉得我好笑,玛丽安。"简微笑着说,露出一口明亮、整齐的牙齿。"还好大家意识到这件事之前我就要离开伦敦了。"

"我多希望你能把你大受欢迎的秘诀告诉我。"我说道。

她转过头来看我,脸上那副平淡、朴质的表情我已经很熟悉了。

"你知道吗,我嫁给吉尔伯特,住到伦敦来之后,大家就觉得我说的话很好笑,对此最为惊讶的人就是我自己了。三十年来我就是说着同样的话,之前从来没有人笑过。我以为一定是我的衣服、我的鬈发,或是我眼镜的关系。后来我发现,是因为我说了真话。说真话太不寻常了,所以大家觉得我很幽默。总有一天,别人也会发现这个秘密,而大家都习惯于真话之后,自然就没什么好笑的了。"

"那为什么就我一个人觉得不好笑呢?"陶沃夫人问道。

简犹豫了一下,就好像她真的在搜寻一个满意的解答。

"或许是真话在你听来也不像是真的吧,我亲爱的玛丽安。"简的话依然带着她那份平和与好意。

这样的论断自然是无从反驳的。我觉得简从来都是无从反驳的。她真的是"风趣极了"。

林中脚印

Footprints in the Jungle[1]

在马来亚没有比丹那美拉[2]更迷人的地方了。它靠着海,沙滩边缘是一带木麻黄树。政府依旧在荷兰人统治时建的市政厅办公,山上有灰色的堡垒遗迹,葡萄牙人曾以此对抗不服管制的土著。丹那美拉有悠久的历史,中国商人迷宫般的宅院依海而建,等到傍晚暑气退去,他们就可坐在凉亭中享受海风;这样的家庭可能已经在这里住了三百年。很多人已经忘了自己的母语,互相用马来语和洋泾浜的英文交流。在马来联邦[3],仅剩的记忆也大致随着刚刚故世的父辈湮灭了,活着的人只能依赖想象。

丹那美拉曾经在很长的一段时间里是中东[4]最繁忙的商埠,

---

1 1927年首次出版,收录于1933年出版的短篇小说集《阿金》。
2 Tanah Merah,位于马来西亚东北角,马来语中本义"赤土"。
3 Federated Malay States(1895—1946),大英帝国在马来半岛的殖民政体之一,由半岛上四个接受英国保护的马来王朝所组成。
4 Middle East,与现在的用法略有差异,曾经西方地理学家用它来描述从波斯湾到东南亚一带的大致区域。

港口里千樯林立，那些快速帆船、中国式帆船依然会在通往中国的航线上乘风破浪。不过现在这个商埠已经死寂。它和所有曾经荣光的地方一样，留存着哀伤和浪漫的气息，活在业已消散的繁华记忆中。这是个倦意沉沉的小城，外人至此，渐渐褪去了本身带着的活力，不知不觉间会坠入当地人悠闲、慵懒的生活中去。几次橡胶业的蓬勃没有引发多少繁荣，反而它们的瓦解加速了小城的衰落。

欧洲人的区域非常安静。这里简洁、整齐、干净，来此定居的白人可能是政府职员或者公司的代理人，他们宽敞舒适的木屋掩映在高大的肉桂树下，都建在一个巨大的运动场周围。这个运动场不但面积广阔，而且草地被精心打理，绿得就像大教堂的院子。事实上，丹那美拉的这个角落的确静得隔绝尘嚣，像是到了坎特伯雷大教堂周围。

俱乐部面朝大海，是幢宽敞而破败的建筑，有种被人废弃的气息，进去的时候觉得自己像是个不速之客。它让你感觉这里其实已经停业了，为了改建或修缮，而你只是趁门没有关，鲁莽地进了一个不该进的地方。早上这里会有几个来办事的种植园主，喝上一杯甜味杜松子混调酒，再赶回园子去。到了下午晚些时候，可以看到一两位女士在悄悄翻阅过期的《伦敦新闻画报》。夜幕降临，几个男人踱着步走进来，在台球室里找地方坐下，喝着苏卡斯酒[1]看别人打球。不过到了周三会热闹一些，楼上的大

---

[1] 原文 sukas，具体指何种饮料不详。

厅里会放起留声机，周围乡村的人都会来跳舞。有时候会有不下十二对舞伴，甚至可能凑起两桌桥牌。

就是在这样的周三我认识了卡特莱特夫妇。当时我住在一个叫盖兹的人家里，他是当地的警察局长。盖兹那天走进台球室，问我是否愿意凑一桌桥牌。卡特莱特夫妇是种植园主，周三会来丹那美拉是想让他们的女儿能难得高兴高兴。盖兹说，他们夫妇人都很好，低调、话不多，也很会打桥牌。我跟着盖兹进了牌室，见到了卡特莱特夫妇。他们已经坐好在牌桌边，卡特莱特太太在洗牌。看她老练的手法，我对这场牌局也颇为期待。她双手分别拿了一摞牌，灵巧地将牌角对插起来，一磕之后用一个干净而放松的手势将两摞牌洗在了一起。

这洗牌的技术已经接近戏法。喜欢打牌的人都知道没有持之以恒的练习是做不到这样完美的。我基本可以断定，能这样洗牌的人一定对打牌本身就极为热爱。

"你是否介意我和我丈夫搭档？"卡特莱特夫人问道。"否则我们一方赢了另一方的钱也没什么意思。"

"当然不介意。"

切牌之后我和盖兹坐下了。

卡特莱特夫人抽到了一张A，一边利落地发牌，一边跟盖兹聊着地方上的事情。不过我也意识到她在打量我。她看上去很精明，但也毫无恶意。

她大概五十多岁（不过在东方大家老得快，所以也不大说得准），头发扎得有些乱，总有一缕会从额前落下来，于是她有

林中脚印

一个习惯性的动作就是不耐烦地往后撩那缕头发。你会疑惑为什么她不用一两个发卡,可以省去多少麻烦。她的蓝眼睛很大,但是颜色黯淡,透露着疲惫;脸色灰黄,而且都是皱纹;她脸上总像是有种尖刻的讽刺意味,虽然这种讽刺并非存心伤害谁;我后来发现这种表情主要是因为她嘴的样子。你看得出来这个女人很清楚自己的想法,而且不怕直抒己见。她打牌喜欢聊天(有些人对此深恶痛绝,但我倒不怎么介意,因为我想不出为什么大家在牌桌上要装得像是在追思会上一样),并且很快表现出有戏谑牌友的天赋。她的话的确犀利刻薄,但听着有趣,只有傻子才会觉得被冒犯。要是她哪句讽刺的话略显过头,你要调动自己全心的善意才会觉得它好玩,但你同时意识到,卡特莱特夫人也不会介意别人这样说她。要是你难得凭运气讲出一句高明的反驳,把讥诮之意全转回到她头上,那张薄唇大嘴会不露感情地笑笑,但眼睛却亮了起来。

我觉得她是个非常好相处的人,我喜欢她的坦率、她的机敏反应,和她的其貌不扬。我还从来没有见过这样不在意自己外表的女子。不仅仅是头发凌乱,她全身上下都是不修边幅的。虽然穿着高领的丝绸长裙,但她为了凉快解开了最上面的几个扣子,露出了消瘦、干瘪的脖子。裙子上也不干净;因为她抽烟无数,所以盖得自己满身的烟灰。她有次跟人说话稍稍站起来了一会儿,我就看到蓝色的裙子不仅需要好好刷一下,而且裙摆处都已经破损了,底下那双平跟靴子也很厚实。但这些都不要紧,因为认识她之后,这些打扮一点也不突兀。

和她打牌也很愉快。她出牌迅速,从不犹豫,不仅懂牌,而且牌风潇洒。盖兹的打法她自然清楚,可跟我是初次交手,她也很快吃准了我的牌路。她和她丈夫之间的配合叫人不得不佩服;他是个稳当但谨慎的牌手,但卡特莱特夫人对丈夫非常了解,所以能打出一些大胆却又笃定,精彩却又安全的牌来。盖兹打牌建立在一种愚蠢的乐观上,那就是他期待着对手抓不住他的昏招。我们两人自然不是对手。输了一盘又一盘之后,我和盖兹也无奈地只能微笑,装出乐在其中的样子。

"我也弄不懂今天的牌是怎么回事,"到最后盖兹哀叹道,"就算所有牌都到了我们手上还是输。"

"那肯定跟你们怎么打的一点儿关系都没有啦,"卡特莱特夫人回应道,一双蓝眼睛正对着盖兹,"简单得很,一定都是运气不好。不过呢,要是刚才你没把红心和方片弄混,应该还能救得回来。"

盖兹开始长篇大论,解释这个让我们付出惨重代价的不幸事件是如何发生的,不过卡特莱特夫人早已娴熟地把牌铺成一个大圆圈,等我们切牌。卡特莱特先生看了眼时间。

"亲爱的,这局之后不能再打了。"他说。

"不能了吗?"她瞄了一眼自己的手表,喊住了一个正从牌室里穿过的年轻人,跟他说:"哦,布伦先生,要是你上楼的话,告诉奥利芙我们还有几分钟就走了。"然后她转过来对我说:"我们回种植园大概需要一个小时,可怜的西奥明天天一亮就得起来。"

"我们反正一个星期也就来一次,"卡特莱特先生说,"只有周三奥利芙才有机会无拘无束地高兴一回。"

卡特莱特先生在我看起来岁数不小了,神色疲惫。他中等身高,秃顶,脑门油光光的,灰白的短胡须,戴一副金框眼镜。身上是白色的帆布西服,配一根黑白相间的领带。他的穿戴都很整洁,相比于邋遢的妻子,显然他对自己的仪表要用心得多。他不太说话,但喜欢自己妻子尖刻的幽默感,有的回应还颇为巧妙。这对夫妻很明显又是好朋友,他们几乎都快过了中年,一定共同生活了很久,还能有如此坚实和宽厚的情谊,看在眼里确实让人愉快。

这一盘只要两局就能打完,我们刚点了最后一轮红杜松子酒,奥利芙下来了。

"真要现在就走了吗,老妈?"她问道。

卡特莱特夫人用宠爱的目光看着女儿。

"是啊,亲爱的。已经快八点半了。等到我们吃上晚饭可能要十点之后了。"

"让晚饭见鬼去。"奥利芙活泼地说道。

"我们走之前让她再去跳支舞吧。"卡特莱特先生建议道。

"一支都不行。必须让你晚上好好休息。"

卡特莱特先生微笑地看着奥利芙。

"要是你母亲定下了主意,亲爱的,我们最好还是投降,不要抵抗了。"

"我母亲可是一位坚定的女人。"奥利芙说着,疼爱地抚了抚母亲满是皱纹的脸颊。

卡特莱特夫人拍了拍女儿的手,亲了一下。

奥利芙并不算漂亮,但长得极为温柔可人。我猜她不过十九、二十岁,依然还有那个年纪胖乎乎的样子,到时会瘦下来,就会更好看了。母亲的长相有性格是因为那股坚定,她并没有;她更像父亲,黑色的眼睛,略带些鹰钩鼻,还有那副老好人的气质。很明显她身体很好,脸色红润,眼睛也明亮,她的这份活力父亲早就丢失了。她似乎是一个最常见到的英国姑娘,兴致很高,总想着做些能让自己高兴的事情,脾气也非常好。

和他们分开之后,盖兹和我准备散步回他的家。

"你觉得卡特莱特一家如何?"他问我。

"我喜欢他们。在这样的地方,他们一定很受欢迎。"

"我只希望他们能来得更勤些,这一家人的生活太平静了。"

"对于那姑娘来说一定很无趣,她的父母有彼此陪伴似乎已经满足了。"

"是啊,他们很美满。"

"奥利芙完全跟她父亲是一个模子刻的,你不觉得吗?"

盖兹扫了我一眼。

"卡特莱特不是她的父亲。卡特莱特夫人嫁给他的时候是个寡妇。奥利芙是她父亲死后四个月出生的。"

"啊!"

我发出的这一声里,已经把我能放进去的惊讶、兴趣和好奇全都放进去了。但盖兹没有接话,余下的路我们是沉默着走完的。仆人等在门口,进屋之后我们又喝了杯苦金酒[1],然后坐下吃晚餐。

一开始盖兹很愿意聊天。因为橡胶产量被限制,走私犯活跃起来,他工作的一部分就是用智谋不让他们得逞。那一天他抓到了两艘中国式帆船,志得意满地搓着手。仓库里塞满了缴获来的橡胶,到时会很庄严地焚毁。不过他很快陷入到沉默中,晚餐吃完的时候已经一言不发。仆人把咖啡和白兰地端了进来,我们点上了方头雪茄烟。盖兹靠在椅背上,若有所思地看着我,又看看他的白兰地。仆人们都出去了,屋里只剩我们两个。

"我认识卡特莱特夫人超过二十年了,"他缓缓地说,"当年她长得可一点不丑。邋遢是有些邋遢,但这一点年轻的时候似乎没那么要紧,甚至还很有魅力。她嫁给了一个叫布朗森的男人。雷吉·布朗森。他是个种植园主,园子在塞兰坦;我当时被派在阿罗利匹斯,那个地方当时人比现在少得多,整个小镇可能连二十个英国人没有,但有个小俱乐部倒很有意思,我们那时玩得都非常高兴。我还记得第一次见到布朗森夫人的情形,好像就在昨天。那时候没有汽车,她和她丈夫都是骑自行车来的。当然那时候她不像现在看上去那么坚韧了,要瘦得多,面色很好,眼睛很美——你知道吗,那时她眼睛是蓝色的——而且有茂密的深色头发。要是她仔细收拾一下的话,大概是个绝色美人。不过就算那样她也是当地最好看的女子了。"

---

[1] Gin pahit,即前文的红杜松子酒。此处是马来语中的称法,pahit 本义为"苦"。

我试图从卡特莱特夫人——也就是那时的布朗森夫人——现在的样子,再配上盖兹不很生动的描述,在头脑中勾勒出她当时的模样。透过牌桌边那个结实的女子,那丰满的身材和不太灵活的坐姿,我试图想象一个纤纤弱质的女孩子,走路轻盈,举头投足都优雅、轻松。她的下颚现在露出了棱角,鼻子也嫌硬气,但年轻时的圆润应该把这些缺陷都裹起来了:她当年白里透粉的皮肤,茂密的棕色头发草率地凌乱着,一定迷人极了。那时候她大概穿一条束腰的长裙,戴阔边花式女帽。或许当时在马来亚,女士就像旧画报里那样,戴的依然是那种遮阳帽?

"我来这儿之前,离上一回见她也有——啊,快二十年了,"盖兹继续说道,"我知道她在马来联邦,可到这儿上任的时候,没想到就在俱乐部见到了她,跟很多年前在塞兰坦一样。当然她现在岁数也大了,变得几乎快认不出来。看到她有一个成年的女儿还是难以置信,也让我意识到时间过得多快,上次见到她的时候我还是个年轻人,现在,哪敢想啊,还有两三年就要到岁数必须退休了。有点没劲,是不是?"

盖兹丑陋的脸上是哀伤的微笑,看着我的眼神里带着些许愤怒,就好像本该由我阻拦岁月匆匆的脚步一般。

"我不是也一把年纪了么。"我回答道。

"你没有一辈子住在东方。这里让人老得快,五十岁就算进入老年,到了五十五已经是一堆废料,什么用都没有了。"

我怕盖兹聊着聊着成了关于变老的专题演说。

"你重新见到卡特莱特夫人的时候有没有认出她来?"我问。

林中脚印

"怎么说呢,算认出也算没认出。第一眼的时候我觉得这个人我见过,只是一下子想不起来。我觉得可能是放假的时候在船上有过几面之缘。但她开口说话的时候我一下子就想起来了。她眼睛里那种不动感情的一闪,和她清脆的嗓音,都在我的记忆里。她的声音里似乎有这样一层意思:你可有些蠢啊,小伙儿,但你人不坏,我可打心眼里喜欢你。"

"光从声音里能听出这么多话?"我微笑道。

"在俱乐部里,她朝我走过来跟我握手。'你好啊,盖兹少校?还记得我吗?'她问。

"'当然记得。'

"'我们上回见面之后,真是桥下多少河水已经淌过。我们都不再年轻了。你有没有见过西奥?'

"我一下子没有想到她说的西奥是谁。大概我当时的表情很蠢,因为她微笑了一下,那种嘲弄的神情我是那么熟悉,然后她解释道:

"'我嫁给了西奥,想不到吧。当时觉得也只能这样了,我有些寂寞,他也想结婚。'

"'你们结婚我听说了,'我说,'应该很幸福吧。'

"'哦,非常幸福。西奥真是可爱极了。他马上就到,见到你他会很高兴的。'

"我当时有些不解。我还以为这世上西奥最不想见到的人就是我了。照理说,她也应该不大想见到我,但女人有时候很奇怪。"

"为什么她不想见你?"我问。

"这个我等会儿再讲,"盖兹说,"这时候西奥就出现了。我怎么就叫他西奥了——我从来都喊他卡特莱特的,在我眼里,他就是卡特莱特,从来没有别的称呼。'西奥'让我很意外。他现在的模样你也知道了;我还记得他小伙子的时候,一头鬈发,很有活力,很干净。他永远把自己收拾得衣冠楚楚,身材也不错,而且姿态神气,像个经常运动的人。我现在回想起来,他长得也不难看,虽然不能说多么英俊过人,但很文雅,而且举手投足都很轻巧自如。当我见到这个驼背、枯槁、秃顶的老头,还戴了副眼镜,我几乎不敢相信自己的眼睛。你要跟我说他是谁我都相信。不过他见了我的确挺高兴——不说高兴,至少颇有些兴致;他没有说什么热情的话,但这个人本来就偏于安静,所以这也是正常的。

"'在这里见到我们是不是很惊讶?'他问我。

"'要说的话,我之前也根本不知道你们到哪里去了。'

"'我们倒是一直或多或少了解你的行踪,因为你的名字不时会在报纸上见到的。你哪天一定得来我们住的地方看看。我们在那里已经很多年了,大概回英国养老之前一直就会住在那里。你后来回过阿罗利匹斯吗?'

"'没有。'我说。

"'那真是个漂亮的小镇子,据说现在扩张了。我也从来没回去过。'

"'对我们来说,那里的回忆不算特别美好。'卡特莱特夫人说。

"我问他们要不要喝一杯,然后就喊了服务生。你应该也发现卡特莱特夫人喜欢喝酒了吧。倒不是说她是个酒鬼之类的,那倒完全没有,但是她喝起威士忌苏打[1]来不输给男人。我看着他们忍不住感到好奇。这对夫妇看上去感情好极了,而且我当时就判断他们生活很宽裕,后来才知道原来他们还阔绰得很。有辆很好的车,而且回国度假的时候什么开销都来者不拒。他们的关系不能再和谐了,你知道,一对结婚多年的夫妇,却依然觉得世上没有别人比对方更让自己开心,这在外人看来真是可喜可贺。他们的婚姻显然非常美满。而且他们也都钟爱奥利芙,为女儿感到骄傲。尤其是西奥。"

"尽管她并不是亲生的?"我说。

"尽管她不是亲生的,"盖兹说道,"照理她应该把姓氏改了就好了,但她没改。她只叫他老爸,这也自然,她并没见过其他的父亲,不过她写信落款还是奥利芙·布朗森。"

"说起来,布朗森是怎样的一个人?"

"布朗森?大高个,很爽朗,嗓门很大,笑起来像咆哮,很有肌肉,是个运动健将。基本没有什么过人之处,但耿直得就像骰子有六个面一样明明白白。他是个红头发,脸上的皮肤也是红的。现在想来,我还从来没见过像他这么会出汗的人。他全身上下像是水会涌出来一样,那时候打网球他都会带上一根毛巾。"

---

[1] Stengah,马来语"一半",指用等量威士忌和苏打水混合成的饮料,流行于二十世纪初东南亚英国殖民者之中。

"听上去可不是个有魅力的男人啊。"

"他长得挺英俊,而且身材也保持得好。他对后面一点颇为在意。能和他谈的话题只有橡胶和运动,网球啊,你知道,还有高尔夫和射击。在我看来他一年到头都不会翻开一本书。他是典型的私立'公学'出来的那种人,我第一回见他的时候他已经三十五了,但头脑还是像个十八岁的孩子。有太多这样的家伙到了东方似乎就不再成长了,你知道。"

这一点我倒的确知道。一个旅行的人,最让他手足无措的就是看到一个人高马大的秃顶中年男子,说话、行事都跟中学生一样。你几乎会以为,他们穿过苏伊士运河之后脑子就关了起来。他们可能已经结婚,有好几个子女,甚至还管着庞大的一门生意,但他们对于人生的态度依然停在六年级。

"但是他这个人并不笨,"盖兹继续说,"业务上没有什么是他不懂的。他的橡胶园是全国打理得最好的,他也很懂得如何管理自己的工人。这的确是个大好人,要是他真把你惹烦了,你还是忍不住喜欢他。布朗森在钱这方面也不小气,总愿意帮别人一把。卡特莱特也正是因为这一点才会来的。"

"布朗森夫妇相处得好吗?"

"哦,应该是吧,要我说他们一定相处得不错。男的心肠好,女的活泼、开朗。你也知道,她说话很坦率。就是现在,她愿意的话还是可以很风趣,但那些玩笑里往往多了些刺人的东西;当她还年轻,还是布朗森夫人的时候,那些欢笑就更纯粹了。她那时候精力充沛,总想着玩乐,一点不在乎自己说了什么,不过那

林中脚印

些话跟她的性格相称,不知道你明不明白,就是说她那个人是这样直爽、坦率、漫不经心,没有人会计较她说了你什么。他们当时过得挺幸福的。

"他们的庄园离阿罗利匹斯大概有五英里。他们有一辆马车,每天一般都是五点会到。当然那时外国人非常少,而且以男人为主,大概只有六个女人。谢天谢地布朗森夫妇出现了。只要他们一下马车,气氛立刻就活跃起来。那个小小的俱乐部里我们度过了很多愉快的时光。之后我经常想到他们;离开那里的岗位之后,总体而言我也没再那么开心过。二十年前,每天六点到八点半,从亚丁[1]到横滨你找不到一个比阿罗利匹斯更欢乐的地方。

"有一天布朗森夫人告诉我们,他们有个朋友会来小住,几天之后卡特莱特就跟着他们来了。据说他跟布朗森是老朋友,一起在马尔伯勒[2]还是跟它差不多的地方上过学,之前来东方是坐同一条船来的。很多橡胶园那个时候栽了跟头,不少家伙就失业了。卡特莱特就是这样。他没有工作已经大半年,也没有积蓄;当时种植园主收入比现在还差,如果没有特别好的运气,根本没有多余的钱可以存起来应付拮据的时候。卡特莱特就去了新加坡。经济困难的时候他们都去那儿,当时的样子我见过,我就认识很多种植园主睡在新加坡的大街上,因为连一晚上的住宿费他们都拿不出来。我知道他们甚至会在欧洲大酒店门口拦陌生人,

---

1 Aden,也门共和国港市。
2 Marlborough,即马尔伯勒公学(Marlborough College),1843年创立的贵族寄宿学校。

问他们讨一块钱吃饭。我想当时卡特莱特日子就很不好过。

"最后他写信给布朗森,问后者能否想办法帮他一把。布朗森请他住到家里来,直到情况好转为止,至少食宿不用再花钱了;卡特莱特当然一听就答应了,可布朗森还得先把火车票的钱寄给他。等卡特莱特在阿罗利匹斯下车的时候,他口袋里不会多过十分钱。布朗森自己本来就有收入,据我判断大概一年两三百,虽然管理庄园的工资是削减了,但至少工作没有丢,也比大多数种植园主宽裕一些。卡特莱特到的时候布朗森夫人让他把那里当成自己的家,想住多久都可以。"

"她人真好啊。"我评论了一句。

"好极了。"

盖兹又点了根方头雪茄,杯子里也再次斟满。一切都停下来了,除了壁虎几声叫喊,这寂静很压迫人。似乎这热带的夜里只剩下我们两人,天知道住得最近的人类离我们有多远。盖兹沉默太久了,逼得我只好找了句话说。

"那时候卡特莱特是怎么样一个人?"我问道。"自然更年轻些,你也提过长得好看;但为人性情怎么样?"

"这个嘛,说实话,我从来没怎么留意过他。他没有架子,很亲切;我敢说你也注意到他现在很安静,其实呢,当时也没有比现在活泼多少。但他完全不让人讨厌。卡特莱特喜欢看书,钢琴也弹得不错。没有人嫌弃过他,因为他从来不会妨碍谁,但是从来也没有人对他多加了解。他舞技挺好,这点讨女人喜欢,不过他打桌球和网球也都不赖。很自然地他就成了我们的一员。我

林中脚印

不能说他当时受到如何疯狂的欢迎，但的确每个人都喜欢他。当然，同情的心理都是有的，面对一个完全破产的男人难免如此，但反正我们也什么都做不了，总之，我们就接纳了他，就好像他从来就是属于那里的。他那时候每天晚上就跟布朗森夫妇一起来，和大家一样为自己的酒水买单；我想应该是布朗森借了他一点钱，覆盖眼下的开销。另外，他也总是彬彬有礼的。我说的这些都不具体，因为他的确没给我留下什么特别的印象。在东方，你见的人太多了，他就跟其他人没什么两样。他也想尽一切办法要找活儿来干，但始终都不走运；实际情况就是根本没有新的职位空出来，所以他也很懊丧。他在布朗森家住了足足一年。我记得他跟我说过：

"'说到底我也不能住一辈子。他们对我实在太好了，但凡事都有度的。'

"'照我看，布朗森应该是很愿意接待你的，'我说，'橡胶种植园上都冷清得很，再说，你多耗费的食物和饮料几乎可以忽略不计。'"

盖兹又停下来，迟疑地看着我。

"怎么了？"我问。

"这故事大概是被我讲坏了，"他说，"一直在瞎絮叨。我可他妈不是个小说家，我就是个警察，把当时看到的事实说给你听；从我的角度，所有的背景都很重要；我是说，他们本身是什么样的人是应该了解的。"

"当然了，你就往下说吧。"

"我记得当时有人问布朗森夫人——是个女人,应该是医生的夫人——她问布朗森夫人,屋子里总有个外人有时候不会觉得烦吗?你知道,在阿罗利匹斯那样的地方,不聊邻居的家事就没有多少可以聊了。

"'哦,不烦,'她说,'西奥省心极了。'她转头对着自己正在擦脸的丈夫说:'我们喜欢西奥在家里作客,对吧?'

"'我觉得挺好。'布朗森说。

"'他一天到晚有什么事情干呢?'

"'哦,这我不清楚,'布朗森夫人说,'有时候,他就和雷吉在园子里转,打打猎,或者跟我聊天。'

"'他很愿意帮忙,'布朗森说,'那天我发烧了,他就替我把活儿都干了,我只要躺在床里自得其乐就行了。'

"布朗森夫妇没有孩子吗?"我问。

"没有,"盖兹回答,"我不知道原因,他们其实完全负担得起的。"

盖兹靠在椅背上,把眼镜取下来擦拭镜片;他的度数很深,戴上眼镜之后眼睛看上去就变形了,看他本人摘下眼镜长得也不算难看。壁虎在屋顶发出像人一样的叫声,有点像一个智障的孩童在笑。

"布朗森是被杀的。"盖兹突然说。

"被杀?"

"对,是蓄意谋杀。那一晚我永远也不会忘。我们先是打了网球,布朗森夫人、医生的太太、西奥·卡特莱特和我;然后我们打了会儿桥牌。卡特莱特那天状态不佳，到牌桌边坐下来的时候，布朗森夫人跟他说：'我说西奥，你要是牌打得跟网球一样臭，我们就要把这家都输掉了。'

"我们当时刚喝完一杯，她喊了仆人过来，又点了一轮酒。

"'把这杯酒吞下去，'她对卡特莱特说，'没有顶级大牌和一个边花上的赢墩，就别叫牌。'

"布朗森那天不在，他骑自行车去了卡布隆，取钱给他的苦力发工资，准备回来再一起去俱乐部。布朗森的园子相比于卡布隆其实离阿罗利匹斯更近，但商业上卡布隆更重要，所以布朗森把钱存在那里。

"'雷吉回来可以直接加入我们。'布朗森夫人说。

"'他已经比说好的时间迟了吧？'医生的夫人问。

"'早过了，他之前说网球一定赶不及，但桥牌应该能打上一盘。我怀疑他没有直接回来，而是去了卡布隆的俱乐部，在那里喝得起劲呢，这个混蛋。'

"'哦，不过凭他的酒量，可以干掉很多杯却一点醉意都看不出来。'我笑着说。

"'他越来越胖了，你知道吗，一定得当心了。'

"牌室里只有我们几个人，但可以听到台球房里面的欢笑声，听得出都很尽兴。快到圣诞节了，大家都有些放浪形骸。圣诞前夜还有一场舞会。

"在牌桌旁坐下来，我还记得医生的妻子问布朗森太太，是不是累了。

"'一点都不累,'她说,'我有什么好累的?'

"我不明白说这句话有什么好脸红的。

"'我是在担心刚刚那场网球是不是让你有些吃不消了。'医生的妻子说。

"'哦,不会。'我当时就感觉,布朗森太太的回答有些过于简略突兀,就好像她不愿多聊这件事。

"我不知道这些都意味着什么,也是一直到后来,我才想起这些事。

"我们打了三四盘桥牌,可布朗森还是没有到。

"'不知道他那里出了什么事,'他的妻子说,'我想不出什么道理他会这样迟。'

"卡特莱特向来话很少,但那天晚上他几乎没有开口。我以为他太累了,问他今天都忙了些什么。

"'没干什么,'他说,'稍微吃了点午餐之后就去射鸽子了。'

"'收获如何?'我问。

"'哦,五六只吧。它们都太容易受惊了。'

"不过这时候他说道:'要是雷吉回来晚了,我猜他是觉得再赶过来不划算。可能我们到家的时候就会发现他已经洗了澡,在躺椅里睡着了。'

"'卡布隆回来的确是好长的路啊。'医生的妻子说道。

"'他走的不是大路,你知道吗,'布朗森太太解释道,'他会抄一条穿过森林的近道。'

"'骑自行车那里好走吗?'我问。

"'哦,好走,那是条不错的小道,大概近了好几英里。'

"我们刚开始新的一盘,酒吧间的仆人进来说有个警长找我。

"'他有什么事?'我问。

"那个仆人说他不知道,但有两个苦力也在外面。

"'这混账,'我说,'要是最后没有什么事情却来烦我,我要给他点颜色看看。'

"我跟仆人说我马上就来,还是把手上那一局打完了。我站起来,跟桌上的人说:'一会儿就回来。'然后又关照卡特莱特:'牌帮我发着,听到没?'

"我出来之后看到警长带着两个马来人在台阶上等我。我问他们到底要干吗。他说那两个马来人去警局,报案说有个白人死在森林里通往卡布隆的那条小路上;你可以想象我当时有多惊骇,一下子想到了布朗森。

"'死了?'我喊道。

"'对,被射杀的。伤口在头上。一个红头发的白人。'

"这时我知道一定是雷吉·布朗森了,实际上,其中一个说认得死者的马来人还报出了他种植园的名字。这太让人不好接受了。而他的妻子还正在牌室里不耐烦地等着我去理牌、叫牌呢。有一时半刻我不知道该怎么办。我实在是有些慌了神。要是什么铺垫也没有,把这么从天而降的可怕消息告诉她也太说不过去了,但我发现我根本想不到能说什么来减轻这个打击。我让警长和苦力不要走,自己转身进了俱乐部。我必须振作起来。走进牌室,布朗森太太说:'你可真够久的。'这时她看见我的脸色。

'出了什么事吗?'我看见她握紧了拳头,脸色变得煞白。你会觉得她应该是有了些凶恶的预感。

"'发生了一件可怕的事情。'我说道,嗓子像被堵住了,声音自己听起来都沙哑而诡异。'发生了一个意外。你的丈夫受伤了。'

"她长长地倒抽一口凉气,但没有惊叫,倒很奇怪地让我想起绸缎撕裂的声音。

"'受伤?'

"她腾的一声站起来,转头看着卡特莱特,眼珠都快要瞪出来了。这一瞪在后者身上的效果也很可怖,他往椅背上一靠,脸白得像见了鬼一样。

"'恐怕……是非常,非常重的伤。'我补了一句。

"我知道自己只能把真相告诉她,而且不能拖延,但我就是说不出口。

"'他还,'她的嘴唇颤抖得太厉害,所以话都说不清,'他还——有意识吗?'

"我看着她,一时没有作答。只要不必回答这个问题,要我拿出一千英镑都不在话下。

"'没有了,应该没有意识了。'

"布朗森太太瞪着我的眼神,好像要直接看看我大脑里有些什么。

"'他死了吗?'

"我知道现在唯一能做的就是说出实情,赶快结束这场对话。

"'是的,他们发现他的时候已经死了。'

"布朗森太太瘫倒在椅子中,大哭起来。

"'我的天啊,'她喃喃地喊着,'我的天啊。'

"医生的妻子走过来,搂住她;布朗森太太捂着脸前后晃着,哭得歇斯底里。卡特莱特还是一脸死灰,一动不动坐着,张大着嘴瞪着她。你会觉得这个人已经化成了石头。

"'哦,亲爱的,亲爱的,'医生的妻子说道,'你要坚强一些啊。'这时她转过来对我说,'给她拿杯水,然后把哈里找来。'

"哈里就是她丈夫,当时正在打台球。我去了台球房把事情告诉了他。"

"'喝什么狗屁的水啊,'他说,'这时候她需要的是一杯白兰地。'

"我们把酒拿过去,强迫她喝下,她激烈的情绪也一点点衰减下去了。几分钟之后,医生的妻子已经可以扶着她去卫生间洗了一把脸。我已经想好了接下来该怎么办。首先,卡特莱特已经崩溃了,派不上什么大用场。对他来说这个意外太骇人了,这也好理解,布朗森是他最好的朋友,而且对他有莫大的恩惠。

"'老兄,看起来你也得来两口白兰地啊。'我跟他说。

"他努力定了定神。

"'我被吓到了,你可以想象,'他说,'我……我没……'他说不下去,就像是心神已经飘走了;他的脸色还是苍白得可怕。卡特莱特取出一盒烟,又掏出火柴,但手太抖了,根本划不着。

"'好的,给我一杯白兰地。'

"'伙计。'我朝仆人喊了一声,然后转过来对卡特莱特说:'我要问你,你现在有办法带布朗森夫人回家吧。'

"'哦,可以。'他回答。

"'那就好。医生和我会带一些警察跟着苦力到发现遗体的地方。'

"'你会把他带回家里吗?'

"'我觉得最好还是直接送到太平间。'医生说道,我还没来得及回答。'我还得检查一次遗体。'

"布朗森太太回来的时候,她的平静程度让我大为惊讶,我把我的建议跟她说了。医生的妻子心地善良,提出陪她回家,并且在布朗森家过夜,但布朗森太太坚决不接受。她说她一点问题也没有,但医生的妻子还在坚持——你知道有些人看到别人遇上麻烦,会多么毅然决然地要把自己的善意强加给对方——这时布朗森太太几乎是恶狠狠地对她说道:

"'不用,不用,我只能一个人待着。真的只能一个人待着。另外,西奥反正也在家里。'

"他们上了马车,西奥拉起缰绳,就走了。医生和我随后也出发了,警长和苦力们跟在后面。我已经让我的马夫先去了警局,让他们派两个人到发现尸体的地方。很快我们赶上了布朗森夫人和卡特莱特。

"'你们没事吧?'我朝他们喊道。

"'没事。'他回答。

"有很长的一段路我和医生都没有说话;我们也都被深深地

震惊了。另外我也有些担忧,因为不管用什么办法我总得找到杀人犯,我当时就明白这并不容易。

"'你觉得是抢劫团伙吗?'医生最后问道。

"那完全是我当时的猜测。

"'我觉得这一点疑问都没有,'我答道,'他们知道他去卡布隆是去取钱的,所以就在回来的路上等着他。他本来就不应该从树林中一个人回来,所有人都知道他有一大袋钱在身上。

"'他多年以来都是如此,'医生说,'而且其他人也有不少是这么干的。'

"'我知道。问题就在于,我们要怎么才能抓到那些杀人犯。'

"'你觉得,有没有可能那两个号称发现他的苦力会跟这案子有关系?'

"'不会,他们没这胆子。我认为如果是两个中国人,说不定能想出这种把戏来,但我不相信马来人会这么干。他们会先吓死的。当然我们会留意那两个苦力。他们要是突然有钱挥霍起来我们一定能注意到。'

"'这对布朗森太太来说太糟糕了,'医生说,'不管什么时候出这种事都很可怕,何况她还怀着孩子……'

"'这我不知道啊。'我打断他道。

"'是,不知为何她想要保密,我就一直觉得,这件事上她有些古怪。'

"这时我想起布朗森夫人和医生妻子之间那一小段对话,明白了为什么那位好心的太太这么担心布朗森夫人会过于劳累。

"'她结婚这么多年了,突然有了孩子倒也不寻常。'

"'有时候是这样的。不过这也出乎她的预料。一开始她来找我,我把这件事告诉她的时候,她昏过去了,然后开始哭。我还以为她会高兴得不得了呢。她说布朗森不喜欢孩子,一直对生育这件事很厌恶,然后非要我答应帮她保密,她会慢慢找机会让布朗森知道。'

"我想了一想。

"'像布朗森这种那么开心、热情的家伙,你还以为他会一心只想要个孩子呢。'

"'这种事都是很难说的。有些人就是特别自私,不想要这麻烦。'

"'那么,后来她告诉丈夫之后布朗森什么反应?他难道没有喜出望外?'

"'我觉得她可能还没有告诉他;虽然也等不了多久了。要么是我完全搞错,否则她应该还有五个月就要临盆了吧。'

"'可怜的家伙,'我说,'你知道吗,我有种感觉,要是布朗森知道的话会高兴坏了的。'

"接下来在马车上我们都没说话,到了去卡布隆那条近道从大路分岔的地方。过了一两分钟,警长和两个马来人乘着我的马车也到了。我们取了马车的前灯照路。我让医生的马夫留下看着马,并且关照他等警察来了,就让他们一直沿着小路往前找来。于是两个苦力就举着灯走在前面,我们在后面跟着。这条小道并不算小,至少通得过一辆小马车,大路还没修的时候,卡布隆和

林中脚印

阿罗利匹斯之间就靠这条路线往来。脚踩着很坚实，适合行走，路面有些地方被沙子覆盖，可以清晰地看见自行车的车辙。自然是布朗森去卡布隆时留下的。

"我们排成一行走了大概二十分钟——这是我的估算，突然两个苦力尖叫一声，定在当场。眼前这一幕来得太突然，虽然他们一直心里做着准备，依然被吓了一跳。苦力手里的灯并不太亮，暗暗地照出布朗森横躺在道路中间；他从自行车上摔下来，就这样姿势怪异地落在地上。我被惊吓得说不出话来，医生在我看来也是一样。我们虽然不做声，但森林的嘈杂却震耳欲聋，那些讨厌的知了和牛蛙能把死人都吵醒。即使是在平时，夜晚森林的响声也有种诡谲；你觉得那个钟点该是万籁俱寂的，所以听到那种无休无止且又难觅踪迹的喧嚣，你会有种奇异的感觉，心里很不安宁。它会把你包围，让你无处可躲。但在那一晚，你得相信我，那样的声音真是让你惊恐。那个可怜的家伙躺在那里，死了，而森林中焦躁的生命根本不管它，只顾自己凶残地活着。

"尸体的面孔是朝下的。警长和苦力朝我看看，似乎在等命令。我那时还很年轻，大概心里也有点怕。虽然看不到脸，但我毫不怀疑那就是布朗森，又觉得自己职责所在，应该去把尸体翻过来，确认身份。每个人总归都有些怕的东西，你知道吗，我就一直对碰尸体特别恐惧。到现在我的确也碰过不少了，但还是或多或少觉得恶心。

"'这的确就是布朗森。'我说。

"这时医生——天呐，医生那天也在真是我的运气——医生弯下腰，把那人的头转了过来。警长把灯光凑了过去。

"'我的天呐，他一半脑袋被打没了啊。'我喊了一声。

"'是的。'

"医生站了起来，挺直身子用路旁树上的叶子擦了擦手。

"'他完全死了吗？'我问。

"'哦，自然是死了，应该是中枪之后就没命了。不管枪手是谁，枪口一定离他很近。'

"'他死了多久了，据你推算？'

"'哦，难说，几个小时吧。'

"'如果他是要六点回去打牌的话，那应该五点左右经过这里。'

"'没有任何打斗的痕迹。'医生说。

"'是，不会有的，他是骑着车被击中的。'我盯着尸体看了一会儿，忍不住想到布朗森那么吵闹的一个人，短短几小时之前还是那么兴高采烈地活着。

"'你不要忘了他身上本该带着苦力的工资。'医生说。

"'没忘，我们还得查一下他身上。'

"'把他翻过来吧？'

"'等一下，先看一眼周围的地面。'

"我拿过一盏灯，尽量仔细地检查周围地面。他摔倒的地方，沙子上都是混乱的脚印，有我们的，也有苦力找到他的时候留下的。我往前走了几步，很清楚地看到他车轮的痕迹，之前显然骑得又直又稳。我沿着这条轨迹回到尸体的位置，或者说，在还差一点点的地方,看到车辙两侧他那双厚重的靴子留下的清晰的脚印,明显是他停下来,站在地上,然后又重新骑上了车,车轮剧烈地晃动了几下,然后就连人带车倒下了。

"'我们查一下他的口袋吧。'我说。

"医生和警长把尸体翻了过来,一个苦力把自行车移开了。他们让布朗森面朝上平躺着。据我所知,他应该一些钱是纸钞,一些钱是银币,而银币就该装在一个袋子里,挂在车上;我扫了一眼车子,总之袋子是肯定没有了。纸钞应该会放在皮夹里,厚厚的一大叠。他全身上下我都摸了一遍,但什么也没有;我还把口袋全抽了出来,全是空的,除了一处例外,就是裤子右边的口袋,里面只有一点点零钱。

"'他一向都带怀表吗?'医生问。

"'是,他当然会带着怀表了。'

"我记得他平常表链都会穿过外套翻领上的扣眼,而怀表、几个印章还有别的东西都会放在胸前的口袋里,现在表和表链都不见了。

"'这样一来,真没什么疑问了是吧?'我说。

"事实很清楚,他是被一群知道他身上有钱的劫匪攻击了。他们杀了布朗森之后把他的东西扫了个精光。我突然想起他那些脚印证明了他曾停下来过。我完全能想象当时的情形,他们其中一人找个理由把他拦了下来,正当他要重新出发之时,另一人从身后的森林里钻出来,把两根枪管的子弹打在他脑袋上。

"'总之,'我跟医生说,'现在把他们抓住是我的职责了。

实话跟你说,我可是很乐意把这帮人送上绞刑架。'

"当然接下来是展开讯问,不过布兰森太太能给出的线索我们之前都已经知道了。布朗森是早上十一点离开木屋的,会在卡布隆吃一顿简单的午餐,然后在五点到六点之间回来。他让妻子不用等他;他会把钱放进保险箱,直接去俱乐部。卡特莱特证实了这些安排。他和布朗森夫人两个人用了午餐,抽了一根烟之后出去射鸽子了。他是五点回来的,可能还要稍早一些,洗了个澡,换了衣服就去打网球了。他打猎的地方离布朗森遇难的地点并不远,但他并没有听到其他的枪声。这当然不说明什么,知了、牛蛙和森林里其他声音那么嘈杂,要听到枪响那一定得是非常近才行;另外,布朗森被杀的时候他大概已经回到家里了。我们查到了布朗森的路线。他先在俱乐部吃了饭,在银行快要关门的时候取了钱,又回到俱乐部喝了杯酒,然后才骑上自行车返程。他是乘渡轮过河的,开船的人记得很清楚,但也很肯定船上没有其他骑了自行车的乘客。这样看来,凶手并没有尾随他,而是早已埋伏好了。他沿着主路骑了几英里,接着就转到了直通他小木屋的那条近道上。

"'似乎凶手很了解布朗森的习惯,于是他种植园里的劳工自然一下成了怀疑对象。他们每个人我们都查了——查得很仔细,但是没有丝毫线索能把他们与谋杀案牵连起来。实际上,他们中的绝大部分都让人信服地说明了自己当时的行踪,即使有几个无法说明的,在我看来也有这样那样的理由可以排除嫌疑。阿罗利匹斯的中国人里有几个行为不端的,我也去查了,但我总认为这次不是中国人干的；如果是中国人，我有种感觉他们会用的是左轮手枪而不是猎枪。不管如何，反正那个方向什么也查不到。于是我们悬赏一千英镑，给任何可以帮助我们找到凶手的人。我想，为公众做件好事的同时还能赚上一笔，这对很多人都是有吸引力的。不过我也知道告密的人怕惹来麻烦，一定先要确认安全，才会把知道的事情说出来，所以我也做好了等待的准备。这个奖金也让我的警员们都来了劲头，我知道他们会使尽浑身解数把罪犯绳之以法。在这样的案子里他们能做的其实比我要多。

"但怪就怪在，后来什么都没发生，这个悬赏好像谁都没兴趣。我把网又撒得宽了一些。那条大路边上还有几个小村子，我猜想那些作案之人会不会躲在里面。我见了几个村长，但一无所获。倒不是他们不肯说，我很确定他们什么都不知道。我还找了那些村子里一些坏家伙聊了聊，也完全找不到他们与命案有任何牵连。真是连线索的影子都没有。

"'行啊，小伙子们，'我驾车回阿罗利匹斯的路上自言自语道，'不着急，反正绞架的绳子一时半会儿还烂不了。'

"那些恶棍夺走的这笔钱并不是小数目，但钱只有花出来才是好东西。我觉得我对当地人的性格还是摸得准的，钱只要一到手里对他们始终就是诱惑。马来人喜欢挥霍，喜欢赌博；中国人也都是赌徒，迟早都会有人突然阔绰起来，这时候我就能找到钱的源头。只要问题提得恰当，我一定能把这家伙吓住，这时候只要我还算称职，就应该能轻松让他全部招供出来。

"现在唯一的任务就是坐下来,等着这一阵查案的热潮过去,让凶犯以为这件事已经被遗忘。这笔不义之财不用会越来越挠心,直到他再也按捺不住。我接下来就照常做我的工作,但时刻保持警惕,终有一天,或迟或早,时机会出现的。

"卡特莱特把布朗森夫人带去了新加坡。布朗森曾经供职的公司问他是否愿意接手布朗森的工作,不过他对此提议有所抵触,这也很合乎情理。于是公司派了另外一个人过去,并表示卡特莱特可以填补那个人留下的空缺。这个空出来的职位就是管理另一个种植园,也就是卡特莱特现在住的地方。他第一时间就搬了过去。四个月之后,奥利芙出生在新加坡,又过了几个月,离布朗森被杀还不到一年,卡特莱特就和布朗森夫人结婚了。我有点吃惊,但细想也只能承认这很顺理成章。命案之后,布朗森夫人很依赖卡特莱特,后者替她打点了一切;而她也一定觉得寂寞,觉得迷茫,而且卡特莱特后来的确表现得跟定海神针一样,我敢说布朗森夫人一定觉得十分感激;而从卡特莱特的角度来说,他一定很同情布朗森夫人;她当时的处境太可怕了,根本无处可去。所经历的一切成为他们之间的纽带。他们的结合理由太充分了,而且恐怕对他们双方也都是最好的选择。

"不过杀害布朗森的凶手似乎要逍遥法外了,因为我的计划没有奏效;当地所有人的开销都符合他们的收入,要是真有人一直把那笔巨资藏在了地板下面,那他的自制力真不是凡夫俗子。一年之后,以实际情形而言已经没有人想起这回事了。这个人真的如此谨慎,一点钱都不流出来?太不可思议了。我开始觉得这可能是几个流窜的中国人干的,立马就朝新加坡逃了,很难再抓到。最后我就放弃了。后来再想想,这是符合常理的,这种犯罪——抢劫之类的——一般都不太容易抓到嫌疑人,真要被抓到了也是他自己不小心。而激情犯罪或者蓄意报复就不一样了,你可以查出谁有这个动机。

"失败了整天唉声叹气也没用,我只好告诉自己要理性一些,尽量把整件事放下。没人喜欢输,但我的确输了,也只好装作若无其事。这个时候,我们抓到一个中国人,他要把布朗森的怀表给当了。

"我跟你说过,布朗森的表和表链都被拿走了,当然布朗森夫人也给了我们一个颇为精准的描述。那是一块半猎用表,有金属外层护盖,本森[1]出的。还有一条金链子,三四个印章和一个放硬币的钱袋。那个当铺老板是个聪明人,一看到那块表就认了出来。他想了个理由让中国人等在那里,通知了警察。他们逮捕了中国人,立马就送到我跟前。我见到他就像见到了失散多年的兄弟。我一辈子还没有这么高兴见到谁。不是我对罪犯有什么感情,你知道,我其实也挺同情他们,在这个游戏里面 A 和老 K 都握在警方手里,不过每次抓到这些人我还是会觉得一丝爽快,就像桥牌里一步妙招成功了。终于要真相大白,因为就算不是这个中国人自己行的凶,我们也很确定可以通过他找到杀人犯。我

---

[1] 即 1897 年创立的英国制表品牌 J. W. Benson,创始人 James William Benson,曾是皇室和皇家海军官方供表商。

对他眉开眼笑的。

"我让他解释这块表他是如何得来的。他说他从一个不认识的人那里买来的。一听就知道是瞎编。我简单解释了一下当时的情形,告诉他我们会判他谋杀。当然我只是吓唬他,而这个中国人果然被吓到了。他说这块表是他捡来的。

"'捡来的?'我说。'你倒是想得出。哪里捡的?'

"他的回答出乎意料。他说他是在森林里捡的。我笑他,问他是不是像这样的手表森林里到处都是啊?他说他就在那条从卡布隆到阿罗利匹斯的小道上走着,看见有闪光的东西,走近就发现这块表了。这就怪了。他为什么要把捡手表的地点说在那里呢?要么他说的都是真的,要么这人诡诈透顶。我问他表链和印章在哪里,他马上拿了出来。他已经被我吓住了,脸色惨白,全身发抖。这是个腿都软了的、不起眼的家伙,要是我以为这算把凶手抓到,也就太糊涂了。不过他的惊恐也说明他还有事情没说。

"我问他是什么时候找到表的。

"'昨天。'他说。

"我问他怎么会去那条从卡布隆到阿罗利匹斯的近道的。他说他之前一直在新加坡打工,因为父亲病了,就去了卡布隆,昨天来阿罗利匹斯也是为了工作。他父亲的一个朋友是个木匠,给了他一份活。然后他提供了新加坡他老板的名字,和当地那位木匠的名字。他说的这些听上去没有不合理的地方,而且太容易证实了,也不太可能是假的。当然,我也想到要是真如他所说,那这块表就在林子里躺了一年,一定破烂不堪;我想打开它,但失败了。当铺老板也在警局,就在隔壁房间。他恰好还懂一些修表的手艺,我让他进来检查一下;他打开的时候还吹了声口哨,表上是厚厚一层铁锈。

"'这表没用了,'他摇着头说,'它不会再走了。'

"我问他怀表怎么会变成这样的,没有给任何提示,他说一定是长期处在潮湿的环境中。我把抓到的中国人关进了监狱,为的是起一些警示作用,又派人去请他的雇主。等待的时候我努力想梳理些道理出来。我倾向于那个人没有说谎,他的恐惧可能只是捡到东西就去卖掉,感到愧疚罢了。即使很无辜的人落到了警察手里也会紧张;我也不知道警察有什么特别,大家在我们跟前总是不自在。不过要是真如他所言,是在那个地方找到的怀表,那么一定是有人扔在那儿的。这就有意思了。就算杀人犯觉得留着表太危险,一般也会把金盖子熔掉吧;对于当地人来说,这很容易办到。而且那表链的纹饰太过普通,他们也知道不太可能追查得到。全国上下多少首饰行里都有这样的链子。当然,也可能是他们钻到森林里去的时候太慌张,把这些东西掉了也不敢回去找。我觉得这个可能性也不大:马来人习惯把东西塞在纱笼里,而中国人的外套都是有口袋的。另外,一旦进了森林,他们就应该知道不用着急了,甚至可以在那里等着分赃。

"没过几分钟,我派人去找的那个木匠到了警局,证实了之前的那些供词。一个小时之后我也从卡布隆收到消息,警察见过了他的父亲,告诉他们这小孩来阿罗利匹斯是替木匠干活的。目前为止，那个囚犯所说的一切都似乎没有问题。我让人把他带上来，告诉他，我会去那个他号称发现怀表的地方，到时他要把确切的位置指出来。我把他和一个警察铐在一起，还带了另外两个人，其实没什么必要，因为这可怜虫吓得一直在发抖。我们的马车停在小道和大路相接的地方，下车往前走，离布朗森被杀相距不足五码的地方，中国人停了下来。

"'就在这里。'他说。

"他指着森林，我们就跟着他往里走。大概走了十码，他指着两块大石间的缝隙，说就是在这里找到的。他能注意到那个地方只可能是万分的巧合，而且如果真的是在那里找到的，很显然是有人故意要把东西藏起来。"

盖兹停下来，朝我意味深长地看了看。

"换了你，当时会怎么想？"他问。

"我不知道。"我回答。

"那好，我告诉你我当时是怎么想的。我觉得如果怀表在那里，那钱说不定也在附近，至少值得搜查。当然了，在森林里找东西难度太大，俗话说的'在草垛里找根针'与之相比，那简直容易得跟打牌、猜谜一般了。但我必须查一查。为了有更多的人手，我把那个中国人解了手铐，让他也干活。不但带着的三个警察都在找，连我自己也一起找了起来。我们排成一排——一共五个人——在布朗森被杀的地点前后五十码的范围内，沿着道路往森林中找了一百码，每一寸地方都没放过。我们会翻开落叶，会探进树丛，还有大石底下、树洞里，我们都会看。我知道这很愚蠢，因为成功的概率不会超过千分之一；唯一的希望就是凶手杀人之后心慌意乱，藏东西会仓促，会选择最明显、最先看到的隐蔽之处。那块表就是这样。我定下的范围也不大，只有一个原因，就是既然藏表的地点离道路如此之近，那么想丢掉这些赃物的人一定有些迫不及待。

"我们一直没有停止搜索。慢慢地我有些疲惫和恼怒。每个人都汗如雨下。我快渴死了，什么喝的都没有。最后我只能承认这是个失败的任务，至少那一天不能再继续了，这时那个中国人突然从喉咙深处大喊了一声——这年轻人一定眼神特别好，他蹲下身从一个虬结的树根下抽出一个又脏又烂的东西，散发着酸臭的气味。那是一个在雨里浸泡了一年的钱包，而且一直是蚂蚁、甲虫的食物，天知道还被什么东西咬过，总之又湿又恶心，但那的确就是个钱包，而且是布朗森的，里面有他从卡布隆取来的新加坡币，虽然只剩下一团没了形状的恶臭的纸浆。当然银币还没找到，而且我相信一定也藏在附近，但我已经不在意了。因为我已经有了一个重大的发现，那就是不管是谁杀了布朗森，他都没有从中赚到钱。

"你还记不记得，我说过当时注意到充气轮胎留下那条粗粗的线两侧，有布朗森的脚印，我说那是他停下来，大概在和谁说话？他体重不小，所以脚印很深；他不只是停车在松软的沙地上站了一下，又立马上车走了。他最起码站了一两分钟。我之前的解释是他在跟一个马来人或中国人聊天，但我越想越可疑。他凭什么要停下来聊天啊？布朗森正急着回家，虽然生性开朗，但和当地人也绝不会这样自来熟。他对那些人一直保持着分明的主仆关系。那些脚印一直让我很困惑。现在真相在我眼前闪过。不管谁杀了布朗森,他绝不是在抢劫,当时被害者会停下来聊天,是因为那个人一定是他的朋友。我一下子就知道了凶手是谁。"

我向来以为侦探小说是小说中极为有趣、巧妙的一类,也一直遗憾自己没有这方面的才华,但这样的小说我读了不少,而且谜底揭示之前我不能自己破案的情况是很难得的。我很早就猜到了盖兹的用意,但他最后说出来的时候我承认还是感到震惊。

"他见到的那个人是卡特莱特。卡特莱特正在射鸽子,布朗森停下来问他在玩什么,聊完天骑走的时候卡特莱特举枪把两枪管的子弹射进了他的脑袋。卡特莱特把钱和怀表拿走是为了伪装成团伙抢劫,匆匆把它们藏在森林里,然后在森林边缘沿小路走到了大路上,回到小屋,换上网球服,跟布朗森夫人驾马车去了俱乐部。

"我记得他那天网球打得多糟糕,而且我为了减轻对布朗森太太的打击,一开始说布朗森只是受伤,没有死的时候,我记得他整个人都塌了。要是布朗森只是受伤,就有可能说出实情。天呐,我可以想象他当时的心情。那个孩子是卡特莱特的。只要看看奥利芙就知道。就说啊,你不是也看出来了吗?医生说过,布朗森太太得知怀孕的时候极为不安,还要他保证不告诉布朗森。为什么呢?就因为布朗森一定知道他不可能是孩子的父亲。"

"你觉得布朗森夫人知不知道卡特莱特干了些什么?"我问。

"她一定知道。我回想她那一晚的表现,就对此坚信不疑。

她的震惊,不是因为布朗森被杀,而是因为我说他只是受伤,后来我承认他被发现时就已经死了,她顿时嚎啕大哭,是一种释然。我了解那个女人。看看那个方下巴,你能说她不是强硬得跟块石头一样?她有钢铁般的心志。一定是她让卡特莱特这样做的。她计划好所有的细节,每一个步骤。他完全就在她的控制之下,就跟现在一样。"

"听你的意思,难道当时你和其他人完全没有怀疑他们两人之间有问题吗?"

"一点没有。一点没有。"

"要是他们彼此相爱,而且她又怀了孩子,一走了之不就行了吗?"

"他们怎么走?只有布朗森有钱;她身无分文,卡特莱特也是一样。而且卡特莱特没有工作。你觉得要是把这段风流韵事挂在他脖子上,他以后还能找到工作吗?他快要饿死的时候,布朗森接纳了他,他却偷了人家的妻子。就这样跑了必定走投无路。他们不能让世界知道真相,唯一的机会就是除掉布朗森。于是他们果然除掉了布朗森。"

"或许他们可以求布朗森放过他们。"

"是的,不过我觉得他们没有这样无耻。他对他们太好了,又是这么善良的一个家伙,我觉得他们没有勇气把真相告诉他。他们宁可让他死。"

我们沉默了片刻,回味着盖兹的话。

"既然这样,后来你是怎么做的?"我问。

"什么都没做。还能做什么呢？哪里有证据？就凭我们找到了怀表和钱包？说是凶手藏在那里，后来又不敢去找，也很说得通。说不定凶手拿走了银币已经很满意了。要说那些脚印，可能是布朗森停下来抽了根烟，或者是路上拦着一根树桩，他等着碰巧遇到的几个苦力把树桩挪开。一个道德上无可指摘的女子在丈夫去世后四个月生下的孩子，谁能证明那孩子不是他的？没有一个陪审团会判卡特莱特有罪的。我闭口不言，布朗森的谋杀案就这样被忘记了。"

"我想卡特莱特夫妇并没有忘记。"我说道。

"要是真忘了，我也不会意外。人类的记性都短得吓人，就我的职业经验来说，可以告诉你，当一个人确定他的罪行不会被知晓时，他的悔恨之意不见得就有多么沉重。"

我又想到下午见过的那两个人，一个是瘦瘦的、戴着金框眼镜的秃顶老头，一个是白头发的邋遢老太太，讲话直率，带着尖刻又温和的微笑。我几乎难以想象在遥远的过去他们曾被如此狂乱的激情所左右（除此之外还能如何解释），竟最后踏上这样一条路，让残忍、冷血的谋杀成了他们唯一的出口。

"既然知道是这样，和他们相处不会觉得不舒服吗？"我问盖兹。"虽然不想待人太过苛刻，但我也只能认为，他们不是什么好人吧。"

"这你就错了。他们是很好的人——可以说是这里最好的人了。卡特莱特夫人心地善良，也很会逗趣。我的工作是阻止犯罪，一旦罪行发生就抓住犯人；但我见过太多的罪犯了，知道总体上他们并不比其他人更坏。一个十分正直的人也可能因为情势所迫走上犯罪道路,如果被逮住,他就会受到惩罚,但这并不妨碍他还是原来那个正直的人。当然社会制定了法律,必然要惩罚那些违反它们的人,这没有问题,但一个人的行为未必就能体现他的本质。要是你也像我一样做过这么多年的警察,就会知道一个人做了什么并不重要,重要的是他是什么样的人。还好警察只管人们的所作所为,而不是所思所想;否则就完全不一样了,事情会变得难办得多。"

盖兹弹掉了方头雪茄的烟灰,朝我笑笑,还是他那种带着讥讽意味的干涩微笑,但并不让人觉得讨厌。

"这么说吧,有一份工作我是不要干的。"他说。

"什么工作?"我问。

"上帝的那份工作——末日审判,"盖兹说,"这事儿可别找我。"

机会之门

The Door of Opportunity[1]

　　正好一等车厢里没有其他乘客,算是运气。他们带着不少行李,阿尔班有一个旅行箱和一个男士大拎包,安妮带着她的梳妆盒、帽盒。行李车厢里还有他们的两个大箱子,都是立刻要用的东西,不过剩下的家当阿尔班都让一个代理人运到伦敦暂且存放起来了,他们自己要先做些打算。那里东西着实不少:书和画,阿尔班在东方收集的珍奇玩意,还有他的枪和鞍具。松杜拉他们是再也不会回去了。阿尔班跟以往一样,给了搬运工一笔慷慨的小费,然后去了报摊。他买了《新政治家》《国家》[2]《闲谈者》和《速写》[3],以及最新一期的《伦敦信使》[4]。他回到车

---

1 收录于1933年出版的短篇小说集《阿金》。
2 *The Nation*,1865年创立于曼哈顿的美国周刊。在此短篇的创作时期,此周刊应是《纽约晚报》(*New York Evening Post*)的文学副刊。
3 *The Sketch*,1893年至1959年每周出版的画报,关注伦敦上流社会;二十年代,阿加莎·克里斯蒂为这份期刊写了近五十个短篇(《速写》每期刊登一个短篇)。
4 *London Mercury*,应指1919年至1939年间出版的严肃文学月刊,刊载诗歌、短篇小说和文学批评。

里,把这些期刊扔在了座位上。

"车只开一个小时就到了。"安妮说。

"我知道,但我就是想买。之前饿太久了。想想明天一早就可以买到当天的《泰晤士报》《快报》[1]《邮报》[2],多棒啊。"

她没有接话,阿尔班把头转开了,因为他看到两个人朝他们走过来。那是从新加坡一路同行的一对夫妻。

"过海关没问题吧?"他高兴地朝他们喊。

男的似乎没听到,没有停下脚步,不过女的回答了:

"没问题,他们没发现香烟。"

她看到了安妮,友好地笑了笑,也朝前走去。安妮脸红了。

"刚刚还担心他们会进来,"阿尔班说,"我还是希望能独占这个车厢。"

安妮看着他的眼神有些怪异。

"我觉得你不必担心,"她答道,"应该没有人会进来的。"

他点了一支烟,在车厢门口徘徊,微笑中透着喜悦。经过红海,到了苏伊士运河的时候,海风凛冽。船上一些人换上了暖和一些的衣服,之前安妮习惯了看他们穿白色的帆布西装,觉得还挺体面的,此刻惊讶于他们变化之大,已经不伦不类了。领带就糟糕得很,衬衫也穿得全然不对。法兰绒裤子都是脏兮兮的,破

---

[1] *The Express*,即 *The Daily Express*,1900年创办的严肃大报(七十年代转为通俗小报),在三十年代多次打破报刊的发行量纪录。

[2] *The Mail*,即 *The Daily Mail*,1896年创办的报纸。当时英国报刊两极分化,这是第一种针对中产的报纸,是英国第一份每天可以卖一百万份的报刊。

旧的高尔夫外套，一看就知道是从店里买的成衣，蓝色哔叽裤也难掩出自土气裁缝之手。大多数乘客在马赛下船，不过有大概十来个人还在船上；有的是在东方待得久了，觉得在比斯开湾再走一程对身体好，也有的跟他们一样，为了省钱会一直坐到蒂尔伯里港。现在有几个人在平台甲板上散步，头上戴着遮阳帽或双层帽檐的阔边毡帽，穿着厚重的大衣，还有几个戴着不成样子的软帽或礼帽，既显小，也没有刷干净。他们这副打扮看着叫人讶异，有种郊县人特有的样子，都不像是第一流的人物。不过阿尔班已经完全是伦敦的派头了，时髦的大衣上找不到一点灰尘，黑色的霍姆堡毡帽[1]看上去是全新的。你绝对想不到他已经有三年没有回国了。领口非常贴合，薄软绸的领带也打得挺括。安妮看着他的时候，忍不住暗暗赞赏他的神气。接近六英尺的身高，身材苗条，穿什么衣服都好看，更何况他的衣服都剪裁得非常合身。头发是金黄的，依然很浓密。蓝色的眼睛，肤色有些泛黄，年轻时皮肤白里透粉的男人岁数大些都会这样。他脸上一点血色都没有。头形长得很好看，架在长长的脖子上比例也协调，倒是喉结有些太突出。他的那张脸不能说多俊美，但有种高贵的气度。因为五官端正、鼻梁挺直、眉宇宽阔，所以格外上相。说实在的，如果只看相片，你会觉得他是个极为英俊的人。真人倒的确不如相片，可能就是因为眉毛和睫毛颜色太浅，嘴唇太薄，不过他很有文化

---

[1] Homburg hat，一种软毡帽，帽边卷起，帽顶有纵向凹形。德国城镇霍姆堡是这种帽子的首产地。

人的气质，一脸的雅致，而且有种不俗之感，莫名就能打动你。你觉得这是诗人才有的长相，安妮当年跟他订婚的时候，她的女性朋友问起，她都说未婚夫长得像雪莱。此时阿尔班转过来看着她，蓝色的眼睛里是淡淡的笑意。他的笑容一直都很有魅力。

"在这样的天气里踏上英格兰的土地真是太完美了！"

正值十月，他们航行在灰色的海峡上，头顶是灰色的天。空中一丝风也没有。渔船休憩在平和的水面上，就像大自然已经再也想不起来自己曾经的敌意。海岸绿得不可思议，但那种绿是明亮体贴的，和东方丛林那种铺张、激烈的绿又很不一样。不时经过的红色城镇有种家的舒适，它们微笑地迎接着背井离乡之人。驶入泰晤士河的河口，他们看到埃塞克斯郡丰富的层次，稍后又在肯特郡的河岸上看到了乔克教堂[1]，孤独地立在周围饱受日晒雨淋的树木间，再远一些是考博姆[2]的树林。薄雾中的红日向沼泽落去，夜色降临。车站里弧光灯在黑暗中点出一小块一小块又冷又硬的光斑。搬运工穿着肮脏的衣服吃力地来回忙碌，胖站长戴着礼帽一副位高权重的样子，这个景象让人看了欣慰。站长吹响口哨，挥了挥手臂。阿尔班踏进车厢，坐在安妮对面的角落里。火车启动了。

"到伦敦是六点十分，"阿尔班说，"应该七点就能到杰明大街了。这样我们就有一个小时洗澡、穿衣服，八点半的时候到萨

---

[1] 英国肯特郡小村乔克（Chalk）附近的教堂，有超过一千年的历史。
[2] Cobham，肯特郡小村。

伏依[1]吃饭。今晚开瓶香槟,亲爱的,再来份大餐。"他呵呵笑起来。"我听说斯特劳德夫妇和蒙底夫妇约好了会去乔卡德罗餐厅[2]。"

他拿起报纸,问妻子是否要拿一张去看,安妮摇摇头。

"累了?"他微笑道。

"没有。"

"激动了?"

安妮轻轻笑了一声作为回答。他开始翻阅起了报纸,从出版商的广告开始;丈夫此时难以抑制的兴奋安妮感受到了,因为看着这些广告让他觉得自己又回到文明世界中。在松杜拉他们也订了同样的报纸,但总要迟六周才能读到,虽然这样夫妇俩不至于被向往的世界抛在身后,但也更彰显了他们的背井离乡。但这些都是刚从印厂里新鲜出炉的,它们的气味就不一样;那种挺括的感觉本身就是种享受。他想一口气把它们读完。安妮看向窗外。乡野黑漆漆的,只看得到车厢里的灯映在玻璃上;不过很快乡镇的景象侵入到车窗里来,她连着好几英里看见一幢幢凄凉的小房子,偶尔有一两扇窗户中透出一点光亮,而烟囱和夜空构成丑陋的图案。他们经过了巴晋、东汉姆和布隆里——经过时站台上这些地名会让她好一阵发颤,又觉得自己太可笑——然后又到了斯特普尼。阿尔班把手中的报纸放下。

---

[1] Savoy,位于泰晤士河北岸,1889年开业,或可称为伦敦第一家奢华酒店,享誉至今。
[2] Trocadero Grill-room,位于伦敦考文垂街,1896年由"乔卡德罗音乐厅"改建而成的奢华餐厅。

"还有五分钟就到了。"

他戴上帽子,把搬运工放在行李架上的东西取了下来。阿尔班看着妻子,两眼放光,嘴唇抽动了一下;她知道丈夫此时勉强才控制住了自己的情绪。他也朝窗外看,主干道上路灯亮堂极了,挤满了有轨电车、公交车和有篷货运汽车,其他的街上也是人头攒动。哪来的这么多人!商店里也是灯火通明。路沿都是小贩和他们的手推车。

"这就是伦敦。"他念了一句。

他抓过妻子的手,温柔地握了握。他这一笑里有太多的柔情蜜意,她不得不说句什么。安妮试着开玩笑:

"它难道不让你觉得肚子里怪怪的吗?"

"我弄不清自己现在是想哭还是想吐。"

芬彻奇街[1]。他放下车窗,朝一个搬运工挥手。伴随一阵嘈杂的刹车声,火车停住了。一个搬运工打开车厢门,阿尔班把包裹逐一递给他。他跳下火车,还是像以往一样恭敬地抬手帮助安妮下到了站台上。搬运工去拿推车了,于是他们就站在自己那堆行李边上。两个之前在船上同行的人从身边走过,阿尔班朝他们挥了挥手。其中那个男人僵硬地点了点头。

"之后再也不用对着这些糟糕的人彬彬有礼的了,真让人觉得舒心。"阿尔班轻松地说。

安妮朝他扫了一眼。他真的是个难以理解的人。搬运工推

---

[1] Fenchurch Street,伦敦东南重要交通干线。此处应指"芬彻奇街火车站"。

着车回来了,装好行李,领着夫妇俩去取大行李箱。阿尔班伸手握了握妻子的手臂。

"这伦敦的气味,天呐,真是太棒了。"

他享受着噪音和周围闹哄哄的样子,也乐意被身边的人流推来挤去。弧光灯的光亮,以及它们投下的那些清晰而又浓烈的阴影,让他喜不自胜。他们到了街上,搬运工替他们喊出租车去了。阿尔班看着那些巴士和努力在混乱中维持秩序的警察,眼睛里闪烁着光芒。他那张气宇轩昂的脸上此时竟像是有种才情洋溢的表情。出租车到了。他们的行李堆在了司机旁边的座位上,阿尔班给了搬运工一枚二先令六便士的硬币,出租车便开动了。他们沿着格雷斯彻奇街开去,加农街交通拥堵,一下开不过去了。阿尔班突然一声大笑。

"怎么了?"安妮问。

"我太兴奋了。"

车沿着筑堤开,这里倒是相对安静了一些。出租车和私人的轿车从他们车窗外驶过。电车的铃声在他听来像是音乐。从威斯敏斯特大桥他们穿过国会广场,驶入圣詹姆斯公园绿色的静谧中。他们在杰明街旁边的一个旅店里订好了一个房间,前台带他们上楼,搬运工也把他们的行李拿了上来。房间里有两张单人床和一个洗手间。

"看上去还不错,"阿尔班说,"等我们找到公寓之类的住处前,这里应该也够用了。"

他看了眼自己的手表。

"你看,亲爱的,要是我们同时开行李,一定会撞在一起。时间还多得很,你收拾干净和换衣服比我费时,我就给你腾出地方来吧。我想去一回俱乐部,看有没有留给我的信。我的西装就在旅行箱里,洗澡、换衣服只需要二十分钟。你觉得这样安排怎么样?"

"行,我觉得这样挺好的。"

"我一个小时之内就会回来。"

"没问题。"

他口袋一直装着一把小梳子,此时他取出来梳理了一下自己金色的长发,然后戴上了帽子。他朝镜中的自己扫了一眼。

"要不要替你把浴缸的水龙头打开?"

"不用麻烦了。"

"那好,待会儿见。"

他出门了。

丈夫走了之后,安妮把自己的梳妆盒与帽盒拿出来放到了大行李箱上,然后摇了摇铃。她没有摘下帽子,而是坐下来点了一支烟。仆人来应铃之后她让对方把搬运工找来。搬运工来了。她指了指行李。

"你能不能把这些东西先放到大堂里去。我一会儿就告诉你接下来往哪里搬。"

"好的,夫人。"

她给了搬运工一个弗罗林[1]。他把大旅行箱和另外两个包裹带

---

1 两先令银币。

了出去，关上了门。几滴泪珠从她脸颊滚落，但她抖擞了一下精神，擦干眼泪，补了粉。此时她要尽全力保持镇静。阿尔班想到要先去一趟俱乐部是她走运，让事情简单了些，也给了她片刻时间把事情想明白。

这件事她几个礼拜之前就打定了主意，现在到了实施的时刻，不得不说出那几句可怕的话，她有些恐惧。她的心一直往下坠。要跟阿尔班具体说什么她心里很清楚，而且很早之前就想好了，跟自己练习过几百遍，从新加坡回国的漫长旅途中，每天都要重复几次，但她怕自己待会儿会慌乱，她怕会和阿尔班争执起来，想到那样的难堪场面她觉得有些晕。不管怎样，还好她总归有了一个小时可以做心理准备。他会说她无情、残忍、不讲道理。只是她已经没有别的办法了。

"不。不。"她大喊道。

她痛苦地发抖。眨眼间她像是又回到了那个小木屋，回到了那些事最初发生的时刻。当时她就跟平日里一样坐着，快到午餐的钟点，再过几分钟阿尔班就该从办公室回来了。巨大的门廊就是他们的客厅，想到丈夫回到的是眼前这个可爱的房间，她心里就很快乐，她知道虽然来这里已经十八个月了，但丈夫还是时时能感受到她在木屋上花的心思。百叶窗合上，外头是正午的烈日，但屋里过滤了的光线显得很柔和，让人觉得阴凉和安静。安妮最在意家里看上去是什么样的，虽然为国效力常因为紧迫的需求不断地从一个地区换到另一个地区，每一处都待不久，但分派到一个新的岗位她都重新燃起热情把家里经营得温馨而迷人。

她的趣味很新潮。来做客的人往往意外地发现家里没有小摆设，震惊于窗帘选色的大胆，而墙上那些银制画框里略微变色的玛丽·洛朗森[1]和高更的复制品就更让人莫名其妙了，虽然连它们摆放的位置都是安妮极具匠心安排过的。她心里清楚，来过家里的人没有几个赞赏她的品位，而华莱士港和彭伯顿的体面夫人们更是觉得这样的设计古怪、做作、别扭；但对此她并不以为意。她们之后会长进的。这样惊一惊对她们来说不是坏事。此时她四下看了看自己这又长又宽阔的门廊，叹了口气，就像艺术家得意于自己的一件作品。她的这件作品活泼、疏朗，让人觉得宁静，既能提神，又温和地引人遐思。那三大盆黄色的美人蕉让房间的色彩布局格外完整。她的目光在书架上停留了一会儿，这满满一架子的书也让整个殖民地的人不知该作何想，在他们看来，这都是些奇怪的书，而且大多数都显得太沉重了；安妮此时看着它们，眼神中透露着柔情，就好像这些书都是有生命的。然后她又扫了一眼钢琴。谱架上还有一份琴谱打开着，大概是德彪西的曲子，阿尔班去上班之前在弹。

阿尔班被派到达克塔去当地区长官的时候，安妮的朋友都来宽慰她，因为达克塔是松杜拉最偏远的地方了，它和政府总部所在的那个城市之间没有电话，甚至连电报都没有。但她觉得挺好。之前他们在达克塔待过一小段时间，安妮希望可以就在那里

---

[1] Marie Laurencin（1883—1956），法国女画家，受野兽派、立体派影响，风格简洁、细腻、色彩丰富，以善描绘优雅而略显忧郁的妇女形象著称。

一直待下去,直到阿尔班十二个月之后放假回国。达克塔面积和英国一个郡相当,有长长的海岸线,海上散布着不少小岛。一条宽阔的河流蜿蜒穿过达克塔,山丘为茂密的原始森林所覆盖,从两岸延伸至远方。要沿河往上游走好一段,才到驻地分署,那里有一排中国人的店铺、一个地方办事处、一幢地方长官的小屋、一个职员宿舍、一个兵营,还有椰树林中藏着的一个当地人村落。他们只有两个邻居:溯游而上几英里有一个橡胶种植园,另外,附近一条河的支流上,住着一个伐木营的管理人和他的助手,都是从荷兰来的。橡胶园有条汽艇每月会顺河而下两回,这是阿尔班夫妇跟外界的唯一交流了。不过他们虽然寂寞,但并不无聊。天蒙蒙亮,小马就在等着他们了;早晨万物清新,他们一起出去骑马,森林里那些不通车辆的马道残存着热带才有的夜的神秘。回来之后,洗澡、更衣、吃早饭,然后阿尔班就去办事处了。安妮一上午都会用来写信、做针线活。到的第一天,她就爱上了这个国家,花了大力气学会如何与当地人交谈。她听了关于爱、嫉妒和死亡的故事,浮想联翩。别人还给她讲述过往浪漫的传奇,告诉她那样的时代其实就在昨日。她一心要沉浸于这个陌生民族的风俗之中。她和阿尔班的阅读量都不小,本来带去的书就很可观了,而几乎每次收信都有从伦敦寄来的新书。任何值得关注的事他们都不会错过。阿尔班喜欢弹钢琴,对于一个业余爱好者来说,弹得已经很不错了。他研习琴艺一向认真,而且指上力道柔和,乐感也很敏锐。他可以轻松地阅读曲谱,每次尝试新的曲子,安妮都很乐意坐在旁边,看着琴谱欣赏。不过他们最开心的还是游览当地风物,有时出趟门要半个月才回来。他们会坐着马来帆船沿河而下,然后从一个小岛扬帆驶向另一个小岛,在海中游泳、钓鱼;又或者,他们会划桨逆流而上,直到河水变浅,而两岸的树木靠得如此紧密,只留出一线天空。到这里船夫只能撑篙向前,而他们会在当地人的家中过夜。那里有个河水汇成的水塘,他们就在里面游泳;水太清澈了,可以看见池底的沙子闪着银光。这一处的景致是如此可爱,如此宁谧,如此远离尘嚣,你觉得就在这里过一世也不算糟。不过有时候,他们夫妇又会沿着森林中的小道步行去很远的地方,露宿于帆布帐篷中,尽管有蚊子来折磨他们,有水蛭吸他们的血,但是每一分钟都很愉快,哪里也不如在折叠床上睡得香甜。另外,出门还有另一项乐趣,那就是回家:享受井然有序的家庭生活,享受从祖国来的邮件和报纸,享受钢琴。

到时阿尔班会迫不及待坐到钢琴前,指尖满是对琴键的渴望,而在他弹奏的斯特拉文斯基[1]、拉威尔[2]和米约[3]中,安妮也听出了一些阿尔班,听到了夜晚森林的声响,河口的黎明、星光,和无比清澈的林中水塘。

有时候会一连几天落下瓢泼大雨。阿尔班就会学习中文,

---

[1] Igor Stravinsky(1882—1971),俄裔美籍作曲家,风格多样,对一战前后的音乐发展有革命性影响。

[2] Maurice Ravel(1875—1937),法国作曲家,作曲风格精密而巧妙,代表作有《波莱罗舞曲》《达芙妮与克罗埃》等。

[3] Darius Milhaud(1892—1974),法国作曲家,以分析并发展多调性闻名。

为的是能和当地的中国人用对方的母语交流。而安妮则终于可以着手那一千零一件之前没空做的事情了。那样的雨天让两个人更亲密了,本来夫妻之间就有不少话能聊,但忙着自己事情的时候,不用言语就能感觉到彼此间的亲近是很幸福的。他们融洽极了。下雨的日子被关在木屋的四面墙之间,让他们觉得好像成了一个人,共同面对外面的世界。

有时候他们会去华莱士港。这算是种调剂,但安妮每次到了能回家的时候都心里高兴。在华莱士港她总是不自在,意识到那里的人没有一个对阿尔班有好感。他们都是很平庸的人,中产阶级,来自小地方,贫乏无趣,让阿尔班和她的生活如此丰富多彩的爱好需要才识,他们是全然不感兴趣的;而且他们中的不少人头脑闭塞、心胸狭窄。但既然阿尔班和安妮一大半的人生都注定摆脱不了这些人了,他们对阿尔班如此嫌恶总是让人感到疲惫。他们说阿尔班太自负。丈夫对他们总是很和气,但安妮也明白他们讨厌丈夫的热情。当他试着活跃气氛的时候他们认为这是装腔作势,而一旦他开别人玩笑,大家又觉得阿尔班这是为了取乐而不惜伤人。

有一回他们住在总督府邸,总督的妻子汉内太太喜欢安妮,跟她聊起这回事;也有可能是总督建议妻子给她一点提示。

"你知道吗,亲爱的,你丈夫不肯讨好别人真是很可惜的事情。他当然很聪明,但是总巴不得让大家都看出来他也知道自己聪明,恐怕不太好吧?我丈夫昨天刚跟我说:当然了,我知道阿尔班·托雷尔是派出来这些年轻人中最聪明的一个,可他比谁都更惹我生气。我可是总督啊,但每次跟他说话,我总觉得他把我当成了个蠢蛋。"

糟糕的是安妮的确知道阿尔班对总督的才能何其鄙视。

"他不会故意要做出高人一等的样子,"安妮笑着回答,"而且他真的一点也不自负。我觉得大概只是因为他鼻子挺、颧骨高吧。"

"你知道,俱乐部的那些人都不喜欢他,都叫他'粉扑雪莱'。"[1]

安妮脸红了一下。这个称呼她之前听到过,当时生气极了。她眼里都是泪水。

"我觉得这真是太不公平了。"

汉内夫人牵过她的手,带着疼惜轻轻握了握。

"亲爱的,你知道我并不想惹你伤心。你的丈夫不管怎样都一定会平步青云的。但要是他能再通人情一些会过得容易不少啊。他为什么不踢足球呢?"

"这项运动他不喜欢,他只有在网球场上才会高兴。"

"这我们可看不出来,他打网球的时候只让人觉得这里没有谁配做他的对手。"

"不过,也的确没有。"安妮像是被之前的话刺痛了。

阿尔班正巧是个出色至极的网球选手。在英格兰他打过不少巡回赛,安妮知道把那些臃肿、健壮的男人在球场上耍得团团

---

[1] "粉扑"(powderpuff)在英文中也常有软弱、阴柔、女性化之意。

转，阿尔班有种无奈的满足感。他可以让这里最好的选手显得可笑。有时候在球场上他会惹恼对手，而安妮也知道他只是一时好玩罢了。

"他打球真是为了求几声喝彩吧？"汉内太太说。

"我倒不觉得。你得相信我，阿尔班完全不知道自己不受欢迎。就我看到的情况，他也一直对所有人都很和气、友善。"

"他那种时候最让人受不了。"汉内夫人冷冷地回道。

"我知道大家不怎么喜欢我们，"安妮说，笑了一笑，"我很遗憾，但确实不知道我和阿尔班还能做什么。"

"不是你，亲爱的，"汉内夫人喊道，"所有人都很喜欢你，这也是为什么他们还一直忍着你的丈夫。亲爱的，谁有办法不喜欢你呢？"

"我不明白我有什么好喜欢的。"安妮说。

但这句话其实不怎么出自真心。她一直在演着一个讨人喜欢的小女人，实际内心觉得有趣极了。他们讨厌阿尔班是因为他有一副卓尔不群的样子，因为他喜欢文学和艺术，他们不懂，就认定这些东西没有男人气概；他们讨厌他也因为他比这些人都更有能耐。此外还有一个原因，就是阿尔班出身比他们更高贵。他们觉得阿尔班有种高人一等的感觉，其实说到底，他的确高人一等啊。但对安妮他们有所容让，是因为她是个不起眼的丑姑娘。至少她是这么看待自己的，但实际上她不是，或者说，就算她长得的确不好看，那也是一种很让人喜欢的丑。她的身材不错，那是她最可夸赞的一点。此外就是她的眼睛。深棕色的眼睛，不但大,而且水汪汪的,很有神;平时总透露着活泼热闹,但有时也很温柔,闪烁着迷人的同情心。她人长得黑,鬈曲的头发也几乎是黑的,小鼻子胖乎乎的,鼻孔倒不小,嘴也实在太大。不过她很精神,很有活力。殖民地的夫人们聊起自己的丈夫和仆人,和她们在英国的孩子,安妮作为听众像是从来都津津有味;而男人们跟她讲那些她早已听过的往事,也会以为她听得饶有兴致。大家都觉得这真是个好女人。他们从来不会想到,在安妮的眼里他们是那么狭隘、粗鄙、虚伪。这些人觉得东方毫无魅力可言,是因为他们目光粗俗,眼里只有实际的东西。浪漫就在他们的门前徘徊,却像不识时务的乞儿一样被驱逐了。对这些人她是漠然的,常跟自己背诵兰多[1]的诗句:

  我爱的是自然,自然之下是艺术。

  她回味了一番和汉内太太的对话,但总体上并不为此感到焦虑。或许她该跟丈夫暗示一二,阿尔班似乎全然意识不到自己受众人嫌弃,这一点她也一直觉得有些怪异,但她又怕自己说了什么,丈夫日后就会拘束了。之前俱乐部那些人的冷漠阿尔班是从来不在意的。他会让别人觉得紧张,觉得不舒服;每回他一出

---

[1] Walter Savage Landor(1775—1864),英国诗人、散文家,精通希腊罗马文学,代表作为多卷本散文著作《想象的对话》(*Imaginary Conversations*)。后面引用的文句出自他七十四岁生日时给自己撰写的墓志铭,之前还有一句:"我不与任何人争斗,因为没有人配得上。"

现，房间里就有种尴尬，但开心的阿尔班一向对此毫无知觉，跟所有人都轻轻松松地热情寒暄。事实就是阿尔班眼里一向没有别人。她对丈夫来说自然另当别论，不单是她，还有他们在伦敦的一小帮友朋；但这些殖民地里的人，这些政府官员、种植园主和他们的妻子，对阿尔班来说都不是有血有肉的人，他们就好像棋盘上的兵卒一样。他可以和他们一起笑，一起打趣，对他们抱着客气、宽让的态度，但在安妮看来，丈夫是把自己当成了小学校长，正带着孩子们出去野餐，一心想要让他们玩得尽兴；每每想到这一层，安妮都忍不住哧的一笑。

她觉得跟阿尔班讲了怕也没什么用。他不会假模假式，这时她有些高兴地意识到自己却很精于此道。跟这些人还能怎么样呢？男人都是从二流学校毕业之后就来了殖民地，生活什么也没教会他们，到了五十岁还都像愣头青。其中大部分人都酗酒，除了垃圾什么都不读。他们的理想就是和其他人一样，他们给别人最高的评价就是这真是个好人。要是你对精神层面的事情感兴趣，就是假道学。他们常因为彼此羡慕而痛苦，满心里都是琐碎的妒忌。而那些女人可怜极了，总是执迷于一些不值一提的勾心斗角。他们的社交圈比英国任何一个小镇都狭隘，所有人都嘴上仁义，但心里满是怨恨。他们不喜欢阿尔班又有什么关系呢？他们只能忍着，因为阿尔班太能干了。他聪明、精力充沛，没有人能对他的工作有什么诟病。在之前的每个岗位上，他都是成功的。因为心思细腻，又有想象力，他明白当地人的想法；阿尔班能说服当地人做的事情，换了谁都办不到。他有语言天赋，政府官员之间交流用的口语自然基本没问题,他甚至还懂得当地语言的精微之处,有时候跟村长说的那一席文绉绉的话不仅是给对方面子,也让他们刮目相看。他也有管理的天赋,不怕承担责任。假以时日他一定能升到常驻官。阿尔班在国内还小有势力,他父亲是位准将,在战争中殉职,虽然他工资之外没有个人收入,但有不少位高权重的朋友。提起他们,阿尔班常能说些有趣的反话:

"民主政府的一大好处,就是有才干的人不用担心自己会徒劳无获,只要背后有权力在支持他。"

阿尔班显然是这个殖民地政府里最能干的人,似乎想不出什么道理能阻止他最后成为总督。安妮心想,到了那时,他让大家介意的那种高人一等的态度,就会恰如其分了。他们会接受他的号令,而他也会知道该怎样让大家尊重、服从他。想到那样的高位并不会让安妮觉得慌张,觉得这些都是他们应得的。要是阿尔班当上了总督,她成了总督夫人,应该会很有趣。而且那会是多么好的机遇!政府职员和种植园主都是羔羊,一旦总督府成了文化活动的中心,他们一定会从善如流的。一旦赢得总督好感的最佳办法是做个聪明人,那糊涂汉立刻就会不再流行了。她和阿尔班会珍视当地艺术,好好收集那些旧物,让人怀念业已消逝的过往。这个国家的进步会是它自己都未曾梦想过的;他们带给它的发展,是一种有序、美好的发展。他们会在下属心中灌输对当地美好河山的爱,以及对当地浪漫民族的关怀。他们会让这些人明白音乐意味着什么。他们会扶持文学。他们会创造美。这里将迎来一个黄金时代。

突然她听到阿尔班的脚步声,便从白日梦中醒来了,所有那些都还在遥远的未来。现在阿尔班还只是个地区长官,他们应该在意的是当下的生活。她听到阿尔班进了浴室,把水泼在自己身上。过了一会儿,他进来了,已经换上了衬衫和短裤。金色的头发还是湿的。

"中饭准备好了吗?"

"准备好了。"

他在钢琴前坐下,弹了早上弹过的曲子。清越的音符在闷热的空气中带着凉意倾泻而下。你仿佛置身于一个布置井然的花园,巨树参天,人造水景优雅可喜,散步的小道两边排列着拟古的雕塑。阿尔班的琴技中有种别致的隽秀。这时领班仆人来通知可以用午餐了。阿尔班从钢琴边站起,和妻子手牵手进了餐厅。布屏风扇[1]慵懒地在空中摇动。安妮朝餐桌扫了一眼。明亮的桌布再配上有趣的餐盘,让桌上气氛显得格外活泼。

"上午的工作有什么好玩的吗?"她问。

"没什么。一个关于水牛的案子。哦,还有,普林派了个人过来让我上种植园一趟,有几个苦力毁坏了橡胶林,他想请我调查一下。"

普林是上游一个橡胶种植园的管理人,有时候阿尔班和安

---

[1] 指热带英国殖民地中流行起来的一种风扇,一般从屋顶悬下巨大的扇子,由人力拉动。

机会之门

妮会去他家里住上一晚。有时候普林闷了也会来地区长官的木屋吃饭、过夜。夫妇俩都喜欢这个种植园主；三十五岁，一张红脸上皱纹很深，头发极黑。他没受过什么教育，但平时开心、随便，因为两天的路程之内也只有这位英格兰人，阿尔班和安妮也只好跟他交了朋友。一开始普林还有些不好意思，在东方消息传得快，这对夫妇还没到，普林已经听说他们是文雅人士。他拿不准这样的人接触起来会如何。他大概不知道自己还很有魅力，其实可以替代不少所谓的优良品质，而阿尔班性情偏阴柔，这种魅力对他尤为奏效。普林则觉得阿尔班比期待中平易近人得多，而且安妮自不用说，那真是迷人极了。阿尔班会为他弹拉格泰姆舞曲，这可是在总督面前他都不愿做的事，此外阿尔班还跟他一起玩多米诺骨牌。当时阿尔班带着安妮第一次巡视自己的地区，告诉普林希望在种植园过两夜，普林心想还是最好先警示他们自己跟一个当地女子共同生活，还跟她生了两个孩子。他会尽量不让他们在安妮面前出现，但妻儿没地方去，所以没法把他们送走。阿尔班笑道：

"安妮不是那样的女人。千万不要想把他们藏起来之类的。安妮最喜欢孩子。"

安妮一下就和那个腼腆、好看的当地女子成了朋友，也很快和那两个孩子玩得很欢。那个姑娘经常和她说很久交心的话；孩子也很喜欢她，安妮经常从华莱士港带可爱的玩具给他们。普林看着她宽厚的笑容，想起殖民地里其他白种女人的尖酸，他说自己是全然想不明白了，又着急想表达自己的欣喜与感激。

"要是所有'文人雅士'都是像你这样的,"他说,"我恨不得只跟'文人雅士'来往。"

想到一年之后这对夫妇就会永远离开这个地区,普林就郁闷起来;等下一任地区长官来了,要是结了婚,他妻子很可能会觉得普林不好好过着单身生活,却和一个当地女子同居,真是糟糕极了;更过分的是,普林居然还很喜欢这个女子。

不过最近种植园里不太平,普林招的苦力都是中国人,沾染上了一些共产主义思想,变得难以管束。阿尔班没有办法,只能根据不同的罪行将其中几人投入监牢。

"普林告诉我,一等这些工人到期,他就把他们送回中国去,用爪哇人替换,"阿尔班说,"我也觉得应该这样,爪哇人听话多了。"

"到时不会有什么大麻烦吧?"

"哦,不会。普林干这一行有经验,而且做事有决心,他不会接受任何人胡闹的,再加上有我和我们那些警察支持他,那些家伙不可能耍什么鬼把戏,"他微笑道,"丝绒手套下可是一副铁腕。"

这几个字才刚说出口,突然传来一声喊叫。外面一下乱糟糟的,然后是脚步声,有人在扯着嗓子说话。

"老爷。老爷。"

"到底怎么回事?"

阿尔班从椅子里噌的站了起来,快步到了门廊上;安妮跟在后面。台阶下方站着一群当地人。警长和三四个警察也在其中,还有几个村子里的人。

"怎么了?"阿尔班问。

两三个人同时高声回答他。警长把旁边的人推开,阿尔班就看到一个穿着衬衫和卡其裤的男人躺在地上。他跑下台阶,认出了这个男人,正是普林在种植园里的副手。这个混血儿短裤上全是血,脸的一侧血都结了块。

"把他带上来。"安妮说。

阿尔班下了命令,他们把男子抬起来,放在了门廊地板上,安妮在他脑袋下面垫了一个枕头,让人把水和药箱拿来,药箱里有他们备着应急的东西。

"他死了吗?"阿尔班问。

"没有。"

"最好还是给他喝口白兰地吧。"

船夫们口中的消息骇人听闻。那些中国苦力突然造反,袭击了庄园管理人的办公室。普林已经被杀了,这个副手(名字叫奥克利)能逃出来也在一线之间。他去的时候正好暴动者在洗劫办公室,眼看着普林的尸体从窗口被扔出来,于是他转身就跑。有几个中国人看到了他,立马追了过来。他跑到河边,跳上汽艇的过程中被打伤。不过中国人没来得及上船,汽艇还是成功离了岸,而他们就全速顺流而下来寻求帮助。没开远的时候他们见到办公的那几幢房子都冒起了火焰,毫无疑问所有能烧的东西都被那些苦力给烧了。

奥克利呻吟了一声,睁开眼睛。这是个小个子的男人,皮肤黑,脸有些扁,头发粗硬又厚实。他那双当地人的大眼睛里全是恐惧。

"没事了,"安妮说,"你在这里很安全。"

他叹了口气,微笑了一下。安妮擦洗了他的脸,抹了些消毒的药水。他脸上的伤并不严重。

"你能说话了吗?"阿尔班说。

"等一下,"她说,"还得先检查一下他的腿。"

阿尔班让警长把人从门廊上清出去。安妮撕开了短裤的一侧,面料已经和凝固的伤口黏在一起了。

"刚刚我血流得跟杀猪一样。"奥克利说。

但其实没有伤到骨头,阿尔班的手很巧,虽然血又开始流出来,马上就给他止住了,并且包好了敷料,用绷带绑住。警长和警察把奥克利抬到了一张长椅上。阿尔班给他喝了点白兰地加苏打,很快他就有了力气说话。他知道的事情船夫们都已经说了。普林被杀,整个庄园也成了一片火海。

"那个姑娘还有那些孩子呢?"安妮说。

"我不知道。"

"哦,阿尔班。"

"我必须出动警察了。你确定普林已经死了吗?"

"是的,先生。我亲眼看见的。"

"暴动的人有火器吗?"

"我不知道,先生。"

"怎么叫你不知道?"阿尔班恼火地吼起来。"普林不是有把手枪吗？"

"是的，先生。"

"庄园上一定还有，你就有一支，不是吗？总监工也有。"

混血儿沉默了。阿尔班严厉地看着他。

"那里中国人到底有多少？"

"一百五十人。"

安妮奇怪他为什么要问这么多问题，似乎是浪费时间。现在当务之急是召集可以派往上游的苦力，准备船只，给警察发放弹药。

"您有多少警察，先生？"奥克利问。

"八个，加一个警长。"

"让我也去吧？这样我们就有十个人了。现在包扎好了，我一定没问题的。"

"我不去。"阿尔班说。

"阿尔班，你一定得去。"安妮喊道。她不敢相信自己的耳朵。

"胡扯，去的话那真是愚蠢至极。奥克利显然一点忙都帮不上，几个小时之后，他一定发烧，只会拖累我们。这就只剩下九支枪了。那儿有一百五十个中国人，而且他们有火器，还有打不完的子弹。"

"你怎么知道？"

"既然他们敢闹这么一场，一定是有的，否则说不通。只有糊涂蛋才会去。"

安妮瞠目结舌看着他。奥克利的眼睛里也全是困惑。

"那你准备怎么办?"

"是这样,幸好我们还有这艘汽艇。我会叫人开去华莱士港请求支援。"

"但他们最快也要两天后才到。"

"所以呢?那又怎样?普林已经死了,种植园也烧了,我们就算现在过去也什么用都没有。我会派一个当地人去侦查,看看这些暴动者到底在干吗。"阿尔班给了安妮一个他魅力十足的微笑。"相信我,宝贝儿,让这些混蛋等个一两天,到时我一定叫他们觉得没有白等。"

奥克利张嘴似乎是要说话,但或许还是有些惧怕;他只是一个混血儿,庄园主的副手,而阿尔班是地区长官,代表着政府的权力。但他的眼睛一直在给安妮传递讯息,安妮觉得他是在发自肺腑地向自己求助。

"但这两天之内足以让他们犯下最可怕的暴行啊,"她喊道,"他们什么都干得出来的,简直让人不敢去想。"

"不管他们造成了什么伤害,都会付出代价的。我向你保证。"

"哦,阿尔班,你不能就这样坐着什么都不干吧。我求你马上亲自去一趟。"

"别犯傻了,我只靠八个警察和一个警长是镇压不了一起暴动的。我根本没有权利让大家冒这个险。我们必须从河上过去,你想想就知道一定会被发现。白茅丛里最适合埋伏,他们躲在那里开乱枪就行了。我们必死无疑。"

"我怕要是两天不反击,他们会以为是我们软弱,先生。"奥克利说。

"我需要你提供意见的时候会问你的,"阿尔班尖刻地说,"就我所知,危险出现的时候你只会扭头就跑,我难以相信在危急关头你能派上什么用。"

混血儿的脸红了,之后再也没有开口,只是怔怔地望着前方,眼里都是愁容。

"我去办公室了,"阿尔班说,"我就写一个简短的报告,让人马上用汽艇送去。"

他给警长下了一个命令;之前说话的时候警长一直站在门廊靠近台阶的地方,一动不动,此时接到命令,敬了个礼就跑了。阿尔班去他们一条窄窄的过道里拿帽子,安妮快步跟了过来。

"阿尔班,看在上帝分上你好好听我一句。"她低声说道。

"亲爱的,我不想对你无礼,但现在时间紧迫,我觉得你最好还是只管你自己的事情吧。"

"你不能什么都不做,阿尔班。你一定得去,不管有多危险。"

"别这么蠢了。"他斥责道。

他之前还从来没有对她发过火。她拖住阿尔班的手。

"我跟你说了,这样去是没有用的。"

"你不明白,那个姑娘还有普林的孩子都在那里。我们一定得想办法救他们。让我也一起去吧。他们会被杀死的。"

"他们大概已经死了。"

"啊,你怎么能这样麻木呢!只要有机会救他们,你就得试一试,这是你的职责所在啊。"

"我的职责是像一个有理智的人一样做事。为了一个当地女人和她几个混血小孩,我是不会把我自己和那些警察的生命置于险地的。你把我当成什么样的蠢蛋了?"

"他们会说你是害怕了。"

"谁会说?"

"殖民地里的每一个人。"

他轻蔑地笑了笑。

"可惜你不知道我觉得殖民地里所有人的意见都是那样无足轻重。"

她仔细地打量自己丈夫,他们结婚已经八年,安妮了解他的每个表情和心里的每个想法。她看着那双蓝色的眼睛,就像两扇打开的窗。突然安妮的脸色变得煞白,松开了丈夫的手,转身走开了。她一言不发地又回到了门廊上,那张不好看的猴子一般的脸已成了一副惊恐憎恶的面具。

阿尔班到了自己的办公室,写报告简单地陈述了一下发生的事情,几分钟之后汽艇就乘风破浪地去了。

接下来的两天漫无尽头。逃出来的当地人带来种植园里的消息,但他们的描述太过激动、惊恐,很难从中确知真相。那里流了很多血。总监工被杀了。那些当地人口中的故事都残忍和荒唐到难以置信。安妮没有听到任何生还者提起普林的女人和孩子,想到他们可能会遭遇什么,不禁为之颤抖。阿尔班把能用的当地人都召集了起来,给他们装配了矛和剑;他还征用了一些小船。局面虽非同小可,但他并没有慌乱;他觉得自己已经做了所有能做的事情,剩下的也只是正常度日。他还是处理自己的行政工作,动不动就弹钢琴,一清早会和安妮一起骑马。他似乎忘记了他们不久前那次重大的争执还是他们结为夫妻之后的第一次。他当是安妮已经体会到了他这个决断的明智之处。他谈吐风趣,举止亲切,跟她在一起时和往常一样高兴。谈起暴动者,他的话里全是阴森的话外之音:等到了算账的时候,他们中不少人会希望自己从来没有出生过。

"他们会怎么样?"安妮问。

"哦,吊死吧,"他厌恶地耸了耸肩,"我实在讨厌出现在行刑场上,每次都很反胃。"

阿尔班对奥克利非常同情,已经让这个助手卧床休息,而安妮一直在照顾他。或许阿尔班想起之前一时烦躁,说话太伤人,觉得愧疚了,所以刻意地对他加倍友善。

到了第三天下午,用过午餐他们正在喝咖啡,阿尔班听力敏锐,最先听到船的马达声正在靠近。与此同时,一个警察跑来说他们已经看到了政府的汽艇。

"终于到了。"阿尔班喊了一声。

他两三步窜出了屋子。安妮抬起百叶窗看河上的情形。船声已经很响了,没过多久就从河流拐弯的地方驶了出来。她看到阿尔班到了码头上,接着坐一艘马来帆船靠近汽艇,等它下了锚之后,他就登上了汽艇。安妮告诉奥克利增援来了。

"他们进攻的时候地区长官会一起去吗?"

"这是自然。"安妮冷冷地说。

"我不敢确定。"

安妮心里有了一种奇怪的感觉。过去两天她用尽了所有的自制力,才没让自己哭出来。她没有回答奥克利,走了出去。

一刻钟之后,阿尔班和警队队长一起走进了木屋;当局派给他二十个锡克教士兵来收拾暴动者。斯特拉顿队长是个红脸的小个子,一字须也是红的,弓形腿,为人豪爽,精力充沛。安妮在华莱士港经常见到他。

"好啦,托雷尔夫人,这回的事情可真是一锅粥了,"他和安妮握手的时候大声说道,语气却很欢快,"不过现在我来了,带着我这劲头十足的军队,随时准备一场恶战。小伙子们,杀啊!这个鬼地方你能弄到酒喝吗?"

"仆人。"她微笑着喊道。

"来一点经喝的、凉爽的、微微带一点酒精的,然后我就可以开始讨论作战计划了。"

他的这种活泼让人觉得宽慰,自从灾祸发生之后小木屋就失去了平静,总有种担忧笼罩着他们,此时似乎也被一扫而空。仆人端着托盘进来了,斯特拉顿给自己调了一杯威士忌苏打。阿尔班把情况介绍了一番,清楚、简洁,用词十分准确。

"我必须得说我很是佩服你,"斯特拉顿说,"换了是我,肯定忍不住要带着那八个警察好好干那些混蛋了。"

"在我看来,这样冒险在道理上是站不住脚的。"

"安全第一啊,老兄,是不是这个道理?"斯特拉顿开开心心地说着。"你没冒险我是特别高兴的,我们难得有机会能干一场,要是热闹全让你一个人占了岂不是太耍赖了。"

斯特拉顿一心要开足马力沿河而上,立刻发动进攻,但阿尔班指出这条策略的不可取之处。汽艇靠近的声音就像给暴动者拉响了警报。岸边的长草给他们提供了掩护,这些人手上弹药充足,甚至能让登陆都变得很艰难。将进攻的力量暴露在敌方的火力之下似乎并没有意义。他们要面对的是一百五十个没有退路的人,忘记这一点是幼稚的,很容易就会落入对方的埋伏。阿尔班详加阐释了自己的计划,斯特拉顿仔细听着,不时还点点头。这显然是个优秀的计划,他们可以从后方攻击暴动者,出其不意,很可能不费一兵一卒就完成了这项任务。他要是不接受这个方案也就太愚蠢了。

"可为什么你不自己就这么干了呢?"斯特拉顿问道。

"用八个警察和一个警长?"

斯特拉顿没有应答。

"不管怎样,你这主意一点不坏,我们就这样说定了。既然如此,时间有的是,托雷尔夫人,如果您允许,我想先洗个澡。"

他们是日落时出发的,斯特拉顿队长带着他的二十个锡克兵,而阿尔班带着他的警察和召集来的当地人。那一晚没有月亮,一路暗极了。他们后面跟着阿尔班征来的独木舟,预备行进一段路程之后再把军力转移到这些小船上去。最要紧的就是不能发出声音,让暴乱之徒有所防备。大概在汽艇中坐了三个小时之后,他们换成独木舟静悄悄地划着桨逆流而上。种植园占地不小，他们就在园子的边缘登岸。几个向导领着他们沿一条小径前行，窄到他们只能排成一列，而这条路线一定也是多年无人问津，所以走起来颇为吃力，还要两次趟过溪流。沿着这条小径他们迂回到了苦力阵营的后方，但准备到接近天亮时才发起进攻，所以斯特拉顿下令原地待命。这个等待又长又冷。终于夜色不再是漆黑一片了，虽然依然看不见树干，但至少能略微感知到它们的轮廓。斯特拉顿一直靠着一棵树坐着；他低声给警长下了个命令，队伍继续前进。突然他们发现自己已经走在一条阔路上，就排成了一行四人的纵队。天亮了，在朦胧的光线中周遭的事物纷纷显现出惨白的模样。行军队伍听到轻声的命令又停了下来，他们已经能看见苦力的阵营了，一片寂静。队伍又悄悄推进了一段，又停了下来。斯特拉顿朝阿尔班微笑了一下，两眼放光。

"这帮混蛋还在睡。"

他命令自己的士兵列好阵形，子弹上膛。他上前几步，举起了手。卡宾枪都对准了苦力的阵营。

"开火。"

子弹齐发，轰隆隆地响了一阵。突然伴随着震耳欲聋的喧哗声，中国人全涌了出来，一边挥舞着手臂一边喊叫着，而阿尔班全然看不明白的是有一个白人冲在最前面，声嘶力竭地吼着什么，还对着他们挥舞着拳头。

"那个家伙他妈是谁？"斯特拉顿叫起来。

一个非常高大、非常肥胖的男人，穿着汗衫和卡其裤，用

他两条胖腿所能达到的最快速度朝他们奔来,还不停挥舞着双拳,喊道:

"恶心的娘炮!他妈的混蛋![1]"

"天呐,那是范哈塞尔特。"阿尔班说。

离此地二十英里的地方有一条水量可观的支流,那里有个伐木场,这位就是伐木场的荷兰管理人。

"你们见了鬼的这是想干什么?"他跑近了之后喘着粗气问道。

"你见了鬼的怎么会在这里?"斯特拉顿回问他道。

他看见中国人正朝四面八方奔逃,就下令把他们全逮回来。然后他重新对着范哈塞尔特问道:

"这是怎么回事?"

"怎么回事?怎么回事?"荷兰人咆哮起来。"我倒是要问问你,你和你的这些警察。你们算是什么意思,大清早的跑到这里来乱射一气。射击练习吗?你们这群蠢货,差点杀了我!"

"抽根烟吧。"斯特拉顿说。

"你怎么会在这里,范哈塞尔特?"阿尔班又问了一遍,还是一头雾水。"这是他们从华莱士港派来平息暴乱的。"

"我怎么会在这里?我走过来的。你以为呢?什么暴动,见鬼去吧。我已经平息了。如果你来就是为了干这事儿,可以带着你这些狗屁警察回去了。刚刚一颗子弹在我脑袋一尺远的地方飞过去。"

---

[1] 此处原文为荷兰语。

"我没听懂。"阿尔班说。

"没什么听不懂的,"范哈塞尔特气急败坏地说,"有些苦力跑到我的园子里说中国人已经杀了普林,还他妈把这儿的房子给烧了,于是我就带着我的助手、我的总监工和一个正好住在我那儿的荷兰朋友一起过来看看是怎么回事。"

斯特拉顿瞪大了眼睛问道:

"你就这么随随便便走进来了?"

"什么,我在这国家里待了这么多年了,你难道以为几百个中国佬就能把我吓坏吗?我来的时候他们都害怕得魂不附体。其中一个胆子不小,朝我掏枪,我把他的脑袋崩了。剩下的人立马投降。我把领头的几个捆起来了。今天早上就准备派一条船去你那儿,让你来把他们抓走呢。"

斯特拉顿怔怔地看了他一会儿,突然放声大笑,笑到眼泪都淌了下来。荷兰人忿忿地瞪着他,然后也笑了起来;果然像是个大胖子发自肺腑的那种笑法,一圈圈肥肉都上下颤动起来。阿尔班一脸阴沉看着他们。他很生气。

"普林的那个女人还有他的孩子怎么样了?"他问。

"哦,他们没事,逃出去了。"

安妮当初为了这件事歇斯底里,现在证明他坚持己见是多么明智,那些孩子当然不会有事,这他早就想到了。

范哈塞尔特和他那一小队人启程回伐木场了,斯特拉顿也没停歇多久,带着他的锡克兵上了船,留下阿尔班和他的警长、警察收拾残局。阿尔班给总督捎去了一份简报。这儿留给他处理的事情还有不少,可能一时半会儿还回不去。而且所有房子都被烧了,他只能住到苦力的营地里去,心想还是不要让安妮来陪他为好。他给安妮写了张便条,把情形告诉了她。不过他高兴的是可以让妻子放宽心,告诉她普林这个倒霉蛋的女人已经安全了。接着他立马着手展开初步调查,审问了一组当事人。可是,一周之后他接到一份命令,要他立刻前往华莱士港。传达命令的那艘汽艇就等在那儿准备送他过去,而半路上他只有一个小时的时间可以去见一见安妮。阿尔班有点不乐意。

"我想不通总督为什么就不能让我把事情先都料理清楚了,非要这样喊我过去,真是麻烦极了。"

"行了,这位总督从来就没把心思花在不麻烦下属这件事上啊,对吧?"安妮说道。

"都是官僚作风。亲爱的,我本来是要请你一起去的,只是我想好了,他们一放行我立马就回来。我想尽快把证据整理好,让治安法庭审理。在这样的国家里,我觉得法律的制裁一定要及时。"

汽艇开进华莱士港,一个在港口执勤的警察带了一封港务长的便函给他。信是总督的秘书写的,告知阿尔班,总督阁下请他到达之后在方便时尽早去见他。当时才早上十点。阿尔班去了俱乐部,洗了个澡,刮了胡须,换上干净的帆布西服,将头发梳理整齐,喊了一辆人力车,让车夫带他去总督的办公处。很快他就被请进了秘书的房间。秘书和他握了握手。

"我去跟总督阁下报告你已经来了,"他说,"你先坐一会儿吧?"

阿尔班微微朝他一笑。这个秘书似乎对他还有些不冷不热。他一边等着,一边点了支烟琢磨起自己的事情来,在他操办之下初步调查开展得很顺利,他自己也起了兴致。这时候一个勤务员进来告诉阿尔班,总督可以见他了。他站了起来,跟勤务员进了总督的房间。

"上午好,托雷尔。"

"上午好,先生。"

总督坐在一张大桌子后面,朝阿尔班点点头,示意让他也坐下。总督整个人都是灰白色的。他的头发、他的脸、他的眼睛,都是这种颜色,就像热带阳光把他身上的色彩都洗刷掉了。他在这个国家已经待了三十年,而且是一级一级慢慢升到现在的位置,此时看起来已甚是疲惫,而且抑郁。甚至连他说话时,声音都是灰白色的。阿尔班对他有好感是因为他话少;他从来没觉得总督聪明,但总督对这个国家的了解是无人可及的,而且他丰富的阅历很好地替代了才智。总督好好地看了一眼阿尔班,但没有开口,后者有了个奇怪的念头,就是总督像是要提什么难以启齿的事情。他差点就想要先开口帮总督消解尴尬。

"昨天我见到范哈塞尔特了。"总督突然说。

"是吗,先生?"

"可否请你描述一下艾拉德种植园里发生的事情,以及你所采取的措施?"

阿尔班思路一向清晰,他镇定自若地梳理着他所了解的情况,陈述得十分准确,他用词讲究,表达流畅。

"你有一个警长和八个警察。为什么不立刻赶到骚乱现场?"

"我认为那样冒险在道理上站不住脚。"

总督灰色的面容上浮现一丝浅浅的笑容。

"要是我们政府的所有官员都只敢冒那些站得住脚的风险,这里也不会成为大英帝国的一部分了。"

阿尔班沉默了。跟一个明显在说胡话的人讨论是一件困难的事情。

"我很期待听到你决策的理由。"

阿尔班有条不紊地列举了自己的理由,毫不怀疑他的种种举措都是正确的。其实阿尔班只是重复了当时对安妮说过的话,但阐释得更充分了一些。总督听得很认真。

"范哈塞尔特,他带了一个管理人、一个他的荷兰朋友,还有一个当地的总监工,似乎相当高效地处理了那个局面。"

"那只是侥幸而已,并不证明他就不是一个愚蠢透顶的傻子。像他那样做事只是胡闹。"

"让一个荷兰庄园主完成了你的分内事,你是否意识到你已经让这个政府成为了耻笑的对象?"

"没有,先生。"

"你也让你自己成了整个殖民地的笑柄。"

阿尔班微笑了一下。

"还好这些人的想法我向来全不在意,他们的耻笑我还是承受得起的。"

"一个政府官员的职能很大程度上与他的声誉休戚相关,我担心的是,当一个官员沾染上了懦夫的污名,那他的声誉大概也所剩无几了。"

阿尔班脸红了一下。

"我不是特别清楚您想说什么,先生。"

"这件事情我了解得也颇为仔细了。我已经见过斯特拉顿队长、奥克利——就是倒霉蛋普林的助手,也见了范哈塞尔特。我现在又听过了你为自己所做的辩护。"

"我并不认为刚刚我是在替自己辩护,先生。"

"可否请你不要打断我?我认为你的判断出现了严重的错误。结果证明,所谓的风险是很微小的,但不管风险大小,我觉得你都应该一试。在此类事件中,迅速而坚决地回应都至关重要。你请求当地警察部队的支援,并在他们到来之前没有采取任何行动,我无权揣测你的动机是什么,但恐怕我的确认为你在殖民地政府中已经不能发挥多大的作用了。"

阿尔班一脸震惊地看着他。

"可要是你在那样的情况下会去吗?"他问道。

"我会。"

阿尔班耸了耸肩。

"你不信?"总督厉声质问。

"我当然相信你,先生。但或许你可以允许我这样说:如果你不幸遇难,那这一块殖民地将遭受难以弥补的损失。"

总督用手指敲击着桌面,看向窗外,又转回来看着阿尔班。他接下来说的话更多的是对阿尔班的好意。

"托雷尔，我觉得你在性情上不适合这种动荡不安的生活。如果你愿意接受我的建议，这就回国吧。凭你的能力，我敢肯定你很快会找到一个合适得多的工作。"

"恐怕我并不明白您是什么意思，先生。"

"得了，托雷尔，你没那么笨。我只是不想为难你。为了你的妻子，也为了你自己，我不想你离开殖民地的时候背着因为怯懦而被解职的污名。我现在是给你一个辞职的机会。"

"非常感谢您，先生。我不准备利用您给的这次机会。如果我辞职，就是承认自己犯了错，并认同您对我的指责。但我并不这样想。"

"随便你吧。这件事我考虑得很仔细了，也已经拿定了主意。我不得不免除你的公职。相应的文书到时会寄到你手中。现在你可以回到岗位上去，等继任官员到达之后你便可将工作移交给他。"

"没问题，先生，"阿尔班答道，眼睛里闪了闪，像是觉得饶有趣味，"您希望我何时回到岗位上去呢？"

"立刻。"

"您是否批准我离开之前去俱乐部吃一份简单的午餐？"

阿尔班的态度总督没有料到，看着他时，总督虽然恼怒，但不由自主地还是有些佩服。

"当然批准。托雷尔，很抱歉这个不幸的事件发生了，政府丢掉了一位工作热情有目共睹的公仆，而且这位公仆的老练、才干和勤奋似乎都显示他未来将出现在极为重要的位置上。"

"总督阁下大概没有读过席勒[1],可能您不太熟悉他那句著名的话:'mit der Dummheit kämpfen die Götter selbst vergebens.'"

"什么意思?"

"大致就是:和愚蠢拼斗,即使众神出战亦为徒劳。"

"再见。"

阿尔班高昂着脸孔,带着微笑,走出了总督的办公室。总督会好奇也是人之常情,那天晚些时候他问了自己的秘书,阿尔班·托雷尔后来是否真的去了俱乐部。

"是的,先生。他在那里用了午餐。"

"那可真是需要些魄力的。"

阿尔班趾高气扬地走进俱乐部,加入到了站在吧台边的一群人当中,和他们谈天说地,他一如往常那样轻松、热情,为的就是让大家也能放松一些。自从斯特拉顿带着那段故事回到华莱士港,这些人就一直在议论阿尔班,讥讽他,嘲笑他,而所有痛恨他目空一切的人——这样的人占了大多数——都像是取得了某种胜利,因为骄傲的阿尔班终于栽了跟头。但现在看到他的自信丝毫没有受损,既讶异,又困惑,他们倒成了窘迫的一方。

其中一个问阿尔班来华莱士港做什么,虽然他心知肚明。

"啊,是关于艾拉德种植园的那起暴动。总督大人找我来的。这件事上他和我看法不一样。老蠢驴把我炒了。等他任命的新地

---

[1] Friedrich von Schiller(1759—1805),德国诗人、剧作家、历史学家、文艺理论家。这句话出自席勒以圣女贞德为主题的剧作《奥尔良少女》(*Die Jungfrau von Orleans*)。

区长官一到,我就回家。"

吧台边气氛一度尴尬,其中有个人心肠还不错,说道:

"我真是太抱歉了。"

阿尔班耸了耸肩。

"亲爱的朋友们,跟一个蠢到家的笨蛋打交道有什么办法呢?唯一能做的就是让他到时候自食其果。"

总督的秘书把这些话尽量婉转地转告了自己的上司,总督笑了笑。

"勇气是样奇怪的东西,换了我,宁可朝自己开一枪也不肯在那个时候去俱乐部面对那些人。"

半个月之后,托雷尔夫妇到了华莱士港,等待当地的汽轮把他们送去新加坡,除了带着的行李箱和木制的装货箱,安妮曾经花费多少心血的家中装饰全都卖给了新来的地区长官。牧师的妻子邀请他们去家里住,但安妮拒绝了,坚持说他们会住酒店。到达华莱士港没过一个小时,她就收到了一封特别客气的短笺,是总督夫人邀请她喝下午茶。她去了,发现只有汉内夫人一个人在等她,可只过了一会儿总督也出现了。他对安妮即将离去表示遗憾,也为她离开的缘由感到十分抱歉。

"您能这样说,我很感激,"安妮笑得很开心,"但您千万不要觉得我为此有多难过。我是完全支持阿尔班的,觉得他的决定一点都没有问题,也请您不要介意:我认为您对他的处理方式极不公允。"

"相信我,我也很无奈,心里是很过意不去的。"

"我们就聊些别的吧。"安妮说。

"你们回国之后有什么计划?"汉内夫人问道。

安妮大大方方地闲聊起来,让人听着会以为她什么烦恼都没有,而对于回国也十分兴奋。她兴致很高,谈吐风趣,不时地开了些小玩笑。告别时她感谢总督和夫人的好意。汉内先生把她送到门口。

又隔了一天,吃完饭,他们登上了一艘干净、舒适的小客船。牧师和他的妻子还前来送行了。进了船舱,他们发现安妮的铺位上有个大包裹,收件人写着"阿尔班"。他打开之后发现是一个巨大的粉扑。

"哟,这会是谁寄的呢?"他笑了一声。"一定是送你的吧,亲爱的。"

安妮飞快地扫了他一眼,脸色都白了。这些野蛮人!他们怎么能这样残忍?她逼自己朝丈夫微笑道:

"这也太大了,是不是?这辈子还没见过这么大的粉扑。"

后来到了海上,等阿尔班离开了船舱,安妮愤恨地把它扔到了海里。

此刻,他们身在伦敦,松杜拉已经在九千英里之外了,可她想起那个粉扑还是攥紧了拳头。不知为何,这似乎是其中最恶劣的部分了,寄这么件荒唐的东西给阿尔班——"粉扑雪莱"——是如此不加掩饰的恶意,显出这些人是多么猥琐。这就是他们心目中的幽默?这件事最让她伤心,此刻她觉得只能靠搂着自己,才勉强忍住了眼泪。突然门开了,她吓了一跳,阿尔班走了进来。他走的时候,安妮就坐在这张椅子里,没有动过。

"咦,你怎么没换衣服?"他朝房间里四下看了看。"行李也没有拆。"

"的确没有。"

"干吗不拆啊?"

"我不准备拆了,我会搬走。我要离开你。"

"你在说些什么啊?"

"之前我就下定决心要坚持到回国,所以我一直忍到了现在。我自己都以为要承受不了,但咬紧牙关挺了过来。现在一切都结束了。我已经完成了我应该做的事。我们回到了伦敦,我可以走了。"

他大惑不解,看着妻子。

"你疯了吗,安妮?"

"天呐,我都承受了些什么啊!去新加坡的那一路上,所有的官员都知道,连那几个中国乘务员都知道。然后到了新加坡,酒店的人看我们的眼神,那些我躲都躲不开的同情心,还有那些人意识到自己说错话时的窘迫。天呐,我真的连杀人的心思都有。回家的这一路更是没有尽头。船上没有一个乘客是不知道的。他们都是那么鄙视你,又是那么刻意地向我示好。可你太自负了,太自恋了,什么也看不到,什么也感觉不到。你的皮肤一定比犀牛还厚吧。看到你健谈又和气的样子真是一种折磨。我们是什么——我们就是贱民,而你似乎恨不得别人能更加嫌弃你一些。怎么会有你这样无耻的人?"

她怒火中烧。之前强迫自己戴上一张冷漠和高傲的面具，现在一旦扯下，也让她抛开了所有顾虑和自持。狠毒的言辞从她颤抖的唇间源源不绝地涌出来。

"亲爱的，你怎么说了些这样荒谬的话？"他温厚地说道，脸上微笑着。"你一定是太紧张、太敏感了，才会有这样的念头。为什么之前不告诉我呢？你有点像个第一次来伦敦的乡巴佬，觉得所有人都在看她。其实没有人在意我们的，而就算他们在意，又有什么关系呢？你不该这么糊涂，何必去介意一群傻子会说什么。另外，在你的臆想中，他们都说了些什么呀？"

"他们说你是被解职的。"

"啊，这一句倒说得没错。"他笑道。

"他们说你是个懦夫。"

"那又怎么样？"

"你看，这句也没说错。"

他若有所思地看了她一下，撇了撇嘴。

"这个结论你又是怎么得出来的？"他恨恨地问。

"我是从你的眼睛里看到的。知道消息的那天，你不肯去种植园，到过道里拿遮阳帽，我追上来，求你去，觉得不管怎样都得冒这个险，突然我就在你的眼睛里看到了恐惧。我厌恶得差点昏倒在地。"

"毫无意义地冒生命危险我就成了傻子了。为什么我要那样做？根本没有我在意的东西受到威胁。愚者最容易给他人看到的美德就是勇气，我认为它一点都不重要。"

机会之门　633

"你说你在意的东西没有受到威胁是什么意思?如果这句话是真的,那么你的人生就是一场骗局。你放弃了所有你坚持的东西,所有我们两人共同坚持的东西。你让我们都蒙羞了。我们的确以为自己高高在上,比其他人更好,因为我们爱文学、爱艺术、爱音乐,我们不满足于过那样的人生,全是卑鄙的妒忌和粗俗的闲扯。我们确实珍惜我们的精神世界,热爱美的事物。我们用美充饥,用美解渴。他们嘲笑我们,讥讽我们。这是自然的。只要你在乎的东西是无知和平庸的人无法理解的,他们就会讨厌和害怕你。我们不介意。这些人我们称之为非利士人。我们鄙视这些人,而且我们有权利这么做,因为我们比他们更好,更高贵,更智慧,也更勇敢。可你并不比他们更好,不比他们更高贵,不比他们更勇敢。危急关头,你就像一只癞皮恶狗,被抽了一鞭就夹着尾巴溜走了。你比其他人更没有理由怯懦。现在,成了他们鄙视我们,而且他们也有权利这样做。鄙视我们,鄙视所有我们坚持的东西。现在,他们可以说艺术和美都是扯淡,到了紧要时刻像我们这样的人是靠不住的。他们一直在寻找一个跟我们撕破脸皮的机会,你双手奉上。这些人现在可以说,他们早就料到会是这样。他们胜利了。以前他们叫你'粉扑雪莱'的时候我还会气愤不已——你知道他们这么叫你吗?"

"当然,我觉得这很粗俗,但听过了也根本不会在意。"

"可好笑的地方就在于他们的直觉居然是如此准确。"

"你是说这几周来你一直藏着这样的心思,却没有告诉我?要不是听到刚才这些话,我绝对想不出你能做出这样的事。"

"所有人都看轻你的时候，我不能再背弃你。我太骄傲了，做不出那样的事。我跟自己起誓，回国之前不管发生什么我都会支持你。这一路是折磨。"

"你已经不爱我了吗？"

"爱你？我现在见到你就觉得恶心。"

"安妮！"

"老天作证，我曾经是爱你的。过去八年，你踏过的土地我都觉得神圣。你是我的一切。我相信你就像有些人相信上帝。可那一天我在你眼睛里看到了恐惧，当你告诉我，你不会为一个包养的女子和她的混血孩子冒生命危险时，我崩溃了。就像有人把我的心从胸口掏了出来，丢在地上践踏。就在那一刻，阿尔班，你杀死了我的爱。你的这一击让它连挣扎都没有。自那之后，每次你亲吻我，我都要攥紧拳头才能忍住不躲开；只要想到更亲密的举动我就觉得恶心。我厌恶你的自得、你可怕的麻木不仁。如果那只是一时的软弱，如果你后来也觉得羞耻，或许我能原谅你；我依然会痛苦，但我太爱你了，最多就是觉得你有些可怜。但你是不知羞耻为何物的人。现在我什么也不相信了。你只是一个可笑的、虚伪的、粗俗的装腔作势者。我现在宁可嫁给一个二流的种植园主，只要他是个普普通通的好人就行，也不要再跟你这样的假货做一天的夫妻。"

他没有回应。慢慢他的脸就开始崩塌。曾经俊朗、端正的五官扭曲成了可怕的样子，突然他放声抽泣起来。安妮轻轻地喊了一句。

"停,阿尔班。停。"

"啊,亲爱的,你怎么能对我如此残忍呢?我爱你爱得那么深,可以什么都不要,只要能取悦你。没有你我活不下去。"

安妮抬起双臂就像有人正要打她。

"别,阿尔班,别这样,不要试图动摇我。我没有办法,只能离开。我不能再和你一起生活了,那真是想来就可怕。这件事我无法忘怀。我必须把实话告诉你,那就是我对你只剩下鄙夷和厌恶。"

他跪倒在地,想要抱住她的膝盖。她轻呼一声,噌的站了起来。他把脸埋进了空座椅中,发出撕心裂肺的哭声。这声音太可怕了。泪水从安妮的脸上滚落,她用手塞住耳朵,想屏蔽这歇斯底里的哭声,踉跄地往门口冲了出去。

图书在版编目(CIP)数据

人性的因素 / (英) 毛姆著;陈以侃译.
—桂林:广西师范大学出版社, 2018.1 (2021.4 重印)
(毛姆短篇小说全集;2)

ISBN 978-7-5598-0310-8

Ⅰ.①人… Ⅱ.①毛… ②陈… Ⅲ.①短篇小说 – 小说集 – 英国 – 现代 Ⅳ.①I561.45

中国版本图书馆CIP数据核字(2017)第245891号

广西师范大学出版社出版发行

 广西桂林市五里店路9号 邮政编码:541004
 网址:www.bbtpress.com

出 版 人:黄轩庄
责任编辑:雷　韵
装帧设计:陆智昌
内文制作:陈基胜
全国新华书店经销
发行热线:010-64284815
山东韵杰文化科技有限公司

开本:787mm×1092mm　1/32
印张:20.125　字数:330千字
2018年1月第1版　2021年4月第5次印刷
定价:62.00元(精装)

如发现印装质量问题,影响阅读,请与出版社发行部门联系调换。